U0146267

满族口头遗产传统说部丛书

松水凤楼传

（上）

富育光　讲述
于　敏　整理

吉林人民出版社

图书在版编目(CIP)数据

松水凤楼传：上下册 / 富育光讲述；于敏整理
. -- 长春：吉林人民出版社，2019.5
（满族口头遗产传统说部丛书）
ISBN 978-7-206-16887-1

Ⅰ. ①松… Ⅱ. ①富… ②于… Ⅲ. ①满族—民间故事—中国 Ⅳ. ① I277.3

中国版本图书馆 CIP 数据核字（2019）第 293286 号

出 品 人： 常　宏
产品总监： 赵　岩
统　　筹： 陆　雨　李相梅
责任编辑： 刘学东　郝晨宇　李　爽
装帧设计： 赵　谦

松水凤楼传（上下册）
SONGSHUI FENGLOU ZHUAN

讲　　述：富育光　　整　　理：于　敏
出版发行：吉林人民出版社（长春市人民大街 7548 号　邮政编码：130022）
咨询电话：0431-85378007
印　　刷：吉林省优视印务有限公司
开　　本：720mm×1000mm　1/16
印　　张：57　　字　　数：930 千字
标准书号：ISBN 978-7-206-16887-1
版　　次：2019 年 5 月第 1 版　　印　　次：2019 年 5 月第 1 次印刷
定　　价：190.00 元　（全两册）

出版说明

满族口头遗产传统说部是具有较高社会价值和文化价值的满族文化的百科全书。整理发掘满族说部的项目工作被文化部列为中国民族民间文化保护工作试点项目，并被国务院批准列入第一批国家级非物质文化遗产名录。

“满族口头遗产传统说部丛书”是千百年来满族各氏族对祖先英雄事迹和生存经验的传述，一代一代口耳相传，保留下来的珍贵的满族遗存资料。经过近三十年抢救整理，从二〇〇七年到二〇一七年的十年间，根据整理文本的先后，我社分四次陆续出版了五十部说部和三本研究专著。此套丛书无论从社会价值和文化价值来看，都是一套极具资料性、科研性和阅读性融为一体的满族文化的百科全书。

此次出版对以下两个方面做了调整：

一、在听取各方专家建议的基础上，对原丛书进行了筛选，选取最有价值、最有代表性的四十三部说部，删去原版本中与文本关系不紧密的彩插，对文本做了大幅的编辑校订，统一采用章回体表述方式，并按照内容分为讲述萨满史诗的“窝车库乌勒本”、讲述家族内英雄人物的“包衣乌勒本”、讲述英雄和历史人物的“巴图鲁乌勒本”、讲述说唱故事的“给孙乌春乌勒本”等，突出了说部的版本特色。

二、保留研究专著《满族说部乌勒本概论》，作为本丛书的引领，新增考古发掘的图片和口述整理的手稿彩色影印件。

特此说明。

吉林人民出版社

编　委　会

序

任何民族的文学都包括两大部分。一是个人用文字创作的、以书面传播的文学，一是民间集体口头创作的、口口相传的文学。后一部分文学是前一部分文学的源头，是根性的文学。中国作为东方文明的古国，口头文学的历史去之遥远。就像西方文学始于古希腊罗马的神话故事，我国文学史上第一部作品是《诗经》，即民间口头文学集，这表明口头文学是一个民族文学的源头。在漫长的历史中，这两部分文学一直同根并存，相互滋育，各自发展，共同构成一个民族文化与精神的极为重要的支撑。

中华民族有着巨大文学想象力和原创力。数千年间，各族人民以口头文学作为自己精神理想和生活情感最喜爱和最擅长的表达方式，创作出海量和样式纷繁的民间文学。口头文学包括史诗、神话、故事、传说、歌谣、谚语、谜语、笑话、俗语等。数千年来，像缤纷灿烂的花覆盖山河大地；如同一种神奇的文化的空气在我们的生活中无所不在；且代代相传，口口相传，直到今天。

我们的一代代先人就用这种文学方式来传承精神，表达爱憎，教育后代，传播知识，娱悦生活，抚慰心灵；农谚指导我们生产，故事教给我们做人，神话传说是节日的精神核心，史诗记录文字诞生前民族史的源头。它最鲜明和最直接地表现中华民族的精神向往、人间追求、道德准则和价值取向。中国人的气质、智慧、审美、灵气、想象力和创造力，充分彰显在这种口头的文学创造中。

这种无形地流动在民众口头间的口头文学，本来就是生生灭灭的。在社会转型期间，很容易被忽略，从而流失。

特别是在这个现代化、城市化飞速推进的信息时代，前一个历史阶段的文明必定要瓦解。口头文学是最脆弱、最易消亡。一个传说不管多么美丽，只要没人再说，转瞬即逝，而且消失得不知不觉和无影无踪，所以联合国教科文组织把口头传统和表现形式，包括作为非物质文化遗产媒介的语言列为非物质文化遗产之一。

在中国，有史诗留存的民族并不很多，此前发现的有藏族史诗《格萨尔王传》、蒙古族史诗《江格尔》、柯尔克孜族史诗《玛纳斯》、苗族史诗《亚鲁王》。作为满族民族历史和文化传统的重要载体——“说部”，是满族及其先民世代相传的极其宝贵的精神财富。它最初用“乌勒本”（满语 ulabun，为传或传记之意）指称，后受汉文化影响，改称为“说部”或“满族书”“英雄传”。说部最初用满语讲述，至清末满语渐废，改用汉语并夹杂一些满语讲述。在漫长的历史进程中，满族各氏族都凝结和积累了精彩的“乌勒本”传本，如数家珍，口耳相传，代代承袭，保有民族的、地域的、传统的、原生的形态，从未形成完整的文本，是民间的口碑文学。“满族说部迥异于其他文类，不仅涵盖了口头传统，也吸纳了民俗学中多种民间文艺样式，包容性极强。”

我以为，对于无形地保留在人们记忆与口口相传中的口头文学，抢救比研究更重要。它是当下“非遗”工作的重中之重，要清醒地认识到文化和文明于人类的意义。当社会过于功利的时候，文化良知就要成为强音，专家学者要在抢救非物质文化遗产中勇于承担责任，走进民间帮助艺人传承与弘扬民间艺术，这也是知识分子的时代担当。

让人感到欣喜的是，经过吉林省的专家学者近三十年的抢救、发掘和整理，在保持满族传统说部的原创性、科学性、真实性，保持讲述人的讲述风格、特点，保持口述史的原汁原味的基础上，将巨量的无形的动态的口头存在，转化为确定的文本。作为“人类表达文化之根”的满族说部，受东北地域与多族群文化的影响，内容庞杂，传承至今已逾千万字。此次出版的《满族口头遗产传统说部丛书》为四十三部说部和一本概论。“说部”分为讲述萨满史诗的“窝车库乌勒本”、讲述家族内英雄人物的“包衣乌勒本”、讲述英雄和历史人物的“巴图鲁乌勒本”、讲述说唱故事的“给孙乌春乌勒本”四大部分。概论作为全套丛书的引领，从学术研究的角度对乌勒本产生的历史渊源、民族文化融合对其的影响、发展和抢救历程等多方面深入思考。

多年来“非遗”的抢救、保护、研究和弘扬，已取得卓越的成就。但未来的路途依然艰辛漫长，要做的事情无穷无尽。像口头文学这样的文化遗产的整理和出版，无法立即带来什么经济利益，反而需要巨大的投资和默默无闻的付出，能在这个物质时代坚守下来，格外困难。

文化传统和传统文化不是一个概念，我们的终极目的不是保护传统文化，而是传承文化传统。传统文化是固定的、已有既定形态的东西。我们所以要保护它，是因为这些文化里的精神在新时代应以传承，让我们的文化身份不会在国际资本背景下慢慢失落。

现在常把文化自觉与文化自信并提，这两个概念密切相关同时又有各自的内涵。文化自觉是真正认识到文化的重要性和自觉地承担；文化自信的关键是确实懂得中华文化所具有的高度和在人类文明中的价值。否则自信由何而来？

对传统文化的抢救与整理，不仅是为了传承，更为了弘扬。我们的民族渴望复兴，复兴的重要精神支撑在我们的传统和文化里，让我们担负起历史使命，让传统与文化为民族的伟大复兴发挥它无穷的力量。

冯骥才

二〇一九年五月

目录

上册

下册

《松水凤楼传》流传与采录

长期以来，满族传统说部《松水凤楼传》在东北各地民间广为流传，深受各族妇孺老幼所喜爱，且百听不厌。全书以清嘉庆二十五年庚辰秋，尤成额公子携妻室，即湖广总督桂良大人胞妹之女茗兰小姐由京师赴吉林就任左翼官学教习之职，适逢吉林将军更替，将军衙门总管乘机屡屡作梗，妄图采用移花接木之策将教习职任密授于盛京吏部侍郎卢涟之妻弟鲍昌公子，致使尤成额伉俪久羁江城、受尽欺辱、生活陷入困顿为开篇，穿插以众多的人物，生动的情节，由此铺展开波澜跌宕、曲折感人的泱泱巨部。不但淋漓尽致地勾勒了上自显赫的皇帝、贵胄，下至行省将军、豪门霸主、科举考生、杂技师班、少林名僧、江湖奇侠以及衣食窘迫之人心灵的美与丑，而且歌颂了边疆大吏富俊、德英等几位吉林将军为国家、为黎民施以德政，鞠躬尽瘁，劬劳一生，可钦可敬。值得特别称道的是本书还大量记载了当年吉林江城的景物和风土人情，使我们俨如进入清代中期令人眼花缭乱的万花筒，新奇而感奋，津津乐道，传诵不衰。

说起来，我在省社科院开展满族民间文化调查与抢救项目，当时刚刚起步不久。为摸清濒临消散的满族传统说部遗存现状，首选黑龙江省宁安市和吉林省吉林市进行重点考察，“解剖麻雀”。我们在宁安与傅英仁先生商妥，由他讲述满族说部《东海窝集传奇》《红罗女》，返回长春后，便投入对吉林省乌拉街满族文化遗产的考察。这是我首次造访乌拉古镇，倍感亲切，关晓彦镇长给予了大力支持。关晓彦，满族，乌拉街满族镇张老乡土生土长的民族干部，热忱干练，威信很高，对全镇谙熟于心，乃闻名的“乌拉通”。他告诉我说：“你来得真巧，镇里正在开展民族遗产普查，请来十几位满族老人，个个能歌善讲，是我们乌拉街的圣人哪！”

感谢晓彦镇长的热心关照，让我参加了文化普查会议，在其引荐下，认识了乌拉街五位出名的满族文化人，即旧街村的许明达、赵文金，北兰村的罗汝明、罗治中、关世英。他们邀请道："满族数百年前就有讲古的习俗，各屯都有故事王，能写能讲，请你也来听听我们讲故事吧！"

乌拉街满族古镇历史悠久，是闻名全国的明代扈伦四部之一的乌拉部所在地，保存有清代三百余年打牲乌拉总管衙门的古建筑遗迹，蕴藏着深邃丰富的满族古文化遗存。乌拉街是满族文化之乡，会上还遇到了几位知音和朋友，相互之间攀谈得很是投缘。我曾问他们："老辈人都传留下哪些满族故事？最喜欢最爱听的是啥名儿？"他们回答道："乌拉街可是满族故事窝，最打烙印的有《银牌太子》《白花公主与巴拉铁头》《白花点将台》等。要说乌拉街颇为出名的大部头书算得上《德青天》了。"经深入叙谈，得知吉林乌拉街地方很多满族老人的确熟知讴歌吉林清官、弘扬正义、鞭挞邪恶的满族说部《德青天》，不少人还能讲上几段儿。在我一再鼓动下，大家一时兴起，公推赵文金当场讲了段儿"秦大门牙刁难弱公子，赵西丹仗义诉怨情"，说者激昂慷慨，听者吁吁动情，并报之以热烈的掌声。

听罢赵文金娴熟、生动的讲唱，我异常兴奋，激动不已，凭借以往对满族说部传承情况的了解，认为《德青天》是值得关注和应予采录的一部长书，其情节的铺陈、叙述的脉络颇具有乌勒本的结构。当即下了决心，会后便告别晓彦镇长，随赵文金和许明达两位故事家先去旧街村，想听听他们讲唱《德青天》全书。为了采访方便，我紧跟着赵文金，住在旧街生产大队院里，同他睡在一铺火炕上。赵文金是老饲养员，勤快、能干，白天夜里负责全大队耕牛、马匹的饮水和草料。每到空闲时，或为省里的《民间故事》杂志写些民间故事，或到各户给老少爷儿们讲故事，是位令人尊敬的文化老人，对我的到来分外重视。当夜他叫来许明达，我们仨躺在火炕上，唠起了满族传统说部《德青天》在乌拉街的传承始末。

若是追忆《德青天》最初在乌拉街得以传播的功臣，有位老师傅不能忘记，那就是住在村子里的慈祥憨厚的燕德林。燕德林，农民，汉族，清光绪二十一年生，祖籍山东历城，时年八十五岁。清光绪二十三年，山东闹大旱与蝗灾，不到三岁的燕德林由爷爷燕福臣、父亲燕玉财、母亲尤氏轮换挑着出了关，千里迢迢逃难到吉林，在沙河沿落下脚。当年，沙河沿一带是庆亲王奕匡的属地，凡讨得盖有"庆字大契"的凭据，方准许侍弄亨德河至永吉界林地。其父燕玉财幸获恩赐"庆字大契"，得以招揽农工，购置牛马、农具，兼办学塾，经营五载，日子渐渐富裕起来。光绪二十六年，吉林闹起了义和团，因庆王爷交好法国天主教，故而其所属房舍、财产均被焚毁。此时，燕德林的爷爷已逝，父亲深夜带着他藏匿江城，才免遭厄运。

辛亥革命那年，燕玉财病逝，燕德林十六岁，种过地，做过船工。民国六年，燕德林二十二岁了，身材魁梧，不饮酒，不吸烟，由于从小在塾馆习文，尤精于珠算，有“袖里吞金”之术，被江城姜大把头看中，招为记档师傅。此后，开始为主家管理金银账目，不仅要乘船去松花江上游林场核查输送流筏的原木趟数，回到江城三道码头后，还需监管在江滨的原木楞场出纳账目，天天披星戴月的，时不时被木排挤伤，很是辛苦。一九三二年春，日本关东军将松花江上伐木运输业收归株式会社，激起了姜大把头和伐木工人的愤慨，一齐与其交涉，结果悉数被捕入狱。燕德林出于对姜大把头的感激之情，不顾命地从狼狗群里把他抢了出来，见已被恶犬咬得鲜血淋漓，昏死过去。背回家后，日夜伺候在侧，端水喂饭，过了三天方苏醒。可惜他染上了破伤风，日军拒供医药，病势日渐沉重。弥留之际，大把头从内怀掏出一把钥匙交给燕德林，说道：“谢谢你救我，一个人无牵无挂，走就走了，用这把钥匙打开我家房门尽管住吧！唯一惦记的是有一部庆王府管家偷出来被我买下的说部，平日里既喜欢又爱看，在江上放排时只要给伙计们讲上一段儿，疲困顿消，个个赛猛虎，遇到再凶煞的吃人浪、阎王汀、鬼门关，飞筏都能像支箭似的急驶而过，一路平安，这岂不是一部圣书吗？你可要好生保管哪！”燕德林点头答应下来。

姜大把头去世后，燕德林将其安葬罢，来到他的小屋中，见贵重物品寥寥，只留银圆五块，还有一部订好的《德青天》手抄书稿。燕德林举家迁到乌拉街旧街后，逢年过节或姜大把头的忌日，他都不忘拿出那把钥匙和《德青天》书稿供奉于案，祷祝一番，再讲上一段儿。时间一长，被细心的屯邻发现了，赵文金、许明达等人隔三岔五去看望他，关心他，听他讲《德青天》，燕德林很受感动，并收许明达为徒，旧街也就从伪满初年开始传讲长篇说部《德青天》。

乌拉街素以盛产大蒜、白菜名噪东北，每年初秋到冬季，来自四面八方的车马远客汇聚满街筒子。市面很繁华、热闹，房子连成片，居民颇多，饭馆儿、商铺更是生意兴隆。这个季节，也是许明达和弟子们最忙碌的时候，因为东北大鼓《德青天》开唱啦！不仅如此，年年从江城来一伙儿叫“四海堂”的说书班子，其中有的是许明达的好朋友，有的是远方弟子，到乌拉街选处临街的小门市房低价租下，作为清茶馆儿，贴出海报，讲唱《德青天》《德青天断案》《德公案》等。由于屋小人多，十分拥挤，进不去的只能站在门外大道上听。德英大人解迷津，探奇案，严挺贪官，为庶民吐苦水、雪仇冤，故事震撼人心，听众连连称快，乌拉街人人感谢燕德林老人，从此便有了知名度。

赵文金，满洲镶蓝旗人，民国七年生于旧街村，时年六十二岁。自小家穷，上不起学堂，没文化，然素喜看书听书，博闻强记，人到中年成了旧街的“大秀才”。其记忆力惊人，听后不忘，会讲《小八义》《三侠剑》《杨家将》等书段子。早年乌拉街的圆通楼和娘娘庙的所有楹联，他大部分能背诵下来，晚年发表不少民间故事，成为省内知名的满族民俗家、故事家。据本人介绍，他好搜集满族长书和民间故事，且爱说爱讲。农村走向合作化，生活渐渐好了，他开始一心苦记和学讲《德青天》《德英断案》，社员们皆爱听，从此越讲越有劲头儿。本村的许明达会唱大鼓书，他便向其学唱大鼓，不仅是省内说、写民间故事的能手，也与许明达一起成为全大队讲唱说部的大家。至于《德青天》一书怎么进入乌拉街旧街大队的，赵文金告诉我：“追本溯源，乌拉街的《德青天》，最早是从我们村燕德林老师傅那儿传下来的，这里还有许明达的功劳呢！”

许明达，汉族，民国十七年生，祖籍山东掖县。祖上清代时闯关东到了吉林乌拉街，许明达则降生在旧街村，时年五十三岁，一九六一年加入中国共产党，任生产大队党支部书记。他认为自己是最幸运的人，缘何呢？伪满时，乌拉街商务会的会首叫陈百川，出资将各屯选送的伶俐童子交给属下一位绰号叫“阔四爷”的师傅，亲口授艺，学唱《小五义》《封神榜》《白蛇传》，其中就有许明达。童年时代有了专长，就像捧着金饭碗，加之勤奋、努力，几十年苦磨苦练，到今天已能熟练地掌握演唱东北大鼓的技艺了，在全村、全乡乃至全县都颇有声誉。每当年节，各个屯子都用贴红字的马车接他去唱大鼓书，还常常把农村涌现出的好人好事自编大鼓词唱出去，成为社会主义建设积极分子。

说起许明达学讲满族说部《德青天》，还有段儿故事呢！伪满时期，有一天，少年许明达得悉旧街屯新迁来一家，户主姓燕名德林，据传家藏全本歌颂黑龙江将军德英施行德政的《德公断案》。作为一位说书人，面对一部好书，可谓莫大的诱惑，使他寝食难安。许明达几次登门拜访，燕德林因曾救过反日的人，所以处处谨慎小心，对他冷漠不理。许明达仍不死心，便按照求师拜艺的老规矩，请来村里的头面人物作陪，办了桌酒席，还带着大公鸡和四件礼品，到燕德林师傅家磕头拜师。最初，燕德林推辞不收，但在许明达虔诚跪地不起的情况下，感动之余，只好拿出钥匙和《德青天》手抄书稿摆于案上，焚香收徒。自此，许明达成为乌拉街燕家《德青天》大书的正宗传人，并与燕德林关系甚密，亲如父子。许明达并不满足，不负燕家传人之责，勤于钻研，精于学习，不但熟记《德青天》全书，而且打听到北兰村满族罗姓家族传讲《松水凤楼传》，即《德青天》《德公断案》的再传本。这引起了他极大好奇，多次徒步走访北兰村的罗汝明、罗治中叔侄，二位先生为之敬服，给他讲唱了《松水凤楼传》。许明达听后豁然开朗，罗姓家族将《德青天》《德公断案》做了大胆的发挥、丰富，补充了蛟河祖祠密寨、拉林河狂洪流尸、富俊忘我为国、壮心未酬等佚闻和情节，增加了史料价值，使其更加饱满，更具有吸引力和无穷魅力。许明达归来后，与燕德林、赵文金商量了一下，决定采用罗姓家族的方法，将《德青天》一书改称《松水凤楼传》了。

五天的调查结束了，我辞别旧街众友，去北兰村访问罗汝明、罗治中、关世英等满族故事家。北兰村是乌拉街满族聚居地之一，居住着满族关姓、罗关姓、何姓、赵姓等氏族，保留着古老的满族习俗和古文化遗存。罗汝明、罗治中、关世英等人是满族文化遗产传承和保护的优秀代表，其中的罗汝明，满洲罗关氏，宣统三年生，祖上世居吉林乌拉街，满洲镶蓝旗人，时年六十九岁。一九四五年参军，一九四九年负伤转业还乡，回到乌拉街镇，落户北兰村，任村党支部书记。在其倡导下，北兰村由小学教师、村干部以及具有民族文化知识的男女村民组成说唱满族故事会，罗治中、关世英分别任正、副会长，年年办秧歌戏和故事会。讲唱《德青天断案》《松水凤楼传》，也是在罗汝明的关心下，凡到农闲或村中来客时，便由罗治中、关世英等人主讲，既活跃了村里的文化生活，又扩大了北兰在外界的名声。

关世英，农民，民国十七年生，满洲正蓝旗人，时年五十一岁，擅讲满族故事，其中的《德青天断案》就是从罗汝明、罗治中处学来的。

罗治中，满洲罗关氏，清光绪三十三年生，满洲镶蓝旗人，时年七十三岁。他与罗汝明同宗，比其小一辈，是满族重要故事家，也是《松水凤楼传》成书的重要奠基者。幼年时，在乌拉街私塾念书，读过《论语》《孟子》《大学》《中庸》等，并存藏有清史古籍，古文造诣深，文学素养高。到了晚年，头脑仍十分清晰，手不释卷，谈吐颇有文采，不少人登门求教，总是热心答对，被称为民间师爷。性格孤傲倔强，一生颇不顺利，长期任乡村教师，年龄大了，开始做豆腐。我去访问时，发现豆腐房里放着他所书写的故事底稿，十万字之多。据本人讲，他很早就喜好写小说，伪满时曾投稿文学刊物，后被警视厅审查，险些入狱，抓到蛟河充当劳工，修筑吉延线国道，一干就是两年多。工友中有许多能人，结识了一位因受日伪思想矫正而抓做劳工的江城老师，精通清史，也是满族，擅讲很多历史故事，讲《德英断案》，讲《富俊除奸》，其中有“范蔼仁蛟河藏兵，老和尚三难将军府”“烟花巷众侠聚义，小金佛盗宝被擒”等情节，丰富了《德青天断案》。罗治中还亲自到吉林购买《清史稿》《东北岁时节序研究》《双城堡屯田纪略》等书籍，以便在讲述《德青天》时，充分展开德英的家世以及与其同时代各行各界人物的性格、作为与业绩，并以《松水凤楼传》之名传讲开来。他在归结说部《松水凤楼传》的成因时曾言：“《松水凤楼传》酝酿和产生的年代，大约是在清光绪至民国年间。当时社会动荡，民不聊生，生活在社会底层的人们表现得尤为愤世嫉俗，向往和怀念那些刚直不阿、廉正无私、爱民如子的清官为黎庶做主，久而久之，便在民间孕育、创造出来了满族长篇故事。《松水凤楼传》在最初流传时，随着情节的不断充实、内容的不断丰富，说部名称叫法很多，有《德青天断案》《德公传》《关东奇侠传》《白虹传奇》等。我们在讲述的过程中，也在不断地修润、完善着，使其永葆生命力。”

我从一九八〇年至二〇一一年间，曾无数次前往乌拉街满族镇。早年，每去必到旧街和北兰看望赵文金、许明达、罗汝明、罗治中、关世英等知心老友，相互间像亲兄弟一样，有唠不完的嗑儿、叙不完的情，分别时总是难舍难分。近些年，他们大多已离世，唯罗汝明老哥于一九八五年夏迁往黑龙江绥化县儿子所在的农村，后久无信息。而今算来，斯人已逾百岁，想已仙逝了。这些可钦可敬的满族故事家一生不求酬报，默默无闻、锲而不舍地为传播、弘扬民族文化奔忙着、劳碌着，那深深的民族情结和高尚品德让我永远缅怀和敬慕。《松水凤楼传》在满族众多乌勒本中，堪称一部绘声绘色叙述吉林历史、风土人情的民间优秀艺术奇葩。多年来，我始终有个夙愿，一定要把乌拉街五位老人一生所讲唱的《松水凤楼传》讲出去，纳入积年家传和搜集的满族传统说部公之于世，让更多的人记住他们，学习他们，这就是之所以废寝忘食、不顾疲惫、用一年多时间含泪讲唱《松水凤楼传》的初衷。在采录本说部的过程中，尽量汲取诸位故事家所讲唱的内容，既要保持原貌，又要熔于一炉，故而显得有些浩阔庞杂。由于来自众多讲述者，难免出现错误、矛盾之处，明显处做些调整，多处因考虑系民间口承文化，有其一定的理想主义色彩，所以未做较大改动。此外，值得提出的是本说部为了力求吸引听众，有些关于低俗情节的描述，讲唱时着意做了必要的删减。《松水凤楼传》的故事来源，主要是以旧街村许明达和北兰村罗治中讲述本为基础，本人抄录后讲述的。为了在省内了解一下其他的传播源，一九九二年去了永吉县，碰巧遇上了双河镇小学校长胡达千先生，也是满族。据他讲，一九八六年冬，在吉林市群众文化艺术演出会上见过乌拉街北兰村的罗治中，听其讲唱了一段儿《松水凤楼传》，从此也很关心这部说部。其后曾与罗治中多次接触，并看过了《松水凤楼传》的讲述本，对当年吉林两翼官学的考取制度提出了合乎史实的更正。我几番去该校访问达千先生，依据他的意见，做了一些充实与修改。本说部的讲唱磁带于二〇〇八年交于于敏先生，她再从录音机下载，用了三年的时间给予了精心整理、修润、补正与通校，花费了不少心血，在此特致以深切敬意和诚谢之情。

引　　言

朱伯西[1]我以十分崇敬的心情，按照先辈罗汝明老先生三十年前讲述的原委，向在座的各位阿哥讲唱满族说部《松水凤楼传》。

讲唱满族说部，按通常的惯例，要有引子，即书头，也就是说部的开头。此说部亦不例外，不过不是在开篇之前唱开头，而是以两首词开头，逐渐引出一桩桩、一件件晚清的陈闻遗事。“词”者，乃文体之名称，诗歌的一种，起源于隋，形成于唐，至宋大盛，固有唐诗、宋词之说。说起这词，实为伴随着当时的新兴音乐燕尔而产生的，按谱填词，合乐歌吟，句子长短不一，依曲调节拍而定。古词的声韵很美，特别是江南的词牌子，经配乐是可以吟唱的，且好听悦耳。遗憾的是本说书人不会汉词，更不擅吟唱，只能请各位阿哥，尤其是汉家先生多多海涵了。为保持说部的完整性，还是要在此将其词记录下来，作为本书的书头。

第一首词是个很美的词牌，名曰《鹤桥仙》，原词为宋代著名大词人陆游陆放翁所作。我记录的可不是原词，而是由大清国朝中的一位赫赫有名的都统、御前大臣文祥（字博川），步陆游之词韵所作的另一首《鹤桥仙》，其词曰：

淫雨轻辙，
雕鞍驰射，
谁记当年豪举？
凤楼岁岁忆倩影，
楼依旧，

江柳荒冢。
激浪撑帆，

① 朱伯西：满语，说书人。

笑惹儒骨，
占断松江烟雨。
寇虏乘嚣全是债，
独声吟，
德翁安否？

这首词虽不像陆游的原词那样流芳百世，但也很有气派，词意深远含蓄，把该说部中主人公的行为与心情勾勒得一清二楚。

本说部用的第二首词是南唐后主李煜所作的《虞美人》，其词曰：

春花秋月何时了？
往事知多少。
小楼昨夜又东风，
故国不堪回首月明中。

雕栏玉砌应犹在，
只是朱颜改。
问君能有几多愁，
恰似一江春水向东流。

这首词本是感怀故国之作，作者从一国之君变为阶下囚，沉思前世，不堪回首。以问起，以答结，由问天、问人而自问，将其度日如年、悲恨相续的痛楚心境委婉地展现出来。本说部借此词开篇，目的是以李煜之情怀，抒发和补缀主人公的心声。

一段引子道过，朱伯西现在就正式开讲《松水凤楼传》。

第一章　囚困江城

诸位阿哥，《松水凤楼传》所讲唱的传奇故事从发生的时间上看，不比其他古老满族说部那么久远，而是清代晚期的一些事儿，有些长寿老人的玛发[①]、奶奶小时候就是在这个年代度过的，距今二百余年。若按大清的朝代来说，正是嘉庆、道光、咸丰、同治相继亲政之时，大清国经历了由盛转衰的过程，其朝代更迭及治理是怎样一个状况呢？我们不妨简单回顾一下。

嘉庆元年正月，乾隆皇帝第十五子颙琰受禅即位，尊父乾隆帝为太上皇。三年后的正月初三，太上皇病逝，颙琰始亲政。这时的大清朝可不比圣祖玄烨、高宗弘历在位时的康乾盛世，倡导励精图治，文治武功。那时，康熙爷要求开垦荒地，禁止圈占民田，禁止各级官吏行贿受贿，下令对有此行为者互相纠举，以缓和社会矛盾。乾隆帝在治国中，则实行宽严相济的为政之道，整顿吏治，严惩贪官。正因如此，社会矛盾得以缓和，生产得到发展，百姓安居乐业，也才出现了康乾盛世。而今开始走下坡路了，大清国由盛转衰，内忧外患等阶级矛盾和民族矛盾逐渐暴露出来。这种情况下，颙琰整饬吏治，崇俭黜奢，禁烟禁赌，赐死大学士和珅，处决户部尚书福长安，镇压白莲教起义，时刻保持着对外国殖民主义侵略的高度警惕性。在民族保护政策方面亦有具体体现，比如对八旗满洲发祥地吉林实行封禁，保护、安置闲散旗民，不准旗人与汉人通婚，不许领养汉人子弟，增加宗学缺额等，对于爱新觉罗家族以及满族的传承、发展起了一定作用。

嘉庆二十五年，仁宗嘉庆帝次子旻宁御太和殿即皇帝位，改次年为道光元年。尽管旻宁着手巩固边疆，平定张格尔叛乱，收复喀什噶尔，严禁鸦片，对外抗战，在宗族管理上也比较严格，制定了宗室犯罪律令，

① 玛发：满语，爷爷。

不失为勤于政事的“守成之君”，然清王朝此时已是国势危殆，到了全面走向衰败的阶段。外国殖民主义侵略者对中华大地虎视眈眈，自嘉庆十五年三月，以京城广宁门巡役缉获所谓的阿芙蓉，即鸦片六盒始，到嘉庆二十年的流毒甚炽，再至道光朝，英吉利的国货以及鸦片已大量输入中国。道光十九年一月，道光帝授命湖广总督兼兵部尚书林则徐为钦差大臣前往广州，与两广总督邓廷桢整饬海防，二人合力严缉走私烟贩，迫令英、美烟商交出鸦片二百三十七万斤，并于四月二十日在虎门当众焚毁，史称“虎门销烟”。此举长了国人的志气，灭了敌人的威风，大清儿女终于吐出了一口恶气。

道光二十年，英国以我国禁止英商贩卖鸦片为借口发动了侵华战争，陈兵定海。开战后，虽然林则徐等人率领广东爱国军民进行了坚决抵抗，但腐败无能的清政府却一再向侵略者谋求妥协，致使其先后攻陷厦门、宁波、上海等地，兵临南京城。道光二十二年七月二十四日，清政府在侵略者的武力威迫下屈膝投降，最终与英国代表签订了我国近代史上第一个丧权辱国的《中英南京条约》，把国人的脸丢尽了。自此，西方侵略者敲开了中华大地的大门，中国社会开始进入半殖民地半封建社会。

道光三十年正月，宣宗旻宁第四子奕詝按照父皇的密诏登基，以次年为咸丰元年。在位期间，正是清王朝江河日下、内外交困的转折时期，坐殿当年的十二月，洪秀全便于广西桂平县金田村宣告起义，建号“太平天国”。战火燃遍十四省，地域之广、时间之长、耗银之巨、影响之深是历次起义无法比拟的，加之紧接着的河南捻军起事，致使清朝的统治元气大伤，此乃咸丰帝登基之后面临的内忧。与此同时，也面临着外患，咸丰八年四月，黑龙江将军奕山与俄签订了《瑷珲条约》。同年五月，桂良与俄、美、英、法四国公使分别签订了《天津条约》。咸丰十年四月至七月，英法联军战船驶入北塘，攻陷天津，占领通州。八月初八日，一贪女色、二贪丝竹、三贪美酒、四贪鸦片的咸丰帝在外敌入侵、义军蜂起、社稷多难、江山危急的情况下，却率领重臣及眷属逃离北京，躲进热河避暑山庄，拒不回銮。八月二十二日，英法联军兵进北京海淀，洗劫圆明园。一周后进入北京城，再赴圆明园，纵火焚之。九月十一日，恭亲王奕䜣分别与英、法签订了《中英北京条约》《中法北京条约》。十月，又与俄签订了《中俄北京条约》，将黑龙江以北的大片领土割让给了沙皇俄国，乌苏里江以东地域为中俄共管，后来渐渐沦丧殆尽。

咸丰十一年十月初九日，文宗奕詝之长子、时年虚六岁的载淳按照遗训即皇帝位，颁诏天下，以次年为同治元年，奉慈安皇太后、慈禧皇太后于养心殿垂帘听政。此前，咸丰帝曾担心死后出现八大臣或两宫皇太后专权的局面，故而下旨让八大臣和两宫皇太后联合执政。然咸丰的担心归担心，就在辞世不久，发生了“辛酉事变”，经过是这样的：载淳登基九鼎时，朝廷的大臣一半儿在热河，即以肃顺为首的八大臣势力；另一半儿在北京，即以皇六叔恭亲王奕䜣为首的帝胤势力，其作为深得皇帝及两宫皇太后的支持。咸丰十一年七月十七日，在京的奕䜣惊闻咸丰帝晏驾于热河行宫之烟波致爽殿，非常悲痛，遂以皇六弟的身份前往避暑山庄拜祭，叩谒奕䜣的梓宫。恭亲王到后，乘叔嫂见面的短暂时机，商定了返京铲除八大臣的政变安排。八月初六，支持恭亲王的御史董元醇上折，请皇太后权理朝政。十一日，两宫皇太后据此领着同治帝载淳召见顾命八大臣商议此事，对方则以咸丰遗诏和祖制无皇太后垂帘听政为由予以驳斥。两宫皇太后当仁不让，据理力争，与其辩论得异常激烈，肃顺等人冲着两宫皇太后恣意咆哮，声震殿陛。双方相持不下，谁也不让谁，最后八大臣不得不答应回京再议。

九月二十三日，同治帝、两宫皇太后、顾命八大臣奉大行皇帝的梓宫由热河避暑山庄起驾返京，两宫皇太后只陪行了一天，便以载淳年龄太小、自身又是妇道人家为借口，抄小道先行回京。灵驾本来速度就慢，正赶上天下大雨，道路泥泞，越发难行。好不容易抵达密云时，恭亲王与两宫皇太后发动了政变，公布八大臣的罪状，解除其职，命睿亲王仁寿、醇郡王奕谖前往密云，将在途的肃顺等人解京。十月，诏赐载垣、端华自尽，肃顺处斩，夺景寿、穆荫、匡源、杜翰、焦佑瀛职，穆荫遣戍军台。铲除了顾命八大臣，两宫皇太后顺理成章地开始了垂帘听政，恭亲王进了军机，坐上了议政王之位。

《松水凤楼传》讲的就是嘉庆末年到同治亲政所发生的一些事儿，此时的大清风雨飘摇，内政纷乱，贪官如毛，为一己私利而不顾百姓的死活，社稷已到将要崩塌之时。社会治安混乱，盗匪蜂拥，马贼横行，户户夜不能寐，日日无法安生，致使民怨沸腾，义军揭竿而起，刀光剑影震撼了奉天、吉林、黑龙江等地。更令人气愤的是八旗子弟中，有些败家子早已没了往日勇武、彪悍的气概，意志消沉，精神委顿，懒懒散散，不知上进，玩鸟儿、逛窑子、抽大烟、耍大钱，过着衣来伸手、饭来张口的颓废生活，给祖上丢尽了脸。就在这时，阿布卡恩都力[1]送来了一位衣食父母官，此人是谁呢？即被称为“青天”的德英大人。他施行了德政，不仅为国家着想，也为百姓办事，久而久之便发生了可喜的变化。所以说，本说部可谓一部痛史、泪史，听了之后，必会五味杂陈，有感而发。首先是恨，八旗的败家子何其多；其次是愁，八旗子弟中，尚有吃喝嫖赌大烟鬼；再次是悯，可怜黎民百姓号啕泪；最后是奋，要合力擎起倾厦拯危势，勉励爱国志士仁人，天下兴亡，匹夫担双肩。

《松水凤楼传》最早流传于吉林故地，讲唱本书不能不提到本书主要人物之一尤成额收养的义子郎德瑄，即“虎子”，因为他是这部书最初的讲唱者和传承人。清末民初之时，吉林、黑龙江一带一提到此人的名字，那可是如雷贯耳，无人不知，无人不晓。他是位讲唱艺人，擅讲乌勒本[2]，《德青天传》《德大人断案》等段子都出自其口。在当地，其智慧、聪明以及流利的口才无人能比，人们皆言他是南极翁转世。为啥这么说呢？据传，南极仙翁后身有个大罗锅儿，里面装的全是智慧。而这位受欢迎的讲唱艺人后背有个小罗锅儿，只要一开口，说部段子便一出接一出没个完，故而称其乃南极翁转世。他是何方人氏呢？就是住在吉林街牛马行凤楼阁旁边那座三楹木屋的郎德瑄，外号儿“郎铁嘴”，自号“抱璞”。“璞”即璞玉，意为抱块未经雕琢和打磨的玉，感慨自己怀才不遇。那个年代，一般不直呼其名，而是叫号或字，称“抱璞先生”即指郎德瑄。其外号儿乍叫起来可能觉得不太好听，铁嘴嘛，肯定是天天没事儿时四处咧咧，口若悬河，挺能白话，让人不尊敬，故此很少有叫他外号儿的，都称“抱璞先生”“郎老师”或“郎师傅”。郎德瑄凑些银子买下的三楹木屋其实也不是什么好住处，破乱不堪的，到处布满蜘蛛网。他挺有办法，先把木屋里里外外彻底清扫一番，然后请来匠工又是粉刷又是镂刻的，破损的门窗也都修好并涂上了油漆，顿时焕然一新了。还自行其乐，在门楣上悬挂一块匾，自书“抱璞斋”，这便成其美居了。

郎德瑄没有罗锅儿前是一高个子，身材伟岸，略显肥胖，气质不凡。据老人们讲，他生而能言，言而能卜，卜而皆准，被老少爷儿们称为神人。一生奇幻异常，见多识广，生活经验丰富，阅历过很多事，说起他的名字，还有一段儿故事呢！

---

① 阿布卡恩都力：满语，天神。

② 乌勒本：满语，传、传记之意。

郎德瑄原本不住在吉林街，祖上是珲春东大荒子圈儿河人氏，乃当地的土著，满洲人，隶属满洲镶红旗，钮祜禄哈拉[①]，钮祜禄为满洲郎姓。自打出生就没起过大号，因长得虎生生的，甚是可爱，家里家外都叫他“虎子”，这便成乳名了。

道光年间，珲春一带匪患四起，占山为王，连偷带抢，搅得黎民不得安宁。朝廷虽屡次派兵前去剿匪，但均未奏效，官兵前脚儿走，匪徒后脚儿又到，照样惨景不绝，遭殃的是百姓，日子很是难熬。

虎子的家族原先住在海边，称“边户”，也称“海户”，依海而生，乃海上人家。终朝每日叉海参，采海菜，抓螃蟹，捞鱼虾，日出而作，日落而归。后来全家沿海岸北上，迁到岩杵河中游，于林边搭个窝棚住下了。不到一年，又从岩杵河逆流而上，去了珲春圈儿河。为什么在海边住得好好儿的，日子也能过得去，却两次迁移呢？就因为沙皇俄国的入侵，不得已而为之。那几年，罗刹[②]驾驶着战船、舰只入境，强占日本海一带的岛屿和锡霍特山麓，手持刀枪将当地的满洲人、恰克喇人及其他各少数民族往北赶。倘若不走，不是烧就是杀，还掳掠财物，损毁家园，让你无立足之地。百姓实在没法儿过活了，无奈之下，只好卷起铺盖，肩挑担子，拖儿带女地逃到了珲春圈儿河，老郎家就是这么过来的。

虎子的阿玛[③]身板儿挺结实，黑红脸膛儿，尽管年轻，面相却显老，故而身边的人皆称其为“老郎”。他的妻子原本体弱多病，在生虎子时，又得了产后风，虎子没满月她便撒手人寰了。老郎只好又当爹又当娘，吃尽辛苦，一把屎一把尿地拉扯着儿子，好不容易长到两岁了，便背着虎子入了军旅，当了一名牌子兵。从此，虎子把八旗军营当成了自己的家，每天生活在牌子兵堆里，在他们身前身后转，像个跟屁虫似的，撵都撵不走。何为牌子兵呢？各地旗营都有这个兵种，即专管打更报时。所穿号坎儿的胸前挂一铜牌儿，上写“更”字，佩带腰刀，手拿铜锣，于一更、三更、五更边敲边报。老郎不同于一般的牌子兵，而是营站牌子兵的头儿，手下管七人，一个牌子五至七人，倒也不累。

在八旗军营待到第五个年头时，该着老郎倒霉，七个牌子兵里头有个叫袁五的，是混进旗营卧底的土匪，他对此丝毫不知。袁五挺鬼，点子也多，瞄上了旗营牌子兵的最大头儿、老郎的顶头上司、一位姓杨的

① 哈拉：满语，姓。

② 罗刹：原意指恶鬼，此为对沙俄入侵者的蔑称。

③ 阿玛：满语，父亲。

翼长，想方设法拉关系、套近乎，采用行贿的办法予以收买，终于将其说服了。咋的呢？袁五只要见到翼长，便满脸堆笑地主动上前问候，并装出一副很关心的样子说：“翼长大人，您如此有能耐，为啥非在牌子营里混呢？眼瞅着大清就要完蛋了，没看见还没听说么，清廷干正事儿的文官武将不多，贪官污吏可不少，终朝每日花天酒地，脑满肠肥，而受苦受穷的却是百姓。不如调转枪口跟兄弟干，别听朝廷叫嚷什么剿除马贼呀、土匪呀，其实我们是杀富济贫、解救天下的穷苦大众、为黎民谋利的，乃积德行善哪！”

翼长是位满洲人，一开始没往心里去，可架不住袁五几次三番蛊惑呀！仔细一琢磨，觉得说得也是，眼下的确不像话，军营里的官儿根本不像官儿，贪得无厌，月月的饷银从不全发给兵丁，余下的被他们暗地里克扣了，我还留在旗营里干啥呀？真不如到胡子帮去，起码能为穷人着想，替百姓做事。一气之下，就带领牌子兵投了土匪，叛了朝廷。老郎不知就里，见顶头上司走了，自己当然不能落下，也稀里糊涂地跟了去。

牌子兵谋反，成了发生在珲春的一件大事，朝廷上下尽知。吉林将军闻听此报后，异常震怒，这还了得！遂命属下千员八旗官兵即刻前往，全力抓捕，反抗者斩不赦。是夜，大队人马赶到珲春，兵分两路，对这伙儿叛逃之人层层包抄，翼长及手下六七十号人被杀，其中包括老郎，仅有二十来个牌子兵侥幸逃出。翼长上头分管珲春一带安全的四品翼领如坐针毡，觉得实乃自己对下属管理不严所致，愧对朝廷，罪责难逃，无奈之下，只好悬梁自尽了。

其时，吉林将军派出的八旗官兵不单单剿灭了这伙儿反叛的牌子兵，为了平定社会治安，接着又按令抓捕、斩杀马贼和匪盗。结果人是越抓越多，一时难以辨真伪，致使不少无辜的贫民被捆上绳索，一排排、一行行地押至吉林将军属下的柳林镇，关入死牢中。总的来说，里面多数是反叛的牌子兵和扰乱社会治安的匪盗。

由于天天不停地往里抓，牢房却是有限的，现建又不赶趟儿，这就乱了套了。你想啊，牢房里的人逐日增加，粮食能够吃吗？水也供不上了，饿死的、踩死的、渴死的、病死的多了去了，根本没人管，那真是叫天天不应、叫地地不灵啊！看管囚牢的狱卒见里头的人死的死、伤的伤、病的病，实在太惨了，很是不忍心，暗地里寻思道：“谁都有家有口的，咱可别干缺德事儿，还是多积点儿德吧。再说了，光天化日之下，哪有那么多叛匪呀?”索性便睁一眼闭一眼，发现不守监规或企图逃跑的，就像没看见一样，亦不认真过问。被关押的所谓叛匪见狱卒们看管不严，有了生的希望，不少人乘机逃了出去，每天都能跑出几十个。

老郎被杀时，虎子的年龄尚小，刚满七岁，此前一直跟父亲和牌子兵一起生活。阿玛死了，虎子孤苦伶仃无依无靠，又年少无知，只好回到四壁透风的家，听凭命运的安排了。一帮逃出柳林镇死牢的牌子兵毕竟和老郎一块儿入伍，同睡一铺炕，父亲没了，其子怎么生活？他们找到了郎家，看孩子怪可怜见儿的，不逃走只能等死，谁管他呀？一想还是带走吧，逃出一个是一个，总是条小命啊！于是拉着虎子的手出了家门，随逃难的人群好歹跑了出来，往哪儿逃呢？只能往吉林方向去，赶紧离开这死亡之地。

一路上，虎子紧紧跟在那帮牌子兵身后，一连气儿跑了半个多月，双脚磨出了血泡，钻心地痛。白天穿行于密林之中，夜晚歇息在野甸子里，没铺没盖。饿了，向周围同是逃难的讨点儿干粮或嚼些嫩草根儿、树叶儿，摘几个野果子充饥，有时抓些可食的虫子用火烤着吃；渴了，喝河泡子里的水或山泉水；困了，大地当炕，倒头便睡，任虫咬蚊叮。当逃到吉林街亨德河口，即松花江的一条支流时，虎子又饥又渴又累，实在跑不动了，眼前一黑，扑通一声倒在了岸边的草丛里。牌子兵一看，孩子不行了，躺在地上一动不动。伸手试了试鼻息，似乎没气儿了，万没想到这儿竟成小虎子的坟茔地了，个个唉声叹气，难过得直掉泪。其中一瘦高个子兵弯下身瞅了瞅，见其紧闭双目，嘴巴微张，摇摇头道：“咳，死就死了吧，死是享福，跟着咱们也是个遭罪，还得继续往前跑哇！眼下谁也顾不上谁了，只能各顾各了，保命要紧哪，赶快逃吧！”在场的牌子兵都没吱声儿，只好扔下孩子，一步三回头地走了。

说来小虎子的命够大的，当时并没死，只是由于又累又饿、连惊带吓的，一时昏厥过去而已。也该着他有救，碰上贵人了，真是巧了。怎么的呢？小白山东面的这条河叫亨德河，是从数百里外流进松花江的，水草肥美，鱼虾颇多，水獭也不少。河口附近搭建有一座座茅草房，里面住着渔民和猎户，还有一些逃难的也聚集在这儿，哪儿的口音都有，只要勤快点儿，下河摸鱼捞虾，日子总能过得去。

这天清晨，太阳从东方升起，蓝蓝的天空万里无云，映衬得松花江水一片碧绿，一位穿着整齐、戴着员外头巾、具有学士风度的中年男子漫步河岸，此人是吉林将军衙门属下的左翼官学教习尤成额。何为“教习”？即老师，教书的。当时，不上官学是不行的，各旗为培养子弟，旗民按照旗属纷纷把自己的孩子送到学堂念书，学习汉文和满文，且边学文边习武。三年之后，经考试合格了，再去州府读书，此为清代八旗子弟从文武这条路上入仕升官的一条重要途径。尤公子通常是晚上备课，白天教书，闲暇时读读古诗，写写宋词，感觉累了，或陪四岁的儿子玩玩儿，或到亨德河口遛弯儿。这日，他同往常一样，溜达了一会儿，便走到岸边的一棵柳树下，抻抻胳膊撂撂腿，又晃了晃腰。偶然间一侧头，发现草丛里似乎有个东西，走到近前一看，不禁大吃一惊，竟是个小男孩儿躺在那儿！只见他浑身灰土，光着脊梁，下身儿穿一条七窟窿八眼的破裤子，根本遮不住屁股，两只小脚掌磨出了血泡，脚后跟处沾着血嘎巴，几只苍蝇嗡嗡叫着落在上面吸吮着。头发乱蓬蓬、脏兮兮的，都擀毡了，似乎很长时间没洗了。脸色蜡黄，瘦瘦的，胳膊像麻秆儿，小手像鸡爪，浑身上下只剩一把骨头，一对儿眼睛就是两个坑，上下牙咬在一起龇龇着。乍一瞧，纯粹是个纸扎的孩子，同传说中的小鬼没啥区别，谁看谁都得认为那是个死倒儿。再仔细一瞅，男孩儿的眼皮动了动，小脑袋瓜儿往左偏了偏，伸出舌头舔了舔干裂的嘴唇，哎呀，他还活着！

尤成额是个很有教养的文士，为人忠厚，心地善良，同情弱者。常常是遇到衣不遮体的穷汉，就把自己的衣服脱下一件给他穿上；看见下河摸鱼充饥的妇孺、老者及难民，就将省下来的俸饷小米拿出来，让他们熬粥喝。心肠这么好，今天见到奄奄一息的幼儿岂能不管？他撩起长衫蹲下身，全然不顾孩子埋汰与否，伸出双手轻轻将其抱了起来。这一动，男孩儿缓过来了，长出了一口气，慢慢睁开眼睛，怔怔地瞅着公子，一句话也说不出来，他便是虎子。

尤成额抱着虎子三步并作两步地回到家，一进门便高声唤夫人，吩咐赶紧生火，熬点儿稀溜溜的小米粥。夫人方氏见夫君怀里抱个男孩儿，估计是捡来的，来不及多问，边喊侍女边进了厨房，淘米下锅，很快就把粥做好了。方氏盛了一碗端进屋，晾温乎后，让丈夫抱着孩子，自己则用小勺儿一口一口地喂。你想啊，虎子连跑带颠半个来月，累得浑身瘫软，一点劲儿都没有了，又未吃过一顿饱饭，腹内空空的，能不饿嘛，很快就把那碗粥吃光了。方氏让侍女再去盛一碗，尤成额制止道：“不用了，孩子长时间饿肚子，胃里没食儿，冷丁吃多了承受不了，得慢慢来。”说着，把虎子平放在炕上，也好躺得舒服些。

方氏见虎子上身光着，下身穿一条破裤子，快成小光腚了，遂脱鞋上炕，打开炕柜，找出几件洗得干干净净、叠得整整齐齐、略小一点儿的旧衣服，想给孩子换上。尤成额觉得虎子灰头土脸的，太脏了，得先洗个澡，然后再换衣服，便拿过衣服对夫人说："你把被褥铺好，填把柴烧烧炕，在家等我们。我抱他去河边洗洗，再给理理发，一会儿就回来。"

方氏点点头道："好吧，路上小心，别着急，河岸的斜坡挺陡的，慢点儿下，要不我跟你一起去？"

尤成额摆摆手道："不用，我一个人就行，没事儿。"边说边抱起虎子，扯过一条床单裹在其身上，快步出了家门。虎子的小脑袋瓜儿靠在尤公子肩上，两只手搂着他的脖子，两条腿耷拉着，虽然七岁了，但只长骨头不长肉，体轻得很，可怜巴巴的，谁看了都得心疼。

尤成额径直来到河东岸，顺斜坡儿而下，到了水边，让孩子站在河里，然后轻轻朝他身上撩水。虎子脏到什么程度呢？这么说吧，撩到他身上的是亨德河清亮亮的水，淌下来的却是一条条泥道子，鱼儿都被气跑了。尤公子不停地撩水，洗得很仔细，头、脸、脖子、耳朵眼儿、屁股沟儿、小脚丫无一遗漏。用了约两袋烟的工夫，虎子浑身上下洗得干干净净，这才有个人样儿了，清清爽爽的，小脸儿白白的，要不就是个小黑孩儿。尤公子用毛巾把虎子身上的水擦干了，换上了干净衣服，然后抱到岸上。此刻的虎子已喝了一碗粥，接着又洗了澡，折腾了一阵子，感到不那么软塌塌的了，有点儿精神了，尤成额上上下下打量了一番，笑着问道："孩子，咋样啊，觉得好些了吧，能不能跟我一块儿走走？"

虎子抬头看了看，没吱声儿，伸出左手扯着尤成额的衣襟儿往前走去。走出没多远，就看见道边有一理发店，其实并不是什么正经八百的店铺，只是在树下搭了座小窝棚，外头放把木椅子，旁边立一牌子，上写"理发"二字，很简单。剃头匠见过来一位文士，穿着很讲究，身边跟着个男孩儿，知道这是找自己剃头的，有银子可赚，当然高兴了，忙起身迎上前打招呼："老爷，快请坐！"

尤成额说："色夫[1]，我不理发，请给孩子理一理。"

剃头匠赔着笑脸应道："好嘞，这就来！"反身走到椅子跟前，用手

---

① 色夫：满语，师傅。

中的毛巾照椅座啪啪甩了两下，随即冲虎子唤道：“哈哈济[1]，过来，坐这儿！”然后又从窝棚里搬出一把靠背椅，对尤成额说：“请老爷坐下歇歇，稍等片刻，很快就好。哎呀，真是对不起，老爷若想喝茶，小的可没备，只有白水。”

尤成额谢过，坐在椅子上笑了笑道：“色夫，不用客气，我不渴，请抓紧时间给孩子理发吧！”

剃头匠立马抖开一块白布单搭在虎子的前襟儿，把两个上角儿往脖子上一系，又正了正他的头，梳了两下，拿起剪刀理了起来，边剪边说：“哎呀，哈哈济长得白白净净、眉清目秀的，又懂事又听话，真乖呀，太招人喜欢了，就是瘦了点儿。孩子，得多吃饭，嘴壮才能长高长胖，听见没？”虎子只是眯着眼睛听着，没作声儿。尤成额叹了口气，爱怜地看看小家伙，一副心事重重、若有所思的样子。

清代，男人都留辫子，理发时，从前额上方理到耳后，头顶及脑后的头发留下不剪，为的是梳辫子。这个剃头匠算得上成手儿了，嚓里咔嚓一顿剪，没一会儿便理完了，然后抬头问道：“老爷，要不要给哈哈济梳上辫子？”

尤成额回道：“不用，回家再梳吧，唉，可怜的孩子呀！”

剃头匠听罢，马上反应过来，遂问道：“老爷，这哈哈济……莫不是从哪儿捡来的？”

尤成额未接茬儿，只低声儿说了一句：“色夫，别问了。”

剃头匠知道，附近方圆几十里逃难的人太多了，妇孺老幼皆有，还有一家一户的，自己不也是逃过来的嘛！男孩儿的身子骨儿十分瘦弱，又没有老人跟着，一准是死了爹娘或家中摊上啥事儿了，为求活路才逃离家乡的。看来这位老爷是个热心肠儿，心眼儿不错，肯做善事，把孩子救下并收养了，让人敬佩，不禁感叹道：“唉，世上菩萨多好哇，那是穷人的福气。可惜呀，现在的世道不好，行善之人太少了！”

咱们且不细讲剃头匠对社会现状和百姓的不幸发出怎样的感慨，单说尤成额付了碎银，拉着虎子的手往回走，刚看到自家的房山墙，就发现夫人和两个侍女早已等在大门口儿了，正抻脖儿往这边望呢！方氏见夫君领着孩子回来了，这才长出一口气，迎上前道：“咋去这么久呢，可把我急坏了，就怕出点啥事儿，眼下世道多乱哪！”

---

① 哈哈济：满语，小子。

尤成额说："没事儿，净担没用的心，不是好好儿的嘛！我给孩子洗了澡，换了衣服，理了发，这回你再看看，招人喜欢不？"

方氏弯下身，侧着头仔细打量着眼前这个穿着不太合体却很干净的衣裳、头发梳得顺顺溜溜的、小脸儿白白的男孩儿，真是大变样了，简直就是天上掉下来的漂亮可人的哈哈济。虽然由于身子骨儿瘦弱，那张原本的圆脸变成长脸了，尖尖的下颏儿，肤色白里透黄，看不到一点儿血色，但两只大眼睛水灵灵的，睫毛挺长，毛嘟嘟地忽闪着，甚是好看。她掩饰不住内心的高兴，啧啧夸赞道："哟，哈哈济，好俊气呀，没比的，谁看了都得喜欢！"边说边拉着虎子的手进了屋。

尤成额随后跟进，让虎子坐在椅子上，取来梳子说道："孩子，大清国的男人都得留辫子，没辫子不好看，像个讨饭的。我给你也梳条辫子，梳完再看，较前可就不一样了，立马成个新人了！"虎子听话地点点头。

这时，方氏端来一碗温热的小米粥递给虎子，说是喝完再梳辫子。可能是先头喝了一碗没当事儿，肚子咕咕直叫，肠子肚子仍在打架，虎子接过粥碗几口就喝进肚了。由于喝得急，嘴唇和下巴颏沾满了米粒儿，方氏忙用毛巾为其擦了擦。尤成额见孩子吃完了，便站在其身后，用梳子把头发全梳到脑后，编成辫子，再用红绳儿系上。辫子很短，也就一拃长。一切停当，尤成额夫妇端详开了，左瞅瞅右瞧瞧，越看越高兴，越看越看不够，真是打心眼儿里喜欢，或许这就是缘分吧！

尤成额自打携夫人从京师到吉林来，经常在身边的除了两个侍女，再就是为公子挑书担子的小满堂。今儿个一早，方氏打发小满堂去赶集了，准备添置一些日用品以及公子所需的纸、笔、墨，尚未返回。方氏每天除了照顾夫君的起居，还要吩咐侍女斟茶倒水、洗菜、做饭、收拾屋子、打扫院子，一点儿闲不着。尤成额则全身心地忙着教授弟子课业，认真负责，因材施教，一丝不苟。学生嘛，啥样的没有哇？聪明的，愚笨的，老实的，淘气的，懦弱的，要尖儿的，性情温和的，脾气暴躁的，全乎着呢！再加之有好学的，有不好学的，哪那么容易教啊？特别是当时大清的社会秩序紊乱，人心不稳，一些满洲家族已不太关注子弟的学业了，孩子又不习文又不习武，即便坐在学堂上，也是调皮捣蛋不听话。作为教习的尤成额看在眼里，急在心里，只好哄着这个，劝着那个，时不时强调读书的重要，还需把课业讲好，几乎成"孩子王"了，天天连气带累的，吃不好饭睡不好觉，夫人很是心疼。

别看二人是两口子，出双入对的，但真正坐下来一起聊天的时间并不多。每日天一亮，方氏就起来了，吩咐侍女生火、烧水、摘菜、淘米做饭，人手不够得亲自干，一忙活就是半个时辰。尤成额起床后，先洗漱一番，然后坐在椅子上吃着可口的饭菜，放下碗筷便拿起教案去学堂授课，傍黑儿才回来。家中人口不多，转来转去就那么几个，尤公子整个白天不在家，方氏闲下来时会感到寂寞。这下好了，夫君领回个乖巧的男孩儿，并将如何捡到的详情一五一十告知了。方氏见虎子长得挺可爱的，很是喜欢，便想收留下来，让他做夫君的贴身书童，既然有前世的缘分，又是老天赐给尤家的，那就当宝贝护佑了。或许是心有灵犀吧，尤公子也有同感，虽然与孩子见面没两个时辰，但觉得已难舍难分了，如果可以的话，打算养育在侧。

虎子很懂事，见老爷、太太对自己这么好，渐渐产生了一种亲切感，不仅不拘束了，也不那么紧张害怕了，脸上流露出对二位长辈的感激之情。他最担心的是洗完澡换了衣裳、吃罢饭后，家主赏点儿银子打发自己走，前面的路举目无亲，往哪儿去呀？孩子挺机灵，站起身来扑通一声跪在地上，抱着尤成额的双腿哭着哀求道："老爷、太太的救命之恩永世不忘，虎子不想走了，不走可以吗？请行行好，收下虎子吧，千万别撵我走！"

虎子自打进了尤家门，这是头一次开口，若再不出声儿，夫妻二人还以为他是哑巴呢！现在一看，不但会说话，而且说得让人听了挺揪心。方氏的眼圈儿红了，弯下身把孩子扶起来，紧紧搂在怀里抚慰道："虎子，别哭，别哭哇！"边说边掏出手帕为其擦眼泪，不停地哄着、劝着，没一会儿自己也泪流不止了。

尤成额说："噢，你叫虎子，好哇！不用怕，不撵你走，今后这儿就是你的家了，住下吧，住到什么时候都行。"

虎子听罢，感动得眼泪一对儿一双地往下掉，重又跪在地上咣咣咣磕了三个响头，口中一个劲儿地致谢道："谢谢老爷的救命之恩，谢谢太太能收留我，谢谢老爷，谢谢太太……"

就这样，虎子不愿走，尤成额夫妇愿收留，从此便住在了尤家。每天除了在屋内或院子里玩一玩，服点儿汤药调理一下身子骨儿，有时方氏还领着他到外头走一走，晒晒太阳，去林间散步，于水边嬉戏。尤公子授业回到家，用罢晚膳，便耐心地教他认字并照字帖书写。虎子头脑聪慧，教什么会什么，且过目不忘。尤成额作为先生，见眼前的学生老实听话，不多言不多语，稳稳当当的，学起来十分用心，脑袋瓜儿又好使，很是高兴，于是开始教其背诵唐诗、宋词、元曲。过两天一问，学生一字不差地对答如流，先生早乐得嘴都合不拢了。

时光如梭，一晃两个月过去了，一日早膳后，成额同夫人商量道："看来这孩子与尤家前世有缘，是注定了的，也是他的造化。老天有眼哪，不吝恩惠于咱，送来一个神童，干脆收为义子吧，夫人以为如何？"

方氏听罢，有些激动，眼含热泪不住地点头道："好，好哇！夫君所言极是，哈哈济招人喜欢让人怜哪，就做咱们的干儿子吧，求之不得呀！"

转天，尤成额吩咐夫人炒了六盘菜，拿出一瓶阿勒给[①]，洗手漱口后，从红木匣子里恭恭敬敬请出孔夫子的画像，端端正正地挂在西炕墙上。再把菜肴和白酒供到画像前，燃上香，跪在地上磕了三个头，站起身来坐在椅子上，让夫人把孩子唤过来。虎子进屋后，尤成额郑重地问道："哈哈济，今天老爷和太太准备收你做义子，可否？"

虎子忽听此言，一时怔住了，继而露出久违的笑容，忙不迭地表示道："阿玛、额莫[②]，谢谢，谢谢，我愿做二老的儿子！"说着，跪地咣咣咣磕了三个响头。

尤成额微笑着点点头，抬了抬手，虎子这才站起身来，方氏高兴得一把将其揽在怀里。从这日起，尤家多了一个正式成员，被捡来的可怜男孩儿一步登天，成了教习的义子，他该多有福气呀！

可是只过了一天，尤成额猛然想道："哎呀，不对劲儿呀，认义子之事干得未免太冒失了。此前一直以为虎子是个孤儿，无依无靠，无奈之下才离开家乡的，从未详细询问过其家世。至于他究竟是哪个地方的人，今年几岁了，父母是否安在等一概不知，怎能平白无故地收下别人家的孩子给自己当义子呢？起码得先弄清其家里的具体情况，心里也好有个数。再说了，想认义子，光虎子同意不行啊，将来人家二老找上门来，这成啥事儿了？孩子在家待得好好儿的，也养这么大了，凭啥跑出去给尤家当义子呀？认别人之子为己之子，夺人所宠，夺人所爱，这可是犯下了大罪呀！我是个知书达理之人，又是育人的先生，不管碰到什么事，皆应深思熟虑而行之，怎能如此莽撞、如此荒唐？"越寻思心里越没底，

---

① 阿勒给：满语，白酒。

② 额莫：满语，母亲。

站也不是坐也不是，遂将自己的想法向夫人讲了。

方氏听后，略一思忖，觉得夫君言之有理，认义子之举是有些欠妥。当时只看孩子可怜了，一心巴火施以援手，尽力留住那条小命，其他什么都没顾上打听，是该问问虎子。用罢晚膳，天刚擦黑儿，方氏便将回到小暖阁准备歇息的孩子唤到了书房。虎子见义父表情挺严肃，不知咋回事儿，很是局促不安，瞪着一对儿大眼睛愣怔怔地瞅着。尤成额看出孩子眼神儿怯怯的，不知所措，忙安慰道："虎子，别怕，今晚没啥事儿，闲着也是闲着，咱们唠唠家常。"

一旁的方氏接过了话茬儿，轻柔细语道："哈哈济，按理说，关于你的家世，做义父母的尚不知晓，早就应该问问，都怪我们疏忽了。你呢，不妨说说，别瞒着，该是怎么个情况就是怎么个情况，原原本本地讲出来，也好让我们心里有个谱儿。你是个好孩子，无论家里发生过什么事，阿玛和额莫不仅不嫌弃，而且会帮你。有啥难处别放在心里，你现在也是尤家的儿子，不跟父母讲跟谁讲啊，你说是不是？"

虎子听罢，低下头诺诺连声地答应着，狂跳的心渐渐平复下来，不那么慌了。夫妻二人拉孩子坐在油灯下，一问一答地慢慢聊开了。当虎子把自己的家世和经历从头至尾讲了一遍后，早已泣不成声、泪流满面了。尤成额和夫人听得真切、明了，认为孩子所言可信，小小年纪就吃了不少苦，遭了不少罪，父母又不在世了，今后怎么活呀？方氏眼泪巴擦地看着虎子，那副小模样儿着实令人怜爱，心疼得赶忙掏出手帕，又给擦眼泪又给揩鼻涕的。

虎子刚刚两岁就被阿玛背进了军营，接触的全是八旗官兵，在人堆里爬来滚去五年有余，听得多见得广，渐渐懂得了市面上的一些事儿，知道啥时候该说啥话。此刻他想："既然不愿意离开老爷、太太膝下，就应真诚表白自己的态度，吐露心声，以求得二老的接纳。"于是扑通一声跪在地上，起誓发愿道："阿玛、额莫，孩儿绝不忘此救命之恩，生是尤家的人，死是尤家的鬼，一生一世孝敬二老。若忘恩负义，神鬼诛之！"

方氏忙上前搀扶，边扶边道："孩子，使不得，使不得，快起来！"

待虎子重新坐定，夫妻二人小声儿商议一番后，决定把这个可怜的孤儿留在身边，作为亲生儿子抚养。尤成额特别喜欢虎子，因一直没起大号，所以就给他起了个文雅的名字，叫郎德瑄。"德瑄"意在述志，企盼孩子将来也同自己的何图哩氏家族成员一样，品行端正，济世以德，像块无瑕美玉般光泽四射，不枉来世上走一回。由此可见，尤教习对这个乳臭未干的荒野苦儿不仅给予了深切的关怀，而且寄予了何等厚望啊！果不然，郎德瑄长大成人后，人如其名，真就出息了，没有辱没钮祜禄氏家族之祖德，没有辜负义父母的谆谆教诲和殷殷期望。这就是我朱伯西前面讲的那位在吉林、黑龙江一带擅讲乌勒本的郎德瑄，他是《松水凤楼传》这部书的最早的传人。

下面咱们书归正传讲讲尤教习这个人。各位阿哥也许会问，尤成额何许人也？此乃《松水凤楼传》的主人公，本书即是写他的家族和后代的一些事儿，现将其家世简单道来。

尤成额，何图哩氏，隶属蒙古正蓝旗。其五世祖乌里莫原是科尔沁王爷府邸的守殿大将军、大台吉，乾隆初年，随主子奉调京师，任理藩院译卷员外郎，专门负责蒙疆一带文书的翻译，或将蒙文译成满文，或将满文译成蒙文，即做些文墨、文牍案头之事。他善文辞，文笔好，字体工整、匀称，字形规范，语句通顺，文字精通，且精通蒙文、满文、汉文，加之办差认真，一丝不苟，故而很得上司的赏识和信任。

到了乾隆中期，鉴于乌里莫忠于朝廷，恪尽职守，勤勤恳恳，任劳任怨，在员外郎任上从未出现过任何差错，遂调其去翰林院，任编修理事。此时，他的年纪较大了，因为长期伏儿，劳累过度，所以眼神儿也不那么好使了，左眼还长了玻璃花儿，一到晚上就看不清东西，稍微累着点儿就淌眼泪。哪承想这下可糟了，由此惹出了祸殃，竟大难临头了！怎么回事呢？冬月的一天，乌里莫同家人一块儿用晚膳时，觉得没有胃口，吃啥都不香，还又乏又累的，提不起精神来。坐在旁边的夫人便给他斟了一杯酒，说是喝了可暖暖身子解解乏，并关切地嘱咐道："老爷，你眼睛不好，往后别太累了。活儿得慢慢干，不能着急，误不了就行呗！"

夫人为啥这么说呢？因为她太清楚丈夫的脾气、禀性了，在一起生活了几十年，早已了如指掌，知其是个急性子，办起差事来不要命，恨不得一天就干完。乌里莫对夫人的话像未听见似的，也没搭腔儿，只是闷头儿喝酒，胡乱吃了几口菜。膳罢，待仆人把碗筷拾掇下去，他便趴在桌子上就着烛光缮写诰封。写着写着，由于毛笔蘸的墨水略多了点儿，一不小心，一滴墨汁滴在了皇绫上，很快向四外扩散，顷刻间洇成一个墨点儿，非常显眼。这还了得，那是皇家的东西呀，在御旨上留下墨印儿，犯的可是杀头之罪，况且要得又急，第二天皇上还得御览呢，耽搁不得。要知道，皇绫卷不同于纸，一张一张的，写错了或滴上墨汁，可以撕掉重写，方便得很。而皇绫是由内侍太监送到翰林院的，只此一卷，染上墨点儿很难去掉痕迹。通常情况下，别说污染了诰封，就是要求转天送达，如没按时奉上，都得掉脑袋。乌里莫吓坏了，额头直冒冷汗，双眼愣怔怔地瞧着诰封，不知如何是好。他心里明镜似的，咋弄都不赶趟了，无奈之下，便低下头用舌尖儿轻轻舔那个黑点儿，看看是否能舔掉。可是费了九牛二虎之力却无济于事，无论如何也舔不干净，总是隐隐约约有个墨印儿。乌里莫傻坐在桌边，盯着那忽明忽暗的灯花儿一个劲儿地叹气，心里思摸着："唉，一点儿辙没有，只能硬着头皮奉上，不交不行啊，皇上的谕旨谁敢扣下？吃了豹子胆也不敢哪！反正交也是死，不交也是死，脑袋肯定保不住了，听天由命吧！"想至此，又坐直了身子，将诰封全部缮写完后，折上皇绫收好，和衣躺在床上，翻来覆去一宿未曾合眼。

转天一早，乌里莫洗漱完毕，无心用早膳，穿好衣服便去了翰林院，将皇绫诰封交给内侍太监并说明了情况。内侍太监听后，大吃一惊，脸都白了，还没等拿给皇上看呢，御前大臣先震怒了，指着乌里莫大声儿吼道："乌里莫呀，乌里莫，你可捅大娄子了，在朝廷干了几十年，怎么能出如此大错呢，是不是老糊涂了？好好儿的皇绫卷上留下了墨印儿，这不是有辱圣命、犯欺君之罪嘛，我也难辞其咎哇！"

御前大臣说得也是，下属惹出大乱子，上司跟着受挂累，能不生气嘛！实际上，御前大臣平时跟乌里莫的关系挺好的，认为老先生为人正派、坦诚，办差认认真真，兢兢业业，从无差错，令人敬重。然此事非同一般，大清的立法是相当严格的，对于铸成大错者，更甭说是犯下了罪，没有一点儿可以讨价还价的余地，该判刑的不可能缓刑或轻判，所订立的连坐法毫不含糊，你犯罪了，身边的有关人员及上司一块儿治罪，亲属、家眷亦不例外。此次乌里莫玷污了圣上的御旨，犯下了杀头之罪，作为御前大臣起码有管教不严之责，怎么能用这样的庸才呢？其行为同样是犯罪，推脱不掉的，或跟着一块儿判刑，或一起正法。

御前大臣当时气坏了，怒冲头顶，大发雷霆。然而冷静下来后，觉得与乌里莫总还是老朋友，不能不管，得想办法救他，救他也是救自己。于是转身坐在椅子上，手摸额头沉思良久，可谓绞尽脑汁。过了两袋烟的工夫，终于琢磨出个招儿来，随即从内侍太监手中拿过文诰，起身去叩见皇上。到了皇宫，双手将皇绫诰封奉于文案之上，并把乌里莫不小心弄上墨印儿之事一一禀奏，继而恳请万岁看在乌里莫祖上有德、本人多年以来做员外郎直至任翰林院编修理事之职期间，勤勉办差、踏实肯干、尽职尽责、忠心耿耿几十载的份儿上，饶过他因一时疏忽而铸成的大错，作为翰林院的老先生实属不该，罪不可赦。然其没有功劳还有苦劳，请赐给将功赎罪的机会，望圣上恩准。

正襟危坐的乾隆皇帝听罢，又看了看文案上的黄绫诰封，思忖半晌，总算点头应允了。御前大臣不由得长舒了一口气，扑通一声跪叩在地，代乌里莫共谢圣上不杀之恩！就这样，乌里莫的脑袋虽保住了，但官是做不成了，翰林院编修理事之职当即被罢免。后来在御前大臣及众同僚、好友的斡旋下，乌里莫到礼部文院行走，无实权，只挂个虚名，没有具体差事可做，每天去点个卯就行。

乌里莫因不小心一个大墨点儿滴在黄绫卷上，惹出横祸，被罢官撤职，这件事对他的打击太大了，人活一世，谁不想博取功名啊？何况差事一向干得很好。未承想到了晚年却落了个可悲的下场，千怨万怨还是怨自己，咋那么粗心大意呢？老先生从此愁眉紧锁，心情烦闷，一蹶不振，自恨自谴，不到一年便抑郁而死。

乌里莫的儿子，即六世祖克其顿也很有文才，是个有大学问的后生，原本再过二三年，就可以继任阿玛之职了，或许会比翰林院编修理事的官阶还要高，大臣们也都看好了他。然天不遂人愿，由于其父犯下了欺君之罪，瓜连了儿子，克其顿只能在家待着，无事可做。在朝廷当差时间一长，谁没几个知近朋友哇？乌里莫也不例外。因其老实厚道，心地坦诚，谦虚礼让，所以人缘很好，尽管已故去，大伙儿还经常提到他，对其子及家人眼下的处境也很同情，日子总得打发不是？然差事难找哇，哪儿都不缺员。知近朋友们便分头到各个部院东打听西问的，好话说上千千万，费了九牛二虎之力，总算为克其顿谋到了一个混饭吃的官差。到底是干什么的呢？你使劲儿猜都猜不着，即整天后背背个大囊袋，没早没晚地往返于各个部院之间，传送文告、书信、公文等，说白了，就是跑腿儿的。文牍天天都得送，从这个部到那个部，从这个院到那个院，几乎不歇气儿地跑。文牍多的时候，需拽出事先备好的单轮车轱辘轱辘来回推，生怕不能按时送达，忙得脸上的汗珠子都顾不上擦。

大家皆知，传送文书的差事既累又辛苦，谁也瞧不上眼，很多人不愿干，什么钱不能挣，天天跑来跑去的不说，还得看人家脸子。任人都能支使你，父母给起的名儿你呼他唤的，可倒忘不了。说实在的，各部院的大人喊喊还行，有些衙役所干的差事并不比克其顿强，也装模作样地说呲就呲一顿，说骂就骂一通儿，还大声儿嚷嚷着："混账东西，怎么才送来呀，想不想干了？我们忙得脚打后脑勺儿，你可倒好，慢腾腾一步一步地挪，好像老牛拉破车，差务这么多，还得特意等你不成？若因此误了要事，上司怪罪下来，是你的不是还是我的不是？"这还算好听的，比这难听的有的是，你也得受着，有啥招儿？可惜呀，克其顿空有一肚子学问却用不上，为了生计，再苦再累也得干，一家老小全靠他养活呢！

冬去春来，一年又一年转瞬即逝，克其顿用坏了无数单轮车，渐渐感到体力有些不支了，手脚不那么利落了，双脚迈步费劲儿了，像铅砣子一样沉，耳朵也不灵便了。无奈之下，只好告老还乡，由其子都布纳接替了差事。克其顿窝窝囊囊活了大半辈子，所学无所用，不得不认命了。按理说，他到了晚年，早已儿孙绕膝，衣食无忧，应高兴才是。恰恰相反，由于始终不得志，为了一大家子人能饱腹，忍气吞声地去干自己最不愿干的活儿，受人奚落，遭人白眼，胸中的郁闷无法排解，久而久之便坐下病了，喝了几十服汤药均不见效，且病势越来越沉重。冬月的一天下晌，克其顿怀揣万般不舍和遗憾，微睁双目撒手人寰了。

七世祖都布纳接下了阿玛的差事后，每日在宫廷各部院之间转来转去，传送文告、公文、书信、文书档案等。除此之外，还多了个活儿，即专替礼部跑腿儿学舌，因该部常有一些事情需要通知属下的驿馆。这座驿馆接待哪些人入住呢？一是来自全国各地赴京办事或向皇上启奏的官员，二是皇上要召见的各地权贵及文武官员，三是进京参加殿试的书生、举子等，对此礼部皆一一掌握。这些人到后，都布纳需按礼部的指派，前去驿馆通报今天有多少人入住，来的是哪个地方的官员，是江浙的、湖广的，还是西北的，或是都统属下哪个行辕的，务要准确无误地告知，并送些相关的材料给他们。这么多活儿全由他一个人担着，显然比克其顿在世时跑腿儿还要多，更累更辛苦。

都布纳很会办事儿，也特别会来事儿，见人先施礼，不笑不说话，还总是嘘寒问暖的，让对方感到热热乎乎的。人哪，活着得有精气神儿，到啥时候都要往前看。家族也是一样，不能因为某个成员出了大错或犯了罪，就认为从此辈辈都不行了，要相信一定会有转机的。这不，都布纳就不像满腹经纶的克其顿那么老实巴交只知干活儿，憋屈一辈子没直起腰来，白读了那么多年书，只干上个跑腿儿的官差。他虽然没有玛发、阿玛读书多，但聪明过人，会看火候儿，活儿总干在节骨眼儿上。无论到哪儿，都让官员们满意，哪个部院的大人皆愿见他，看到都布纳来了就高兴，岂不是有福分、有造化吗？尤其是都布纳在办差过程中，不忘牢记一个“忍”字，不管谁说啥，哪怕再不中听也不顶撞，总是“嗻嗻”地答应着，好话说上千千万，然后背上装满文牍的大囊袋、推着小车接着送。有时连饭都顾不上吃，饿了就一边走一边嚼着干饽饽，渴了就到井边摇轱辘，打上凉水咕咚咕咚喝个痛快。偶尔被正在院子里干活儿的老者看见了，便会关切地告诉他：“后生啊，生水喝不得，容易闹肚子哩！”

都布纳则笑呵呵地说：“谢谢老伯提醒，放心吧，我的肚子就是泔水缸，什么都能装！”喝够了，用衣袖儿擦擦满脑门子的汗，再抹抹嘴巴，然后推着小车继续往前蹽，天天这么干。

到了嘉庆初年，早就娶妻生子的都布纳已四十来岁了，或许是祖祖辈辈平日积德了，或许是该到出头之日了，其家族开始翻身了。有一天，他偶然邂逅了一位赫赫有名的大人，准确地说是遇到贵人了，从此时来运转，日子一天比一天好起来。怎么回事呢？这日一早，礼部郎球大人把都布纳唤了去，手举一个封口儿的信札吩咐道：“你赶紧跑趟馆驿，把这个面交刘馆主，让他仔细看看再转送。信札很重要，是圣上要召见一位大人，且不是一般人，而是朝廷的命官，千万别误了。”

都布纳立马跪地叩头道：“请大人放心，小的这就去，肯定误不了！”

礼部大人点点头，又叮嘱一番，催其快去快回。都布纳站起身来，取过背囊，把信札装好，快步出了大门。传递信件一般都是骑马去，可他不这样，而是撂开大脚板儿使劲儿蹽，速度快如风，只一袋烟工夫便到了馆驿，把信札交到了刘馆主手里，返身赶紧往回跑。为啥这么急呢？因为通常情况下，礼部的差事干完后，其他各部需传送的文牍也不少，随时随地唤他去。如果都布纳不在，人家会不高兴，还得到处找他，容易误事，所以得立即返回。在经过驿馆的外走廊时，都布纳见长廊两侧摆放着一盆盆的花卉，盛开的各色鲜花散发出沁人的清香，遗憾的是没有人观赏，因大家都在各忙各的。他抬头往前一看，西下屋墙角处聚了一些从各地来的举子、官员，正围成一圈儿低头瞧着什么，遂三步并成两步地走了过去。到跟前抻脖儿往里一瞅，见地上躺着一个双眼紧闭、衣着颇为讲究的人，穿的不是补服，而是便装，显然是从外地来的，但看不出是多大的官或干啥的。大伙儿都围着那人瞧，有的弯下身伸手试试鼻息，看气儿喘得匀不匀；有的轻轻拍其脸颊，边拍边唤，试图叫醒他；有的则说：“这人脸色蜡黄，发着高热，病得不轻，得赶紧告诉驿馆的人，让他们请郎中来，救人要紧哪！”有的接茬儿道：“对呀，是得快请郎中，病不等人哪！”虽然这么说，却没一个动地儿的，就那么干瞅着。

都布纳是个心地善良、乐于助人的汉子，听着大家的议论，心里思摸开了：“老这么躺着哪行啊，地上太潮，时间一长，即使身子骨儿好也容易生病，何况是个病人呢！再说了，眼看着此人有难，焉能见死不救？应该快点儿请郎中给以疗治才是。”想至此，立马分开人群走到那人跟前，蹲下身将其胳膊搭在自己肩上，然后背起往外走。都布纳平时常在京城里跑，对每条街路及两侧的商家非常熟悉，知道哪儿有药铺和坐堂先生，便将病人径直背到驿馆西边太师府旁挂膏药牌子的中草药店，进屋之后，急切地对坐堂郎中说：“先生，快快救命，这位大人突然昏迷，人事不省。他不是咱京师的，乃外地来的客人，我也不认识。甭管认不认识，有病就得治，所需银两由我付，不能再耽搁了！”

郎中一看病人已经进店了，素不相识的壮汉又那么热情相助，很是感动，忙起身帮着将病人放倒在一张木床上，拿过脉枕开始为其把脉。号完左手号右手，继而取来两枚毫针于面部穴位刺入，轻轻捻后拔出。不一会儿，那人长出一口气醒转过来，都布纳一直提溜着心这才落了地。郎中随后开了一张药方，所抓之药具体怎么服，需服几天，一一交代了一番。都布纳多亏带了点儿散碎银子，付了钱取了药，又背起病家往回走。路上，那人仍感浑身没劲儿，头晕目眩，趴在都布纳的后背上有气无力地说：“老弟呀，谢谢了，你是哪里人氏？咱们萍水相逢，你却救了我一命，说谢言轻啊，大恩大德永不忘。我到京师刚刚在驿馆住下，未承想重要的事还没来得及办呢，就两眼一黑晕倒了，这可咋整？老天哪，急死我了！”

都布纳说道：“老哥哥，千万别言谢，小事一桩，不必放在心上。人生在世，就应该你帮我、我帮你，说不定哪天老弟遇到啥难处了，只要大哥看见了，不照样得管嘛！方才郎中说了，你原本就有疾患在身，又偶感风寒，当然撑不住了。不过没啥大事儿，喝儿服汤药会好的，咋的也得躺几天。别着急，急没用，事儿总得一件一件办，等把身子骨儿将养好了，再办也不迟呀……”

都布纳就这么边走边唠，穿过几条街巷，晌午时分方回到驿馆。因其平时总来驿馆传送文牍，所以这里的上下人等都认识他，管家见背着病人回来了，忙走上前竖起大拇指夸赞道：“行啊，都布纳，生就一副热心肠儿，时时积德行善，将来肯定错不了！”边说边扶着那人回到入住的房间，仰面放倒在炕头儿，拽过被子盖其身上。

都布纳擦了擦额头上的汗，从怀里掏出三包药交给管家，请他分派个会煎草药的伙计熬好，按时给病人服下，并嘱咐道："请好好儿伺候着，出门在外不容易，谁都免不了有个病有个灾的，让你们费心了。我不能在此久待，得赶紧回去，各部大人找不到该着急了，误事可不得了。"接着又详细地告知草药如何煎、一日服几次、几个时辰一服等，然后走到病人跟前告辞道："老哥，我得回去了，还有不少事儿要办，有工夫再来看你。以后到京师就来找老弟，我叫都布纳，咱们兄弟有缘哪，有啥事儿尽管讲，我不怕跑腿儿，能帮的一定帮！"说罢又把被角儿掖了掖，这才转身离去。

从此，都布纳把那位老哥当作自己的亲人一样看待，就像是其随从，每天多了份儿差事，即伺候病家。他一直没问此人从哪里来、干啥的，认为那都不重要，既然老哥病了，世上人与人之间就应互相帮衬，给以关照，助其渡过难关，没什么可讲的。他天天需往驿馆跑几趟，除了给住宿的客人传送文诰、书信等，还得抽空儿去照顾那位老哥哥。伺候病人也不那么容易呀，不但不怕脏不怕累，而且要有耐心。老哥哥说吐就吐，弄得浑身上下、床铺、地上到处是呕吐物，气味极其难闻，驿馆的人谁也不靠前，全捂着鼻子躲开了。可都布纳不在乎，先是找些破布、废纸、干草把地面清理干净，然后将老哥的脏衣服脱下来，连同床单一块儿抱到水房去洗，再给换上一套干净衣裳，铺上新床单。接着又怀揣银子去药铺抓药，回到驿馆立马用炆火熬，煎好后喂其服下。一切就绪，还得赶紧返回各衙门，两条腿都累直了，真是难为他了。说实在的，这可不是每个人皆能做到的，只是嘴皮儿上说不行，得来真格的。何况二人萍水相逢，一人重病在身，另一人伺候起来如同自己的一奶同胞般上心，谁做到了？唯有都布纳。这人多好哇，仗义呀，难得啊！

那位老哥在都布纳不厌其烦、周到用心的照顾下，十多天后，病体渐渐好转了，你说他能不感激热情相帮的恩人么？不光本人哪，连驿馆的刘馆主及各地赴京下榻此处的官员、举子看到此情此景，也无不深受感动，打心眼儿里佩服，异口同声地慨叹道："世上若多一些都布纳这样的热心人该有多好哇，急人所难，帮人帮到底，令人肃然起敬啊！"

都布纳此举一阵风似的传进了宫廷，各部大人都知道了，吏部也听说了。一个月前，嘉庆爷下御旨，立马召见一位朝廷命官，即都布纳相助的这位老哥，不仅要亲耳听其奏报，以便掌握一方的防务情况，而且有要事相商，然而一直不见他影儿。吏部尚书急坏了，派人四处打听，当得报此人病倒在驿馆后，不得不一次次地向圣上禀奏某某大人突染疾患，正在抓紧调治，不日即可入朝觐见。未承想都布纳每每借去驿馆传送文牍之机，精心伺候、照顾那位患病的大人，这几天好多了，吏部尚书能不高兴吗？等于在节骨眼儿上替他们解了燃眉之急，自然也是感激不尽。

讲到这儿，朱伯西说两句题外话。人活在世上，怎样做才能得到公众的认同、尊敬，甚或赞赏呢？就是把心放正，肯于帮助别人，遇事为大家着想，不计较个人得失，宁可自己吃点儿亏，也不能亏了人。反之，处处想着自己，总怕吃亏、挨累、受损，只想占便宜而不付出，斤斤计较，见风转舵，这样的人没个有出息，必然被社会所淘汰。

闲话少叙，我得向各位阿哥透露一个信息，都布纳帮助的这位老哥是干什么的呢？他是正经八百的高官、权贵，当今大清朝赫赫有名的湖广总督桂良，字燕山，瓜尔佳氏，贡生出身，隶属满洲正红旗。其父玉德，乃乾隆、嘉庆两朝之名臣，官至闽浙总督。福建和浙江沿海一带地理位置十分重要，当年海患、盗贼猖獗，基于此，皇上授玉德以军权，专管海上之事。在其长期治理下，收到了显著效果，海患大为减少，深得两朝皇帝的宠信。

玉德非一般高官，聪悟睿智，原先是乾隆身边的重臣。乾隆六十年九月初三，乾隆帝册立第十五子颙琰为皇太子，次年禅位，改元嘉庆。嘉庆元年正月，举行归正大典，颙琰尊父乾隆帝为太上皇，仍行训政。乾隆帝将皇位交于颙琰时，一再叮嘱道："皇儿，玉德是咱大清的栋梁之材，为政清廉，司职认真，做人处事堪称楷模。只要尊崇他，重用他，以诚相待，必会竭尽全力辅佐朝政的。"嘉庆帝牢记父皇的教诲，在位期间，对辅弼大臣玉德非常敬重，常召其进宫议事，并把父皇最不放心、时时惦记的沿海一带之兵权交给了他。

玉德没有愧对乾隆爷和嘉庆帝的信任，披肝沥胆，一心为了朝政，一心为了海防，可谓鞠躬尽瘁。战船总是修整一新，着力训练海上官兵的技能，且纪律严明。每当螺号一响，海面便发出一片呜呜之声，随之战舰齐发，似离弦之箭，所向披靡。当时的海寇没有不知道玉德的，一提到他的大名及属下勇猛善战的将士，皆吓得胆战心惊。

朝廷的众位文臣武将对玉德更是敬佩得五体投地，认为那是了不起的军中大将、皇上身边的重要佐臣，为国政操碎了心。其夫人共生养了三个孩子，其中两个男孩儿，一个女孩儿，遗憾的是次子后来战死四川。夫妻二人情爱甚笃，相敬如宾，你尊我让。可惜夫人突患重病，中年便离开人世了，玉德悲痛不已。过了百天，朝中上下人等及其同僚出于关心，怕他孤独、寂寞，劝其续弦，并张罗着给选位贤妻，可玉德没这个心思。其实，还是在夫人得病的时候，玉德身边的同僚及亲朋好友就开始为其选小妾了，左一个右一个地送上门来，可他连看都不看一眼，全推掉了，心中只装着国事、海事和战事。

让玉德感到欣慰的便是有个得力的儿子，那就是长子桂良，不但头脑灵活，成熟稳重，而且善于思考，有独立见解。他小时候就聪明好学，喜欢历代名家的诗词歌赋，在理解其深意的基础上，还能背诵如流。因其父是皇上的佐臣并得到赏识，桂良又一直在阿玛身边长大，学业长进很快，所以嘉庆帝非常喜欢玉德这个儿子，常让他给皇子们做伴读。

桂良入了军旅后，在未任职之前，主要是辅佐父亲共同治理海疆。总督的权力不小，方方面面都得顾及，加之朝中诸事缠身，玉德常被皇上召进宫廷商讨国事，天天忙得不可开交。这样一来，好多急需办的要务就落在了宝贝儿子身上，桂良也因此得到了锻炼。他虽然没有职位，但啥都管，时常帮着处理一些总督权限以内的关于海疆防务之事，玉德也放心让儿子去做。桂良几乎成了家里家外一把手了，家中的花销、日常事务的处理、阿玛的饮食起居以及春秋夏三季穿什么衣服、冬天披什么袍子、一日三餐吃什么、逢年过节喝什么酒皆由他来定，管家、丫鬟、家院全听他的分派。外头的事更不含糊，包括帮着阿玛接待从闽浙海疆一带来的各方将帅、统领、府州县衙的大小官员以及商贾等，其食宿由他安排，出行车驾由他张罗，天天迎来送往脚不沾地，有时甚至比阿玛还忙。

玉德大人由于海事繁难，劳累过度，身子骨儿欠佳，疾患不断，五十八岁便寿终正寝。他的逝世，对清廷来说是一大损失，朝野上下一片悲号，嘉庆帝更是泪流不止，一向喜欢、宠信的爱臣过早离世能不痛心嘛！亲自派人代其前去祭奠。悲伤之余，想到了玉德训育出的儿子桂良，尽管一直未吃皇俸，却像阿玛一样能干，父辈的良好品德在他身上皆有充分的体现，帮着解决了不少海疆防务的燃眉之急，是块总督的料。此人不可多得，眼下不用，还待何时？于是转天早朝散后，留下了吏部尚书以及御前大臣等，将自己的决定告知，并想听听大家怎么看。众臣听罢，纷纷表示赞成，没有一个持反对意见的，说是有啥样的阿玛就有啥样的儿，玉德大人乃朝廷栋梁，儿子肯定差不了。何况这些年来，桂良辅佐总督做了不少事，干得不错，并且积累了丰富的经验，到该起用的时候了。嘉庆帝扫视了一下眼前的臣子，问道："朕恕尔等直言，桂良是接任闽浙总督呢，还是就任湖广[①]总督更为妥当？"

御前大臣首先开口道："皇上，微臣以为闽浙总督最好先选派别的大人接任，因那一带在玉德大人的多年治理下，海疆比较稳定，安宁无事，起码目前不必花大力气去经营。而眼下的当务之急是加大力度治理湖广，为啥这么说呢？湖南、湖北的苗患颇甚，两地的苗民联合在一起，一些闲杂的流民也卷了进去，滋扰闹事，聚众不法，致使百姓永无宁日，在惊恐中苦熬岁月。那是大清的重要之地，耽搁不得，必须尽快平乱，还黎民一个安定的社会秩序和生活环境。依微臣看，应立即派能人前去担任湖广总督，而桂良是比较合适的人选。"

话音刚落，在场的吏部尚书和其他大臣分别表态，认为此提议极是，湖广总督非桂良莫属。嘉庆帝心中甚喜，觉得众位大臣言之有理，当即下旨，任桂良为湖广总督，随后令太监传其进宫。

桂良来到皇宫大殿，跪地叩道："吾皇万岁，万岁，万万岁！"

太监展开御旨朗声宣毕，桂良接旨，叩头谢恩。下得大殿，嘉庆帝令内侍太监将桂良唤至偏殿，关切地问道："怎么样，家里的事情挺多吧？抓紧时间安排，争取尽早赴任。此次苗乱是有原因的，苗人生计本薄，客民等交易不公，与苗人争执，以致生变。客民与苗人争利，固事之所有，但地方胥吏、兵役借端滋事，良民尚被扰累，何况苗人，岂有不恣行凌虐之理？而地方任意侵欺，亦所不免，何得以客民交易争执，即为起衅之由。尔到湖广后，要想办法收拢民心，安抚流人，千方百计予以平定之。切记，对苗民须少用兵，多用心，以情感之，以心攻之，总还是大清各民族的兄弟嘛！然苗乱之首领必须切实查询，究明严办，以示惩创。"

桂良叩道："谢皇上教诲！请放心，卑臣谨遵圣明，不负圣恩，想方设法稳妥地平定苗乱，绝不以兵镇之。用兵不慎，必激起民怨，愤懑之情越大越难以平定。陛下所言情真意切，对苗民晓之以理，动之以情，三思而后行，才会收到预期的效果。"

嘉庆帝又道："桂良啊，有什么困难尽管提出来，朕命人帮你解决。"

---

① 湖广：今湖南、湖北两省。

桂良禀道："回皇上，卑臣没啥困难，只请陛下宽限几日赴湖广。老父去世后，家里尚有一摊子乱事儿堆在那儿没个头绪，现在就走，无法心安，故而需安顿好方可，否则陛下也得替卑臣操心不是。"

嘉庆帝笑了笑道："朕知道此情，当然可以延后，不差这几天。桂良，朕对你的能力略知一二，也很放心，相信会尽心尽力司职的。待把家事处理完，赶紧起程，行前不必向朕告辞了。"桂良再次叩头谢恩，退出了偏殿，急匆匆地返回自家的宅院。

诸位阿哥可能会问："京师有桂良住的地方吗？"有，玉德大人在世时，乾隆爷就赏赐这位总督房子了，在西郊那儿，当时称西山的八旗营子，西郊之名是晚清以后取的。原起先，西山那块儿是一大片荒地，后来把草窝子以及獾子成群的野甸子全平了，包括一些柳树通也砍了，才盖起了像模像样的八旗营子，且越建越多。此地离京师挺远，星星没出齐时上路，晌午才能进城，还得骑马而行。乾隆爷赏赐给玉德的住处是个大院套儿，院内有二十多间房子，四周用青砖砌的围墙，这就成了闽浙总督的府邸了。玉德的夫人故去后，家中的所有事务均由儿子桂良打点，料理得有条不紊。玉德前往闽浙赴任时，将全家都带去了，桂良也不例外，跟着阿玛到了闽浙一带，玉德府邸便空了下来。平时各个房间的门紧关，院门上锁，旁边有两间房子，住着几个看宅护院的家丁。逢年过节，家丁把所有的房门全部打开，彻底清扫一遍，对屋内的物品查验一番，看看有否丢失或发霉，然后给神佛燃香，摆上供品。事毕，再把各个房间的门重新锁好，周而复始皆如此。

玉德总督仙逝后，儿子为其操办了丧事，老父入土为安。烧完"五七"，桂良与家人把闽浙两处府邸内的东西收拾收拾，进行了清点，将多余的被褥、锅碗瓢盆及不少生活用品送给了当地的贫民和流人，衣物、细软、玉德大人喜欢读的书、手抄笔记、记事簿及常用的物品则装入几十个木箱内，套上车拉回了京师西郊的玉德总督府邸，算来也没多少日子。今儿个桂良叩辞了皇上，心急火燎地回到玉德府，府中的老差人、老管家、老妈子赶忙迎上前伺候着，沏茶倒水，准备晚膳。难怪桂良恳请皇上允准延缓几日赴湖广，确实有些事需要办，如果不办，真就走不了。是些啥事儿呢？一件是得把阿玛在世时专用的书籍和物品重新清理一下，哪些是必须留的或者有纪念意义的，装箱封存收好。不准备再留的，用袋子装上，打发老管家出去变卖或送给用得着的人。东西太多了，只能摊在地上一件件地挑选，还得分门别类，这便需要时间。再一件就是桂良不日将去湖广赴任，南国距京可是千里之遥，得走不少天，又不知啥时候能回来，日常生活用品是不可或缺的，只能带走，行前总得整理一番，这也需要时间。

在这里，说书人要向各位阿哥介绍一下，桂良的身边有两位重要的亲人，非同一般。一位是夫人娉娉，不但貌美如花，聪明伶俐，温柔贤惠，通情达理，而且文才出众，通晓诗词歌赋，会填词，喜欢宋代名家的诗作，并能背诵如流。娉娉原本是嘉庆帝身边的才女，怎么嫁到瓜尔佳氏了呢？大家知道，乾隆爷才华横溢，善于赋诗，并收罗一些才气不凡的青年男女在身边。这些天资聪敏的赫赫[1]和能文能武的哈哈[2]皆选自朝中的文武大臣家族，个个德才兼备，出类拔萃。乾隆帝在闲暇时，以博览群书为乐，阅后时常有感而发。身边的才子和才女们则在一旁帮着润色，选选词啊，找找韵律呀，提提建议呀，用哪一字更恰如其分哪，等等。

乾隆爷多年来还养成一个习惯，即每天早晚必习武，且要有很多对手接招儿。刀枪剑戟，斧钺钩叉，皇上操什么兵器，对手就得持什么兵器，一块儿练功，对手便是那些哈哈。而乾隆爷的第十五子颙琰在没即位之前，也像父皇一样，同其他皇子和贝勒一块儿习练武功，互相对打，你来我往，一点儿不含糊。颙琰登上皇帝宝座后，继承先帝之风，也注意收罗年轻有为的人才，哈哈作为侍卫，赫赫作为伴读，与自己共同作词赋诗。刚刚说到的娉娉，就是这些才女中的才女，美女中的美女。

嘉庆帝同样十分赏识身边的佐臣玉德总督，也很喜欢其子桂良，知道他尽管尚未入仕，却主动辅佐其父共同治理海疆，收效显著。那么，怎样奖赏玉德以表心迹呢？思来想去，决定把身边的才女娉娉赐给他。嘉庆的用意很清楚，赏给玉德，实际上就是赏给其子桂良，将来成为瓜尔佳氏的儿媳妇。玉德受宠若惊，千恩万谢，跪在地上咣咣磕着响头感谢圣恩！娉娉聪颖好学，不仅喜欢宋代大词家柳永的《蝶恋花》《望海潮》《八声甘州》《雨霖铃》《夜半乐》《定风波》等，也喜欢欧阳修的《诉衷情》《生查子》《采桑子》《踏莎行》《玉楼春》，还对苏东坡的《水调歌头》《江城子》《卜算子》《浣溪沙》《念奴娇》情有独钟。所有名家的词作皆刻在脑

---

① 赫赫：满语，女人。
② 哈哈：满语，男人。

子里，滚瓜烂熟，倒背如流。每当拿起这些由五言诗、七言诗和民间歌谣发展而成的辞章时，总是爱不释手，那绝妙的文思，那字里行间所蕴藉之深邃的哲理、深刻的含意令其大开眼界，无比兴奋，心潮激荡，不由得一次次地提笔填词，抒发自己的情怀。她的词填得十分地道，不乏神来之笔，辞藻华丽，优美动人，嘉庆帝以至于满朝的文臣武将皆交口称赞，认为婷婷乃一代词人再世，称其“词仙”亦不为过。

桂良身边的另一位重要亲人是其外甥女茗兰，年方二十，乃胞妹十四年前留下的遗孤。妹夫也是满洲人，姓方，是位出名的武将，有勇有谋，战功赫赫。可惜在一次两军对垒、带兵冲杀时，倒在了敌方的箭雨下。据说其后清理战场时，将士们眼含热泪，把他和阵亡的官兵都埋在了江淮一带。胞妹得知夫君毙命沙场的噩耗后，痛不欲生，非要死见其尸不可，哭哭啼啼地沿着淮河边前去寻夫。可上哪儿找哇，战场早平了，兵马全撤走了，当地的百姓谁也说不准阵亡的将士究竟埋在何处。胞妹寻找夫君月余未果，实在承受不了死别的巨大打击，一连号啕三天三夜后，纵身跳入滔滔的淮河，瞬间便被大浪冲得无影无踪……

胞妹为夫殉情，作为兄长的桂良难过至极，感喟不已。看着妹妹抛下的刚刚六岁的外甥女哇哇大哭，十分心疼，自己也止不住眼泪了，遂将其抱到家中抚养。小女孩儿格外招人喜欢，脑瓜儿机灵着呢，眼珠儿一转一个道道儿，像个小大人儿似的，还会看脸色说话，深得姥爷玉德的偏爱，并给起了个好听的名字——茗兰。老人家只要有空闲，就吩咐侍女把外孙女领过来，逗着她痛痛快快地玩耍一番。小丫头从此掉进蜜罐儿里了，每天有专人伺候，衣来伸手，饭来张口，过着锦衣玉食的生活。玉德还请了教习先生到府中为其授业，怕的是一个女孩子天天往返学堂，路上不安全，也担心万一遇上雨天受凉而生病。

桂良对这个外甥女更是关怀备至，事无巨细，疼爱有加。自阿玛去世后，更是把思念妹妹和妹夫之情全部倾注到小茗兰身上了，冬天怕冷着，夏天怕热着，含在嘴里怕化了，像爱护自己的眼珠儿一样护佑着胞妹的骨肉，一有工夫就把茗兰拉到身边，给她吟诵历代名家所作的诗词并详细讲解。不仅如此，还将“四书”“五经”及《昭明文选》等一本本地搬到她面前，耐心认真地教，一点点儿地灌输文化知识。茗兰渐渐对读书产生了浓厚兴趣，成为一种自觉行为，进步很快。通过十几个春秋的学习和积累，眼界大开，见识颇广，如今已不是当年那个不谙世事的小格格了，而是一位博闻强记的才女了。

这里要多说几句，玉德大人在世时，十分崇尚宋儒之风。宋儒代表的理学观念，崇尚“程朱”的理学，即北宋的著名哲人程颢、程颐兄弟，世称“二程”，乃理学的奠基人。到了南宋，又出了一位大理学家，即朱熹，字元晦，号晦庵，别号紫阳。他从小颖慧过人，十八岁进士及第，而后成为蜚声文坛的大儒，不但继承了“二程”的理学学说，而且有所发展，集宋代理学之大成，形成了完整的理论体系，对社会贡献极大，可谓大哲学家，名副其实，当之无愧。朱熹去世后，被追封为信国公、徽国公，进入孔庙，接受后人的祭祀和朝拜。

理学学说的内容是多方面的、丰富的、很有代表性的，也是最受欢迎、最有号召力的。其口号是“去人欲，存天理”，就是要丢掉私心杂念和贪求，把天理留下。何谓“天理”？即孔孟之道、商周以来的正义之道，提倡爱人，做仁人志士，具有仁慈怜悯之心。这些字样和口号在当时是很容易被人们接受的，尤其是清中叶以后，朱熹的思想和理论越来越深得人心，受到普遍重视。为什么会这样呢？前书讲过，大清国从嘉庆朝开始已是老太太过年，一年不如一年，阶级矛盾和民族矛盾逐渐暴露出来。进入道光朝便全面走向衰败，外国殖民主义侵略者对中国发动了鸦片战争。重压之下，激发了国民巩固边疆、保家卫国的斗志，决心携起手来，励志图强。到了咸丰朝更是江河日下，内外交困，社会动荡不安，人心叵测，贫富相差悬殊。富贵者家资连城，穿金戴银，饱食终日，吃香的喝辣的；贫寒者穷困潦倒，腹内空空，早晨起来揭不开锅，身上没有一件囫囵衣衫，可谓天上地下。这种形势下，人们期盼着理学观念能真正运用到实践中去，以求社会秩序的安定。还有人提出应学习陆游、司马光、辛弃疾等诗词巨匠的爱国思想和革弊图强之心，目的是振奋精神，想办法将国家治理好。而进入同治年间就不同了，同治中兴，观念虽得到一定的恢复，但已经很差了。

朱熹倡导的理学理论影响很大，深入人心，不仅是湖广总督桂良，与他关系密切的都布纳、其子尤成额以及何图哩氏家族的其他成员也不例外，皆崇尚宋儒之风。尤成额就任教习之后，极力推崇宋儒思想，很多学生受其影响，主动替国家分忧。茗兰则是在姥爷玉德大人和舅舅桂良大人的言传身教下，崇尚朱熹的理学学说，主张人和、少欲、爱人、为人，喜欢闭门苦读，继而萌发了一种爱国之志。她在此次桂良南下之前，曾向舅舅、舅母表明自己的态度：“舅舅南下赴职，任重道远，此乃国家大事，耽误不得，须及早动身。湖广引发的苗患，打乱了以往的安宁，应尽力平定之，不过要小心才是。舅母此去会很辛苦，家里家外忙碌不说，还得细心照顾舅舅的衣食住行，望多多保重。我就不准备跟你们去了，请二老不必担心，已是成人了，生活上早就能够自理了，况且府中还有侍女和佣工，他们自会多方关照的。我要在家继续读书，三五年内，把一些必读的书读完，只有下苦功夫，方能有所收获，这也是姥爷和舅舅一再叮嘱过的，想必二老会答应的。”

桂良夫妇听了茗兰的话，很有感触，是呀，外甥女的确长大了，已不是当年的小丫头了，不但聪颖好学，而且明事理，还知道关心长辈，是该放心了，遂点点头表示同意了。

桂良带着家人整整忙活了三天，将所有的物品都倒腾到院子里，该归拢的归拢，该装箱的装箱，该变卖的变卖，该送人的送人，总算收拾完了。转天一早，车夫套上马车，把需带走的生活用品装上车，桂良对仆人做了详细的交代，又拉着茗兰千叮咛万嘱咐了一番，这才吩咐车夫赶着马车驶向去南边的大道。

话说简短。一路的千辛万苦且不讲，单讲桂良到了地儿赴任后，经过一番调查，开始着手进行治理，把个别不司职、不称职的官员罢免了，提拔一些熟悉民情、体察百姓疾苦、有头脑、敢作为的人任职，使得仍留在原任的官员不得不小心翼翼地办差，唯恐不周，丝毫不敢疏忽。还大胆任用了几个在民众中威望较高的苗人做职官，军衔不等，有的破格提拔为副都统。桂良身边的一位心腹看在眼里，急在心里，直言相劝道：“总督大人，起用逆苗为官，等于认贼作父，把握不住会惹乱子的，一旦出事怎么办？”

桂良却不以为然，说道：“既然皇上谕旨我是湖广总督，那就一切听总督的，其他人不得多言！”

那么，桂良本是来平苗患的，为啥重用苗人呢？因为他知道，苗民之所以起事，是不堪忍受官僚地主与不法商客的兼并土地、贱买贵卖、索草要粮、滥派差役、征收重税等盘剥之苦，他们反的主要是盘剩百姓的贪官污吏、横行乡里的家族恶棍，也包括一些满洲人。有的满洲人当了官以后，忘了自己的本分，跟着贪官污吏一起克扣良民，索草要粮，据为己有，引起了苗民的不满。苗人听说总督大人到任了，于是扶老携幼地前往总督府，向桂良哭诉道：“总督大人，你是不知道哇，满洲人太坏了，一个个全是吸血鬼，把我家害惨了！只有砍了满洲人，还有那头上的辫子，天下方可太平。”

桂良笑了笑道："各位父老、各位兄弟，难道满洲人都不好吗？不见得吧，我也是满洲人。大清皇爷不单单是满洲人的皇爷，而是所有国民的皇爷，官员若是不为黎民百姓做主，皇帝必会下旨诛之。请放心，我作为湖广总督，理当向圣上负责，对满洲的败类决不手软，胆敢欺压百姓，鱼肉乡里，必将受到严惩。如果父老爷们儿看我桂良也是那号人，不用你们抓，本人束手就擒，就地正法！"

经这么一说，还真起了作用，苗民立即平静下来，不再吵嚷了，气氛也有所缓和。为什么能立竿见影呢？因为玉德大人在世时，其大名如雷贯耳，特别是在闽浙一带，可谓家喻户晓，人人皆知。他对当地的一些少数民族，如苗族、畲族、黎族、瑶族的民众平等相待，视为自己的父母、兄弟、姐妹，其尊老爱幼、爱民如子的品德早在江南各族民众中传开了。令大家没想到的是，此次来湖广赴任的总督不是别人，恰恰是玉德大人的公子——踌躇满志的桂良。苗民认为，这新任的湖广总督和其他官员得分别对待，玉德大人对苗族有恩，是咱的贴心人，所训教出来的儿子肯定也是好样儿的，有良心的，错不了。

苗民估计对了，事实正是如此。先前，苗人在地主阶级的残酷剥削和欺压下，忍无可忍，揭竿而起，一心想杀个痛快，把官府烧了，再抓几个贪官以车裂处之，用五辆马车将他们分拉撕裂致死。或者效仿凌迟刑法，先分解污吏的肢体，然后割断其咽喉，让民众解解恨。可桂良到任后，没有施以武力，而是按皇上的旨意，采取以情感之、以心攻之的策略，使苗民深受感动，不仅心中的怨气泄了，怒冲头顶的火儿也消了，聚集的人群自动解散了，长时间未解决的苗乱没用几天就平息了，从此桂良的名声大震。试想一下，如果桂良平定苗民起义不得法，采用武力予以镇压，那么义军造反的声势会越来越大，烈焰会越烧越旺，最终肯定不可收拾，必将成为嘉庆初年的一场难以扑灭的燎原之火，待回返京师亦没法儿向皇上复命。就这样，或许是桂良的神机妙算，很快平息了湖广一带的苗患，一时间成为一件奇闻，马上奏报了皇上。嘉庆帝听后甚喜，当即下旨，召其进宫。

一个月后桂良抵京，来到皇宫大内向圣上报捷，并把引发此次苗乱的缘由及平定的情况详细禀奏之。嘉庆帝和文臣武将听罢，对桂良的能力赞许有加，有的佐臣当朝荐举，认为好钢得用在刀刃上，应将桂良召至京师，在军机部行走，为皇上出谋划策。

嘉庆思忖片刻，觉得此议甚好，正合朕意，湖广总督一职可换个臣子去，刚要点头表示允准，桂良却上前一步跪叩在地道：“启禀皇上，依卑臣之见，这场声势不小的苗乱虽然告一段落了，反抗的怒潮暂时平息了，但由于多年的积怨、愤懑在胸，不等于永远相安无事，还要密切关注其发展。如果卑臣现在就离开湖广，一旦苗乱再起，难以收拾。最好能稳定一段时间，待彻底风平浪静了，出现男耕女织、生活安适、一派祥和、太平景象，陛下再召奴才进京，岂不无后顾之忧？请皇上放心，卑臣定将忠于职守，不负圣恩，鞠躬尽瘁，死而后已。”

众臣觉得桂良言之有理，切合当前实际，由他继续坐镇湖广甚妥，一致表示赞同，嘉庆帝自然也不说什么了。桂良在京逗留了三天，回趟西郊的家看了看，便急匆匆地返回长沙了。

那么，这次桂良为什么又来京师呢？乃皇上为镇压川楚农民大起义之事谕旨召见他。起义的参与者基本上是白莲教徒，当时，白莲教传播广泛，在河南、湖北、陕西、四川等地的民众中影响很大，故而又称“白莲教大起义”。苗民造反平息了，紧接着爆发了白莲教大起义，刚刚按下葫芦又起了瓢，缘何如此呢？乾隆后期至嘉庆元年，由于土地的有限性和所有权的垄断性，阶级矛盾、民族矛盾愈加尖锐，地主、土豪、劣绅通过圈占、强霸、贱买贵卖、放高利贷等手段巧取豪夺，侵吞了大片土地，致使自耕农手中的耕田越来越少。特别是地主、豪强原本占有很多土地，却又极力隐瞒真实的数目，并通过各种手段逃避国家税收。而自耕农则依据田亩的多少，老老实实地向国家缴纳各种赋税，还得承担中小地主的滥派差役及转嫁之经济负担。当所拥有的一小块有限土地不能获得正常的经济收益时，生活就维持不下去了，可一家老小总得糊口哇，于是不得不向地主出卖自己仅有的田亩，回过头来再向买主租种已出卖的土地。这样一来，地主从自耕农手中不断购买土地，被兼并的地块儿越来越多，久而久之，广大农民因丧失了耕田而沦为佃户或佣工。他们租种地主的土地，终朝每日辛勤劳作，汗珠儿掉在地上摔八瓣儿，腰都累弯了。可是到了秋末，收获的粮食六七成以上需交给地主，自己却所剩无几。遇到荒年，颗粒无收，交不上租息，不得不借“驴打滚”的高利贷。地主、豪绅从不放过任何获利的机会，而且不择手段，以大斗收租、小斗出贷进行非法盘剥。大地主和土豪劣绅这么做，中小地主也上行下效，变本加厉，重负像座山一样压在农民的头上。更有甚者，有的田主催租逼债不成，便私设公堂，把欠租人捆绑在树上，棍棒相加，打得皮开肉绽，然后关入私牢。无奈之下，欠租人只能卖儿鬻女顶租，或者带着家口出外乞讨。

地主阶级对广大农民进行残酷剥削的同时，官僚阶级贪赃枉法、欺压百姓亦愈加严重，聚敛之风弥漫。当时管理治黄工程的官吏为了制造贪污的机会，竟丧尽天良，故意掘开河堤造成水患，致使百万民众流离失所，家破人亡。尤其是湖北，江防由于年久失修，连年发生水灾，江水猛涨，水深丈余，冲溃堤城。在肆虐的洪水侵袭下，百姓已丧失了抵御自然灾害的能力，许多人拖儿带女逃到深山老林寻找生路，有手艺的技匠则流落他乡成为流民。面对极其残酷的剥削和压迫，黎民不堪忍受，又无路可走，反抗情绪异常激烈，从开始的抗租抗税渐渐发展到杀官夺城，进而纷纷揭竿造反，终于爆发了白莲教起义。

乾隆中期以后，白莲教组织发展尤为迅速，白莲教徒所发动的起义没有间断过。此次白莲教起事，斗争的区域遍及湖北、四川、甘肃、陕西、河南五省，是清朝统治时期一次大规模的农民起义。他们互相援助，“穿衣吃饭，不分尔我。”白莲教头领刘之协、宋之清提出“清朝已尽，日月复来属大明”的口号，还宣扬“劫运”已满，弥勒佛即将出世，信奉白莲教可顺利渡过难关并分得土地。农民最渴望的是得到土地，那是命根子，没有土地就无法生存。因为教头说出了农民的心里话，唤起了求生的欲望、反抗的本能，所以入教者越来越多，纷纷操起大刀响应起义，形成了一股与清政权对抗的强大力量。面对此情此景，太上皇乾隆坐不住了，嘉庆帝更是焦躁不安，认为此乃心头之患，唯有坚决镇压，去掉这块痛疽，方能保住大清江山。于是旨下，令派往各地主管军事的官吏进京，共同商议解决办法，桂良自然也在被召之列。此前他虽然暂时平息了湖广地区的苗民起义，社会秩序表面看上去安定了，但作为总督岂敢高枕无忧？不可能天天像没事儿人似的在府内待着，而是经常一个人微服私访，扮成平民到苗人聚居的地方巡察，在各个村屯、角落出现。身边的官员很是担心，总怕出事儿，一再提醒道：“总督大人，千万小心哪，刁民无处不在，要是有个一差二错，吾等咋向皇上交代呀，还是带着亲随侍卫下去为好。”

桂良不以为然，说道：“吾心在民中，与民心合一，民安怨吾何？”什么意思呢？就是我与百姓一条心，为其着想，坦诚相待，他们还能反过来怨恨我、伤害我吗？不会的。接着又道：“我走得正行得正，归根到底，是为了救父老乡亲出水火，相信他们对此良苦用心早晚会明白的。谁最惧怕百姓？是那些不顾庶民死活、专门与其为难作对之人，绝不是吾等！”这番话启发、教育了周围的官员和将士，觉得总督大人所言极是，官在民中，官民合一，其利断金。

桂良办差非常认真，严格执行大清的政策、法令，而且雷厉风行，立竿见影。那双脚几乎把整个湖广一带踏遍了，今天到这个屯，明天去那个庄，后天前往酒肆、集市，了解、掌握了不少情况，常常是能解决的，则就地解决；不能马上解决的，则与属员共同商议后，拿出一个切实可行的办法予以处理，决不拖延时日。他办事稳妥，脚踏实地，不喜张扬。无论到哪儿，开始时，谁都不知道来的是湖广总督，有意不露身份。出行也不同于其他官员，从不摆那种耀武扬威的阵势，好家伙，前头是鸣锣开道的，接着是打执事的、呼喊回避的，再接着是车轿、马队、卫队、兵将，大队人马排出去一里多长，前呼后拥的。桂良就是单骑而行，啥都用不着，车轿也省下了。唯有参加大的迎宾礼仪，才按清代官员出行的执事要求，插多少面旗，备多少架鼓，多少护卫马队随行等，样样不能少，除此很少见到这位总督大张旗鼓地出行或迎客。那些专司迎来送往差事的傧相天天待在府中，很是闷得慌，总嚷嚷光拿俸饷没活儿干，心里觉得过意不去。

桂良长年累月像游侠一样游走于各村屯，深入民众之中，吃不好睡不安，日久天长，即使铁打的身板儿也禁不起这么折腾啊，能不得病吗？江南当时流行一种疾患，叫“血吸虫病”，又称“罗汉病”。所说的血吸虫，是一种灰白色的寄生虫，雌雄常合抱在一起。卵随粪便到水中，在水中孵化成毛蚴，进入钉螺体内变成尾蚴。尾蚴离开钉螺，遇到入水之人、畜就钻进皮肤，侵入体内，变为成虫，主要寄生在肝脏和肠内，引起血吸虫病。其症状是发热，起风疹块儿，肚痛腹胀伴随腹泻，有腹水，肝、脾肿大等，很难治愈。桂良就得了这种病，已经一个多月了，被折磨得面黄肌瘦，浑身无力，吃了十几服药仍不见强，总是打不起精神。恰在此时，嘉庆帝为平定白莲教起义之事，谕旨召见他。桂良接到皇命，一刻不敢耽搁，急忙整衣束带，拖着病体飞马驰往京师。一路马不停蹄，风餐露宿，终于进了京师，还没等入朝叩见圣上呢，下马时两腿一软，躺倒在地，说啥起不来了。正好一个拉着空车的脚力打身旁经过，桂良忙唤住他，从怀里掏出碎银子递上，让其把自己背到车上，送到驿馆，打算歇息一会儿再去皇宫。

脚力拉着浑身滚烫的桂良很快到了驿馆大门口儿，馆内的差役见来客人了，赶忙上前搀扶着进了门，将其安排在靠南侧的一个单人间。桂良进了屋，早已犹如一摊泥般拿不成个儿了，一头扎到炕上，不一会儿便迷迷糊糊睡着了。可能是心里有事的关系，顶多过了一袋烟的工夫，冷丁一下就醒了，睁眼看看四周，空空如也，心里这个急呀："看来现在去不了皇宫面圣了，可总不能躺在驿馆里吧？不如雇辆车先回西郊的家，让外甥女茗兰伺候几天，待身子骨儿稍好些再说。"想至此，遂起身下地推门出屋，刚走到西墙角儿那块儿，眼前一黑竟昏过去了。也真是该着，偏巧被都布纳碰上了，自此便天天往返于驿馆和药铺之间，抓来药煎好，让他按时服下。十多天后，桂良的高热退了，病体也见强了，觉得有点儿精神了，较前轻松些了。

说来桂良不仅人品好，有才气，而且为人谦和，清廉耿正，仗义疏财，因此才被嘉庆爷看中并决定予以重用，破格擢升其为湖广总督。他还是个知恩图报、有良心之人，身在难处时，有人主动伸出援手，热情相帮，你说能不心存感激么？常常眼望棚顶思摸："卧病在床十多天，是一位素不相识、终朝每日往返驿馆传送文牍的衙役在默默服侍我，不怕脏不怕累、跑前跑后、忙这忙那的，如同诺诺听令的家丁、随从，甚至比他们伺候得还要精心。而今上哪儿去找这样有情有义的人哪，却让我碰到了，真是祖上积德了，怎么感谢才好呢？"

一天头午，都布纳来到驿馆，把背囊里的文书、信件取出，一并交给刘馆主，然后去南侧的那间屋探望大病初愈的老哥。一进屋，桂良赶忙迎上前就地下拜道："老弟呀，谢谢你，请受湖广总督桂良一拜！有朝一日，定会报答老弟的救命之恩，此恩此情将永世不忘！"

桂良这一跪，可吓坏了都布纳，当即怔住了，一时不知所措。通常住在驿馆里的人干啥的都有，桂良又没着官服，只看那身儿打扮，都布纳原以为顶多是个八九品的差官而已，做梦没想到自己救助的竟是位总督大人！大清朝才有多少总督啊，湖广是最大的，处于中原腹地，闽浙远远赶不上。总督乃朝廷重臣，不是头品也是二品，今天却给小的下跪，实在受不起。我算什么呀，一个跑腿儿学舌的而已，根本不入流哇！惊愕之下，慌忙扑通一声跪在地上，咣咣磕着响头道："总督大人，使不得呀，快快请起，这不是折杀小的嘛！"

桂良一看，这哪儿行啊，于是在起身的同时也搀起了都布纳，并拉到椅子边道："老弟，快请坐，不要称呼什么大人，你是我的恩人，今后咱俩就是兄弟了！"说完，拽过一把椅子相对而坐。

都布纳见眼前这位朝廷重臣举止沉稳，相貌堂堂，没有高官的架子，平易近人，立马产生了一种亲切感。加之来来去去相处十几天了，彼此算是熟悉了，也就不感到拘束、紧张了，便同总督大人天南海北地聊开了。桂良越聊越兴奋，觉得与都布纳很是投缘，有唠不完的嗑儿，好似亲兄弟一般。此刻，二人之间已没有丝毫的生疏之感，恨不得把心里话一股脑儿全掏出来，两颗心也自然而然地贴近了，甚至相见恨晚，一直唠到晌午仍意犹未尽。都布纳担心宫中各部有事找他，不能耽搁太久，那会挨骂的，于是又叮嘱一番后，方万般不舍地告辞离去。

第二天清早，桂良洗漱完毕，整肃衣冠，出得驿馆，前往皇宫觐见圣上，与众文臣武将共同商议平定白莲教起义之事。嘉庆帝这才知道了一直盼着召见的湖广总督半个月未见影儿的缘由，原来此前有一段得病被救的经历，故而误了入朝的时间，虽有些许不快，但也为他高兴，为他庆幸，认为好人必有好报，会得到阿布卡恩都力眷佑的。还破例下旨，湖广总督桂良可在京师设立行辕府，随时通报下情。这可是个特例，前朝没有，嘉庆朝也是头一回。

那么，嘉庆为啥会有此举呢？因为以往发生农民起义，朝廷不知得派多少全副武装的人马前去镇压，用几年的时间都很难说能平定下来，还得赔上好多兵将的性命，损失的银两更是不计其数。而此次的苗乱声势之大曾震惊朝野，皇上派桂良率兵去了，基本没用武力，而是以情感之，以心攻之，却收到了意想不到的效果，苗乱很快平息了。此乃朝廷之福，桂良功不可没，嘉庆很是满意，对他更加器重、宠信，便想将其留在宫中，或安置在军机部，或留任礼部，去理藩院也可，皆能发挥本人的聪明才智。转念又一琢磨，桂良的年岁还算年轻，资历又浅，现在就任于某个部院的高位，尽管颇有建树，朕也有意提拔，众臣恐怕不能心服口服。怎么办好呢？思谋来思谋去，噢，有了，不妨采用迂缓的办法，即在京师设立行辕府，由桂良坐镇，湖广总督的差事还要继任，两头兼顾，这不就把他留在身边了吗？妙哉也，随即便下了谕旨。

众文武大臣听罢，个个是丈二和尚摸不着头脑，一时没寻思过味儿来，有史以来，还从未听说过下边的哪个省在京师设立行辕府的呢！散朝后，私下里议论开了，七嘴八舌地话不落地，猜测着皇上此旨的真正用意。嘁喳了好一会儿，方恍然大悟，纷纷竖起大拇指夸赞当朝天子英明有远见。湖广一带十几个省的通衢要道，长沙、荆州、两广、江南乃大清的半壁江山，地理位置十分重要。如果把桂良从长沙调回京师，任职某部院，就得另派得力的官员在那儿治理。何人能胜任呢？事实证明，谁也代替不了有功之臣桂良。目前，湖广一带的苗乱暂时是平息了，可谁知道什么时候再起呀，务必得时刻提高警惕。桂良对那一带的山山水水、风土人情已经了如指掌，知道黎民想什么，需要什么，百姓也听他的，治理起来得心应手，真要将其撤回，有百害而无一利。皇上让他仍做镇守湖广一带的总督，职位不变，显然是为了稳定军心、民心，使那里的社会秩序得以安定。而眼下的大清并不太平，有的省份时不时地爆发农民起义、教徒揭竿，且连续不断。这种形势下，抽出湖广的力量坐镇京师不失为良策，于一国的心脏设立外省行辕府，堪称创举，切中时弊，可谓一箭双雕。表面看，建的只是个不起眼儿的行辕府，桂良的主要差事是治理长沙，让当地的官兵和各族百姓知道大人仍然是湖广总督，军心稳定了，民心亦朝向他，轻易不会出啥大事儿。实际上，则是让其以建行辕府之名进驻京师，协助朝廷各部院办差，为皇上出点子，将湖广平苗乱之举措推向全国，以利于大清社稷的稳定，这才是真正的用意。仁宗颙琰不愧为一代天子啊，颖异睿智，深谋远虑，奇才也！

桂良倒没想那么多，只是遵照圣上的旨意，在京师竖起牌子，筹建了“湖广总督京师行辕议事府”。从这日起，他就忙开了，天天闲不着，京师和长沙之间两头儿跑。主要执掌所在之地是湖广一带，下情必须得掌握，否则怎么上传哪？桂良办差干净利落、效率高，从不拖泥带水、断而不决，众属员皆愿跟这位干练的高官一起谋事，认为他想得远，有计谋，下属的责任分明，活儿好干。桂良每次回到京师行辕府，要做的第一件事就是向皇上具禀下情，提出切实可行、因地制宜之办法。在天子身边办差不可能有闲暇之时，什么事儿都要想得仔细、周全，还得冥思苦索治国良策或作战方略，随时向圣上启奏。要知道，那时的大清国交通十分不便，出行主要靠马车和坐骑，兵将还得背着粮食，一走就是连续几天或月余。不管是烈日炎炎，还是寒风凛凛，没膝的深雪也好，瓢泼的大雨也罢，全是这么个走法，非常辛苦。山路崎岖不平，一旦遇上大雾或乌云弥漫不散，只能停下，三五日走不了。说实在的，桂良往返于京师、长沙两地任职，并不是什么好干的差事，实乃为其加压、加担子，还得欣然接受，皇命不可违呀！他心里倒有个小九九，即外甥女住在京师西郊，只有老妈子和家院照顾，让人不放心。这下好了，不仅自己可常去京师，夫人娉娉也能回到西郊自家府上，跟茗兰一块儿读书，共同切磋诗词歌赋，机会难得呀！

嘉庆帝就不必说了，心里暗暗高兴，行辕府一建，便可名正言顺地召桂良进宫，君臣一起议政，较前方便多了。他特别愿意听桂良分析国情乃至当前各省的形势，认为其言透辟入理，有根有据，听着痛快。嘉庆帝平时话不多，性格内向，办事稳重，思虑审慎，除了上奏的折子需要询问、批阅及与臣子商议国事外，很少说些没用的。唯独跟桂良在一起的时候话多，唠起来就没个完，且话题广泛，上说基本国策、朝纲大政，下言百姓的生活，包括衣食住行、吃喝拉撒，连接见外藩时发生的趣事都成了谈资。桂良也真能应付，每次嘉庆帝谈天说地、兴致颇浓时，他总是面带微笑毕恭毕敬地听，时不时地插上几句，所言恰到好处，很讨圣上喜欢，觉得跟这位臣子聊天心情舒畅，可倒好，身边有解闷儿的了。

桂良在京师的大部分时间是同军机大臣等官员去各地巡视，为其出主意、想办法，发现问题就地解决，协助军机部安抚参与暴乱的百姓。由于需要处理的事情太多，涉及方方面面，必要时还得从中调和，竟忙得日夜不得闲，啥也顾不上了。即使再分身有术，行辕府没人坐镇不行啊，起码日常事务得有专员负责，这便须添人进口，而且那个负责的自然得用贴心人。桂良选中的是谁呢？各位阿哥可能已经猜着了，就是他的救命恩人都布纳，并很快申报上去了。桂良在朝中的威望很高，人缘也不错，不管是礼部还是吏部，官员们都听他的。人家立过大功啊，还是皇上的心腹，举足轻重，起用都布纳又是本人的提议，湖广总督尊口一开，谁能反对呀？于是都布纳顺利被录用，官职也有了。其实呢，各个部院的大人皆愿将都布纳留在身边当小打，因为他腿儿勤，不偷懒，办差上心，让怎么干就怎么干，听喝儿。不仅如此，还任人支使，喊一通儿也好，骂一顿也罢，从无怨言，嘴有把门儿的，不该自己知道的事儿一概不问，独有优长。既然总督大人提出将其要到身边，部院的官员再不想放，也得点头答应，无话可说。从此，都布纳可不再是那个为各部院传送文牍的无品无位的小衙役了，也不用拎着大背囊或推辆单轮车汗流浃背地往驿馆跑了。而今时来运转，彻底告别了那个跑腿儿学舌的低级差位，一步登天，来到桂良大人身边，成为湖广总督京师行辕议事府的一位重要差官了。要不咋说人都势利眼呢，进入大衙门口儿，人还是原来那个人，一切却全变了。粗布衣裳一脱，绸布朝服一穿，品位立马上来了，俸银随之也涨了。都布纳脱掉了衙役之服，换上了象征官位的补服，品位比他低的差官一看胸前的补子就得叩头下拜，那可是朝廷的命官哪！宫中大大小小的官员及上下人等皆称他为都大人、都老爷、都军爷，还有唤爷爷的，一下子升了好儿辈儿呢！

诸位阿哥要问，都布纳的职衔到底是多高的品位呀？总督相当于从一品，桂良封他为湖广总督京师行辕议事府总管，还要兼顾军营之事，又称军爷。行辕府的军爷即管理军队的官员，主要负责招兵买马，调查了解各地的兵源情况，执掌兵将的异地征调，建立兵册，促进兵源之间的交流、疏通以及筹集军费，划拨赈济款等，总之，这些必办之事一股脑儿全压在行辕府头上了。桂良作为湖广总督，对当地百姓的处境非常清楚，那里的流民也很多，生活十分困苦，需把国家的帑银分拨给他们，方可渡过难关。为安抚湖广一带的流民，得有专人管理从各个渠道汇聚来的钱和物，合理分配，急流民之所急，使其生活得到改善，进而稳定民心。可以说这个差事的权力不小，桂良放心地委任给都布纳了，由此看来，这位行辕府的总管兼军爷不是二品官也是三品官，乃总督手下的贴身幕僚，在京师已有了重要位置。

桂良原本就为人谦和、不张扬，虽坐在高位上，但从不摆权贵的架子。都布纳来到行辕府后，因其对自己有救命之恩，所以总是另眼相看，显得格外亲切，如同亲兄弟一般，二人相处得非常融洽。桂良处处关照他，信任他，像其他僚属一样，尊称其为军爷。都布纳肩上的担子的确不轻，光招兵买马、扩充兵员就够忙乎的了，何况还有别的差务，天天忙得脚打后脑勺儿。当时，大清国各地的兵员皆不足，不光湖广需要招募新兵，闽浙呀，两淮呀，云贵、川黔、晋冀鲁等地也都急着扩兵，为啥呢？因清朝中叶正处于动荡的年代，流民和兵匪混在一起，社会的安宁秩序遭到破坏，若想治理一方，就得扩充武装力量，兵马不足肯定不行。大清的国民中，不少人无差事可做，终朝每日闲呆，时间一长，只能两手捧空饭碗。尤其是那些拉家带口的，每天得吃得喝吧，只出没个进项哪儿成啊？好在京师设立了招募闲杂人等的机构，说实在的，人们对京师何地设了什么衙门并不十分清楚，然皆知桂良大人坐镇的行辕府，这可不是虚假的，而是朝廷设的。不管咋的，先上那儿去试试，一旦被征用了，立即就能入兵册，不仅有差事做了，找到稳定的吃饭地方了，年年还能发俸饷。无论领到多少银两，能养家糊口、马马虎虎混日子就行，起码一家老小不至于饿死。入了兵籍好好儿干，将来或许有出头之日呢。

正因为大伙儿全这么打算的，小小行辕府的名声很快传遍四面八方，轰动了京城，前来应召的人越来越多。每日天一放亮儿，人们就三个一帮儿、两个一伙儿地拥向行辕府，有赶车来的，有骑马来的，有步行来的，门都推不开，到傍晚也不散。常常是后半夜了，打更的四下一瞅，行辕府的灯还亮着，仍未消停。要问此刻谁最忙？毫无疑问，当然是都布纳，忙得头不抬眼不睁的，不停地询问着，一笔笔地记着，案头上堆的兵册一摞又一摞，应召之人争先恐后地介绍自己的情况，生怕不被征用。一时间，都布纳成了大家都想看到的、受尊敬的、接受磕头最多的军爷了，大号也叫出去了，无人不知，无人不晓。

都布纳为了把招募之事做得更好、更妥帖，经总督大人允准，又找来十几个亲朋好友帮着登记造册或干一些杂务。你想啊，天天前往行辕府要求当兵的青壮年络绎不绝，人一多，把屋里外头弄得又脏又乱，这便需要随时进行清理，扫一扫哇，担来水擦拭一番哪，收拾收拾屋子呀，还得有把门儿、护院的，光这些活儿也得六七个人干，那还忙不过来呢！都布纳办差一向认真、细致、有条理，别看行辕府的人多，却安排得井井有条，兵员造册笔笔有宗。比如此人从哪儿来的、多大岁数了、以前干过什么差事、有否专长、家中几口人、为啥前来应召、应领多少俸银，等等，皆记得清清楚楚，一项不落，且字迹工整，行文规范。绝不是乱七八糟一大摊子，没个头绪，人来了啥也不问就收下了，连案底都不留，一旦查起来说不清道不明的。对那些不适合征用的，也要一一列上，留下案底，写明不被征用的缘由，让人看了一目了然。

都布纳办差为什么能这样得心应手呢？诸位阿哥知道，他原先在皇宫大内是专门给各部院传送文牍的衙役，差事要求甚严，不能出半点儿纰漏，必须准确无误送达。身后的大背囊中装着几本档册、几份公文、几封书信、应交给谁、什么时候送到等全得记在脑子里，送错了人或误了时辰必被治罪，久而久之，便养成了办事认真、有条不紊、细微之处也不马虎的良好习惯。他每天于行辕府接待来自全国各地的应召者，认识了不少英雄豪杰，还有许多身怀绝技的武林中人。当这些人一一介绍自己的出身和特殊技能后，都布纳一般都会酌情征用，以发挥其一技之长，不会浪费人才，在军爷这个职位上，可以说做得很好，上情下达，下情上禀，左右逢源，人人感激。招募兵员本来是个得罪人、容易引发不满、免不了吵架的差事，征用你不征用他，能没意见吗？凡是前来应召的，谁都想被征用，事实上不可能全要啊，怎么办？都布纳做得很得体，不是简单地抛出一句话拒之，而是不厌其烦地向对方讲明不被征用的理由，让他心服口服。其结果是同意征用的，高高兴兴留下了，感激的话说上千千万；不被征用的，毫无怨言，认为自己确实有些方面不够条件，没啥可说的，只能唉声叹气地离去。对都布纳所做的一切，桂良看在眼里，喜在心头，庆幸这个总管没选错，办事让人放心。从此更加放权，鼓励他放手大胆地干，小事不用通禀，可自行决定，只要对招募有利。都布纳没有愧对上司的信任和栽培，充分利用手中的权力，全身心地投入到办差中去，眼睛熬红了，人也累瘦了，然乐在其中，行辕府成了京师最热闹的一处所在，兵员滚滚而来。

前书讲过，桂良的夫人娉娉乃大家闺秀，出身高贵，是位才女，前些年跟着夫君去了湖广总督府。后来桂良奉命回京，设立并坐镇行辕府，仍需主理湖广总督府，一人兼顾两处衙门，两头牵扯精力，事情多如麻。他大多时间留驻京师，尽管没任命于军机部行走，实际上也同军机部的官员一样参政，经常受到皇上的召见。桂良离开湖广，夫人总不能一个人在长沙待着，夫君得有人照顾不是？于是娉娉也回到了京师，住进位于西郊的总督府，又能与外甥女亲亲热热、形影不离了。一家人团聚本是件高兴的事儿，可娉娉是拖着病体回来的，不仅乐不起来，还眉头紧锁，痛苦不堪。咋得的病呢？她自幼生长在北方，一年中较热的天儿不过两个多月，早已习惯凉爽的气候了。而湖广的盛夏骄阳似火，烘烤着大地，炎暑逼人，且持续的时间长。娉娉自打随夫君到了南方，一直水土不服，受不了那里的酷暑，天天只能待在府里，大门不出二门不进的。由于情绪沉郁，闷倦难耐，心火上攻，在一次发高热之后，得了乳痛症，即奶疮。症状为左乳红肿，又痛又痒，浑身难受，坐也不行，站也不行，躺着还不行，大声儿说话或者咳嗽疼得更厉害，且越来越严重，不仅左胳膊抬不起来了，渐渐地半拉儿身子也肿了，可把她折腾苦了。此期间，曾将一位较有名气的老郎中请入府中瞧病，号脉过后开了药方，按方抓了草药，不断捻儿地喝了十几服，直到天稍凉时方见强，从此坐下了病根儿，连着犯了两年。此次回京之前，娉娉突感身子骨儿不适，原来乳痛症又犯了。好在刚刚发病尚能挺住，一天没敢耽搁，赶紧坐上轿车马不停蹄地回来了。哪承想今年夏季京师的气温格外高，一丝风没有，闷热闷热的，不动都一身汗，每日用温水冲澡好几遍也不觉得凉快。娉娉的病势一天比一天重，茶饭难进，服药一点儿不见效。可叹美女昼夜遭受乳痛煎熬，涕泪满襟，花枝消瘦，形容枯槁，可怜至极。

茗兰见舅母被病痛折磨得泪流不止，心里如同刀扎般难受，整天围在身前身后转，百般抚慰，除此不知如何是好。舅母掉泪，她也跟着哭；

舅母推开膳食不想尝一口，怎么送到内室怎么撤走，她同样也吃不下。桂良大人更是干着急没办法，坐不稳站不安，既心疼又无奈。所有的仆人、家院皆为尊夫人的病痛担忧，每天于佛堂上香祈祷，祈求神灵护佑太太早日康复。总之一句话，京城西郊总督府内的上下人等个个心境不佳，愁眉苦脸，好像所有的阴云全部压在了这座宅院的上空，令人喘不过气来。

都布纳早已闻听总督夫人有疾患在身，虽然忙着招募新兵，但眼见总督为夫人的病急得直上火，满嘴起燎泡，日渐憔悴，心里很不安生，暗暗思摸道："只干等不行啊，得抓紧时间疗治呀，都说有病乱投医，去啥地儿能淘换到专治乳痛症的偏方呢？郎中有的是，没准儿哪个神医就让咱碰正当了，只要服下药有效，花重金购之也好，舍下脸皮求爷爷告奶奶也罢，全都成啊！"这么想着，便开始留心了。

眼下的行辕府天天仍然人来人往，登门请求登记上册的应召者颇多，方方面面的人都有，皆想与军爷聊上几句，多陪笑脸，显得更加亲近，也好得到他的认可并帮忙，能够同意征用自己，以便挣些银两养家。都布纳每接待一人，一番登记造册后，总不忘向其打听知不知道哪儿有郎中能治乳痛症，姓甚名谁，家住何处。真是老天有眼，世上无难事，只怕有心人，竟真的在上百上千应召者中，听到有位神医掌握根治奶疮的秘方，你说这不是奇了、巧了、神了？据此人讲，他认识一位坐堂郎中，乃保定府济生堂大掌柜的，姓刘，人称"疙瘩刘"，手中掌有祖传秘药，专治积年乳痛，无须动刀，药到病除。都布纳暗自高兴，向其问清了去保定府的路线及必经的屯落，随即把花名册交给下属，叮嘱务要认真地对每位应召者进行逐项登记，不可疏忽，不可漏记，更不能出错儿……交代完毕，属员连连点头，嗻嗻称是。都布纳起身急匆匆地出了行辕府，骑上快骥，日夜兼程地赶到保定府，找到济生堂，登门拜访老郎中"疙瘩刘"，说明来意，从怀中掏出纹银十二两递上，如愿买下了专治乳痛顽症的神药。向"疙瘩刘"致以谢意并告辞后，出了济生堂，进入路边挂着单幌儿的小饭馆儿，点了两盘儿菜、五个馒头，胡乱填饱肚子。出得门来跨上坐骑，抄小道儿马不停蹄地返回京师行辕府，把讨来的药双手交于总督大人。

桂良正为被乳痛顽症折磨多日的夫人犯愁呢，听说此乃神药，不禁喜上眉梢，都没顾得上打听一下药的来历，出门一骗腿儿上了坐骑，急速往家赶。到了门前翻身跳下马，一进屋便迫不及待地吩咐侍女生火熬药，待煎好端到床前，扶起躺在病榻上的夫人服下。该着娉娉吉星高照、福寿齐天，连续服了六服后，左乳就不疼了，肿胀也渐渐消了，而且有饥饿感了，能吃下饭了，还一连睡了三宿好觉。乳痈痼疾药到病除，“疙瘩刘”真乃神医呀！

府中的上下人等见太太的病体痊愈了，个个长出了一口气，一直提着的心总算落了地，西郊总督府邸的上空阴云散尽，个把月来头一遭听到了朗朗的笑声。都布纳闻之，倍感欣慰，于一日抽空儿前去登门探望。桂良亲自迎出门来，连连道谢，口口声声称其为大恩人。娉娉更是感激不尽，一口一个巴尼哈[1]，老弟乃救苦救难的菩萨呀，并表示一定要重谢，却被都布纳婉言回拒了。

当天夜里，桂良躺在炕上辗转反侧不能入睡，深感欠都布纳的人情太多了。他默默地单骑去保定府讨神药，不单单救了夫人，也救了我全家呀，怎么回报好呢？思来想去，忽然想到都布纳有一子，名叫尤成额，年方二十有三。温文尔雅，诚实稳重，礼貌待人，很有教养，且诗词歌赋俱佳，有才子之风，人人皆竖大拇指夸赞之。看得出来，那是个有出息的好后生，自己和娉娉都打心眼儿里喜欢，不如把身边的外甥女许配之，况且茗兰也有意。茗兰若与尤成额成婚，可谓郎才女貌、天上难找、地上难寻的一对儿呀，对，就这么办了！决心下了，心也落体了，翻了个身，没一会儿便打起了呼噜。

次日清晨，桂良一觉醒来，见夫人正要起床，便把自己昨晚想了小半宿的打算和盘托出。娉娉听后，当即表示赞同，还高兴得直嚷嚷：“哎呀，真是太好了，此乃绝配呀，我咋未想到呢？这些日子没事儿时就琢磨，欠了人情总得还，知恩图报是做人的本分。茗兰已长成大姑娘了，到了该出嫁的年龄了，此乃人生之大事。给她找个合适的主儿，咱算是尽到心思了，妹妹、妹夫九泉之下也能瞑目了。”

用罢早膳，娉娉帮夫君穿戴完毕，推开房门，目送其去了军爷的住处。都布纳一家就住在总督府邸的旁边，是座新房，去年年初才竣工。两家人一墙之隔，房脊连着房脊，院墙连着院墙，后院儿有角门相通。房宅的结构、样式以及房瓦的颜色、形状等一模一样，只是都布纳家的规模较总督府小些，这是由官位决定的。总督府邸在东侧，军爷府邸在西侧，外人皆称这两座房宅为“姊妹楼”，也有称“双楼”的。两家的女

---

① 巴尼哈：满语，谢谢。

主人由于毗邻而居，隔墙相望，彼此便渐渐熟悉了，下人之间也有些走动，遇有急活儿就互相帮着干。尤成额跟茗兰曾不止一次地打过照面，但只是以礼相待，从未攀谈过。那时，男女之间的交往是有严格限制的，讲究礼俗，各自必须恪守身份，完全不同于当今社会的自由交友。今年春天，二人之间曾发生过一件事，让桂良至今记忆犹新。那是清明节的傍晚，桂良骑马从行辕府回到西郊的总督府邸，翻身跳下，仆人忙迎上前接过缰绳，将坐骑牵到马厩里拴好。桂良进了正厅，刚想坐下歇歇，却见外甥女掀开门帘儿径直走到跟前，看似很委屈的样子，眼里满含泪水，遂问道："茗兰，咋的了，难道谁敢欺负你不成？"

茗兰摇摇头，打了个唉声，缓缓道来。原来当天一大早，茗兰收拾收拾，带上蚊香、烧纸等去给阿玛和额莫上坟。其实，她的父母没有坟，阿玛战死沙场，尸首被兵丁就地掩埋，根本未送回家。额莫跌跌撞撞地去两淮一带寻夫未果，绝望之下，呼天抢地号啕一通儿后投江而亡。茗兰自懂事起，无时不在思念二老，为能有所寄托，便在后院儿的一间空屋里设了灵堂，供了两个牌位，一个是父亲的灵台，一个是母亲的灵台，此后天天去灵堂上香磕头，逢年过节或清明扫墓则去祭拜。前些年，茗兰因思母心切，在一块白绢，即香绢上写过一首词，为啥不写在宣纸上而写于白绢上呢？宣纸与白绢相比，从价格上看，当然是前者比后者便宜。那时，只有一些富贵、阔气之家的公子、公主、格格才能用得起白绢，常常提笔蘸墨在上面抒发情怀，穷人家的子弟不敢奢望。茗兰的这首词是以南宋爱国词人辛弃疾的《菩萨蛮》之词韵而书就的：

淮柳尘风清江水，
波涌低吟妇人泪。
思亲问孤雁，
可怜万重山。
晨晨盼伊归，
更更空哀息。
残灯愁无限，
唯伴褓婴哭。

什么意思呢？前四句写的是一妇人去两淮寻找征人，即自己的丈夫，来到清冷的江边，放眼望去，只见波水涌动，低吟着向前流淌，四周白蒙蒙的，什么也看不见。抬头问空中的孤雁，可见我的夫君？孤雁不回答，飞走了。周围是座座群山、片片山林，秋风瑟瑟，发出阵阵悲鸣之声。触景生情，难过至极，愁肠百结，抽泣不止。后四句是写妇人的哭诉，天天清晨盼着夫君归，日日夜晚空自哀叹，望着如豆的灯花儿无限伤感，孤寂、忧郁的心绪向谁去诉？只能伴着襁褓中的婴儿一起流泪。

茗兰写这首词时，尚不满十三岁，却能把当年母亲两淮寻夫、渴盼征人早日归家的急迫心情表达得淋漓尽致，情感深沉。桂良是偶尔间发现这块白绢的，展开一看，上写一首词，细读之，不仅潸然泪下，心想："外甥女聪明好学，很有天分，文笔不俗哇，不可小觑。若是妹妹、妹夫健在，看着女儿一天天长大，这么有出息，那得多高兴啊！"他非常喜欢这首词，便对茗兰说："外甥女还行，写得不错，留着吧，压在你额莫的灵台下面。"茗兰点点头，转身去了后院儿的灵堂，照舅舅的话做了。

今年清明扫墓，茗兰燃香焚纸、祭拜了二老的亡灵之后，从额莫的灵台下抽出那块白绢揣在怀里，出得灵堂，来到后花园高处的亭子里。当掏出薄薄的白绢刚想展开再看看写在上面的那首词时，不料一阵清风吹来，忽地将手中的白绢刮向空中，好在风不大，眼睁睁地瞅着它随风飘到西院儿去了。西院儿恰好是都布纳的家，后花园也立了亭子，还砌了个池塘。此刻，尤成额由于在屋里写读书笔记的时间长了，感觉有点儿疲倦，便想去后花园散散心、解解乏。于是撂下笔，起身出屋，信步走到池塘边，倒背手低着头细瞧池中戏水的红尾鲤鱼，顿觉清爽愉悦，心情舒畅。正这时，突然一阵春风拂面，有块见方的白绢顺风飘飘悠悠地落在脚前。弯下身捡起一看，白绢上写着一首词，字迹工整、秀气，文辞清通，文笔不凡。咦？怪了，从哪儿刮来的呢？抬头四下一瞅，见茗兰格格正站在东院儿后花园的亭子里抻脖儿往这边望呢！当四目相对时，茗兰那张白净脸皮腾地红了，忙在侍女的搀扶下出了亭子，急匆匆地离去了。尤成额自然知道白绢的主人了，立马跑到前院儿，将白绢交给一位老嬷嬷，让其赶紧去东院儿还给茗兰格格。

老嬷嬷按尤公子的吩咐，双手捧着白绢到了东院儿，向门房说明来意。茗兰闻声而出，接过白绢，一再称谢，却难掩羞答答的神态。老嬷嬷走后，茗兰转身回房，忧心忡忡地坐在红木椅子上，心里既忐忑又烦乱，有如十五个吊桶打水七上八下的。缘何如此呢？她生怕尤家少爷对自己有误解，因为那首词抒发的是一种思念之情，尤公子肯定读过了，又不知就里，还不得以为一个女孩儿家正期盼着见到什么人哪，那可羞死人了！她站起又坐下，坐下又站起，在屋里来回走着，不停地搓着手，急得快要哭了。茗兰为啥这么在乎尤成额的感受呢？他们两家毗邻而居，咫尺之隔，互相看到或听到的要比其他人家多些。茗兰早已闻听都布纳之子勤奋好学，读书万卷，堪称才子，且心地善良，待人诚恳，明白事理。也亲眼见过尤公子举手投足所显露出的书卷气，那正是自己所喜欢的读书人应具备的风度和气质，暗地里对其钦佩之至。在这样一位知书达理的公子面前，时时期盼着对方也能注意到自己，并给留下些好印象。冥冥中，尤公子的身影总在眼前晃动，心里一直牵挂着，究竟牵挂什么？她不敢想，亦说不清楚……

茗兰整个一下晌把自己关在闺房里，连口水都没喝，一对儿大眼睛始终盯着窗外，盼着舅舅早点儿回来。直到傍晚时分，府门开了，舅舅进院儿了，赶忙起身来到正厅，竹筒倒豆子般将头午发生的事及自己的担心向其告知。桂良听罢，笑着劝慰道："茗兰，我当啥事儿呢，看把你急的，大可不必如此。尤公子为人正派，有教养，懂事明理，不会胡乱猜测的，是你想多了。"

尽管舅舅说得十分肯定，可茗兰的心仍然提着，没着没落的。桂良见外甥女一副怅然若失的样子，很是心疼，接着又连哄带劝了一番，好说歹说，茗兰这才抹着眼泪回房了。桂良望着她的背影儿思忖良久，方恍然大悟，对其内心里的小九九已猜出一二，噢，怪不得呢，原来外甥女看上尤家少爷了！

单讲桂良来到了西院儿，推门进屋，直截了当地向都布纳夫妇道出了来意。二人听后，既震惊又高兴，夫人高氏笑道："哎呀，这是真的吗，不是在做梦吧？天大的喜事竟降临到自家头上，太出乎意料了！茗兰端庄贤淑，貌美赛天仙，既是大人的掌上明珠，又是位才女，喜读圣贤书，诗词歌赋样样通，咱是打心眼儿里喜欢，背地里也时常夸赞。您的夫人未回京前，虽然抽空儿尽可能地帮着关照茗兰小姐，可从没有非分之想，娶过来做尤家的媳妇儿呀！因为秃子脑袋虱子明摆着，大人乃当今圣上的心腹重臣，在朝中很有影响，赫赫有名。外甥女从小到大一直抚养在侧，如同心尖宝贝般疼爱，即使出嫁，也进不了普通的官宦人家，只能许给皇宫大内的皇子呀、贝勒爷呀，或者朝中的大臣之子以及贵胄，再有就是哪位将军受到皇上的恩赐，亲选才女嫁之。无论如何，扒拉着挑，绝挑不到何图哩氏家。可事实却如此，总督大人独具慧眼，相中了我的儿子，还亲自登门提亲，这不是前世注定的缘分嘛！"

都布纳更是乐得不知说啥好了，一个劲儿地点头称谢："谢谢，谢谢大人的抬爱！犬子成额真是前世修来的福哟，竟能讨得这么好的姑娘为妻，此乃家族之幸啊，只怕太委屈格格了。”

桂良笑道：“说哪里话，这两个孩子的婚姻乃天作之合，看来茗兰的福分不浅哟！抓紧准备吧，我将以重金作陪嫁，最好于本月选个良辰吉日迎娶，你们看咋样？”

都布纳和夫人嗻嗻称是，并请总督大人放心，婚礼定会办得风风光光。桂良点点头，遂起身告辞，满脸带笑地出了客厅，尤家两口子一直送到大门口儿，见其进了东院儿方回屋。都布纳一想到茗兰要做自家的儿媳了，那真是喜不自禁，心里这个乐呀，忙去佛堂焚香，给众神磕头，感谢对何图哩氏家族的眷顾和恩赐。拜毕，出了佛堂进了书房，高声儿唤正坐在桌案前低头看书的成额，将隔壁总督大人如何上门提亲、准备下嫁外甥女于尤家之事详细告知。

尤成额听了阿玛的一席话，欣喜异常，激动万分，颤声儿请求父亲代儿向总督大人致以谢意。他为啥这么激动呢？实际上，尤公子早就对邻家的才女情有独钟，一个如此美丽、聪慧、贤德的武将之后谁不倾慕呢？不过就自己的家境而言，只能是心存奢望、不敢高攀、更不敢表露罢了。万没料到梦想竟在今天成真了，让这个闭门苦读的学子如愿以偿，不久将迎娶最心仪的公主为妻，岂能不动情？不由得在心底里呼唤道：“感谢上苍，感谢阿不卡恩都力的眷佑，谢谢总督大人的偏爱！”

半个月后，尤家迎娶新人的一切准备就绪，选了个黄道吉日，为尤成额和茗兰举办了隆重的婚礼。桂良大人说话算数，出重金为外甥女购置了令人羡慕的上等陪嫁，茗兰感动得热泪盈眶。湖广总督之外甥女出聘的消息早就一阵风般传出去了，人们奔走相告，轰动了京城。西郊的姊妹楼这天热闹极了，桂良的亲朋好友、同僚以及一些高官、贵胄纷纷赶来，有骑马的，有乘轿的，络绎不绝地到总督府邸登门道贺，送上厚礼。

军爷府邸门前更是车水马龙，人声嘈杂，人头攒动。人人皆知都布纳之子娶的是京城最有才气且容貌出众的方氏格格，都想到场亲睹一番，当然也像总督府一样，前来贺喜的各方人士特别多，甚至超过了总督府。为什么桂良大人那边反而没有都布纳这边的客人多呢？很简单，因为是何图哩氏家族娶媳妇，乃婚礼的主办方，当然登门的少不了。这些来客中，也有到京师行辕府应召的各方人等，为了讨好军爷，以便被顺利征用，一听说家门办喜事，能不去么，机会难得呀！于是个个带着贺礼，一窝蜂地拥来，把军爷府邸围得水泄不通。当司仪宣布婚礼正式开始的话音一落，整个西郊顿时锣鼓喧天，鞭炮齐鸣，掌声如雷，热闹非凡。待仪式结束，婚宴摆开，好几十桌的宾客频频举杯，阿勒给、奴勒喝得不断流儿，道贺的话语千千万，朗朗的笑声传四方，双楼上空祥云朵朵，忽聚忽散，借以助兴，红红火火大办了三天，详情不再赘述。

喜事儿过后，桂良大人为了更好地感谢都布纳，打算把人情做到底，心里思摸着："尤成额二十三岁了，仍在家苦读，尚不能入仕。眼下朝中人满为患，国库匮乏，拿不出那么多俸饷，各部院都在裁员。社会上出现很多失业者，闲散游民随处可见，举子、进士找不到差事的多得是，有的甚至靠到死也没混上个吃饭的地儿，这就是大清国的现状。茗兰倒是出嫁了，成为尤公子的夫人，可小两口儿不能靠老子养着吧？特别是成额，总在家待着哪儿成啊，得想办法弄个差事做，而且必须抓紧办，要不茗兰还不得天天跟我哭闹哇！把他安排到啥地方好呢？京师各部肯定不行，啥都缺，就是不缺员，哪儿也没空额。湖广一带没有适合他干的，即使有门路留在长沙任职，茗兰必得跟着去。长沙距京师那么远，要是想他们了，见一面都难。再说也不放心哪。茗兰到了南方，倘若水土不服，那可有罪遭了。"他在屋内踱来踱去，反复思量，忽然眼前一亮，一个老友在脑中闪现："噢，是了，此事可求达禄哇，或许能够帮着解决入仕之难题。"

达禄何许人也？乃一位武将，满洲镶红旗人，很有名气，现于吉林将军衙门任职。自嘉庆七年十二月始，满洲镶白旗人秀林将军首次坐镇吉林将军衙门，达禄便在其手下做副都统。桂良率军赴湖广平苗乱时，达禄也去了，在其麾下摇旗呐喊。二人也曾携手战于两淮，同舟共济，历经风风雨雨，结下了八拜之交。桂良认为，如果达禄能在吉林给成额找个差事做，那可太好了，两地相距不算远，来去较为方便。于是展开宣纸，提笔蘸墨修书一封，向时任吉林将军衙门的副都统达禄大人极力举荐尤成额，称其是位做学问的人，文才出众，博览群书，适合任官学之教习，请无论如何在贵处予以安置，望倾力帮忙，切切。

十多天后，达禄收到了桂良的推荐函，阅毕，自然是认真对待，对莫逆之交的求助能不尽心么？认真思索一番后，便按照桂良的意愿，分别找到身边几位知近的同僚说明了情况，然后大家共同向将军荐引尤成额。果然效果不错，没几日，录用函下发了，将其安排在吉林将军衙门属下的左翼官学任教习之职。达禄随即发出信函，告知桂良事已办妥，

请尤成额携眷属尽快赴吉。

诸位阿哥或许不十分清楚，自乾隆中期以来，朝廷冗员日甚不说，随之又刮起了捐官、买官、预定官阶之弊风，官位几乎全被名门望族、权贵、宗室子弟、亲朋、外戚所挤占，不难想象，这种情况下，找个差事做得多不容易呀！良家子弟尽管满腹经纶，却无用武之地，连处糊口的地儿都混不上，只能闲居家中。而那些不学无术、没有教养的子弟便开始琢磨邪门歪道了，或者出去寻衅滋事，或者入伙儿干见不得人的营生，做偷鸡摸狗之徒。不夸张地说，自暴自弃者遍地都是，多如牛毛啊！

尤成额也是个读书人，满汉齐通，博雅精深，算得上有识之士，按理早该入仕了。可从十八岁一直等到二十三岁，却未找到一处落脚之地，无奈之下，只能闭门在家习文。好在有桂良大人帮忙，曾将其介绍到私塾教了四年书，不过如此。当他得知妻舅为自己谋得了教习的差事，所学有所用，竟激动得热泪盈眶，一而再、再而三地感谢桂良大人的提携和关照。都布纳夫妇更是乐得合不拢嘴，跪谢总督的大恩大德，并为自己的儿子庆幸，嘴里一个劲儿地念叨着："真是老天有眼哪，也是咱成额有福气呀，那些书总算没白念，终于派上了用场，指不定哪天能出人头地呢！"

乐归乐，都布纳没忘嘱咐儿子和儿媳："成额、茗兰哪，抓紧时间打点行囊，多带些被褥、衣物，北地冷啊！收拾好后，尽快起程，赶赴吉林莅职，万不可因迟延行期而得罪了地方官吏。倘若错过了此机会，丢了好不容易得到的差事，后悔可就来不及了。"

小两口儿连连点头称是，并让二老放心，我们不是小孩子了，会珍惜的，明天就收拾，不会误事的。

当天夜里，尤成额可能是太兴奋了，双眼望着棚顶儿，一点儿困意没有，心里思摸开了："桂良总督乃当今天子的爱臣，也是朝中数一数二的命官，声望很高。全仗大人帮忙，加之故友的力荐，才为我在吉林谋得了差事，到那儿一准错不了。真得感谢他老人家呀，还要感谢从未谋面的吉林将军衙门府为此事奔波的前辈，更要感谢新婚夫人。茗兰美丽善良，温柔贤淑，是位难得的才女。我尤成额这辈子受到妻舅的恩宠，得此天作之合，乃三生有幸啊！此番到了吉林，必将煞下心干出个样儿来，不做等闲之辈，方能对得起桂良大人的一片苦心，对得起随夫远离家乡赴塞北的娇妻，对得起二老双亲的殷切期望。阿玛、额莫呀，儿已身为人夫，是家中的主心骨，应担负供养之责。请二老放心，我会努力去做的，踏踏实实地走好每一步，以此报答父母的养育之恩……”

转天，尤成额、茗兰用罢早膳，便着手打点行囊，二老也过来帮忙。都布纳考虑到儿子、儿媳此前没出过远门，何况去的又是陌生之地，必会遇到困难或有许多不便，就把自己的贴身管家、灯倌儿小满堂赏给了成额，并将其叫到一边叮咛道：“满堂啊，你跟少爷北去吧，路上精心照护着。到了吉林，纵有千难万险，也要紧随小主子的鞍前马后，提灯挑书，不离左右，不可有半点儿疏忽，记住没？”

小满堂连忙点头道：“嗯，老爷，小的记住了。请放心，一定不辜负萨克达额真[1]的信任，会尽心尽力照顾好少爷和少奶奶的。”

高氏一边帮着归拢一边掉泪，为啥呢？儿子在家时，别看没差事干，暗地里也为其着急，可天天能看到在眼前晃，心里觉得踏实。这回倒好，离开故土远去，如同心头肉被摘走了，做母亲的当然不是滋味了，感到空落落的。再加之使唤惯了的管家、灯倌儿小满堂也跟着公子一起去，家人顿时分出去一大半儿，偌大的一个家会较前冷清许多。常言道：“人生最苦生离别”，儿子还未启程呢，高氏已是心头酸楚、愁绪萦怀了，含着眼泪对儿子、儿媳说：“唉，不知你们的大舅、小姨现在何处，据传去了吉林，后来又听说到三姓了，还有说早已不在人世了，这些年一直打探不到准信儿。此番前去不妨四处打听一下，设法找到他们。如果仍活着，又住在吉林，那可再好不过了，你俩总算有个伴儿、有了依靠不是？一旦遇上为难遭灾之事，也能有个照应，可助一臂之力。”

高氏提到的尤成额之大舅、小姨，即自己失散多年的弟弟和妹妹，乃始终念念不忘的两位亲人。二人究竟长得啥模样儿，现今快五十岁的高氏印象不深了，其丈夫都布纳和儿子更是连面儿都没见过。然而，一奶同胞的弟弟、妹妹已成夫人的口头禅了，每当逢年过节或身子骨儿不适时，总是眼含热泪凝望着北方，看得出内心十分苦涩，思念之情溢于言表。正因如此，高氏才从遥远的南国来，可与想象中的身居关外的弟弟、妹妹距离能近一些。

前书介绍了何图哩氏家族的起根发蔓、主人公的境况以及近亲、先祖的生活，也讲了五世祖乌里莫墨滴皇绫卷的不幸遭遇，六世祖克其顿由于父辈闯下了大祸而一辈子不得志的郁闷，又讲了克其顿之子都布纳干上了给各部院传送文书的差事后，如何与病中的湖广总督桂良不期邂

① 萨克达额真：满语，老主子。

逅，施以援手相助，当上了行辕府的总管、军爷，一家人的生活慢慢好了起来。事儿得一件一件地唠，话得一句一句地说，朱伯西只有一张嘴，还未顾得上向大家介绍都布纳的夫人高氏女之家世，早就该讲讲其来龙去脉了。

高氏女的故乡在天府之国四川，出身于峨眉山下的一个小山沟里，只有几十户人家。屯子的周围生长着一片橘林，各家各户于山前开垦了荒地，种些栗子和番薯，偶尔也结伴儿出外打猎。她的父母勤劳能干，生养三个孩子，高氏女排行老大，身下有个弟弟和妹妹。姐儿仨皆未起大号，只称乳名，大的叫英子，二的叫顺子，老小叫兰子，英子比弟弟大九岁，比妹妹大十一岁，为啥年龄差这么多呢？因为母亲生下她后得了病，山沟也没个郎中，只靠父亲上山采点儿草药拿回熬水喝。还算不错，母亲的病真就好了，第九个年头儿才又接连生下了一男一女。一家人的日子虽然不富裕，但也不缺吃少穿，平静安定，共享天伦之乐。

乾隆六十年夏末，连日的倾盆大雨下个不停，致使山洪暴发，雨水夹裹着泥石轰然而下，砸向了这个小山沟。村子瞬间变了模样，庄稼被淹，房倒屋塌，英子的父母躲闪不及，被埋在泥石下丧了命。当年，英子二十二岁，还是个尚未出嫁的姑娘。慌乱中，她左手拉着十一岁的兰子、右手拽着十三岁的顺子跑出家门，喊父父不应，唤母母不答。外面一片漆黑，伸手不见五指，哗哗的流水声令人胆寒，双腿浸在瓦凉瓦凉的水里，不知该往何处去。这时，只听屯子里有人惊恐地喊道："老少爷儿们呀，赶紧逃命吧，发大水了，快跑哇！"一时间，整个屯子乱套了，孩子哭老婆叫，人们争先恐后地从高家姐弟身边跑过，英子来不及多想，双手紧紧拉着弟弟和妹妹跟随屯邻往前逃。试想一下，在连呼带叫、你拥我挤的情况下，一个姑娘家即使再有力气，一双手哪能同时拽住两个人哪，结果弟弟和妹妹被逃难的人群冲散了，从自己身边消失了。英子吓得哇哇大哭，像疯了一样声嘶力竭地呼喊着顺子和兰子，转悠了一宿，连个人影儿都没见着，只好哭哭啼啼地追赶逃难的人群，边走边寻找弟弟和妹妹。屯邻中的一位老者冲人群大声儿说道："乡亲们哪，咱们只能往北走，过了长城到塞外去。不用怕，听说那里的日子好过些，能混碗饭吃，老天饿不死瞎家雀！"长辈开口了，大伙儿似乎有了主心骨儿，便跟着他深一脚浅一脚地朝东北方向而去。

那么，当时的塞外是个什么样呢？白山黑水乃满洲的发祥之地，河流纵横，土地肥沃，修筑了边墙，从长城边一直延伸出很远，朝廷明令不许汉人进入，否则格杀勿论。到了康熙年间，刚开始时，八旗兵把守甚严，之后逐渐松动，因为难民不在少数，长着两条腿的活人哪儿那么好挡啊，总是有办法闯关的，大多是趁黑夜偷偷溜过去的。乾隆朝以后，闯关的男女老少越来越多，清军对边墙的护卫随之亦愈加松弛。

高氏女英子此前虽未出过家门，但年轻啊，腿脚利落，跟着一伙儿难民过了盛京，前往锦州。没承想半道儿却被八旗兵抓住了，立即押解出山海关，圈在关外新辟出的一处四周全是粗木围成的障子、障子内临时搭建的一片土坯房内，难民住在里面，外边有兵丁把守，每天派专人给他们熬稀粥喝，准备一批批地遣散到关内各地。难民们岂肯坐等？谁也不愿在里边圈着，好不容易逃到了关外，还能回去吗？活命要紧哪！全副武装的看守再多，狗急还跳墙呢，何况人乎？于是在一个月黑夜，英子同大家合力将粗木围成的障子推出个豁口儿，然后一个跟着一个悄悄儿跑出去了，一步不能停啊，只想快点儿离开那儿，逃到京师再说。他们不敢往内城去，而是向北京城的边塞跑，因那里骑兵少，不太容易被逮住。反正不管到哪儿，只要能活命，有饭吃，有地方栖身就行。

转年，即嘉庆元年正月，气候很反常。往年的这个季节天气特别好，晴朗无云，人称小艳阳天。今年却不同，时近正月中旬了，雪还在下，天天飘个不停，深已没膝。大地披上了银装，被白白的厚雪覆盖，不仅马不能进，其前蹄刚一落地，整条腿顿时没入雪中，只见身子不见腿。人也不能行，根本挪不动步，眼瞅着困在雪窝子里，就是拔不出腿来。尽管天气恶劣，却阻止不了难民的脚步，还挺有招儿，不是走不了么，干脆躺在地上往前滚，脸、头、衣服上沾满了雪，几乎成“雪人儿”了。他们为能活下来，连大清律都不顾了，到哪儿抢哪儿，见着粮食必夺，只要能饱腹就行。一时间，北京城内家家户户紧关房门，层层上锁，老幼妇孺轻易不敢出屋。

英子与其他难民一样，有时两天弄不到一口吃的，家家大门紧闭，咋敲都不开，饿得前腔儿贴后腔儿，饥肠辘辘，头晕目眩，十分可怜。一日清晨，北风呼啸，大雪纷飞，英子晃晃悠悠地来到一户院门前嘭嘭敲门，敲了半天没人应，推也推不开，仔细一看，门内的插关儿插着呢！她又冷又饿，浑身直哆嗦，一点劲儿没有，实在挺不住了，双腿一软堆缩在地，后背靠着院门，双手抱着肩，没一会儿便昏昏沉沉睡过去了。

此处正是何图哩氏家，即尤成额祖上的房宅，现今谁在这儿住呢？五世祖乌里莫早已过世，家主乃六世祖克其顿。其夫人于八年前病故了，三个女儿也各嫁他乡，身边只剩下儿子都布纳，十九岁了，闲居舍中。前书讲过，克其顿尽管读书万卷，才识非同一般，却受阿玛的连累而无用武之地，只当了个为各部院传送文书的差役，所挣俸饷不多，经济拮据，日子过得紧巴巴的。夫人过世后，他将家中用了多年的男女仆人都打发回家了，只留下一个没有去处的老嬷嬷，给父子俩烧水做饭。为了手头儿能宽裕点儿，闲暇时，克其顿便去敲富贵、官宦之家的大门，请求家主允许为其子弟授业，多少能挣几文银子。他的心情一直不好，不得志之郁闷久久不能释怀，每天回到家中，除了唉声叹气外，就是吟几首唐诗、宋词，写写草书，借此聊以自慰。

单说这天已是正月十三了，热闹的大年快过完了，年嚼咕也吃得差不多了，不过家家户户门上贴的红底黑字对联儿仍很醒目，偶尔还能听到噼噼啪啪的鞭炮响，时不时有喝酒划拳之声从屋内传出，显然是余兴未尽。身穿新衣的孩子们在院子里嬉戏，跑来跑去、又蹦又跳的，咯咯的笑声不绝于耳。在这片房子中，唯独何图哩氏家显得很冷清，院内静悄悄的，一点儿生气没有。一大早，克其顿便躺不住了，索性起身和衣坐在炕上，两眼望着窗外寻思开了："不知今天这雪能不能停，雪大出不去门，啥也办不了，耽误正事儿呀！昨儿个听邻居讲，东边四里外的一座高门楼儿府邸内，有两个公子在家待教，不妨前去问问。如果当家的打算请先生，我就登门自荐，说不定人家一眼相中了呢，便可为其授课。哪怕只教十天半拉月的，总比有劲儿无处使强，少给点银子也成，凭赏呗！"想至此，披上皮袍子跳下地，又给熟睡的儿子掖了掖被角儿，这才趿拉着鞋打开房门出屋了，想看看雪下得有多厚。

克其顿老宅的院门从不上锁，只有门闩，把那插在门内的木棍儿或铁棍儿往上一抬，门就开了。平日里，白天不紧关院门，总是虚掩着，出来进去方便，待傍黑儿才放下门闩。虽然常有逃荒的三三两两难民上门，但家里没啥值钱东西，想来就来，想要啥拿啥，不怕偷不怕抢，只这么父子俩和一个老嬷嬷，总不至于偷人吧？今天可有点儿怪了，克其顿摘下小门闩推一下院门没推开，再推还不开，咦？这是怎么了，难道是雪太大把门堵上了？于是把披着的皮袍子穿在身上，回头高声儿唤儿子："都布纳，别睡了，快起来，院门推不开了！"

都布纳正睡得香呢，年轻人觉大，克其顿接连喊了好儿声儿方听见。他一骨碌爬起，拽过堆在炕头儿的外衣披上，下身儿只穿条睡裤，跳下地蹬上鞋就出屋了。疾步走到院门前使劲儿一推，大门哐啷一声开了，随之听到扑通一声响，连看都没看一眼，反身赶忙跑回屋，脱鞋上炕钻进了被窝儿。克其顿出门一瞅，不禁大吃一惊！怎么的呢？原来院外的英子后背倚着门、脸冲南坐在雪地上睡着后，里边的人用力一推门，把她给推倒了，或许是快冻僵了，躺倒时发出了挺大的声响。克其顿只见是个年轻人躺在门口儿，并未顾得上细瞧是男是女，赶忙回头又喊儿子。都布纳二番脚跑了出来，住在西厢房耳朵有点背的老嬷嬷听见喊声也出来了，父子俩一个抱双肩，一个抱两条腿，老嬷嬷在旁边扶着，将这个已没有知觉的人抬进屋内，轻轻放在地当间儿，身下垫了两件衣服。他们想得很周到，知道冻伤的人怕热，只能放在较凉的地上慢慢缓，决不能抬到热炕头儿上，那会适得其反。何况也弄不清是饿昏了呢，还是有啥病，或是几天几夜没得歇息太疲倦了，观察观察再救治不迟。

克其顿蹲下身打量着躺在地上的年轻人，看其装束，认定是逃难的，很可能已无家可归了。既然来到何图哩氏家，就是有缘，应以礼相待。不能跟那些没有心肝的人家一样，门一关推出去不管了，冻死在雪堆里谁也找不着，那不是人干的事儿！他让老嬷嬷取过笤帚，将年轻人身上的雪扫了扫，又把衣服抻了抻，再一看，此人仍一动不动，从头到脚裹得严严的，只露两只眼睛，脑袋上围着破旧的单衣。可能是逃难的路上走到哪儿捡到哪儿，天气一冷，为了防寒，就把捡来的几件破衣裳胡乱往头上、身上缠，像裹脚条子似的，左一层右一层围得满头满身全是。父子俩以为眼前的难民是个后生呢，因往屋抬时觉得挺沉的，就动手把那些缠在身上的破旧衣裳一件一件往下解，待全部拿掉一看，哎哟，这哪儿是什么小伙子呀，竟是个大姑娘！一张黑黪黪儿的长瓜脸，两道弯弯的柳叶眉，小嘴薄唇，长得挺受端详的。老嬷嬷赶紧跑到院外，撮了一盆雪端进屋来，用雪搓她的胳膊和双腿，使寒气能尽快散去。过了一袋烟工夫，英子的脸由白变红，身子动了动，轻轻哼了一声，长出一口气，终于苏醒过来。克其顿见状，忙吩咐儿子点火烧水，冲碗糖姜水给她喝。都布纳倒挺麻利的，应声儿去了后厨房，没一会儿就把水烧开了，放入红糖和鲜姜，稍凉一凉端了进来。英子坐起身，双手哆哆嗦嗦地捧着碗，一小口一小口地喝着正冒热气儿的糖姜水，大半碗进肚后，觉得不那么冷了，身子也热乎了。克其顿和儿子把她扶到炕上，老嬷嬷则去厨房从米袋子里抓出两把苞米面儿撒入灶台上的铁锅里，再舀了一瓢凉水倒进去，往灶坑里添了一把柴，很快便熬成了糊糊。待晾温乎了，盛出一碗端进屋内，准备一勺儿一勺儿地喂给躺在炕上的女子。英子肯定是饿急了，起身一把夺过碗儿大口就喝光了，连勺都不用，紧接着又喝了两碗，总算有点精神了。她用衣袖儿抹了抹嘴，站起身又扑通一声跪在炕上，冲爷儿俩咣咣磕着响头道："谢谢老爷，谢谢少爷，萍水相逢却救小女一命，大恩大德没齿不忘！"

克其顿赶忙上前阻止道："使不得，使不得，不必多礼，我家不讲究这个。闺女呀，快躺下，身子骨儿要紧！"

英子眼含热泪恳求道："请老爷、少爷发发慈悲，救人救到底，留下小女吧！我不想走了，就住这儿了，行吗？"

克其顿问道："闺女，能告诉我姓甚名谁吗？多大了，从哪儿来，家中还有何人？"

英子回道："小女姓高，乳名英子，今年二十二了，故乡在四川，已无家可归。去年夏季发大水，房子被山洪冲塌了，双亲惨埋于泥石下，连尸首都没见着。逃难时，我与小弟和小妹失散了，不知他俩究竟到了哪里。为了寻找弟弟和妹妹，我随屯邻走了好几个月，四下打听也没有他们的下落，刚刚来到此地就……"说到这儿，再也忍不住了，嘤嘤地哭了起来。

克其顿安慰道："英子，别哭，到这儿即是到家了，不愿走就留下，住多少天都行。啥时候觉得住够了，想离开也成，一切随你。放心吧，饿不着，有我们爷儿俩吃的，就有你吃的，好了好了，别哭了。"

英子听罢，感动万分，抹了抹眼泪，再一次跪叩救命、收留之恩："谢谢老爷，谢谢少爷，从今往后，小女就是这个家的人了。我啥活儿都能干，劈柴、烧水、做饭、扫院子、缝补衣裳、看家望门全行，请尽管吩咐，给老爷、少爷添麻烦了！"

克其顿摆摆手道："英子，称什么谢呀，千万别见外，小事一桩，不必往心里去，我们何图哩氏也不是什么富贵人家，咱都一样，没啥说的，住下吧，正好东厢房空着呢！"说完，又仔细瞧了瞧，眼前的闺女长得还算不错，挺秀气的，心里思摸开了："天灾人祸猝不及防，英子好好儿的一个家突然间就没了，怎不令人凄怆？不仅父母双亡，与同胞弟妹又失散了，生死不明，举目无亲，孤苦伶仃，真是可怜哪！唉，自打夫人死后，怕儿子受委屈，没再续弦，总算把他拉扯大了。眼下都布纳已到结婚年龄了，然尚未娶妻，八年了，家里家外就我们爷儿俩和老嬷嬷，从没有女子上门，可一个家没有女主人哪儿成啊？老嬷嬷年纪大了，身子骨儿很弱，干不动活儿了。老宅已是屋没屋样儿、院没院样儿了，到处乱七八糟的，让外人一看，根本不像过日子，倒像混日子，起码缝缝补补、洗洗涮涮这些活儿就得赫赫干，哈哈不是那块料。恰在此时，来了个高氏女，因无处栖身，才恳求能在自家住下，也是前世的缘分吧！这也好，穷帮穷嘛，又不是咱强留她。不过一个姑娘家出来进去不方便哪，这算咋回事儿呀，好说不好听啊！正好都布纳未成亲，要是她愿意，答应做何图哩氏家的儿媳妇，那咱可是求之不得。虽然闺女比儿子大三岁，但俗话讲，女大三抱金砖，说明福分还不浅呢！”

就这样，英子住进了何图哩氏家，一晃两个多月过去了，倒也相安无事。平日里，克其顿总是留心观察，发现高氏女确实挺勤快，把房前屋后、里里外外收拾得干干净净，院内扫得连个草棍儿都没有。洗过的衣服叠得板板正正，还帮着老嬷嬷劈柴、烧水、做饭，菜炒得也挺香。总之，凡是赫赫该干的活儿，她几乎全包了，而且与都布纳相处得很好，如同姐弟一般，心中不禁暗喜，认为时机成熟，已到摊牌的时候了。一日晚膳后，桌子也拾掇完了，克其顿便将自己的想法跟儿子和高氏女说了，希望他们能成婚，不要错过这人与人之间命中注定的遇合之机，何图哩氏家也该添人进口了。两个年轻人你瞅瞅我，我看看你，尽管未说什么，脸却腾地红了，克其顿乐得嘴都合不拢了。

第二天晌午，克其顿办完差从衙门回到家，连饭都没顾得吃就开始张罗上了。先从炕柜里拿出平时省吃俭用积攒下的有限银两，雇来木匠和瓦匠，吩咐他们简单收拾一下老宅，把破损的门窗修一修，缺失的院墙补一补，再里里外外粉刷一新。然后赶往集市左看右瞧对比了好几个来回，方购置了两样儿家具，即一张桌子和两把椅子，因家里的旧桌椅实在不能用了。接着又去了绸缎庄，买下价格低廉的两块料子，请裁缝为儿子和英子各做一套新衣，待成亲那天穿。这些必做之事全办完了，再一摸兜儿，银子已所剩无几。

一切准备就绪，克其顿选了个良辰吉日，请来为数不多的亲朋好友，摆了六桌酒席，在大家的祝福声中，把新娘子娶进了家门。婚后，小两口儿你尊我让，夫唱妇随，相亲相爱，从未红过脸，感情越处越深。然而令人着急的是英子开怀儿晚，四年后才生下一子，都布纳为其取名尤成额。

光阴荏苒，转瞬二十多年过去了，何图哩氏家的变化不小。现如今，尤成额早已长大成人，读书万卷，颇有才气，被桂良大人一眼看中，不但把自己的外甥女茗兰许配之，而且又为外甥女婿谋得了官学教习的差事，很快就要携夫人赴吉任职了。在此离别之际，成额的老娘高氏很是难过，不由得想起了自己的苦难身世，想起了一直牵肠挂肚、至今仍未找到的弟弟和妹妹，怎能不百感交集呢？眼泪不听话地噼里啪啦往下掉。她不停地用手帕擦拭着泪水，擦掉又流，流了再擦，总也擦不干。站在一旁的都布纳心疼夫人，关切地劝慰着，结果是夫人的泪水止不住，自己的眼眶也湿润了。

这时，桂良大人来了，见都布纳夫妇眼泪巴擦的，尤成额小两口儿也是泪眼婆娑，不禁感慨何图哩氏家这么多年来确实不易呀，吃苦挨累不说，还得忍辱含垢。此次儿子和儿媳一走，不知何日再回京团聚，离愁别绪将伴随着他们，心里自然很不好受，难舍难分是在情理之中，遂走上前笑着说："哎，哭什么呀，不是一直盼着成额将来能有个好前途吗？此去吉林任教习，乃所学有所用，如愿以偿了，是值得庆贺的大喜事呀，应该高兴才是。而今不同以往了，原先成额没个着落，只能闲居舍中，日日苦读。现在有了安身立命之所，可以充分施展才能了，那些书总算没白念，以后能咋样，全靠自己努力了。成额呀，到了吉林官学，要认真教授，尽职尽责，干出个样儿来，那才不辱祖上的阴德呢！若是准备好了，就早些上路吧，以免生枝节。"

一家四口儿听后，破涕为笑，诺诺称是。桂良大人的话也提醒了都布纳，忙让小满堂去请位先生掐算出行之吉日，儿子和儿媳也好按时起程。三天之后，尤成额和茗兰跪辞了二老及舅舅、舅母，乘车上路了。听到信儿的亲朋好友纷纷前来送行，叮嘱的话语说了千千万，惜别的泪水流了又淌，一直送出五里之外，方依依不舍地返回。

尤成额携夫人于嘉庆二十五年夏末秋初，带着桂良大人写给吉林将军衙门达禄副都统的举荐信，告别了四位长辈及亲朋好友，坐着一架两匹马拉的铁轮大轿车离京。后头还有一辆小轮车随行，里面坐着准备为主子挑书担子的小满堂，车内除了尤成额的书籍，就是必备的家具、行囊和日常用品，无用的一件没带，那还装了满满一车呢！从此，尤成额迈出了人生的第一步，一走将近五十年，像块掷地有声的巨石深深扎入吉林的沃土之中，生根、开花、结果，桃李满天下，此乃后话。

尤成额和茗兰离京不久，桂良大人奉旨前往成都，以按察使的身份调卷，查究积案，以掌握某些官员触犯大清律、受贿贪赃之罪证，据此依法予以处治。到那儿干了一年之后回京，皇上又下旨，令其以布政使的身份巡访南方各地。桂良乃朝廷重臣，圣命不可违，必按御旨而行。

只是他与婶婶有点儿舍不得都布纳夫妇，南方距京甚远，不知何日能再见面。都布纳和高氏同样不愿桂良老两口儿走，多年的邻居了，已经习惯了，相处得又十分融洽，像一家人一样，觉得很难割舍。总之，互相之间是你惦记着我、我牵挂着你，谁也离不开谁。怎么办好呢？桂良思来想去，决定邀请都布纳跟自己一起走，于是开始说服他，说什么别老在北方待着，应去南方住些日子，体验一下南北两地气候的差异、景色的不同、生活的苦乐，不但会有新鲜感，而且能长不少见识。

对桂良的提议，都布纳连奔儿都没打，表示愿随大人前往，举家南迁也成。他首先想到的是夫人，那是地地道道的四川人，二十多年前离开家乡，至今未曾回去过。此次随桂良大人去了，倘若不能长住，顺道儿看看故人故土也好，对她是个安慰。都布纳回到家把桂良大人的打算和自己的想法跟夫人一说，高氏非常高兴，当即赞同道："好哇，求之不得呀，这个机会可不能错过。多少年了，做梦都想看看故乡的山山水水有什么变化没有，或许还能打听到弟弟和妹妹的下落呢！再说了，当年没见到父母的尸首，一直想选个地儿建个衣冠冢，作为二老的坟茔，逢年过节可前去拜祭，也算尽女儿的一片孝心了，否则心不安哪！"

都布纳见夫人同意了，忙起身乐颠颠地去了桂良大人家，二人合计一番，定下了起程的日期。一切准备就绪，一周后的清晨，两家共十三辆车一起离开京师前往四川，桂良老两口儿坐在前车，都布纳夫妇坐在后车。高氏掀开轿帘儿往外瞅，那是三步一北望、两步一回头哇，心里忽然有一种被掏空的感觉，唯一牵挂的就是北去吉林的儿子，不由得陷入了沉思之中："成额乃一介书生，肩不能担担，手不能提篮，只会之乎者也矣焉哉，见人脸先红。到了异地，面对复杂多变的世事，一旦身处艰难困厄的境况，甚或生计窘迫，仕途不顺，他能应付得了么……"

尤成额此刻又何尝不挂念自己的高堂呢？到了南方，二老能否适应那里的生活，水土不服咋办？万一生病了咋办？他们之间可谓母子情深，各在天涯，互相放心不下，牵肠挂肚。然惦记归惦记，在此后的日子里，都布纳留在四川任职，夫妇二人始终未能赴吉探望儿子、儿媳，且音信杳然。

那么，尤成额携夫人千里迢迢驱车北上，究竟怎么样了呢？各位阿哥恐怕很难想象当时的世态人情，他们刚一踏上吉林大地，便遇到了不少坎坷，困难重重。尽管成额后来如愿当上了教习，也是杂事多多，授业甚忙，根本抽不出身去南方看望父母。尤成额是个书生，老实本分，对长辈很是孝顺。既已远离故土，就不想让严父慈母操心，不愿把到陌生之地所发生的所有不快跟二老学说，只能是深藏内心、隐忍不言、小两口儿互相安慰而已。正因如此，都布纳夫妇和桂良老两口儿不可能知道尤成额、茗兰的真情实况，以为怀揣着给吉林将军衙门副都统的一纸推荐函，便可万事大吉、一帆风顺了，做梦想不到其实是愁哉、屈哉、苦不堪言哪！

若说起来，自打大清太祖武皇帝率领八旗兵挥刀仗剑、血溅沙场定天下之后，山清水秀、风景宜人的吉林乌拉便成为满洲的发祥地。那是个令人向往的地方，松花江水蜿蜒绵长，百草丰茂，虾鲜鱼壮。景色虽不如江南一些城市那么幽美、秀丽，但在大清开疆立国、稳固北土中立下了汗马功劳，威名显赫，与盛京①及呼尔哈河②畔的宁古塔并驾齐驱，声震漠北，为大清国的光辉历史抹上了重重一笔。其征军骁勇，进兵神速，快如猛鸷，水师舰船闻名天下。康熙朝时，八旗官兵一扫罗刹的嚣张气焰，攻取雅克萨，签订了载誉史册的《尼布楚条约》，萨布素将军之威名盖世，也与宁古塔和吉林古城紧密相关。圣祖玄烨、高宗弘历曾御驾巡幸吉林，游弋松花江上，诗兴大发，留下了《松花江放船歌》等千古绝唱，获得了“铜帮铁底松花江”之美誉。大清国历任的吉林封疆大吏，无一不是皇帝亲点，视为北方锁钥之臣，个个都是让天子高枕无忧的镇北元勋。吉林乌拉自然也被世人刮目相看，只要一提起，没有不赞佩的，皆言此乃富庶之地，人间天堂，是一颗灿烂的明珠，光彩夺目的亮星。

可惜呀，如今世道大变，大清江山社稷不稳，风雨飘摇。国民精神萎靡，灰心丧气，担心天下要玩儿完哪，眼看着长城以北的白山黑水，即满洲的发祥之地也不是安乐窝了。一时间，土匪猖獗，烧杀劫掠，抢男霸女，无法无天。到处是妓院、烟馆儿、宝局，物价飞涨，原先几文铜钱可换一袋苞谷，两串铜钱能买一头骡子，现如今百枚通宝才能买二两大烟膏。难民如潮，饿殍遍野，怨声载道，街上随处可闻卖男鬻女之声，黎民实在没有活路了。

此时的吉林乌拉也是人心惶惶，往日那“棒打狍子瓢舀鱼，野鸡飞进饭锅里”的景象早已不复存在，而是一片荒寂，民不聊生。辽宁、黑

① 盛京：即沈阳。
② 呼尔哈河：即牡丹江。

龙江两地亦是自身难保，封禁大开，尽管八旗兵日夜把守，也阻挡不住从关内逃来的难民，有推车的，有担担的，有儿子背着老娘的，有丈夫搀着病妇的，有父亲挑着一双儿女的，有母亲扯着三四个孩子一瘸一拐艰难举步的，一家又一家，络绎不绝。上千里逃荒路上，难民之间打架、斗殴、争雄时有发生，强者为上，弱者受伤、致死或死于非命。土匪则趁火打劫，烧杀抢掠，无恶不作，所到之处，无不遭殃。有些行善之人见难民们孩子哭老婆叫的，饿得骨瘦如柴，实在可怜，便在沿途设了粥棚儿，自备粮食熬粥施舍之，使其暂可饱腹。还有的立起了引魂幡儿，帮着死者家属丧葬，将尸首予以掩埋。呜啦呜啦的喇叭声儿天天不断，从早吹到晚，让人听了无比难受，心都要碎了。

时任吉林将军的松林面对此情此景，眉头紧皱，心急如焚。他身居高位，武将出身，却像个文官，为人谦和，举止沉稳，温文尔雅，平易近人，将军衙门府上下人等无不尊崇。可近几个月来，将军的身子骨儿欠佳，有时稍一动就气喘吁吁，吸气费力，憋得满脸通红，浑身冒虚汗。每当发作起来，啥都干不了，即使要务再紧，也是干着急，只好让身边的心腹达禄代行。在几位副都统中，认为达禄最能干，也是最可信任的下属，故而排在第一位。达禄办差认真、细致、一丝不苟，啥事儿都亲自过问，亲自动手，且严于律己，没有高官重臣的架子，受到属下官兵的普遍拥护。他经常不带侍卫、随从，只身骑马巡查军营、哨卡，凡有官兵驻扎的地方必到。若是太晚了来不及回府邸，便夜宿帐篷内，从不搅扰民宅。当年，遭遇连日大雨，江水泛滥，致使不少房屋倒塌。灾民没地方住，就围坐在将军衙门院外，伸手讨要救济口粮。达禄领着属下为他们烧水、熬粥，请郎中给瞧病，并去药房抓药予以诊治。一时间，衙门外人声嘈杂，老的哭小的叫，乱哄哄的。达禄为了减轻将军的压力，主动挑起重担，想办法尽快安置灾民。他天天同难民们滚在一起，一会儿搀扶这个，一会儿安慰那个，从早忙到晚，已经折腾一个多月了，从未脱衣舒舒服服睡过一个囫囵觉，累得日渐消瘦，颧骨突出，两颊凹陷，脸色灰暗。就在这时，达禄接到了桂良大人的手书，请其无论如何设法为外甥女婿尤成额找个差事做。

前书讲过，达禄和桂良曾一块儿赴湖广平定苗乱，在频繁接触、并肩办差、共商治理大计的过程中，两颗心靠得越来越近，渐渐成了无话不谈的好朋友，故交颇深。桂良又是达禄的顶头上司，对其总是全力提携，达禄很是感激。而今上司来函了，当然非常重视，不管从哪层关系看，都理应帮忙，即使困难再多，也得当作要务去办。还算不错，没几天，便在同僚的帮助下，顺利为尤成额谋到了左翼官学教习之职，遂复信请其尽快赴吉上任。而眼下，达禄每天要处理的事情太多了，可谓千头万绪，忙得脚打后脑勺儿，根本抽不出身来接待即将到吉的尤成额夫妇，怎么办呢？思摸了半天，突然想到了将军衙门府的总管、师爷秦名远，噢，对了，把此事交给他再合适不过了。

秦名远今年四十有一，瘦高个儿，长瓜脸，鹰钩儿鼻，两道儿八字眉，一对儿鼠眼，戴着玳瑁边儿的水晶近视镜，留着两撇儿黑胡须。身穿蓝缎子黑花儿大褂儿，外罩紫缎金丝卷儿宽领坎肩儿，腰间别着铜锅儿水烟袋，据说是求人从盛京“金”字号铜器铺花五十吊铜板买来的。举止张狂，喜好显摆、自夸，无论到哪儿，总是手托水烟袋、迈着四方步一走三摇晃，跟唱戏走台步似的。在外人面前，常常摆出一副洋洋自得、目中无人的架势，看样子一点儿不像将军衙门府里的差官，反倒像个大员外。给人印象最深的并不是那身儿打扮和做派，而是两颗向前支出的大门牙，如同两块白板一样堵在唇边。有谁若想往他嘴里扔个什么东西，大可不用闭上，两颗龇龇着的门牙就将其拒之门外了，可想而知牙有多大吧，特别引人注目。平时走在街上，谁见着他都感到哪儿不对劲儿，继而仔细一打量，那神情立马像看到个怪物一般，唯恐避之不及。正因为长了这对儿醒目的门牙，便成为秦名远的一大标志了，衙门府的上下人等背地里不再称其总管或师爷了，而是送了个绰号“秦大门牙”。此人的职权范围不小，查验账房的收支啊，登记赈灾银两的数额呀，接待登门上访的流民哪，等等。这些日子以来，由于发生了水患，衙门府的文武官员全下去了，文官忙于救灾，武将忙于剿匪，只有秦总管在府内坐镇，没第二个人，所以达禄才想到了他，并决定让其替自己接待尤成额及其夫人。唤来秦名远后，如此这般地交代一番，并嘱咐道：“尤公子乃湖广总督的外甥女婿，也可看作是本官的晚辈，接待之事只能请师爷代劳了。记住，务要妥善安置，不可拖延。”

秦名远满脸堆笑地应承道：“嗻，嗻，交给小的就是了。请大人放心，尤公子到后，定将热情接待，好生伺候，安置得妥妥帖帖。”

达禄见其痛痛快快答应了，也就把心放到肚子里了，相信总管会说到做到的，不敢瞒着自己背地里慢待尤成额夫妇。秦名远退下后，达禄赶紧扒拉几口饭，又领着官兵为治理水患忙去了。

话分两头，再说尤成额和茗兰在小满堂的陪伴下，从京师出发前往吉林乌拉。刚上路时，小两口儿心情可好了，兴高采烈地边走边观赏着夏末秋初的美景，看什么都感到新鲜，尽管晓行夜宿十分辛苦，却不觉得累。可越往北走越荒凉，草木不那么绿了，天也不那么热了，一早一晚还凉飕飕的。走了八九天后，就有点儿吃不住劲了，观景的兴趣不那么浓了。为啥变这样了呢？尤成额和茗兰从小到大未出过远门，更谈不上需走上千里的路程。这回倒好，天天坐在两匹马拉的轿车里，只能听到车夫驱赶牲口的吆喝声儿和车轮行进声儿，令人心情烦躁不安。到了后晌，轿车内就进不来阳光了，渐渐昏暗起来，偶尔掀开轿帘儿往远处瞅瞅，满目全是一片片黑乎乎的树林，曲曲弯弯的山路没个尽头。有时需穿越密林，有时需涉水过河，有时需小心翼翼地走在狭窄的山间小道儿上。路况还不好，崎岖不平，坑坑洼洼，忽高忽低，把他们折腾得精疲力竭。当困意袭来时，刚想闭上眼眯一会儿，轿车却一起一落地颠簸起来并左右摇晃，好几次差点儿没翻车，感觉肠子、肚子快要颠折了，骨头节儿也零碎了，浑身软绵绵，脑袋昏沉沉，什么都不想吃，只想吐，好像闹瘟疫似的，哪还有精神头儿观景啊。临从家出来时，都布纳曾一再嘱咐儿子：“成额呀，你们此次去的可是塞北，那里逃难的流民很多，劫道的土匪也不少，千万要小心哪！”

高氏也悄声儿叮咛儿媳妇：“茗兰哪，你就坐在车里，不到万不得已，轻易别露面儿，更不能下车，路上什么人都可能遇到。长得这么漂亮，一旦被歹人发现，出个一差二错咋办？不过也不用怕，轿帘儿一挡，外面的人看不见里头。依我看哪，不如在车内预备个尿盆儿，想解手就在里面解决了，用不着出去，记住没？还得当心……”

站在旁边的都布纳见儿媳一脸紧张地听着，忙打断道：“哎呀，快住嘴吧，没那么邪乎。照你这么说，谁都别出门了，差事总得有人干不是？多注意点儿就是了。”

高氏不这么想，也没顾及老伴儿乐意不乐意，凑近儿媳耳边又是一阵儿嘀咕，看样子是在说些悄悄话，茗兰边听边不住地点头，脸颊红红的……

尤成额和茗兰蛮听话的，始终牢记二老的提醒，不论咋说，小心无大错，虽然早已腻歪得心烦，想出外透透气，但终未下车，咬牙挺着，老老实实待在车里。小满堂可不像他俩，没事儿人似的，一会儿坐在车里，一会儿跳出车外，跟着车跑前跑后地照顾着小主子，且能吃能喝能睡，啥也不耽误。

尤成额一行又走了十多天，两个车夫聚精会神地赶着车，丝毫不敢懈怠，生怕出啥事儿。他们盼啊盼，恨不得一步跨入吉林地界，终于在离京二十一天后的清晨，远远看到了江城的轮廓。尤公子立马来了精神，掀开轿帘儿伸出头四下张望，见晨曦下雾霭蒙蒙，炊烟袅袅，峰峦若隐若现，周围静静的，只有树上的山雀叽叽喳喳叫个不停，心想：“好哇，这是个美丽的所在，也是圣祖爷和乾隆帝御驾亲抵之地。曾几何时，大清国一些出名的战将率领八旗兵在此抗击外寇，留下了金戈铁马踏过的足迹，从此出征者动人心魄的战斗故事便在吉林大地流传开来。等有闲空儿时，我要到处走一走、看一看，还得去打牲乌拉瞧一瞧，以一饱眼福。”

此刻，茗兰也坐不住了，冲车夫喊道：“快呀，快点儿赶哪，马上进城了！”

车夫扬起鞭子啪啪一甩，吆喝道：“驾！驾！”

吆喝声刚落，三匹马拉着两辆车一路小跑，没多大工夫便驶进了吉林城，再沿着江边往右拐，前面离码头不远有一片松树林，林子的高坡儿处纵向排列着五六栋小红楼，此乃将军衙门属下专供外地来吉人员安歇的迎宾驿馆，四周围着青砖花墙。两辆车刚刚停在花墙前，从门脸儿较大的那座小红楼里迎出两位拨什库，恭恭敬敬地向已跳下车的尤成额施礼，其中一位说道：“公子，少夫人，一路辛苦了！我们奉副都统之命，已在此等候多时了，总算把你们盼来了。达禄大人最近非常忙，抽不出身亲自前来迎接，对此深表歉意。大人已将接待和安置事宜全权托付给将军衙门的总管秦师爷了，并做了交代，令其好生伺候，我也跟驿馆李馆主打过招呼了。今天就好好儿歇息吧，到江城即是到家了，需要什么尽管吩咐，不要客气。我们还有事，恕不奉陪，告辞了！”说罢刚要走，尤成额忙道：“二位请留步！”遂从怀里掏出桂良的举荐信，烦请二位将其转交给达禄大人，并一再表示感谢。拨什库双手接过信函，放入内怀收好，转身离去。

尤成额和茗兰在小满堂的搀扶下，走进驿馆院内，顿觉较前轻松些了，起码耳朵不嗡嗡响了，咣当当、咣当当的车轮声儿也没了。不过还像坐在车上似的，仍感到头晕、倦乏，身上没劲儿，只想舒舒服服地睡上三天三夜，哪怕不吃不喝都成。满堂见两位小主子一副疲惫不堪的样子，很是心疼，思摸道：“临来时，老爷和太太再三叮嘱我，腿要勤，心要细，务必照顾好少爷和少奶奶，凡事想得周到些，不能出丝毫闪失。

我可得尽心尽力去做，否则不仅对不起萨克达额真的信任，将来回去也没法儿交代呀！”

三人站在院内等着李馆主，过了一会儿没动静，满堂便去门房那儿打听，得知馆主每天这个时候都在账房查账。于是在门房的指点下去了账房处，见到了五十开外的李馆主，告知尤公子和夫人已经到了，正在前院儿候着，请赶紧安排客房住下，以便早点儿歇息。

李馆主出得门来，走到尤成额夫妇跟前，客客气气地打了声招呼，然后引领二位来到雅致而清静的大厅，让他们先歇歇，喝茶润润嗓子。这可能是当地的规矩，客人到后，首先得在大厅驻足，皂隶会奉上香茗，待客人喝得差不多了，再由馆主领到客房去。

尤成额坐在靠背椅上环顾四周，见厅内宽敞明亮，阳光充足，干净整洁。地上铺着黑底红花儿地毯，椅座上放着绣花缎垫儿，坐在上面感到很暄腾。东西两侧墙壁皆挂有字画，几张八仙桌置于墙边，上面摆放着茶碗和江南彩陶。正冲厅门的桌案上，有一尊用陶土烧制之满脸带笑的大肚弥勒佛，身高二尺，似乎正在看着厅内的客人。没一会儿，三个皂隶走了进来，其中两人各端一盆温水，另一人手拿两只杯子，请风尘仆仆的客人洗洗脸，漱漱口。待尤成额夫妇洗漱完毕，皂隶递上白色的毛巾，然后端着水盆、拿着水杯出去了。紧接着又进来一个皂隶，双手托着暗紫色的茶盘儿，上放银白色的瓷壶，内装沏好的香茗，为二人分别斟上并请用茶。礼貌周到，举止得体，十分客气。

站在尤成额身后的满堂见小主子可以舒舒服服地坐在椅子上边喝茶边等着分派客房了，便趁此空当儿走出厅门去了后院儿，因车夫已将自家的两辆车停在那里。他围着车转了一圈儿，检查物品有否丢失或者损坏，尤其对那几只红木箱子看得越发仔细，见一切完好，方放下心来，寻思道：“等馆主定下客房后，不光少爷和少奶奶可以入住了，这些箱子也需卸下车搬进去。我得叮嘱皂隶们轻抬轻放，里面装的可是少爷的书籍和文房四宝，哪件都挺珍贵，有的还是祖上传下来的，务必得替小主子保护好，绝对不能摔坏了，否则少爷心疼不说，我这个下人也担待不起呀！”想到这儿，重新查了查车上的包裹、竹篓儿够不够数儿，摸摸这个，摁摁那个，心里又合计开了：“待会儿皂隶往下卸这些东西时，我得做到心中有数，先抬什么，后搬什么，哪个放在下面，哪个摞在上面，应摆放在屋内的哪个位置，事先都得想周全，省得到时候乱套。摆放好后，既要看起来整齐，又要用起来方便，不至于想拿啥半天找不着。”各位阿哥，你看满堂想得多细呀，伺候小主子多精心哪，怪不得都布纳把这个贴身管家、小灯倌儿赏给儿子了，知道他不仅听话，干活儿认真，还好使唤呢！

满堂查看完毕便返回大厅，见少爷和少奶奶早已用完茶，正焦急地候着李馆主，两眼时不时地望向厅门，不由得心头火气，暗暗骂了一句："这个姓李的老东西，磨蹭啥呀？是不是成心跟咱过不去呀，比老牛拉破车还慢！"

说实在的，满堂比谁都着急，恨不得馆主能立即为小主子安排客房，以便尽早歇息。虽然心急如焚，气往头上撞，但不能让小主子看出来，那不是火上浇油嘛，于是走上前轻声儿劝道："少爷、少奶奶，连续颠簸二十多天，确实累得够呛。别着急，闭目眯一会儿，养养神，李馆主可能正为主子挑选客房呢！快了，快了，马上就停当了。"

咱们且不讲主奴此刻的急迫心情，再说说吉林将军衙门总管秦名远。尤成额夫妇抵达江城后，没承想尚未见到达禄副都统，首先要面对的竟是个给吉林将军衙门抹黑的败类，他是谁呢？就是秦名远。这也难怪，世上哪个地方没有屎壳郎？一条鱼必腥一锅汤。实际上，达禄与秦名远所司之职不同，平日里打交道并不多，对他不甚了解。表面看，这位总管天天张张罗罗的，挺会办事儿，对府内职衔比自己高的官吏毕恭毕敬，任其支使，从无怨言，给大家留下的印象不错。暗地里却是另一副嘴脸，行为卑贱，擅于阿谀奉承，两面三刀，雁过拔毛，贪婪无度，一肚子鬼点子，可谓坏透腔儿了。所言有所据，如此给他下结论一点儿不为过，而是恰如其分。不是吗，秦名远当着达禄的面儿痛痛快快答应了交办之事，表示热情接待来吉的副都统故友之外甥女和外甥女婿，尽快安排于驿馆住下，有什么困难立马解决，达到对方满意。而背地里他可想歪了，斜出了一万八千里，认为此乃天赐良机，狠狠地敲尤成额一竹杠子，定能得到一笔数目不小的外快。因为尤公子是从千里之外的京师来到塞北的，出远门哪有腰兜儿不揣银子的？一准不能少带。何况又不是寻常之人，乃赫赫有名的湖广总督桂良大人的知己之子，皆为名门望族，自然娇惯得很，在家是侍从成群，出门是金银满车。从这些阔公子身上揩点儿油水，不就是从大金龙身上弄块儿金片嘛，算不得啥，不费吹灰之力便可到手。财神爷来了，主动把钱送上门，为啥不要哇？不要是地地道道的大傻瓜！不过秦大门牙所采取的手段与土匪不同，不是明目张胆地抢夺，而是做得非常隐蔽，以将军衙门的总管、师爷身份作为挡箭牌，大行贪占之实。

尤成额小两口儿抵达吉林、来到将军衙门属下的驿馆时，一开始秦名远并未出面，而是让李馆主接待，并一再叮嘱要有礼貌，凡事小心翼翼，不能因一时疏忽致使人家不快，更不能得罪尤公子。他咋想的呢？认为这些公子哥儿有的是银子，若是接待得周周到到，使尤家少爷满意并受到感动，便会慷慨解囊，一掷千金，那不就什么都来了么？故而喝令皂隶们务要好生伺候，不可造次，放规矩些，不要急于求成，没有本师爷的允许，谁也不许胡来。手下的那帮皂隶跟在秦名远身边正经有几年了，深知他是个什么样的人，乖乖按其吩咐去做，自己多少也能得点儿好处，当然俯首帖耳、言听计从了。不夸张地说，个个是吃人不吐骨头的恶狼鹰犬，双双眼睛是血红的，直冒火星儿，恨不得将住在驿馆里所有客人腰兜儿掏个溜溜光，一文不给留，那才叫痛快呢！

平日里，到吉林将军衙门办事的各方人士皆有，大多是来自八旗或富贵之家的无业贡生，企盼着能被分派一个合适的差使，哪管是替补呢，有活儿干总比在家闲待强。俗话说得好，有钱能使鬼推磨，当今社会更是如此。这些贡生从家出来时，特意带了不少银两，担子里装的全是一串串通宝，干啥来了？买官或求职来了。有的官吏则把将军府衙当成了商铺，一人身兼多职，卖一职无妨，可得不少银子，谁出的价码儿高给谁。一时间，衙门口儿变成了买官卖官的交易之地，一传十，十传百，凡是有钱的纷纷往这儿奔，买到官便可一步登天。往往今天是个浪荡公子，抽抽大烟、逛逛妓馆、押押宝，明天摇身一变就成儿品官了，兴许是县官，也可能是州官，这都没准儿，主要得看能拿出多少银两。今儿个是书生、商贩打扮，明个儿便身穿补服，头戴官帽了，这种现象一点儿不奇怪。人不可貌相，海水不可斗量，在那个社会背景和具体环境下，一个跟头翻上九重天可不是个别现象，大有人在呀！

秦名远这帮恶狼终朝每日在衙门里混，时不时地接待怀揣纹银上门之人，不刮他们刮谁呀？能放过嘛！当时风传这么一种说法，即对那些养尊处优的贡生们不能手软，除了将他的裤衩留下外，其余的不管多少油水统统揩干净，从头到脚剥个精光。秦名远知道贡生的家境普遍比较优裕，他又是吃这口的，所以眼睛总是盯在富家子弟身上，一旦发现目标，决不放过。只要一声令下，手下的鹰犬们立马双目放光，兴奋不已，哇啦哇啦狂叫，腰板儿挺得直直的，众口一词道："嗻，小的明白，谨遵师爷之命，瞧好儿吧！"当秦名远得知尤成额已到、正在驿馆等候分派客房时，心里暗暗高兴，以为这位书生同那些贡生一样，腰兜儿肯定塞得鼓鼓囊囊的，又能大捞一把了。于是整饬衣冠，先把派头儿摆足，接着又高一声低一声地唤来皂隶，一行人急不可待地直奔衙门府西边的小红楼迎宾驿馆而去。

说起吉林将军衙门属下的迎宾驿馆，依据所处地点、屋内设施、住宿人等的不同，大致可分为三类。第一类是最上等的驿馆，乃康熙年间于吉林将军衙门府内单辟出一个地儿建的，原为圣祖玄烨和高宗弘历御驾东巡的行宫，后来赐给了吉林将军衙门，不过哪届将军也未曾入住，皇上待过的地方谁敢进哪？行宫从此就留下了，天天有专人打扫，院外派兵把守，任何人不准靠前。而今在行宫的旁边又盖了座红砖黄瓦宫楼，只有六间屋，专给来吉林之皇室子弟、贝勒、皇亲国戚及宗室亲眷预备的，人称“贝勒府”。宫楼的外形设计非比寻常，独具匠心，所有材质造价不菲，从内到外富丽堂皇。房间布置格外讲究，然设施的选材、物品的质地、用具的多少各有所差，主要是按贵宾的品第高低予以分派。每年的春夏之交，偶尔能来几位皇帝的亲眷，平时没人住，大多时间是空着的。

第二类为正经八百的迎宾客栈，即尤成额夫妇所看到的、离将军衙门不远的这处迎宾驿馆，坐落在码头旁边的一片松柏林中的高阜之地，全是青瓦顶的红砖小楼，美观而阔气。登高远眺，可见江上帆樯如林，渔舟点点。小红楼的周围有青砖花墙，四角砌着高高的鹰楼，楼内设有多个鹰舍。关在里面的鹰全由鹰把式饲养，除了供来此游览的高官观赏外，也可带着鹰到野外放飞，但需由衙门派人陪同。这些鹰皆为猎鹰，性凶猛，善捕捉，野兔和山鸡一见就堆缩。这且不算，东侧还围了一块空地，内砌虎舍，专养东北虎；西侧置鹿园，圈养梅花鹿；南侧密林边挂着一排排鸟笼，大小、式样各异，编得十分考究，内关百鸟；北侧设貂房，里面是清一色的紫貂。入住的客人全被这些设施吸引住了，置身其中，如同进入长白林海一样，顿觉视野开阔，心旷神怡，一种亲切、新奇之感油然而生。可以说，此乃吉林将军衙门辅助设施的一大特色，也是江城的一大亮点。

那么，这片小红楼接待哪些人呢？乃专门迎迓到吉林将军衙门办事的八方贵客，有的是将军的顶头上司，从京师大内来的朝中高官；有的是八旗将领，如都统、参领、佐领等；也有盛京、黑龙江两地各个民族的代表，各个部落的穆昆达[①]、官爷、头领等；还有各地南来北往的富商、豪绅、举子等，都是很有面子的人，只要到吉林，就住宿此驿馆。这里的居住条件特别好，分为几十个小院套儿，房间内窗明几净，宽敞明亮，设施齐全。环境亦十分优美，掩映在一片松柏林中，绿树成荫，百花争艳，鸟语声声，幽雅清静，赶上世外桃源了。总之一句话，此迎宾驿馆所接待的大多是将军的客人，皆为嘉宾，没有一定地位的人是住不进来的。

第三类是在距吉林将军府衙十几里远的一处偏僻之地，即松花江北岸的北山附近，盖了些排列整齐的土坯房，加上原有的四合院儿，面积不小。来人只能沿江而行，从密林、山谷中穿过，七拐八绕方可到达。其特点为四周不是用青砖砌起的花墙，而是用从中间劈开的粗柞木夹成的障子，就是通常所说的木栅墙，南北各留一门，从里到外共三层，派兵丁把守，外人不得入内。

住在这里的是哪些人呢？共分三种。一种是从吉林各地来的平民百姓，有到将军衙门上访的，有告状的，也有讨债的。他们所述之事，往往一时半会儿解决不了，总得给安排个歇脚的地方吧？于是便派兵丁将其带到此处，吃住由这儿打理。除此还有难民，那几年天不作美，灾害不断，不是发大水就是遇大旱，庄稼或枯死或被淹。人们纷纷离开家园，致使流民遍野，满目可见仨一帮、俩一伙逃荒的男女老少，山根儿、沟谷、林莽成了他们的落脚之处。小小的吉林乌拉能听到八方口音，骨瘦如柴的孩子伸出脏兮兮的小手满街乞讨，两眼呆滞的老者饿得前腔儿贴后腔儿，让人看了很是揪心。毙倒于路旁的妇孺已不罕见，随处可闻令人作呕的腥臭味儿，顺风一找，准能发现无人收的腐烂尸体。尤其是那跳江淹死的，浑身膀肿，胀得像肉筒子似的，脸也变形了，吓死人哪！他们皆为无家可归之人，人心都是肉长的，同病相连嘛，渐渐地在难民中便形成了穷帮穷、穷靠穷的风气，大家自然而然地凑到一起，唠到一块儿，发怨气，骂世道，互相之间谁也不戒备谁，啥话都敢往外掏。吉林将军考虑到对难民长期放任总不是事儿，人越聚越多，如同从天上掉下来一般，无法控制。一旦这些人组织起来，对抗朝廷，社稷将受到很大威胁，不可小觑。于是便把这些流民分批转送到江北的驿馆，集中管

---

① 穆昆达：满语，穆昆即女真人的一种父系血缘组织，多以祖先名字及住地命名。组织成员公推一人为头儿，管理内部事务，这个头儿即穆昆达。

理，然后再陆续予以安置。这部分人住在最外面那层，比较松散，可以在里面随意走动，不受限制，但出木障子不行。

另一种是那些在社会上闹事逞凶、打架斗殴、偷鸡摸狗等被暂时拘管之人，抓到后还未来得及审问，关在江北驿馆的中间那层，对其看管相对严一些。待查清后，按大清律予以处治，情节轻微的就放了。

还有一种则是被称为不安定因素、与社会治安好坏有直接关系之人，关在最里面那层，看管甚严。官府怀疑他们私自贩卖鸦片，私开宝局，私通盗匪，然尚没有真凭实据，属于待查之人。当时由于社会动荡，盗匪勾结，四处作乱，致使治安状况很不好。辽东是满洲发祥之地，过去这样的事情较少，近几年频发不断，而且汉人越来越多。他们通过种种手段，有的采用赎买之法，有的采用偷渡之法，有的借口靠采参度日，趁黑夜携家带口从柳条边悄悄爬过来。成员颇杂，有的是农夫，有的是脚力，也有县衙的皂隶，还有做小买卖的。其中有些人干着不可告人的勾当，行踪十分诡秘，让你难以抓到把柄。被清兵擒获后，便移送江北驿馆羁押，声言先关几天，查查再说。因他们表面上没有触犯大清律，又不掌握确凿的证据证明其犯法，所以只能暂时圈一圈，查不出什么事儿再放走。

吉林将军针对此种情况，不止一次地强调需将这些人当作客人待，争取、感化之，若能使其回心转意，效果岂不更好？也是一分力量嘛！他们由此得到了特殊待遇，每天有吃有喝有玩儿，尽量满足不算过分的要求。想吃鱼，派衙役去松花江捕；想喝酒，恨不得把酒缸抬来。当然了，对其中故意造谣中伤、寻衅滋事、蛊惑人心、发泄对大清朝廷不满、最终扯大旗拉杆子造反之逆贼或当了土匪的，决不客气，必绳之以法。江北这片房子美其名曰“迎宾驿馆”，实际上此乃吉林将军衙门属下的拘缉营，而且眼下还在扩建，东边又辟出一块地方，八旗官兵在那儿开始夹障子、盖房子。为啥扩建呢？因近几年从关内偷偷跑出来的人越来越多。官兵们天天马不停蹄地在山野里转，抓了这个来那个，没完没了，把他们都关进江北拘缉营，地方肯定不够用，只能加盖房子。为了减轻压力，一些拉家带口的已在官兵的押解下送回了关内，但为数不多。

吉林将军衙门属下的这三类迎宾驿馆，不仅所处地点、环境差异颇大，所住人等也各不相同。如此看来，尤成额小两口儿还算不错，一到吉林就去了一般人不准进的小红楼迎宾驿馆，并被馆主引入向阳的大客厅歇息。不言而喻，这是看达禄副都统的面子，否则一个普普通通的书生哪能被高看呢？然而尤成额和夫人坐在大厅里却等了好长时间，一直未能入住客房，只是喝了两杯茶，时近晌午也没人请其用膳。又过了一会儿，忽听门外传来脚步声，似乎不是一个人，一皂隶进来告知："尤公子，将军衙门府的师爷到了，请接驾！"

尤成额不知来者是哪位师爷，也不知这师爷到底干啥的，既然从将军府衙来的，肯定是达禄副都统身边的人了，便赶忙站起身草草整理一下衣冠。这时，皂隶回身撩起门帘儿，五六个人鱼贯而入，走在前面的秦名远两颗大门牙往前支支着，很是显眼，跟在旁边的李馆主引荐道："尤公子，这位是吉林将军衙门的总管秦师爷，特意看您来了！"

尤成额见对方比自己年长，遂上前施礼问候，然后手指茗兰介绍道："师爷，这是晚生的夫人。"

秦名远嘴里哼哈答应着，眼皮都不挑，头一摆就往大厅后门走去，一副傲气十足的样子。李馆主见此，紧走两步头前带路，秦名远随之，身后是尤成额夫妇，再后面是四个皂隶。他们从大厅穿过去，出了后门便是宽敞的院子，一条铺着青石板的甬道径直向前延伸，甬道两旁种着各种花卉，尽头现出牌楼式的顶，一扇黑漆木门紧关着。尤成额抬眼一瞅，方恍然大悟，原来这门楼儿里面的小红楼才是客人的住宿之地，刚才喝茶的大厅只是驿馆的接待处。凡是从各地来的客人都需在那儿歇脚，馆主若同意你住下了，才能往院子里接，戒备倒挺森严的。那么，此刻小满堂咋没跟在主子身边呢？他已由一个皂隶领着从客厅前门出去了，绕到大门脸儿红楼的后院儿，准备把那两辆车上的东西卸下来，再搬进分派的客房里。当然了，马车肯定不走甬道，而是一条通往其他红楼的偏道。

一行人走在甬道上，两边各站一排皂隶，那腆胸凸肚的样子让人看了实在好笑。其实皂隶们老早就听到了开路清道的锣声，说是从京师来了位贵客，秦总管将亲自接待并安排下榻之处。连衙门府的师爷都惊动了，看来此人非同一般，不是将军的顶头上司，就是八旗的高官，否则不会有这么大的举动。皂隶们个个小心翼翼，屏住呼吸，大气不敢喘，生怕秦名远挑出什么毛病来。他可不好惹呀，威风着呢，只要稍不满意，眼睛冲你一立，甭想在驿馆混饭吃了，立马抱着铺盖卷儿滚蛋！

尤成额夫妇跟着秦名远和李馆主刚刚走到黑漆木门跟前，大门吱嘎一声开了，从里面出来一个矮胖子，穿件深绿底白云卷儿的缎袍儿，腰间系着蓝缎带，双脚蹬牛皮皂靴。浑身滚圆，大肚囊往前腆着，后脖颈子堆起好儿道儿废肉，那肥劲儿活像个大地缸。额头油光锃亮，脑袋上光秃秃的，没几根儿头发，戴一顶八品官帽。可脑袋大，帽子小，根本戴不住，如同小破瓢硬卡在大肉瘤子上了，直劲儿晃荡，眼瞅着要掉下来了。那副尊容要怎么难看有怎么难看，只要瞧上一眼，一辈子都忘不了。茗兰双眼一搭，立马觉得反胃，赶忙低下了头，只听那胖子尖声尖气地讨好儿道："哎哟，未承想老大人亲自驾到，小的给师爷叩头了！"说完就要下跪。

秦名远赶忙阻止道："杜宝啊，你个混账小子，咋这么不懂事呢，磕哪门子头哇？分不出里外了。没看见哪，这是京师来的贵客，还不头前带路！尤公子携夫人从京师到吉林需走上千里的路程，鞍马劳顿，非常辛苦，早就该安排个下处歇息了。这样吧，先把他们请到西厅，赶紧摆酒备宴，为其接风洗尘！"

听了这番话，杜宝方直起身来，满脸堆笑地伸出右手相请并头前引路。别看他胖，还不算太笨，两条大象腿紧倒腾，秦名远、尤成额夫妇、李馆主和众皂隶随其后，呼呼啦啦地相跟着进了黑漆木门。

诸位阿哥，咱且放下尤公子不表，朱伯西我还得费点儿唇舌多啰唆几句，把地缸子杜宝的来历给大家讲一讲。他可不是一般人，乃小红楼迎宾驿馆的大管家，也是吉林乌拉的一个"宝"。所说的驿馆李馆主，只不过是杜管家手下的帮办，杜宝才是真正当家的，吃八品俸禄。别看官儿不大，干的却是美差，可谓一人当官，全家受益，衣食丰盈，肥得直流油。这么说吧，驿馆里有啥，杜宝家有啥，他的家与驿馆不分，啥也不缺。杜宝除了有三房妻妾和子女外，还有五个拜把子兄弟，可不白拜呀，全是上了驿馆名册的正式差役，挣官家俸饷，故而当地人称这片小红楼为"杜氏驿馆""杜家栈"。

杜宝本是个游手好闲、汉字不认几个、满文一窍不通的犬儒，地地道道的地痞流氓。之所以能混到今天这个人模狗样，干上了令人羡慕的差事，一是凭本人的自吹自擂，油嘴滑舌，善于察言观色，见着啥人说啥话，具有阿谀奉承之能；二是靠吉林将军衙门总管秦名远出于私利的全力提携。杜宝是吉林搜登站官庄庄头儿杜嘎纳的小儿子，此官庄约有千垧土地，乃吉林将军衙门属下八大官庄之一，仅次于打牲乌拉。当时，大清国各地职衔较高、有头有脸儿之官吏的官庄都挺有名气，其中大多是京师望族的官庄。搜登站官庄庄头儿杜嘎纳年年将所收获的粮谷、射猎的飞禽走兽、网得的鱼虾择优送往京师大内，经常与内务府打交道，关系颇为密切，往来频繁。因其贡奉及时，贡品丰厚，故而多次得到内务府的恩赏，且称赞有加。他的妻子挺有来头儿，乃嘉庆皇帝亲赏的，原是皇爷的贴身侍女。下嫁杜嘎纳后，杜氏家族便沾上了皇亲，从此一步登天了，前后几位吉林将军对杜家皆刮目相看，毕恭毕敬，即使有些事办得不妥，也轻易不敢得罪。

秦名远是个见利必得、横草不过之人，鬼点子特别多，眼睛专门往上看，谁的势力大盯谁。当得知搜登站官庄杜氏家族与皇家沾亲时，便想尽一切办法巴结杜嘎纳，讨好其小姨太、人称“十三主子”。你还别不信，功夫没白下，真就搭上界了，没几天便拜“十三主子”为干姐了，从此名正言顺地成为杜家之常客了，跟“十三主子”的关系也越来越近了。说他们是干亲也好，还是其他关系也罢，怎么想怎么是，没人讲得清。时过不久，秦名远经“十三主子”的引见，结识了与小姨太有私通关系的大夫人之子杜宝。杜嘎纳这个小妾可不简单，非常善于交际，几乎天天从傍晚开始接待到访的客人，一直到子时方散去。来客多且广泛，干啥的都有，往往是这拨儿刚走，那拨儿又至，可倒闲不着。秦名远早就发觉杜宝与“十三主子”眉来眼去的，有事儿没事儿总往一块儿凑，你捏他一下，他掐你一把，没一腿才怪呢！不由得又气又恨，妒火中烧，牙根儿咬得咯咯响，决意捉奸，也可一举两得。

一天晚上，秦名远找了个恰当的由头夜宿搜登站官庄，准备暗中盯梢。二更刚过，他发现杜宝打开家门蹑手蹑脚地出来了，四下瞅了瞅，径直前往住在东院儿的“十三主子”处，便赶忙紧随其后。到了院门前，眼瞅着杜宝推门就进去了，显然是里面故意没上闩，留着门呢！没一会儿，屋内的灯熄了，院内立马暗了下来，秦名远的心嘣嘣直跳，再也等不得了，急不可待地翻墙跳进院儿，走到房门前，从怀里掏出事先预备好的小刀片儿伸进门缝儿，将插关儿往上一抬，门就开了。进屋一看，炕上的两人正搂抱在一起，遂大步上前一把将杜宝摁住，压低声音恐吓道：“好哇，杜宝，你小子吃了豹子胆了，竟敢跟自己老子的小妾私通，即使我饶过你，上天也饶不了你。等着瞧，秦某人定要告诉庄头儿，非让他把你这个乱伦的不孝之子碎尸万段不可！”

听了秦名远这番话，杜宝和“十三主子”吓坏了，忙扯过衣服披在身上，双双跳下地磕头如捣蒜，苦苦哀求师爷高抬贵手，免开尊口，千万不能说出去，更不能让老爷知道，愿以重银谢恩！秦名远瞅了瞅杜宝脑门子上磕出的十来个包，冷笑道："嘿嘿，赶巧了，正好最近手头儿紧，想给银子就快点儿！杜宝哇，我秦某人不是那种不近情理的人，谁能不犯错呢？得饶人处且饶人嘛！但有个条件，从今以后，我让你干什么就得干什么，不让干的绝不能干。记住，你就是我的人，务要乖乖听喝儿，别无二话。怎么样，这下杜家的儿子该易主了吧，爹也该换换了吧？"

杜宝忙致谢道："谢谢，谢谢师爷的不禀之恩，往后一切听您的，您是我爹，是我爷爷也成！"

三天后，搜登站官庄的银库被盗，丢了不少成色最好的纹银，杜嘎纳查了个底儿朝上也没弄出子午卯酉来，折腾得全家上下鸡犬不宁。不用说，这些银子肯定被"十三主子"和杜宝合谋偷走了，之后又顺顺当当地进了秦名远的腰包，狠狠地讹了一把。半个月后，秦名远为了与庄头儿杜嘎纳建立关系，使其小儿子成为身边的心腹，打算将杜宝安排到吉林将军衙门属下的小红楼迎宾驿馆任管家，替自己掌控那里的一切，以便多捞些油水。于是便开始四处活动，一面向属僚竭力推荐杜宝，防备他们从中作梗，一面在吉林将军跟前再三为其美言，吹嘘此人如何聪明，如何能干，是块不可多得的好料，等等。还得提溜耳朵提醒杜宝，近些天老老实实在家待着，不准出去惹事儿，更不能干什么见不得人的勾当。为谋取一己私利，这位师爷可谓绞尽了脑汁，费尽了心机。

没几天，秦名远的"荐贤"有了结果，终获松林将军的准允，为杜宝谋得了迎宾驿馆大管家之职，如愿当上了八品哈番[①]，当杜嘎纳得知小儿子混了个美差，戴上了官帽，乃将军衙门府的总管秦师爷一手经办的，很是感激，忙送上重礼谢之。却不知从此以后，他的小儿子成了秦名远的囊中物，那根丝线牢牢地握在人家手里，扯胳膊胳膊动，扯腿儿腿儿动，杜宝纯粹是一驴皮影架子，任其摆布。你说秦名远厉害不？表面上一手托两家，暗地里坐收渔翁之利，这就是有些人所谓的有能耐、有本事，谁又奈何得了？

杜宝自打拜倒在秦名远膝下，从不敢夸耀、倚仗自家的权势，而是心甘情愿地为其效劳，师爷指东决不向西，总是看其眼色行事，见风转舵倒挺有一套。还特别会来事儿，凭一张巧嘴把秦名远哄得五迷三道、滴溜溜转，如同喝了迷魂汤，找不着北在哪儿，甚至杜宝放个屁都闻不出臭来。

---

① 哈番：满语，官。

秦名远为充分利用杜氏家族与皇家的关系，便去搜登站官庄面见庄头儿，表示要认杜宝为干儿子，杜嘎纳欣然应允。拜义子那天，名声显赫的杜嘎纳庄头儿亲临吉林将军衙门，秦名远却与庄头儿开始称兄道弟，俨然一副干爹的派头儿，摇身一变，身价顿时涨了百倍。吉林将军属下的所有官员，包括达禄副都统在内，谁也不敢小瞧秦师爷，那可是沾了皇亲哪！基于此，秦名远在吉林将军衙门府名声大震，地位一下子提高了，成为吉林将军之下的第一位大人。他窃喜自己的聪明过人，庆幸“十三主子”的引见，常常暗自思忖：“人哪，要想达到目的，脑筋就得活泛点儿，倘若不使花招儿，杜宝这小子能如此俯首帖耳么？没有‘十三主子’无意间帮忙，哪能认识杜氏家族，又怎能通过认干儿子而沾上皇亲呢？这可是天神赐予的福分，必须牢牢把握住，千万不能错失良机呀！”这么一想，为长期保持干亲关系，便不打算得罪杜宝，而是放任自流，胡作非为也好，仗势欺人也罢，一概佯装不知，不闻不问。杜宝在总管的纵容下，虽然品级不高，只是个小芝麻官，但很有威势，不在诸大人、副都统之末。真乃世态炎凉啊，哪怕你是地痞无赖，即或目不识丁、愚蠢至极，只要有钱有势，即可走遍天下，畅通无阻，上哪儿说理去？

话接前书。这杜宝原本就不是什么好东西，又目睹了秦名远的所作所为，在其言传身教下，越发有恃无恐，早已吃惯敲诈勒索这碗饭了。此刻，他一看师爷指着尤成额介绍：“这是京师来的贵宾”，立马心领神会，那就是暗号儿，意思是提醒其要点心眼儿，弄到银子是真格的。杜宝恭恭敬敬地领着客人进了黑漆木门，来到第二座小红楼前，正南面有个小院儿，四周围着木栅栏，中间一溜儿青砖铺地，两侧种满了金针花儿、姜次辣、扫帚梅、芍药，还有红艳艳的喇叭筒花儿，枝蔓顺着墙面往上爬，高过了房檐儿，花香四溢，五颜六色，一群群蜜蜂、蝴蝶于花间翩翩起舞。他斜眼瞅了瞅已回到尤成额身边的小满堂，得意扬扬地朝院内一指道：“这里的三间客房，是特意为你主子挑选的，咋样啊，满意否？”

小满堂连连回道：“满意，满意，太好了，既宽敞又清静，让大管家费心了！”

杜宝煞有介事地点了点头，遂请少奶奶先歇着，让几个皂隶帮着小满堂把两辆车上的行囊和物品搬进屋内。吩咐完毕，倒背着手站在一旁，像个监工似的。皂隶们应声而动，将车上的东西全部卸在院内，然后一件一件地分别往三间屋内搬。首先搬入的是被褥和竹筐，竹筐里装着尤成额一年四季的换洗衣服，还有一些日常生活用品。接着跟进的是茗兰夫人专用的梳妆台，怕磕碰着，两个皂隶小心翼翼地往里抬。另外四个皂隶开始搬红木箱子，箱子挺沉，里面装的全是书，压得个个弯着腰走。小满堂大声儿叮咛道："兄弟呀，这是我家主子的书箱，千万不能摔坏，否则可是对孔圣人的不恭不敬啊！请各位精心点儿，轻抬轻放，别着急，撂稳了再松手。"

皂隶们把十来个红木箱子抬进屋后，需简单归拢一下，因为院子里还有东西呢，腾出些地方才能继续往里搬。茗兰便指挥大伙儿将梳妆台放在前屋东墙角儿，竹筐和红木箱子摞靠于后屋南墙，铺盖装进炕柜里。小满堂在三间屋内跑来跑去，一会儿喊这个，一会儿唤那个，不停地叮嘱着，还要关照少奶奶，生怕她累着，忙得满头大汗。

秦名远趁皂隶们帮着搬移、安置家什时，领着尤成额出了院门，向西大厅走去。西大厅可谓小红楼驿馆最讲究、最阔气之所在，美观、雅致、静谧，凡是外地来的贵客并被认为此乃了不起的财神爷，皆请到那里落座，侍者会适时奉上香茗、八珍，宾主一块品尝着、寒暄着、闲聊着，互相称兄道弟，显得十分亲热。待越唠越热乎了，感到很投缘了，主人再将客人让到后面的颐膳房同餐共饮，一醉方休。为了讨好客人，使其从心里满意，在推杯换盏之时，主人开始吹嘘西大厅如何如何具有独特之幽趣，夸耀陈设之讲究，接着告知不是所有的外地客人都能来到此处，唯京师的贵宾方可。说这番话的目的，是让对方觉得对自己接待不凡，既热情周到，又尊敬有加，感动之余，就会慷慨解囊，以回报主人的盛情。总管秦名远也不例外，认为尤公子及其夫人非同一般，乃达禄副都统故友的家眷，应待为上宾，不可轻慢，故而完全按照接待贵客的规矩如法炮制。尤成额刚一落座，秦名远便冲门口儿摆了摆手，四个身着彩装、手端托盘儿的侍女鱼贯而入，走到桌案前，沏上香茗，摆上八珍，请少爷、师爷慢用。尤成额表示了谢意，没有马上端杯品茶，心里思摸道："夫人还在客房忙着呢，我得等等，不着急。"

秦名远见尤成额既没喝茶，也未动吃食，遂指着桌案上的盘子逐一介绍道："尤公子，这可是吉林的八珍哪，乃当地出了名的小吃，千里迢迢来到此地，总该好好儿品尝一下哟！几种糕点也是吉林特产，这是芙蓉糕，那是萨其马，这是红豆桂圆羹，那是参茸莲子羹。再看看这四盘儿干果，其中三盘儿是当地的土产，一个是蜜饯白瓜子儿，一个是五香黑瓜子儿，一个是打牲乌拉的松子儿，唯独那盘儿萨哈连的鳇鱼子来自黑龙江。”说到这儿，呷了一口茶，随即又详细告知这些土特产的原料应在什么季节采摘、如何加工、共几道工序、为啥受欢迎，等等。讲的倒是真话，其中有的糕点和特产，尤成额的确头一次见到，更别说吃过了。

秦名远接下来建议参观一下客人的用膳之处，即颐膳房，称其周围环境优美，房屋式样别致，餐厅布置舒适。尤成额当然是客随主便，二人一同离开西大厅，从后门穿出，经过一条用白色、暗黄色鹅卵石铺就的林荫小道儿，两旁种植着低矮的花丛，前面三十米处便是颐膳房。抬眼望去，外形十分特别，房脊带有尖顶，举架很高，纵向延伸。墙皮刷粉白色的涂料，门楣上立一牌匾，上刻“颐膳房”三个字，可谓典型的俄式结构。走到跟前进入大门四下一瞧，里面比外头还显宽敞，阔气豪华，摆设整齐，一尘不染。侍者候在两侧，衣着干净利落，个个垂手而立。再往里走，除了一间较大的宴会厅外，其他都是中、小餐厅，约有十几间，每间的陈设虽然不一样，各有特色，但有一点是相同的，即墙壁上皆挂有名家字画。靠墙立着的四角红木柜子上摆放着各式的彩陶雕塑，有的是盛开的鲜花，有的是飞舞的蝴蝶，有的是奔跑的麋鹿，有的是游弋的野鸭，竞相争艳，惟妙惟肖，栩栩如生。每面墙的角落置放着江南盆景，盆中栽种高矮不等的花草，配以小树、小山，犹如大自然的风景再现，给人一种身临其境之感。尽管秦名远一边走一边介绍着，唾沫星子满天飞，可尤成额却没心思欣赏这些，只是时不时地点点头或随声附和几句而已，心里仍在惦着夫人那边的情况，暗暗嘀咕道：“带的东西不算多呀，早该搬进去并安置完了，茗兰和小满堂怎么还没来呢？”

秦名远多鬼呀，早已猜出尤成额想的是啥，便冲一随从吩咐道：“快去把杜宝给我叫来！”

随从应声儿跑出门，不一会儿便与杜宝气喘吁吁地回来了，秦名远似乎已经很不耐烦了，鼻子不是鼻子脸不是脸地吼道：“杜宝，你个混账东西，怎么回事儿呀，不就是安排个客房嘛，咋这么慢呢？平时干事儿喊里咔嚓挺麻利的，今儿个抽的哪门子风啊，拖拖拉拉的，在那儿故意磨洋工哪？”

杜宝赶忙上前两步走到秦名远跟前，左手放在嘴边附耳道：“师爷，真生气了？快消消气，不值当啊，小的正帮着少奶奶安置呢！满满一车东西全搬进去了，屋内一时弄得乱糟糟的，总得归拢归拢不是？原来房间里的穿衣柜怎么摆，后搬进去的梳妆台立在哪儿，书箱子哪个撂在上，哪个放在下，咋的也得会儿工夫才能就绪，别着急，马上就好！”说罢未等秦名远再开口，转身便往回跑，寻思赶紧收拾完，好把公子的夫人领过来。

秦名远看着杜宝远去的背影儿，压了压火气，侧过头对尤成额说：“尤公子，咱们走，领你去个地方，那儿正准备为贵客表演拿手的东北大鼓。总督大人的亲眷来江城，哪能不听听塞外之音呢，肯定不亚于江南，别有一番情调哩！我保证公子会感兴趣的，也会爱上北国的，将来或许赶都赶不走了。”言罢头前带路，随从及尤成额紧跟其后，大步流星地向乐厅走去。

再说顺脸淌汗的杜宝挨了秦名远一顿狗屁呲，心里觉得很窝火，边走边寻思：“幸亏当时有客人在场，给我留了点儿面子，事后还会大骂一通儿的，不过又能怎样？师爷的脾气暴躁，对下属一向横挑鼻子竖挑眼，谁敢惹呀？躲还躲不及呢，碰上就没好儿，算我倒霉！”这么想着，很快回到了客房，刚才憋了一肚子的无名火儿便向皂隶们发泄开了，踢这个，踹那个，骂骂咧咧、吆三喝四道：“石头、狗蹦子，干哪，快干哪，一个个都白吃干饭的，养了一身肥膘放懒是吧？我可告诉你们，秦师爷生气了，谁再磨蹭个没完，小心扒了他的皮！”

皂隶们你瞅瞅我，我看看你，吓得一声不敢出，闷头儿按照茗兰和小满堂的吩咐摆放物品。就在这时，忽然从远处传来了谩骂声，大伙儿屏住呼吸仔细一听，原来是秦总管在指桑骂槐：“杜宝，你小子真是有眼无珠哇，瞎忙活个屁！你那脑袋被挤扁了还是灌铅了，纯粹大傻瓜一个，本师爷走人啦！”

秦名远这一骂，上下人等全听懂啥意思了，杜宝第一个把箱子一撂抬腿就走，皂隶们也扔下手中的物件悄没声儿地蔫退了，将茗兰和小满堂晾那儿了。可倒好，东西堆了一屋子，乱七八糟的，竟没一个帮手，主仆俩一时怔住了。本以为抓紧时间放置一应物品，也不用太整齐，大概拾掇一下就行。然后快些赶去西大厅，不能让秦师爷干等着，说是还要给接风洗尘呢！没承想在这个节骨眼儿上，似乎出了什么差错，杜宝和皂隶们转眼间全撤了。

其实呀，就是因为尤公子太实在了，老实人讲真话，结果带来了麻烦，给夫妻俩的现状和前程出了一道不小的难题。那么，他在如此短的时间内，究竟惹出了什么乱子呢？原来事情是这样的：尤成额和夫人以及小满堂抵达吉林时，秦名远并未按达禄副都统的嘱托去做，不仅没有亲自迎迓，反倒姗姗来迟。当见到这对儿夫妇时，故意摆出一副高高在上的架势，皮笑肉不笑地哼哼两声算是接待了，一双贼眼却骨碌碌乱转，仔细打量着他们乘坐的车辆和所带来的一应物品。他一看只有两辆车，一辆是夫妻二人的卧车，自然不是用来装载什么贵重东西的，两床铺盖，几件换洗衣服和路上所需的生活用品而已。另一辆是小轮车，没有车棚儿，上面胡乱苫些蒿草、麻布，由于缝隙较大，所载之物一目了然，除了一些红木箱子和竹筐，就是几大包行囊及一个梳妆台，再没别的了，心里思摸道："尤公子是读书人，乃设在京师的行辕府军爷之子，其夫人又是湖广总督的外甥女，出远门不至于如此寒酸吧，或许还有几辆车我没见到？"想至此，唤来随从，令其从侧面向随行的小满堂打听一下还有其他车辆没有。当得知因路途遥远、不想带太多的行囊和稀罕物件、眼前这两辆车足够了时，他大失所望，高官的眷属出远门竟什么值钱的东西都没带，更别说细软了，这种人太少见了，看来无油水可揩，只是空欢喜一场，真是晦气！不过既然已经应允达禄副都统的嘱托了，总得做个样子吧？于是不得不赔着笑脸引领尤成额去了西大厅，又参观了颐膳房并声言为其接风洗尘。当一行人到了乐厅之后，秦名远再也装不下去了，一屁股坐在八仙桌边的太师椅上，让尤公子坐在自己对面，也未吩咐上茶，只是目不转睛地看着他，那对儿向外支出的大门牙似乎也在跃跃欲试。亲随们见主子这副不达目的决不罢休的架势，更是有过之而无不及，个个紧握双拳，怒目圆瞪。死死盯着尤成额，谁都不说话。

乍开始，尤成额真有些慌了，心中甚感奇怪："咋的了，他们为啥这么看着我，难道是衣衫不整或出了什么差错不成？"一时是丈二和尚摸不着头脑。要知道，尤公子此前除了在家苦读，从未外出过，不见世面怎能认知世事？遂赶忙低下头瞅瞅自己的衣裤，看有什么毛病没有。人家越盯着他，他就越瞅自己，后来索性站起身来，上上下下地左观右瞧，拽拽袖子，扯扯衣襟儿，手脚也不知怎么放好了，急得额头沁出了汗珠儿。

秦名远一看尤成额这副模样，再次让他坐下，并回之以一脸的不屑，蔑视的神情显露无遗，心想："你这是装的哪门子呀，出这么远的门儿不带纹银，鬼才相信，没钱谁伺候哇？哼，白忙活一天了，啥也没捞着，我哪辈子欠你的不成！"越寻思越有气，越感到窝囊，便直截了当地问道："尤公子，你到吉林以后，我们上下人等可是以礼相待呀，想没想过自己做得咋样？我问你，临来的时候，总督大人让你带什么没？"

尤成额回道："带了，是封举荐信，已烦请一位拨什库带回交给副都统达禄大人了。"

秦名远又问："除了那封信还有没有别的东西？"

此话一出，倒把尤成额给弄糊涂了，忙摆摆手道："没有哇，总督大人只说得早点儿赴吉，以免生枝节。"哎哟，他可真是个死读书的后生，未经摔打，不谙人情世故，一切和盘托出了，连"免生枝节"这四个字儿都未隐瞒。

秦名远暗自冷笑道："哼！纯粹是个乳臭未干的穷秀才、白吃饱，此前太高看你了。"随即脸子一撂，说道："尤公子，实话告诉你吧，我们不能空忙。想不到这次来，总督大人竟没让给副都统和将军衙门带点儿礼物或纹银，这就奇怪了，甭管见谁得有见面礼呀，难道你不懂吗？"

尤成额听罢，顿然醒悟，脑袋嗡的一声，脸腾地红了，既无奈又尴尬，不知所措，慌忙站起身来，语无伦次地说："秦…… 秦大人……秦师爷，真是抱歉得很，惭愧，惭愧呀！由于走得匆忙，只是……只是耳听心装家父之命便启程了，也没忘舅父大人一再嘱咐务要早点儿赶到吉林，以免生枝节，其他什么都没想。"几句话一出，令人哭笑不得，不仅秦名远偷着乐，两边站立的随从也都捂着嘴乐，心里话："天下之大，无奇不有，从未见过如此的蠢蛋、白痴！"

尤成额接着又道："秦师爷，我们离京赴吉需走千八里路，很不易呀！一路上碰到不少伸手要饭要钱的乞讨之人，有男有女，有老有少，一直没断流儿，也听不出其口音是何处的，反正全是因连年荒灾不得不远离故土，而今无家可归。夫人可怜他们，便把准备来吉住宿、用膳的盘缠给出去不少，眼下只剩下为数不多的银两了，又没带其他贵重之物，实在非要不可，那就舍给大人您吧！"

各位阿哥，听见了吧，尤公子是真不会说话，心慌加着急连"舍"字儿都迸出来了，不等于羞辱秦大门牙嘛！这可犯了大忌了，秦名远当即气冲头顶，站起身来，不是好声儿地斥责道："尤成额，你是京师湖广总督引荐的，也是吃五谷杂粮长大的，总该懂点儿与人打交道的规矩吧？我们看在桂良大人和达禄副都统的面子上，不但热情迎迓，而且待为上宾，无论如何不能冒出个'舍'字儿呀，又谈何施舍？难道把本师爷看成和那些逃荒的难民一样，全是要小钱的了？混账东西，一个只吃几碗墨水的人竟敢如此无礼，那些书都念你娘肚子里去了？"说罢拂袖而去，觉得仍不解气，当走到茗兰所在的客房不远处时，又指桑骂槐起杜宝来，言外之意就是非要治治这个穷酸秀才不可。

秦名远一走，不用再发号施令了，身边的亲随一窝蜂似的跟着扬长而去。杜宝想安慰安慰干爹，帮其消消火儿，匆忙跑出客房追赶，追了一溜十三遭没撵上，估计是气坏了，早已走远了，只好原路返回。而此刻尤成额咋想的呢？这个书呆子到现在还没弄明白，我怎么就把师爷得罪了？又是哪句话能使他发这么大火儿呢？如此下去可不行，不能将我和夫人晾这儿呀，重要的是还未到任就职呢！不成，务必得找秦师爷理论理论，让他说个清楚，一甩袖子走了算怎么回事儿呀？于是赶紧追了出去，没跑多远，正好同返回的杜宝撞了个满怀，杜宝指着尤成额的鼻子跳着脚嚷嚷开了："你这个冤家对头，在京师待得好好儿的，跑到吉林干啥呀？你怎样谁也犯不上管，祖坟都顾不过来呢，没人哭乱葬岗子。全怪你这不识人间烟火的，把我干爹气跑了，他一走，我将来咋办呀？"喊完扭头便往客房走。

尤成额一看见杜宝，心里反倒有底了，认为总算有救，秦师爷走了，抓住他也行啊！忙拔腿就在后头撵，一直追到客房门口儿，方喘着粗气问道："杜大管家，请你给评评理，我到底哪儿做得不合适，为什么会这样？"

杜宝跑又跑不出去，躲又躲不开，索性身子一横堵在门口儿，双手一叉腰站住了。尤成额见他气得脸色铁青，肉瘤子脑袋直哆嗦，双眼眯成两道缝儿，像蛇一样盯着自己，吓了一大跳，浑身顿时起了一层鸡皮疙瘩，寻思道："哎呀，这个刚才还满脸堆笑的大管家态度也变了，横眉冷对，一脸凶气，前后判若两人，我怎么又把他得罪了？"心里很是疑惑不解，稳了稳神儿，也怔怔地看着对方。杜宝眼珠子转了转，终于不阴不阳地开口道："尤成额呀，尤成额，你真行啊，事到如今一点儿怨不着杜某人，这台戏全是你自己唱砸的，我可没那回天之力。这样吧，看在我是副都统属下的份儿上，请公子多多包涵了，此处驿馆明儿个将接待二百多奉天来的兵马住宿，他们是奉旨剿除叛匪的，此乃第一要务，实难安排你们夫妇的下处了。赶紧回房收拾东西吧，去江北的迎宾驿馆，那儿的环境、条件都不错，早去早歇，倘若因为动身晚了而没有下处，只能蹲北山庙台了。放心吧，我派两位老八旗给你们带路，别看年纪大了，干不了体力活儿，但腿脚还行，一准能安全送到。行了，我还有事儿，需为安置奉天兵马做准备，没工夫陪你们了！"说完从鼻子里哼了一声，两手往后一背扬长而去。

尤成额见杜宝根本不考虑他们已忙活一天了，到现在水米没打牙，不用说接风洗尘哪，连在这儿多待一会儿都不准，喝令必须马上走人，心里这个急呀，一时又束手无策，不知如何是好。往四周瞅了瞅，所有的下人看自己皆像见了瘟神似的，脑袋齐刷刷地转过去开溜了，生怕他上前搭话。正踌躇时，进来几个身强力壮的皂隶，把尤成额往旁边一推，不容分说就七手八脚地往外搬东西。茗兰不知发生了什么事，当即怔住了，一双大眼睛惊诧地看着他们。小满堂刚要上前阻止，被一皂隶抬脚踹了个腚堆儿，谁还敢挡啊？装车时，哪管物件是否破碎呀，得啥扔啥。尽管尤成额、茗兰、小满堂再三恳求小心点儿，别摔坏了，也无济于事，人家像未听见似的，根本不理那个碴儿。噼里啪啦扔上车后，既不用绳子捆牢，也不用苫布盖严，一皂隶便令车夫套马赶紧离开驿馆，一分钟不得停留。尤成额夫妇站在傍晚的夕阳下，仰望苍穹，那真是叫天天不应，叫地地不灵，一种从未有过的凄苦、无助之感袭上心头，做梦未想到就这么被扫地出门了。无奈之下，只好唉声叹气地前往江北，随行的还有杜宝派来为其领路的两个老兵。二人此前已领命，将尤公子一行送到江北拘缉营，交给管事的乌三儿后，立即返回。

当车夫赶着两辆马车驶出小红楼迎宾驿馆花墙外时，大地已被夜幕笼罩，月亮躲到云层后面去了，周围一片漆黑，很少见到灯光，尤显寂寥、荒凉、空旷，只能听到嗒嗒的马蹄声儿和车行进的咔啦咔啦声儿。一路上，不是密林就是沼泽，山间小道坎坷不平，三匹马深一脚浅一脚地缓慢前行。坐在车内的小两口儿此刻是又憋屈又气愤，心如火燎，根本坐不住，索性跳下车肩挨肩地跟车走。尤成额愁容满面，一言不发，边走边寻思："咋回事儿呢？今天发生的一切真把我弄糊涂了。刚到吉林时，不仅受到了秦师爷的热情接待，杜大管家也给分派了客房，都挺顺利的。可没过多久，不知哪根筋出了毛病，呼啦一下全变了，竟成现在这个惨状了，像落汤鸡似的，被冷言冷语淋个响透，并撵出了小红楼迎宾驿馆，其根苗起于哪里呢？"

走在尤公子身边的茗兰也是眉头紧皱，暗自伤感，在夜风中偷偷擦拭着眼角儿的泪珠儿，生怕夫君看到了心疼，给他陡增烦恼，暗自琢磨开了："我的命咋这么不济呢，告别了疼爱自己的舅舅、舅母，却跳进了虎狼窝，落到了如此之地步，将来咋办哪？阿玛乃八旗军的战将，额娘出身名门，他们的女儿凭什么又为何要承受这等不公平……"

小满堂还像来吉林时一样，既要细心照顾二位主子，又要看好车上的东西，不能丢失或掉在半道上，脚不失闲儿地跑前跑后招呼着、忙碌着，然心里同样不是滋味，对少爷和少奶奶的遭遇很是同情。可出门在外，两眼一抹黑，又能有啥法儿呢？只能走一步看一步了。

在前头引路的两位白发银髯的老兵，看上去七十多岁了，一个后背稍驼，一个左手拄根棍子，身板儿倒还硬朗，步履虽然不如当年那样稳健，但也不像普通老人那样蹒跚，即便路况好也走不快，毕竟年纪大了。车夫一边赶车一边轻拽缰绳，唯恐两匹马哪步迈大了撞上老者，嘴里时不时地吆喝着。两位老兵的心肠倒挺好，走一会儿便回头瞅瞅身后的尤成额夫妇，看跟上没有。说实在的，二人对小两口儿落到如此不堪境地的缘由早就估摸个八九不离十了，也听到了一点儿，只是不敢言说而已。为了打破沉闷的气氛，他俩停了下来，同赶上来的尤成额和茗兰一起走，驼背老者打了个唉声道："咳，小爷呀，眼下就这么个世道，活着不易呀！如果老朽没猜错的话，你虽然住在京师，但很少出家门、见世面，没离开过父母吧？"

尤成额点点头道："老人家有眼力，说得没错，晚生的确未见过世面，也未离开过父母，这是第一次出远门，让您老见笑了。"

驼背老者又道："我早看出你初出茅庐，遇事不知该咋办，离家前怎么不好好儿请教一下长辈呢？世道变了，为人处世也得跟着变，否则将寸步难行。以前的吉林和现在大不一样，都啥时候了，事过境迁了，不行喽！"

尤成额无可奈何地说："老人家，晚生此行是找达禄副都统的，不仅面儿没见着，还被……"

驼背老者打断道："你说什么，找达禄副都统？找吉林将军也不行啊！不是有那么句话嘛，阎王好见，小鬼难搪。你想啊，将军天天忙的是国之大事，上指下派，发号施令，即使想到黎民中了解下情或倾听百姓的心里话，也没那工夫啊！副都统乃武将，主要差事是领兵打仗，守疆保国，常常是各地到处跑，今天在辽宁驻军，过些日子又去黑龙江了，哪有精神头儿管一些闲杂之事呀，都得靠下属去做。这便给了贪得无厌的小鬼以可乘之机，想方设法大肆捞取钱财，中饱私囊，被百般搜刮以及遭受欺辱的人想告状都找不着地儿，为啥呀？有小鬼在那儿挡着呢！小爷，请记住，以后再出家门之前，需做到对所办之事有十拿九稳的把握，对异地的接待之人有个大概了解，唯如此方能顺利些，否则必碰钉子。今儿个咋样，照我的话来了吧？你那脑袋就撞到秦名远的大牙上了，不仅碰出包来了，人家还名言暗点、轻而易举地把你挡住了。”说到这儿，指了指同行的老者又道：“我跟老伙计说过，一看小爷一脸的书生气，就知道不会办事儿，更不晓得世态炎凉，不吃亏才怪呢！我们老哥儿俩暗地替你们着急呀，早已料到这步棋了，可哪敢点破呀，只能眼睁睁瞅着。咱爷儿俩挺有缘哪，秦总管派我们给公子带路，咋的也能帮一把。放心吧，跟着我们走，算是碰上好人了，要是换了别的皂隶，黑灯瞎火的，不知将你们领到哪儿去呢，到了暗处把满车的东西抢得溜溜光走人了，你还能追得上啊？啥招儿没有，只剩下捶胸顿足的份儿了。再说了……”

这时，拄棍儿老者连忙制止道：“老兄弟，行了，别讲这些了，看吓着他们。小爷远离家乡，举目无亲，够苦、够可怜的了，不能再火上浇油了。”驼背老者又打了个唉声，摇了摇头，不再吱声儿了。

尤成额和茗兰听了两位老兵的话，如同从朗朗星空的阳间一下子跌进了万丈深渊的十八层地狱，吓得瑟瑟发抖，惊恐不已。可已经到这步田地了，停下又能怎样？只能硬着头皮往前走。在漆黑的夜里，两老两少加上小满堂和车夫为了抄近道儿，只能从密林里穿行，头上不时传来寒鸦的叫声，远处的狼嗥声儿清晰可闻，凄凉、冷寂，令人不寒而栗。当一行人走出密林来到松花江岸边时，清冷的江风吹来，茗兰不自觉地把衣裳紧了紧，尤成额忙将右胳膊搭在夫人的肩膀上，互相以体温暖着对方。走着走着，忽听扑棱一声，抬头望去，见从江心蹿出一条好大的鱼，随即又落入水中，江面泛起了不小的涟漪。驼背老者开口道：“小爷、太太，吉林是块宝地呀，不但景色迷人，而且水草丰茂。别的不敢说，鱼虾特别多，方才蹿出的鱼肯定是大杆条，骨头比其他鱼种粗多了，快赶上木棍儿了，可以盖房子、围障子，用处多着呢！尤其是肉嫩味美，吃起来非常过瘾，这回你们有机会尝鲜了。”

拄棍儿老者接过了话茬儿：“江里有许多鱼虾不奇怪，这儿的水獭也不少，我前几天还在水边看到一堆呢！水獭的毛皮呈暗褐色，密而柔软，十分珍贵，可用来制作衣领、帽子等，不拿出嘉庆通宝五百贯，休想买到一张上等的水獭皮。”

两位老兵之所以从大杆条讲到水獭，是看尤公子和夫人心情太忧郁、精神太紧张了，想分散一下他们的注意力，多少能舒畅些。而刚才一条大杆条从江中跃出，声音之大，超出想象，还真把尤成额夫妇吓了一跳。当话题转到水獭时，二人很是好奇，越听越觉得有意思，似乎不那么紧张了，并且产生了兴趣，茗兰刚想发问，却被走在旁边始终支棱着耳朵听的小满堂抢了先："老爷爷，水獭长得啥样儿啊，是何习性？"

拄棍儿老者回道："水獭乃哺乳动物，头部宽而扁，尾巴长，四肢短粗，趾间有蹼，穴居河边，昼伏夜出，擅于游泳和潜水，以鱼类、青蛙、水鸟为食，故而哪里鱼多，水獭肯定多。母水獭生下小崽儿后，将其放在洞里养着，悉心照料。为了生存，母水獭常常带领一帮小水獭到江里去，习练凫水、捕鱼，那些小家伙聪明着呢，很快就能学会。待长大些了，母水獭便将它们一只只叼到水边，然后自己在岸上打洞，只要仔细观察，就能发现河边有不少新洞穴，里边住着的自然是小水獭了……"

尤成额一行边走边唠，看见啥说啥，不知不觉间进入北山了。他们在盘山道上又走了半个多时辰，前面隐隐约约闪出篝火的光亮，那就是江北拘缉营，有八旗兵把守。因夜间比白天气温低，穿得再厚也觉得冷，所以兵丁们便在营地周围笼起了篝火，不断添加柴草，使之整宿不灭。驼背老者往前一指道："小爷、太太，看见了吧，前头冒亮儿的地儿，你们今后就住那儿了。别看现在空旷荒凉，康熙二十四年驱逐罗刹时，那可是清军的兵营啊！东北三地的八旗兵和蒙古兵全聚拢于此，集中训练，重新编了八旗，后经宁古塔北上。北山这块儿当年人称'北大营'，渐渐便叫起来了，嘉庆初年才建成了眼下的拘缉营，乃收容和关押各种闲杂人等的地方……"说到这儿，拄棍儿老者用手捅了一下驼背老者的后腰，意思是住嘴吧，别再讲了。因他知道，杜宝并没告诉尤成额北山这块儿是个什么所在，只说是处接待外来客人的迎宾驿馆。倘若口无遮拦讲了真情实况，他们更得害怕了，还敢往前走嘛！

驼背老者根本不听拄棍儿老者的，侧过头来道："你捅啥？小爷和太太早晚也得知道，拘缉营就是拘缉营，凭啥将一个老实巴交的书生送这儿来？真是岂有此理！老哥哥，你就实话实说吧，都到这个时候了，还有啥可隐瞒的？不如竹筒倒豆子来个痛快，也好让他们心中有数，有准备总比没准备强。"

此话一出，好像把包袱皮内装的东西忽地抖搂开一样，真相大白了，尤成额、茗兰、小满堂以及桂良大人出银子雇来的两个车夫皆大吃一惊！哎呀，这是到啥地方了，莫非把我们也圈起来不成？那里既然是关押、收容闲杂人等的处所，不叫监狱也是监狱呀！尤成额当即吓傻了，茗兰也大睁双目怔住了，站在那儿不动地儿了，随即抱着夫君嘤嘤地哭了起来。止步不前总不是办法呀，前不着村后不着店的，四周全是立陡石崖，太危险了。江中的大杆条鱼为啥能蹿出来？因为水深哪，一旦掉下去可不得了，此处绝不能停留。两位老者忙将小夫妇俩搀到道边儿的榆树林子里，茗兰不停地抽泣，尤成额手足无措，不知怎么办好，只是轻声儿劝慰着哭成泪人儿的夫人。拄棍儿老者看了看驼背老者，说道："老兄弟，怎么样，嘴巴不严惹出乱子了吧？倘若太太哭起来没完，愣不挪步，看你咋交差！不能再耽搁了，赶紧劝劝往前走吧，马上就到地儿了。"

驼背老者无可奈何地摊开双手，小声儿嘀咕道："唉，我是看小两口儿太可怜，替他们担心哪！在咱眼里，那还是孩子呢，有啥辙，赶上鬼世道了。"

话音刚落，从身旁的一棵老榆树上头传来嘎嘎的叫声，在寂静的山林里显得格外响亮。大家抬头一看，见树当腰的枝杈上有两只紧贴在一起的猫头鹰，正瞪着溜圆锃亮的大眼睛往下瞅呢，一闪一闪的，它们时而四处张望，时而呼扇着翅膀嘎嘎大叫，似乎生气了，好像是说我们有急事要办，你们却来此搅扰，这不是故意捣乱么！吓得茗兰一头扑进夫君的怀里。

小满堂一看，夜猫子胆儿不小哇，竟敢吓唬我主子！也来气了，身子往起一蹿上了树，想抓住它们或者将其轰走。驼背老者忙小声儿阻止道："快下来，不能上去，千万别出声儿！"

小满堂不解地跳了下来，驼背老者弯下身捡起一块儿石头，跑到一棵干树棒子跟前停下了。干树棒子即所谓的"站杆"，就是树已经死了，枝叶干枯了，树皮也不全了，被人扒掉当柴烧了，虽然向一侧倾斜，但还没有倒下。驼背老者右手拿着那块儿石头敲打着站杆，左手捂着嘴拉着长音嘎——嘎——嘎连叫三声，没承想倒挺灵验，树上的那对儿猫头鹰好像明白什么意思了，立马扑棱一声张开翅膀飞走了。拄棍儿老者笑道："老弟呀，又要上能耐了不是？拿手好戏总得找机会露一露！"

驼背老者摆摆手道："哎，老哥哥，你有所不知，夜猫子咱可得罪不起，人家要办自己的事儿，我是出于好心才让它们走的。"

小满堂站在那儿听着二位老人的对话，很是好奇，一会儿瞧瞧拄棍儿老者，一会儿瞅瞅驼背老者，终于忍不住了，插问道："老爷爷，小辈弄不懂，您老人家一敲一叫唤，夜猫子咋就飞了呢？"

驼背老者拍拍小满堂的肩膀道："孩子，你暂时还不行，短练哪！我方才做出的举动和发出的叫声，是当地的猎人与猫头鹰交流的特有语言，怎么，也想掌握此种能耐？那就拜老朽为师吧，正经得学一阵子呢！吉林是个好地方啊，物华天宝，人杰地灵，连飞禽都通人语。你们到这儿不用后悔，别看眼下受了点儿窝囊气，以后会时来运转的。世上还是好人多，遇上谁为难遭灾了，都会伸手帮一把，不能眼瞅着不管，良心也过不去呀！”说至此，又转过头来劝慰仍在流泪的茗兰：“太太，别难过了，哭没用，倘若哭坏了身子骨儿，家中的老人还得惦着不是？你还年轻，既来之，则安之，无论多难多苦，只要挺得住不服输，没有过不去的火焰山。”

茗兰听了驼背老者的关切之语，掏出手帕擦了擦哭红的双眼，真就不再流泪了。前书讲过，茗兰从小由舅舅抚养，在京师长大，衣食无忧，每天除了读书、吟诗，就是在自家院内散散步，打打拳，单调乏味。她很想到大自然中走一走，享受一下和煦阳光之照射，望一望蓝天白云之空灵。也很想去遮云蔽日的密林里看一看，呼吸一下那里的新鲜空气，闻一闻野花散发出的清香。来吉林的一路上，秀丽的风光、空旷的原野、重叠的山峦、碧波荡漾的松花江水令她陶醉、痴迷、恋恋不舍又心花怒放，多想变成一只飞鸟自由自在地翱翔于高空。可做梦没想到刚一踏入吉林大地，竟遭人白眼，受尽奚落，不仅夫君的差事没着落，连存身、吃饭都难以解决，委屈无处诉，眼泪只能往肚子里咽，真是百感交集呀！冤与恨、悔与怨交织在一起，如同一块大石头堵在胸口，觉得喘不过气来。幸亏有两位好心的老兵相伴，在领着去往北上的道上，为了减轻他们的精神压力，一会儿介绍大杆条，一会儿又讲水獭的生存习性，接着还展示了如何与猫头鹰进行交流，令人耳目一新。两位老玛发把他们看成从远方归来的不懂事的孩子，关心他们，爱护他们，循循善诱，耐心劝慰，使其心存感激又十分敬佩。特别是老人家的开朗达观、幽默风趣以及积累的丰富经验感染了他们，训迪了他们，认为能有缘与老八旗结识，真乃三生有幸。基于此，茗兰紧锁的眉头渐渐舒展了，心里蓦然开启了一条缝儿，不那么堵得慌了，亮堂点儿了，并向二位老者礼貌地致谢道：“谢谢，非常感谢老人家的指教！你们心地善良，同情弱者，愤世嫉俗，对身处逆境的人不是冷眼旁观，而是伸出援手，这种敦厚的品性和不止于前尘的远望够晚辈学此生的了。”

拄棍儿老者笑道：“哎，这就对了，想开点儿，不能只看眼下，车到山前必有路，谁能一辈子一帆风顺？遇上些沟沟坎坎在所难免，只要放开脚步大胆迈过去，必将是柳暗花明又一村哪！”

茗兰点点头表示赞同，然后转移了话题，冲驼背老者问道：“老人家，能否讲讲您是怎么学会与禽类交流的？实在是太神奇了。”

驼背老者说道：“大自然本身就很神奇，世上万物，平等共处，生死交替，人有人言，鸟有鸟语，要熟悉它们，懂得它们。老朽原先曾是个出名的猎手，在林子里待的时间长了，便知动物和飞禽都有自己的语言，因为它们要想生存，必须与同类交流，共同防御天敌。它们的叫声或长或短，或高或低，或粗或细，或快或慢，皆为表达不同的情感，用这种特殊的语言互唤和交流。听得多了，加之仔细观察、琢磨，慢慢就学会了，并能做到见着什么，就操什么语言。见着豹子，得说豹子话；见着野狼，得说野狼话；见着黑熊，得说黑熊话，它们都能听得懂。动物在饱腹的情况下，一般不主动攻击，你不伤它，它也不伤你，并愿意与人类和睦相处。飞禽的语言很有趣儿，比如刚才看到的那两只猫头鹰，它们在树杈儿上四处张望，还不时地嘎嘎叫着，什么意思呢？那对儿猫头鹰是一公一母，忽然发现自己的崽子不见了，便焦急地从这棵树飞到那棵树，边叫唤边寻找。我以石头敲站杆告诉它们，此处人多，肯定没崽子，别在这儿白费工夫了，去别处找找吧！它们显然听明白了，一抖翅膀飞走了。猫头鹰乃益鸟，眼睛大而圆，昼伏夜出，捕捉老鼠为食，是人类的好朋友。”

茗兰听罢，无限感慨，看来真是学无止境啊！夫君虽然苦读万卷书，古籍也看了不少，“四书”“五经”烂熟于心，《三国志》中任选一段亦能倒背如流，《古文观止》更是讲得头头是道，但远远不够，仍有太多的知识不掌握。不用说别的，连庶民都明了动物以及飞禽的习性、特点和语言，他却全然不知，因为这些知识是书本上学不到的，而是人们在丰富的生活阅历中积累得来的。吉林的确是个山清水秀之地，天空瓦蓝瓦蓝的，姹紫嫣红的野花盛开四野，十分绚丽，令人神清目爽，流连忘返。如果这里的人都能像眼前的两位老人家一样可亲可敬，富有同情心和爱心，那该多好哇！他俩尽管是杜宝手下的差役，派来作为向导给客人带路，却对不受其主子欢迎的外来晚辈如此关心、呵护，乃善良的天性使然，怎能不为此感动之至？猫头鹰尚能在人的指引下，为寻崽儿展翅而飞，从而拉近了彼此的距离，人与人之间缘何要钩心斗角、互相倾轧呢？比如秦名远，比如杜宝，他们为什么不愿天底下所有的生灵充分享受大自然的无私赐予、平等和谐、共处一地呢？

拄棍儿老者见茗兰的心情好些了，抬头望了望天，说道：“夜已深了，咱们也算歇息一会儿了，得抓紧时间往前赶路了。这下好了，太太不哭了，大伙儿全放心了。人只要活着，就应挺直腰杆儿走路，要高兴，要笑对人生，笑一笑十年少嘛！”说着自己先哈哈大笑起来，大伙儿也跟着乐开了，车老板子赶着车继续前行。

过了两袋烟的工夫，驼背老者往前瞅了瞅，一堆堆篝火越来越清晰了，一排排房子也依稀可见，这时反倒觉着心里没底了，寻思应再开导开导小两口儿，便走到二人身旁嘱咐道：“小爷、太太，马上到地方了，务要多加小心，遇事先动脑子想想，然后再去做。人们皆言，拘缉营是老虎口、无底洞，外来人没有空手进杜宝大门的，必须用黄金和白银去填那个窟窿，否则什么事也办不成。知不知道为啥崴在小红楼迎宾驿馆了？就因为当初来的时候，没琢磨进贡这手儿。秦名远以为二位常年住在京师，不可能不懂眼下办事的规矩，腰兜儿一准带不少纹银，进门必先奉上大礼。歇脚的那间大厅就有银柜，只有交了钱，才能被请进颐膳房用餐。你们却没那么做，还声言一路难民太多，因同情而施舍，所以只剩为数不多的银两了，那能得好儿么，必然处处碰壁，明白了？吃一堑长一智，这点儿委屈认了吧，已经过去就别想了，从头再来嘛！”

话不说不明，尤成额此刻总算彻底开窍了，心像扇门一样呼啦一下敞开了，暗自思忖道：“来到吉林大地不到一天，便接触了截然不同的两种人，长了不少见识呀，够我后半生学的了。”

拄棍儿老者也关切地叮咛道：“小爷，拘缉营关的是些待查、代管、待安置的闲杂人等，干啥的都有，不是人待的地方。到了那儿，要事事当心，处处留神，惹不起咱躲着，避免引火烧身。我们老哥儿俩也帮不了什么忙，无非说几句磨牙嗑儿而已，把你们送到地儿交完差就回去了，以后的路只看自己怎么走了。若觉得实在不行，还是回京师吧，这里举目无亲的，难待呀！”

尤成额和茗兰听后，心事重重地点了点头，对老人家的关心与提醒表示感谢。工夫不大，一行人来到距拘缉营大门约二十米远的地方停了下来，车夫跳下车把马吆喝住了。大伙儿定睛一看，拘缉营的四周是用劈成两半儿的柞木围成的木栅墙，木头的三分之一埋入地下，三分之二露在地上，木头与木头之间以藤条互别，足有一人多高，伸直胳膊够不着顶儿。大门两旁各笼一堆篝火，着得挺旺，发出噼噼啪啪的响声。离篝火不远处设有哨卡，穿着“兵”字号坎儿的马甲手执短剑，身后别着腰刀，警惕地四下巡视着，戒备很是森严。放眼四望，人烟稀少，除了守卫的兵丁及一排排房子，就是一片片密林和齐腰的蒿草。此时已是旧历八月，刚入秋，快到中秋节了，气温较低。兵丁们虽外罩棉袍儿，但由于在外头待的时间长，穿得再厚也抵不住无孔不入的夜风吹，浑身觉得冷飕飕的，只好围着篝火取暖。他们见来了六七个人，后面还有两辆车，站在哨卡旁边的一胖一瘦两个骑兵立即迎了上来。驼背老者朝后一扬手，意思是让大家跟着他，然后缓步向前走去，还故意往起挺了挺胸脯，做出一副蛮有派头儿的样儿，心里思量道："今天咱也摆摆份儿，老夫是受杜大管家的指派，从吉林将军衙门而来。别看本人年岁大，没正经差事，可所在的门槛儿高，没必要在乎啥。"当与迎上来的骑兵相遇时，未等人家发问呢，他先板起面孔直截了当地问道："我们是来见乌三儿的，他人呢？"

两个骑兵一看，嚄，这老家伙，一大把年纪了，还挺硬气呢！随即手握剑柄，睖睖着眼睛瞅了瞅站在前面的两个老头儿，又瞧了瞧其身后的几个人，露出一脸的不屑，胖骑兵带搭不理地说："找我们乌爷呀，这都啥时候了，咋才来呢？他早睡了，有事儿明晨再办，等着吧！"

驼背老者当即不让了："什么，明天早上办？说得轻巧，我们是奉杜大管家之命连夜赶来的，办完还得回去交差呢！"

瘦骑兵听说是杜宝派来的，态度有所缓和，不像同伴儿那么蛮横，也没说话，回头一摆手，一马甲就把大门打开了，然后连人带车领着往院内西头儿去了。此刻离天亮尚早，周围一片漆黑，唯大院儿四角儿的高处挂着灯笼，灯花儿一闪一闪的。在人们的印象中，江北拘缉营是个秘密之所在，官衙里的人平时很少提及，只要说是去北边那块儿或到北山迎宾驿馆，指的就是拘缉营。这里建有一排排的土坯房，也有大小不等的四合院儿，还有一些临时搭盖的马架子。收容、羁押的人很多，成员颇为复杂，干啥的都有，大致分为三种人。根据各类人等的不同，一排排的房子和四合院儿的分配以及兵丁的缉查、巡逻、监守也各不相同，有的看管颇严，有的略微宽松些，有的在院内待着就行了，进来时登个记，出去时夹着铺盖卷儿走人。总之，这处拘缉营大院子内前后共三层，三种人住在里边，不同的人不同对待。

尤成额一行在一胖一瘦两个骑兵的引领下，来到了大院儿西侧最外面那层的一处长方形四合院儿前，让车夫把两辆车停在院外，与小满堂一起照看着。这里的四合院儿挺多，一座挨一座，纵向排列，有两进的，有三进的。最里边那层皆为单独的四合院儿，关押着第三种人，即涉及某案件衙门需要细查的或严重触犯大清律的，对其看管甚严。那些打架斗殴、寻衅滋事者，则圈在第二层的三进四合院内，监守稍松。尤成额一行所到的是两进四合院儿，南北各设一门，厚厚的木板门关得紧紧的，看上去建得比较结实，在北山这块儿算是不错的了。南院儿，即前院儿搭建六间平房，木门半掩着，早已住进人了。北院儿，即后院儿盖了五间平房，两院儿之间有一小门楼儿，木门设在正当中，显得很紧凑。门脸儿大且醒目，院内干净整洁，设施齐全，四角儿挂的灯笼也多。那个胖骑兵上前嘭嘭嘭敲南院儿的木门，连续敲了十来下，才出来一个管事儿的，穿的也是“兵”字号坎儿，打开门后回手又关上了，问道：“什么事儿？”

胖骑兵附耳悄声儿说道：“小红楼迎宾驿馆的杜大管家派人来了，说是找乌爷。”

管事儿的没再问，转身把木门打开，胖骑兵冲驼背老者吩咐道：“你们进去吧，脚步放轻点儿，有啥事儿跟他讲就行了！”交代完毕，便与瘦骑兵一同回哨卡了。

尤成额夫妇随两位老者进了门，方看清六间房子扇形摆开，形成一个小院儿，即头进四合院儿，中间有处天井。房前皆搭建了走廊，有廊柱和栏杆，走廊与走廊相通。由于廊柱转圈儿全挂着灯笼，故而天井处并不黑，挺亮的，各房有什么情况可一目了然。此刻已近三更时分，天仍黑着，四周静静的，屋里的人还在睡着，管事儿的对两位老者说：“二位老兄，请稍等，待我禀报乌爷去。”边说边走到北面两院儿中间的小门楼儿前，推开里边那道门去了后院儿，即二进四合院儿，回身又把门关上了，院子里只剩下尤成额夫妇和两位老者。

就在四人左顾右盼之时，忽听西厢房的门吱嘎一声开了，出来一个头发蓬乱的年轻女子，上身披件棉袍儿，下身穿条单裤，趿拉着鞋，两手抱在胸前低头往对角儿的小过道儿走，显然是出来解手的。她偶然间一抬头，忽见天井处站着几个人，吓了一大跳，赶紧将棉袍儿一裹就从走廊穿了过去，后头便是茅厕。头进四合院儿原本就不大，再被六间房子一围，中间的天井处面积已经很小了。当年轻女子从茅房出来匆匆往回走经过天井时，正好和两位老者擦肩而过，虽然是夜晚，但有灯笼照着，相互的面容尚能看得清。只见她突然停下脚步，仔细打量着驼背老者，随即大声儿嚷嚷开了：“哎呀，这不是赵爷爷么，啥时候到的？可把您老盼来了！”

老赵头儿也认出对方了，感到十分诧异，遂问道：“哎，孩子，你怎么住在拘缉营啊？”

这一问不要紧，年轻女子忍不住了，抱着老赵头儿哇的一声哭开了，尤成额和茗兰怔怔地瞅着，不知缘何如此。站在一旁的拄棍儿老者赶忙制止道：“小声点儿，别哭了，大伙儿正睡着呢！”

年轻女子哪管那些，呜呜咽咽不住声儿，鼻涕一把泪一把的，似乎有满腹的委屈压在心头。哭声惊醒了前院儿六间房子里的人，此前还正在做梦或半睡不醒的一些人还听到了外边有个姐妹喊道：“哎呀，这不是赵爷爷么！”她们都认识老赵头儿，立马从炕上爬起跳下地，胡乱拽件衣服披在身上，哐啷一声把门推开了，六间房子里的人全跑出来了，一色的女子，年龄有大有小。有的披头散发，有的长发系在脑后，有的头顶盘着发髻，有的用头巾包着脑袋。衣着也不一样，有穿蓝底黄花夹袄的，有披浅绿色棉袍儿的，有穿紫底红花坎肩儿的，有着鹅黄色短褂儿的。她们将两位老者和尤成额夫妇围在中间，一个三十来岁的中年女子就像见到救星一样，冲老赵头儿哭诉道：“赵爷爷呀，要知有今日，当初你老不如不救我们了。没承想被送到拘缉营后，如同落入苦海呀，想逃都难哪！”

拄棍儿老者不解地问道：“是谁、又为什么把你们送到这儿来？”

中年女子回道：“还能是谁，乌三儿造的孽呗，吃喝嫖赌全让他占了，扒了皮也不解心头之恨。凡是年轻一点儿的哪个也没跑了，都圈到拘缉营了，并派人严加看守，还管我们住的这六间房子叫‘粉黛营子’，成公开的妓院了。赵爷爷，这样熬下去啥时候是个头儿哇，快想法儿救我们出去吧，求求你老了！”

拄棍儿老者一听，气得脸色铁青，嘴唇直哆嗦，问道：“乌三儿也住你们这儿？”

一位年轻女子接了茬儿：“乌三儿行踪不定，有时住在后院儿，那儿盖了五间房子，四个小老婆各住一间。成天成宿泡在女人堆里，我们必须得陪他，若不然非打即骂，还不给饭吃。”

一旁的老赵头儿听不下去了，跺着脚大骂道：“嗑瓜子儿嗑出个臭虫来，乌三儿纯粹一个孽种，干不出一件好事，猪狗不如！”

尤成额同样越听越来气，愤愤不平，禁不住插嘴道：“即使是监狱，也该有个规矩吧？容不得胡来呀！再说了，凡我大清子民，皆须遵守大清律，无一例外，难道此处就可以没有王法吗？”

年轻女子道：“王法？王法在哪儿写着呢，杜宝、乌三儿就是王法！

不知这位公子姓甚名谁，请问能否帮我们写状子，告到皇上那儿？”

就在尤成额不知如何回答是好时，小门楼儿的门被推开了，从北院儿走出四个人来。前面两个是手提绸子做的灯笼、内点红蜡头儿的皂隶，后面是那个管事儿的，走在中间的是一中等个儿男人，长着一双贼溜溜的金鱼眼，身着黑底灰云卷儿长袍儿，没系扣襻儿，也没穿坎肩儿，光着脑袋，辫子都未来得及梳，脚下趿拉着鞋，看样子是在睡梦中被唤醒的，哈欠连天的。他就是乌三儿，听管事儿的通报杜大管家派人来了，不得不出屋应付一下，显现出满脸的不高兴。乌三儿走到天井处一看，关在南院儿的所有女子全在这儿呢，正围着两个老头儿七嘴八舌地说个不停，乱哄哄的，听不出个数来，便没好气儿地大声儿喝道：“咋都出来了？起哪门子哄啊，想造反哪？都给我滚回屋去，这儿没你们啥事儿！”又侧过头命令那个管事儿的：“立即把这帮贱货轰回房去，倘若不听就用鞭子抽，看来是肉皮子紧了，给她们松松筋骨！”这一吼还真管用，那些女子像耗子见了猫似的，吓得大气不敢出，一个个跟着悄没声儿地全溜走了，也不知都钻到哪间屋里去了。

乌三儿走到两位老者跟前，因二人身着皂服，一看便知是杜宝手下的听差，又斜眼瞅了瞅尤成额夫妇，方扬起头不无得意地自我介绍道：“认识一下吧，本人叫乌三儿，是这儿的营头儿，不就这两个人吗，交给我就行了。”然后又冲管事儿的吩咐道：“赶紧的，拿个收牌给他们，回去好交差！”管事儿的应声而去

老赵头儿忙道：“噢，不只他俩，还有一个下人、两个车夫及两辆车、三匹马，那仨人在院外等着呢！”

乌三儿煞有介事地点点头道：“知道了，五个人外加两辆车、三匹马，就这些了吧？”

老赵头儿灵机一动，回道：“没错，就这些。杜大管家让我告诉你，要好生关照，他们是从京师来的，乃副都统达禄大人的贵客，不得慢待。”

其实杜宝并没说此话，那么老赵头儿为啥编出这套嗑儿呢？无非是希望乌三儿对尤成额夫妇能好些，别遭什么罪。没承想乌三儿紧接着问道：“有杜大管家的手谕吗？”

这句话把两位老者问住了，你瞅瞅我，我看看你，无可奈何地摇了摇头道：“没……没有。”

善良的老人家哪里知道，乌三儿与杜宝之间是有默契的，来之前，

只要杜宝亲手写几个字，乌三儿见字便会另眼相看送达的客人，必热情接待。倘若未见字，只能一般接待，界限分明。乌三儿轻轻“哼”了一声，摇头晃脑地说：“既然没有杜大管家的手谕，一切由我安排，不用你们操这份儿心了，赶紧回去交差吧！”随即向已经取来收牌的那个管事儿的吩咐道：“把收牌给他们，再为客人登记造册，一项一项填写清楚，别因填得不细，有朝一日讹咱们。”

管事儿的递上收牌，两位老者接过，然后走到尤成额和茗兰跟前，想同他们道个别。未待开口呢，乌三儿却不耐烦了，急赤白脸地说：“哎呀，你俩快走得了，磨蹭啥呀？都后半夜了，白天不得闲，晚上还来搅扰，让不让人活了？今晚算倒血霉了，始终没安生，没等躺下呢，就送来几个丫头，连哭带号的。刚安置完上了炕，夜猫子嘎嘎叫唤上了，轰都轰不走，吵得人心烦。寻思翻过身睡一会儿吧，你俩又带人来了，还将六间房子里那些娘儿们全弄醒了，一个个吵吵巴火的，要不是我压茬，不知闹到什么时候呢！行了，没工夫搭理你们，快走吧，困死我了。”说着伸了伸懒腰，打了个哈欠，迈着四方步钻进小门楼儿回后院儿了。

这时，小满堂走了过来，管事儿的让他随自己进屋登记去，天井处仍剩下两位老者和尤成额夫妇。老赵头儿拉着尤成额的手说：“小爷，我们老哥儿俩该回去了，天亮时得赶到将军衙门，咱爷儿们后会有期！”

尤成额的眼眶湿润了，嚅动着嘴唇，刚想说什么，茗兰抢先开了腔儿：“老人家，难为你们了，谢谢帮忙！来拘缉营的一路上，正因为有二位前辈的陪伴，小女和夫君才觉得有了依靠，心也托底了。特别是又指点我们该如何处事，怎样与人打交道，一再叮嘱要多加小心，晚辈都记在心里了。能否问一句，二位老人家姓甚名谁，身世如何？”

老赵头儿点点头道：“嗯，是该报报字号了，能与你们认识就是有缘，缘分乃天定，以后没准儿还会见面呢！我相信，只要小爷和太太不离开吉林，有一天会找我们老哥儿俩的，总得知道名字才是。老朽乃满洲镶白旗人，伊尔根觉罗氏，姓赵名西丹，今年七十有一。”边说边把大拇指、二拇指和中指并在一起，然后又伸出一根手指，代表七十一，在小夫妻俩面前比画了一下：“乾隆二十三年，我刚刚十一岁，便入军旅当个小马甲，给八旗都统牵马，大伙儿皆称我‘赵夕旦’。按说呢，我这个小夕旦没白当，挺有福气的。正赶上那年旧历五月，乾隆爷东巡经过吉林，受吉林将军衙门的指派，一位都统率领大队人马前往距亨德河子五里处，护卫圣驾安全通过，这八旗兵中就有我。不大一会儿，乾隆爷的御驾以及旌旗伞盖从亨德河子那边过来了，准备前往小白山，望祭长白山。其时，我和众官兵有幸看到当今天子的圣颜，真是无比激动，热泪盈眶，呼喊：皇上万岁，万岁，万万岁！呼喊声地动山摇。而今虽然过去很多年了，但每当想起那次护驾之举，仍感到非常自豪和无上荣光，到哪儿都不忘讲讲这件事。我年轻时，曾在德楞泰所率领的马队当过骑兵，也当过水兵。到五十四岁时，由于多年征战，伤痕累累，身板儿不那么壮了，不得不离开军营，遂被调入吉林将军衙门，专干'门子'差事。"

茗兰不解地插问道："啥叫'门子'呀？"

赵西丹笑了笑道："'门子'嘛，顾名思义就是看门的，做的皆为迎来送往之事。比如从外地来吉林将军衙门的都统、副都统、参领、佐领以及文士、举子等，不管地位高低，都得先到门子处，由我给他们登记造册后方可进入，离开时还得张罗车马将其送走。刚去的时候，时任吉林将军的秀林担心我从驰骋沙场的战将忽然改做府衙的门子，一定会很不习惯，便再三安慰道：'赵西丹哪，来了将军衙门，主要是颐养天年，保重身体，不能累着。别小看门子，那也是要务哇，换个人或许干不了呢！'我当然得听将军的，在衙门一干就是十六年，去年才不当差了。因为现任的松林将军对我也不错，所以当时仍不愿卸肩，一想到离开吉林将军衙门，心里挺不是滋味的。可年龄不饶人哪，眼睛花了，手脚也不利落了，不能总不离职是吧？不过别看岁数大，一向不服老，自觉蛮有精神头儿呢！就是现在，即使七八个后生联手跟老朽打水仗，咱也不在乎，准保把他们一个个全摁进水里，就有这能耐。自打交差之后，在家也待不住哇，总想为大清国效点儿力，便时不时地帮将军衙门干些力所能及的事儿，跑跑腿儿呀，学学舌呀，天天还挺忙乎。尽管不付银两，心里却挺高兴的，就当闲饥难忍放松放松腿脚了，不做白吃干饭的废人。将军衙门特意拨给我两间房，距江边不远，正好斜对过儿。闲下来时，我就坐在江边望望景、观观水，打发时间。这些年也不知怎么了，天灾人祸不断流儿，逃荒的难民太多了，觉得实在没活路了，一咬牙跳江的大有人在。我不能眼瞅着他们寻短见哪，况且水量又好，便纵身蹿入江中施救，还真救上来不少，有的已淹得半死了。方才你们不是看到一些哭天抹泪的女子么，那都是老朽和衙门里的好心皂隶一次次救下的，以为把她们集中在一起，利于衙门慢慢想办法予以安置，或者给点儿盘缠让其返乡，或者嫁个当地的男人过日子，或者送到富贵之家做奴婢，总之能活着就好。哪承想这些女子本已无依无靠，十分可怜，不仅没有得到妥善安置，反而被杜宝、乌三儿他们给弄到拘缉营了，真是岂有此理！我每次去将军衙门属下的小红楼迎宾驿馆办事时，一看见杜宝心里就堵得慌，对他的举止行为非常反感，咋瞅咋不顺眼，实在憋不住就开骂。他知道我和将军的关系比较近，当面不敢吱声儿，暗地里恨得咬牙切齿。可我在家待不住哇，每天不是去江边，就是往小红楼迎宾驿馆溜达，遇事儿也能搭把手。昨儿个赶巧了，正碰上有个差事，就是准备派人送你们来拘缉营。这是趟苦差，谁也不愿意跑这么远的路，杜宝就让我和老哥哥来了，省得总在他眼皮子底下挑刺儿。我们巴不得往外走走，活动活动腿脚，身子骨儿也感到轻松，多亏当时应下跑一趟了，要不能结识小爷和太太嘛！”

拄棍儿老者说道：“老兄弟，你生性乐观，敢讲敢干，从不掖着藏着，这点比我强多了，也很服气，要不咱老哥儿俩能这么对劲儿嘛！小爷、太太，二位有所不知，当年赵老弟在马队服役时，曾在一场突发的山火中，一个人奋力将困在里面的上司德楞泰和十几个兄弟救出，使其幸免于难，自己却受了伤。当时倘若没有他施以援手，不仅上司跑不出来，那些骑兵也早被大火吞噬了。回到营盘之后，老弟烧伤未愈，又投入了赤峰的平叛之中。由于打仗勇猛，冲锋在前，几十年来多次立下战功，并受到嘉奖，前后几任吉林将军都知道他的大名，视为值得尊敬的长辈，另眼相看……”

赵西丹打断道：“老哥，行了，别夸了，快介绍一下自己吧！”

拄棍儿老者笑了笑，摸了摸后脑勺儿，简单扼要地说：“老夫的身世不复杂，满洲正红旗人，姓马名木斤，老家在开原，今年七十有三了。入伍后编入吉林马队，乃赛冲阿将军和德楞泰的属下，随军征战各地。乾隆四十九年，乾隆爷第六次出巡途经沈阳，我是护卫队长。在兵营中，马技挺出名，因屡立战功，多次受过嘉奖。嘉庆元年，被召至吉林将军衙门任职，一晃十个春秋过去了。到了晚年，同赵老弟一样，干上了门子的差事，有闲空儿时，老哥儿俩一块儿下下棋，聊聊天，倒也悠然自得，其乐无穷。”

茗兰很尊重眼前的两位老者，尤其是得知赵爷爷多次从滔滔的洪水中救出无数寻短见之人，那是打心眼儿里敬佩，实乃救命的活菩萨呀！由此也想到了自己的身世，可怜的额莫就是因去两淮寻找战死沙场的阿玛落空，绝望之下才投河而亡的，扔下了女儿。此刻，她将两位老八旗看成了自己的亲人，分别在即，顿生依依之感，打算送点儿什么做个念想。思摸来思摸去，忽然想到手腕上戴的一对儿玉镯，那是母亲留下的，遂将其摘下，一只送给赵爷爷，一只送给马爷爷。二位老人家却不肯收，声言无功岂能受禄？可茗兰执意要送，怎么推辞也不行，无奈只好收下了。后来到了德英德大人时，那对儿玉镯派上了用场，流传在民间的“玉镯记”，即德青天破玉镯案，指的就是这对儿玉镯。这是后话。

尤成额和茗兰把两位老者送出了大门，回南院儿时，小满堂已按管事儿的指点，在账房登记了五个人的名号，并被分派到南边大院儿内的一处小马架子了，那里又称“百爱营”。他们来到小马架子一看，屋内很暗，没搭炕，地上铺了一层谷草，五六个男女四仰八叉地躺在上面正睡得香呢！尤成额夫妇犯了难，房子本来就不大，几个人横七竖八地一躺，连个下脚的地方都没有，还男女混住，这怎么行？不过已经分到这儿了，不住上哪儿去？没招儿哇！二人东瞅瞅西看看，发现北墙角儿有块儿空地儿，小满堂赶忙出去抱进几捆谷草铺在地上。茗兰不想打开带来的被褥了，因为居住条件实在太差了，唉，暂时歇歇脚吧，待天亮再说，便与夫君和衣躺在了谷草上。小满堂转身又出去了，不一会儿就回来了，双手捧着几块儿咸菜和两个苞米面饼子，分别递给两位小主子道：“少爷、少奶奶，我正寻思去哪儿弄点儿吃的呢，刚好住在旁边马架子里的一对儿从山东逃荒到此的老两口儿看见咱们来了，便拿出这点儿干粮交给我，让将就着垫吧垫吧，总比饿肚子强。”

尤成额和茗兰尽管一天多没进食了，却不觉得饿，恐怕是由于窝了一肚子火、心情不好所致。可不吃东西哪行啊，身子骨儿要紧，以后还不知能咋样呢，没个好体格，如何撑得住？便接过饼子就着咸菜慢慢嚼了起来。

小满堂让车夫把两辆车赶到了马架子东墙边，停稳后，将缰绳拴在一棵小树上，并未卸下车上的物品，因屋内甚是狭小，没地方摆放。一切就绪，早已人困马乏，他们仨也想赶快歇一会儿，进屋便各自找个地儿躺下了，很快进入了梦乡。

此刻已是四更，那五六个男女睡得很沉，时不时打着鼾声，累得快散架子的茗兰也打起盹儿来，唯尤成额尚未睡着，微闭双目静静地眯着。就在这时，忽听有脚步声传来，睁眼一看，进来两个不速之客，一个是化着淡妆的年轻女子，另一个打扮得男不男、女不女、油头粉面、怪里怪气的。二人先是四下瞅了瞅，然后收回目光，面带诡谲的微笑直冲尤成额飞眼儿，显然是在故意挑逗。他立马想起来北山的路上，赵爷爷和马爷爷曾叮嘱过的话了，说是拘缉营里成员复杂，干什么行当的都有，良莠不齐，千万多加小心，特别要离那些不三不四的人远点儿。于是便装作没看见，闭上眼睛侧过头去，避开其视线。

说书人得向诸位阿哥交代一下，通常情况下，在这个时间、这个地点出现两个幽灵般的身影，那双眼睛似乎在搜索什么，肯定不是啥好人，而是流动野鸡。所谓“流动野鸡”，即指最下等的妓女，没有固定的交易场所，什么地方都能去，哪儿有人出现在哪儿，且无处不在。流动野鸡衣着整洁，色彩鲜亮，描眉打鬓，浓妆艳抹，全凭语言挑逗、飞眼儿调情，以卖淫为生，吃这碗饭早已习惯了。这些人中，除了个别贪图享乐、自甘堕落外，大多数是由于生活所迫，无路可走，不得已而为之。也有的因无家可归，在外流浪经年，为了活下去或欠债顶账，就选择了此种最低贱、最卑微、最无法启齿、不需出本钱的皮肉营生，即所说的“下三烂”肮脏活儿。她们常常站在路边或躲在离妓院不远的背旮旯儿处，专门踅摸那些腰兜儿没几块铜板进不了妓院、又实在难耐寂寞、很想痛快一把的嫖客，什么脚行卖苦力的呀，船夫、伙夫哇，车老板子呀，沿街叫卖的小贩儿，等等，看见这样的人过来就主动上前搭讪。而且要求极低，待嫖客得到满足后，扔下几个小钱儿就行。由于过分放纵，妓女和嫖客之间相互传染，得梅毒、淋病的不少，无钱医治，只能硬挺，最后悲惨地死去。即使个别人宽裕点儿，在当时的医疗条件下也很难治愈，将痛苦一生，没人同情，没人可怜。那些嫖客中，多数是瘾君子，抽大烟，吸进的是用劣等鸦片制成的土货，即白粉，挣的那点儿钱全买毒品了，整天浑浑噩噩，百无聊赖。

尤成额非常讨厌干皮肉营生的人，也不愿正眼看她们，所以当这样两个人出现在自己面前的时候，唯一能做的就是嗤之以鼻，不予理睬。却不知尤公子一行刚到此地，尚未安顿下来呢，便被人家瞄上了。有的阿哥恐怕会以为因他和夫人穿得很像样儿，用料质地上乘，非丝绸及软缎，身边又带着仆人，还有两辆车跟着，其中一辆装得满满的，好东西肯定不少，谁看见了都得认为不是一般人。尽管不清楚缘何来此，反正是财神爷到了，岂能放过？当然得像猎鹰一样死死盯住，暗暗跟踪、监视，直到看准其下处，使出惯用伎俩让对方上钩儿，再劫色劫财。尤成额的处事经验实在太少了，可能以前从未接触过这样的人，一时不知该怎么办好了，当时若是想办法支开或给点儿散碎银子，不就打发了嘛！实际上，事情远没有那么简单，后书将会讲到。此刻，进来的两个人见尤成额背过身一动不动地躺在谷草上，互相轻声儿咬了咬耳朵，未再有别的举动，立马退出去了。尤公子转过身往门口儿看了看，心想："这下可坏了，无意间竟把人家给得罪了，不知又琢磨出了什么道眼呢！"

真是祸不单行，人若倒霉，喝凉水都塞牙，此话被事实验证了。尤成额一行从京师出发赴吉，一路晓行夜宿，受尽颠簸，没睡过一个安稳觉。走了二十多天，好不容易进了吉林地界，来到了吉林将军衙门属下的小红楼迎宾驿馆，以为总算能歇歇了。可哪承想不仅未见着副都统达禄大人，还遭秦大门牙的一顿抢白，脚没沾地便被大管家杜宝连夜撵到了江北拘缉营，营头儿乌三儿遂将他们塞进憋憋屈屈的破马架子里了，前前后后又折腾了一个白天加大半宿。憋气窝火儿不说，而且腹内空空，除了公子和夫人各吃了一个苞米饼子，小满堂及车夫连口水都没喝上。那是肉身的人哪，不是铁打的，如何受得了？可已经处于一落千丈的境地了，又有啥法儿？光犯愁没用，走一步看一步吧，五个人便躺倒在谷草上歇了。到了黎明时分，一直眯着的尤成额眼皮也睁不开了，迷迷糊糊睡着了。天大亮了，小满堂第一个醒了，由于心里有事，始终惦着停在屋外东墙边的车和马，一骨碌爬了起来，边揉眼睛边往外走。推开门侧头一看，不禁大惊失色！两辆车及所有的物品都没了，三匹马也无影无踪了，当即吓得脸都白了。他跌跌撞撞地回到屋内，叫醒了二位主子和车夫，说明了情况。四人随小满堂跑出门一瞅，全傻眼了，所有的家当及车马丢个精光，也不知是啥时候、怎么被盗走的。愣怔片刻，赶忙分散开来四处寻找，见人就打听，皆言不知道。尽管着急，还挺庆幸，亏得睡觉时没脱衣服，否则将更惨，非闹出笑话儿不可，衣服被偷走了，连换洗的都没有，还怎么出门哪？那位年长的车夫对尤成额说："少爷，看来事出有因，咱们被盯上了。盗贼来这儿如入无人之境，行窃时没发出半点儿异常的声音，手脚麻利，行动迅速，而且偷得坦然无惧，您不觉得有些奇怪吗？"

尤成额点点头道："嗯，没错，言之有理。"

站在旁边的茗兰说："这样吧，咱们马上去二进四合院儿，向乌三儿讨个说法，因为车辆、物品、马匹是在他这一亩三分地丢的。"

当尤公子一行来到营头儿住的北院儿时，乌三儿可能已经听说此事了，干脆不露面，也不想管。管事儿的却带着七八个打手呼呼啦啦出来

了，个个手持棒子或短刀，怒目横眉地瞪眼瞅着这五个人，那架势恨不得一刀宰了他们才痛快。还没等尤成额开口呢，管事儿的竟倒打一耙，不阴不阳地指责道：“我说尤公子，你车上装着东西告诉谁了，交给门房保管了吗？把贼人引到这儿来没跟你等算账呢，反倒找营头儿理论，车辆、马匹和物品丢了与我们何干哪？你是真不知道还是装不知道，江北拘缉营不是谁都能来的，进了大门就得交银子。要问为啥呀，马粪不是拉到院内了吗，得有人收拾吧？还有你们几个，是不是以为马架子白住哇，世上哪有那么便宜的事儿，必须得给钱，听明白没？跟你这种榆木脑袋的人只能直说，否则不转弯儿！”说完一挥手扬长而去，那几个打手像跟屁虫似的紧随其后。

尤成额气得搓手顿足，干张嘴说不出话来，惹不起人家呀，遂冲小满堂嚷道：“你是怎么弄的，主子睡你也睡，咋不看着点儿呢？这下好，家当全没了，再也不用分神了，清闲了！”

小满堂能说啥呀，主子咋发火儿咋受呗，谁让咱是仆从了。可他一琢磨，这么下去不成啊，总得想个办法，不能硬撑着，真要把两位小主子气个好歹的，将来回去怎么向老爷交代呀？于是走到尤成额跟前，凑近耳边轻声儿道：“少爷，我倒有个主意，不如让小的回京师给老爷报个信儿，也好派人接回少爷和少奶奶，此处乃是非之地，万万待不得呀！”尽管声音很小，在场的人都听清了。

别看尤成额是个文人，然生性耿直、倔强、有志气，从小就不让父母操心，跌倒了从不用扶，自己拍拍身上的土爬起来。而今到了这个份儿上，认为即使住露天地儿、要饭吃，也不能返京师，回去怎么向恩重如山的妻舅桂良大人讲啊，二老亦跟着上火不是？倘若差小满堂给他们送信儿，千里迢迢跋山涉水的，哪那么容易呀！再说马匹又丢了，此信儿如何送，总不能用步量吧？所以他不赞同小满堂的主意。

茗兰却觉得此招儿可行，心中暗想：“眼下已无路可走，夫君就任教习之职根本谈不上，留下来消极等待毫无意义，应该早日返回京师，与二老商量后再作打算。没有马匹，大家共同开动脑筋想想辙嘛，办法总比困难多。”可是当看到夫君留在吉林态度非常坚决，自己的想法又动摇了，或许成额是对的？便没吱声儿，还是顺其自然、夫唱妇随吧！

两个车夫同尤公子一样也不想走了，本是被雇来的，连车辆和三匹马都未看住，觉得没脸回去。年纪略轻的车夫还一个劲儿地埋怨那个年长的：“大哥，我贪睡你也贪睡？物品和马匹被盗，咱有不可推卸的责任，太粗心了。”

年长的车夫后悔不迭，惭愧万分，直拍脑门儿，恨自己丧失了警惕性，给公子一家造成了损失，遂对尤成额说：“少爷，都怪我太麻痹大意了，小看了江北拘缉营。没想到在吉林将军衙门眼皮底下竟有窃贼出没，东西不翼而飞，实在是心不甘哪，务必得找回来。反正我们哥俩儿无论在哪儿，都是给人打零工，靠两只手吃饭，从此就跟着少爷了。”

此话一出，尤成额、茗兰、小满堂皆惊喜地望着二人，激动不已。说实在的，来吉林的一路上，他们从两位车夫的所作所为，早已看出其心地善良，为人厚道，对主子忠诚，举止十分得体，从不随便讲话，给人的印象特别好，如果能留下来，那真是求之不得。小满堂上前拉住年长车夫的手说：“大哥，太好了，咱们永远在一块儿，到啥时候也不离开少爷和少奶奶，有苦一起吃，有难共同担！”就这样，主仆五人在突发的事情面前，心贴得更近了。

当尤成额一行无奈地回到小马架子前，这才倒出工夫四下仔细瞧瞧，原来周围全是一排排的马架子，大小不等，有的搭建不久，有的十分破旧。里边住的看样子是从各地逃难到此的流民，大多衣衫褴褛，极个别的穿得还算整洁，邻近的几个马架子里的男女老少正好奇地抻脖儿瞅着他们。与流民相比，尤成额和茗兰最惹眼，不仅穿着讲究，举止行为也不同，既不像四处流浪的乞讨之人，又不像千里迢迢出外求生路的难民，倒像是哪个官宦或员外之家的子弟闲来无事探亲访友的。那么为啥住到破马架子了呢？流民们感到十分奇怪和不解，不约而同地另眼看待他们，不回避他们，甚至喜欢他们。有的把饭菜端出来喊其一起吃，有的去河边提来清水招呼其饮用，显得非常亲近。一开始，尤成额等五人只是抱拳表示感谢，并不走过去。可人家热情不减，几次三番、诚心诚意地相请，他们感到很是过意不去，盛情难却，怎好拒绝？有时实在不好推托，便去流民的屋里喝口水，但从不端饭碗。

尤成额是咋想的呢？这些人的故土遭了灾，庄稼被淹，房倒屋塌。万般无奈之下，只好携儿带女，背井离乡，从遥远的南国徒步走了几个月甚至一年才来到北地，多不容易呀，所走的是一条辛酸的逃难之路啊！面对此情，自己只是悲天悯人，又有何用？没有分文帮助他们，已经坐立不安了，哪能忍心与流民分吃分喝呢？那可太没人味了。如果咱手里有银子，哪怕是一件家当送给他们，或可解燃眉之急，心里也能好受些。可惜呀，现在是一身精光，啥忙帮不上，还能给人家添麻烦不成？

尤成额家教很严，一直闭门苦读圣贤书，可谓正经八百的饱学之士。做起八股文章来，起承转合，有条不紊，严丝合缝，文字流畅，之乎者也矣焉哉用得十分贴切，经常受到私塾先生的夸赞。桂良大人看过公子的文章，很是欣赏，认为乃不可多得之才子，若不然能将心爱的外甥女许给他吗？成额说话也好，做事也罢，就是一个书生气十足的人，两耳不听邪音，按孔孟之道行之。什么“吾日三省吾身”哪，“为人谋而不忠乎，与朋友交而不信乎，传不习乎”啊，“君子以仁慈待人，礼让三先。一生唯知爱人敬人，束己修身”呀，等等，皆深深刻在脑子里。他在孔孟之道的熏陶下长大，性格沉稳，信念坚定，把社会看成是一个大家庭，人人亲善，仁爱无私。此次偕夫人来吉，以为有舅舅桂良总督的举荐，有副都统达禄大人的关照，必会如愿以偿，顺利就任吉林将军衙门属下的左翼官学教习之职，不可能出现什么闪失。到那时，一块石头落了地，从此春风得意，喜安新家。每天早膳后，丈夫前往学堂为子弟授课，娇妻于门前恭送，小满堂挑着书担子陪主子而行，该是何等惬意呀，同僚们也会弹冠相庆的。可没承想到吉林后，一切事与愿违，迎来的却是一场噩梦！亲身经历和所见所闻令其惊诧不已，手足无措，甚至不知什么场合该说什么，什么场合不该说什么，一时瞠目结舌，呆若木鸡。在这种情况下，他仍抱着“君子立身、修身，苦中求乐，己所不欲勿施于人”之念，认为作为孝子，唯求亲安。乔木高而仰，梓木低而俯，君子应自强不息。当江城受挫，不仅未在那儿落脚，还被送到十几里外的江北拘缉营遭冷眼时，也不抱怨任何人，唯怨自己的命苦，把所有的委屈和满目的泪水全咽进肚子里，不想为不虞之患再去搅扰双亲和桂良大人。且深知自己除了会作八股文，教授子弟学业，没有别的能耐，暂时只能忍气吞声。即使口渴了，肚子饿了，也不主动乞求施舍，就那么硬挺着，不愿给任何人添乱。

茗兰与成额不同，生下来就没见过阿玛，七年后，额莫又离她而去，遂被舅姥爷接到家中抚养。由于从小没有父母之爱，尽管舅姥爷一家视其为掌上明珠，也仍觉孤单，从而养成了独立生活能力，自尊、自爱、自重、自强。不但天资聪颖，通晓诗文，背诵如流，而且女红、缝纫、织绣、彩绘、书画样样儿行，是位知书达礼、德才兼备的女中魁首。在京师时，其大名早已传遍各个贵胄、达官之家，皆知西郊总督府邸有位天生丽质之才女，然而闻其名却欲求不得，只能如同天上月亮般景仰，认为茗兰格格将来肯定是宫中人或皇家人。她在舅姥爷及舅舅的训教下，谙熟妇人之道，自成婚以来，严格按照封建礼教所倡导的三从四德、三纲五常道德标准行事，既嫁从夫，夫为妻纲，尊重、深爱夫君，处处事事敬夫、随夫，精心侍夫，恪守妇道。他常常为夫君的品貌兼优、博学多才而甚感欣慰，庆幸自己的运气好，能与成额喜结良缘，乃天作之合，故而愈加珍惜。赶赴吉林的一路上，尽管自己已折腾得身心疲惫，仍无微不至地照顾夫君，成额咋说她咋做，从不违拗其意志。到吉林后，发生了一系列始料不及的事，在变故面前，茗兰对成额所采取的做法有些看不惯，觉得他不单单是窝囊，甚至有点儿愚懦。比如面对秦大门牙那种傲慢的态度、轻蔑的目光、讥讽的口吻，成额一忍再忍，既不质问，也不辩解。比如杜宝气急败坏地将公子一行五人逐出小红楼迎宾驿馆，送至远离吉林将军衙门十几里之外的江北拘缉营，致使陷入凄凉、无助、可怜之境地，成额仍不吭声儿、不反抗，而是逆来顺受。茗兰尽管深爱夫君，听命于夫，却不想像成额那样不问是非，不讨公道，有苦自己吞，她可不是好惹的。离开京师前，尤成额的阿玛都布纳曾不无担心地问桂良："总督大人，你把心爱的外甥女和外甥女婿放出去了，这一走，不知啥时候能回来。京师距遥远的吉林乌拉上千里地，互相又照顾不上，一旦两个孩子出个一差二错，不后悔呀？"

桂良显得胸有成竹，笑了笑道："老弟呀，多虑了不是？大可不必。鸟入林，虎入山，人须融入社会，经过反复捶打磨炼方能成才，无论是谁皆如此，咱们不也是在社会生活中闯荡出来的吗？成额为人诚朴，才华出众，办事稳健，此次赴吉可谓施展才能的好机会。顺利也好，不顺利也罢，只要心志不移走正道，即使遇到点儿坎坷或磨难，也不可惧，相信不管处在什么情况下，他都不会做出有辱二老之事，况且还有茗兰在身边。我这个外甥女呀，可惜是个女孩儿，若是男儿，咱可不是说大话，肯定比本舅舅强得多！若在朝中，她有辅臣之智；若在军中，她有大将之才；身在家中，她有佐夫之能。老弟呀，老哥奉劝你一句，有茗兰陪着成额，你们老两口儿尽管放宽心吧，高高兴兴地把孩子们送走就行了，别的啥都不用想，更不必替他们担忧。"

桂良为啥那么有把握呢？因为他了解自己的外甥女。你想啊，桂良一向以有韬略、有眼光著称，对人对事摸得准、看得透，朝中上下人等没有不佩服的。茗兰是他看着一天天长大的，也是亲自训育、培养的，对其脾气秉性、处世为人、应变能力以及天资才气能不了如指掌么？随着本书的深入讲唱，将越发显示茗兰是位非凡的女子，桂良所言果然有的放矢。

那么，茗兰究竟是个什么样的人呢？搭眼一瞅，高挑儿的个子，皮肤白里透红，容貌秀丽，身着绸缎，衣食无忧，一切顺遂。当遇到困难或遭受委屈时，其表现是禁不起挫折，既脆弱，又无奈，常常是愁眉紧锁，热泪潸潸。其实这只是她的表面，就性格而言，人与人的差异很大，各有各的特点。茗兰是属于那种心性刚强、心思重、深沉不外露、性格内向之人，遇到大事不可解时，一般不说话，不轻易表态，却又止不住眼泪。哭，说明她心事重重，是一种自我折磨；泪水，是她受到无端屈辱而生发出的愤怒之情的宣泄，将所有该说的话都憋到胸膛里去了。此种性格的人厉害就厉害在这儿，让人看不透她内心深处的所思所想，通常对其不太介意，认为除了脸蛋儿长得好看外，没啥能耐，不过女流之辈而已。说实在的，连尤成额都不清楚自己的妻子到底啥性格，成婚时间本来就短，婚后不久又离京赴吉，对茗兰的认识自然不会很深，更谈不上看得透了。小满堂等下人只知应尽心尽力地侍奉二位小主子，尤其不能因照顾不周而给少奶奶增加烦恼，小主子若是处处满意，萨克达额真方能放心，这也是做奴才的本分。至于少奶奶的秉性如何，那不是仆从该问的，再说不经深入接触，根本看不出所以然来。

茗兰的确不是一般女子，从吉林将军衙门属下的小红楼迎宾驿馆所遭遇的白眼、讥讽挖苦、受到的不公平待遇、在江北拘缉营东西被窃的整个过程看，开始时，她是懵懂的，继而怒火中烧，气破肝肠。冷静下来后，觉得这些事儿有点儿蹊跷，很不正常，不由得疑窦顿生，按其脾气、秉性，早就不让了，不受此窝囊气，非同秦大门牙、杜宝、乌三儿这些无耻之徒掰扯个里表不可！可她忍了，同夫君一样以礼处之，且一忍再忍，一让再让。之所以不与之针锋相对，采取忍让的态度，有她自己的想法。首先考虑的是舅舅桂良总督乃朝廷重臣，其能力和德行不仅皇上认可并得其信任，也受到满朝文武官员的夸赞。而自己是桂良的外甥女，朝中上下人等都知道这层亲属关系，一言一行、一举一动皆与舅舅紧密相连，不能因一时把握不住情绪或处理不妥而给其脸上抹黑。故而事事谨慎，处处小心，以忍让为先，以静默示人，尽量不露声色。在羞辱难当、忍无可忍之时，也只是以泪水冲刷满腔的激愤，熄灭心头的怒火，求得对方的深思自省。

其次是出于对夫君的尊重和顺从，三纲五常之道德标准讲得很清楚，夫为妻纲嘛！她从内心佩服尤成额的才气和人品，认为作为一个好妻子，应竭力维护其尊严，所有的抛头露面之事理当由夫君去办，特别是关键时刻不能有悖于夫君，必听之，即使意见相左，也要给对方留情面。然而让人始料不及的是小夫妻俩一踏上吉林大地，竟举步维艰，陷入了窘迫困顿、无力自拔、只能听之任之的处境，一连串的打击一股脑儿全砸在了他们头上，突然得让人一时反应不过来。茗兰了解成额，知其是位未见过世面的公子哥儿，对世事不理解，既没有丰富的阅历，也不知世态炎凉，甚至会因东西丢失受到不小的惊吓。随之而来的便是情绪低落，忧惧不安，精神上的伤害显而易见，弄不好会对生活失去信心。面对此情此景，茗兰静下心来，好一番冥思苦索，越寻思越觉得奇怪："咋就这么寸呢，所发生的一切是故意冲我们来的，还是巧合？其中必有尚未知晓的底里。"猛然间，产生了一种不祥的预感，觉得有人暗中与他们作对，此人是谁？又缘何这么做？她思摸开了："我和夫君首次到吉，与这里的人素不相识，从未得罪过谁，更未顶撞任何人或者发生冲突，谁能有意与我们为难呢？也不会有什么政敌呀！成额尚未入仕，或许另有原因。"绞尽脑汁地想啊想，又一次想到了桂良大人："噢，对了，成额此次来吉赴任，乃达禄大人看在舅舅的面子上一手经办的。在眼下求职难的情况下，成额占了教习的名额，是不是因此捅了与舅舅背地里不和之人的肺管子了，故而从中作梗？若真是这样，应暂时避开锋芒，赶紧返回京师，将秦大门牙等人的态度和做法告诉舅舅，让他知道这些无赖太欺侮人了，唯利是图，别的什么都不顾，根本没把你这位大人放在眼里，不加以处治还了得！然后同舅舅仔细商量一下，请其拿个主意，做到有备无患，随即再重返吉林，岂不更周全？况且让舅舅掌握了内情，使他重新认识一些人，并对其有所戒备，多加小心，有助于在以后的仕途中顺利行走，有百利而无一害。"可是尤成额并不愿回京师，不想给桂良大人添麻烦，也不想让二老担心，何况路途遥远，没有车辆、马匹，难以成行。

茗兰得知成额的顾虑后，虽不敢苟同，但毕竟是自己的丈夫，不想反驳，更不想与其争执，最后还是忍了，任凭其唯唯诺诺、委曲求全。她还有个不服输的劲儿，对现状不肯就范，既然决定继续留在吉林，就不能坐等，索性多了解些情况。可乘对方洋洋得意之时，来个暗中访查，看看有什么蛛丝马迹，找出破绽和疑点，再认真进行梳理，弄清是何原因至此。经过一番深思熟虑，茗兰准备把自己的想法跟成额、小满堂及两位车夫说一说，让他们把前几天发生的蹊跷之事好好琢磨琢磨，之后共同合计一下，看看下一步怎么走。

然而不巧得很，没等茗兰开口呢，尤成额却病了。也难怪，一个书呆子，出门就不顺，屡遭刁难，能不急火攻心吗？这些天一直未能好好儿歇息歇息，吃不下饭睡不好觉，忧愁始终伴随着他。加之所住的小马架子四处漏风，尽管地上铺了一层谷草可隔潮，可身上没盖的，只有一床流民给的七窟窿八眼的破棉被，或许是夜里着了阴凉之气，今儿个一早起来就感到四肢无力，头昏脑涨，继而腹内疼痛，恶心呕吐带拉肚子。紧接着又觉得浑身发冷，起了一层鸡皮疙瘩，整个人抖成一个团儿，茗兰紧紧抱着也无济于事，此乃高热所至。这可吓坏了小满堂和两个车夫，他们对此地不熟，谁都不认识，不知道哪儿有郎中。茗兰叮嘱小满堂照看着公子，然后起身跑了出去，来到一墙之隔的马架子，敲开门一看，屋内住着四五个人，遂问道："各位兄弟，小女的夫君病了，请问去哪里能请到郎中？"

大伙儿你瞅瞅我，我看看你，皆言没听说哪儿有郎中。其中一个中年汉子愤愤地说："这儿没有郎中，有的是恶狼，吃人肉喝人血的红眼睛狼！要想请郎中，只能到吉林霍通去，那儿肯定有。实话告诉你吧，待在拘缉营保命可不易，未听说还没看见么？隔三岔五便有躺倒在地再也起不来的，拉死倒儿的车就停在大门外西墙根儿那儿，还不能白拉呢，不拿出几吊钱送上，没人给收尸。"

茗兰一听，心里没底了，赶忙退了出来，跑回小马架子处。此刻，尤成额倚着被靠墙半坐着，额头滚烫，脸颊绯红，呼哧呼哧直喘，小满堂端着碗正用木勺儿喂他水喝。茗兰目不转睛地看着夫君，心急如焚，这可咋办，不能干等啊！在屋内转了一圈儿后，忽然眼前一亮，想起了系在腰间的小皮口袋，里面装着丸、散、膏、丹之类的成药，还是离开京师时舅舅给的。这个小皮口袋乃桂良大人征战各地必携带之物，不管到哪儿，总是系在腰间，因为行军打仗时常露宿野外，夜间湿寒之气袭身很容易坐病。当感到不适时，便把小皮口袋解下，看哪种药对症，取出服几粒儿，可以应应急。小皮口袋里的药虽然不多，但品种挺全乎，都是治常见病的，桂良当时让外甥女一定带着，以备不虞，结果刚刚到吉林就派上了用场。茗兰解下小皮口袋，找出内装万金丹的小瓷瓶儿，倒出两粒儿让夫君服下，此乃治瘟疫病最好的药。

你还别说，万金丹挺管用，过了大约一个多时辰，尤成额觉得好些了，肚子不那么拧劲儿疼了，腹泻也止住了，不用总往茅房跑了，额头亦不像先前那么热了。年长的车夫又为其揉了揉太阳穴，按了按百会、双关、虎口、足三里等穴位，以促进血液循环，调整神经功能，成额立马觉得轻松多了，心里很是感激，一个劲儿地致谢道：“谢谢，谢谢，真不知你还有按摩这两手儿，推捏得好舒服啊，赶上名医啦！”

年长车夫听后，只是笑了笑，没说什么。茗兰扶夫君躺下，扯过被子盖上，让他闭目养养神，最好能睡一会儿，有助于病体的恢复。成额翻过身去，闭上眼睛眯着，没一会儿便睡着了。大伙儿见此，长舒了一口气，一直提着的心总算落了地。茗兰把被子的四角儿掖了掖，趁这个空当儿，便同两位车夫聊了起来，小满堂坐在旁边蛮有兴致地听着。

诸位阿哥，不要以为这两个车老板子只是不起眼儿的庶民，那可错了，小觑不得呀！随着本书的展开，您将会了解其来历，看到其勇武奇能及扶危济困之举，体会其广施法力、普度众生之心。

无巧不成书，朱伯西在这里要告诉各位，为尤成额夫妇赶车的两个车老板子正是少林派弟子。有的阿哥会问，既然是武林中人，怎能随公子和夫人一块儿赴吉呢？原来此乃桂良总督的安排，可谓用心良苦也。桂良从小习武，长大成人入了军旅，曾与来自各地的官兵滚爬在一起，同各种各样的人打交道，尤其喜好结交少林僧徒。当尤成额偕茗兰准备动身赴吉时，他嘴上说放心，可心里却打鼓：“外甥女和外甥女婿毕竟头一回离家，此去路途遥远，上千里地，能吃得消吗？为能确保平安抵达，所租借的车辆要结实，马匹要壮，善于跑远程。另外，车夫得可靠，人品好，驾驭车马的能力强，还须具备一定的武功，万一途中碰上一差二错的，成额和茗兰不至于六神无主，起码有个依靠不是？噢，对了，何不雇两个会赶车的武林高手儿陪行？那可就万无一失了。”想到这儿，唤来随从，如此这般交代一番，随从得令，立即去了车马行。不过桂良大人并未将此事告知成额和茗兰，怕说了实情，二人很可能会胆怯：“哎呀，还得武林中人护着我们走哇，吉林乌拉到底是个啥地方啊，莫非豺狼当道？”为了不使他们精神上有负担，轻松上路，高高兴兴而去，只能暂时隐瞒。

单说这两位车夫即少林派弟子，由于敬佛诚谨，一心向佛，故而得到少林寺长眉长老的亲传。当时，按少林派的宗规，任何人想加入少林门派，首先必须有少林师父的亲点，经详细审查后，认定其品行端正，不怕苦累，有恒心有毅力，方可收入少林寺。有的孩子从四五岁始就练童子功，到七八岁便离开父母住进少林寺，终朝每日练功习武。有的是在家人的陪同下，从几千里之外的故乡昼夜兼程赶到河南，目的只有一个，即上山到少林寺拜师学艺。当然了，中途由于各种原因，有打退堂鼓的，多数都留下了，一般学满三年便可离开师父下山了。有的以三年为起点，再学五年或七年，然后下山传经护法。也有敲了十年、十五年，甚至二十年的晨钟暮鼓，天天于寺内佛堂诵经、做佛事，早晚习练武功。一时间，大清国的后生们纷纷效法，走少林路、学少林拳、做少林人已成为一种风气。

桂良总督雇佣的两位车夫本是亲兄弟，哥哥叫庞荣，弟弟叫庞庆，河南宪业人氏，而今皆三十出头儿了。小的时候，家中生活十分贫困，要吃没吃，要穿没穿，苦煞岁月，度日如年。有一年春季闹旱荒，连续一个多月没下雨，大地干裂，播下的种子长不出苗儿来，水井也变成枯井了，到秋只能两手攥空拳。为了活命，人们不得不离开家园，携儿带女到外地乞讨，四处流浪。庞家二老可怜孩子，把家中仅有的几块苞米饼子拿了出来，舍不得咬一口，全给两个儿子了，结果自己却生生饿死了。那点儿吃的能当啥呀，每天咬一小块儿，最多能挺四五天。这日，小哥儿俩终于又水米未打牙了，肚腹空空，饿得前腔儿贴后腔儿，实在没辙了，只好跟着逃难的乡邻走了。刚一出家门，就觉得浑身软绵绵的，一点劲儿没有，走路直打晃儿，每迈一步都很吃力，但还是坚持走出十来里地。走着走着，庞庆突然一个趔趄，站立不稳摔倒在河沟旁，昏了过去。庞荣吓得手足无措，抱着弟弟边唤边哭，并哀求同行的乡邻能施舍一口吃的，救弟弟一命。可道上全是难民，自己都饿得头昏眼花呢，哪有干粮给别人呀？故而面对可怜的求助，个个摇头摆手，很是无奈。庞荣眼望四野，大声号啕，生怕弟弟不再醒转，不停地拍呀摇哇，可庞庆一声不出，只有呜呜的北风伴着庞荣的哭声在大地上空回荡。就在这时，一位体格健壮、面相慈祥、长着大眼、宽额、罗汉耳的老僧走到哥儿俩跟前，蹲下身看了看庞庆，伸手试了试鼻息，又掐了掐人中，不一会儿庞庆苏醒了，睁开双眼望着面前的大师，显露出一脸的感激。老僧见两个孩子模样儿有很多相似之处，个头儿差不多一般高，五官端正，眉清目秀，有个机灵劲儿，很是喜欢，问清家世后，便带着他们上山去了少林寺，此僧就是颇有声望的长眉长老。

兄弟二人进入少林寺后，很快安顿下来，剃度出家，皈依佛门，从此开始了晨钟暮鼓、坐禅诵经、习练武功的僧侣生涯。过了一年，长眉长老在所有新收的弟子中进行了一番筛选，最后挑出了能吃苦、悟性高、身手敏捷的庞氏兄弟，准备亲自向其传授重要功法——鹰爪功。此功乃少林派护寺镇寺的首练之功，功法最高、最深、最奇、最妙，倘若用在两军交战中，可以说一人当关，万夫莫开。如果练到能够真正掌握、驾驭的程度了，其他任何功法都不在话下，少林派的传人也难与为匹。按照宗规，鹰爪功不是谁都可以学的，必须传授给可靠的好徒儿，即忠于寺院、主持正义、富有同情心、喜做善事的百徒之表。长眉长老十分喜欢庞氏兄弟，认为他俩品行端正，品性敦厚，值得信赖，有这个造化。学成后，定能光耀少林门楣，以护佛法，以守少林正宗。

一晃二十年过去了，庞荣、庞庆皆已二十六七岁了，身高五尺，身板儿结实，由于用心习武，不怕吃苦流汗，终未辜负长眉长老的期望，练就了高超的鹰爪功，武技虽不如师父那般精湛，然匹马单枪足可抵百人。长眉长老向以慈悲为怀，普度众生，时时关注大清社稷的安危，在僧侣中德高望重。他见社会动荡，秩序不安定，世风日下，百姓生活十分贫困，心里很是着急，便把五个爱徒唤到跟前，说道："人活在世上，应当多做善事，立身行道。你们不要总在寺院待着，下山到市井走一走、看一看，一可体察民情，二可拜望深山古刹佛老，三可传布佛经，四可广施法力，使众生得到解脱。"

五个徒弟听罢，皆表示立马按师父之言去做，一刻不耽误。长眉长老想了想，觉得不能将这几个心爱的徒儿全放走，遂让老大、老二、老三去做出行准备，老四、老五仍留在山上，跟大家一起诵经，安守禅堂。第二天，一切停当，三个徒弟临行前向师父告别，长眉长老叮嘱道："尔等切记，一定要以少林宗法为准绳，以严禁杀害生灵为戒律，多为百姓做好事，替天行道，扶危济困。少林宗派讲究做人要稳重、收敛、内藏，忌讳浮滑吹擂，显山露水。一个经多年修行成为世外高人的佛家弟子，无论在什么情况下都要隐忍少言，尽量不露庐山真面目，即使是济世驱邪，为民求福，也不以门派自居，更别说四处显摆、张扬了。少林派教规甚严，戒律明正，尔等务必遵守。倘若有谁悖谬师训，不按佛法规范自己的行为，或者妄言妄语、妄求妄取、妄念妄动，甚至不走正道，专行邪路，你们中的任何人皆可替师除之，决不姑息，且不许再以师兄弟相称，而以佛门正宗为要也。"

三个徒弟跪地叩头道："请师父放心，徒儿记住了，定谨遵师命，严于律己，不辱佛门！"随即起身下山了。

长眉长老身边的这五个得意门徒平日以师兄弟相称，都是少林寺赫赫有名的高僧，个个身怀绝技，武功超群，嵩山周围千八百里无人不知，无人不晓，只要一提起他们，皆竖大拇指称赞之。师兄弟五人中，一位是一指金刚侠，居长，乃大师兄。双手十指力大无比，其中任何一个手指戳下去，能将坚硬的石头捅出窟窿来，故而又称一指禅师。另一位是冲霄五毒侠，居次，乃二师兄。一双手掌可谓毒掌，倘若不小心被拍中，轻则昏迷不醒，重则性命难保。再一位是云水轻身侠，居三，乃三师兄。身轻如燕，功力奇特，长于云水间独往独来、蹿上跃下。还有两位排行老四、老五，乃以上三人的师弟，即以马车夫身份跟随、保护尤成额夫妇出关前往吉林的鹰爪消魂侠庞荣、如意削锋侠庞庆。老四、老五是二十多年前被师父收留在身边的，老大、老二、老三则是长眉长老于三十多年前的一次洪灾中，从黄河边捡来的孤儿，对这样的孩子俗称“黄河楂子”。什么意思呢？就是每回黄河泛滥时，必冲毁两岸的民房、耕田，不少人来不及逃离而被肆虐的洪水吞噬，侥幸活下来的孩子，即“小生命粒”无依无靠，苦不堪言，在凄风冷雨中挣扎，便叫成了“黄河楂子”。这三个已落入水中的孩子命可真大，在呜呜作响的风雨中，于浑浊的打着漩涡儿的水面上卷起落下几个来回，终于被掀起的大浪抛到岸上。当时，身穿袈裟的长眉长老刚好云游至此，见三个面黄肌瘦的光腚娃娃或许是饿急了，正在岸边挖水蛇烤着吃，便走了过去。三个孩子一看有僧人来，赶忙起身跑到跟前，伸出脏兮兮的小手讨要吃食。老人家从钵盂里拿出刚刚化缘得来的红薯，每人一个，并叮嘱慢点儿吃，别噎着。长眉长老站在旁边看着他们，个个吃得蛮香，其中那个大点儿的只有十一二岁，比他小的那个七八岁，最小的也就五六岁，遂问道：“孩子们，家住哪里，叫什么名字？”

三人皆摇头，说是没起过大号，其中那个大点儿的孩子知道家住河北冀县，在逃难时与家人失散了。另两个孩子不知原先住在哪儿，只记得一发大水就得跑，年年换地方，房子冲倒了，父母被洪水卷走了，已经没有家了。

长眉长老见孩子们可怜，衣食无着，无处栖身，实在不忍心不管，于是让其跟自己走，领到了嵩山少林寺，收为弟子。三个孩子年龄不同，个头儿高矮不同，性情也不同。大的朴实憨厚，二的争强好胜，三的文静寡言，长眉长老没有急着给取名字，平日招呼时，就唤老大、老二、老三，根据其不同的个性和喜好，因势利导，传授不同的少林武功。小哥儿仨同睡一铺炕，同枕一条沙袋枕，同盖一床蓝花被，打打闹闹，嘻嘻笑笑，一晃就是五个年头儿，小小年纪早早没了孩子气，长眉长老比照三人所掌握的技能和特长，为其起了名字，老大叫金刚，老二叫冲霄，老三叫云水。作为师父，对徒弟有引路之责，然修行在个人。故而平时总是不忘训导他们，要苦练功夫，学得本领，既不是为名利，也不是为权势，而是一为保民，二为保国，三为防身。要秉正义，扶危难，清恶氛，积德行善，佛心慈悲怀，护爱蝼蚁心。遇事礼当先，八分忍，九分让，不逼狭路不出手。

师兄弟三人果然不负师望，在后来的成长过程中，个性得到了充分发挥，功夫各有独到之处，武林中叫得响，众口一词夸赞之。声名也随之鹊起，并有了名号，老大叫一指金刚侠，老二叫冲霄五毒侠，老三叫云水轻身侠。

长眉长老自把三个爱徒派下山，两年过去了，一直杳无音信，心里不免有些担忧，生怕出什么差错。一日傍晚，用过斋饭，便将老四、老五唤到跟前，说道："已经很长时间听不到金刚、冲霄、云水的信儿了，不知身在何处，估计是去了关外。你俩准备一下，明儿个一早下山，无论如何将他们找回来，尤其老二务必得返寺，告知他远离尘俗、回归佛门的时候到了。"庞荣、庞庆自然没说的，诺诺连声，当即应下。

那么，长眉长老为啥强调老二务必返寺呢？因为五个爱徒中，让他最不放心的当数冲霄五毒侠，认为其修行尚不到家，性情急躁，好动好斗，不那么安分。特别是在关键时刻，有时把握不住自己，所采取的做法往往违背教规，一旦放任起来容易惹乱子，造成后果不好收拾。派庞氏兄弟下山寻索三个徒弟的踪迹时，长眉长老还一再强调离寺外出寻兄以什么名义都行，就是不能露自己的真实身份，只有在需报少林寺的门号时才可公开，若违反师父之言，决不宽饶！

庞荣、庞庆谨遵长眉长老之命，离开嵩山少林寺，踏上了寻师兄之路，一找就是三年。先是走遍了河南境内，接着辗转去了山东、山西，然后到了河北，从天津寻至京师，却始终未见三位师兄的影儿。哥儿俩一边四处扫听，一边打短工挣钱，总得吃饭不是？他们啥活儿都干，干啥像啥，不偷懒不耍滑，雇主都挺满意。也曾卖过脚力，给脚行扛粮袋子，肩压上百斤重照样行走如飞。无奈老板克扣太狠，给的那点儿碎银子不够饱腹的，遂辞了脚行的差事，转而去车马行赶大车。由于武功底子厚，别看没使唤过牲口，无论多么厉害的马一到他们手里皆服服帖帖，那双铁钳般的巴掌一拍，啥马都受不了，兄弟俩很快便成为车马行里数一数二的车老板子了。二人背地里常常愁眉紧锁，食不甘味，为啥呢？

赶车的活儿倒不累，可心里着急呀，没找着三位师兄，回去怎么向师父交代呀？恰在此时，桂良的随从来到了庞氏兄弟所在的车马行，经打听，面见了庞荣、庞庆，开门见山地声称乃慕名而来，有一事相商。总督大人的外甥女和外甥女婿准备出关，前往吉林乌拉求个差事，需租借车马，雇两位车夫，不知你们是否愿意前往？哥儿俩一听乐了，这太好了，可以借机出关，真乃求之不得呀！

当时，大清朝廷在山海关设了重兵，把守甚严，任何人想要出关可不容易。长城以外的辽东乃大清国的封禁之地，也是爱新觉罗皇家的发祥地，关内的汉人都想偷偷出关去那儿，为什么呀？辽东较关内富裕，苛捐杂税相对要少，日子好过些。事实证明，魔高一尺，道高一丈，尽管山海关守得严，也未完全卡住闯关者，有些人还是过去了。不过一旦被抓可就惨了，噩运随之而至，不杀头也得圈起来，天天在兵丁的押解下服苦役，不知何时才能放出去。

那么，从正常渠道能过山海关吗？能，只要有朝廷特颁的通行腰牌，便可以连人带车出关。桂良大人乃朝中重臣，官位颇高，想为骨肉至亲雇车出关应该不难，也唯有他能办得到。庞荣、庞庆正是考虑到这一点，所以才爽快地答应了随从的请求，寻思赶着车将总督的家人送到吉林了，就可按长眉长老之意于辽东大地继续扫听三位师兄的落脚之处，找到之后，赶紧返回少林寺向师父交差。然做梦没想到自打跨入吉林地界，诸事不顺，不仅所有的物品不翼而飞，车和三匹马还丢了，要是就此返京，如何跟车马行结算且不讲，找不到师兄哪有脸回河南嵩山哪？只能顺水推舟，暂不离开吉林，安心住下，反正车马行的老板也找不着咱，岂奈我何？可是这么做却给总督大人惹麻烦了，因为是他雇的车马和老板子，并交了三百两纹银担保。倘若不回去，银子肯定不给退，只能舍了，哑巴亏也得吃了。不过有朝一日真相大白了，相信总督大人不至于挑这个理，此一时彼一时嘛！

话说回来，从京师到吉林的一路上，庞荣、庞庆尽管未暴露自己的身份，也没说是少林寺的，就是赶大车的老板子，可茗兰的眼睛尖哪，发现二人的一举一动、包括眼神儿都非同寻常，大有武侠之风范。怎么看出来的呢？她自幼跟着姥爷玉德总督生活在闽浙一带，那里十分盛行少林拳，习练的人很多，男女皆有，会儿招儿防身术并不稀奇。总督府邸的对过儿就是少林武馆，一些满洲人家的子弟天天在那儿学习少林武功，玉德父子也是其中的一员。从小习练过功夫的茗兰闲来无事时，常站在窗外观瞧，久而久之，耳濡目染，练武之人那种独有的姿态、气度、眼神儿等深深刻在脑子里，并对少林拳产生了浓厚的兴趣，开始跟着练。首先练站桩，两臂平端，露出虎爪，微闭双目，气沉丹田，一站就是一两个时辰，如同钉在那儿一样，纹丝不动，挺像那么回事儿。然后练拳术，一招一式做得很到位，你来我往，认真按套路打，明眼人一看便知有点儿功底。不过玉德大人原本没打算让她习武，而是想把这个最喜欢的外孙女培养成宫中秀女，遂唤来儿子嘱咐道："桂良啊，茗兰是个女孩儿家，可以多少学点儿防身的本事，不必深求也。即使不走习武之路，凭她那聪明劲儿也错不了，将来定会给府门增光的。"很显然，玉德大人对外孙女给予了厚望，绝不是让其学会几招儿拳法、掌握点儿少林功夫就算培养成才了，那可把茗兰的潜力估计低了。他认为，作为一个大家闺秀的女儿来说，天生聪慧的茗兰不该是等闲之辈，应是位大有作为之女中豪杰。

正因为茗兰初步掌握了少林功法，所以对于同样习练此功的人再熟悉不过了，搭眼一瞅，便知对方的功夫练到了什么程度，十有八九不会错。而她自己呢，虽身处窘境，但练功不停歇，每日天色微明即起，到外面找块儿空地先站桩，然后打打拳，活动活动筋骨。而庞氏兄弟每每于茗兰之前，在距其较远的一棵树下，手持木棍正在对招儿，武步快捷有力，套路娴熟，一招一式准确无误。这一切，茗兰欣喜地看在眼里，却不动声色。庞氏兄弟当然也常常远远看见晨练中的茗兰，然从不近前打招呼，佯装不知。从其拳脚看，想必打小就练过，不但有童子功的功底，而且学了少林拳，转闪腾挪蛮像样儿，有两下子，非一日之功。

今天，在尤成额熟睡之时，茗兰与庞荣、庞庆坐在一起一唠扯，双方掏的都是心窝子话，那层窗户纸终于捅破了，成了患难中的知己，相互之间愈加亲密、融洽了。在此之前，庞氏兄弟视尤成额夫妇为主子，尊敬有加，以礼相待，小心照护。现在不同了，认为与茗兰皆为少林中人，相识、相知不易，值得庆幸，此乃老天的安排，真可谓有缘千里来相会，无缘对面不相逢，能凑到一块儿就是缘分。茗兰也不把庞氏兄弟当成赶车的老板子了，而是陌生感顿消，骤然间增强了信任感，关系更近了，像一家人一样，是自己的依靠。对二人亦格外敬重，并相约今后以兄妹相称，称庞荣为荣哥，称庞庆为庆哥，若是叫师父，庞荣、庞庆还不答应呢！庞氏兄弟这个高兴啊，笑得合不拢嘴，一旁的小满堂也是乐得拍手打掌的。过了一会儿，庞荣收敛了笑容，郑重地向茗兰提出："妹子，咱们住的马架子本来就狭窄，又挤了十来个人，根本下不去脚，憋得透不过气来，这哪儿行啊？何况不知得待多少天，总这么凑合可不是事儿，公子的身子骨儿也禁不起。必须尽早搬出去，重新找个马架子，作为长期的落脚之处，让公子静下心来好好儿安歇，只有吃得饱睡得香，才能担得起差事，为皇家出力。再说了，有了安身之地，也好商量商量下一步咋办，总不能在拘缉营困着吧？咱先自己找地方，不用在乎乌三儿他们，同意也好，不同意也罢，倒要看看谁敢乍翅。我早看好了，无论在哪儿，不管何人，都是软的欺负硬的怕，谁没点儿野性？乌三儿他们来硬的，咱也来硬的，硬碰硬才叫过瘾呢，总有一方败下阵来，那绝不是咱们。”

庞庆接茬儿道：“我哥讲得对，起码得先有处安身立命之所，不能再拖了，说干就干！”

茗兰和小满堂听后，也认为言之有理，表示赞同。他们在说这些话时，尤成额已经醒了，由于服下的“万金丹”起了作用，加之庞荣的一番按摩，又睡了一觉，感到有点儿力气了，情绪也好些了，遂插言道：“满堂啊，不要去找什么下处了，别惹麻烦了，就在这儿熬着吧。唉，千万别再出啥事儿了，太可怕了，能吓死人哪，你们几个平平安安比啥都强。夫人哪，你也别操这份儿心了，是不是累了？快躺下歇歇吧！”

小满堂本想与庞氏兄弟一起出去找处宽敞的马架子，听主子这么一说，哪还敢挪步哇，站在原地怔怔地看着少奶奶。马架子里不光他们几个呀，还有五六个男女呢，也傻愣愣地看着，一会儿瞅瞅尤成额，一会儿瞅瞅其夫人。此刻，茗兰实在憋不住了，或许是因身边站着庞氏兄弟，觉得有仰仗的，没啥可顾虑的了，便不想再按公子的意思办了，开口道：“夫君哪，遇事总是瞻前顾后、犹豫不决的，啥时候是个头儿哇，眼下你唯一要做的就是静下心来将养身子骨儿，尽快好起来，有了精神头儿方可重拾书卷，这些事儿不用你操心。按说呢，咱俩挺有福气的，荣哥和庆哥乃舅舅特意请来的，不仅是车老板子，也是保护我们的，已经到这步田地了，还有什么可怕的？”说到这儿，故意提高了嗓门儿：“我早看明白了，乌三儿根本不讲理，你越像个软柿子，他越捏弄你，没有丁点儿怜悯之心。咱只能自己救自己，务必踅摸一处宽敞的马架子安身，找到后啥都不用说，硬搬进去住，看谁敢挡？还真希望有人出面管呢，正好理论理论，只怕他没那胆量。若是闹大了，我还不找秦大门牙、杜宝之流了，直接去将军衙门见舅舅的老友达禄副都统，当面锣对面鼓地问问为啥如此对待我们，这么做能对得起桂良大人吗？看他怎么说。没承想吉林竟是个野蛮之地，既然在这儿讲不出理，那好哇，小女的手早痒痒了，摆开架式比试比试，他们哪里知道我茗兰格格也是马王爷三只眼哩！”

话音刚落，庞氏兄弟异口同声地助威道：“妹子，说得对，还等啥呀？就这么办！”

此话可气坏了躺在谷草上的尤成额，也不知哪儿来的劲儿，一翻身坐了起来，大声儿说道：“夫人哪，你咋这么不听劝呢，难道丈夫的话都当耳旁风了？行了，到此为止吧，别再闹了，惹出事儿来收不了场啊！”

庞氏兄弟刚要解释，茗兰忙冲他俩使了个眼色，二人会意，赶紧闭了嘴。茗兰一边扶着夫君重新躺下，一边轻声儿安慰道：“好了，好了，生哪门子气呀，快歇着吧！”

尤成额深爱自己的夫人，知道她挺有头脑的，不会胡来。也认为眼下处境困难，总在这个鬼地方待着不是办法，可又找不到说理的地儿，一时脱身不得，很是无奈，打了个唉声不再吱声儿了，实在是没精神头儿管这些了。

茗兰方才有意大声儿说话，很具有煽动性，目的是想让屋内及邻近马架子中的人都能听到。他们很长时间以来，可以说自打圈进拘缉营就没出去过，整天长吁短叹的，不知此罪得遭到何时。屋内的那五六个男女一听茗兰提到了达禄副都统，当即吃惊不小，个个大睁双目瞅着这位柳叶儿眉、丹凤眼、相貌姣好、敢说敢干的年轻女子，眼神儿显现出的是佩服、敬重，觉得她说话有力，听了心里痛快。乍一开始，不知道这一行人的底细，以为尤成额不过一个穷书生，像个受气包儿似的，同所有圈在拘缉营的人没啥区别，照样被乌三儿踩在脚底下，东西丢了也不敢声张，故而谁都不靠前，怕跟着吃瓜落，根本没瞧得起。现在忽听公子夫人敢动武把操，声言鼎鼎大名的达禄副都统是她舅舅的老朋友，至于桂良大人何许人也，大伙儿并不清楚，但肯定官职不低。在拘缉营里，哪有机会见到哈番哪，乌三儿就是最大的官了，见人浑身乱颤，不知怎么显摆好了，天天耀武扬威的。说实在的，咱做梦都想结识在吉林将军衙门任差的官员，哪怕是个小官呢，却一直不能如愿。这几个人可了不得，不仅不能小觑，还得刮目相看。

茗兰的一番话犹如一石激起千层浪，果然奏效，且不胫而走，瞬间便传出去了。好家伙，住在周围马架子里的男男女女、老老少少一窝蜂地往这儿跑，不大一会儿就把小马架子围上了，里三层外三层挤得水泄不通。大家都来看新贵茗兰，认为她是拘缉营里的奇女子，有副都统大人给撑腰，谁还敢动人家一根毫毛？杜宝也好，乌三儿也罢，不过两只任人踩踏的臭虫，不值一提。庆幸啊，咱们这些冤深似海的百姓没白祈祷哇，盼呀盼，终于盼来了救命星啊，从此可见天日了！

这个说："贵人哪，请帮帮忙吧，我们渴望求见吉林将军，已经盼了三个多月了，却始终无法见到啊！"

那个道："太太呀，你有所不知，我是锦州来的。杜大管家从我们屯子买了十头牛，说好了将其赶到地儿后，钱款一次如数付清。可是牛早如数送到了，肉都吃进肚子里了，仍不想给钱。乡亲们没招儿了，合计来合计去，便委托我姑爷前来讨要。结果半个铜板没给不说，姑爷还被杜宝的手下打伤了双腿，下不了地，天天躺在炕上得有人伺候着。我闺女一气之下跑到吉林，管他们要治伤腿的药钱，可这一去再也没回来，无影无踪了，至今死活不知。这是什么世道啊，好好儿的人说没就没了，还让不让黎民百姓活了？"

一位双目失明的老汉挤到门口儿，用袖口儿擦了擦满头的汗，右手扶着门框诉苦道："好心的太太呀，要说有冤，老夫最冤了，一言难尽哪！我本是松花江上的船老大，一家父子三人专在下江拉货，给杜宝、乌三儿等人运粮。契约上写得明明白白，倘若船在途中翻了或沉了，造成船工及资财损失，由他们包赔。大前年的七月，正赶上洪水期，杜宝、乌三儿让把粮运过去。我再三强调眼下不能启运，水太大，有危险，货船容易翻。可他们根本不听，鼻子不是鼻子脸不是脸的一百个不同意，坚持让我们非去不可。没法儿了，只好把粮装上船后起锚，行至抚松哨口时，由于风大浪急，货船翻了，两个儿子淹死于江中。我怀揣契约号啕着前去索赔，他们既不管也不认账，反过来倒让我付粮钱。接着又去找秦大门牙，不仅不讲理，还让差役把我轰了出来，契约也给撕了。冬去春来，快四个年头儿了，一想起儿子就忍不住落泪，直至哭瞎了双眼，他俩死得冤哪，扔下了孤老头子苦度岁月。杜宝、乌三儿怕我到衙门告状，便大事化小，小事化了，最后硬是把我圈进了拘缉营。我出不去，见不到哈番，没有说理之处，只能日复一日、年复一年地受煎熬。真是老天有眼哪，昨晚做了个梦，梦见两个儿子回来了，让我天亮以后，摸到南边的一个小马架子那儿，说是来了位女星神，她能出手相帮，为咱申冤。太太刚才说的那番话，老夫在门外都听清了，你就是我儿托梦告知的星神哪，请受老夫一拜！”边说边扑通一声跪倒在地，咣咣磕着响头。茗兰忙弯下身将老汉扶起，搀进屋内，坐在一把破椅子上。

这时，屋外的人争抢着往里挤，把茗兰围在中间，七嘴八舌地倾诉着各自的不幸。有位了解内情却胆小怕事的老者再也憋不住了，愤愤地开口了：“乌三儿不是人，纯粹一畜生，生活糜烂，荒淫无度，不少女子因被其糟蹋觉得没脸见人而上吊自尽了，太可怜了！”

一位中年男子咬牙切齿地说：“杜宝他们口口声声称江北拘缉营是什么迎宾驿馆，要我看哪，就是一座监狱！乌三儿一手遮天，说一不二，想让谁死，谁就甭想活，被他们残害致死的男男女女不计其数，白白丧命，上哪儿说理去……”

在场的人你一言我一语话不落地，大家企盼着这位来头儿不小的太太能通过高官帮忙，为他们报仇雪恨，尽早脱离苦海。茗兰在家时很少接触外人，哪见过这样的场面呀，倾听着底层百姓的冤屈和怨恨，那颗善良的心被深深触动了，两眼望着父老兄弟们，泪水顺着脸颊簌簌而下。小满堂已是个小伙子了，年轻气盛，双脚跺地咚咚响，恨不得立即宰了杜宝他们。庞氏兄弟更是气冲头顶，脸色铁青，庞荣的双拳狠狠砸在椅背上，大骂道：“这帮龟孙子，人事儿不做，专干坏事儿，没有好下场。哼，早晚不等，非进十八层地狱不可，阎王也得收拾他们！”

庞庆接茬儿道：“对，不能便宜他们，只要大家抱成团儿，定能斗过乌三儿！”

茗兰赞同道：“说得好，唯有齐心协力，方能镇住妖魔鬼怪，使其再也不敢随便欺负人了！”

躺在墙角儿的尤成额听着三人的对话，急得火上房，暗中寻思道：“他们几个这是咋的了，不仅不规劝大家，还跟着瞎闹腾，真不知天高地厚，如此下去，不得惹出乱子吗？”想至此，掀掉被子，缓缓站起身来，面冲众人抱拳揖礼道：“诸位父老及兄弟姐妹们，容晚生说两句，大家正在气头上，都消消火儿，还是请回吧。晚生的夫人是一时气昏了头才说那番话的，千万别听她的，一个女人有啥能耐去跟拘缉营的营头儿斗哇，我们也是泥菩萨过河自身难保啊！”然后侧过身又道：“夫人、小满堂，还有你们兄弟俩都听着，不准胡来，把那些狂妄之语统统抛到脑后去。想过没？若真闯下祸了，则将永无宁日，想脱身都难，眼下谁还做能请神

不能送神的蠢事呀！”

茗兰听罢，真有些恼了，像突然不认识了似的打量着尤成额，心想：“夫君哪，夫君，我对你一敬再敬，一忍再忍，不知宽让多少次了。你却当着众人的面儿说出如此不近人情的话，见穷苦百姓有难都不帮，为了所谓的前程不闻天下事，只知关起门来死读书，太自私了吧？”她憋得满脸通红，实在控制不住自己的情绪了，一字一板地说道：“成额，你过分了，让人听了心寒哪！我可不愿看到夫君是个胆小怕事之人。倒是你应仔细想想，难道我们就该受人欺么？像马一样任人骑么？有苦有冤只能往肚子里咽，凭啥呀，那不公平！”

尤成额头一次听见夫人指责自己，一点儿面子都不留，脸腾地红了，一时不知怎么办好了，站也不是，坐也不是，无可奈何地垂下双手，愣怔怔地盯着地面不出声了，显出一副窘态。茗兰深深地吸了一口气，尽量使自己平静下来，然后恭敬地向众人行万福道：“父老兄弟姐妹们，小女谢谢大家的信任，会把各位的苦和怨牢记在心的。既然都住在这里，那就是一家人，应该互相帮助。从今往后，大伙儿携起手来，有福同享，有难同当，谁若敢欺负咱，就跟他斗到底！快晌午了，各位暂先回去，我与兄弟们再合计一下，想想办法，看怎么做更好。”

话音刚落，站在门外的人如同听到命令般立即散去，屋内的人也纷纷往外走，庞荣、庞庆和小满堂将大伙儿送至门外，小马架子顿时静了下来，然地当间儿仍站着三个小伙子，其中一位四方大脸的后生说：“太太，你们不是要找个宽绰地方么？走，东边有座大马架子正闲着，面积不算小，搬去住就是了。”

茗兰问道：“怎么，拘缉营内还有空马架子？”

后生回道：“没错，是有座空马架子，太太初来乍到，不了解这里的情况。别看乌三儿那小子平日里狗仗人势、吆三喝四的，其实没啥能耐，包括跟在他身边的打手全是窝囊废，连我们哥儿几个的拳头都挺不住。那座大马架子原本有人住，乌三儿专挑软柿子捏，前几天硬把人家撵走了。咋回事儿呢？乌三儿是个色鬼，闲来无事时，总是东踅摸西踅摸的，发现谁家有漂亮闺女立马盯上，想尽一切办法弄到手。有一天，他溜达到一座小马架子前，推门进屋一看，见是老两口儿带着两个闺女住在里面。大闺女长得水灵灵的，一笑俩酒窝儿，肤色又白，一眼就相中了，非要娶回家不可。声称若是答应嫁给本营头儿，你们一家四口儿就不用住在这个转不开身的地儿了，我明儿个给弄处大马架子，满地打滚儿都够！老两口儿当然不愿把心爱的闺女拱手送给色狼，可又不敢不同意，怕他翻脸让全家过不去。正不知如何是好时，乌三儿转身出去了，边往东走边琢磨：‘哼！谅他们不敢不答应，吃豹子胆了，还想不想活了？不管咋的，也别等明儿个了，先弄座大马架子再说！’过了两袋烟的工夫，来到一座大马架子前，门都没进，站在窗外连喊带骂地让屋里的人赶紧搬出去，愿意去哪个马架子挤住就去哪儿！谁敢惹营头儿哇，那不纯粹找不自在么？屋里的人只好收拾收拾搬走了。大马架子空出来了，乌三儿如愿了，心里美滋滋的，以为很快可将那家的大闺女娶过来。老两口儿没招了，找到我们哥儿几个，将此事一说，那真是气往头上撞啊，乌三儿欺人太甚了，恨不得一拳拍扁了他！也赶巧了，当天傍晚，乌三儿从外面回来去马厩里拴马，正好被我们堵在那儿了。哥儿几个上前连捶带踹、噼里啪啦好一顿揍，疼得他捂着脑袋嗷嗷直叫，爹一声娘一声地号个不停，直到乖乖答应不再霸占那家的大闺女、把大马架子让给我们住才算了事……”

小满堂笑着插嘴道：“碰上几位哥哥该着他乌三儿倒霉，不仅眼看到手的闺女没娶成，刚刚腾出的马架子还没焐热乎呢，瞬间又失去了，闹了个鸡飞蛋打，啥也没捞着，哈哈哈！”

另一个圆脸后生接着又道：“这不，大马架子要到手后，哥儿几个刚想往那儿搬呢，恰好被太太赶上了。你们人多，住那儿正合适，宽绰得很，我们住哪儿都行。放心吧，乌三儿这回可被打怕了，见着哥儿几个总溜边儿，不敢吱声儿。”

站在一旁那个年岁最轻的后生也开了腔儿：“是呀，来得早不如来得巧，那座马架子挺好的，还暖和，快去吧！”

看得出来，三位后生十分诚恳，出于对尤成额等五人的尊重和同情，真心让他们去住大马架子。茗兰很是感激，并表示了谢意，然而对小伙子们的提议却有些犹豫。尤成额不敢去住，刚要阻止，又怕惹夫人不高兴，只好把话咽回去了。小满堂、庞荣、庞庆则举双手赞成，小满堂急不可待地催促道：“小主子，兄弟几个的心意咱得领，赶紧走吧！”

茗兰思忖片刻，说道：“这样吧，庆哥留在这儿陪公子，咱们几个去看看再做决定。”

于是三个小伙子在前，茗兰、小满堂、庞荣随其后，径直朝东去了。一行人很快来到了大马架子处，里里外外一瞅，见外表挺好，坐北朝南，东西各一间屋，中间立扇木门，因此前有人住过，一块半新不旧的布帘儿挂在门上。墙是用木条子拼的，外面有薄薄一层干草拌的泥，墙体虽然不厚，只是简单抹了抹，但也能遮风挡雨。两间屋的南侧均盘有火炕，上面铺着厚厚的谷草，想来躺在炕上应该不会像睡在地上那么硌得慌。小满堂乐颠颠地跟在茗兰身后东瞧瞧西望望的，边看边不住地点头，认为这个住处还行，比原先的小马架子强多了，起码不用同其他人挤在一起了。他想得还挺周到呢，说是让少爷和少奶奶住东屋，我们哥儿仨住西屋，便于照护。茗兰也觉得不错，有啥事儿需要跟兄弟们合计时，可以去西屋，不影响东屋的公子歇息。看罢，一行人回到南边的小马架子，简单收拾收拾，与同住一处的那五六个男女道别后，庞荣和庞庆一边一个搀着尤成额出了房门，大大方方地住进了东大马架子。

乌三儿很快便听说尤成额一行已经搬移到东大马架子了，当即气得火冒三丈，随后仔细一琢磨，此举肯定是那几个愣头青的主意，书生脑瓜皮儿薄，根本没这胆量。可尽管猜出来了，却没敢过问，而是忍气吞声默许了，跟谁也未提及此事，想必是真吓破胆了。

当晚，庞荣和庞庆操起扫帚将房前屋后彻底扫了一遍，又把一些烧柴、树枝、碎木头归拢到一块儿，尽量弄得整齐点儿。接着又提溜一捆烧柴进了屋，抽出一半儿塞进灶炕，点着火，没一会儿，两间屋的火炕都烧热了。茗兰和小满堂先用笤帚将棚顶、四壁划拉划拉，然后把门及窗台、窗棂子擦了擦，忙活了好一阵子才收拾干净。一切就绪，已近戌时，胡乱嚼了几块苞米饼子，各回各屋。茗兰先把成额扶到炕上躺好，用湿手巾给他擦擦脸，说是时候不早了，赶紧睡觉吧。然后出屋端进一盆水，洗了把脸，又洗了洗脚，方感到有点累儿，便和衣躺在夫君的身边，见其微闭双目静静地眯着呢，心里思摸开了："成额的病刚见好，身子骨儿本来就弱，又被我顶撞了，肯定不痛快，哪能睡得着？作为妻子，无论如何不该当众不给丈夫留面子，使其下不来台，这是我的错儿。夫君知道我深爱着他，敬重其人品，欣赏其才识。遗憾的是却不能完全理解我的所思所想，胆小怕事，一味迁就，担心初到一个陌生之地，别由于莽撞行事而惹出祸端，无法收场。另外，成额对陪行的车夫庞氏兄弟缺乏了解，不知他们究竟有多大能耐，信任感不强。本身又没有信心，认为谁都比自己厉害，何况乌三儿守家在地的，一呼百应，咱身边有谁呀？几个人捆一块儿也没人家一条腿力量大，还不得一踢一个跟头哇！他也不清楚自己的夫人并不是好惹的，不是谁想欺负就可以欺负的，别看仅有那么一点儿武功，照样能对付数十个乌三儿那样的看家狗。夫君哪，不要怕，荣哥和庆哥很有本事，武功非同一般，乃世外高人，是舅舅雇来保护咱的。你就把心放到肚子里吧，夫人我自有办法，到时候，想不做官学教习都不可能，必会被吉林将军衙门留下就职的。”想到这儿，忽听成额打了个唉声，侧过头一看，见其眼角儿滚出了泪珠儿，忙起身取过丝帕，轻轻为夫君拭泪。虽然二人并未说话，但心有灵犀一点通啊，这深情的一擦犹如万语千言哪！拭罢，茗兰将丝帕放在枕边，重新躺下，顺手抽出一根儿谷草折过来折过去，眼望成额心里在说：“傻夫君哪，还生气呀？我知道你是故意不睁眼，也在琢磨事儿，多希望咱夫妻俩能想到一块儿呀！我始终认为人在世上走一回，就得活出个样儿来，千万别委屈自己，既要有志气，也要有骨气，不能做任人宰割的羔羊。只有习百技、通百艺、身处逆境不畏惧、敢于据理力争，才有立足之地，我们不欺侮别人，也决不允许别人欺侮咱。到吉林所发生的一切确实很蹊跷，令人百思不得其解，不过有一点是肯定的，那就是吉林将军衙门府内有说道，而且是不可告人的，否则不会如此刁难咱。他们真是小看人了，我茗兰生于武将之家，养在总督之侧，深得姥爷和舅舅的宠爱。在二位长辈的言传身教下，自幼养成了善于观察事物、好刨根问底的习惯，并目睹了姥爷的处事不惊、舅舅的判断无误之能力，还多少学了点儿武功。我要在吉林大干一场，首先得将丢失的物品找回来，要不没铺盖不说，衣服也没得换，特别是公子失去十来箱书哪儿成？还得把江北这处所谓的迎宾驿馆内情翻个底朝天，非弄明白不可，充分展示一下小女娘家人的性格。我要正告秦名远，别太嚣张了，不拔下你那谁也不敢碰的大门牙誓不罢休！”想着想着，困意袭来，翻过身去，迷迷糊糊睡着了。

敲过五更，东方露出鱼肚白，茗兰可能是心里有事的缘故，呼啦一下醒了，随即起身下了地，蹬上鞋踮着脚尖儿出了房门。尤成额恍恍惚惚中，以为夫人去了茅厕，也就没太理会。茗兰漫步在拘缉营内一排排土坯房之间的空地形成之小巷，屋子里的人睡得正酣，周围静静的。说实在的，自从到这儿，从未各处走一走、转一转，今儿个一大早起来，是打算暗探一下拘缉营。她边走边瞧，发现护营的兵丁并不多，每班儿只有两三个人，轮流于木栅墙外巡逻。除了关在最里边那层怀疑其贩卖鸦片、私开宝局、私通盗匪之第三种人所住的大门口儿以及乌三儿的居处两进四合院儿加了岗哨、专门看管那些待查之人和供乌三儿享乐的年轻女子外，墙内没有设岗，且兵不强马不壮，纯属一帮乌合之众。对圈在拘缉营中间那层和最外边一层的人等管理很松散，可以随便走动，不受啥约束。或许乌三儿及其随从、打手从未遇到过像茗兰这么执拗的人，以为既然他们被圈在墙内了，就不得不老老实实，即使闹也闹不到哪儿去，用不着管得太严，茗兰暗笑，乌三儿呀，乌三儿，这回有你好瞧的，往日的舒坦将一去不复返了，本娘子非折腾个人仰马翻不可！

茗兰在小巷中放轻脚步走着，睁大双目四处仔细观察着，敞开记忆的闸门将拘缉营的各个小巷刻在脑子里。当快走到北门时，见几个手握刀剑的兵勇正监守在一座后靠立陡石崖之青砖瓦房前的大门楼儿两侧，立即引起了她的注意，心想："为什么营内其他地方不设岗，唯独此处派兵丁看着，是何所在？或许里面藏着什么秘宝也未可知。"刚准备再靠近些看个究竟，突然从身后蹿出一高一矮两个手中皆持砍刀的壮汉，一左一右将她夹在中间。茗兰此前丝毫没有觉察，不知二人是打何处蹦出来的，且来势迅猛，心中暗自思摸道："咦？难道不起眼儿的江北拘缉营尚有几个能人不成，我倒要见识见识。"于是，瞅了瞅二人，不以为然地说："大哥，何必如此？小心人后有人！"

这话什么意思呢？此乃武林中常用的暗语，是点拨他们啥事儿不能做绝，要给自己留条后路，不要以为一时得逞了，就可以为所欲为了。别忘了，天外有天，人外有人，知道哪天找上你呀？有话好好儿说，不该如此造次。她又为啥这么说呢？缘于考虑到自己单身一人，没有保镖，尽量先不动手。一旦交起手来，势必发出声响，那将打草惊蛇，再者也没到时候。故而便用武林暗语吓唬对方，来个金蝉脱壳，即趁对方不注意时，施以小计，从不利的境遇中得以解脱，由被动变为主动。哪知那俩家伙像未听见似的，根本不搭言，矮个子将刀尖儿顶在茗兰的腰间，高个子则从身后抽出一张网想罩住她。这种网是专逮飞贼用的，人从上至下一罩，再将网绳儿使劲儿一勒，网里的人便动弹不得了，世人皆称此网为"擒贼网"。

也真是寸哪，就在大个子刚刚抖开手中之网想罩住茗兰的节骨眼儿上，不知从何处嗖地飞来一块石头，不偏不倚，正打在其右手背上，当即冒血了，疼得他捂着手哇呀哇呀直叫。矮个子见同伴儿被打伤了，忙转过头往石头飞来的方向仔细观瞧，寻找投石人，并亮出手中的砍刀准备随时反击。还未待看出子午卯酉呢，从道旁忽地跳出两个蒙面人来，噌噌几步蹿到那俩小子跟前，只听啪啪两声响，分别为其点了穴，二人龇牙咧嘴、大睁双目立马不会动弹了。由于施救之人皆戴头套，捂得严严的，只露一双眼睛，很难辨别乃何方人氏，茗兰站在那儿怔怔地瞅着，诧愕不已。

此时天已大亮，其中一个蒙面人将两个壮汉像提溜小鸡似的一手拎一个大步流星地往东走去，另一蒙面人拽着茗兰的衣袖儿紧随其后，径直回到了大马架子，小满堂正在门口儿等着呢！前头那个蒙面人来到西屋门前，当当两脚将俩小子踹进屋内，造了个嘴啃泥，因被点着穴呢，所以光张嘴却发不出声儿来。

这时，两个蒙面人方把头套摘下，茗兰不看则已，一看大吃一惊啊，原来竟是庞氏兄弟！她低头瞧了瞧躺在地上的两个家伙，看上去神志不清，双眼瞪得如铜铃，直勾勾的，像猪似的呼噜呼噜直喘。为了不搅扰睡在东屋的公子，便让荣哥、庆哥以及小满堂把他们拖到马架子外头的山花墙旮旯儿处，庞荣分别在其后肩的穴位处啪啪拍两下解了穴。二人很快清醒过来，见脑门儿上方有几对儿眼睛正盯着自己，其中一横眉立目之大汉手中握着亮锃锃的牛耳尖刀，知道这下可糟了，碰上高人了，当即吓得浑身直哆嗦，心里暗暗嘀咕道："唉，我在拘缉营里一向为所欲为，从未遇到比自己强的高手儿，今天还是头一次栽了，算我倒霉。好汉不吃眼前亏，保命要紧，看风使舵吧，只要不杀不砍，让干啥都行啊！"

茗兰抬眼望了望四周，见无异常，遂冲两个壮汉小声儿道："不是有那么句话嘛，识时务者为俊杰。你们最好放老实点儿，问什么回答什么，倘若胆敢撒谎编瞎话儿，可别怪我不客气！"

二人不住地点头，毕恭毕敬地诺诺称是，大个子说："小的不敢撒谎，保证有一说一，有二说二，决不掖着藏着。我们俩是杜大管家花钱雇来的，为了混口饭吃而已，除此未得任何好处，没必要替他们隐瞒，知道些啥肯定毫无保留地讲出来，请尽管问。"

"那好，我问你们，乌三儿平时住哪儿？为何别处没有巡逻的，唯独那青砖瓦房门前设岗？"

大个子回道："乌三儿居无定所，他闺女和老娘住在那座前面有大门楼儿的青砖瓦房里，具体内情小的不清楚，也从未进去过，一般不让靠前。我俩被雇用后，分派到巡狩营做哨员，对这里的情况知道得不多。只听说拘缉营内设有六处暗房，其中三处藏着秦师爷和杜大管家的私房货，由乌三儿为其管护。因乌三儿是他们的心腹，信得着，所以很放心。所谓的六处暗房，一处是金银库，一处是皮张库，一处是粮米库，另三处是女监舍，各个暗房的具体内情无人知晓。”

茗兰凤眼一立，压低声音道：“什么？无人知晓，我们的两辆车、三匹马及所有物品都给弄到哪儿去了？如实招来！”

二人一口咬定此处从未发现有贼，头一回出那样的事，细情确实不知。茗兰用鼻子哼了一声，转过头向庞荣吩咐道：“他们不是不招么，那好哇，给我用匕首劐其嘴唇，啥时候开口啥时候住手！”

庞荣应声儿走上前，将手中的牛耳尖刀晃了晃，摆出立马要动手的架势，可把那俩小子吓坏了，跪在地上咣咣直磕响头，一个劲儿地告饶。茗兰提高声音道：“车马和物品丢失没几天，你俩竟全然不知，谁信哪？此地周围全是山，别说人呀，鬼都见不着，唯拘缉营人满为患，倘若没贼偷，东西为啥丢个精光？即或有条不紊地搬运，满满一车也得费些时辰，可眨眼工夫却无影无踪了。这就邪门儿了，东西又没长膀儿，还能飞了不成？只能说明拘缉营内有窝藏赃物之地，你俩必知内情，隐瞒乃徒劳，我们一定追查到底，是不是想尝尝本娘子的厉害呀？”说罢，冲庞荣使了个眼色。

庞荣会意，手握匕首一把抓住大个子的左手腕儿，照着手心儿一左一右欻欻就是两刀，顿时划出两道口子，鲜血直流，见其疼得龇牙咧嘴，遂冷笑道：“咋样啊，滋味儿不错吧？暂留下你那张嘴巴，再要硬挺着不讲，跟我们主子作对，别怪事先没打招呼，那可不光是嘴巴了，连脸上的肉一块儿一块儿地片下来，自己酌量着办吧！”说着，又摆出了要动手的架势。

矮个子见同伙儿手心儿的白肉翻翻着，鲜血顺着手指往下淌，早吓麻爪了，磕头如捣蒜，苦苦哀求道：“大哥请息怒，小的求您了，手下留情啊！前儿日那车马及物品不翼而飞，小的有所耳闻，但真不知是谁偷的，更不知藏到了何处，肯定不是我俩干的，再说也摊不上那么顺手的活儿呀！这事儿得问问小金佛和白面娘子，那二位可是了不起的人物，与大哈番都有瓜葛，或许能知道底细。”

茗兰向庞庆努了努嘴，庞庆便从怀里掏出治红伤的白色药面儿，往大个子的手心儿撒了点儿，血立刻止住了，然后问道：“小金佛和白面娘子身在何处，怎么能找到？”

矮个子回道：“不好说呀，他们总是神出鬼没的，来无影去无踪，不知究竟住在哪儿。”

茗兰接着又问：“你二人与小金佛和白面娘子只是认识呢，还是打过交道？”

矮个子回道：“没打过交道，只在乌三儿常去的两进四合院儿见过几次，看上去相互之间关系很近，乌三儿挺靠着他们。”

茗兰不再问了，说道：“行了，到此为止吧，嘴巴闭严点儿，今天发生的一切不准泄露出去。你俩给我听清楚，以后务要改邪归正，老老实实做人，多做点儿好事，多积点儿阴德，望好自为之，必要时还会找你俩。不过可得记住喽，刚才所说的若有半句假话，故意欺骗我们或者继续干坏事儿，本娘子决不轻饶，滚吧！”

二人磕头作揖地感谢饶恕之恩，异口同声地表示道：“请放心，小的记住了，以后只做好事，不做丁点儿坏事，准保重新做人！”说罢，起身仓皇离去。

茗兰与庞氏兄弟和小满堂回到西屋，坐在铺着谷草的热炕上，你一言我一语地合计开了。从抓到两个哨员口中得知，神秘的小金佛和白面娘子住在何处无人知晓，关于其底细及近期的行踪亦无处打听。这样一来，要想使丢失的物品完璧归赵，只能先放一放他俩，而从拘缉营的营头儿乌三儿及其那处青砖瓦房下手。捕蛇要掐七寸，擒贼专逮贼首，唯有控制住乌三儿，抓其把柄，撬其嘴巴，才能供出幕后的关键人物，从中找出症结所在，弄清拘缉营内六处暗房的情况。再通过乌三儿找到小金佛和白面娘子，然后顺藤摸瓜，揪出窃贼。

诸位阿哥，朱伯西我在这里给大家讲一下拘缉营营头儿的来历。乌三儿本姓王，不是满洲人，而是汉人，乃河北冀县老王庄人氏，祖上代代是种地的，家境贫寒。他的父亲给一户人丁不旺、只有一个儿子、老婆患病已故的乌姓财主家当长工，天天早出晚归，勤快能干，从不偷懒。乌财主见其老实巴交的，便把一汪姓贴身丫鬟许给了他，一文铜钱没要，还自掏腰包儿为二人办了婚事，讲好生下头一个孩子，不论是男是女，皆为乌家人，必须随乌姓。这年年底，果然生下一个男孩儿，就是乌三儿。后来当地闹开了匪患，四处烧杀抢掠，乌财主家生活富裕早已名声在外，自然不能幸免。一天傍晚，有伙儿土匪闯入乌家，进屋就翻箱倒柜，见啥拿啥，一时房内院外鸡飞狗跳。乌财主哪能眼瞅着自己辛辛苦苦攒下的家业被抢啊，遂上前拼力阻拦，被一长着络腮胡子的大汉一刀砍在脖子上，顿时鲜血四溅，倒在地上蹬了蹬腿没气儿了。此刻正赶上乌三儿的父亲收工回来，前脚刚一迈进院儿，还没弄清咋回事儿呢，匪首见他左手拿着锄头，右手握着镰刀，以为是来拼命的，随即举起长矛便冲心窝儿刺去，当场将其扎死了。其他长工一看，方醒过腔儿来，吓得返身撒腿就往外跑，乌三儿则跟着母亲逃回了娘家。

三年后，乌三儿排行最末的老姨在一次偶然的机会被京师光禄寺的署丞看中，遂娶回家中做小妾，从此汪家开始翻身了。怎么的呢？乌三儿的老姨汪氏结婚后，不忘娘家的亲人，总是想着这个惦着那个的，时常往娘家捎些绸缎和纹银，有时还派人赶着一大车东西送去，穷家立刻变了样儿，日子较前宽裕多了。汪氏的丈夫姓鞠名烺，在京师大内光禄寺中任署丞，七品官，专理寺内的存留文档，协助征调各种贡品，以供大内御用或祭祀。平时，他同吉林打牲乌拉联系颇多，因此许多贡品需送到京师光禄寺，久而久之，便与沾上皇亲的吉林搜登站官庄庄头儿杜嘎纳及其儿子杜宝熟络了。每当逢年过节，杜嘎纳若腾不出手来，便让小儿子替父去京师大内送贡品，杜宝乐不得前往，正好可借机各处溜达溜达。鞠烺见他挺能干，会来事儿，其父又是吉林搜登站官庄庄头儿，家境不错，于是将与小妾汪氏所生的次女许给了杜宝。汪氏一想，女儿嫁到千里之外，可别受委屈，一旦有个病闹个灾的，让人不放心哪，咋办呢？琢磨来琢磨去，忽然想到了仍在故乡的老姐姐和外甥乌三儿，便捎信儿将母子俩唤来了，让他们随自己的女儿前往吉林，乌三儿做女儿的随从和管家。杜宝的妻子鞠氏身边有大姨家的表哥做管家，自然求之不得，可以一百个放心，只剩下尽享清福了。

乌三儿刚到吉林时，一开始挺老实的，话不多，也不那么张扬，一切顺风顺水。一晃两个年头儿过去了，他仗着老姨夫在京师大内有点儿权力，又得到了妹夫杜宝的器重，不久便混上了吉林将军衙门属下的拘缉营营头儿之差使。环境、地位一变，人也跟着变了，或变好或变坏。有句俗语很精当："近朱者赤，近墨者黑。"乌三儿自打当上了营头儿，便经常与秦大门牙、杜宝打交道，看到他们及周围有些人既贪婪又好色，尽享鱼水之欢，自己那颗不安分的心也痒痒了，认为不吃白不吃，不拿白不拿，不占白不占，不玩儿白不玩儿，很快就跟着学坏了，一发不可收拾。而且他得加个"更"字儿，更贪、更狠、更霸道，为所欲为，说一不二，老子天下第一，谁也不敢惹，富得流油，成了拘缉营中人见人怕的地头蛇，至今已逞凶四年之久。

乌三儿知道自己干了不少见不得人的勾当，结怨的人很多，所以平时不常露面，即使大摇大摆地出来，也是随从、打手跟在左右，晃荡一圈儿后，马上就缩回去了，比泥鳅还滑。最喜欢干的事儿即是趁着夜色在小巷中游逛，犹如空中的一股阴风到处刮，看不见摸不着，哪儿有年轻女子往哪儿去，只要闻着女人味儿决不放过，让人防不胜防。他有好几处居所，谁若有啥急事儿想找到营头儿，正经得费一番功夫，狡兔三窟嘛！茗兰所看到的那座青砖瓦房乃其中的一处，坐落在拘缉营的北面，四周砌有女儿墙，两扇红漆木板院门雕刻着花纹，门上钉着虎头铜环，前面是醒目的大门楼儿，非常气派，可谓江北拘缉营最上等的房舍了。明眼人一看便知，此居处非同一般，必为营头儿所盖，猜得没错，乌三儿的老娘带着孙女小甜丫住在这里。

乌三儿的大老婆葛氏本是乌拉当地的农家女，模样儿俊俏，朴实能干，他一眼就相中了。没承想上门求婚遭拒，咋说都不行，一怒之下，竟强行将其霸到手，一年后生下女儿甜丫。后来又连娶了四房妻妾，个个比大老婆年轻，便半拉儿眼看不上人家了，稍有不慎，非打即骂。前年春天，葛氏突然死了，此前没病没灾的，这不怪了吗？至今是个谜。不少人暗地里猜测，乌三儿是因大老婆知道其底细，对所干的那些伤天害理之事了如指掌，怕有朝一日说出去对自己不利，故而杀人灭口。猜测归猜测，乌三儿的势力大呀，远沾皇亲近靠国戚，不仅官府未追究，还悄没声儿地压下了，不了了之了。他的女儿甜丫今年六岁，是在奶奶怀里长大的，乌三儿和老娘特别喜欢，如同心尖儿宝贝般疼爱。

乌三儿很少住在大门楼儿青砖瓦房内，十天半月去一趟，看一眼老娘及小甜丫就走人。你想啊，一个荒淫无度的人能住在那没有年轻女子的地方吗？他耐不住寂寞，离不开女人。尤成额一行乍来拘缉营时，在二位老兵的引领下，不是先到了一处两进四合院儿么，那便是乌三儿的第二个居所。北院儿住着他的四房妻妾，名义上是迎娶的，实际上有两房是霸占来的。南院儿，即所谓的粉黛营子住着那些走投无路的流浪女，除了这两处之外，乌三儿可能还有一个秘密所在，对此最先产生怀疑的是小满堂。尤成额一行住进小马架子的当天晚上，邻近马架子中的一对儿山东老夫妇不是给了小满堂两个苞米饼子和几块儿咸菜么，老太太后来曾告诉他一件事："孩子，我和老伴儿是带着俺那十九岁的闺女一起从山东家逃难来到东北的，后来被圈进了拘缉营。没过几天，闺女突然失踪了，不知去向，整座北山都找遍了也没见影儿，就跟你们的马匹和那车东西丢得一模一样，似乎是被天上的一只无形大手给抓走了。类似的事儿在拘缉营已经发生多次了，十几个大姑娘全是这么个丢法儿，一夜之间人没了，什么迹象也没有，你说怪不怪？拘缉营里早就传开了，说是北山有个老妖精，住在龙潭，专刮黑旋风，乘机抢走年轻女子。所以一到晚上，人人害怕，家中有闺女的，老人便一再叮嘱千万不要出门，白天最好也待在屋内，哪儿都别去，当心被老妖精刮起的黑旋风卷走喽。”

老人家的话引起了小满堂的注意，认为无风不起浪，事出有因，肯定是歹人所为。于是好言安慰老两口儿别着急，慢慢再打听，一个好端端的大活人总不至于人间蒸发吧？或许哪天能找到也未可知。

茗兰还了解到，圈进拘缉营后物品被窃的、丢失银两的、年轻女子突然失踪的并非个例，而是时有发生。住在马架子内有这种经历的人不少，境遇相差无几，也是向谁打听皆言不知道，乌三儿同样躲着不跟你碰面，想找个哈番诉诉苦、评评理比登天还难。时间久了，一拖再拖，便成了积案，永远是个解不开的谜。如此看来，若想找回丢失的车马和物品，必须趁热打铁，不能拖延，坚决彻底地查，查他个天翻地覆，让对方喘不过气来，直至水落石出。新案总比旧案、积案容易解决，与此有关联的人都在，只要拿出证据和实物来，他们就无法推诿，难以狡辩。尽管乌三儿像耗子似的钻进洞里躲着，也不能让他待消停了，要想方设法从地底下将其薅出来。根据乌三儿出入无常的特点，不能明晃晃地抓，那样会暴露自己，只能秘密地以计擒之。逮住后赶紧审问，讯毕即放，由此牵出其背后的关键人物，目的便可达到了。

那么如何计擒呢？大伙儿商量来商量去，决定先在乌三儿的老娘和女儿身上打主意，设法接近老太太，诱走小甜丫，便可引乌三儿出洞，到那时，何愁不听咱的摆布？考虑到此举非同一般，前去实施者要身手敏捷、有点儿功夫才行，最合适的人选当然非庞氏兄弟莫属。尤公子仍由茗兰和小满堂照料，小满堂得无时无刻地伺候在侧，因茗兰需抽身于暗地里协助庞荣、庞庆。合计完后，又统一了口径，务必守口如瓶，跟谁都不许说，更不能让少爷知道。这么大的举动为啥瞒着尤成额呢？那是因为茗兰太了解夫君了，知道他素来主张君子静心以德，多做息事宁人之事，勿步旁门左道之尘。倘若告知准备擒拿乌三儿，找回丢失之物，向其讨回公道，他肯定不会同意，并将极力劝阻。再加之公子不愿看到夫人如同武林中人似的，拳头比男子还硬，失去了贤妻、才女的风度，有伤大雅。既然同成额有很多看法不一致，眼下又处在非常之时，没工夫与其理论，不如等办利索了，摆出事实给他看，一切会不言自明的。

诸位阿哥，等着瞧吧，这回可够江北拘缉营营头儿乌三儿喝一壶了，肯定是气也喘不匀乎了，四方步也迈不稳当了，煞有介事的相儿也装不出来了，他做梦都想不到如今竟碰上个不要命的超凡脱俗之女子——茗兰！

据讲，乌三儿的老娘患有严重的眼疾，即通常所说的雀盲眼，视力很差，耳朵还背，天天是在小甜丫的搀扶下干这干那的，一刻也离不开，孙女成了奶奶的耳目。这庞荣、庞庆可谓半个郎中，为了多些本事，平时除了于少林寺内习武练功，还出外拜流落江湖的人为师，向他们学了不少手艺，会瞧病，擅占卜，能针灸，并掌握了炮制丸、散、膏、丹等药之方法。此次被桂良总督雇用出远门儿赴吉，怕有个病灾啥的，便带了些自制的小药，装在小布袋儿里，围于腰间，随用随取，有时也施舍给偶患头疼脑热或拉肚子的路人。为了接近乌三儿之母汪氏，这日晌午，庞氏兄弟带上治眼疾的药出了东大马架子，来到那趟青砖瓦房附近转悠。左观右瞧了两个多时辰，天都快黑了，也未见老太太和小孙女的身影，更别说进院儿了，根本靠不了前。原来那大门楼儿两侧有兵丁把守，未待走近呢，门岗就敲响了警示锣，院内立马跑出四五个兵丁，大呼小叫地轰撵道："快走，快走，一边儿去，离这儿远点儿！"一连三天皆如此，咋去的咋回来，丝毫收获没有。庞庆气得用力吐了一口唾沫，冲庞荣说："哥，看来大门楼儿是进不去了，我就不信那祖孙俩终朝每日在屋里待着，老太太眼神儿再不好，总得到外头溜达溜达、晒晒太阳吧？"

庞荣拍拍庞庆的肩膀道："没错，只要咱耐心等待，她们早晚会出来的。"

第四天头晌，庞氏兄弟来到青砖瓦房东边唯一的一条小道儿上，道两旁长满了蒿草，二人隐入草丛中，以避开门岗的视线，眼睛紧紧盯着大门口儿。到了下晌，果然功夫不负有心人，只见小甜丫搀扶着奶奶从大门楼儿里出来了，二人一边顺着小道儿慢慢往东走，一边比比画画地唠着闲嗑儿，东瞧瞧西望望的，显得很是悠闲。庞荣、庞庆站起身来，装作在草丛中逮蝈蝈，东扑一下西扑一下的。待祖孙俩走到近前，庞荣看似不经意间偶然一回头，主动搭讪道："老人家，这是孙女还是外孙女呀，要去哪儿串亲戚吧？"

汪氏回道："噢，不去哪儿，闲来无事，孙女领我随便转转。"

兄弟俩出了草丛，微笑着走到祖孙二人跟前，仔细打量开了。看上去老太太六十多岁了，一身儿标准的大清中原妇女打扮，乃明朝以来的装束，既与辽东满洲人居住之吉林故地女子的衣着不同，也与正经八百的旗装不同。老人头上围着白底蓝花儿丝绸镶东珠的包头，两耳各戴一只双环形的金耳环，亮闪闪的十分显眼。那时，很讲究包头的式样，河北乐亭以及山东鲁南、鲁西北一带老人的包头不但刺绣精美，而且上面镶嵌着金饰、银饰以及各种各样的珠子，是身份和财富的象征。

汪氏的包头乃关内中上层员外之家妇女所戴头饰，除具有河北、山东的包头特点外，另有四五个银质凤簪插在包头右额一侧，凤簪底部垂着用双股儿银丝线编成的吉祥鲤鱼，下面挂着红丝穗儿，非常好看。其上身儿着宽彩袖儿、三角形五彩绦镶边儿的粉红色“万”字绸衫，既肥又长，可盖至双膝；下身儿穿青缎子菊花纹儿的镶绦裤，双腿腕儿以青丝带扎之，整洁、利落。这与旗装迥然不同，通常情况下，旗装女子不扎腿带儿，关内汉装老年妇女才扎腿带儿。再往下瞅，脚蹬一双黄缎紫花儿的粽子形绣鞋，三寸金莲儿只有拳头大小，前半部，即脚趾头短而尖，似乎只剩下脚后跟了。老人的面相慈祥，五官端正，富富态态的，只是眼神儿不太好，见风就流泪，不时地取下别在右衣襟儿上的白绢手帕擦拭着眼角儿的泪珠儿。

庞荣关切地问道：“老人家，眼睛有毛病吧？是不是时常疼痛、不敢见强光、夜间光线弱看东西模糊、有时完全看不见了？”

汪氏点点头道：“是呀，你咋说得那么对呢，我的眼睛算治不好了，吃了药也不见强。这些日子较前更重了，跟瞎子差不了多少，若是没有小孙女领着，可就寸步难行了。”

庞荣劝慰道：“老人家，别着急，没啥大事儿，视力模糊乃肾虚水亏、肝虚血少、目失调养所致。只要信得着，我们哥儿俩负责给您老治，这点儿能耐还是跟已故家父学的，当年那是十里八村专治夜盲症的出名郎中呢！”

汪氏一听乐了，两手拽着庞荣、庞庆连连道：“谢谢，太谢谢了，今天我可遇上贵人了，此乃上天对老身的恩赐呀！”

庞庆爽快地说：“老人家，千万别言谢，看着您老眼睛有疾，我们做小辈的能不心疼嘛，给长辈治病应该的，小事一桩！”

庞荣则趁热打铁，从腰间解下布袋，拿出一小包儿白药面儿和一管儿眼膏递给汪氏道：“老人家，此药您拿着，吃完晚饭过一会儿，先把这包儿药服下，然后上点儿眼膏，眼睛就不那么疼了。再准备些羊肝儿、狍子肝儿、鸡肝儿，您老出行不太方便，我们哥儿俩明儿个亲自去家中熬药，你看如何？”

汪氏笑道："那敢情好，不认不识的，主动上门为老身治病，真是求之不得呀！"

庞荣突然露出一副为难的神色说："我们年纪轻轻的，身子骨儿壮如牛，多跑儿趟腿儿不算啥。可是您家大门楼儿前设了岗哨，谁也不许靠前，要是不让进，那就没辙了，倘若硬往里闯，还不得把我俩抓起来呀！"

汪氏扑哧一声笑了，摆摆手道："没事儿，没事儿，那些当兵的还能阻止前来给主人治病的郎中吗？放心吧，我跟他们知会一声就行了，你俩尽管来好了，肯定没人敢挡。"庞荣、庞庆听罢，这才同老太太道别，并表示明儿个一准到，然后转身离去了。

第二天一早，庞氏兄弟径直走到青砖瓦房大门楼儿前，岗哨一看便知是郎中到了，果然没挡，问都没问，立即开门放行，看来此前汪氏已打过招呼了。进入门楼儿，眼前是个大院套儿，正房冲大门，东西两侧是厢房，西厢房旁边加盖一间二层的土坯房，木头窗框，上糊毛头纸，小甜丫已等在正房门口儿了。她见客人来了，赶忙迎上前，一口一个叔叔地叫着，乐颠颠地拉着庞荣、庞庆的手进了屋。汪氏更显热情，一面笑呵呵地请他们坐在桌边的靠背椅上，一面执壶斟上热茶，说道："二位恩人哪，那药挺灵验哪，昨晚服了白药面儿、上了眼膏，就觉得眼睛不那么干涩了，肿胀也消了点儿，真是神了。我高兴得翻过来调过去咋的也睡不着了，眼巴巴地瞅到天亮，就盼着你们今儿个来呢！"

庞庆笑道："您老放心吧，只要接着服药，眼疾肯定会越来越轻的。"

庞荣呷了一口茶，放下杯后，从怀中掏出已包好的草决明、夜明砂、暖木草根等药，问道："老人家，让您准备的那三种肝儿齐了吗？"

汪氏忙不迭地回道："备齐了，备齐了！"随即转过头冲小孙女吩咐道，"甜丫呀，快去厨房把那个白瓷盆端来！"

庞荣、庞庆起身道："噢，不用了，我俩去吧！"边说边走进厨房，把带来的草药和几块儿羊肝儿、狍子肝、鸡肝儿一并放入专门煎药的小锅内，倒进一瓢水，扣上盖儿用文火熬。大约过了半个时辰，药煎好了，晾温后倒出一小碗，庞庆端给老太太喝下，并耐心地告知："老人家，要记住，一服药需熬三回，每日早晚各服一次，用药期间忌辛辣，喝七八服后准保见效。"

汪氏答应道："记住了，放心吧，老身会按时服药的，只盼着眼疾能快点儿好。我老了，已无所求，唯一放心不下的就是小甜丫，没娘的孩子可怜哪！她还小，等把孙女带大了，眼睛即使瞎了也不在乎了。唉，你看我都磨叨些啥呀，二位辛苦了，快坐下歇歇吧！”

庞荣说道：“老人家，您也歇一会儿吧，我们这就告辞了，还得上山采药呢，后天再来。”

汪氏赶忙挽留道：“不急，不急，茶都没喝几口就走，老身心里过意不去呀！”

庞庆逗趣儿道：“您老千万别客气，一回生，二回熟，以后见面的机会多着呢，把茶水备足就行了，让我们哥儿俩喝个够！”边说边同庞荣往外走，小甜丫搀着奶奶一直送到大门楼儿外方返回。

此后，庞氏兄弟隔一两天便跑一趟大门楼儿的红砖瓦房，为乌三儿老娘熬药治疗眼疾。过了半个月，汪氏觉得眼睛好些了，不仅疼痛减轻了，看东西也较前真切了，心里很是感激。接触的时间一长，相互之间就越来越熟了，走动勤了，嗑儿多了，天南海北地一唠没个完。闲聊中，庞氏兄弟了解到，汪氏五岁开始缠足，如今已五十八个年头儿了，早就习惯于小脚走路了，虽然行动缓慢，但不影响做家务。本人很有个性，刚强能干，开朗爽直，凡事自己动手，不用别人帮忙。从小就下地干农活儿，出嫁了也不愿待着，一闲下来就感到没着没落的，过惯了节俭的生活。乌三儿还算孝顺，曾带回两个丫鬟，让她们好好儿伺候伺候老娘。可家中突然有外人屋里屋外转来转去的，汪氏觉得碍眼，没几天便给打发了，还骂儿子穷摆谱儿。眼下，老太太的居处除了小孙女甜丫外，再就是儿子偶尔露露面儿，没有旁人光顾。可倒好，正合乌三儿之意，便于独往独来，有利于掩人耳目，什么秘密也传不出去。乌三儿给老娘留下的还是往日的印象，认为老实、本分、勤快，对长辈挺孝顺。自打他爹被土匪一长矛扎死后，汪氏就带着儿子回到娘家，母子俩过了多年的苦日子。全仗妹妹帮忙，让娘儿俩随外甥女来到吉林，总算安顿下来，现在又有自己的家了。汪氏以为儿子在吉林将军衙门属下的迎宾驿馆当差，天天没早没晚、披星戴月地凭本事挣俸饷，一日三餐有吃有喝，身着绫罗绸缎，啥都不用愁了，心里特别满意。她曾无数次地感叹过，关外真是富哇，遍地生宝，到处淌金银，要不儿子怎能一下子阔起来呢？做娘的也跟着沾光了，住着宽敞的房子，丰衣足食，老来有福喽！每当想到这些，总是喜不自禁，且心安理得。

正如此前所了解到的，汪氏说乌三儿很少回家，这半个月更不见影儿，究竟去哪儿了、住在何处均不晓得。每次向儿子打听，乌三儿便以托词搪塞，并称您老多余操这份儿心，舒舒服服待着、安享天年比啥都强。遗憾的是庞氏兄弟忙活了十五六天，任凭你踏破门槛儿，与祖孙俩如何熟络，照样逗引不出乌三儿来，急得待在东大马架子的茗兰直搓手。实际上，乌三儿是个很有老猪腰子的人，庞氏兄弟的一举一动，护房兵丁早就告知营头儿了，知道家里来了两位郎中给老娘治眼疾，而且十分有效，病情日渐好转。但为安全起见，他仍不动声色，更不公开露面儿，只是暗自又增派了几个门岗。

针对此种情况，茗兰把庞氏兄弟和小满堂唤到跟前一块儿商量，想个什么办法能把乌三儿从耗子洞里引出来，还特别强调要从自身所具备的能耐去琢磨。四人绞尽脑汁想啊想，庞荣忽然眼前一亮，拍了下大腿道："嘿，有了！"

小满堂忙问："荣哥，啥招儿哇？"

庞荣做了个鬼脸儿，两手一摊，故意端着不开口。小满堂急得边用拳头捶其前胸边催促道："说呀，快说呀！"庞荣方如此这般地讲了一番，三人听后全乐了，齐赞此法儿妙哉也！

转天，庞氏兄弟和手提蝈蝈笼子的小满堂来到青砖瓦房，门前的岗哨见比往日多了一个人，也没多问，顺利放行。此刻，汪氏正盘腿坐于炕头儿，右手托着乌木长杆儿铜锅儿大烟袋叭叭地抽着，双眼望着窗外，因今儿个是二位好心的后生来给治眼疾的日子。三人刚一推开院门，汪氏见其中一位不认识，边起身下地边冲后屋喊道："甜丫，快点儿，来客人了！"

小甜丫闻声而出，几步走到炕前，扶着奶奶迎出门外，庞庆指着小满堂介绍道："乌大娘，这是我堂弟，听说你老眼睛不大好，特意前来看望的！"

小满堂由于长期在都布纳处做管家，早已学会了如何与各种各样的人打交道，待人接物十分热情，见啥人说啥话，很会来事儿，谁见谁喜欢。庞庆的话音刚落，他便面带微笑上前施礼问候，并关切地询问道："乌大娘，我的两位哥哥医道如何呀？效果怎么样，好点儿没？"

汪氏回道："孩子，谢谢惦着老身哪，多亏你那好心肠的兄长啊，一趟趟跑来给我熬药，喝十几服了，眼睛比以前强多了……"

一旁的小甜丫着急了，插言道："奶奶，叔叔们走累了，进屋坐下唠吧！"

汪氏笑道："唉，人老了，不中用喽，哪能让客人站在外头说话呢？

小孙女都比奶奶强了，三位快请进！”说着转身头前带路，小甜丫和小满堂分别于左右搀扶，庞氏兄弟随其后。进了屋，汪氏招呼他们仨坐在桌边的靠背椅上，然后倒了三杯热茶，又端来两盘儿干果请客人受用，显得特别亲近。小满堂把昨晚现编的蝈蝈笼送给甜丫，甜丫接过，左观右瞧，里边的两只蝈蝈“蝈蝈蝈”一声接一声地叫唤，甚是好听，这下可开心了，手提蝈蝈笼咯咯咯笑得直转圈儿，还拉着小满堂屋里屋外地疯跑起来。

庞荣和庞庆喝了一杯茶，吃了几颗榛子，便起身去了厨房，往灶坑内添了一把柴火开始熬药。待药煎好，倒入碗中晾温，再端进屋内递给老太太服下，又与其聊了一会儿后，准备起身告辞。小甜丫玩儿兴正浓，跟满堂捉迷藏呢，说啥不让小叔叔走，庞荣便道：“那好吧，满堂啊，你再待一会儿，陪陪乌大娘和小甜丫，我同你二哥先出去溜达溜达。”

小甜丫听罢，乐得直蹦高儿，拍着手叫道：“太好了，太好了，小叔叔能接着陪我玩儿啦！”

汪氏点点小孙女的脑门儿道：“这孩子，就知道疯，看把你美的！”

庞氏兄弟出了青砖瓦房，走到不远处的一片小树林里，撅了两根枯死的一米多长、碗口粗的柞树干，去掉残枝，用匕首削成光秃秃的木棒子，然后来到十字路口儿，一边大声吆喝着，一边唱小调儿打场子，声音传得挺远。没过一袋烟工夫，圈在拘缉营最外面那层以及中间一层的男女老少纷纷打屋子里跑了出来，从四面八方往十字路口儿聚集。你想啊，拘缉营里圈的这些人每天除了在指定的地点开荒种地、打下粮食用以养活自己外，再无别的事可做，有时闲得五脊六兽，愁肠百结没个盼头儿，憋憋屈屈的郁闷不畅。今儿个突然有打场子卖艺的，又是头一遭，能不凑凑热闹么？一时间，人越聚越多，站成一个圆圈儿，将庞氏兄弟围在中间。二人见人来得差不多了，路口儿快被堵满了，便在相互不到一米的距离内，分别把手中的柞木棒子用力往地上一插，单脚点地嗖地蹿了上去，双足踩在木棒上，两只胳膊平伸，转动着身子找平衡。待站稳了，开始在那小小的木棒上摆出不同的姿势，做出各种各样的动作，什么金鸡独立呀，鲤鱼打挺啊，猿猴闹春哪，喜鹊登枝，等等，有时是双足踩踏，有时是单足站立。不仅如此，还在棒子上倒立，或双手拄棍，双脚倒立；或左手拄棍，右手平伸倒立；或将两根木棒交于一人，双手拄双棍倒立，变成一根棍儿，身子再反折过来，又站在棒子上；或二人互换位置，分别跃向对方的木棒上，拉着手悠动着蹿跳。总之，无论摆出什么姿势，如何动作，木棒似乎很听哥儿俩的话，犹如被绑在腿上了，成了自身的一部分，说站就站，说蹲就蹲，说跳跃就跳跃，说翻跟头就翻跟头，摇来晃去就是不倒。围观的人全看傻了，忽而拍手叫好儿，忽而啪啪鼓掌，掌声不绝。

拘缉营那个管事儿的和几个打手也被逗引来了，乍起初，管事儿的见围了这么多人，还气势汹汹地轰撵道："散开，快散开，各回各家去，不许聚众闹事，要活宝的有啥好看头儿？要是再闲扯淡，别怪我不客气，必抓起来问罪！"

看热闹的男女老少任凭他怎么喊，像未听见似的，根本不理茬儿，仍站在原地不动，大睁着双眼瞅着庞氏兄弟在木棒上要特技，时不时地高喊道："好，好哇，再来一个，再来一个！"

有些人听了管事儿的话很气愤，怪他太多嘴，不知咋显摆好了。本来就在拘缉营院内打场子，又不是去外头，更谈不上聚众闹事，瞎嚷嚷啥呀？于是异口同声地反驳道："大伙儿不过到这儿看看热闹，就是个杂要么，有啥不行的？真是狗拿耗子多管闲事！"

此时，站在木棒上的庞荣将现场的一切看得清清楚楚，遂冲管事儿的喊道："那位老哥，你吵吵啥呀，想把我们憋死不成？只是玩玩儿嘛，让大家舒缓一下郁闷的心情，有何不可？管得也太宽了！"

管事儿的和众打手们四下环视一番，除了圈儿中的两个人在木棒上折腾来折腾去外，其他没发现有啥越格之举，也就不吱声儿了，并跟着大伙儿一块儿观瞧，且越看越有兴致，觉得这卖艺的真有两下子，能在一米多高的木棒上要个没完，挺神哪！

庞氏兄弟经大伙儿一捧，要得更来劲儿了，竟站在木棒上左右摆着屁股、甩动着胳膊扭了起来，一面逗哏一面做鬼脸儿，众人捧腹大笑，个个笑得前仰后合。庞荣、庞庆偷眼向下瞅了瞅，恰如事先商量好的那样，小满堂已领着老太太和小甜丫来到了现场，站在东侧。汪氏身穿宽服，嘴里叼着长烟袋，左手搂着孙女的肩膀，祖孙俩正聚精会神地盯着木棍上的兄弟俩要宝呢！庞荣、庞庆很是高兴，估计若是不出意外，乌三儿回家见不到老娘和女儿，必会到此来寻。

过了一会儿，庞庆见小满堂离开了祖孙俩，站在一个老头儿身旁，抬手向西指了指。顺着手指的方向看去，乌三儿正躲在与老娘对面的人群里，他放心了，并给兄长使了个眼色。庞荣立马明白其意，装作什么也没看见，随着一浪又一浪的欢呼声，以八角鼓的老调儿，放开喉咙唱了起来：

八角鼓，
鼓玲珑，
一部满洲书，
学生我畅叙衷情。
前事不忘后事之师，
载舟覆舟是黎民苍生。
想当年，
大明腐肉臭千里，
中原烽火惊醒一条龙。
白山黑水铁骑怒，
八旗指处都是英雄。
席卷关外成大势，
气吞关内百万兵。
有道是，
武打江山文治国，
腾云须有云从龙。
太祖初拜范学士，
从此英雄惜英雄。
经天纬地张良计，
滔滔说与明主听，
件件皆为治国策，
罕王爷听得笑盈盈。
罕王爷呵，
将要精来兵要勇，
志坚如钢鬼神惊。
携手并肩创新宇，
保佑我大清岁岁太平。
八角鼓悠扬象征八旗勇，
黄白蓝红都是弟兄。
唇齿相依荣辱与共，
一动能聚八面来风。
八旗过处乾坤一统，

八旗铁戈虎跃龙腾，
四海归一尽属大清。
这才有，
康熙盛世一代乾隆，
国泰民安大繁荣。

庞荣的演唱犹如一股清风沁入被圈在拘缉营中苦难之人的心田，感到无比畅快，像过大年一样高兴。八角鼓乃大清以来重要的曲艺形式之一，曲调优美，很受百姓的欢迎。特别是满洲八旗子弟个个喜欢八角鼓，从小就爱听，当时民间流传一句话："宁舍一顿饭，不舍八角鼓。"后来此话被东北的汉族兄弟套用了，说成是"宁舍一顿饭，不舍二人转"，而且越叫越响了。庞荣的嗓音洪亮、清澈，高低腔儿、粗细嗓儿运用自如，加之此段唱腔高亢而宽厚，流畅而圆浑，越发增加了八角鼓的说唱感染力。他的手中没有八角鼓，而是一只手掌当鼓面，一只拳头当鼓槌，运用口腔的开合、鼻音的轻重、舌尖位置的变换予以伴唱。如果不用眼睛看，只用耳朵听，根本分辨不出演唱者到底是拿着八角鼓还是没拿，就像一个穿着旗装的美女站在舞台上，手拿八角鼓为听众娓娓弹唱，令你如醉如痴。

庞氏兄弟的高超技艺和独特的唱功，不仅招徕了住在各个马架子里的人，也吸引来了营头儿乌三儿及手下的随从，一个个全赶到了十字路口儿，观赏在吉林城内戏台上都看不到的神奇之杂技及八角鼓演唱。人群里议论纷纷，啧啧称赞拘缉营中竟有如此了不起的人，其令人叫绝的唱功魅力无穷，简直可以堪比京师的名角了，能看到他们在这片小小的山野里为大家献艺万般不易，理当受到尊重。

乌三儿在人堆里站了一会儿便退出圈儿外，绕到对面的老娘和女儿跟前，随从赶紧搬来两把太师椅放好，扶营头儿和老太太就座，乌三儿一边与老娘闲聊，一边目不转睛地往前瞅。此刻，只剩下庞荣一个人在圆圈中间连唱带扭的，精湛的表演深深迷住了所有在场的人，乌三儿的随从们哪还顾得上照顾营头儿哇，两眼直勾勾地紧盯着在木棒上折跟头的庞荣。小满堂则假借玩儿捉迷藏游戏，偷偷将小甜丫带离了其父和奶奶身边，领着她在人群里钻来钻去的，我藏你找，你藏我找，把小女孩儿逗得乐不可支。正在这个节骨眼儿上，一个下巴颏有绺儿黑胡须、身着长衫的男子走到乌三儿左侧，俯首冲其耳根子压低声音道："乌爷，别看了，京师来人了，说是有要事相商。"

乌三儿的注意力都集中在庞荣身上了，根本没发现身边站位陌生人，更别说讲些啥了，仍傻咧咧地张着嘴、抻着脖子往前观瞧。那人按了一下他的肩膀头儿，有些不耐烦地又道：“乌爷，我说的话没听见哪？京师来人了，有要事找营头儿，并强调不让随从跟着，就你一个人去面见，快走吧！”

乌三儿这回算是听见了，抬眼瞅了瞅黑胡须男子，一下怔住了：“咦？此乃何人，我咋不认识呢？”遂问道：“你从哪儿来？姓甚名谁，报上字号，谁让你请我的？”

那人回道：“我从京师来，乃兵部李大人的亲随，姓贾名传圣。李大人已到拘缉营，正候着呢，命小的来请乌爷。”

乌三儿一听，心里画了魂儿：“此前没听说京师兵部有位李大人呀，不管为啥事儿，他怎么会来到拘缉营找一个小小的营头儿呢？”于是又问道：“李大人找我什么事？”

那人回道：“小的不知，看样子李大人挺生气，你是不是捅大娄子了？”

此话一撂，乌三儿吓得顿时出了一身冷汗，赶紧站起身，悄悄跟着黑胡须男子挤出了人群，一个随从没带，径直向东走去。那人专挑两边长满蒿草的小道儿走，乌三儿心里没底呀，又不敢声张，一边走一边暗自思摸：“既然是京师李大人来了，为啥没有吉林将军衙门的将军或都统陪同呢？倘若因诸事繁忙抽不开身，起码秦师爷、杜大管家得跟着吧？再说了，最近拘缉营挺平静的，没出啥大事儿，我捅什么娄子了？”越寻思越觉得奇怪，四下瞅了瞅，除了身边的黑胡须男子再无旁人，一丝不安掠过心头，忙问道：“咱们这是去哪儿呀？”

那人生硬地回道：“我可是初来乍到，对此地不熟，怎能说得准那儿是何处？到地方就知道了！”

二人穿过一条小道，拐进一个巷口儿，来到一处房门大敞四开的马架子前，乌三儿抬头一看，不禁一惊：“哎？这不是前些日子那几个愣头青从我手里抢去的房子嘛，后来让给来自京师、不懂人情世故的傻公子尤成额他们住了，咋把我带这儿来了？”想至此，立马有一种不祥之感，好汉不吃眼前亏，刚要窝头往回走，却被黑胡须男子当的一脚踹入门去，随即像提溜小鸡一样拎进西屋，定睛一看，炕上坐着一位女子，正怒目横眉地盯着自己，仔细一打量，此女乃尤成额的夫人！乌三儿当然不知自己来到东大马架子之前，茗兰怕夫君受惊，已打发出去散步了。这时，带他来的那位男子把粘的假胡须摘下，脱掉罩在外面的衣衫，原来竟是刚刚还在打场子卖艺的另一个人——庞庆，乌三儿吓得头发根儿都竖起来了。茗兰开口道：“乌三儿，本娘子寻你多日，遗憾的是一直不见影儿。明知道营头儿不想露面儿，更不情愿来，没办法，实在是迫不得已，请问你丢什么没有？”

乌三儿一愣，马上静了静心，思摸道：“怪了，我啥也没丢，他们这是摆的什么迷魂阵哪？哼，在本营头儿的一亩三分地上又敢怎样，还反了呢！”想到这儿，便摆出一副很不耐烦的架势，装开横了：“有话就说，有屁就放，别绕弯子！”

茗兰起身跳下地，一字一板地说道：“乌三儿，以为号叫就能给自己壮胆是吧？那没用！你不是挺精明的吗，躲在耗子洞里不见人吗，今儿个咋出来看热闹了？大意失荆州哇，知道你家出啥事儿了吗？”说着给庞庆使了个眼色。

庞庆会意，上前一把薅住乌三儿的脖领子拽到东屋门口儿，将门推开一条缝儿，乌三儿往里一瞅，见早已领着小甜丫返回东大马架子的满堂正坐在炕上教其编蝈蝈笼子呢！小甜丫似乎跟他挺熟，坐在身边显得很亲近，学得十分认真，还时不时地咯咯直乐。乌三儿气得火冒三丈，转身回到西屋，大声儿质问道：“一帮混账，有种冲本营头儿来，拿孩子解气算啥能耐，你们到底想干什么？”

茗兰微微一笑，慢条斯理地说：“想知道吗？那好吧，可以告诉你，小甜丫这孩子模样不错，又聪明又听话，脑袋瓜儿还挺灵。我打算找机会把她带到天津，再乘船去上海，送入戏班学唱戏，或者进杂艺班练杂耍，什么走钢丝啊、跳铁索呀、钻竹圈儿呀，还有什么起死回生啊，等等，也可学学变魔术。我们丢的车马以及满满一车东西不要了，都给你了，只要小甜丫，你看这笔交易如何？”

乌三儿脸色铁青，鼻子几乎气歪了，当即就炸了：“纯粹是骗子、强盗，好大胆子呀，光天化日之下，竟然欺负到我乌爷头上，是不是活腻歪了？告诉你们，小甜丫是我和老娘的命根子，谁敢动一根毫毛，看我怎么收拾他！拘缉营周围方圆百里全是我的人，倘若不放甜丫回家，本营头儿一声令下，便可招来数十兵丁，将你们几个押送吉林将军衙门，必受凌迟之刑！”

庞庆冷笑一声道：“乌三儿，吓唬胆小鬼呀，说那些有啥用？没人在乎。我劝你还是放老实点儿，谁是骗子，谁是强盗，自有公论。想要回你女儿也成，不过有个条件，必须将我家少爷的车马和物品如数奉还，还得从实招来，那一车东西谁偷的？眼下藏在哪里？你不讲我们也知道，拘缉营有处秘密藏匿赃物之所，内设六间暗房，里面不但有物，而且有人，十几个大姑娘不是一夜之间无影无踪了吗？活不见人，死不见尸，倒要问问你究竟想干什么？”

茗兰接过了话茬儿：“乌三儿，实话告诉你，这个鬼门关肯定是躲不过去了。不要以为不开口我们就没办法，明人不做暗事，今儿个不妨先用你的人头偿还往日欠下的笔笔血债，并且暴尸荒野，死无葬身之地。然后再通过吉林将军衙门的高官，对你的顶头上司逐个查究，翻他个底儿朝上，直至水落石出。你是个聪明人，识时务者为俊杰，自己看着办吧！”

乌三儿不吭声儿了，眼睛盯着茗兰，紧闭嘴巴对峙着。这时，庞荣进屋了，不知从哪儿端来一个火盆，里面正燃着红红的炭火，上放一块铁板，撂在了乌三儿面前，回身便将其摁跪于地。还没等他缓过神儿来，早被庞庆的大脚片子踩趴下了，随之从腰间抽出牛耳尖刀，先将其腰带割断，然后欻的一声把裤子撕成两半儿，眼瞅着屁股就露出来了，茗兰赶忙回过头去，见小满堂已领着甜丫出了房门。庞荣和庞庆一人抱肩、一人扯腿抬起了乌三儿，刚要靠近火盆儿，乌三儿早吓得妈呀、妈呀不是好声儿地叫唤。这哥儿俩才不管那套呢，把他往热铁板上放一下抬起来，再放一下再抬起来，随着一声接一声的惨叫，屋内立马散发出一股难闻的焦煳味儿，乌三儿的屁股被烫得掉了一层皮，血肉模糊，疼痛钻心，不得不告饶道：“二位爷，求求你们了，放小的一马吧，想了解什么尽管问，只要我知道的，全说了还不中吗？”

面冲窗外的茗兰向庞氏兄弟命道：“暂时扔一边，让他讲！”

庞荣和庞庆听令，互相使了个眼色，同时松开手，乌三儿扑通一声摔在火盆旁，脸冲下撅着腚不敢着地，庞庆随即将其外衣扒下盖住下身。乌三儿哪受过这等刑讯哪，汗珠子顺脸往下淌，浑身直哆嗦，龇牙咧嘴地喘着粗气道：“哎哟，可疼死我了，小的不知各位爷想听什么呀？”

庞荣大睁双目道：“看来没烫到份儿呀，你小子还想耍滑是不是？庞庆，上手，接着烙，这回让他好好儿尝尝铁板锅贴儿啥滋味儿！”

庞庆瞪着一对儿虎眼大步跨上前，刚弯下身，乌三儿吓得也顾不得疼了，赶忙爬起来跪在地上咣咣磕着响头哀求道：“二位爷呀，饶了小的吧，我说，我说，一定如实交代！”

庞荣啪地一拍桌子道:“讲!”

乌三儿偷眼瞄了瞄已坐在桌子两旁的两位大汉,知道拖不得了,这才不得不开口了,首先讲了自己的身世,接着说了通过谁从故乡来到吉林并当上江北拘缉营营头儿的,然后又道:“其实呢,我这个营头儿不过是杜大管家的看家狗,一切都得听人家的,自己啥事儿也做不了主。有时为了显示一下威风,顶多是瞎嚷嚷一阵儿,狗仗人势罢了。明知道这么做会惹起众怒,也对不起含辛茹苦把我养大的老娘,她动不动就提溜耳根子嘱咐我:‘乌三儿呀,你娘刚强一辈子,把家族的荣辱看得比什么都重要,却让自己的儿子随了乌姓,当年也真是迫不得已呀!娘常想,家境虽贫寒,但不能没有志气,更不该占别人的便宜,得走正道,你千万要好好儿做人哪,不能给祖宗抹黑。’可我不听啊,贪哪,嘴馋哪,就爱占小便宜,不贪不占像缺点儿什么似的,唉,真给我那苦命的老娘丢脸哟!”说着,啪啪啪狠抽自己的嘴巴,极力做出一副大有悔意的样子。

茗兰转过身来,轻蔑地哼了一声,讥讽道:“乌三儿,行啊,别的没学会,倒学会卖关子了。让你讲这几年犯了哪些罪孽,都胡扯些啥呀,糊弄三岁孩子哪?看来你太不老实了,放着阳关大道不走,专走独木桥哇!”继而冲庞氏兄弟命道,“荣哥、庆哥,给他点儿颜色看看,抬到火上接着烤!”

乌三儿吓坏了,忙喊道:“等等,等等!”然后朝庞氏兄弟一摆手,将其招呼到跟前,小声儿嘀咕了几句。

庞荣、庞庆听罢,背过身去偷着乐,并冲茗兰努了努嘴。茗兰明白了,想必是乌三儿这个龟孙子打算交代所干的一些男盗女娼及不可告人的肮脏勾当,庞氏兄弟觉得不便让自己的主子当面听,认为还是回避一下较为妥当。那好吧,由他俩继续审,我耐心等待,于是便道:“荣哥、庆哥,公子快回来了,我去照看一下。你们务必审清楚,让乌三儿老实交代,如有半句假话,决不轻饶!”说完,立马出了门,进了对面的东屋。

此刻,西屋剩下庞氏兄弟、乌三儿,还有刚刚返回的小满堂。庞荣板着脸道:“乌三儿,放开讲吧,最好是竹筒儿倒豆子有啥说啥,痛快点儿,别磨蹭。”

仍跪在地上的乌三儿觉得屁股火辣辣疼,犹如万箭穿身,双腿早已跪麻了,脑袋也晕了,眼睛也冒金星了,尿也憋不住了,顺着裤腿儿往下淌,实在挺不住了,只好重又趴在地上,身下湿漉漉一片,一股臊味儿弥漫开来，令人作呕。他一边呻吟着，一边哭咧咧地说："三位爷，小的真受不了了，一点儿劲儿没有了，连说话都没了力气。这样吧，我把你们带到那座红砖瓦房的一个地方，到那儿一看就明白了，小的实实在在是杜大管家的看家狗哇，丝毫权力没有。要说挨烫，那是小的自作自受，怨不得别人，只怨自己没有守住做人的本分。"

庞荣喝道："少啰唆，别扯没用的，谈正事儿！"

乌三儿开始讲价钱了："三位爷，小的后屁股皮都烫掉了，盖着衣服粘上烂肉更疼，请你们还是拿掉吧！"

小满堂走到乌三儿跟前把衣裳一掀，随之只听嗷的一声，见其屁股上血糊糊的，起了一片片的燎泡，看来不是他故意邪乎，的确烫得不轻。乌三儿接着又道："三位爷，请行行好，给小的上点儿治烫伤的药吧！我现在这个熊样儿根本见不得人，等伤养好了，能走能蹽了，小的一准真心实意地孝敬三位爷。"

小满堂以询问的目光瞅瞅荣哥和庆哥，意思是咋办？庞庆走到乌三儿跟前，把系在腰间的蓝布包解下，拿出一个小铁盒儿，打开盖儿，里面装着红色的药面儿，用手指捏了几捏撒到其伤处，乌三儿立马感到凉丝丝的。过了一会儿，疼痛减轻了，不那么蜇得慌了，便强挤出一丝笑容讨好儿道："哎呀，好点儿了，能挺住了。这位爷真行，所带之药灵验得很，药到病除，赶上神医了，再给撒一小捏吧！"其谄谀之态，令人齿冷。

庞庆踢他一脚道："去你的，别蹬鼻子上脸，撒点儿就行了，还没完了呢！"

乌三儿这下有精神头儿了，脑袋抬起来了，也不高一声低一声叫唤了，小心翼翼地商量道："小的得寸进尺了，请求三位爷开恩，我那丫头还在你们手里。她可是老娘的心尖儿宝贝，天天像眼珠儿似的护着，真要领到南方学戏去，小孙女丢了，老娘非一头撞死不可，我也活不成了。求求三位爷放了甜丫吧，全家将感激不尽，这辈子给你们当牛做马都成啊！"

小满堂头一次碰到这等事，原本心地就善良，一看乌三儿那副可怜巴巴的样儿，便动了恻隐之心，实话实说道："亏你还惦着小甜丫，总算有点儿人味儿，她的去留不用你操心，世上哪有像你这样丧尽天良的爹？谁的罪孽谁顶着，旁人代替不了，何况一个不谙世事的孩子？我家主子早下话了，已将她送到红砖瓦房大门口儿了，估计这会儿正在奶奶怀里撒娇呢！乌大娘和小甜丫并不知道你所干的那些缺德事儿，我们现在还瞒着呢，没想告诉那祖孙俩，不是冲你，而是怕伤了老人家和孩子的心……”

庞荣打断道：“满堂，别说了，用不着跟他讲这些，一条吃红肉拉稀屎的白眼狼能懂人语么，心肠早就变黑了，坏透腔儿了。乌三儿，给我听好了，若是认为自己还够‘人’字两撇儿，就得说话算数，不是打算领我们去你家看看么？行啊，但要切记，务必俯首听命，让你干啥就干啥，乖乖服从，无条件可讲。不要以为自己身边有帮打手，不过一群乌合之众，啥能耐没有，酒囊饭袋而已，老子一个人就对付了。倘若敢耍花招儿或故意捣鬼，我们兄弟可没那耐心，让你哭都找不着调儿，小心一刀剁了你！”

乌三儿忙表示道：“请三位爷尽管放心，小的哪敢耍花招儿哇，早就心服口服了，一切听你们的。我对自己有个估价，顶天是只馋猫，喜闻腥味儿，好色，见了女人挪不动步，不占点儿便宜心里痒痒的，此乃本人犯下的罪恶，除此关于别的什么，小的无权乱讲。我这儿有钥匙，为了表示诚意，先给你们拿着，别人不会知道。我家后院儿连着一座房子，房门锁着，用钥匙打开门锁进去便全清楚了。到了红砖瓦房，先给老太太看个粉荷包，那是她亲手绣的，只要见了这个荷包，老娘才会相信你们是我的人。不过有一点，千万别说我烫伤了，一是免得老太太心疼、惦念，二是因此再怀疑是你们干的，容易引起不必要的麻烦，要办之事恐怕就不会那么顺利了，因为红砖瓦房的大门口儿设有岗哨。”说着，摘下了挂在脖子上的一串儿钥匙，共五把，又将左侧裤腰上拴着的水粉色、用金丝线绣成的荷包解了下来，一并递给了庞荣。

庞荣接过，说道：“乌三儿，你小子不用邪乎，我心里有数，烫伤不重，只是脱了层皮，方才不是上过红药面儿了吗？很管用，不必另去张罗什么治烫伤的药了，过两天会好的。眼下是得遭点儿罪，但与你所干的那些坏事儿相比，烙两下子的惩罚实在是太轻了。我们得先实地走一趟，看看你说的话准不准，是否有假。若是证明说瞎话，可别怪我事先没警告，到那时，不会像现在这么客气了，肯定送你上西天！”

乌三儿起誓发愿道：“小的不敢，所言全是实嗑儿，一点儿没掺假，否则天打五雷轰。其实很简单，拿着这两样东西到那儿一试，便知小的是不是有诚心了，咱们走吧！”说完刚要起身，又趴下了，“哎哟，我的天哪，还是疼啊！”

庞庆催促乌三儿赶紧提上裤子爬起来，别装熊，不招人可怜，乌三儿只好照办。庞荣考虑到乌三儿乃犯众怒之人，带其在外面大摇大摆地走，一些到处找他的人一眼便能认出，一旦围上来或被拽走就不好办了。再者说了，节外生枝很可能打乱原先的计划，那将前功尽弃，这些日子的努力也白费了，故而只能尽量避开人们的视线。咋办好呢？思摸来思摸去，忽然想出一辙，对呀，给乌三儿改变一下装束，不就掩人耳目了吗！于是让小满堂去翻翻放在北墙角儿的一个破木箱子，看有长衫没有，这还是以前住在此处的那户人家扔下的东西。小满堂赶忙搁开箱盖儿，翻了个底朝上，方找出一件老太太穿的酱色大衫儿，一块包头布，还有几朵簪花。庞荣吩咐道："满堂啊，给乌三儿化化装，变变样儿。圈在拘缉营里的成员很杂，干啥的都有，里外三层的人互相基本不走动，但都认识营头儿。甭管给他穿什么样的衣裳，只要不光腚，谁也不会注意，更不会生疑，认不出这个兔羔子就行了。"

小满堂听令，扯过大衫儿套在乌三儿身上，把那块包头布缠到脑袋上，又将几朵簪花插在脑后的长辫子上，这下可倒好，男不男女不女，活脱儿一丑八怪。乌三儿低头一打量，大衫儿皱皱巴巴的，又旧又脏，还散发着难闻的霉气，说啥不穿了，非要脱下不可，声称没准儿是死人扔下的呢！

庞荣双眼一瞪道："都到这步田地了，还挑剔啥呀？将就着穿吧，给你留条狗命就不错了。说实在的，这件大衫儿要是个死倒儿穿过的，你与她的送命肯定逃不了干系！"

乌三儿一看庞荣变脸了，立马瘪茄子了，不敢吱声儿了，便在小满堂和庞庆的搀扶下，踉跄着出了门。打眼一瞅，三人走在前面，庞荣紧随其后，似乎是一个年高的长者偶感风寒了，不得不由家人搀着出门找郎中瞧病去，不会引起怀疑。乌三儿此刻仍在做美梦呢，一边走一边盘算着："这样也挺好，省得拘缉营的那帮家伙认出我，营头儿变成这副德行，实在太丢人了。既然自己已经把话讲明了，他们肯定送我回家，一进红砖瓦房就活泛了，可以乘机逃走，或者去吉林将军衙门找杜大管家说明情况，另谋良策。或者协同杜宝把他们一个个全抓起来，往死里收拾，我就不信治不了这几个穷光蛋。"想至此，竟暗自高兴起来，装得像个三孙子似的，低着脑袋一句话不说，闷头儿往前走，显得很配合。

过了两袋烟的工夫，乌三儿四下一瞅，觉出不对劲儿了，这哪是往家走啊，而是向西拐了，心里开始打鼓了："西山这块儿谁也不如我熟悉，无论上哪儿，闭着眼睛都能找到。往西去那是西大沟哇，盖了不少土窑子，还有好大一片坟圈子，有些则是富贵人家垒起的墓穴，这三个家伙不急着去我家却往那儿走，用意何在呀？”可想归想，又奈何不得，更不敢停下，只能继续前行。走出差不多五里地，乌三儿果然被带到了西大沟的坟圈子处，仔细一看，这里不久前添了些新坟，还垒有十几个新墓穴。

在早，西大沟周围住着当地的满洲人，也有不少逃荒至此的汉人。人故去之后，一般都是从哪儿来的回哪儿去，即将尸首运回老家。春夏两季离世的，往往暂时停葬在原地，称为“停栏”。一入冬，死者的后人再起坟远迁，用马车将棺椁运回老家重新安葬，因这个季节气候寒冷，尸首不至于腐烂。停灵期间，先挖墓穴，有用砖砌的，有用土坯垒的，像座小房子，壁外有屏门，可以上锁。当时这样的墓穴挺多，垒建时一字排开，横向竖向一趟趟排列得整整齐齐，光西大沟就有上百座，有的空着，因为棺椁已送回故地了。

乌三儿左观右瞧，四周连个人影儿都没有，静静的，只有满目的坟头儿，还有呜呜的西北风不停地刮，显得阴森森的。他越瞅越害怕，又没处躲没处藏的，吓得浑身起了一层鸡皮疙瘩，心想：“这仨家伙啥意思呢，难道是怕我跑了，打算关进空墓穴里不成？亏他们想得出，太损了！”

乌三儿真猜对了，此前自以为比谁都聪明的营头儿这下傻眼了，无论如何想不到庞氏兄弟不仅武功精到，还混过江湖，鬼着呢，早将他那点儿心思揣摩透了，绝不会带其回家的。一旦上当了，乌三儿跑了，那不是竹篮子打水一场空嘛！遂决定先把他圈起来，务必找个保险的地方，不能被人发现，这才想到了西大沟的坟圈子。

庞庆拽着乌三儿继续往里走，看见前方有处用土坯垒的空墓穴，到了跟前刚停下，乌三儿扑通一声跪在地上哀告道：“三位爷，求求你们了，把小的圈在哪儿都行，千万别让我跟这些死人待在一块儿呀！”

三人像未听见似的，眼下可由不得他了，庞庆用绳子捆住其双手双脚，乌三儿立马鬼哭狼嚎起来。庞荣见状，欻地撕下酱色大衫儿的一角儿将他的嘴堵上了，然后一把推了进去，这下咋喊也出不来声儿了。小满堂捡来一些干草、细树枝，往墓穴周围的空处塞了塞，使活动空间变得小些，乌三儿只能半躺着。庞荣见一切就绪，便站在墓穴边说道：“乌三儿，老老实实在里面待着，用不了多长时间就放了你，别敬酒不吃吃罚酒。”

乌三儿根本不听，也顾不得屁股疼了，瞪着眼睛扭来扭去的，捆着的双脚一屈一伸地踹着墓壁，鼻腔里发出哼哼声，试图挣脱绳索逃出墓穴。庞荣一看来气了，双手叉腰吼道：“乌三儿，我们没工夫在这儿跟你磨，既然不服管，那就睡两天吧，省得来看你，还得送水送饭！”说着跳进墓穴，伸出手指在其后脖颈子穴道上点了两下，乌三儿当即没声儿了，也不动弹了，睡死过去了。庞荣跃出墓穴，关好屏门，与庞庆、小满堂一起把墓穴四周简单收拾收拾，不能让人看出有什么异样。其实呢，如果没有死者出殡，西大沟坟圈子几十天也不会有人光顾，没事儿去哪儿转转不好，跑这儿干啥呀？所以他们几个很放心。

三人反身往回走，疾步朝那座红砖瓦房而去，只半个时辰便到了大门楼儿前，满堂举手啪啪叩门。小甜丫跑到院子从门缝儿往外一瞧，见是三位叔叔来了，高兴极了，立马打开大门，请叔叔进院儿并回头高声儿唤奶奶。汪氏忙不迭地迎出屋，小满堂赶紧上前搀扶，关切地询问道：“乌大娘，眼疾怎么样了，是不是又见强了？”

汪氏笑着回道：“见强了，看东西清亮多了，快屋里请！”说罢，头前引路。

三人进了屋，庞庆从布包里取出眼膏给老人家上了点儿，小甜丫为各位叔叔斟满了热茶，看似一家人一样，相互间显得特别亲近。小满堂挨着老太太坐在桌边，呷了一口茶后问道：“乌大娘，我的两位堂兄来了十几次了，每回看到的只是你们祖孙俩，从未见过乌三儿，他怎么不回家看望您老呢？”

汪氏回道：“你们或许听说了，江北这处迎宾驿馆又叫拘缉营，同其他迎宾驿馆一样，也归吉林将军衙门管辖。这儿的面积大，搭建了不少房子，里外三层呢，住着成百上千的各色人等，人多事儿就多。人不能忘本，不能丧良心，我巴不得儿子能多为大伙儿忙乎忙乎，给将军衙门卖命应该呀，我们娘儿俩和小孙女天天有吃有喝有福享，乌三儿不干点事儿哪儿成啊！”由此可见，乌三儿在外头的所作所为是背着其母的，老太太一概不知，始终蒙在鼓里。

小满堂这是第二次到乌三儿家，也就不显得生分了，佯装惊诧地屋里屋外四下观瞧，随口说道：“乌大娘，这么大的院套儿、好儿间房子就你们三口儿住，又没个看家护院的帮着照料，多空落哇！再者房子常年空着，派不上用场，怪可惜了的。”

汪氏摇摇头道："满堂啊，你有所不知，所有的房子哪间也闲不着。东西厢房不算大，乃小红楼迎宾驿馆杜大管家的专用仓库；后接出的西二层房装着准备发放给灾民的粮食，还堆有一些杂七杂八的物品；唯正房的三间屋显得宽绰些，因为只住人，不放东西。我住东屋，甜丫住后面的小暖阁，有时也跑到东屋睡一宿，儿子住西屋，上下屋也就全占了。"

庞庆开口道："乌大娘，你老只知其一，不知其二，家中的房子不只这几间，还有呢，想不想见识一下？"

未等老太太回答，庞荣接过了话茬儿："乌大娘，听说您老是河北冀县老王庄人氏，乃汉人。我们哥儿几个老家在河南，也不是满洲人，到这儿举目无亲。可能因为咱都是汉人，所以初次在家门东边那条小道儿相遇时，就觉得特别亲，如同见到了自己的长辈。我们知道，您把儿子拉扯成人不容易，乌大哥也挺孝顺，不是有那么句话么，儿大不由娘啊，他在外头的一些事儿您并不知道。"

汪氏听罢，感到十分诧异，说道："什么？你的意思是说乌三儿有些事儿瞒着我？不会吧，可别没根据胡乱猜呀，他没必要对老娘藏着掖着的，自己儿子啥样我心中有数。"

庞荣站起身来道："大娘，这样吧，我搀着您老去看几个地方，也好开开眼界。"说着，从里怀掏出粉色小荷包双手递之。

汪氏接过荷包瞅了瞅，自然再熟悉不过了，由此认为眼前的三位后生是儿子身边的人，刚刚悬起的心立马落地了，既相信自己的儿子，也信着小伙子们，便爽快地答应道："好吧，跟你们去转转，一看就明白了。有句话说得好，没干亏心事，不怕鬼叫门，走吧！"

于是，一行五人出了正房，庞荣走在前头，小满堂搀扶着汪氏随其后，小甜丫拽着奶奶的衣襟儿紧跟着，庞庆走在最后面。到了院子里，汪氏手指东西厢房告诉他们里面都装些啥，替儿子一一数落数落，为的是让后生放心，没藏什么赃物。庞荣对此并不感兴趣，压根儿没想进去，而是引领大伙儿直接去了靠西厢房墙边加盖的二层房，汪氏将其称之为"西楼"。这座房子看上去建得挺结实，外墙的泥抹得薄厚均匀，顶部铺着厚厚的苫房草，地面与房檐儿之间竖起了高梯，上下可以登梯。进入楼内，见底层围了两个粮食囤子，里面装着尚未去粒儿的苞米棒子，满满登登的。上到二层，一眼可见棚顶的檩子上挂着晒好的干菜和黄烟叶儿，一串儿挨着一串儿，密密麻麻的。地上摆放着下田干活儿用的农具，锄头哇，镰刀啊，耙子呀，长镐啊，等等，哪样儿都不缺。汪氏说：“西楼我常进，除了粮食就是农具，用时来取，没别的。”

一行人出了西楼，绕过正房来到后院儿，靠北院墙有扇小门儿，以为推开门便是院外了。可出了小门儿还是个院子，院内建一趟平房，汪氏告知：“这种房子是北方必备的，专门晾皮子用，不管面积大小，家家都得盖，没什么稀奇的。乌三儿也喜好打猎，常背枪进山，出去必有收获，回回不空手。把猎物弄到家后，先将兽皮剥下，然后挂起来晾晒，没间房子还真不行呢！”

庞荣没吱声儿，走到跟前把门推开，见屋内东西两面墙壁的两端竖向均钉了三排钉子，横向系了三条粗麻绳儿，上面挂着狐狸皮、水獭皮、貂皮、狍子皮、鹿皮、獾子皮等，还有一串串儿的黄鼠狼皮，其中有些皮子很值钱。北墙只拉了一条绳子，并排挂着三张黑熊皮，摸了摸，摁了摁，再掀开皮子一看，原来中间那张皮子的后面是扇木门，又推了推，从门缝儿往外瞅了瞅，遂问道：“乌大娘，这间房子什么时候盖的？”

汪氏回道：“不知道，听说是将军衙门的房子，我们娘儿俩从河北来到此处时，房子早就建好了。”

庞荣点点头道：“嗯，这就对了，不知者不怪。您看，中间那张熊皮的后面是扇木门，直通外头，且反锁着。乌三儿回来时，可从外面打开门锁直接进入平房内，出了门再从正房后院儿的小门儿进去，然后绕到他所住的西屋，不用经过前院儿，故而您老当然不会知道儿子何时与谁由哪儿来，来的人都是办什么差事的以及何时从这儿走的。至于他们在这里究竟干些啥，您老更不知晓了，即使是大小车辆地搬送东西，可能还以为是房后大道车马路过时传来的动静呢！”

汪氏似乎不太相信庞荣所说的话，走上前掀开中间那张熊皮从门缝儿往外瞧了瞧，这才回过头来说：“嗯，没错，此门是通外面的。我在红砖瓦房住好儿年了，却不知北墙留扇门，多不安全哪，要是歹人把门锁撬开进来了，前院儿根本觉察不了，更谈不上时时提防了，不是容易出事儿么？乌三儿真是糊涂哇，脑袋缺根弦，谁知他咋想的。不过话又说回来，仔细琢磨琢磨，北墙留门或许有他的道理，用不着大惊小怪的，谁家没个一间半间晾皮子的房子呢，为了出来进去便当，北墙自然得有门。乌三儿若是晚间或夜里回家，担心打扰我和小甜丫，只能从北墙的门进来。这些年还真没出啥事儿，平平安安的，你们或许想偏了。”虽然嘴上这么说，心里却画了魂儿：“乌三儿整天不着家，在外面东一头西一头疯跑，也不知忙乎些啥，莫非真干了见不得人的事儿，谁都知道，唯有我这当娘的不知道？更让人不解的是眼前站着的三个后生，他们对我家房前屋后的布局咋了解得这么清楚呢，难道几年前曾参与过红砖瓦房及前后院儿的构筑不成？”

庞荣脑子也没闲着，一边四下踅摸一边暗自思忖：“此处前后大院套儿设计得非常巧妙，正经动了一番心思，一看便知这趟平房是在红砖瓦房建好后加盖的，前院儿和后院儿以小门儿相通，正房、西楼、后房相连，北墙留门直达房后大道。无论乌三儿做什么，皆能躲过老太太，因为不用从她眼皮底下走。外人同样看不出破绽，出来也好，进去也罢，那是自家的房子，没啥可怀疑的，太正常不过了。”想到这儿，忽然紧靠东墙角儿立着的一个虎皮屏风引起了他的注意，看上去很是醒目。

屏风后露出一扇圆形的木质、薄铁皮镶边儿的门，门上挂着一把铜锁。很显然，屏风乃遮掩物，为的是不让外人发现这扇秘密的宽大圆门。圆门的制作十分精细，技术高超，一点儿缝隙没有，一看便知出自行家之手。庞荣拿出乌三儿给的那串儿钥匙，将第一把伸进锁孔里轻轻一拧，咔的一声锁就开了。摘下铜锁，拉开圆门，见门框上挂着一条蓝布棉门帘儿，掀开后方看清脚下是个一磴一磴斜着伸向地下的阶梯口儿，里面有处幽深的地室，阶梯口儿乃进入地室的通道入口。在场的人无不惊诧，庞庆、满堂、甜丫你瞅瞅我，我看看你，皆弯着腰向下望。汪氏则手拿乌木长杆儿铜锅儿烟袋，蹲下身子张着嘴，大睁着老花眼往里瞅。瞅了一会儿，一时不知所措，更不知该如何解释好了，因为同样也是头一回在自己的家中发现了这处地室，或许是个天大的秘密所在也未可知，便不再吱声儿了，暗地里寻思道：“乌三儿呀，乌三儿，你这干的啥事儿呀，让老娘无言以对、老脸没处放啊！一开始，我领着他们四下察看咱家的房子时，还胸有成竹呢，以为没什么遮着盖着的，也没做缺德事儿，可以随便看。没承想你竟瞒着老娘挖了个暗道，几个小伙子好像自家人一样清楚，轻而易举地找到了洞口儿，若是行得正走得正，挖暗道干啥？真是白疼你这个混账小子了，连老娘都敢骗，上当了还全然不知。”转念又一想：“或许红砖瓦房初建时就挖了地室，将军衙门内的秘密谁能说得清啊？到头来却把我儿子装进去了，屎盆子扣到头上都不知咋扣的。唉，乌三儿咋这么傻呀，凡事不过脑子，得让老娘操多大心哪！”

庞荣考虑到对地室的情况不明，光线昏暗，老太太乃小脚，眼神儿不好，行走不便，又不能背她下去，万一摔了或伤了不好办，于是说道：

"乌大娘，您老别多想，也不用担心，我们进去查看一下便清楚了。地室挺深的，怕您老下去着凉，再坐下毛病就犯不上了。不如这样，您老领着小甜丫随满堂先回正房去，在屋里等着我们，地室里到底咋个情况，回头会向您讲的，绝不会有丝毫隐瞒。实话告诉您，这些天在与大娘的相处过程中，觉得您老心地很好，善解人意，从不动坏心眼儿，对伤天害理之歹人深恶痛绝，是位值得尊敬的长辈。大娘有所不知，我家少爷来到拘缉营当夜，三匹马、两辆车及所有物品不翼而飞，连换洗的衣服都丢了，给生活带来了极大不便。无奈之下，只好四处扫听，得知营头儿家有一地室，不知丢失的东西是否藏在里面。虽然装了满满一车，但没啥值钱的，可没有又不行，因为全是日常用品，天天缺不了。我们此次来，只是为了找寻丢失的东西，不会伤害任何人，更不会对乌三儿构成威胁，您老尽管放心就是了。"

汪氏觉得庞荣很会讲话，且说得在理，还懂礼貌，面对眼前的地室自己又能怎样？遂点点头道："好吧，听你的，我先回屋，你们下去千万要当心。老身生性爽快，眼不揉沙，不是那种护犊子的人，倘若乌三儿真干了偷鸡摸狗之事，定不饶他！"说罢，一手拉着小甜丫，一手甩动着长烟袋，小脚紧捣腾出了平房，进了后小门儿，满堂赶紧上前搀扶，一块儿往前院儿的正房走去。

庞氏兄弟目送三人离去后，先将腰带紧了紧，为防万一，又把头罩儿从围在后腰的布兜子里取出套在头上。这种头罩儿的里帮儿是用一块块薄铁皮做的，再以棉花包裹，能折叠，套在头上可防硬器暗击，或者什么东西突然掉下砸在脑袋上，起保护作用。他俩各自抽出牛耳尖刀，又称"夜用刀"，非常锋利，乃拨门、开窗、护身必用之器。武林中人都是这样，平时总是把一些撬门和隐身用的家巴什儿，如夜行必穿的黑衣黑裤哇，锤子、绳子呀，丝网、锁链哪藏在里怀或围在腰间，将匕首插在小腿部的皮套儿里，从不放在明处。别看匕首短小，在武林中人手里犹如百丈长，只要一出刀，则指哪儿刺哪儿，灵巧便捷得很。即使生活必需品全丢了，这些用具可一样儿不能少，务要随身携带。接着从小布包儿各拿出一粒白色药丸儿，放进嘴里嚼了嚼，一仰脖儿吞进肚。为什么吃药呢？此乃防毒用的，倘若地室里散发出有害气体，人吸入后会有危险，严重时甚至致命。武林高手无论何时何地皆要保持清醒的头脑，方可随机应变，对付突发之事。

二人准备停当，庞荣在前，庞庆在后，弯下身踩着铺着羊皮的土磴儿小心翼翼地往下走。这种台阶是用掺上小石头块儿和沙子的黄土堆砌的，再浇水夯实，干燥之后十分坚硬，咋踩不塌。台阶上铺的羊皮毛冲外，估计是怕走路发出声音，引起别人的注意。下到底层台阶时，一扇上了锁的木板门立在眼前，庞荣用第二把钥匙将锁打开，拉开厚重的木板门一看，里面还有一道木板门，只是关着没有锁，上有一个插关儿。门的左侧堆放一些引火用的松树明子，也有用艾草等堆成的火绳，还有用钢制成的火镰和用艾、草蘸硝做成的火绒等取火用具。右侧放着一盆獾油，旁边摆着好儿个灯碗，内装着满满的獾油，灯碗里有纸捻儿和拨灯芯用的细铁钎，备得挺齐全，其中一盏油灯亮着，故而地室门前并不黑。他们没有选择用松树明子照亮儿，要是灭了还得现点，有些麻烦，而是分别点燃了一盏獾油灯，拿着方便。那时的灯碗做得很好用，一般都是圆形的，一侧有把儿，不必双手端着，只需捏住把儿即可。平端也好，高举也罢，怎么拿都行，自如灵活。庞庆手中拿着的那盏灯颇为特别，灯碗呈椭圆形，内放了三条灯捻儿，全点着了，显得尤其亮。一侧的把儿是只大张着嘴的小老虎，两只前爪把着碗沿儿，两只后爪蹬着碗的下端，尾巴耷拉着，既逼真又生动。能工巧匠真是多呀，做得惟妙惟肖，谁看了都得爱不释手，做这样一盏灯肯定费了不少功夫。

庞庆手举三捻儿小老虎獾油灯，照得四周通亮通亮的，取下木插关儿，门就开了。走进里面一看，中间是条近二十米长的通道，两侧均匀排列着三个一般大的房间，全是木门，都关着，左边三间上锁，右边三间没锁。再往远望，可见地下室的尽头仍有一扇关着的门，估计从那儿出去便到外头了。屋与屋之间的廊柱上皆吊着油灯碗，共六盏，只有四盏亮着，另两盏不知何因已经熄灭。地室内很安静，一点儿声音没有，掉根针都能听见。

庞氏兄弟走到右侧屋门前，警惕地逐间从门缝儿往里瞅，见对着门的木板墙上凿有一个小洞，洞内放着油灯碗，也亮着，故而屋里并不暗。炕上摞着被褥，有人躺着，看上去好像是赫赫。屋内面积不大，摆设挺齐全，东墙角儿立一梳妆台，上面放着胭脂、唇膏、梳子，还有各种各样的簪花。西墙角儿立一衣柜，紧挨着的是杂物架，上放盥洗用的盆子。北墙有扇小门儿，也是木质的，门旁放桶清水，二人分析这可能就是所谓的拘缉营金屋藏娇之所，即女监。庞荣小声儿吩咐庞庆站在地室的第二道木板门那儿把手，因不知里面是否藏有歹人，也防止外面突然有人闯入。交代完毕，轻轻推开右边第一个房间的门，见一女子脸朝里，左手拄着头侧身躺在炕上，开门声儿并未引起她丝毫反应，完全是一副若无其事的样子，似乎对此早已习惯了。地中间摆一张八仙桌，上面堆满了大大小小的盘子、碟子、瓷碗、筷子、小勺儿等，光盘子就一大摞，肯定是左一次右一次不知送来多少回了。碗里盛着小米饭，盘中装着菜肴，由于时间长已经发霉了，室内的气味十分难闻，直打鼻子。你想啊，那么一间小屋，门关得严严的，空气不流通，加之一摞摞儿长毛的饭菜，能不有味儿吗？真不知这位女子是如何苦熬岁月的。

庞荣进屋后，故意放重脚步走来走去地东瞧西望，那女子照样躺着，一动不动，既不看来人，也不说话。庞荣走到北墙，拉开小木门，见门框上挂着白布帘儿。掀开布帘儿一瞅，墙壁同样凿一洞，洞内放盏獾油灯，灯芯挺亮，一个尿壶摆在门旁，显然是茅厕。他后退一步，转过身来望了一眼炕上的女子，关切地向其问话。可不管问什么，女子仍一声不吭，只是轻轻抽泣，不停地用手帕擦拭着眼角儿的泪水，好像一肚子委屈不知从何讲起。庞荣安慰道："妹子，别哭了，也不要怕，乌三儿已被我们抓住了，赶紧收拾收拾东西离开这不是人待的地方吧！"

女子一听，立即翻身坐起，双目死死盯着庞荣，随之脸上现出了疑惑的神情，开口问道："这位大哥，所言当真？"

庞荣点点头，女子深信无疑，高兴了，也有精神头儿了，忙致谢道："大哥，谢谢了，您是姐妹们的大恩人。紧挨着的那两间屋里时常传出哭声，同我一样可怜，请大哥快去救她们出火坑吧！"

庞荣边答应边蹲下身将她的绣花鞋拿到炕跟前，女子跳下地，趿拉着鞋引领其到另两间屋，把躺在炕上的两个女子唤了出来。据她们讲，左边第一间屋曾关着一个姐妹，前几天被乌三儿带走了，不知弄到什么地方去了。庞荣叫过守候在二道门的庞庆，嘱咐他先把三位女子送到前院儿老太太房中，烧锅热水，让她们好好儿洗一洗，歇息歇息。庞庆听罢，回身走在前，三位女子随其后，向门口儿走去。或许是因为被圈很长时间了，又见不到阳光，所以三人皆感到双腿发软，走路没劲儿，便互相搀扶着登上了土台阶，出了圆门。

庞荣接着查看左侧的三间屋，见门上皆挂着锁头，遂用剩下的那三把钥匙将锁一一打开。从右往左数，第四间屋装的全是金银财宝，各式各样首饰，精美瓷器，上等丝绸、蜀锦、素缎、布帛等，这些东西极其珍贵，价值连城，不少丝绸和瓷器来自江南。估计是携带贵重物品的南方客商一到吉林，便被秦大门牙和杜宝等人掠抢到此，窃为己有。再看第五间屋，里面装着一袋袋的粮食，第六间屋则堆着一摞摞儿皮张。由此证实，茗兰所遇到的那两个哨员没说假话，此地室正是拘缉营的六处暗房，可公子丢失的东西在哪儿呢？

庞荣继续往里走，到了尽头的门跟前一打量，门与门框之间有一定的缝隙，而且其左侧还有一扇门，上了两把锁，心中甚感蹊跷："怪了，为啥装贵重物品的第四间屋只上一把锁，而这个房间却上了两把锁？乌三儿给的五把钥匙都用过了呀！"正着急时，庞庆回来了，庞荣迎上前向其说明了情况。哥儿俩合计了一番，庞庆抽出匕首，将刀尖儿伸入其中一把的锁孔稍一转动，咔的一声就开了，另外那把锁采取同样的方法也被打开了。推门进屋一瞅，不由得惊喜交集，竟喊了起来："哥，快看哪，少爷的东西全在这儿。老天保佑啊，这些日子没白忙乎，终于找到啦！"

庞荣站在门口儿环视一圈儿，脸上露出了久违的笑容，并让弟弟赶紧去告知公子和茗兰妹子。庞庆转身跑了出去，庞荣试着推了推尽头那扇通往外边的门，却推不开，知道是反锁着的，除了乌三儿从圆门出入，其他人要想进地室，只能从外面打开锁方可。于是去装粮食的暗房找了一把铁扁铲拎回来，先用匕首将门与门框之间的缝隙一点点儿撬大，然后将扁铲伸进去用力往上一抬，只听啪嗒一声，外面的锁头掉了，随之门开了，见一斜形向上大约三十多磴的土阶梯，两侧石壁上各挂一盏燃着的獾油灯。当他噌噌噌上到最后一磴再看时，眼前竟是个长长的石洞，由于没有油灯照亮，故而看不出延伸多远，更望不到头儿，感觉能稍稍通点儿风。石洞低矮狭窄，若想钻出去，得缩头弯腰屈腿一步步往前挪，直着身子肯定不够高。庞荣兴奋不已，寻思道："既然已发现出口儿了，无论半人高的石洞内多么暗，前行多么困难，也要看个究竟，务必弄清此洞到底通向何处。"想至此，弯下高大的身躯，如同夜探神秘的所在一般，以猿猴之势钻进洞内，两手摸索着往前爬。爬呀爬，有时被挡住了，过不去，原来此洞不是直的，而是拐了几个胳膊肘弯儿，怪不得越往里越黑呢！有的地方特别窄，只能侧着身子单臂着地往前挪，没点儿功夫还真不行。庞荣又是第一次爬此洞，不熟悉洞内的情况，双肩及四肢被洞壁突起的石头碰得青一块紫一块的。费力爬了大约四十多米，洞内一下子变宽了，前面是个向上的缓坡儿，一缕光亮透了进来。又爬了十来米，才到达洞穴的出口儿，洞口儿没有门，直通外头，可见蔚蓝的天空飘着朵朵白云。

当他钻出洞外起身回望时，不禁倒吸了一口凉气，洞口儿竟在立陡的石崖壁上，下边是滚滚流淌的松花江水。崖壁外延一尺宽，紧贴崖壁可走到石崖的平坦处，那里长有一些丛生的草木，倘若一不小心，便会掉进百丈深渊的江中去。洞口儿两边各长一棵小杨树，至少也有十几年了，是从崖壁的缝隙中钻出来的，根须深深扎在石缝儿中仅有的那点儿土里。树干挺粗了，枝叶如伞盖，遮掩着洞口儿，从远处根本看不到此洞。抬头远望，一条紧挨着石砬子的羊肠小道儿伸向江岸边，影影绰绰可见炊烟袅袅，那里便是吉林江城。庞荣心想："这个地方选得太好了，大自然的造物主如此巧夺天工，奇特而隐蔽。怪不得乌三儿反复说一句话：'三位爷，你们去吧，到那儿一看就明白了。'很清楚，拘缉营的六处暗房所处位置超出人们想象之外，既方便又很难被发现，不仅能从红砖瓦房后院儿所盖平房的圆门出入，也能从吉林江城坐船驶过松花江，穿越山冈，经羊肠小道，以高崖上的小杨树为标识，脚踩外延一尺的崖壁来到洞穴口儿，钻进洞内前行五十多米到达下行阶梯口儿，打开锁便可直接进入地室。这是一条秘密通道，窝藏着重要的贪赃、盗抢证据，难道是为乌三儿一个人专设的么？显然不是，享用及遥控者当在江城。为啥这么说呢？因地室的门反锁着，由此可以推断其主人必住在别处，乌三儿只是个小营头儿，一切行动受主人牵制。再者，与地室连接的石洞也非同寻常，这些年曾见过一些山洞，皆不能与其相比。此石洞乃天然洞穴，但远非这么长，而是后来挖凿的。开凿前，既要有专人设计，又需汇集能工巧匠，然后方能一镐一镐地刨。石方工程如此巨大，绝非一日之功，别的且不讲，石头怎么运出去？得多少人力物力呀，实在太不易了，肯定不是靠乌三儿手下那几十个破兵烂马所能完成的。尤其是拐的那几个胳膊肘弯儿，难以想象咋凿出来的，一个人往前爬都那么费劲儿，还要抡钎动锤，施展不开当然不行，或许巧匠们有软功不成？另外，此前是谁第一个发现了高崖上两棵小杨树掩映下的洞口、并由此联想到将这个天然石洞以人工凿石往前延伸，直至红砖瓦房的后院儿、最终构筑成一处极其隐蔽的地室呢？如果是吉林将军衙门所建，那么初始做何用了？"他的内心产生了一系列疑问，绞尽脑汁思索了好一阵子也不得其解，遂自嘲地摇摇头，不再想了，反身钻进洞穴口儿按原路往回爬。由于爬过一次了，前行的速度比来时快了，但仍感到很费劲儿，累得满头大汗，心里话："我在少林寺练了二十多年功，长矛、短剑、铜锤、三节棍舞起来得心应手，鹰爪功、蝎子倒爬墙、蚂蚁上树以及软功、硬功等皆能数得上，时常得到师父的夸赞，说什么一招一式做得很到位，要继续努力，尽量多掌握一些功法。可至今从未练过钻地洞功，此为另一种能耐，有劲儿使不上，干着急，称其‘耐力功’倒挺合适。”一边寻思一边爬，用了两袋烟的工夫终于爬到阶梯口儿，这才起身走下台阶进入地室，见两位小主子和满堂、庞庆正在入口处的小木门那儿等着自己。

庞荣二话没说，接过庞庆递给的獾油灯回身头前带路，领着他们先瞧了瞧第四、第五、第六间屋，接着走进地室尽头左侧的那间屋，请公子一件件仔细查验那夜被盗走的行囊、书籍、衣物，看看是否有缺失或损坏。尤成额抚摸着眼前这些失而复得的物品，看看完好无损的文房四宝，瞅瞅夫人专用的既没磕着也没碰着的梳妆台，翻翻一箱箱各类书籍一本没丢，就像见到了久别的亲人一样，真是百感交集呀！没有行囊，可重新添置；没有锦衣，可穿粗布服御寒；没有玉食，可用糟糠充饥。然万不可没有孔孟之书，此乃教授子弟必备的工具，视如生命。特别是其中有些东西虽然并不值钱，但尤显珍贵，因那是阿玛用过之后送给儿子的，多件换洗衣裳则是额莫坐在油灯下一针一线做成的。不是有那么句话嘛：“慈母手中线，游子身上衣，临行密密缝，意恐迟迟归。”其中饱含着家中父母对出行之子无尽的思念与深情，见了这些东西，如同看到了二老，思前想后，不禁热泪盈眶，又感到无比惭愧。

尤成额缘何如此动情呢？初始，他不赞同茗兰等人的做法，甚至有些恼怒，认为太莽撞，不计后果，一旦事情闹大，不仅丢失的物品找不回来，还可能惹出更多的麻烦，到那时，可就吃不了兜着走了。在公子的坚持下，茗兰只好背着夫君将庞氏兄弟派出，采取以治病为由头接触乌大娘，再通过与其频繁交往智擒乌三儿，找到突破口，以寻回丢失的物品。经一番努力，终于如愿以偿，物归原主。这样的结果对于尤成额来说再好不过了，既欣喜也受到了深深触动，恨自己无能，啥忙没帮上不说，还总扯后腿，对不起夫人的良苦用心、父母的期望和桂良大人的厚爱。他由衷钦慕庞氏兄弟的过人胆识，对爱妻更是刮目相看，发现其竟有不少长处及能耐，一时间又惊愕又佩服又汗颜，泪眼婆娑地看着夫人。

茗兰与成额对望，以柔婉的语调轻声儿说道：“夫君，我和你一样激动，尤其要感谢舅舅为咱雇用的两位名义上的车夫。从京师出发前，舅舅已预料到此去吉林会有坎坷，担心咱身处陌生之地恐遇不测，便暗中请来两位武林高人一路护送。庞家大哥、二哥心地善良，仗义疏财，助人为乐，为了把丢失的书籍、物品找回来，费了不少心思。他们想尽办法四处打探，不怕危险深入地室，终于拨开迷雾见青天，一切水落石出，唯那两辆车、三匹马尚不知下落。不管怎么说，物品失而复得，已是不幸中之万幸，倘若没有两位师父伸出援手，则无论如何也找不到，多亏咱的大恩人哪！”说罢，转过身来冲庞荣、庞庆下拜道：“荣哥、庆哥，本娘子代公子在此向二位施礼了，谢谢你们！”

庞荣忙走上前将茗兰扶起，双手合十揖礼道：“妹子，千万别言谢，受人之托，理当履约，应该的。以愚兄之见，东西有了下落就好办了，暂不要动，先上去见见老太太和那三位女子，待问明缘由之后再审乌三儿，方可酌情对其进行处置。”

尤成额夫妇异口同声地表示赞同，认为此想法正合本意，随即退出屋来。茗兰吩咐庞荣把所有的门重新关好，第四、第五、第六间屋按原样锁上，不要留下有人来过的痕迹。然后扶着公子走在前，庞庆和小满堂随其后出了地室，从后院儿的小门儿进去，绕到前院儿来到正房东屋，庞荣也赶上来了。他们推门一看，见三位年轻女子早已洗漱完毕，正肩挨肩地坐在炕沿上东一句西一句地闲聊呢！茗兰等人进了屋，刚刚坐在椅子上，老太太笑着从小暖阁出来了，双手托着几件叠成一摞儿的新衣裳，谁都没瞅，只让三位女子赶紧换上。说完头前带路，领着三人去了西屋，茗兰他们边喝茶边静静等候。

不一会儿，三位女子换好了衣裳，扶着老太太从西屋出来进了东屋。大家抬头一瞅，顿时眼前一亮，发现在新衣的衬托下，个个眉清目秀，明眸皓齿，不仅有精气神儿了，脸色也不那么苍白了，两颊泛起了红云，很有风采，前后判若两人。汪氏忽见椅子上坐着两位不认识的客人，当即怔住了，小满堂走上前引见道：“乌大娘，给您老介绍一下，这位是少爷尤成额公子，那位是少奶奶茗兰格格。”

汪氏听后，忙给尤成额夫妇道万福，茗兰赶紧起身搀扶老人家坐在椅子上。小满堂接着又道：“乌大娘，您老有所不知，我们哥儿仨陪二位主子从京师抵达吉林后连遭不幸，当天就被送到江北拘缉营的一处小马架子栖身。未承想一夜间，三匹马、两辆车及所带行囊、物品全部丢失，问谁皆言没看见，可把少爷和少奶奶急坏了。你儿乌三儿是这儿的营头儿，当向他打听时，也称对此毫不知情，之后还一直躲着避而不见。我们丢失了生活必需用品，走不了也留不下，陷入了困境。实在没辙了，只好四处寻觅，哪儿都找遍了，最后方来到您老的家。现在总算清楚了，贼赃皆藏匿在后院儿那趟平房的地室里，不但有物，而且有人，这三位姐姐关在里面很长时间了，早已失去了自由身，可怜得很哪！”

满堂说此话时，汪氏认真地听着，初始很是惊讶，继而无比气愤，接下来难过至极，无奈地打了个唉声道：“咳，看来我那混账小子学坏了，正事儿不干，专往邪道儿上走，管不了喽，真是儿大不由娘啊！哪知后院儿还有处地室呀，藏匿着偷来的东西不说，竟敢把人也圈起来，难道吃了豹子胆不成？这可是犯下了天大的罪孽呀，不光你们放不过他，老身也不会轻饶他，非扒了他的皮不可……”

坐在旁边的茗兰见老人家越说越生气，嘴唇直哆嗦，手拿长烟袋啪啪地敲击着桌面，眼泪顺着脸颊往下淌，担心再气出病来，赶忙轻声儿劝慰，并向庞氏兄弟使了个眼色。庞荣和庞庆会意，起身出了大门，趁天色已晚，避开守门兵丁的视线疾步弹跳而去，很快到了西大沟的坟圈子，将乌三儿从空墓穴中提溜出来，带其返回了红砖瓦房。乌三儿一进屋，见坐在椅子上的尤公子及夫人、小满堂怒目圆瞪，坐在炕上的老娘以及关在地室中的那三个女人也大睁着双眼盯着自己，知道真相大白了，慌忙跪地咣咣磕着响头道：“我不是人，我有罪，罪该万死！”

茗兰凤眼一立，一字一板地说：“乌三儿，以为我们人生地不熟、可任人宰割、好欺侮是吧？哼，真是痴人说梦，瞎了你的狗眼！本娘子一向不听邪，知道赃物即使长腿儿也不会跑那么快，不将拘缉营翻个底朝上决不罢手，起码得对得起你绞尽脑汁所动的那点儿心思。说吧，这几年都干了哪些贪赃枉法之事，从实招来！若有半句假话，不仅撕烂你的臭嘴，还要绑到京师治罪。大清国有严格的律法，专门惩治像你这样的无法无天、抢男霸女、贪得无厌、聚敛横财之蛀虫，早晚不等，谁也别想逃脱。本娘子决心已下，定把与你合谋干些见不得人勾当的地头蛇一个个全揪出来，为黎民申冤，还百姓公道！”

此刻，汪氏气得脸都白了，早已按捺不住了，起身下了地，扑到乌三儿跟前连踢带打并高声斥骂道：“乌三儿呀，乌三儿，你个不知好歹的东西，纯粹是个孽障啊，可气死老娘了，还有点儿人性么？还是先前那个儿吗？如果够‘人’字两撇儿，为啥暗地里背着老娘干了那么多偷鸡摸狗、伤天害理之事？看来这是活腻歪了，那好，既然如此就随了你，今天我要正门户，务除不孝之子，非打死你祭祖不可！”说着，举起乌木长杆儿铜锅儿大烟袋冲乌三儿搂头就刨，倘若刨正当了，脑袋瓜子肯定出个大窟窿，不蹬腿儿才怪呢！

站在旁边的庞荣早有准备，估计到以老太太的脾气、秉性，盛怒之下定将说到做到，惩罚不争气的儿子。因而在她举起手中的长烟袋照着乌三儿的后脑用力刨的一刹那，庞荣突然抬起左臂往上一搪，正好挡住了下砸的长烟袋。乌木杆儿原本就不粗，大铜锅儿又挺沉，加之粗壮的胳膊猛一横，只听咔嚓一声，烟袋杆儿断成两截儿，铜锅儿弹了起来，里面的烟灰、火星儿四溅，燃着的烟丝刚好落到跪在地当间儿的乌三儿脖领子里及发辫上，致使一绺儿头发烧焦了，后脖颈子鼓起了几个燎泡，遂夸张地打起滚儿来，还哎呀哎呀直叫唤。庞荣大喝道："乌三儿，别邪乎了，装什么熊？烧死也活该，这叫自作自受，跪下！"乌三儿只得爬起，脑门儿上豆大的汗珠子噼里啪啦往下掉，龇牙咧嘴地重新跪在地上。

茗兰觉得这么下去不行，现在最要紧的是审讯乌三儿，弄清事实。于是站起身来，搀着老太太去了后面的小暖阁，唤醒正睡着的小甜丫，让她陪着奶奶，并耐心地劝慰道："大娘，别着急，更不能生气，身子骨儿要紧，家门出了逆子，做娘的也没招儿。你老放心，我们会将物品缘何失窃弄清楚的，冤有头，债有主，如果不是乌三儿干的，绝不会硬赖他。"

汪氏拽起衣襟儿擦了擦眼角儿的泪水道："少奶奶，谢谢了，我虽然老了，但不糊涂，早就看出你们是讲理之人。唉，普天下哪有母亲不心疼儿的？那是自己身上掉下的肉哇！然而即便是孝子，如果不能自律，不走正道，也会变成逆子，使家族蒙受耻辱，这是不可饶恕的，定严惩不贷。否则上对不起祖宗，下对不起子孙后代，老身的心永远不会安宁。"

茗兰又开导了一番，劝老人家消消火儿，不必动那么大的气，先上炕眯一会儿，静静心再说。待汪氏答应了，这才退了出来，转身去前屋，把三位女子领到乌三儿住的西屋，让她们暂在那儿候着。接着又返到东屋，吩咐小满堂送少爷回东大马架子，服侍其安歇后再来红砖瓦房处。还请夫君不必为此事操心，有庞家哥哥在，一切都会办妥的。尤成额站起身来，将茗兰拉到一边，叮嘱道："夫人，要稳住架儿，切勿急躁，硬性开启对方的嘴巴达不到目的。要以情感之，以心攻之，以理服之，效果或许会更佳。"言罢见茗兰频频点头称是，方出了屋门，随小满堂离去。

茗兰、庞荣、庞庆开始审问乌三儿，先是以母子、父女情深耐心诱导，好言相劝，继而申明利害以及所要承担的后果。乌三儿身上的烫伤未好又添新伤，从晌午到现在快三个时辰了，早已折腾得筋疲力尽，加之眼前这三人的一顿软硬兼施，心里琢磨开了："看这架势，要是不讲，性命难保，我死了，老娘和甜丫怎么办？唉，不能再犯傻了，我得活着，没必要替那几个人瞒着，还能得着啥呀？"思来想去，认为是祸躲不过，保命要紧，还是乖乖交代吧，于是说道："太太、两位爷，你们有所不知，有些事儿不单单我一个人干的，即或有天大的胆儿也不敢。此处红砖瓦房和后院儿平房的地室没我半块砖，全归将军衙门的秦师爷和小红楼迎宾驿馆的杜大管家管，让我住在这儿，只是为了给他们看守地室而已。我必须从命，在人家手底下办差能不听话吗？指东不敢往西。说实在的，我不愿住这儿，一旦地室的金银财宝丢了，责任重大，头一个就得拿我是问。若说有罪，关在地室那个叫阎彩玉的是被我绑来并霸占的，另外那两个是杜宝和小金佛抢来的，听说还有十几个女子失踪也与杜宝有关，派人抢到手后又卖出去了，这笔账应记在他们头上，与我无关。至于卖到哪儿，得了多少银子，根本不许我打听，故而一概不知。"

茗兰问道："我们的车马和物品是不是你偷的？"

乌三儿起誓发愿道："太太呀，小的不敢撒谎，绝不是我偷的，是小金佛和白面娘子于夜半盗走的。让人奇怪的是偷来东西并未拿回自家，而是藏在了地室，不清楚他们为啥这么做。小金佛三天两头儿来一趟，一再叮嘱我不能向任何人泄露藏匿之地，不许动那些东西，更不得损坏，务必看管好，哪怕丢一样儿，你乌三儿的脑袋都得搬家。还叫我暂时躲起来，尽量少露面，让穷书生他们寸步难行，像一群无头的苍蝇一样四处乱嗡嗡去吧！倘若不信我说的，等抓住他俩可以审，真要与我有干系，杀也好，剐也罢，心甘情愿。"

茗兰听罢，暗自思忖道："看来乌三儿讲的是真话，也就这么点儿脓水了，杜宝不可能把底细向他和盘托出，再问问那三个女子吧！"想到这儿，便让庞庆去西屋将其唤来。

三位女子鱼贯而入，茗兰请她们就座并分别斟上茶，然后开始询问每个人的身世。第一个开口讲自己遭遇的是被乌三儿强霸的阎彩玉，即庞荣进入地室后，在头一间屋看到的那位女子。她今年十七岁，山东人，五年前随父亲来到吉林。其父是皮匠，兼做皮货生意，常从秦名远和杜宝手中购买皮张。有一次，阎皮匠因与二人在几十张牛皮的质地好坏、价钱高低上谈不拢、认为所出价格不公平而发生了口角，接着又被其手下打伤，当时气愤至极，声言必告到吉林将军衙门。秦名远和杜宝生怕暗地里倒卖皮张、中饱私囊之事露出马脚，那将对己十分不利，便合谋将阎皮匠父女俩弄到了江北拘缉营，不明不白地圈了起来，并叮嘱营头儿严加看管。乌三儿原本就不地道，一眼看中了阎彩玉，不久于一个月黑夜跳窗进入父女俩住的破马架子，乘阎皮匠熟睡之机，将阎彩玉的嘴巴用破布堵上，神不知鬼不觉地捆绑到地室，强行奸污，霸为己有，至今两年多了。

另一位名儿叫齐柳云，即住在地室第二间屋的女子，今年二十五岁，生过一子，三年前同其夫一块儿被圈进拘缉营。丈夫是放排工，没别的能耐，老实厚道、胆量小，一家三口儿勉强度日。后来只因一件小事儿得罪了秦名远，从此受到百般刁难，左也不对，右也不行，使其无所适从，没法儿干下去了，只能待在家中。没有了进项，原本贫困的生活捉襟见肘，不满周岁的孩子因患病无钱医治而夭折了。夫妻俩悲痛欲绝，盛怒之下，砍断了将军衙门府门口儿的一根旗杆，当即被抓，秦名远派衙役将二人押送到江北拘缉营。齐柳云虽生过一子，但容貌姣好，十分可人，结果被小金佛盯上了，遂明目张胆地找碴儿将她抢走，偷偷圈进了地室，逼其就范。不料齐柳云与丈夫正相反，是个烈性女子，大哭大骂且连撕带咬，就是不从，使得小金佛根本近不了前。四个月过去了，女子守身如玉，极力反抗，小金佛实在没辙了，认为既然占不了便宜，也不能白抢，干脆把她卖掉换钱算了。这不，还未等联系上买主呢，就被庞荣救出来了。

关在地室第三间屋的女子名儿叫冯秀清，今年二十整，本地人，与二老住在拘缉营东边的一个不起眼儿的小屯子里，已与同村的陶家后生订了婚。半年前的一天头晌，冯秀清离家进山采蘑菇，路过羊肠小道儿时偶遇杜宝，被其强行抢到地室奸污了。冯姑娘终日以泪洗面，呼天天不应，叫地地不灵，无时无刻不在期盼着回到父母身边，不知啥时候才能重见天日。

茗兰和庞氏兄弟听了三位女子的呜咽泣诉，确与乌三儿的交代相符，既气愤又同情。如此看来，若想弄清被盗真相，唯有面见小金佛和白面娘子，然而找到他俩谈何容易？正像前些日子抓到的那两个哨员所讲，二人来无影去无踪，不下点儿功夫很难寻觅，而且只能去江城查找。那里人烟稠密，房子连成片，在这样一座人多且杂的城内搜寻两个当事人犹如大海捞针，应从哪儿入手呢？乌三儿乃拘缉营的营头儿，在北山一带是个头面人物，对其是争取还是处治，究竟采取哪种方法更奏效？三位女子被顺利解救了，作恶者要不要严惩，下一步该怎么办？所有这些都摆在了面前，急需解决。别看茗兰是个年轻女子，然胆大心细，认为只能趁热打铁，不可久拖。乌三儿眼下虽然控制在我们手里，但时间不能过长，消息一旦传出去，特别是被小金佛和白面娘子知道了，肯定不会坐视不管，能怎样难以估计。最好是以迅雷不及掩耳之势一气呵成，尽快找到小金佛和白面娘子，方可人赃俱获。到那时，再去吉林将军衙门向松林将军及达禄副都统禀报，将其属下所干的这些见不得人的勾当一件件全抖搂出来，让他们知道来吉赴任的尤成额公子受了多少委屈，师爷秦名远和大管家杜宝应承担什么责任，丁是丁，卯是卯，使其面对事实无言以对。故而一切行动务必稳妥、周全、严密，往前走一步要看到后两步，将此偷窃案办成铁案，使得任何人找不出破绽，无漏洞可钻，永远翻不了把。

让茗兰尤其犯寻思的是怎么安置从地室内救出的三位女子，是尽快送其返家呢，还是暂时留下，她们可是揭露腐朽凶恶势力活生生的重要人证啊！黎民百姓无故被关押，官府从不过问，任由冠冕堂皇的歹毒之人随意宰割，是何世道？而今乃大清的天下，朗朗乾坤，狂徒竟草菅人命，为所欲为，公理何在？若想在大堂之上据理陈言，以事实服人，必须想办法保护好佐证，可是该如何保护呢？三位女子被关在地室几个月甚至几年了，惊吓、恐惧始终伴随着她们，精神受到极大的打击，身体遭到非人的蹂躏，眼泪几乎哭干了，一心盼着早日与亲人团聚，那么眼下能成行吗？恐怕不能，起码现在不能。如果放走了，人证不在现场，等于为秦大门牙、杜宝、乌三儿之流乃至吉林将军衙门府开脱罪责。所以还得委屈她们一段时间，待把小金佛和白面娘子抓住之后，将其一并交给吉林将军衙门，由官府去处理。到那个时候，女子无辜受害之遭遇将大白于天下，官府定会为其申冤的。与此同时，也证明我们绝非等闲之辈，目前所做的一切是为民除害，有益于大清朝廷治理国家。否则空口无凭，秦名远、杜宝那帮家伙并不是好惹的，平时豪横惯了，谁见了都惧怕三分，能轻易就范吗？弄不好会反咬一口，说咱诬陷好人，别有用心，把所有的罪戾推得一干二净，再将咱关进监牢，而真正的罪犯仍逍遥法外。这一切一切需充分考虑，前提是把三位女子安顿好，住在哪儿较合适，由谁照料更妥帖，要想得周到一些，万不可出纰漏，务必保证她们的安全，这个担子显然不轻。

庞荣早已看出茗兰心事重重，心情急切，遂提议道：“妹子，还记得从吉林城来江北拘缉营给咱领路的那两位杜宝手下的差役吗？一个叫赵西丹，一个叫马木斤。老人家资历深，光当差就十几年，经验丰富，对吉林将军衙门的底细知之甚多，而且曾说过，若有事需办，可以去找他们，一定尽力相帮。不如我进趟城，好在有夜行之功，不费吹灰之力便可到那儿。放心吧，我会尽快拜望二位老人家的，看看有什么好办法，或许能通过他们找到小金佛和白面娘子。事已至此，不怕捅破天，必要时，可提前求见松林将军及达禄副都统，向其直陈推荐到吉的尤公子不仅难以就职，还连遭厄运，赃物、人证均已掐在我们手里，请大人查究缘由。相信作为一地的父母官弄清真相后，既能为百姓做主，也得感谢我们为吉林除害，以正视听，妹子意下如何？”

茗兰听后，仔细想了想，认为言之有理，此招儿可行，乃最快捷的万全之策。这些日子通过发生的一些事儿，对庞家大哥有了进一步的认识和了解，从心眼儿里佩服其能力，此行会有收获的，于是答应道：“荣哥，方才所言不失为一个好办法，只有您去吉林城我才放心，在这儿替公子谢谢了。望大哥小心谨慎，见机行事，早去早回。还请帮妹子思谋思谋，您走后，红砖瓦房这边怎么安排更妥当？”

庞荣一听就明白了，茗兰是担心自己走后，三位女子若安顿不好，将会影响后事。那么，怎样做有利于下一步行动呢？低头寻思了一会儿，说道：“妹子，从这些天与乌三儿老娘的接触看，她是位不忘祖德、遵守家规、有正义感的老者，且直率诚恳，心地善良，值得信任。我以为不妨让三位女子暂时住在这儿，乌大娘不缺吃不少穿，生活上没有任何困难，会收留她们的，也能避免走漏风声。乌三儿之所以很少露面，这回咱知道了，他是秦名远和杜宝的挡箭牌，替二人背了不少黑锅，实际上有些债是秦大门牙那帮混蛋欠下的，却全由乌三儿一个人顶着。咱们干脆来个将计就计，让乌三儿再顶些日子，估计这营头儿五七八日不现身，拘缉营也不至于塌了天，手下的随从早已习惯了，不会觉得有什么奇怪。现在肯定不能放了乌三儿，关进地室最稳妥，让他也尝尝囚禁之苦，由庞庆日夜监守。乌三儿可是少不得的人证，务必看管好，一日三餐得保证，不能渴着饿着，更不能让他跑了。我办完江城那边的事儿立即返回，将乌三儿交给官府惩治，你们在家静等好消息就是了。”

茗兰边听边点头，认为此议甚好，完全赞同庞大哥的安排，随即去了后屋，与老太太商量让那三位女子住下之事。庞荣则小声儿叮嘱弟弟，让他严格看管乌三儿，不可粗心大意，不能出任何闪失。庞庆一一答应，并请哥哥放心，定会按兄长的话去做，保证万无一失。早已从东大马架子返回的小满堂一看着急了，问道："荣哥，你和庆哥都有差事了，我干什么呀？"

庞荣回道："满堂啊，你也在乌大娘这儿住，帮着料理家务，好好儿照顾那三个解救出来的姊妹。只要平平安安不出事儿，一切顺顺当当的，就是大功一件，省得大哥为你和庞庆操心。茗兰妹子这些天够累的了，得回东大马架子陪伴公子，二位主子需安心静养几日，一切等我回来再说。"

懂事的小满堂一向听喝儿，叫干啥就干啥，从无二话，痛痛快快地应下了。待茗兰跟老太太商量妥了，同意先留下三位女子，又向姐妹们讲明暂不让其返家的原因，三人皆表示愿意配合，庞荣才陪妹子回到了东大马架子。他换了套夜行衣，茗兰小声儿叮嘱一番，没忘给带上饱腹的干粮。庞荣揖礼告辞，转身刚要走，担心开门发出声响惊动已睡下的公子，便跃后窗而出，弹跳而去，轻如狸猫，迅即消失在夜色里。

茗兰和庞荣走后，大伙儿都感到肚子饿了，年龄偏大的齐柳云便领着阎彩玉和冯秀清去厨房做晚饭。小满堂帮着乌大娘把西屋简单收拾收拾，打扫打扫，又抱来几床新被褥，准备让三位姐妹在此歇息。庞庆则按兄长之命，提溜起乌三儿出了东屋，往后院儿走去。乌三儿知道这是要把自己关进地室，当然不情愿，直劲儿地往后挣，不肯朝前迈一步，庞庆气得薅住其脖领子往前拖。他可是少林弟子呀，那力量还能小么，每只胳膊都有千斤力，很快出了后小门儿，进入那趟平房，来到地室的圆门前。庞庆拉开门，乌三儿瞅瞅微微有点儿亮光的洞口儿，说啥也不进去，鼻涕一把泪一把地乞求饶了自己。可谁理他呀，庞庆上前当的就是一脚，乌三儿顺着台阶叽里咕噜地滚了下去，还爹一声娘一声地叫唤着。庞庆随后跟进，将其拎起来走进阎彩玉曾住过的第一间屋扔到炕上，又从腰间的布袋中取出红药面儿撒在他那烫伤处，然后出得屋来，头也不回地上了台阶，顺手将木门一关，站在门口儿看着。

说来乌三儿来到吉林掐头去尾还不到六年，竟从一个穷小子变成富得流油的营头儿了，觉得自己混得不错了，比上不足比下有余，天天得意扬扬，摇头晃脑，出门前呼后拥，心里美滋滋的，正所谓土包子开花不知天高地厚了。尤成额等五人被送到拘缉营后，他鼻孔朝天，不屑一顾，处处刁难，最后却栽在人家手里。此时此刻，乌三儿躺在冰冷的地室中，回想以往，再看看现在，如同做了场噩梦，待清醒过来已经晚了。他后悔莫及，恨自己不小心，干点儿啥不好，非跑去看什么杂要呀？身边的随从啥能耐没有，仨不顶一个，主子被叫走了，他们竟瞪眼没看见，纯粹是一帮蠢猪。这下全完了，我的脑袋一掉，老娘和小甜丫没了依靠也活不成，真是对不起她们祖孙俩呀！他一会儿躺着，一会儿坐着，一会儿站起，一会儿跳下地转来转去，越寻思越害怕、越恐惧，绞尽脑汁也想不出脱身的主意，绝望得拍墙顿足像狼一样大声儿干号起来，又有什么用呢，除了庞庆谁能听见哪！

你还别说，真有个人听见了，谁呀？小金佛。他咋来了呢？也是赶巧了。其实，小金佛和白面娘子自打把偷来的那车物品藏进地室，就始终惦记着，总是怕出个一差二错的。为啥呢？只因他俩太了解乌三儿了，认为那是个没长脑子、白吃干饭的笨蛋，终朝除了睡大觉，就是吃喝玩乐。再就是押宝，出手大，赌得昏天黑地，都忘了自己姓啥、几斤几两了。你说他傻吧，还知道哪儿多哪儿少，啥值钱啥不值钱，给银子则办事儿，不给银子则一推六二五。你说他精明吧，常常不知孰轻孰重，有时还分不出里外拐，该管啥不该管啥心里没数儿，到处瞎咋呼。

原先，乌三儿住在乡下，土里刨食，一文钱没有，穷得叮当响，连媳妇都娶不上。也是呀，谁家的闺女肯嫁这么个没出息的穷小子，现在可倒好，身边有的是女人，不过从来忘不了吃，只要看到美食佳肴，就不管肚皮有多大了，宁肯撑破也硬往里塞，直到饱嗝儿一个接一个地打为止。结果可想而知，闹开肚子了，一趟趟往茅房跑。小金佛和白面娘子曾多次告诫他要谨慎从事，多加小心，不能让任何人发现地室内藏匿的物品。二人的嘴皮子快磨出膙子了，乌三儿不仅听不进去，而且满不在乎，认为他俩太啰唆，办不了大事，更成不了气候。

今儿个天刚放亮儿，小金佛正做美梦呢，白面娘子就把他推醒了："小金佛，不知咋了，我右眼皮直跳，不是好兆头，是不是出事儿了？你快去江北拘缉营看看吧！"

小金佛懒得起炕，没动弹，像未听见似的，翻过身去接着睡。白面娘子来气了，左手伸进其被窝儿就掐，小金佛疼得直叫唤："哎哟，哎哟，快撒手，真不是你身上长的肉不知道疼，到那儿看啥呀？前两天不是去过了吗，什么事儿没有，可别折腾我了。"

白面娘子笑着哄道："行了，行了，起来吧，再跑一趟，快去快回，我在家给你做点儿好吃的。”

就这样，小金佛连早饭都没吃，急三火四地赶到了江北拘缉营，经红砖瓦房东边穿过羊肠小道儿，走到江岸边，以崖壁缝隙中长出的两棵小杨树为参照物，从江沿儿的峭壁攀缘而上至平坦处，再脚踩石砬子绕到杨树枝叶遮掩的洞穴口儿，拨开枝叶钻了进去。当他爬过长长的地洞、到了斜向下方的土阶梯入口一看，立马紧张起来，怎么的呢？此前曾在第二磴阶梯右侧墙边处摆放一块不起眼儿的小石头不见了，此为暗号儿，小石头在，说明平安无事，没有外人来；小石头不在，说明出事了，被不知情的外来者踢一边去了，能不令其警觉吗？他小心翼翼地走下台阶，到了地室的门口儿，借着灯光瞅了瞅，见门上挂的锁头掉在地上了，门框上的钌铞儿也撬坏了。轻轻拉开一道缝儿往里四下一瞧，哎呀，更不对了，左侧那间装着偷来之物品的房门虚掩着，门上的两把锁皆被打开，锁头挂在屈戌儿上，没错，肯定有人造访过并暗查了地室。好在这间屋在地室的尽头，遂蹑手蹑脚地走到跟前，拉开虚掩的门一看，屋内的东西原封未动，一件不少。正惊诧之时，忽然从紧里边传出了男人的干号声，一听就是乌三儿。又悄悄儿往里走了十几步，离住人的那三间屋还有点儿距离便停下了，竖起耳朵仔细听，第三间、第二间屋内没动静，哭声是从头一间屋传出来的，只听乌三儿边哭边叨咕：“老娘啊，老娘，儿子不孝哇，这回死定了，不能给娘养老送终了，对不起你老啊！把尤公子的东西偷来藏在这儿，此事真的与我无关哪，都是小金佛和白面娘子干的。老天爷呀，我可咋办哪，呜呜呜……”

小金佛没敢再往里走，站在原地思摸开了：“奇怪呀，阎彩玉、齐柳云、冯秀清哪儿去了？或许这是有人故意设圈套，正在哪个角落里等着我往里钻？哼，我才没那么傻呢，绝不能暴露自己的身份。此乃是非之地，久待不得，必须赶紧离开，回去跟白面娘子合计合计再说。”于是反身出了木门，按照来时的样子把门关好，不能留下有人进过的痕迹，再因此产生疑虑就不上算了。然后上了土台阶，顺着地洞往外爬，边爬边暗自庆幸：“我小金佛真幸运哪，来得太是时候了，倘若早到一步，或许被人家逮个正着。恰恰是他们前脚儿走，我后脚儿就到了，早不去晚不去，偏赶这个空当儿进入地室，此乃天神在护佑我呀！”越寻思越得意，前行的速度也加快了。爬到了尽头，双手撑着洞口儿低下头脖子往外一伸，一股清风袭来，顿觉周身舒爽，可比待在地室好受多了。刚要抬头，就觉得有个人正蹲在洞口儿，吓得一激灵，转而又不太相信，咋能这么寸呢？未等回过味儿来，那人伸出一双钳子般的大手死死卡住了他的咽喉，笑道："哈哈，果然不出所料，你小子给我出来吧！"说着掐其脖子使劲儿往外拽，也不知被抻出多长。小金佛疼得龇牙咧嘴叫不出声儿，百多斤重的大男人硬是被薅出了洞口儿，随之咕咚一声倒在地上，摔了个嘴啃泥。

小金佛刚才由于脖子被狠狠掐住，喘不过气来，憋得脸色青紫，这会儿趴在地上大口大口地喘着粗气。本来个儿矮体胖，后脖颈子的肉都堆到一块儿了，连惊带吓的，如同一个大肉球儿瘫在地上，没有丝毫招架之力。那人见他这副尊容，觉得十分可笑，暗地里憋不住乐，照其屁股踹了一脚道："小金佛，怎么样啊，泥土的滋味不错吧？爷爷早料到你得来，必会上钩，已在此恭候多时了！"

小金佛赶忙爬起来跪在地上咣咣磕着响头哀求道："大人不记小人过，爷爷饶命，爷爷饶命！"

那人喝道："抬起头来！"

小金佛抬头往上一看，见眼前站着一位壮汉，天庭饱满，地阁方圆，浓眉大眼，肤色黝黑，像座铁塔一般，左手叉腰，右手紧握牛耳尖刀，正瞪着双目盯着自己，不由得妈呀一声，暗暗叫苦："哎哟，这是哪路的神仙驾到，从未见过呀！如此大的身量能把虎豹干趴下，别说我呀，谁也对付不了，我的活祖宗啊，莫不是托塔李天王下界了？"

诸位阿哥，你道来者何许人也？此乃少林弟子鹰爪消魂侠庞荣！他不是去江城拜望赵西丹和马木斤两位老人家了吗，怎么会在这儿？请听我朱伯西细细道来。

庞荣这个魁伟汉子的确不简单，有两下子，不愧为少林寺出来的武林高僧，脑筋灵活，身手不凡，心里能容天下事。不是吗？他昨天头一次进青砖瓦房的地室，下去之后先盯各处，看看有否藏匿之人。在发现尽头有扇门时，知道从北面也可入内，不用走前院儿，说明必有在乌三儿知情的前提下，不用向其老娘打招呼而入者。又听乌三儿交代称，自己与地室中所藏匿的珠宝、皮张、粮食无关，只是替秦名远和杜宝看管着。说实在的，凭乌三儿那点儿本事，也不过如此，肯定不是什么主要掌管者，故而所言是可信的。初来拘缉营那日夜里，公子曾看见一对儿行为鬼祟的男女，紧接着物品和车马被盗，而且圈在地室中的齐柳云是小金佛抢来的，很显然，他可以自由出入乌三儿家，地室乃窃贼的窝赃处。那么，窃贼是谁呢？经审问乌三儿，递出两个人，一个是小金佛，一个是白面娘子，且种种迹象表明乌三儿没说假话，是这两个人无疑了。尤公子丢失的物品中，既有行囊、书箱子，又有体积较大的梳妆台，从洞穴口儿肯定搬不进去，只能打后院儿那趟平房的后门往里抬，由于门是锁着的，事先需经秦名远、杜宝的允准并指令乌三儿亲办方可。地室乃秦名远、杜宝的暗房，能同意藏匿所盗赃物，说明窃贼与二人关系密切。而小金佛每次去地室想与所抢女子苟欢，应该是从洞穴入口处钻进，以避开红砖瓦房门前所设之岗哨的视线，因经常出来进去的，总不是那么回事儿，毕竟不是乌三儿家的人。

庞荣又想到了乌三儿是个啥能耐没有、爱占便宜图小利之人，虽成不了大事，但看门望风还行。他绝不是孤立的，暗中必有与其秘密联络之人，除了秦名远、杜宝、小金佛、白面娘子，会不会还有别个？倘若有，估计此人不会离得太远，说不准就在附近于暗处监视也未可知。心中有数后，没有声张，而是下决心一定想方设法撒网捕捉飞来将，让他有来无回。

昨儿个傍晚，茗兰等人商量一番，认为寻觅小金佛和白面娘子乃当务之急。庞荣主动请缨，于当夜前往江城，面见老八旗赵西丹、马木斤，再通过两位老者找到小金佛和白面娘子。决定后，庞荣把茗兰送回东大马架子，又换上夜行衣连夜起程了，一边走一边思摸："此次去城里，或许正中窃贼下怀，他们可乘机对乌三儿下手，杀人灭口，对我们而言损失太大了，这个活口儿必须留着。乌三儿曾说过，小金佛三天两头儿跑一趟拘缉营，何不走捷径静等他送上门来？"想到这儿，窝头就往回返，到了东大马架子便向茗兰讲了自己的想法。茗兰思忖片刻，表示赞同，可晚两日去江城，先观察一下红砖瓦房的动静再说。

庞荣从东大马架子出来后，径直向西而去，经红砖瓦房来到后山的羊肠小道儿，走至江边，照准石崖上的两棵小杨树攀上崖壁上的平坦处，藏身于草丛中，心里合计着："倘若有人由洞穴口儿进入地室，或从地室里出来，皆在我的眼皮底下，谁也休想逃脱庞某人的掌心。"足足守了一宿，转天辰时刚过，居高临下的庞荣远远望见羊肠小道儿走来一人，看其体态，估计是小金佛，心中暗喜。过了两袋烟的工夫，小金佛才攀上了崖壁的平坦处，根本没往草丛里瞅，侧身脚踩石砬子绕到洞穴口儿钻了进去。庞荣高兴得一跃而起，赶忙跑到红砖瓦房后院儿那趟平房内圆门里的木门处，将此情告知守在那儿的弟弟。庞庆听了也很兴奋，遂将木门拉开一条缝儿，密切监视着小金佛的一举一动。庞荣则上了台阶，出了圆门，疾速返回洞穴入口儿，等待小金佛从地室里出来。果如所愿，庞荣没费吹灰之力，小金佛刚一露头便将其擒住了。

小金佛被抓后，别看表面上连连求饶，其实一开始并没太在乎，心里盘算着："这块儿是我和乌三儿的地盘儿，看管拘缉营的是清一色八旗兵丁，全听营头儿指挥，若是把我送到官府，必将惊动吉林城，不少人都认识我，光下边的小打就多如牛毛，他们会马上告知秦师爷和杜大管家的。到那时，你们几个不落入虎口才怪呢，想跑都难。好哇，谁让你这不知深浅的家伙逮我了，那就如同抓只大螃蟹，等着挨夹吧！"

小金佛此刻尽往好处想了，却不知对手聪明着呢，能由得了他吗？庞荣早已思谋妥了，江北拘缉营在秦大门牙、杜宝的掌控之中，也是小金佛、白面娘子的巢穴。这里有些人不但不敢得罪他们，而且还会出手相帮，因此绝不能让小金佛露面，也不能使自己置于众目睽睽之下，那么做太蠢了，会很被动的。更不能将小金佛带到东大马架子交给茗兰妹子审，目标太大，消息会不胫而走。如此看来，只能就地想办法撬开他的嘴，问出所要知道的一切，再酌情谋划下一步怎么办。庞荣见刚刚还直劲儿求饶的小金佛这会儿显现出一脸的不屑，便走到跟前，将其下巴颏儿往上一抬，让他面冲自己，目不转睛地死死盯着。小金佛眼睛一闭，根本不理那个茬儿，面部表情似乎在说："哼，瞅啥呀？我可不愿看你！"这时，庞荣稍一用力，只听咔嗒一声，小金佛的下巴被端下来了，当即说不出话了，哈喇子顺着嘴角儿往下淌。庞荣一把揪住他那肉乎乎的大耳朵，令其站起来，乖乖进洞穴。小金佛吓得浑身直哆嗦，只好一步步往前蹭，庞荣早就不耐烦了，吼道："快点儿，回地室去！"紧接着当的一脚就把他踹进去了。

小金佛冷不防挨了一脚，这下可好，洞口儿往里不是斜向下方的缓坡儿么，竟像个皮球儿似的滚下去了，一直骨碌十来米至狭窄处方停住。他觉得浑身的骨头节儿都零碎了，几乎快散架子了，肉瘤子脑袋被两边的石壁磕了十多个大包，疼得爹一声娘一声地叫唤。那也得挺着朝前爬呀，黑铁塔在后面跟着哪，若是停下，指不定还得挨多少脚呢！

二人到了地室后，庞荣先用绳子把小金佛捆上了，推入齐柳云曾住过的第二间屋。然后叫进站在木门外看守的弟弟，吩咐他赶紧上前院儿正房，让小满堂去东大马架子请茗兰妹子前来。庞庆应声儿跑了出去，到了东屋向小满堂交代完毕立马返回，庞荣风趣地叮嘱道："庞庆啊，务要严加看管乌三儿和小金佛，时刻警惕外人进入地室，不能出半点儿差错。我须返回洞穴口儿等着那个女飞贼，咱可不能慢待人家，本爷爷得亲自去接呀!”

庞庆笑着点头称是，并请兄长放心，一定照嘱咐办，还顺手扔给一个布袋子。庞荣接过围在腰间，推开地室尽头的木门登上台阶，按原路爬回洞穴入口，再脚踏石砬子绕到石崖的平坦处。四下踅摸一圈儿，没发现什么异常，重又藏入草丛中，解下腰间的布袋子，抓出一把干炒大麦米放进嘴里嚼着，两耳倾听着周围的动静。

两个时辰过去了，别说有人来呀，连天上的飞鸟也不曾落地。然庞荣并不急，认定只要小金佛进北山没按时回返，白面娘子心里有鬼，肯定坐不住，必会前来查看或接应小金佛。他相信自己的判断，所以一直没动，耐心地半躺于草丛中微闭双目养神。刚近申时，忽然从羊肠小道儿那边传来了响动，耳尖的庞荣侧耳细听，乃一女人走路发出的踢踢踏踏声儿，脸上露出了一丝笑容，自言自语道：“有门儿，终于光临了，等的就是你!”

脚步声越来越近，庞荣屏住呼吸静伏在草丛中，忽觉耳边一股儿小风吹来，随之一个身披蓝斗篷的女子从草丛旁疾步而过，小心翼翼地脚踩石砬子绕到洞穴口儿，拨开枝叶低头钻了进去。来者何许人也？没错，正是大名鼎鼎的白面娘子，不能不佩服鹰爪消魂侠的料事如神哪!原来小金佛一早离开家后，白面娘子也起床了，收拾收拾屋子，扫扫院子，洗了几件衣服，这才去厨房生火做饭，等待小金佛回转。饭菜做好了，摆在桌子上，然后搬起一把椅子坐在门口儿往外望着。可左等右等没个动静，两个时辰过去了仍不见影儿，饭菜早凉了，原本就心神不宁，这会儿便犯了寻思：“小金佛天刚亮就走了，这都快晌午了，按说早就该回来了，或许真出啥事儿了？又过了个把钟头，她的心情愈加焦灼，站也不是，坐也不是，如同热锅上的蚂蚁团团转，实在等不了了，便披上蓝斗篷出了家门，心急火燎地赶往北山，恨不得一步跨进地室。因此，当她攀上石崖的平坦处时，根本顾不上往两边瞅，双目只盯着洞穴口儿，自然也就发现不了隐在草丛中的庞荣，更不会想到此刻正有一双明亮的眼睛于暗处盯着自己。

白面娘子猫腰钻进洞穴没几米，忽觉斗篷被刮住了，以为是洞壁突起的石头所致。回头一看，不禁大吃一惊，容颜变色，心里怦怦直跳，只见身后有个壮汉伸过一只大手拽住了蓝斗篷的一角儿，瞪眼瞅着自己。白面娘子可是个久经世面之人，与各色人等打过交道，有着丰富的待人接物之经验，马上灵机一动，瞬间平定下来，显现出一副娇羞的神态，轻拍胸口儿向身后那位高大魁伟的陌生男子风情万种地说：“哎哟，可吓死奴家了，我当是谁呢，原来是位官人呐。奴家上山采药，突然内急，想找个地儿方便一下，恰好发现此处有个地洞就进来了。光天化日之下，官人跟在后面成何体统？让奴家无地自容啊！”说罢，一手半遮着脸，一手提着衣裙下摆欲出洞，佯装早已被尿憋得急不可待了，得赶紧寻个适当的地方解手。

庞荣当然清楚她这是装模作样给人看，并未立即揭穿其谎言，而是一声不出地退了出去。待白面娘子出洞刚一起身，庞荣就势扯过右胳膊往前一拽，再以左手压其脖颈，来了手儿“扑掌千钧闸”，使其动弹不得，别说一个女子，就是力大无比的武夫也撑不住。白面娘子顿时觉得全身瘫软，酸痛彻骨，没有丝毫的挣扎之力，一屁股坐在地上了。她想尽快摆脱眼前这个不速之客，离开此地，便一计不成又施一计，假装脚崴了，一边揉着右脚脖子，一边大哭道：“哎呀，奴家的脚崴了，好疼啊，走不了啦，都是让你一扯一拽给弄的，哎哟哟……”

庞荣冷笑一声，随即从腰间抽出牛耳尖刀，欻的一声将其一绺儿头发削了下来，喝道：“你这女贼，装什么蒜，竟敢跟本爷爷耍花招儿，活腻歪了吧？若再胡闹，就用这把刀给你那张脸添点儿彩，留下儿道伤疤作纪念，看看还能称得上白面娘子不？快起来，不是要钻洞穴么，赶紧进去！”

白面娘子一听傻眼了，奇怪呀，他咋知道我的名字呢？立马没了底气，不敢再装了，乖乖站起身半蹲着钻入洞穴，庞荣紧紧跟随。二人一前一后爬过长长的地洞，下了台阶，推开木门进入地室。庞荣抬眼一看，见茗兰妹子正坐在椅子上审问乌三儿和小金佛，尤公子、小满堂、庞庆在一旁听着，遂将白面娘子也带了过去，让她老老实实蹲在地上，问啥答啥，听候发落。

乌三儿、小金佛、白面娘子终于三头对案了，当茗兰问起物品被盗的来龙去脉时，地室里可热闹了，乌三儿是一推六二五，一口咬定车马及东西乃小金佛和白面娘子所窃，送到地室让他保管，自己是不得已而为之，顶多犯了窝赃之罪。小金佛承认参与了行窃，但非主谋，而是受白面娘子的指使。还说什么所有物品均保持原样儿，并未损坏，一件没少，拉回去就得了呗，有啥大惊小怪的？白面娘子摆出一副满不在乎的架势，大包大揽，声称此举乃自己一人所为，与他人无关，要杀要剐随便！茗兰一听气坏了，站起身来，声色俱厉地说："乌三儿、小金佛、你俩给我闭嘴吧，狗咬狗一嘴毛，再为自己争口袋，也是人中的败类。俗话讲得好，若想人不知，除非己莫为，这回领教了吧？总有露馅儿的那一天。白面娘子，别以为自己挺仗义，没人欣赏，干的坏事儿还少吗，臭墨变不成白玉！"

乌三儿和小金佛你瞅瞅我，我看看你，或许是被茗兰的气势吓住了，低下头不再吱声儿了。白面娘子则不然，用鼻子哼了一声，双手抱膀晃着脑袋一脸的不屑。

茗兰从白面娘子揽下全部罪责的做法分析，认为她绝非此次偷窃的幕后操纵者，而是具体实施者，只要能使其开口，一些奥秘才会迎刃而解。从她的举止行为上看，是个典型的烈性女子，桀骜不驯，江湖义气十足。对这样的人单纯采取强硬手段显然是不明智的，必须以情感之，以心待之，以言化之，软硬兼施，方可收到预期的效果。此刻已是酉时，考虑到与其僵持下去，不如让白面娘子冷静冷静，毕竟事发猝不及防，给她留出点儿思考的时间，不是没有可能出现转机。于是吩咐庞庆留下继续看守，叫上成额、庞荣、小满堂出了地室，推开后小门儿来到前院儿，打算先同乌大娘、小甜丫、阎彩玉、齐柳云、冯秀清一块儿吃晚饭，然后接着审，务必弄清物品被盗之缘由，还其本来面貌。那么，审的结果怎样？白面娘子的身世如何？丢失的东西是否物归原主？请听我朱伯西继续讲唱下章乌勒本。

第二章　智斗群魔

话说尤成额与茗兰、庞荣、庞庆、小满堂回到了前院儿正房东屋，见三位女子刚刚备好了晚膳，七碟八碗摆了一桌子，香喷喷的，还冒热气呢！汪氏招呼大家赶紧坐下，有啥事儿吃完再办，一会儿饭菜该凉了。又把一个柳条筐递给小满堂，吩咐道："孩子，去后院儿给你庆哥送去，光咱吃饱哪行啊，不能饿着他。"

满堂接过，掀开盖在上面的白布一看，筐内又是盘子又是碗的，皆盛满了饭菜，便调皮地说："哎哟，大娘可真向着二哥呀，好嚼咕都给他啦！"

汪氏伸出手指爱抚地点了一下他的额头道："小鬼头，又耍贫，快去吧！"满堂随即挎着筐儿乐呵呵地出了门。

大伙儿围桌而坐，边吃边聊，有说有笑，像办喜事儿似的，其乐融融。或许是红砖瓦房头一回有这么多人，小甜丫高兴极了，亲昵地靠在奶奶身边，忽闪着一对儿水灵灵的大眼睛瞅瞅这个，看看那个，都忘伸筷子了。坐在一旁的齐柳云边为其夹菜边笑着逗趣儿道："哎，我说小甜丫，挺聪明的孩子这会儿咋傻了？光瞧肚子就能饱哇，快吃呀！"大伙儿一听全乐了。

此刻，尤成额的心情比谁都舒畅，可以说自打离开京师，从未如此痛快过，既为被窃物品完璧归赵而庆幸，也为事情出现转机而兴奋。未承想陪同自己一起赴吉的个个堪比包文正，不怕吃苦，颇有见地，以智捉贼，以据断案，揭开谜底指日可待。尤其是美貌贤惠的夫人更胜一筹，胆大心细，善于动脑，很有魄力。一个弱女子竟具有大丈夫气概，只要认准必办的事儿决不轻言放弃，不愧为总督大人的外甥女，让人打心眼儿里佩服，今生迎娶了这样明事理、有能耐的妻子乃成额之福啊！不仅如此，桂良大人太有远见了，为了晚生和夫人的安全，暗中派来赛过南侠的少林好汉庞氏兄弟予以保护。二位师父乃英雄豪杰，身手不凡，其精湛武技匹马单枪可抵百人，且人品出众，遇到不平事必出手相帮，刚正的气节够我学一辈子了。来到吉林快两个月了，由于事事不顺，从未睡过一宿安稳觉。这下好了，心里踏实了，可以舒舒服服睡上三天三夜了。更不用返京师了，江城这片黑土地即是我大显身手的地方，任职官学教习之后，能把多年来学到的知识倾力教授于子弟，为大清造就人才出力，才算不枉来世走一回。唯如此，方能对得起所有关心我并寄予厚望之前辈，也无愧于夫人的一片痴情……正寻思呢，小满堂回来了，向二位主子禀道："少爷、少奶奶，刚才我把柳条筐交给庆哥后，又进地室看了看，乌三儿和小金佛都瘪茄子了，抱着脑袋坐在炕上唉声叹气的，一句话也不说。白面娘子与他俩不同，像没事人儿似的，还有闲心照镜子呢，看我进去眼皮都不挑。听庆哥讲，她不仅不服，半句软话没有，还唱起来了，一遍又一遍地哼哼同一首歌，就会那么几句破词儿。依我看哪，她是在故意较劲，根本没瞧得起咱。对这种人不能客气，务必得给点儿颜色看看，好好儿惩治惩治，否则……"

说到这儿，尤成额打断道："小满堂，住嘴，不得胡言！如果白面娘子哼的不是什么淫词秽语，唱唱何妨？"转而又冲茗兰道："夫人，你知道的，在百姓中流传的歌谣大多生成于民间，传唱于民间，男女老幼皆喜欢听。不知白面娘子哼的是民谣呢，还是随口编的，无论什么歌儿，肯定是咱没听过的。不如现在就去地室听听，必要的话，将歌词、曲谱记录下来，再问问此歌儿从何而来，快走吧！"

茗兰笑道："成额，你急的哪门子？饭还没吃完呢，待吃饱再去也不迟呀！"

过了两袋烟的工夫，大伙儿用罢晚膳，齐柳云、阎彩玉、冯秀清开始拾掇桌子，把碗、筷、盘、碟端到后厨房。早已急不可待的尤成额起身就往外走，茗兰、庞荣以及手提两个竹篮子的小满堂随其后，四人出了屋门进入后院儿的那趟平房，从圆门处一磴一磴地下了土台阶，庞庆见他们来了，忙迎上前道："公子、妹子，这里暂时没啥事儿，乌三儿和小金佛比较安静，始终不出声儿。白面娘子不太好管束，既不害怕，也不犯愁，可能是闲得慌，竟放开嗓门儿唱起来了，还没个完。我制止多次了，她根本不听，反反复复就唱一首歌，嗓子号干了，便嚷着冲我要水喝，可倒不受屈。这个女人看上去很有心计，精神头儿蛮足的，损招儿也不少，自己不愿歇着，还想法儿把别人掩垮，一直在折腾，真恨不得进去狠狠拍她一顿！"

茗兰笑了笑道：“庆哥辛苦了，面对这样的人光急不行，得慢慢来，直至开启她的口并情愿竹筒倒豆子和盘托出，咱的目的才能达到。你先回前院儿歇歇，喝壶茶精神一下，这儿有我们呢！”

庞庆点点头道：“好吧，我一会儿就回来，你们小心点儿！”说罢转身离去。

庞荣抬手刚要开第一道木门，恰在这时，地室里传出了白面娘子的歌声，茗兰马上以手势制止。四人停在门前，屏气凝神细听之，曲调时而高亢，时而低沉，是这样唱的：

人生何怕苦中苦，
苦里求乐方为足。
知苦才知艰辛路，
知苦才知福难图。
时人有句口头禅，
不尝苦中苦，
难得甜中甜，
若知甜来难，
休恋安逸不动肩。
万事求吉顺，
靠天靠地虚妄言，
全凭扳倒油瓶自己扶。
莫靠莫挨莫攀莫比莫诉冤，
空伤肝肠谁哀怜？
茅房露天，
再苦的世道自己度，
养就一生的洞窟自己堵。
苦不恨，
苦不馁，
苦不移。
习惯苦，
苦练人，
练性练心练禀赋，
越苦越舒服，
苦尽甘来才是福。

遇难不打怵，
逢苦像吃素，
天下何难求？
人生何惧苦？
丈夫苦中求，
英雄苦中出。
细考前贤众如云，
尝尽苦寒铸名禄。
济世驱邪英雄汉，
苦海修身著奇书。

这首歌谣乃满洲发祥之地辽东一带极为流行的《苦字歌》，因歌词激奋人心，鼓舞生存之斗志，故而受到黎民百姓的普遍欢迎，人人爱听爱学爱唱。此歌是在怎样的社会背景下产生的呢？前书讲过，当时社会动荡，秩序不安定，物价飞涨，贫富悬殊，流民日炽，卖官鬻爵日甚，卖女鬻男随处可见。辽东故地也同样不宁，土匪、行帮肆行无忌，盗贼昼伏夜出。由于生活所迫，闯关东的汉人越来越多，使得关内的赌风、恶俗随之而至，赌局、宝局、妓院娼楼充斥了大小乡邑。佣工劳作之苦，匠人谋生之苦，书生求职之苦，百姓断炊之苦，处处苦苦苦，朝夕苦难度，在这种情况下，《苦字歌》问世了，不知是何人、也不知从何地首先唱起来的，渐渐唱进了每个家族，唱进了每个人的心里，唱出了深埋心底的呼声，唤起了人们对美好生活的向往。

尤成额的确是头一次听到《苦字歌》，非常喜欢，虽然不知何人作曲、填词，但用心琢磨琢磨，细细品味其内在含义，觉得是一首催人上进的好歌儿，值得传唱。它不仅准确表达了底层民众的所思所想，而且告诉人们，人生既然与苦相伴，就应乐观面对，不要气馁，苦中求乐，必将苦尽甘来。茗兰对《苦字歌》也特别感兴趣，听得入了神，并情不自禁地随其轻轻打着节拍。白面娘子唱完一遍了，茗兰方回过神儿来，对尤成额说："夫君，地室里终日见不到阳光，阴凉之气甚浓，你那身子骨儿恐怕禁不起。此歌儿既然听过了，就别进去了，我跟庞大哥、小满堂去看个究竟便可。今晚咱不回东大马架子了，留宿在乌大娘这儿，你先回前院儿歇着吧！"

尤成额尊重夫人之意，点点头表示赞同，转身上了土台阶，回到前院儿。进了东屋，见小甜丫已把茶沏好，遂坐在椅子上与乌大娘一块儿对饮，边闲聊边等着茗兰他们。

茗兰、庞荣、小满堂目送尤成额离开后，推开门进了地室，径直来到第三间屋，只见木门大开着，白面娘子早已脱下了蓝斗篷，上身儿着淡绿底黄碎花绸袄，下身儿穿水粉底紫花缎裤，双手叉腰站在地当间儿，面部表情丝毫未流露出半点儿紧张或歉疚之意，好像专门来此逛逛似的，东瞅瞅西望望，悠然自得。见茗兰等三人站在门口儿，小满堂手中提着两个竹篮子，知道这是给送饭来了，便故意不瞅他们，眼睛看着别处，旁若无人地说："哟，来得还真是时候，本娘子的肠子肚子早就打架了，咕噜咕噜直叫。在没填饱肚皮之前，先唱首歌儿亮亮嗓儿，也好多吃点儿。没人心疼咱，自己总不能亏待自己呀，得好好儿活着！"说罢清了清嗓子，扭着屁股在屋里转了一圈儿，高一声低一声地唱了起来，根本不是正经八百地唱，调门儿都跑南天门去了，那样子让人看了既可气又可笑。

小满堂实在忍不住了，把竹篮子往地上一放，指着她的鼻尖儿大声儿制止道："行了，你这不知羞耻的女贼，别号了，没看见少奶奶来呀？要进大牢了还瞎折腾，临死都不留个念想儿，有啥脸面去见祖宗啊？听好了，别怪我事先没警告你，如果再号，小心割掉你的舌头！"

白面娘子不甘示弱，先是昂起头挺直腰板儿冷笑两声，继而撇着嘴反唇相讥道："笑话，从阴沟飞出的苍蝇竟敢乱嗡嗡，世上还有不许唱歌之理？也不打听打听本娘子何许人也，以为放个狗臭屁就能被吓住哇？告诉你，没人怕那套，死也死个仗义。受大刑的我见得多了，割舌头算啥呀？本娘子不在乎，到头来还不知谁进大牢呢！"

茗兰并未动气，双眼盯着白面娘子的一举一动，心里思摸道："通常情况下，窃贼暴露后的表现大多都是色厉内荏，表面逞能、豪横，内心怕得要命。白面娘子却不然，似乎刀砍斧劈皆不惧，难道真是滚刀肉？就像俗话讲的，屎壳郎掉进油锅硬挺着？我看不见得，她没那勇气，用不着理会。"想至此，便冲小满堂使了个眼色，意思是不要发火儿，先用膳，等她吃饱了再说。小满堂当然得听主子的，立马照做，把其中一个竹篮子里装满米饭、菜肴的盘子、碗取出摆在桌子上，再放一双筷子。然后又分别去了靠着木门的那两个房间，即第一间和第二间，将另一个竹篮里的吃食端给了乌三儿和小金佛。

茗兰还真行，办事精明稳练，遇难容之愤不急不躁，显得很有耐性。此刻，她不动声色，静静地看着早已饿急了的白面娘子大口大口地嚼着，待吃完放下筷子了，方走到跟前和颜悦色地说：“白面娘子，论年龄，我得叫你妹子，姐姐是来看你的，没有丝毫歹意，咱姐儿俩坐下唠唠好吗？”

此话一出，白面娘子一下怔住了，或许是太出乎意料了，一时不知如何回答好了，暗自思量道：“原以为这几个人二番脚返回来，肯定是找我算账的，质问为啥将别人的东西窃为己有？有否估计到此举会给初来乍到吉林的公子一家带来难以承受的困难？作为一个有娘生、父母养的女子，缘何放着阳光大道不走而偏走独木桥？是啊，他们平白无故受到伤害，有太多的理由兴师问罪。可奇怪的是眼前这位太太不仅不咄咄逼人、穷追不舍，还礼貌地称我为妹子，平等待人，语气和婉，态度诚恳，没有一点儿贵妇人那种高高在上的架子，表现出极大的尊重。从她的言行举止比照一下自身，显然相形见绌，自己的做法未免过分了。人心都是肉长的，你敬我一分，我敬你十分，既然能把我当人看，也得对得起人家，不该再胡闹下去了。”想到这儿，没说什么，只冲茗兰点点头，回身顺从地坐在炕沿边。

茗兰长出了一口气，随即走到炕边坐下，亲切地说：“妹子，我和夫君都喜欢你刚才唱的歌儿，非常好听，唱出了世道、人情。请问那是一首什么歌儿呀，从哪儿学来的？听说流传甚广，颇受欢迎，辽东一带会唱的人多得是。如果民众皆能按歌儿中所言去做，莫靠莫攀莫诉冤，不惧苦，苦中求乐，练性练心练禀赋。那么人人都会有出息，遍地是英雄好汉，济世驱邪，除暴安良，必将迎来大清社稷的盛世、黎民百姓的吉祥。”

白面娘子听罢，显然被茗兰的一席话感染了，脸上渐渐没有了敌意，情绪也缓和下来了，语气平静地开口道：“这首歌儿的歌名为《苦字歌》，我是跟爷爷学的，难道你们没听过？吉林、盛京、黑龙江三地的大人、小孩儿几乎全会唱。”

茗兰赶忙拿出纸笔请求道：“妹子，能否再给姐姐唱一遍，我想把歌词、曲谱记下来，日后和夫君一起学着唱。”

白面娘子爽快地答应道：“好哇，既然太太想听，我就唱。”于是特意将节奏放慢，认真地、一句一句地哼起了《苦字歌》，在场的人听得十分真切，茗兰一字不落地记录着。

白面娘子唱完后，茗兰收起笔和纸，说道：“妹子，听了《苦字歌》，我觉得它应是在底层苦熬岁月的黎民百姓以及正人君子喜欢唱的歌儿。

从你的衣着看，生活安适，不缺吃不少穿，却偏偏也爱唱这首歌儿，这似乎与妹子的身份不符，何况又落到这步田地。”

未承想茗兰的这番话却惹恼了白面娘子，只见她脸子一撂，摆出一副玩世不恭的架势，似笑非笑地问道：“太太，我是什么身份？又落到什么田地？不就是牵走三匹马、拉走一车东西嘛，有啥了不得的？你们也看见了，除了车马之外，所有的物品都在这儿，而且完好无损。我们既没自己用，也没送给别人，只是保管些日子而已，这能叫偷吗？说实在的，倘若不是为了帮助朋友走出两难境地，我堂堂白面娘子怎会被你们弄到阴冷的地室遭罪受屈呢！”

三人一听，不禁全乐了！可倒好，白面娘子竟然也感到委屈了，偷了人家的行囊、物品并藏匿起来，不但不道过儿，反而有理了，这不是倒打一耙么？茗兰是个细心人，认为白面娘子话里有话，此事不那么简单，好像有什么不可告人的秘密藏在心里，起码现在不打算和盘托出。既然不想讲，咱也别紧逼，那会适得其反，于是岔开话题，笑着问道：“妹子，依姐姐看，你爷爷不会是位于田野中扶犁耕地的农夫，而是在哪儿当差吧？要不然怎能喜欢、欣赏《苦字歌》并教你唱呢，莫非是他编的不成？”

白面娘子一听问到了自己的爷爷，脸上顿时显现出崇拜、自豪的神情，又感到十分惊讶，万分不解，瞪着一对儿美丽的大眼睛一本正经地说：“太太，你是开玩笑还是故意耍我呀？要说你不全认识这里有头有脸儿的大人，一点儿不奇怪，短时间内不会都接触到。可竟然不认识我爷爷，而且从未听说过，也太孤陋寡闻了吧？这不让人笑掉大牙么！可以打听打听，我爷爷的大名在辽东一带叫得最响，如雷贯耳，无人不知，无人不晓。”

始终没吱声儿的庞荣着急了，一摆手道：“白面娘子，别卖关子了，我家主子是从京师来的，怎会清楚辽东这块儿的人和事？再说了，又没报出你爷爷的字号，天王老子也估摸不出他是谁呀，除非是神仙。”

白面娘子越发洋洋得意，晃着脑袋说道：“我爷爷可不是寻常人，不仅是我的救命恩人，也是数百里人家的活菩萨，大伙儿都习惯称其为‘土地爷爷’。辽东一带的百姓皆知，我爷爷手中的权力是受皇封的，黑龙江、松花江沿岸的土地全归他管，重新进行清查，分配给谁家多少田亩、牛具、拨多少种子也是他一笔定夺，还管各旗主、王爷、贝子应享用多少田亩。那些私占土地之人一看见我爷爷，就像耗子见了猫似的，唯恐避之不及，有条地缝儿都能钻进去。他铁面无私，刚直不阿，就是个活老包在世、玉皇爷属下的土地佬下凡，威名显赫，可厉害了。”

茗兰倒很有耐心，接着问道：“妹子，这位土地爷爷姓甚名谁，能告诉姐姐吗?”

白面娘子回道：“我爷爷叫富俊，乃当朝名宦、国之栋梁，曾三任吉林将军。你们光知道桂良总督，当然那也是朝廷重臣，不过在土地爷爷面前却矮半截儿，只要这二人相见，桂良大人必得首先撩衣下拜叩见老先翁。”随之话锋一转：“唉，说起来呀，我心里挺憋屈的，因为你们小瞧人了。吉林、双城堡一带谁不知我白面娘子呀，将军衙门的上下人等乃至副都统哪个不高看我一眼哪，说不定啥年月你们能求着我呢！眼目前儿本娘子是潜龙困在干水滩，不得不暂时受点儿窝囊气，为朋友两肋插刀也值，反正没几天了，到那时看谁还敢欺负我。”

茗兰、庞荣、小满堂听罢，个个面面相觑，哑然失惊，白面娘子怎么知道桂良总督？听口气还不满足现状，且蛮有信心，认为自己不久的将来必有出头之日，我们反而被人欺，这是哪儿跟哪儿呀？是不是她口无遮拦，光天化日之下自吹自擂、在那儿胡诌哇？庞荣刚想发问，茗兰手一摆，不让插言，心里琢磨开了：“白面娘子说得对，天外有天，人外有人，不能小瞧这个窃贼。从外表看，她是位美貌的年轻女子，清秀、俊俏，有着天生的玉质娇态。史书上所记载的赵飞燕、貂蝉、西施、王昭君等，只限于以文字品评之美，不能见其人。而吉林的白面娘子可列美女之首，那是真美，不仅男人看了觉得美，女人见了也无不赞叹，称得上塞北一枝花。乍一见，定会以为蟾宫中的嫦娥下凡坐在你面前，令人神往。可惜呀，她没遇到好人，或许为了生计变得风流无度，不得不干些下贱勾当。从其所言分析，车马和物品被盗不是偶然的，而是与所谓的朋友需办的某件事有关。盐从哪儿咸、醋从哪儿酸，务必得弄清楚，唯如此，方能在吉林站住脚，夫君也能真正干点儿营生，不至于再被算计。看来白面娘子的背景不一般，有来头儿，兴许是吉林的灵通人士，对我们很有用，恨也好，气也罢，没必要与其计较了。重要的是要耐住性子予以应对，不公开顶撞，尽量顺着她，若能从其口中探出究竟，这些天就没白费功夫。”想至此，遂冲庞荣、小满堂吩咐道：“荣哥，你俩先回正房吧，帮着乌大娘收拾收拾屋子，打扫打扫院子。老人家毕竟年纪大了，光里外忙乎就够累的了，你们多干点儿，她就能多歇歇，不可再给老人添麻烦了。我暂时留在这儿，单独跟妹子唠扯唠扯，姐儿俩有好多话要说呢！”

二人听后，小满堂把三个房间的空碗、空盘子拾掇到一块儿，装入两个竹篮子里，一手一个拎着出了屋。庞荣怕茗兰一个人留下不安全，万一有个闪失，后悔就晚了，便站在那儿没动地儿。茗兰见状，冲他使了个眼色，并朝入口儿处努了努嘴，意思是放心走吧，不会出事的，这会儿庞庆早回来了。庞荣会意，转身离去，走到木门口儿，见弟弟果然守在那儿。又仔细叮咛一番，务必看管好乌三儿和小金佛，确保妹子的安全，不可粗心大意，庞庆边听边点头称是。交代完毕，这才登上台阶，出了圆门。

此时，地室的第三个房间里只剩下茗兰和白面娘子了，二人上了炕，相对而坐，屋内静静的，没有一点儿声音。茗兰看着白面娘子轻声儿说道：“妹子，我觉得女人之间唠嗑儿方便些，想说啥就说啥，不用顾忌，所以才把两个男人打发走了。你方才讲了，认识个最了不起的爷爷，而且是妹子的救命恩人。如此看来，咱姐儿俩都与朝中的不少大人打过交道，不是夸口啊，谁没个仨亲俩厚？哪个家族不认识个当朝进士、都统或总督大人？没啥稀罕的，咱不讲那些没用的。妹子刚才提到的那位教《苦字歌》的爷爷富俊曾三任吉林将军，眼下负责土地的清查、分配，大家皆叫他‘土地爷爷’，这个官衔倒是头一次听说，能不能给姐姐讲得详细点儿？”

白面娘子却没有任何反应，像未听见似的，紧闭嘴巴不开口。看其神态，眉头紧皱，若有所思，心绪乱如麻，是想起了不堪回首的往事？还是对这位太太存有戒备之心？不得而知，很难猜得透。茗兰也不急，往白面娘子跟前凑了凑，目光落在她那纤细白嫩的左手小拇指上，不由得哎呀一声，忙问道：“妹子，这小拇指怎么短了一截儿？噢，我知道了，是被母亲咬掉的吧？据讲这叫‘亲娘迹’，说明妹子的生母去世早，成了没娘的孩子后，是父亲把你养大的，肯定吃了不少苦、遭了不少罪吧？好苦命的妹子呀！”

白面娘子本是个十分要强的女子，很少在人前流泪，眼下身边没人关心她，疼爱她，更没人过问小拇指少半截儿的缘由。没想到坐在对面的太太如此细心，一眼便看出生母给女儿留下的苦命印迹，而且同情她，可怜她，心头一阵酸楚，眼眶溢出了泪水，顺着脸颊一对儿一双地往下掉。茗兰掏出丝帕为其拭泪，轻声儿抚慰道：“妹子，别难过，是姐姐不好，往事如烟，都过去了，不想了。”接着又以轻松的语气说：“妹子是不知道啊，姐姐的命运还不如你呢，从小父母丧亡，连二老长得啥样儿都记不得，是姥爷和舅舅把我养大的。或许是同病相怜吧，我对过早失去双亲的兄弟姐妹格外同情，也理解他们的处境、心态，几乎个个性格刚强，敢于闯荡，再苦再难不轻易放弃。姐姐是个不怕苦、不服气、不认输的人，而且觉得妹子跟我的禀性一样，所以很愿意亲近你，即使再有错儿，也不往心里去了。姐姐真希望今后能与妹子好好相处，相互关心，相互体贴，相互帮助，成为最好、最亲、无话不谈的好姐妹。”

茗兰的这番话，犹如一股和煦的春风吹散了白面娘子头顶的阴霾，像一把钥匙将禁锢多年的心灵之窗打开了，骤然间仿佛变成了另一个人，不那么执拗、倔强、自以为是了，而是显得那么柔弱，那么温顺，那么楚楚可怜，张了张嘴却哽咽得一句话也说不出来。茗兰又道：“妹子，有什么话尽管说，别憋在心里。想哭就痛痛快快地哭出来，没人笑话，那样会好受些。”

白面娘子再也忍不住了，一头扑到茗兰的怀里放声大哭，边哭边叨咕：“我的命好苦啊，孤零零的，没人疼没人想……”双肩不停地抖动，哭声悲凄，令人心碎，往日的铁女子成了泪人儿。

茗兰也被深深感染了，双眼噙着泪花儿，紧紧搂着白面娘子，就像终于等来了远方的亲人回到自己身边，生怕再离开，此前对她的厌恶感一扫而光，取而代之的是发自内心的同情，暗暗感叹道：“唉，世上有太多遭遇不幸的苦命人，他们身陷困境，度日如年，在无底深渊中挣扎，只不过各有各的辛酸史、各有各的长恨泪罢了。”

过了一会儿，白面娘子渐渐止住了哭声，坐直身子擦了擦满脸的泪水，面带愧色打了个唉声道：“咳，我做了对不起你们的事，心里明镜似的，没资格认你这位善良的太太做姐姐。可我身边连个亲人都没有，常常觉得孤单无靠，又多想叫你一声姐姐呀！太太说对了，我的确是个苦命之人，出生三个多月亲娘就死了。九岁那年发大水，继母被洪水吞没，父亲倒在了逃荒路上，与唯一的双胞胎姐姐也走散了，若不是一位杂技艺人把我从水中救起，早已命归西天了。而今不知姐姐是死是活，即使活着，也是天各一方，多年寻找未果，我是日夜思念到如今哪！”说到这儿，又低声儿悲咽起来，让人看了既难过又揪心。

茗兰轻轻拍着白面娘子的肩膀抚慰一番，然后高声儿唤庆哥，庞庆应声而入，茗兰说道：“这里又阴又凉，通风还不好，待长了会坐病的。我带妹子出去，今晚只能打扰一下乌大娘了，在她家住一宿，趁此机会我们姐儿俩好好儿亲近亲近、叙谈叙谈，听妹子讲讲这些年来发生在身上的故事。庆哥，你要精心看管乌三儿和小金佛，不得出差错，别忘了给他们送水喝。”

庞庆边点头边应道：“知道了，放心上去吧！”

茗兰交代完毕，叫上白面娘子下了地，二人手拉着手出了地室，来到前院儿的正房，径直走进东屋后面的小暖阁，让白面娘子先上炕歇着，转身又出来了，把准备留其夜宿之事告知了乌大娘。汪氏很是通情达理，满口答应，随即打开柜子，把里面的新被褥拿了出来，抱到后暖阁铺在炕上，并顺手往灶坑里添了一把柴，说是将炕烧得热乎乎的，躺在热炕上唠嗑儿才舒坦。小甜丫也忙开了，跑到厨房取来杯子，沏了满满一壶茶端到小暖阁放在炕桌上。庞荣和小满堂自然得看主子的脸色行事了，对白面娘子不但没有了敌意，而且显得十分热情，又端洗脸水又送毛巾又嘘寒问暖的。大家的这些举动及真诚态度，令白面娘子感动不已，万万没想到偷了公子的东西，人家不仅没打没骂，还以礼相待，送给吃的喝的并领出了地室，跟太太住在一起。越寻思越觉得这几个人善良、仁义，由此联想到了救命恩人土地爷爷，相比之下，自惭形秽，无地自容。

这一晚，茗兰与白面娘子盖着被子躺在舒舒服服的热炕上，没有丝毫困意，整整聊了一个通宵。白面娘子时而哭泣，时而笑骂，时而抱怨，时而愤怒，述说着自己的苦难人生及难言之隐，也讲了许多外人不知道的事儿。茗兰认真、仔细地听着，时不时地插上两句，忽悲、忽怜、忽惊、忽忧，完全陷入了白面娘子的一腔愁绪之中。通过推心置腹的交谈，印象随之改变，从怨变为同情，从同情变为尊重，恨不得立即将其从痛苦的深渊中解救出来。二人越唠越投缘，越唠越理解对方，感情也愈加融洽，甚至相见恨晚。她们搂抱在一起，哭诉在一起，抚慰在一起，抹着擦不干的泪水，说着悄悄话儿，越说话越多，没完没了，最终成为一对儿心心相印的好姐妹。到了东方露出鱼肚白时，住在东屋的成额公子、庞荣、小满堂也凑过来听，陪着她俩一起聊。庞庆因有要务在身，负责看管地室及院内的巡查，同样一宿未合眼。唯住在西屋的乌大娘、小甜丫及阎彩玉、齐柳云、冯秀清睡得香，可谓酣然入梦，一觉到天亮。

这夜是丰收之夜，尤成额一行来吉林已两个月有余，在这么长的时间里，还没有今日一宿对情况了解得如此透彻、详细，犹如从迷魂阵中突然钻出一样，心里敞亮多了。这夜也是交友之夜，白面娘子自打与茗兰等人相识，从此结下了终生之谊，后来竟成为何图哩氏家族的知己，倾力帮其后嗣大显身手。茗兰通过白面娘子的陈述，顿悟到天地之大，人才辈出。原先没有走出家门，接触面儿窄，只钦敬自己的姥爷玉德、舅舅桂良，现在对大清国的驻扎塞北之忠良玉柱同样佩服得五体投地。庞氏兄弟在与白面娘子等人的交往中获益匪浅，似乎发现了久未寻到的三位师兄之踪迹，对恩师长眉长老或许可以有个交代了，从而引发出本部乌勒本众多的人物和故事。诸位阿哥，下面我朱伯西就多费些唇舌，把白面娘子向茗兰所哭诉的凄凉身世、不幸遭遇及生活现状向大家转述一下。

早年，松花江中游著名的支流拉林河水面宽阔，水流平缓，盛产百余种大小鱼类，是漠北平原上驰名的鱼窝子，引来跑关东的很多流民在此安家，网鱼度日。白面娘子的母亲乃武氏家族的后裔，原籍河北乐亭，以务农为生。乾隆末年，在媒人的撮合下，与住在双城堡有色匠手艺的彤家二小子志浩成了亲。嘉庆元年，这对儿年轻夫妇和随身侍女田屏儿挑着担子来到拉林河附近，见这一带林木茂密，水草丰盈，觉得是个挺不错的地儿，便不想再往北走了，就地搭起小马架子住下了。从此，白天剥树皮熬制色料，晚上小两口儿和田屏儿挑灯网鱼，日子还算过得去。转年，夫妇俩被一个姓龙的打牲贝勒招到吉林，开始时，彤志浩是做丹青的艺工，两年后便当上了色艺师傅。何为“色艺师傅”呢？即专门用石料、树漆等熬制出红色和青色这两种颜料，而且吉林的丹青很有名气，不次于河北、河南、湖北。不久，由于彤志浩为人诚朴，勤劳能干，肯于钻研，技艺高超，结果被贝勒爷看中，成了他的跟班。

龙姓贝勒爷是满洲人，很有经营头脑，将丹青庄办得红红火火，顺风顺水。可惜的是五十三岁那年冬腊月，他突患急症，请到府中诊病的儿拨儿郎中皆言没救了，家里上下人等乱成了一锅粥。贝勒爷临终时，把家人唤到跟前，当着大伙儿的面将丹青庄委托给自己的跟班替家族执掌。彤志浩早已是制作丹青的行家里手了，掌印之后，尽心操持，生意越做越大，远近闻名。到了嘉庆八年，又有了进一步的发展，龙氏家族的人个个竖大拇指称赞，多亏丹青庄有位好掌柜，功不可没！就在当年六月，婚后一直未育的武氏怀上了双胞胎，一直盼着有后的志浩高兴极了，逢人便讲，还把左邻右舍请到家中，摆了一桌丰盛的酒席以示庆贺。嘉庆九年甲子春，武氏顺利分娩，喜得一胎双凤。月子里，志浩嘱咐侍女田屏儿好好儿侍奉太太，务要照顾得周周到到，什么活儿都不许她干，调养好身子骨儿比啥都强。可武氏心疼丈夫，本来就过于劳累，如果吃得不顺口，再歇息不好，身体肯定受不了，便不顾田屏儿的劝阻，一次次地下厨亲烹羹汤。初春的天气乍暖还寒，江风吹袭岸边的马架子，武氏由于受寒气而持续高热，血流不止，服了几十服草药也不见强，且病势一天比一天沉重，命在旦夕，志浩心急如焚。

武氏所生的这对儿双胞胎很是招人喜欢，大眼睛，高鼻梁，樱桃小口，皮肤白净，不但长相一模一样，而且高矮、大小、胖瘦也一样，任何人皆难以分辨哪个是姐姐，哪个是妹妹，即使每天帮着体弱的太太伺候两个孩子的侍女田屏儿也无能为力。唯有武氏凭着母性对女儿的特有感知，能够将她俩区别开来，按照河北老家的习惯，亲昵地称姐姐为大白丫，妹妹为小白丫。

一日下晌，躺在炕上处于弥留之际的武氏感到极其虚弱，气不够使，一口接一口地喘，知道自己将不久于人世，便把丈夫和田屏儿唤到床前，有气无力地说："志浩啊，老天注定咱夫妻难以偕老百年，我的寿命不永，看不到两个可爱的女儿长大成人了，只能先走一步了。屏儿呀，你老实厚道，心地善良，九年来，咱俩相处得如同姐妹。大白丫、小白丫跟你也挺亲，看不着都知道找了，只要一抱，立马就不哭了，这或许就是前世的缘分。我走以后，希望夫君能收屏儿为续弦，她知疼知热，细心周到，错不了，在一起好好儿过日子吧，两个孩子也交给你们了。唉，大白丫、小白丫是我的心头肉，真是舍不得呀，可又能怎样？只怪我福分浅哪！"说到这儿，难过得低声抽泣起来，志浩和田屏儿一再劝慰，武氏才止住了哭声。她看了看襁褓中的啼婴，慢慢坐起身来，示意丈夫把用花被包着的两个孩子放在自己腿上，吃力地抱起这个，又搂过那个，哪个也不想放下，喃喃自语道："女儿呀，你们的命好苦哇，来到世上不到百天呢，娘就要走了，真是对不住啊，等日后再责怪娘吧！"然后放下其中的一个，低下头一狠心将另一个左手的小拇指末节咬掉，吞进肚子里。孩子疼得哇哇大哭，田屏儿赶忙找出红药面儿敷上，并用白纱布将滴血的手指包好，一旁的志浩心疼得噼里啪啦直掉泪。武氏长出了一口气，叮嘱道："夫君、屏儿，你俩要记住，那个左手小指短了一截儿的是妹妹小白丫，这回很容易分清了。"

三天后，武氏咽气了，双手紧紧抱着娇儿不放。志浩和田屏儿难过至极，呼天抢地，泪流不止，哭肿了双眼，将武氏埋葬在马架子西头儿的拉林河畔，可以日夜守望。烧过周年，志浩按亡妻之意，娶了侍女田屏儿，从此大白丫和小白丫由继母抚养。田屏儿是个本分人，性情温和，心眼儿好使，对两个孩子如同己出，十分疼爱，志浩也就放心了。

嘉庆十五年初，过完大年没多久，志浩突感不适，浑身没劲儿，走路稍快点儿就气喘吁吁，虽经郎中诊治仍每况愈下。龙家见彤志浩病病歪歪的，一点儿精神头儿没有，已无力支撑丹青庄，生意日渐萧条，无奈之下，只好把艺工解雇了，关门歇业。

天有不测风云，嘉庆十七年夏，拉林河发大水，泛滥成灾，咆哮的洪水吞没了无数的人畜，冲毁了座座房屋。岸边彤家所住的小马架子也未能幸免，田屏儿被卷进水浪，瞬间便无影无踪了，悲伤的彤志浩只好领着刚刚八岁的两个女儿离家逃荒。江岸边，到处可见逃难的人群，背包挑担，你呼我叫，哭爹喊娘，好不凄惨。重病中的彤志浩一手拉着一个女儿深一脚浅一脚地往前挪，走着走着，忽觉头重脚轻，天旋地转，双腿一软，一个趔趄跌倒在地，再也没有爬起来，两眼大睁着，望着头顶灰蒙蒙的苍穹，企盼天神能护佑他可怜的孩子。大白丫和小白丫扑到父亲身上边唤边号啕大哭："爹爹，醒醒，快醒醒……"可父亲却一点儿声息没有。

人群中的一位老大爷见此，蹲下身看了看，伸手试了试鼻息，摇了摇头，这才摩挲一下志浩的双眼使其合上，然后拽起两个女孩儿劝道："孩子，别哭了，人死不能复生，趁天亮快走吧，天一黑更不好走了。"

小姐儿俩听罢，抽泣着站起身来，找块破席子盖在父亲身上，跪在地上磕了三个响头，边抹眼泪边跟着人群踉踉跄跄地继续往前走。由于一天未吃东西了，肚腹空空，小白丫饿得两眼直冒金星，脚步也放慢了，想停下来都难，因为人流推着她往前走。过了一会儿，小白丫抬眼再看时，发现身旁的姐姐不见了，当即吓傻了，赶忙哭喊着在岸边寻找："姐姐，你在哪儿？我是小白丫，听见没？快答应一声啊！姐姐……"她光顾四下瞅了，不料脚下一滑，被涨起的洪水卷进河中，所幸大难不死，一个年轻后生将其救上岸。此人是谁呢？乃山西运城鼎鼎大名的江湖杂技艺人姓常名祺，人称"常快脚"，艺名赛燕青。

常祺小时候特别喜欢玩儿水，家乡的沁河是其习练水性之地，每到夏季，几乎天天泡在水里。一开始，潜入河中半个时辰不出水面换气，渐渐地在水下可待一个时辰，寨子里的老者皆言此乃奇童，犹如一条小白龙。常祺很想掌握点儿少林功夫，早就闻听河南嵩山登封少林寺名声赫赫，而运城紧挨着河南，来去还算方便。于是就从沁河下水游到河南，经沁阳至桃花峪，再由汜水到嵩山的少林寺，每天往返一趟。师父们打坐的时候，他在旁边模仿，闭目盘膝而坐，调整气息出入，双手放在一定的位置上，心中不想任何事。一段时间后，渐渐与师父们混熟了，便一次次地给他们磕头，请求收为编外弟子。师父们禁不住他的软磨硬泡，只好答应了，从此开始终朝每日跟着习练少林武功。因学得认真，不怕吃苦，不惜流汗，有毅力，所以进步很快，少林功夫达到了一定的水平。

十六岁那年，一个偶然的机会，常祺遇到了东坡杂艺班的掌门主师楚东坡，外号儿“小神仙”，也是山西运城人，同样在少林寺学过武功。老先生见到常祺第一眼就喜欢上了，认为小伙子长得一表人才，眉宇间透着一股英气，精灵、聪颖，将来肯定有出息，遂收为门下弟子，起艺名赛燕青。师徒二人此前都曾于少林寺习武，学了不少少林功夫，所表演的少林绝技单指禅、金刚掌等受到热烈欢迎，传遍京师、天津卫，时过不久，常祺便成了杂艺班的顶梁柱。后来他们出关到吉林三姓一带打场子卖艺，演了十几场后，当地没有不知道小神仙、赛燕青少林功夫了得的，名声传百里。加之四五十号人的东坡杂艺班人人有本事，个个有绝活儿，让人看了耳目一新，大开眼界，故而每到一地，人们扶老携幼地前去观看。

五个春秋过去了，掌门主师楚东坡年事已高，身子骨儿大不如从前，不能继续参演了，于是决定偕老伴儿返回山西运城祖地颐养天年。临走时，宣布东坡杂艺班的班主由弟子赛燕青接任，希望今后在大家的齐心合力下，杂艺班越办越好，永葆其声名！说罢拱手作别，挥泪而去。

当年七月的一天，东坡杂艺班驾车前往双城堡演出，正赶上拉林河发大水，洪水肆虐，白亮亮的水面上可见一个个小黑点儿一起一伏的，那是被卷进河中的难民在拼命挣扎，高声儿呼救。赛燕青见此情景，第一个跳下车，一面喊：“快救人！”一面往岸边跑，师徒们紧随其后，纷纷跳入水中，救出了几十个男女老少。这些侥幸活下来的难民中，经赛燕青亲自救起、打烙印颇深的是个与姐姐走失、哭声儿最响的小丫头，湿漉漉的头发贴在脑瓜皮儿上，脸上一道道儿的泪痕，眼睛都哭肿了。赛燕青将她拉到身边搂进怀里，边哄边给擦泪，并吩咐徒弟找套衣裳给孩子换上，又让随班的女佣包妈妈为其梳洗打扮了一番。这回再一看，嚄！小丫头像变了个人似的，活脱脱一个美丽的小仙女！身着红衣，下穿绿裤，头上扎两个钻天锥。鸭蛋形脸庞，口小，鼻直，脖儿长，忽闪着一对儿水灵灵的大眼睛，时而瞅瞅这个，时而瞧瞧那个。一笑俩酒窝儿，说起话来快言快语，一点儿不显生分，那小样儿特别招人喜欢，谁见了都想亲一亲、抱一抱。问她叫啥名儿？她说父母没给起大号，只知一母双胎，因皮肤白净，便称姐姐为大白丫，称我为小白丫。赛燕青见小丫头个头儿挺高，便问道："孩子，几岁了，属啥的？"

小白丫回道："十一岁了，属虎的。"

赛燕青掐着指头算了算，哪是十一呀，刚满八岁，小丫头挺好胜呢，想同姑娘们比肩，岁数也往大了报，于是又问道："丫头，既然是属虎的，今年应是八岁，为什么说十一呀？"

小白丫答曰："已故继母活着的时候，曾告诉我和姐姐，姑娘家要早些成人，在外头不能报实岁数，那样人家信不着，必须往多了说。我照继母的训教做了，对外报的年龄总大三岁，天天帮着长辈们跑前跑后的，都夸小白丫会办事儿呢！"

话音未落，赛燕青早已笑得前仰后合，边笑边冲大家说："好嘛，咱们杂艺班救了只小老虎哇，此乃吉祥腾飞之兆，从今儿起收下她了，做我的徒弟！"然后转过头问道："丫头，愿意留下学艺吗？"小白丫使劲儿点了点头。

东坡杂艺班班主赛燕青今年二十有一，或许是缘分没到吧，至今尚未成家，自己也不急。然杂艺班的老少爷儿们及身边的亲朋好友反倒挺着急，总惦着这事儿，隔三岔五便为其引见个女子，有的还是大户人家的千金，他却没一个中意的。师傅小神仙掌门时，也曾介绍过两个山西老家的姑娘并收进班里，他照样没瞧上，不是嫌人家长得不漂亮，就是嫌个头儿矮，再不嫌说活不利落、脑筋不活泛，等等，反正是一百个不行。师傅没招儿了，气得点着他的脑门儿嚷嚷："穷挑剔啥呀，这个不中那个不行的，那么多姑娘都不如你个臭小子？那好，等着打一辈子光棍儿吧，将来看谁伺候你！"从此再不提此事。

你说怪不怪，赛燕青自打救下小白丫，咋瞅咋顺眼，咋瞧咋喜欢，一下子就相中了，不过并未露出半点儿声色，杂艺班的人谁也没看出班主的心思。他暗下决心，尽全力把小白丫培养成人，凭那机灵劲儿也错不了，定能将我传授的技艺学到手，成为亲传女徒。过个十年八载的，小白丫长大了，到了成婚的年龄并愿意嫁给我时，便可以明媒正娶了，做杂艺班的领班夫人。拿定主意后，赛燕青对小白丫格外上心，照顾得无微不至，那真比侍弄花草、喂养珍禽还尽心百倍。平时，亲自为其调理饮食，挑选最好的裁缝制衣，让包妈妈做贴身女佣，终朝每日不离左右，小白丫成为东坡杂艺班中最娇艳、最受宠的小精灵，受到全班上下人等的呵护。

赛燕青在日常生活中对小白丫颇为娇惯，而教其练功时要求甚严，做得不到位就得挨板子。按说呢，八岁始练杂技，年龄偏大，成才要比年龄小的费点儿劲。不过小白丫的先天条件不错，不但胳膊、腿长而匀称，个子高挑儿，身体柔韧性好，而且聪明伶俐，悟性高，接受、模仿能力强，学什么像什么，一学就会，还十分刻苦。所以尽管练功时间不长，却大有长进，劈叉、下腰半点儿不含糊，甩飞刀、走钢丝、蹬坛子像模像样，不比先练的师姐们差多少。有时感到浑身骨头节儿酸疼得快散架子了，也咬牙坚持，甚至含着眼泪一遍遍地练，直至师傅满意为止。到了可以登台表演时，赛燕青为她的名字犯了寻思："小白丫这个名儿倒挺好听，从其长相、肤色看也十分贴切，可毕竟不是大号，让人一听就是乳名，招牌不好打呀！噢，对了，干脆起个艺名吧，叫啥呢？"思来想去，忽然眼前一亮："有了，就叫白面娘子吧，这个名儿蛮特别的，听起来很响亮，肯定能招徕观众。"从此，小白丫改称白面娘子，既是艺名，又是大号，开始跟随杂艺班到各地打场子卖艺。每到一地，观众人山人海，场场爆满。别看小白丫人小，然功夫硬，所表演的走钢丝、天女散花、滚针圈儿、舞双剑等尤其受欢迎，很多人声称是专为观看白面娘子的技艺而来，随之很快便出名了。

一晃到了嘉庆二十三年，白面娘子十四岁了，个头儿又蹿起一块，长成半大姑娘了。每每回首往事，觉得犹如品尝五味，既心酸又甜蜜，内心十分感激班主赛燕青的垂爱。是他，在灾难临头之际，不顾危险救了自己的性命，乃永生不忘的大恩人；是他，将自己收进杂艺班，亲自安排衣食住行，生活上给予多方关照；是他，尽心教会自己杂耍儿技艺，不但可以用来糊口，而且有了立锥之地，不用四处流浪了。白面娘子进入杂艺班的六年时间里，在与师傅的朝夕相处中，目睹其所作所为，认为那是位心地善良、仗义助人、武艺高强、品貌出众，值得信赖的好男人，并打心眼儿里敬佩。不知不觉中，竟生出一种从未有过的情愫，只要一想到赛燕青，就不由得一阵阵脸红。每当闲下来时，常常暗自思忖："男大当婚，女大当嫁，人人如此。论年龄，师傅早该成家了，再过几年等我长大了，若能给他做妻子该有多好，那可是修来的福气，不知有没有这个缘分。"想归想，情窦初开、心性刚强的白面娘子似乎比同龄的孩子成熟早，她把自己的心思包裹得严严的，从未向对方敞开心扉，倾诉一切。日子一天天过去，不是练功，就是演出，每到一地必打听姐姐的下落。歇场时从不待着，总是为师傅做这做那的，打洗脸水呀，沏香茗啊，执壶斟酒哇，缝补衣裳，等等，可谓尽心尽力。这些本是包妈妈的活儿，她却抢着干，从不觉得累，只因心里高兴。

可惜好景不长，转年秋末，赛燕青突患重病，背生褡裢疮，即背痈，身子不能直，走不了路，疼痛难忍。出门时不能坐车，只能趴在担架上，由徒弟们轮流抬着走，更别说参加演出了。背痈这种病特别脏，流出的脓血又腥又臭，连前来为其瞧病的郎中走进屋都熏得直捂鼻子，号完脉赶忙下药方，写罢拿起脉枕拔腿就走，一分钟不多待。白面娘子却一点儿不嫌弃，给师傅洗脸、洗脚、倒尿盆，还要按时换药，清洗带脓血的纱布、被单，除了演出暂时离开两个时辰外，日夜伺候在侧。杂艺班的人谁见谁夸，皆言班主真有眼力，半道儿捡了个小徒弟，对师傅多好哇！包妈妈更闲不着了，端水、送茶、煎药、做可口的饭菜、打扫屋子，还得时不时开窗通风换气，也是一刻不离左右。尽管床前有两个人细心照料，赛燕青也吃了几十服汤药，然病势并未减轻，背痈红肿溃烂，致使持续高热。身板儿再强壮也禁不起这么折腾啊，他感到浑身无力，一天比一天虚弱，班子的上下人等看在眼里，急在心里。

杂艺班有个叫邵勤的，与掌门主师楚东坡是老乡，同为山西运城人，跟在身边二十多年了，为班子管理财务及日常事务，大家称其为邵管事。此人气量狭小，嫉妒心强，还总想说了算。赛燕青来到杂艺班并成为楚东坡的徒弟后，邵勤见掌门主师对赛燕青多方关照，十分信任，又欣赏其人品，大事小情总是跟这位徒弟商量，觉得自己受到了冷落，心里很不是滋味，背地里便开始想方设法找赛燕青的麻烦，甚至鸡蛋里挑骨头，一心想将其踩在脚底下。遗憾的是他不是那块料，为人也好，本事也罢，皆逊于赛燕青，难以在杂艺班里显山露水，得不到大家的尊敬。自打楚东坡偕夫人回了故土，赛燕青当了新班主，邵勤便以老大自居，俨然成了班子的大拿，可下有摆份儿的机会了，天天吆三喝四、指手画脚的，还分派演出之事，哪儿都能听到他那破锣嗓子高一声、低一声地穷咋呼。赛燕青虽然对他的做法非常反感，但考虑到毕竟在班子里待不少年了，年纪又大，也就不与其计较，睁一眼闭一眼，并默认由管事统班分派演出之事。邵勤已是快奔五十的人了，有家有口的，可老牛偏爱啃嫩草，暗地里早就觊觎白面娘子了，做梦都想搂过来亲一亲、抱一抱，一直想找机会下手，只是碍着班主盯得紧，至今尚未造次而已。加之每当他色眯眯地看着白面娘子时，发现小丫头的目光冷冷的，很是厉害，像一把利剑闪着寒光，故而轻易不太敢靠前。

现在不同了，赛燕青患上了背痈，被病痛折磨得形销骨立，躺在炕上骨碌来骨碌去的，疼得厉害就哼两声，已没精神头儿管班子的一应诸务了。邵勤看在眼里，喜在心头，胆子也大了，有事儿没事儿便在白面娘子身前身后转来转去、张罗这张罗那的，时而主动上前搭讪，问问缺什么少什么，不够他忙乎的了。可费力不讨好儿，白面娘子却嫌其碍眼，不仅不愿搭理，还从心里硌硬。邵勤佯装全然不觉，越贴乎越近，越近胆儿越壮，瞅准机会就调戏一把，那双臭手时不时看似不经意地在小姑娘身上摸来碰去的。白面娘子知道邵管事对自己没安好心，从此愈加憎恶他，处处提防他，想法儿躲着他。

白面娘子白天随班献艺，晚上伺候师傅，吃不好睡不香，时间长了，一个半大姑娘怎能抗得了？身体开始渐渐消瘦。一日，天刚亮，白面娘子坐在赛燕青的炕前正在打盹儿，邵勤忽然走进屋来，小声儿将她唤醒，说是别搅扰了睡着的班主，赶紧跟我出去一趟，合计一下头午要演的武功段子，言罢转身就往外走，生怕对方不买自己的账。白面娘子也没多想，以为此乃例行公事，便给师傅掖了掖被子，随即跟在邵勤身后出了屋。二人来到院外不远处的凉棚内，坐在长条木椅上，清风吹来，白面娘子不禁打了个冷战。邵勤往跟前凑了凑，一双贼眼上上下下地扫视着对方，装模作样地询问班主怎么样了，昨晚睡得好不好？此刻刚进卯时，晨光熹微，杂艺班的人尚未起床，院门外只有他们俩。邵勤边东拉一句、西扯一句地说着，边环顾四周，见无旁人，猛然侧过身抱起白面娘子就出了凉亭，快速朝西边的苞米地里跑。白面娘子吓坏了，一面挣扎一面大声儿喊叫，可周围没人，谁也听不见。终归年小体轻啊，即使连蹬带踹又抓又打也无济于事，那点儿力气哪能抵得过体格敦实的男人哪，结果愣是被抱进了苞米地扔在垄沟里。白面娘子又怕又气又无奈，只好哭着哀求道："邵管事，行行好，饶了我吧，求你了。我还小，过几年长大成人了，再侍候您老人家还不行吗？"

邵勤冷笑道："嘿嘿，长大了再侍候？小宝贝，我可等不得了，早就想疯了。那赛燕青已不中用了，指望不上了，往后由本管事保护你。今儿个就随了我吧，你不小了，都知道眉目传情了还小吗？"

白面娘子见有机可乘，一翻身弹了起来，提起裤子就往外跑。邵勤一看，眼瞅着到嘴的肉没了，岂能放过？系上裤带赶紧撵。就这样，一个在前头跑，一个在后面追，小白丫的两条腿倒腾得再快，可步子小哇，她迈两步人家迈一步，根本跑不过成年男子，到底还是被撵上了。脸色铁青的邵勤一把抓住呼哧带喘的白面娘子，抡起胳膊左右开弓啪啪抽了两个嘴巴，然后把衣裳全部扒下，从腰间解下绳子将其绑在一棵粗树上，气急败坏地边骂边踢边打，还要对其施暴。

此时，天已大亮，从远处的大道上突然闪出一哨人马，乃巡逻、护路的八旗骑兵。将士们隐约发现前方的一棵大树下有两个人影儿，细一瞧是一男一女，那个女的也看见骑兵了，正冲他们高声儿呼救："兵爷爷，救命啊！快来呀，救救我呀……"

将士们听得真切，立即打马飞奔而至，到跟前一看，只见一个四十八九岁、留着短须的壮汉裤子已褪到脚脖儿，裸露着腚，双眼正死盯着捆在树上、一丝不挂的小丫头下身欲行不轨。偏偏住在附近的几个农夫一大早准备去田里干活儿，途经此地，可倒好，大白天却碰上了难得一见的西洋景，真够新鲜的，于是好奇地围了上来。小姑娘满脸通红，羞愧难当，只能呼喊，任人观瞧，没法儿躲没法儿藏的。

骑兵领队是位年轻的骁骑校，见此情景急忙一抖缰绳，大声儿喝令农夫后退，吩咐兵丁将那一男一女围在中间，背过身去。随即跳下马，上前一脚踹倒短须男子，提起马刀削断捆绑小姑娘的绳子，让其赶紧穿上衣服，并告诉她不要怕，我们是大清丈量土地的护路旗兵。接着又令身边的随从把那个刚刚提起裤子的男子用绳子五花大绑捆上了，提溜起来咕咚一声扔到一边，这才倒出工夫向女孩儿发问："丫头，你是哪里人？大清早不在家待着，怎么跑到这儿来了？差点儿被歹徒祸害。"

白面娘子未待开口泪先流，遂将自己姓甚名谁、不幸身世以及今晨所发生事情的来龙去脉一五一十地哭诉一番，并对兵爷爷出手相救表示感谢。骁骑校和众兵丁听罢，方知眼前这个可恶的男人原来是东坡杂艺班的管事邵勤，心怀叵测，卑鄙龌龊，道德败坏，想占小女孩儿的便宜蓄谋已久，气得大骂老东西人面兽心，猪狗不如！他们想起了以往观看杂耍儿没银子进场地时，掌门主师楚东坡都答应可以免收，唯独邵管事最刻薄，只认钱不认人，递不上银子说啥不准进。而眼前堆缩在地的正是那个老杂种，个个义愤填膺，牙关咬得咯咯响，一兵丁上前重新扒下他的裤子，抡起马鞭啪啪啪一通儿猛甩，抽得邵勤遍体鳞伤，皮开肉绽，号叫不止，别说站起身走路哇，跪在地上爬都爬不了了。

骁骑校见小姑娘模样儿俊俏，清秀可人，担心没人保护再遭毒手，便道：“白面娘子，别在邵勤手下受气了，跟我们走吧，否则这老东西还得欺辱你。旗营的大人心肠儿好，和蔼可亲，同情弱者，会救你出火坑的，愿意去不？”

白面娘子忙不迭地回道：“愿意，愿意！不过得请兵爷爷帮小女一个忙，随我到杂艺班去一趟，那里有位重病缠身的班主，也是小女的师傅和救命恩人，我放心不下他，舍不得离开他。谢谢兵爷爷救下小女，救人一命胜造七级浮屠，请再救救我师傅吧，那可是个大好人哪！”

骁骑校听罢，奔儿都没打，当即同意了。遂命身边的武弁牵过一匹马，把邵勤抬起放在马背上，带上两个亲随陪同白面娘子一起前往杂艺班，众兵丁在副领队的率领下继续巡逻。

回头再讲赛燕青一觉醒来，不见了白面娘子，心中甚感奇怪，一大早去哪儿了呢？问身边的人，皆言不知道，当即唤来包妈妈，让她向邵勤打听打听。包妈妈出屋后，很快就回来了，声称邵管事也不见了，问谁都说没看见。正纳闷儿时，忽听院门外传来嘭嘭嘭敲门声儿，听声音很是急促。包妈妈赶忙跑出去打开大门，一个半大小子急三火四地径直走进班主的屋，说是你们杂艺班的邵管事把白面娘子扛到苞米地里欲强行施暴，未待得手呢，白面娘子不知怎么竟逃脱了。邵管事紧追不舍，撵上后，用绳子将她绑在树上又踢又打，而且还要干那事儿，你们快去看看吧！

那么，这个半大小子怎么知道此情的呢？俗话说得好：若想人不知，除非己莫为。肯定是邵勤的无耻行径被他发现了，不光半大小子认识邵勤和白面娘子，附近嘎珊[1]的男女老少也都认识他俩，因为杂艺班经常到各个村屯打场子卖艺，白面娘子是挑大梁的，邵勤作为管事需跑前跑后张罗，自然混个脸儿熟。半大小子当时考虑到自己年纪尚小，势单力薄，怕贸然出手对付不了那个壮汉，这才赶紧跑来报信儿的。

可以讲，白面娘子在赛燕青心中占有很重要的位置，平时像心肝儿宝贝一样呵护着，一刻不在身边就觉得空落落的，何况被人欺辱呢，能不青筋暴突、盛怒难遏吗？气得也顾不得重病在身了，一骨碌爬起来大骂道：“这个老东西，太不是人了，纯粹一畜生，可恶可憎，该杀！”由于起身时用力过猛，红肿的痈疽迸开，脓血四溢，疼得他脸都青了，浑身

① 嘎珊：满语，村屯。

直哆嗦，又无奈地扑倒在炕，嘴里不住地念叨："急死我也，急死我也！"随之昏了过去。一时间，众师徒手忙脚乱，有跑出去找白面娘子的，有在炕边安慰、照护班主的。

骁骑校一行在前往杂艺班的半路上，遇到了匆匆忙忙出来寻找白面娘子的几位师徒，说明情况后，便一同往回走。到了杂艺班的住处，武弁留在院子里看管邵勤，其他人进了班主的屋。几次昏厥的赛燕青睁开眼，见白面娘子满面泪痕地走到跟前，哽咽着告知是兵爷爷及时救了自己。赛燕青欣慰地笑了笑，看了看站在白面娘子身后的三位官兵，有气无力、断断续续地说："谢谢……谢谢各位军爷施救，苍天有眼……幸遇贵人哪！小白丫，师傅……无能啊，对……对不起，没有照护好，让你……受委屈了，师傅来生再……再……"话未说完，一口鲜血喷出，头一歪便断了气，活活让邵勤给气死了。

杂艺班的上下人等大惊失色，悲痛难当，白面娘子扑在赛燕青的身上放声恸哭，其他师徒也是号啕不止。骁骑校眼含热泪劝慰一番，因有要务在身不能久留，便将邵勤交于杂艺班，命一亲随留下，带着另一亲随和武弁出大门而去。

众师徒一看班主归天了，没有掌门人了，谁还跟邵勤一起共事呀？大家葬罢班主一合计，还是散伙吧，就把银柜撬开了，纹银平分。看在原先的掌门主师楚东坡面子上，给了邵勤一点儿零碎银子作为归老家的盘缠，让他返回山西运城。白面娘子在赛燕青的坟头儿痛哭一场，又跪地磕了三个响头，然后起身骑上曾驮过邵勤的那匹马，跟骁骑校的亲随去了双城堡旗营。

双城堡旗营又叫双城堡行辕，是当时清廷为清查、丈量、汇总拉林河一带所有八旗闲散田亩，收回富豪、地主积年盘剥之地，给贫困者、流民以耕田而专门设置的官衙，主持、坐镇行辕的官员即人称"土地爷爷"的富俊。他生性耿直，为人刚正，睿智精明，谋略深远，乃当朝重臣、一品封疆大吏，威名赫赫。富俊字松岩，卓特氏，蒙古正黄旗人。他勤奋好学，过目能诵，精通蒙文、满语、汉文，汉学底子厚实，自乾隆朝入仕就是翻译进士。其后官运亨通，被授为礼部主事、郎中，累迁蒙古内阁侍读学士、内阁学士兼副都统。嘉庆元年任京师吏部侍郎，继而调任科布多参赞大臣、乌里雅苏台参赞大臣，后召署镶红旗汉军都统。嘉庆四年调往新疆，充任乌鲁木齐都统。嘉庆八年至嘉庆二十三年期间，曾三任吉林将军，谙熟吉林地方风土人情，深得民心，后奉调盛京户部侍郎。嘉庆二十四年初，奉旨驻守吉林、黑龙江一带，于双城堡扎下大营，率领官兵彻底清查民典旗地。可以讲，当时朝廷的所有官员皆知此乃顺治帝入关后留下的病疴，所要面对的是百余年的土地烂账，解决起来十分棘手，不好干，既得罪方方面面的人，又容易受到无端的指责、攻击，是一项最难办、最艰苦、最繁杂的差事，谁干谁头疼，谁碰谁扎手，想甩都甩不出去。那么，清政府缘何要设置一个清查土地的行辕并派富俊前去坐镇呢？说来话长。

自康熙、乾隆、嘉庆朝以来，关于土地归属的纷争从未间断过，故而被朝廷所关注。定鼎中原后，东北三地的土地按八旗驻地的分布、征战中所立功劳的大小等全数分给满、蒙、汉八旗官兵，各有定址；互不相涉，土地归属一目了然，另行分拨相比容易一些，朝廷自然没有将其纳入议事日程。随着时间的推移、朝代的更迭、八旗子弟的绵延罔替、各地官员的易职、驻防八旗的流动，年深日久，土地还是那块土地，归属却发生了多次变化，成为一团乱麻，重新分拨和清理的难度很大，基本分为五种情况。

第一种：土地的主人需迁往别处，走之前，将其租给了别人。这个人耕种几年也走了，再租给其他人，甚至几易转租，周而复始，年复一年，土地的归属便弄不清了。

第二种：土地几易其主或几次变卖，典借的主人换了，承租人随之也换了，归属变化频繁，久而久之，不知此块土地原属何人。

第三种：有的高官委托亲信、家眷、亲戚或低级官吏为自己管理名下的土地，将其交给打长工或短工的农夫耕种，自收租税，国家则收不到应得的粮税和地税，损失巨大。高官长期不归，土地的委托人多次转租，时间一长，归属不明。

第四种：一些地方官员仗势欺人，囤积居奇，放贷租种，自收渔人之利，还时常为土地之争发生械斗。结果是穷苦百姓名下的土地被霸占，使其衣食无着，饥寒交迫。无奈之下，只好抛家舍业，背井离乡，另谋生路。由于民冤难诉，民恨难雪，土匪猖獗，致使社会动荡，秩序不安定。

第五种：进入嘉庆年间，有的地方大片田亩闲置，无人耕种及管理，因为转租户已举家迁移别处，土地随之就撂荒了。有的地方连年遭灾，或旱灾或水灾，颗粒无收，自耕农只好携家带口地逃离家园，成为流民，原来耕种的土地也荒芜了，结果全被大户人家占为己有。

除此之外，再有就是早在清初时，吉林、盛京、黑龙江三地先后成立了旗衙门，管理旗民之事，首先要解决土地烂账。当时，有些土地的主人入了关，遂将名下的田亩租给自家的债户耕种，其中有汉人、蒙古人、达斡尔人，他们需向土地的主人交租子。结果一租就是很多年，随着租户的更替，渐渐成了无主之地，旗衙门便把这些土地收回，登记造册，从此改换归属，为旗衙门所有。

康熙至乾隆年间，在辽东一带，都是将新开垦的土地先分拨给八旗后裔总领，然后再细分至各个姓氏名下，十多块耕地连成一片，归属为十几户、多个姓氏。家主有的是文官，有的是武将，有的是商贾，土地大照自然在各自的手中掌握着。其后由于职位升迁或异地调动，有的去京师做官，有的去内地州府县衙为官，有的去江南经商，家眷也带走了，故乡没人了，名下的田产或做佃东收取地租，或委托亲戚代耕，或干脆卖掉。当地的财主乘机出些银两将其买下，归为已有，土地大照随之转手。一些地痞、恶霸则凭借武力和权势强占旗民名下的土地，甚至制造各种理由胁迫对方出让田亩，这样一来，土地大照、地契便集中在几个大的姓氏手中。

平定了三藩之乱，社会秩序较为稳定，圣主玄烨决定将随旗入关的冗员，尤其是满洲人裁掉，让他们回到自己的故乡。旨下后，辽宁、吉林、黑龙江三地不少在旗官员、文武功臣带着家口陆续从关内各地回到满洲故里，按照原有的品级享受八旗俸禄。为了生计，有的人收回了此前出租的土地，重新经营自己的田产，有的则收不回来。因此期间，事过境迁，原先名下之土地有的已被旗衙门划去；有的土地主人进了关或蒙功外放他地，田产没人管；有的土地主人故去了，再也无人打理，早就被转卖了。总之一句话，旗衙门把这些土地收回，重新丈量、分拨给他人，成为他人子孙的荫田。现在这些旗人回返家乡，对原有土地失去了支配权，只能集中归属到对有功的满洲文臣武将重授田亩之列。他们分得了土地，后经家族几代人的经营，想方设法不断扩大、侵占耕田，土地逐渐多了起来，再租给新户，使租种者成为其名下田产的奴仆，按时交贡交租。

到了嘉庆年间，国势日危，民怨沸腾，签订地契之风盛行，土地占有之矛盾日渐加深，吉林、辽宁、黑龙江三地各州县时不时发生为田亩归属争斗、火拼之事，积重难返，卷入其中的满洲八旗各姓氏难以计数，像团乱麻缠绕在一起，胜负就看当事者的后台硬不硬、本事大不大、地位高不高。官官相护，官官相压，钩心斗角，互相倾轧，天天、月月、年年无有宁日，为保护主子的耕田而死于非命的奴才不下万计。这些事在大清王朝的正史中是不讲的，也无记载，因辽东乃满洲的龙兴之地，家丑不可外扬。而实际上，土地之争引起了很大的社会矛盾，没有耕地之租户开始举旗起事，反对朝廷，争取占有土地之权利。

当时的大清朝正处于封禁之时，辽东是满族的故乡，成为封禁之地。吉林地处辽东中部的松江平原，南接盛京，北接兴安岭，平畴沃野，土质肥沃，物产丰富。乾隆朝之前，朝廷曾颁禁令并设立柳条边，禁止汉人进入蒙古、东北，在辽宁、内蒙古修建一道壕沟，沿沟插柳，始称柳条边，又称盛京边墙、条子边。顺治至康熙年间，先后修建柳条边于辽河流域和吉林部分地域，禁止汉人越过边墙打猎、放牧、采参。辽河流域柳条边南起今辽宁凤城，南临山海关，北接长城，周长八百五十千米，名为老边，即盛京边墙。自威远堡东北方向至今吉林市北法特，长三百四十五千米，名为新边。老边自威远堡至山海关西段由盛京将军管辖，自威远堡至凤城南东段由盛京兵部管辖，一段时间后，转由吉林将军管辖。在交通要道之地设边门二十一处，后减为二十处，每边门驻扎八旗官兵数十人，承担稽查过往行人等差务。

历朝都有宽松的时候，弦不可能总绷得那么紧，乾隆朝中期，验票松弛，入关人口开始增多，关内的灾民为了活命，便拉家带口地往关外跑，只要不被官府抓住，就找个地方住下。到了嘉庆朝时，逃往吉林的难民越来越多，屡禁不止。他们本无一寸土地，又要靠种地为生，怎么办？自然就形成了不少贫困旗民和一些关内冒死闯封禁之地的汉人租种手中握有大量田亩的富豪、财主之土地。随着外来人口的日渐膨胀，田亩的分配、归属等问题一直没有定论，土地的无度集中和非法兼并没有解决，致使满汉间的矛盾日甚，甚至酿成人祸。又赶上白莲教、天理教相继起事，按下葫芦起来瓢，疲于镇压。加之吉林将军换防频繁，像走马灯似的，朝廷深感龙兴之地也不稳，不可苟安，必须下大力气予以治理，否则民怨难平。如何解决吃穿，渡过难关，也就成为清中叶以来八旗生计的一件大事。一些文武大臣纷纷上疏，建议着手清查田亩，所占田亩超出应得部分收回，分给无地者耕种。嘉庆帝思来想去，决定采纳此议，速派得力之臣出阵，率领官兵到双城堡设立清查田亩行辕，对每家每户所占有之土地数额重新丈量，登记造册。发现问题边查究边解决，使民众的反叛情绪得到安抚，已经激化的矛盾得到缓和，这在当时而言，可谓解决土地归属及占有者之间矛盾的重要举措。行辕为什么定在双城堡呢？因双城堡一带地处松花江中游，乃东北之腹地，河流纵横，土地肥沃，是公认的粮仓。然土地归属问题始终没有得到解决，由此引发的争斗颇为激烈，而且总不消停，秩序不安定，朝廷不放心。如果把这里捋顺了，以点带面，其他地方也就迎刃而解了。

富俊是位爱民如子的地方官，多年以来，一直关注着田亩的清查与分拨，且常记在心。实际上，不少官员也看到了土地之现状、存在之漏洞及其大量荒芜之原因，心里明镜似的，期待着朝廷能及早解决并加以治理，否则造成的后果极为严重，无助于大清社会治安的稳定。可他们又望而却步，不愿正面触及，不敢撞这个老虎口，为啥呢？因为凡事有利又有弊，有高兴的，有由怨生恨的。经清查田亩行辕重新厘定，那些无地者分得耕田欣喜若狂，发自内心感谢皇上之恩德；那些被收回非法所得之地者则耿耿于怀，觉得自己作为后辈有辱祖先之功，故而极力诋毁重新清查田亩、还地于民之举措。这部分人中，有的乃名门望族的高官，供职于庙堂，手握权柄，与皇室宗亲素有故谊。有的是财主、劣绅、富豪，在当地堪称一霸，个个是老虎屁股摸不得。认为我有多少土地、对外是否租种皆由自家掌握，别人无权干涉，你若去过问，显然是硬碰硬，结果很难说。倘若因此而得罪了人家，上下串通算计你，则将直接涉及自己头上的乌纱帽能戴多久，弄不好还不得就地摘掉哇！富俊不仅没在乎这些，还知难而上，多次向朝廷上疏，陈述了当前土地归属及分拨存在的弊端，提出了解决、治理之办法，并强调唯有进取，不可却步，进取清则兴，却步清则无复可言也。

嘉庆帝这些天也一直在琢磨，清查土地乃当务之急，既然是重任，就应分派给一个忠于朝廷、勤于政事、系社稷安危于一身之良臣。其时，富俊已奉旨调任盛京户部侍郎。此前，他在吉林将军任上业绩突出，斐然可观，呼声很高，得到了民众的普遍拥戴。到盛京就职后，经过认真、详细的普查，发现东大荒一带的民生大计是个不小的难题，解决起来十分不易，非下功夫不可。

所说的“东大荒”，即指辉南、抚松、靖宇、通化、集安、长白、宽甸、新宾等地，那里流民日炽，从关内出来闯关东的甚多，一家一户源源不绝。治安秩序混乱，持械殴斗、杀人越货时有发生，其不安定因素已成为满洲发祥之地的一大祸患，朝廷十分系念。东大荒一带地处长白山脉，盛产人参，从质量和价格上看，长白老山参可谓首屈一指，关内外有名的大药铺、世一堂购进和使用的几乎全是这种参。为介绍长白老山参特制的木牌子挂在药铺门外醒目的位置，所书内容显豁，什么药性平和呀，营养丰富啊，大补元气呀，参中之宝哇，等等，谁从门前经过都得驻足观瞧一番。早在努尔哈赤起兵时，就发现满山皆长人参，由于粮饷、兵器不足，他的两眼便盯上了山参，决定以开展挖参业聚财养军。于是组织八旗官兵上山，像梳齿儿一样排列开来，一个挨一个地往前走，仔细寻找山参，看到后便留下记号，再一座山一座山地挖。结果可想而知，收获颇丰，满载而归。老罕王就凭这些山参开始与明朝做买卖，以参的质量、大小、粗细论价，换回食盐、布帛、铁器以及兵甲必用的装备，还有一些日用品，人参成了重要的资金来源。

到了顺治、康熙年间，采参业继续发展着，深山里的人参仍不少，但有了严格规定。长白山脉派八旗兵保护，由国家掌控，没有参票私自上山挖参，那是违法的。如有发现者，将要受到严惩，轻者或关押或流徙几千里，重者斩首。参票则由州府县一层层验证后下发，按粮摊派，有时间、人数、地点限制，即在哪座山采多长时间、几个人去。参票上限制的时间一到，马上交回，不得迟误。采得之人参必须卖掉，统由国家收购，个人不可随意销售或私下保留。这样一来，别说普通百姓啊，就是盛京将军想采山参，手中也得握有参票。一时间，参票显得十分珍贵，价值连城，想多弄一个谈何容易？从关里闯关东来的汉人、流民皆盼着能讨得参票，手中掐着那张小票在大荒甸子上就有吃有喝，衣食不愁。采参者一般都是三五个一伙儿，一同进山，由号称“山虎子”的山把式统领，大家全得听他的。挖到山参后卖给官府，能挣到白花花的纹银，无本万利的活儿谁不干哪，当然不想回老家过那种衣食无着、穷困潦倒、时不时还得逃荒的日子了。一传十，十传百，逃到此地的难民越来越多，参票的价格随之便抬起来了，官府发放的参票只需百两纹银，一倒手就变成几百两，照样有许多人争，火得很哪！

进入雍正、乾隆朝时，质量上乘的山参明显见少，不那么容易挖到了。为啥呢？一棵真正的老山参需长几十年甚至上百年，小参苗子哪能很快长大呀，总不能拔苗助长吧？另外，朝廷下达的收购人参及贡参数额一年比一年多，而人参是有限的，下边的地方官疲于奔命，完成山参、贡参指标已成为各州府县官员最大的难题。上山采参者逐年增多，人参必将逐年减少，这是成反比的，所以难以采到也就不奇怪了。

到了嘉庆朝，山参更少了，已成稀罕之物了。为向朝廷送达足额的贡参并完成收购山参指标，各地负责此项差事的官员开始造假，怎么做的呢？指派一些参农进山漫山遍野地寻，发现小参苗子全部采回来，再圈出个地方重新栽上，即由自然生长变为家养，长大之后假充山参卖掉。一旦被朝廷发现了，惩处非常严厉，地方官以下全部降罪，个别情节严重的甚至掉脑袋。尽管如此，仍无济于事，各地官员上交的假货屡禁不止，认为反正完不成朝廷规定的数额也得治罪，不如蒙混一把是一把，得过且过。与此同时，盛产人参的长白山一带流民越聚越多，不少人于夜半背着粮米油盐偷偷钻进山里猫起来，找个隐蔽之地升火造饭，一两年下一回山，为的就是挖出参苗子自己养，待长大些再偷着卖。很多医家的郎中、大药铺的老板就从这些流民手中买参，价格也水涨船高，何乐而不为呢？

面对此种情况，朝廷觉得很是头疼，盛京、吉林将军也是一筹莫展，一时想不出行之有效的办法治理长白山采参业。特别是虽然明知一些专门从事采参业的人与当地官府关系非同一般，为达目的动用钱财予以通融，从中牟取暴利，但也无计可施。当年盛京有个名儿叫范喜奎的官员，此前就是从事采参业的。由于背地里善于做手脚，与官府关系密切，有的官员便对其大开方便之门，私批了不少参票，从而赚了为数可观的纹银。手中有了钱，再通过向高官行贿，很快谋得了户部侍郎之美差。他的胃口很大，并不因此而满足，后来又到京师四处活动，向知近官员奉上重金以穿线搭桥。果不其然，功夫没白下，终于如愿以偿，调入京师内务府就职，有权有势。

富俊调任盛京户部之后，发现此前范喜奎不仅在参票上曾多次通同作弊，而且有以金钱贿赂高官之嫌疑，且证据确凿，遂疏文上报朝廷。然此事很快被本人得悉，你不是看我不顺眼么，那行啊，等着瞧，从此让你永远没好日子过，非弄到最苦的地方承担别人不愿干的差事不可。于是，范喜奎又以几千两白银收买了一位朝廷要臣，请其帮着加害富俊，给他安个“疏文所言不实，有损本朝官员声誉”的罪名。结果真就应了那句话了：有钱能使鬼推磨，一本奏折摆在了皇上的案头。高高在上的嘉庆帝尽管喜欢、欣赏、信任富俊，但有要臣呈文，又不想做调查，也只能凭折降罪于他，从盛京户部调出，安排到哪儿好呢？噢，是了，朕正准备派位踏实肯干的臣子带兵前往双城堡设立清查田亩行辕大营，专门审核那一带各家各户所占有的土地数额，解决土地纠纷乃眼下的重中之重，看来非富俊莫属了。表面上是按要臣之意对其降职使用，放回龙兴之地，实际上是用在了刀刃上，一举两得，此乃妙哉也！嘉庆帝暗地里不仅沾沾自喜，内心对这位三朝老臣仍像以往那么信任，其后富俊第四次继任吉林将军就是明证。

圣上旨下，皇命不可违，再苦再累的差务也得接。富俊二话没说，带领已升任骁骑校的孙儿班布泰及属下人马离开盛京，日夜兼程，赶到双城堡。开始时，他没有建行辕大营，也未申请朝廷出银搭盖住房，而是驻军于田野之中，就地挖坑埋锅造饭，夜间歇息在临时搭起的帐篷或木屋里，环境异常艰苦。要知道，富俊那可是一品大员，曾三任吉林将军，乃地方高官，却从不摆官架子，与将士们同甘共苦，同吃一锅饭，共睡大地炕。当年他是将近六十岁的人了，虽然年纪大，腿脚也不好，但办差一向认真，丝毫不含糊。平时不着官服，只穿民装，外披斗篷，脚蹬皂鞋。二十年前，因从坐骑上摔下伤了右腿，所以走路有点瘸。经常骑的是小毛驴或大青骡，身旁有三个侍卫陪同，带领一哨人马穿梭于吉林、龙江两地之间，踏遍了那里的山山岭岭、沟沟岔岔、密林平川。他令属下一个地儿一个地儿地查看，一户一户地清丈，然后再找土地的主人，有的甚至十几天才能找到，双方在一起核对清楚了，才一笔笔登记造册，账目做得十分细致，准确无误。官兵们走到哪儿就歇息在哪儿，渴饮山泉水，饥食干馍馍，睡在帐篷内或是一些闲置的专为晾兽皮而搭建的马架子里。每到冬季，夜晚寒风刺骨，漆黑一片，狼嗥之声清晰可闻。早晨一觉醒来，清霜裹身，两耳冻得通红，四肢麻木，为丈量土地可谓吃尽了辛苦。

富俊处处为百姓着想，从不搅扰或给添麻烦，到任何地方均不征粮，而是让兵丁背着粮食走。还不摆谱放份儿，即使进了城镇，也不像有些官员坐着大轿，几十个护卫前呼后拥，有打旗的，有举扇的，有张伞的，有鸣锣开道的，人不到先闻其声，尽显威风，百姓不知其情，吓得四处逃散或就近躲藏。富俊属下的人马既不打旗帜，也不咣咣敲锣，更不张扬，而是悄悄地去，悄悄地走。不管到哪儿，他首先命兵丁选处合适的地方支起帐篷，用来夜宿或歇息。如果在此地逗留的时间稍长，便以泥拌草做成土坯，搭建临时住的茅草房，房盖儿苫上草，房顶插上烟筒，生上火烧上炕，就算是居室了。虽简陋，但可住，没那么多讲究。

当时，有些人只听说年近花甲的一品官富俊如何亲民，如何为百姓着想，一心为公，却从未见过。可看到之后，脑袋摇得如同拨浪鼓儿，很是瞧不起，不知道他眼下到底是个什么官，背地里打开喳喳了：“那个披斗篷、骑毛驴的小老头儿莫不是在上司跟前不吃香被贬下来的吧？你看他那样儿，蔫头耷脑没个官相，还瘸了一条腿，今儿个颠到这儿，明儿个颠到那儿，能干成啥大事儿呀?”后来见富俊带领骑兵四处奔波，丈量、清查田亩，然后登记造册，方知他是管理土地的，不过仍以为只是一般的低级差官，干的是查验田亩数额的活儿，一个“土地爷儿”而已。富俊从不往心里去，泰然处之，你们不是喊我“土地爷儿”么？这名字好哇，天天在大地上走来走去的，称“土地爷儿”恰如其分，反正叫啥都行啊！从此，“土地爷儿”这个称谓不胫而走，传遍四面八方，一提起富俊，没有不知道的。

经过一段时间的调查，富俊发现一千六百多个土地所有者亏欠应缴的地税和粮税，违反土地政策的不下万人，年久转典，株连繁多，必须一项项落实。于是便令这些人按年补交欠下的税额，一文不能少，无论你是哪级官员或名门望族、有钱有势的豪强，一律无条件执行，坚决予以追缴。话说出去了就得做，言行一致嘛，这下可得罪了不少人，一些私占良田、故漏应缴粮税以及将地税、租银窃为己有的官员、富豪们的鼻子几乎气歪了，火冒三丈，对富俊恨之入骨，扬言必除之而后快。然黎民百姓却渐渐看明白了，原来这个小老头儿办差一丝不苟，不徇私情，不惧恐吓，净为穷人着想了，是位名副其实的大清朝廷之良臣、爱民如子之父母官哪！咱以前可是有眼不识泰山了，还贬称人家“土地爷儿”，太不应该了，尊称为“土地爷爷”才妥当。此后，“土地爷爷”在关东大地叫响了，富俊受到百姓发自内心的敬重和热烈拥护，颂扬其功德、讲唱其故事随处可闻。

话接前书。留在杂艺班居处的那位随从带着白面娘子回到行辕大营后，下得马来，将其交于那位年轻的骁骑校。骁骑校则领着她直接来到富俊大人面前，首先禀报了今晨的巡逻情况，接着又讲了解救白面娘子的经过及其不幸遭遇。富俊听后，看了看眼前的小姑娘，爱抚地拍了拍小脑袋瓜儿，鉴于她已无家可归，总得有个住处，便令骁骑校将其暂先送到难民营，日后再同其他难民一块儿分拨到各个旗。骁骑校听命照做了，白面娘子就这样离开了杂艺班，留在了难民营。当天晚上，富俊睡不着觉了，想到白面娘子是拉林河的女儿，两位亲人在洪灾中丧了命，从此年年岁岁只能哭祭江水，其悲惨遭遇又何止她一个？我们是为百姓做事的，应为生者建一处祭拜亡灵之地，让死者安息。

转天一早，富俊率领骑兵前往拉林河上下游，将明清两朝数十年来被洪水吞噬屯寨而冲积至此的乡民骨骸归拢到拉林河岸边，堆得像座小山一般，着手建立拉林河义冢和碑亭。揭冢吉期，鼓号恸地，杀猪宰羊，供果如塔，萨满斋祭七日。富俊亲撰《亡魂归来兮》诔文，冢前跪诵，焚化升天。到场约数千名参祭者皆为历世遭水患罹难诸姓亡灵之后裔子孙，个个披麻戴孝，手捧采集的山果、野花，随着土地爷爷和当地乡民有生首次齐聚义冢叩祭。打这以后，年年一到清明，拉林河义冢遍插祭奠亡魂之佛朵，香烟缭绕，祭拜亲人……

其时，双城堡一带已聚集了不少难民，富俊准备给他们重新注册，分拨土地、农具、耕牛，选择一个合适的地方集中搭建土坯房，使其安居乐业，从此不再流浪了。可是有少数难民不愿种田，认为土里刨食又累又辛苦，终朝每日起早贪黑在大地里耕作，面朝黄土背朝天，风吹日晒蚊子咬，汗珠子掉地摔八瓣儿，灰头土脸没个人样儿。碰上好年景还行，风调雨顺，不误农时，到秋能万粒归仓，总算没白受累。一旦遇上荒年可就惨了，旱、涝也好，虫、雹也罢，哪种灾害来袭都将颗粒无收，以后的日子怎么打发呀？吃啥穿啥呀？与其挨饿受冻，不如四处乞讨，要口饭吃便能活下去，不必遭那光出力无半点儿收获的罪。正是基于这种想法，尽管房子也盖好了，土地、农具、耕牛也分到了，有人还是不愿留下，官兵前脚儿走，他后脚儿就跑了。无奈之下，富俊率领官兵开始到各处宣讲，动员他们安心定居下来，强调流浪不可取，种田是本分。原先是进山狩猎的牧民，或许不太会种地，可以向好把式学学怎样侍弄庄稼，只要按节气播种、施肥、铲耥、间苗，到秋必会有收获。不怕流汗，肯吃苦，不断总结经验，今年能收一石粮，明年定收两石粮，功夫不负有心人嘛！不仅苦口婆心加以劝导，还帮着育种、播种、锄草，天天与难民滚爬在一起，像一家人一样。为便于管理，又建立起嘎珊，选出屯达，奖励农耕，严惩逃逸者。

富俊及属下官兵的努力果然奏效，激发了难民的积极性，原本没打算留下的人不走了，纷纷扛起锄头奔向田间，挥汗如雨。大家相信，有付出就会有收获，唯有勤恳劳作，才会迎来丰收之年，日子也会一天天好起来，过上不愁吃不愁穿的生活。

单讲留在难民营的白面娘子毕竟年龄小，还是个半大孩子，虽然练过杂技有点儿力气，但对农活儿咋干却一窍不通，即使分给土地、帮着种上庄稼，也侍弄不了。不光她一个，行辕的官兵在丈量田亩时，东捡一个西领一个，放在一起也是一大帮啊！这些孩子的情况各不相同，有的父母都在，逃难时走散了，无依无靠；有的二老去世了，只身一人随屯邻离家逃荒，成了孤儿；有的爹娘重病缠身，动弹不得，大水袭来只能卧炕等死，而让儿女跑出家门，跟着村民去求生路，至于是死是活，那就看孩子的造化了。富俊思来想去，觉得把他们放在难民营里不是办法，得不到精心照护，应该有个家才是。遂命那位年轻的骁骑校带领十几个兵丁和泥脱坯，砍伐枯树做檩子，在行辕的东墙旁边盖了一趟儿坐北朝南的土坯房，顶盖儿覆盖厚厚一层苫房草，上面立的烟囱与屋顶相通。屋内南北各盘一铺火炕，炕上铺着兽皮。

那么，谁来照顾这些孩子呢？官兵们天天不是巡逻护路，就是清查土地，东跑西颠的，忙得脚打后脑勺儿，根本抽不出身来。于是便从难民营中挑选出两个四十多岁失去家人的中年妇女，为孩子们缝衣、洗涮、做饭，照管日常生活，吃的、穿的、用的则由行辕供给。不仅如此，还考虑到不能误人子弟，得让孩子们上学堂，既习文也习武，长大方可成为有用之人。富俊决定在行辕的西墙旁边建两座茅草房作为学堂，从附近的村屯请来教书先生为孩子们授课，并亲自审定课业内容。自己一有闲工夫便充当老师，教授满文和汉文，蛮认真的，孩子们都爱听。武师则由那位年轻的骁骑校担任，教他们踢腿、腾跃、蹿上跳下、舞弄棍棒等一些简单的武技，俨然一个孩子王。就这样，孤苦伶仃的孩子们在行辕旁边的土坯房里住下了，不仅衣食有了着落，而且上了学堂，读书声时不时从茅草房中传出……

这些孩子中，表现突出的当数白面娘子，聪明伶俐，用心听讲，接受能力强，一学就会。初学算术时，当教书先生提问五加十六、二十三加十四、六十七减八等于几时，她马上就能答出，且准确无误。先生十分高兴，夸赞其脑瓜儿好使，反应快，孺子可教也。前书讲过，白面娘子不同于别的孩子，八岁始便得到“常快脚”赛燕青的调教，除了学些杂耍儿的基本功，还习练武功，而且不是一般的武功，乃少林功夫，很快便在众徒弟中崭露头角，开始登台表演。正因原本有些功底，在此基础上再接着练，长进肯定比其他孩子显著，武技高出一大截儿，可谓鹤立鸡群，出尽了风头，没有不佩服、不羡慕的。与之相比，有的孩子便失去了信心，恨自己太笨，手脚不灵活，脑子不好使。个头儿跟白面娘子一般高，年龄上下差不了一两岁，人家样样儿行，不管练什么一点就透，一通百通，我咋啥也不行呢？

白面娘子给行辕的所有官兵也留下了深刻印象，认为这孩子机灵、懂事、悟性高，小小年纪举手投足竟像大姑娘那样沉稳，皆刮目相看，赞不绝口。那位年轻的骁骑校对其更是格外关注，只要一碰面，便掩饰不住内心的喜悦，眼神儿所显露出的满是关切和疼爱。一段时间后，白面娘子及孩子们不单单与骁骑校以及经常光顾这趟儿平房的兵丁们熟悉了，对富俊大人也不陌生了，没有丝毫的拘束感，毕竟是课业老师嘛！认为其和蔼，慈祥，平易近人，同自己的亲爷爷没啥两样。尽管不知姓甚名谁、具体担当什么差事、曾任过何职，只知是位大官，天天仍口口声声称其“土地爷爷”，觉得此称谓比叫什么都亲切。而富俊大人从不在孩子们面前讲自己的资历，如同一个普普通通的长辈，只要一去那趟儿平房，屋内立马就开锅了，我要这个、他要那个之声不绝于耳。在行辕大院儿内，富俊身边的侍卫和年轻骁骑校时常看见孩子们把大人团团围住，像一只只小麻雀似的叽叽喳喳没个完，并提出一大堆问题让土地爷爷解答。富俊从不厌烦，总是笑眯眯地连比画带讲的，直至全听懂为止。他们怕因此而耽误该办之事，想让孩子们散开还不敢说，担心会惹大人不高兴，只能悄悄儿地分别将其引领到住处或学堂里。

一日晌午，正是二伏后的四五天光景，太阳烘烤着大地，犹如下火一般，闷热无风，已连着半个月没下雨了。行辕里的兵丁们个个热得汗流浃背，衣服全湿透了，寻思跳进河中泡一会儿能凉快凉快，可是出来没多久又是一身汗。有的顾不上穿戴整齐了，干脆脱掉上衣光着脊梁，下身儿只穿一条肥肥大大的灰色麻布短裤。没有军情急务时，谁也不想穿上那套又重又厚、前胸处印着“兵”字的马甲服，否则还不得热晕过去！孤儿营的孩子们倒满不在乎，光着小脚丫跑到林子内嬉戏，或钻进一人多高的草棵子里捉迷藏，叫着笑着乐不可支。富俊用罢午膳，回到屋内歇息片刻，便坐在桌边审看典地档册。他和将士们住的都是土坯房，房盖儿苫着草，一间挨着一间，每间只在南面有扇窗户，北墙留个窟窿，冬季用皮子或草帘子遮挡寒风，夏季将草帘子卷起以通风。尽管窗户早用棍子支起来了，草帘子也摘下了，然而屋内仍像蒸笼一样，一丝风没有，闷热得透不过气来。亲随去河边提来水哗啦一声往地上一泼，以为能凉快些，结果事与愿违，反倒又潮又热。富俊大人觉得屋内实在没法儿待了，遂起身推门出屋走到院子里，令兵丁去林子砍几根柞木杆儿回来，再挖几个小坑往里一插，用土埋上，在架子的顶端搭个盖儿，上面铺一层草席，这便成一座小凉亭了，可在里面纳凉。兵丁们挺有招儿，又去河边抬来几块方石头，堆成石桌、石凳，给大人营造一个可供办差的地方。富俊就在这样的条件下，聚精会神地审查各地报上来的典地档册，一家一户、一个名字一个官衔地圈点，边看边提起笔在纸上计算着田亩的数额、应有多少土地、该缴纳多少田税等。侍卫担心天热容易口渴，站在身旁一次次地为大人斟茶，富俊却嫌他们在眼前碍事，手一抬令其退下。

这位土地爷爷长相没啥特别的，面容清瘦，五官端正，颏下一绺长髯，灰白头发，脑后梳着长辫子。穿着也很平常，上身儿着一件陈旧的白汗褟儿，即贴身中式小褂儿，袖子较短，看上去起码穿三年了，虽然没破，但白色已成淡黄色了。由于天热，故而没扣对襟儿，袒胸露怀。下身儿着青色麻布裤，脚脖儿扎着青布带，光脚趿拉着皂鞋。石桌上除放着一大摞档册外，还有一块已洗成灰色的麻布白手帕，乃用来揩汗的汗巾。他不时地拿起汗巾擦擦额头、脸颊、脖颈子的汗水，两眼却始终不离档册，全神贯注地看着。老人家平时不抽烟，很少饮酒，最大的嗜好是喜喝毛峰茶，且具有品评其优劣的能耐，还是在江南办差时养成的习惯。倘若购得上等香茗，从不让随从为其沏茶，而是亲自动手，自斟自饮，一壶接一壶地喝。乍一瞅，谁也想不到他是朝中重臣、一品大员，就是人们常见的老者，再普通不过了。

此刻，富俊浑身是汗地坐在石凳上，端起杯子刚要喝口热茶，忽觉有股儿小风打身后吹来，顿感舒爽凉快，转而又有些奇怪，大热天儿的，从哪儿刮来的小凉风呢？回过头一看，原来身后站着个女孩儿，个头儿高挑，皮肤白净，一对儿水灵灵的大眼睛忽闪着，两手拿着把大蒲扇正在扇风呢！样子特别认真，嘴角儿含笑瞅着自己，脸颊下方的酒窝儿显得更深了，也不说话，就那么一下一下地扇着。因为住在行辕孤儿营的孩子太多了，个头儿倒是有高有矮，可穿的衣裳都一样，全是富俊张罗来的一色粗布麻衣，所以若不细看，根本分不清谁是谁。富俊笑了笑，爱抚地阻止道："丫头，谢谢你，不用扇了，爷爷不热，玩儿去吧！"

小姑娘不动地儿，两只手也没停，边扇边说："土地爷爷，天太热了，您老出了一身汗，汗褟儿都浸湿了，还是给您扇扇吧，我不累。"

富俊听了，十分高兴，觉得这孩子既乖巧又懂事，还有礼貌，很是讨人喜欢，于是将手中的笔和档册放在石桌上，扭过身来问道："丫头，爷爷倒忘了，你是哪里人，怎么来行辕大营的？"

小姑娘一本正经地回道："大人，您老也健忘啊？我不是前些日子被兵爷爷救下并带到土地爷爷面前的吗，您还教我们读书识字呢！"

富俊一拍脑门儿道："噢，想起来了，想起来了，爷爷真是老糊涂了，你就是那个逃难时与姐姐走散、后来流落到东坡杂艺班当学徒、会几手儿少林功夫的小白丫呀，咱爷儿俩岂止是认识，而是老相识喽！孩子，怎么样啊，在孤儿营住着习惯不？兵哥哥待你们好不好哇，还想家吗？"

白面娘子早就不怕这位慈祥、和善的土地爷爷了，歪着小脑袋瓜儿想了想，回道："行辕大营的哥哥、叔叔们都好，土地爷爷更好，我已经习惯住这儿了。反正老家没有亲人了，离开时间一长，也就不知道想了，今后行辕的孤儿营便是我的家了。"

富俊站起身来说："孩子，跟爷爷放松放松，活动一下筋骨。"随即双手一伸，双腿半蹲着问道："小白丫，你看爷爷做的是什么？"

白面娘子回道："土地爷爷，您做的是骑马蹲裆式。"

富俊笑道："嗯，说得对，你也来一个！"

土地爷爷的提议丝毫难不住白面娘子，要知道，她跟赛燕青师傅学的可是少林功夫，一招一式做得精准到位，富俊未必赶得上。只见小白丫双手上举、甩臂、屈腿、单脚一点地噌地腾身跃起，于空中打了个旋后，再以骑马蹲裆式落地。紧接着直起身，一只脚站立，一只脚回勾，左手冲下，右手冲上伸直，犹如大鹏展翅，此乃金鸡独立。富俊不禁高声儿叫好儿："好，好哇！来，跟爷爷走两步，进几招儿，看看你的能耐有多大！"边说边摆开了架势。

白面娘子一时犹豫不定，既没动地儿，也不敢进招儿，心想："土地爷爷岁数大了，身子骨儿肯定没有以前灵活，万一哪个招数没做好，致其有个闪失或伤着怎么办？"

富俊早已猜出她在琢磨啥了，忙又催促道："小白丫，别担心，更不用怕，胆儿要大，给爷爷来上几拳几脚，我可等着接招儿呢！"

白面娘子听罢，这才拉开架势，跟土地爷爷对打起来，不过上的每拳每脚皆不是实招儿，而是虚招儿。你来我往几个回合后，富俊很是赞赏小姑娘的功夫，根本没有停下的意思，还不时地鼓励道："小白丫，对，就这么打，不可下虚招儿，必须下实招儿，接着来！"

这一嚷嚷不要紧，孤儿营的孩子们纷纷跑进院儿，有出拳的，有伸腿的，结果是一个小老头儿对付二十几个孩子，顾得了这个顾不了那个，还是年轻骁骑校跑过来喊了一嗓子才给解了围。富俊不得不承认年岁大了，累得气喘吁吁，大汗淋漓。两个随从见状，将其搀坐在石凳上，富俊两手放于双膝喘着粗气对骁骑校说："这帮孩子行啊，挺厉害，咱大清后继有人了，将来就靠他们治国安邦了，真让人高兴啊，可喜可贺！特别是小白丫很不一般，别看年龄比你小，然轻功远在你之上，若能好好儿调教调教，没准儿将来成为出名的轻功大家呢！能者为师，你要虚心向她学习，互相切磋技艺，取长补短。武林高手的功夫咋练出来的？那可不是一朝一夕、一蹴而就的，而是吃不少苦、流不少汗、外加善于动脑才行。小白丫的轻功之所以那么高超，首先得益于杂艺班的练功氛围，其次是师傅教得认真，徒弟学得用心。事实证明，只要下了力气，不怕吃苦流汗，总会有收获的。”说完，未待骁骑校开口，轻轻拍了拍白面娘子的肩膀，抹了一把额头上的汗水回屋洗脸去了。

那么，富俊讲这番话什么意思呢？一个是对年轻骁骑校要求甚严，提醒他不要以为自己有些能耐就满足了，要知道天外有天，人外有人。再一个是鼓励他要不耻下问，下苦功夫学，不断习练，再接再厉，以便成为大清社稷的栋梁之材。这位长者特别可亲，原本就喜欢孩子，愿意同他们打连连，平时一有工夫便往平房跑，看看缺啥少啥、该添置些啥。谁的衣服破了，他拿起针线就缝；谁的小手、小脸脏了，他端盆温水就稀里哗啦一顿洗；谁流鼻涕、淌眼泪了，他掏出自己的手帕就给擦；谁头疼脑热拉肚子了，他背起来就去医家请郎中诊治，再到药铺按方抓药。孩子们早已把他当成自己的亲爷爷了，只要富俊大人一去，或将其围在中间问这问那，或叽叽咯咯地嚷着笑着，高兴极了，两天见不着就一个劲儿地念叨想土地爷爷了。富俊也常和孩子们吃在一起，练在一起，玩儿在一起，睡在一起。习练武功时，先是站在一旁看，然后指出毛病，给以指导并做出示范，再给打一套拳，孩子们十分开心，一点儿不怕他。土地爷爷对教授课业却要求甚严，谁若不听话或心不在焉、不下功夫认真学，必将受到打手板之惩罚。因此每当这时，个个规规矩矩的，需要背诵的文章没有背不下来的，字也写得工工整整，先生颇为满意，富俊也很欣慰。

官兵们对上司的脾气秉性更是了如指掌，别看平时笑呵呵的，一点儿官架子没有，同大家打成一片，可办起差来威严着呢，不得出半点儿差错，否则决不宽恕。富俊除了请专人料理孤儿营孩子的日常生活外，还派了武师，并对属下官兵提出了要求，必须时时关照这些无依无靠的孤儿，要视同自己的弟妹子女，不许打骂，更不许虐待。谁若欺侮孩子或没有耐心，小心本人的老拳，严重者军法处置。

有的阿哥会问，那位担任武师、经常和孩子们在一起的年轻骁骑校是谁呢？就是富俊的孙儿班布泰，浓眉大眼，四方脸，晒得黑黑的，宽肩膀，粗胳膊，身量很魁梧，乃富俊的心尖儿宝贝，也是儿孙中最喜欢、寄希望最大的一个。他从小习武，爷爷便是武师，一招一式地教，若总做错就得受罚，没少挨板子。六岁就读于私塾，成绩总是名列前茅，是子弟中的佼佼者，先生常竖大拇指夸其聪明好学，少年有为，从小看大，是块好坯子。富俊告诫孙儿："一寸光阴一寸金，寸金难买寸光阴，必须抓紧时间煞下心来学文习武，不可荒废时光。成长的过程就是学习的过程，只有不怕苦，不怕累，不惜流汗，学得真本事，长大方能成为国家的有用之才。"班布泰牢记爷爷的训谕，没有虚度光阴，勤学苦练，基本掌握了运用文字的能力及一般知识，并有了一定的武功功底。

随着岁月的流逝，班布泰渐渐长成半大小子了，富俊为了进一步培养孙儿，打算给他请位师傅，专门教授武功。也赶巧了，当年头伏第二天的晌午，不知从哪儿来了位游方和尚，身穿袈裟，腰间围一白布包，右手拄着拐杖，步履蹒跚，无精打采。当走到富俊的府门前时，忽然身子前倾，倒地不起，人事不省。此情此景刚好被出外挑水回来的家丁看见了，忙放下扁担跑进书房向大人禀报，说是一个和尚不知何因晕倒在府门外。富俊起身疾步出了书房，穿过院子打开大门低头一看，一位四十六七岁的游僧侧卧在地，双眼紧闭，脸色灰暗，一脑门子冷汗，便令家丁们把师父抬进了屋中平放于炕头儿，用小勺儿喂了几口水。不一会儿，游僧苏醒过来，睁开双目一瞅，见眼前好几个人正惊喜地看着自己，刚要起身，富俊赶忙按住道："师父，别急着起来，躺下好好儿歇歇。请问从哪儿来？准备去往何处，又缘何晕厥？"

游方和尚叹了口气道："唉，本僧来自河南，常住登封少林寺。三年前，与两位师弟一块儿下山，中途因回乡拜望父母分手了，约定于京师聚合。待从故乡来到京师时，却怎么也寻不到师弟了，去吉林一带也没找着，才又到了辽东。可能是天太热，出汗多，总是感到口渴，路上喝了不少山泉水。这下糟了，连着两天跑肚拉稀，疼得直不起腰来，浑身无力还不敢进食，可把我折腾苦了，眼前一黑便倒在地上了。多亏施主相救，给你们添麻烦了，谢谢了，本僧该告辞了！"说罢起身就要下地。

富俊说道："师父，千万别言谢，更不要客气，到这儿就是到家了。您的身子骨儿很虚弱，不宜上路，需将养几天才有力气。安心住下吧，待治好了病，身体恢复原状，什么时候想走，老夫决不再拦。"

游僧见施主诚心诚意挽留，很受感动，觉得盛情难却，何况自己确实折腾得拿不成个儿了，只好答应暂先留下。富俊立马打发家丁请来郎中给以诊治，按方取药，煎好让其服下。游僧连服了三服汤药，将养了四五日后方痊愈，可在打算告辞时却犹豫了，觉得很是过意不去，寻思道："施主与我素昧平生，竟能在紧要关头出手施救，而今病好了就一拍屁股走人，不太合适吧？总得报答人家呀！对了，施主身边有个孙儿，天天在院子里打拳、舞剑、耍棍的，未见请专人教，不妨向其传授几招儿吧！"于是便把自己的想法跟施主说了。

富俊听后，十分高兴，少林功法可谓名扬天下，请都请不到的少林寺大师能主动施教，此乃前世修来的福哟，求之不得呀！随即唤来孙儿，让他跪地磕头拜师，班布泰便成为游僧的徒弟了。从这以后，经常能看到院子里的一老一小，师父在前面一招一式地教，徒弟在后面一招一式地学，主要的少林功法几乎全搬出来了，使班布泰大长了见识，大开了眼界，学得更来劲儿了，暗暗庆幸自己与师父有缘。

一晃半年过去了，游僧见徒弟已练得像模像样了，便对他说："班布泰呀，眼下看，学得还算不赖，但不可因此而放松。师父领进门，修行在个人，熟能生巧，以后务要勤练。记住，每日早晚都得到树林子里站桩，打几套拳，松松筋骨，以提高身子骨儿的耐受力。只有把拳术、剑术、枪法、刀法练到份儿了，运用自如了，才能谈精益求精。功夫不负有心人，有付出定会有回报，继续练吧！"嘱咐完便去厅堂面见家主，说是本僧得走了，实在不能再待了，必须找到两个师弟，否则回去不好向长眉长老交代。

富俊本打算请游僧接着教孙儿一段时间，一看人家确实有事，不便强留，只好作罢，遂问道："师父，自打相识以来，还不知您的名号呢，走之前能否告知？"

游僧笑了笑道："噢，称'一指禅师'就行了，但愿此别之后，还能有机会相见。"

富俊拿出一些纹银送给师父，请其一定收下，以表对其传授孙儿少林武功的感激之情。然一指禅师半文没要，转天黎明时分匆匆辞别，富俊偕孙儿送出五里远方返回，班布泰跪地冲大师前行的方向磕了三个响头，心中默念：师父一路走好。

班布泰十五岁入了军旅，一开始在赛冲阿的马队服役，后来多次随其进关剿匪。由于打仗勇猛，冲锋在前，又有超群的武功，第二年便从马甲升为拨什库，四年后晋升为骁骑校。富俊受皇命接下于辽东一带清查田亩之重任时，明明知道这不是什么美差，既苦又累又得罪人，并且有危险，但还是把正在休整的孙儿要来了，为啥呢？就是为了磨炼他的意志，使之早日成才。富俊手下有一位游击、两位骁骑校，相比之下，对班布泰要求尤为严厉，往往把最重的担子压在他的肩上，最艰苦的地方派其前往，还曾多次强调，无论什么场合都不许露出自己的名分。班布泰乖乖照做，故而初始将士们只知其官阶为骁骑校，不知是富俊大人的亲孙子，很长时间后方知底里。平日里，班布泰除了随爷爷清查、丈量土地，就是带领行辕的骑兵四处巡逻护路，白面娘子便是在巡逻的途中被他救下的。

白面娘子自打来到行辕东边的孤儿营之后，天天和小伙伴们一起进学堂读书，早晚一起习武，没事儿时一起嬉戏玩耍，相互之间便渐渐熟悉了。班布泰在教授武功时，除了自己做示范，时不时地也让孩子们出列，进入圈内亮几手儿。其中的白面娘子引起了他的注意，打了一通儿拳后，发现其伸屈舒展，动作灵活，手眼身法颇佳，正经有点儿功底，而且皆为少林功夫，是别的孩子无法比拟的。这让班布泰高兴异常，因为本身练的也是少林功夫，同声相应，同气相求，知音难遇呀！在与白面娘子的接触中，通过闲聊得知，她的少林功夫乃杂艺班班主赛燕青传授的。当问到班主的武功师傅是谁时，白面娘子答不出具体名讳了，只知是河南嵩山少林寺的，班布泰心里明白了："原来我和赛燕青的武功师傅皆为少林寺的大师，小白丫是班主的徒弟，既然和她认识了，又是同一门派，我俩便是师兄妹。白面娘子真是人小鬼大呀，轻功了得，双脚一弹拔地而起，身轻如燕，没几年功夫，很难有如此高超的身手。可见她能吃苦，悟性高，可塑性强，不能不让人佩服。"这么想着，竟生发出一种极其复杂的情感，是喜欢？是疼爱？抑或是牵挂？说不清楚。

那么，是不是孤儿营的每个孩子随时都可以接近土地爷爷并用扇子给他扇风、使之凉快些呢？非也。倘若孩子们全去了，那不乱套了吗？闲着的时候还行，孩子们凑到跟前，土地爷爷同他们一起玩耍，在田野或树林子里疯跑，像个孩子王似的。通常情况下，富俊可是有公务在身的官员哪，一摞摞的卷宗需要详阅，一件件涉及田亩归属权的案子需要审查，为此冥思苦索之时，一帮孩子将其围上成何体统？所以每当富俊坐于案前，班布泰便不忘叮嘱孩子们该干啥干啥，就是不许到土地爷爷跟前去。为什么白面娘子例外呢？因为班布泰信任她、喜欢她、愿意亲近她，将其看成偶然邂逅的亲人，并希望她能更多地接近爷爷。这样一来，自己与小师妹见面的机会也会随之增多，省得看不见心就不落体。

白面娘子在习武的过程中，知道了班布泰的师傅也是少林寺的，乃一指禅师，眼下所教伙伴们的功夫缘于这位大师的亲传。心里这才明白了，怪不得他的转闪腾挪那么精准，一招一式那么到位，与师傅赛燕青不相上下，与其他骑兵相比也是首屈一指，其师傅乃高僧啊！没想到救下自己并领入行辕孤儿营的骁骑校班布泰竟是同一门派的弟子，对我给予了犹如亲哥哥般的照护，不管从哪个方面讲，他都是我名副其实的师兄。此后，白面娘子一见到班布泰，不再称呼骁骑校或武师了，而是一口一个师兄地叫着，那么自然，那么亲切，使得班布泰的心里甜丝丝的，进而心驰神往，产生无限遐想，二人的心在不知不觉中拉近了。

对于白面娘子而言，武师班布泰的出现，可谓自己赖以依靠的第二个知己。前书讲过，她的第一个知己乃救命恩人、东坡杂艺班班主赛燕青，对其既尊敬又崇拜，有一种特殊的感情。从相识那天起，白面娘子便在班主的呵护下练功、习武、苦学杂耍儿技艺，并随杂艺班去各地打场子卖艺。不但能够养活自己了，而且渐渐平复了远离家乡、思念亲人之痛，还得到了异性的关照，平生头一次品尝了生活原本就是甜美的。遗憾的是赛燕青突然得了背痈症，久治不愈，后来竟被邵勤气死了。师父的离世，犹如晴天霹雳，白面娘子号啕大哭，悲痛不已，感到天都要塌了。她被班布泰救下并带到清查田亩行辕大营、收留在孤儿营读书、习武后，很长一段时间里，始终没有从班主含恨而死的沉痛打击中走出来。心中念念不忘师父的恩德，背地儿总是郁闷不乐，觉得自己就像一片飘零的黄叶无依无靠，情感无所寄托。这一切，班布泰皆看在眼里，认为小白丫着实可怜，令人同情，便在平日的生活起居中，像大哥哥一样处处关心她，爱护她，还经常提醒她："练功时，务必注意保护自己，别伤着；晚上睡觉时，要把被子盖好，别凉着；觉得身子骨儿不舒服时，须赶紧服药，别拖着……"久而久之，白面娘子那颗冰冷的心被师哥焐热了，精神状态随之也变了，脸上开始有了笑容，干起活儿来更有劲儿了。每天一早起来，她就带着小伙伴们又收拾屋子又擦拭学堂的，把行辕的里里外外也打扫得干干净净，归拢得整整齐齐。不仅如此，还为班布泰缝缝补补、洗洗涮涮，啥话都愿跟师兄说，情感上十分依赖，这位年轻骁骑校便成了姑娘心中的第二个知己，暗地里常想："师哥为人好，心地善良，品行端正。严肃起来让人怕，温和起来让人亲，同情弱者，憎恶世间不平，是条血性汉子。有他在身边，我就有了坚强的依靠，没啥可怕的了。等着瞧，早早晚晚定将找机会去山西运城寻找肆意侮辱我的无耻之徒邵勤，欠下师父的那笔血债要算，深仇大恨要报，务必为本姑娘雪耻，否则心不宁。眼下之所以尚未实施，不是不报，而是时候没到，让那干坏事儿的老东西再苟延残喘几天吧，时候一到必报!”

让白面娘子自己都说不清道不明的是不知为什么，只要一见到班布泰就两颊绯红，心像揣个小兔子似的嘣嘣直跳，站也不是坐也不是，两只手都不知往哪儿放了。倘若赶上班布泰忙得脚打后脑勺儿、整天见不到其人影儿时，就感到没着没落的，不由自主地站在孤儿营大门外往行辕大营那边瞅，看看师兄回来没，既担心由于过累身子骨儿吃不消，又怕出什么意外。当终于听到由远而近嗒嗒嗒的马蹄声儿了，激动得心几乎跳到嗓子眼儿，默念着:“谢天谢地，马队回来了，师哥安然无恙。”到了夜半睡着时，脸上仍挂着笑容，那种甜如蜜的感觉是别人无法体验到的。遗憾的是两年后，情感之火已被点燃的白面娘子想作为班布泰亲近知己的美好愿望成了泡影，给她留下的只有幸福的回忆和无尽的痛苦，甚至想以死与命抗争，缘何如此呢？说来话长。

拉林河畔上游的一片平川之地有个范家堡子，堡内居住着数百户人家，大多数都是老范家的人。除了范氏家族的长辈及上下人等外，其他皆为阿哈[1]，之所以取名范家堡子，就是因为住着一窝子姓范的。此地早年住着个有钱有势的大庄主，姓范名百千，原先是河北范家庄的，离天津卫不远，清朝初年才迁过来。其祖上善于经营，同当时威风凛凛的八旗将领多尔衮关系不一般，并受到信任和重用，很快便被提拔为佐领，后来成为世袭佐领。当初，范百千的父亲为他取这个名字是隐含一种喻义的，就是说呀，范氏家族有良田上百上千垧，还有数不清的男女阿哈，乃统御此平川之地的大庄主。范氏家族为啥能占有那么多耕田呢？清初的时候，这里的土地归属八旗兵，由他们轮番耕种。长期以来，由于驻防兵员的调动、战事的频发，将士们根本顾不上农作，致使一些土地撂荒了。范百千见有机可乘，便凭借家族的势力和厚实的财力，或用白花花的纹银逐渐将那些散在的农田一垧一亩一分地买到手，或采取各种办法强行霸占，变为范家的耕地。明着讲是百垧，实际上多了去了，方圆百八十里的土地几乎都姓范。随着耕田的易主，此前租种这片土地的农

① 阿哈：满语，奴才。

户自然就划到了范百千的名册上，受其管束，向其交租子，继而农户沦为佃户，交不起地租的慢慢连自己的身份都失去了，成为范家的奴仆。

到了康熙朝时，老范家开始经营船运，尤其善于驾驶漕船，差不多有上百条运粮船往返于松花江上。通常情况下，他们把辽河附近屯落的粮食装上船，经过一些天的运行，卸到吉林伊通河边。休整两日后，再重新将粮食装上船，经松花江转运黑龙江，供给驻扎瑷珲的八旗官兵食用。由于祖上运粮有功，开辟了一条从辽河到黑龙江的水路，故而受到了皇封，封之为运漕官副都统，范家大门斗上方悬挂着皇上的御印，年年享受二品官俸禄。从此，范氏家族有皇封的名声传开了，一直到雍正朝，老范家的代代掌权人脑袋总是扬着，鼻孔朝天的，摆出一副不可一世的架势。范家祖上死的时候，清廷颁令，允许范氏家族在其坟头儿立一座六眼透龙碑，雍正皇帝还下了谕旨："永享皇恩，子孙世代优渥焉。"这可了不得呀，一般来讲，只有皇室、宗室的人以及贝勒爷故去方可立九眼透龙碑。而范家的祖上既不是皇室的，也不是宗室的，却立上了六眼透龙碑，不仅光宗耀祖了，而且所有的官衙皆不敢惹，还得另眼相看，大开方便之门。正因如此，使得所经营的船运越来越红火，资财越积越多，权势越来越大，进入嘉庆朝时，已成为拉林河一霸了。

范家堡子现在的庄主、掌权人是谁呢？乃范氏家族十六代传人范蔼仁，字仁宽。此人五十有七，个头儿不高，肥头大耳，国字脸，留着两撇儿八字胡。身着员外袍，外穿金丝缎坎肩儿，右手拄根拐杖，见人总是笑吟吟的，从外表看，好像是位很有福分的慈祥老者。还自比为孔圣人的弟子，孔仲尼有七十二个徒弟，他算第七十三，书架子上摆放着的《诗经》《论语》等孔孟之道书籍多得是。喜欢书法，客厅正面墙壁悬挂着一幅用红木镜框装潢的名画《虎啸龙吟》，旁边以正楷自题三个大字"范爱仲"作为座右铭，以丝缎裱之，名画下方的桌案上摆放着观世音菩萨像。"泛爱众"乃孔子所著《论语》书中的话："泛爱众而亲仁，行有余力，则以学文。"明眼人一看便知，范蔼仁这是用孔仲尼之言彰显自己的所思所想，"范爱仲"嘛！他的大号起得好哇，"蔼"是和蔼的"蔼"，"蔼仁"意指态度温和，关怀别人，富有同情心，容易接近，慈和地对待每个与己打交道之人。字取得也不错，"仁宽"即指宽仁薄己，同样以孔圣人的"君子宽仁薄己"作为激励、警戒自身的格言。

然事实并非如此，这一切都是范蔼仁着意做出来给别人看的，冠冕堂皇地为自己脸上贴金，不过为了粉饰而已。他是个典型的笑面虎，从不和蔼待人，而是尖酸刻薄、吝啬，视私财如生命，属铁公鸡的，一毛不拔。不友善，不仁慈，不欺人觉得不痛快，不贪占感到心不爽。不光范蔼仁这样，范氏家族的代代掌权人皆是靠霸占土地、重盘剥、搜刮民脂民膏而发家的，到头来富了自己，苦了百姓。范蔼仁自乾隆、嘉庆以来，以各种手段强买或霸占盛京、吉林、黑龙江三地之辽河、伊通河、松花江两岸的良田不可计数，可谓费尽了心机。土地是农民的衣食之本，却变成了范家的私田，辛苦耕耘的一家老小随之也成了庄主的佃户，任其剥削与欺凌。老范家缘何有这么大的势力呢？一个是祖上有皇封，名声在外，谁都得敬几分。另一个是家中豢养了不少打手，有自己的团练，专门保护范家堡子，一旦有啥事儿，团练便一窝蜂般冲出，非伤即杀。要想不吃眼前亏，面对一群虎狼，只能忍气吞声，敢怒不敢言。

那个时候，关东各地有不少堡子，由庄主管理。为了自保，防备土匪抢劫，各堡子纷纷组建团练，美其名曰卫护堡内居民的安宁。不仅如此，还集中人力、物力，在堡子四周修筑高大的土坯墙，人称“土城墙”或“土围子”，需费时三四年的工夫方可建成。

范家堡子四周的土围子在松花江流域因面积大而远近闻名，建于乾隆中期，方圆百里，经不断修整，越来越坚固。土围子乃长方形，东南西北各有一扇出入堡子的半圆形原木大门，厚重而结实。平时大木门关得严严的，只开旁边的小门，除非有朝廷的官员或贵客前来，或者逢年过节才开大木门。开门前，先咣咣地敲顿锣，然后几个人上前往两边推，木门开启发出的吱嘎声儿全堡子都能听到。

土围子的四角修有炮楼，设哨员，可以瞭望、射击。团练们使的是土枪、土炮，射程较远，别看往上打不易，往下可一打一个准儿。外人来范家堡子，未经庄主同意根本进不了围子，为啥呢？因土围子的外侧挖了又宽又深的护城壕，里面注入没脖儿深的水，像道屏障一样挡着你，无路可走。东南西北四扇大木门的上方皆横一吊桥，平时是提起来的，竖在土墙上，只有在庄主允准的情况下，才能松开绳子把吊桥放下，搭到护城壕上，来人方可进入。这还不算，外面的人要想进围子，不是在大木门外高声儿呼唤，那么远谁能听见哪？即使听见了也不给开。必须先去四角炮楼处，站在城门的斜下方，以便瞭望哨能看到你。怎么做能联系上呢？可采取两种方式：一种是射箭。即事先把进围子要办什么事儿写在布条儿、皮子或白纸上，然后插在箭头顶端，再拉弓将箭发出，不偏不倚射进瞭望楼里。团练拾起箭后，取下布条儿、皮子或信函，立即通报给庄主。范蔼仁打开阅罢，认为来人可以进，便命瞭望哨鸣锣并开启大木门。认为不能进，你得立马打道回府，没有商量的余地。另一种方式为曾经来过的人和瞭望哨相互之间有暗号儿，来人站在城下，或吹一种声音尖利的口哨儿，或放开喉咙唱支当地的民谣，或将两手放于嘴边发出一种特殊的响声，无论咋样，得是此前订好的联络暗号儿。瞭望哨居高临下，看得颇为清楚，仔细打量是否认识，确定后方能放进来。

范家堡子内居住着数千人口，纵横多条街巷，一趟趟儿的灰砖房、土坯房排列整齐，光范蔼仁的妻妾、儿女、亲戚、仆佣、雇工的住房就占好大一片地。围子里的生活必需品十分全乎，不用出外去商号买，也不用上这儿打把铁锹，去那儿做把锄头，里面什么都有。不但有学堂、农具库、兵器库，而且所设作坊五花八门，什么烧锅呀，铁匠炉哇，磨坊啊，等等。还有牛马行、布帛庄、绸缎庄、衣帽庄、药铺、大小饭馆儿，门前都挂着幌子，有的单幌儿，有的双幌儿，有的三幌儿。总之一句话，范家堡子就是一处农村中的城市，士农工商俱全，范氏家族一统天下，范蔼仁即堡子里的土皇上。平时防范甚严，土匪或强盗若打算硬闯土围子，那可是难上加难，一时半会儿攻不进去。范家堡子还不怕围困，水井充足，粮食满仓，自给自足，挺上几个月甚至一年都没事儿，照样可以正常生活，衣食无愁，固若金汤。

范蔼仁身边有两位武林高手，其差事一是作为范家堡子团练的总教头，传授少林功夫，团练的所有成员皆为他们的弟子；二是保庄卫堡，看家护院。二位教头是从河南嵩山少林寺来的游方和尚，一位法号叫夺魂僧者，年龄四十有三，中等身材，不胖不瘦，高颧骨，大眼睛，脑门儿锃亮。有啥能耐呢？即五毒掌特技。据讲，其双手浸有微量毒药，此药非常厉害，是把足呈钩状、有毒腺、能分泌毒液的蜈蚣同后腹部末端有毒钩儿、用来御敌和捕食的蝎子放在一起炮制而成的。倘若不小心挨他一掌，全身立马中毒、溃烂，渐渐烂到骨头里，人就会死掉，故而又称“夺魂掌”。

另一位法号叫静空大师，年龄三十有九，个头儿较矮，长瓜脸，吊眼梢儿，薄嘴唇，刮掉络腮胡子的鬓角呈青色。由于终朝每日习武、练筋骨，全身的脂肪差不多全练没了，只剩下皮包着骨头了，清瘦清瘦的。乍一瞅，似乎提溜起来没儿斤沉，连饭碗都端不动，就瘦到这个程度。然看似弱不禁风，实际上浑身是劲，若是好信儿比比谁的力气大，膀大腰圆的莽汉不一定是其对手，不小心被他抓住，那双铁拳能把你的骨头捏碎，不吃亏才怪呢！他的能耐是练就了高超的轻身术，身体腾空之时，既像一片飘逸的白云，又像一汪儿不流动的清水。单脚点地往高处一纵，嗖的一声跃到房脊了；再一纵，站在树梢儿上了，细细的树枝踩不断；往下一蹿，唰地落入江中，水面儿不起半点儿涟漪，只有浮萍和水草。不会游泳的人落入江中肯定沉底，而静空大师最多没到膝盖就下不去了，运上气能迅速将双腿拔出并于水面儿行走，如同踩在银色的飘带上。更奇的是牡丹花盛开时，那花茎多细呀！他能站在花瓣儿上，将左腿抬起紧贴着右腿，双手抱于胸前纹丝不动，还压不折花茎。这个功夫可了不得，实乃绝技，不是一朝一夕能练出来的，令人叫绝。

范蔼仁对二位大师打心眼儿里佩服，且尊崇备至，奉若神明，言听计从。然堡子里家家户户的男女老少看到他们却躲得远远的，不用说老范家受了皇封、名声显赫、谁见了他家的人皆唯恐避之不及、头不敢抬、眼不敢直视、生怕对方吹毛求疵而成了倒霉蛋，就是两个大和尚往那儿一站，不用开口便把你吓酥了，谁敢说个“不”字儿？倘若将官府都高看一眼的范蔼仁给得罪了，那还有好儿哇，首先自家的田产尽数归入了范氏家族的名下，然后想方设法惩治你，甚至弄死你，连尸首都找不着。

范蔼仁有八房儿妻妾，儿女成群，由一大帮婢女、老妈子伺候着。其中最受其赏识的是明媒正娶、娘家有权有势的大老婆钱氏，即吉哈里哈拉。她中等身材，不胖不瘦，模样儿俊秀。今年虽已四十出头，年岁比其他妻妾都大，但并不显老，姿色不减当年，看起来仍很年轻，顶多三十来岁，可能是由于平时注意保养、用牛奶洗脸、人参水洗浴并以珍珠粉涂身使然。钱氏出生于富裕农家，没读几年书，欠缺儒雅之风，语言有时比较粗俗。不过长了一张巧嘴，见啥人说啥话，专会看人脸色行事。还颇有心计，脑子反应快，眼珠儿一转一个道道儿，目光犀利，很有威慑力。嫁到范家堡子后，就开始帮助丈夫治家，对外打理得周周到到，没有不佩服的；对内治理得井井有条，丫鬟、男仆、家院没有不听的。钱氏总是显得非常大度，得理能容人，遇事有办法，拿得起放得下。对待丈夫的另七房儿妻妾关照有加，向以妹妹相称，如同自己的同胞手足。尽管范蔼仁很少同大夫人睡在一起，只对几个小妾十分近乎，情意缠绵，她也从不挑剔，不与小妾争宠，不以老大自居，不计较小事，而是宽让再宽让，因而堡子里的人皆未听说庄主的八个老婆因嚼舌多事而吵嘴打架。妻妾之间暗地里免不了钩心斗角、争风吃醋，只要被钱氏发现了，很快就能摆平，姐妹们内心的忌妒、气不忿儿亦随之全消，并且对其格外尊重，不敢违拗，一口一个大姐地叫着，前呼后拥地围着。她对范蔼仁同样很有办法，既温柔又约束，能管住丈夫。范蔼仁也甘愿听其摆布，包括每天晚上到哪房儿妻妾处留宿，大老婆若是不发话，他绝不敢去，这点连下头的仆佣都知道。

钱氏头脑不简单是出了名的，老范家之所以有今天，应该说一半儿的功劳得归于大老婆名下。嘉庆十三年，她曾得到一品诰命的御赐，身份及地位随之提高了，吉哈里哈拉家族无不感到荣耀。范蔼仁虽然是名正言顺的大庄主，又是个能人，但范家堡子的妇孺、老少爷们儿皆知，范氏家族说了算的真正管家乃大夫人钱氏，上上下下没有不竖大拇指的，连范蔼仁都不得不佩服。自打范家堡子来了两位大师作为团练的总教头，钱氏同丈夫一样将其尊为上宾，无论碰到什么事皆与师父商量，以讨良策，可谓信任有加。

那么，夺魂僧者和静空大师真是少林寺的吗？又缘何游方至此？书中暗表，范蔼仁身边的这两位大师的确是少林寺的，即长眉长老的爱徒老二和老三，只是下山后为自己重新起了法号而已，夺魂僧者即冲霄五毒侠，静空大师即云水轻身侠。前面讲到的有一年，富俊大人的府门前有位游僧晕倒了，富俊令家人将其抬进屋内并请郎中为其诊治。痊愈后，留住半年之久，为的是报救命之恩，向班布泰传授少林武功。这位和尚即长眉长老的大徒弟一指金刚侠，由于云游各地不便公开自己的法号，才报称另一名号“一指禅师”。他原本与二师弟和三师弟一块儿辞别长眉长老离开少林寺的，中途为啥又分而行之呢？原来师兄弟三人下山后，一路说说笑笑走到黄河边，坐着摆渡过河进了山东界，一指金刚侠向北望去，想起了家乡：“此地离河北冀县不远了，不知二老和唯一的妹妹后来是否回到家乡，何不去看看？这可是难得的机会，不能错过。”想法定下后，便与二位师弟商量道：“师弟呀，我打算转道去冀县，多年未回去了，不知二老是否还住那儿，身子骨儿如何，妹子生活得怎样，很是挂念。不如这样，我回乡一趟，你俩先走，日后在京师会面，你们看行不行？”

二位师弟听后，也认为大师兄应该回家看一眼，此乃人之常情，天经地义，哪能不答应呢，遂频频点头表示赞同，冲霄五毒侠说道：“大师兄，尽管去，代我和三师弟问候一下二位老人家，我俩在京师边歇脚边等你。师兄到了京师之后，可去各个庙宇找我们，那时咱们师兄弟又能见面了。”

云水轻身侠叮嘱道："大师兄，路上小心点儿，别耽搁太久，快去快回。"

就这样，师兄弟三人于山东分手，大师兄改道前往冀县，两个师弟则撂开铁脚板儿边寻访边云游，直奔京师而去。一个多月后，冲霄五毒侠和云水轻身侠顺利到达京师，于各个庙宇朝佛、诵经，等着大师兄。可是过了很长时间也未见大师兄来寻，二人有些着急了，怎么办好呢？眼看秋末了，气候转冷，路不好走，老在这儿干等不行啊！合计来合计去，最后决定不再等了，离开京师先行一步，到了关外再找大师兄，估计他也会去那儿。

第二天一早，师兄弟二人收拾停当，用罢斋饭，刚从寺院出来，就碰上一支八旗骑兵，约二百多人，有的手牵一匹马，有的手牵两匹马，匹匹膘肥体壮，鬃毛在阳光下闪着丝缎般亮光，非常招人喜欢，向周围的人一打听，原来此乃吉林马队的将士。这里需插说几句，吉林马队始建于乾隆中期，发展于乾隆末期，久经沙场，屡立战功，威名远扬。到了嘉庆朝乃至道光、咸丰年间，吉林马队也是名声在外，无人不知，无人不晓。当年组建时，为了增强实力，接收了原蒙八旗马队的一部分官兵。这些骑兵不像满八旗的骑兵那样骑术不等，有高有低，而是相当厉害，乃蒙八旗马队之精锐，个个骁勇善战，阵前经验丰富，以一当十。为什么吉林马队的基础是蒙八旗的骑兵呢？因为郭尔罗斯王爷跟当时的吉林将军关系特别好，无话不谈，亲如手足。为表达兄弟之情意，便主动帮助吉林将军衙门建起了吉林马队，并划拨了一部分蒙古骑兵。从乾隆年间始，吉林马队官兵的坐骑皆来自蒙古大草原，其特点是长鬃长尾，毛色光亮，雄健擅跑，负重耐劳，身量不大，个头儿不高。在两军对阵中，马的个头儿高，目标自然就大，容易被对方射来的箭击中。马的个头儿矮，可匍匐前进，易于保护背上的兵将，有利于征战。吉林马队自打组建到现在，参加了京川无数大小之役，到过云南、贵州、宁夏、湖南、湖北等地，在大清平定异族叛乱、卫护边疆安宁的战斗中立下了汗马功劳。

冲霄五毒侠和云水轻身侠碰到的这支马队是奉命去湖北平叛匪患凯旋到京的，休整了两日，今天起程返回吉林，兵部为他们送行。街上驻足的人很多，道两旁的住户纷纷扶老携幼前来观瞧，都好奇呀，谁不想开开眼哪，总算见到吉林马队的雄姿了，赞叹之声不绝于耳。少林寺的师兄弟俩也站在人群中抻脖儿瞅着，心里这个高兴啊，真是赶巧了，我们正好也去关外，不过路不熟，这下有领道儿的了，可以跟着马队走，省得还得四处打听。二人看了一会儿，便走到一位身穿盔甲的武将跟前，云水轻身侠口诵佛号道："阿弥陀佛，打扰了，请问军爷，听说你们是吉林马队？"

武将侧过头一看，见是两位僧侣，遂礼貌地回道："没错，我们是吉林马队，敢问大师有何贵干？"

云水轻身侠说："本僧久闻吉林圣地，想同师兄去关外的辽东一带云游，但路不熟，能否搅扰一下，允许我们跟在队伍的后面走？"

武将笑道："二位大师，真是幸会呀，当然可以同行了。不过我们是骑马赶路，速度快，大师仅靠两条腿哪能跟得上？不行的话，可借二位两匹马，同马队的八旗将士一块儿走。"

云水轻身侠赶忙致谢道："本僧谢谢军爷的关照，骑马就不必了，我们不会被落下。自出家以来，不论到哪儿，一向撂开铁脚板儿赶路，已经习惯了，请不必挂心。"

武将爽快地说："那好哇，有大师相伴求之不得，定会一路顺风的，咱们一块儿走!"言罢打马前行，师兄弟俩跟随在侧，毕竟是世外高人，行走如飞，比骑马还快。

三人边走边聊，越唠越近乎，越唠越投缘，不知不觉中出了京城。通过交谈，师兄弟俩方知，眼前这位武将是满洲正白旗人，吉哈里哈拉，汉姓钱，名永康，职衔为协领，乃三品官，这二百多号骑兵的马队由他统率。钱永康给人留下的印象是英武刚强，热情爽朗，善于辞令，路上还介绍了吉林马队人员的构成情况，并道："二位大师可能听说了，吉林马队不可小觑，不少威名赫赫的战将出自这里，大清朝廷的名臣赛冲阿大人原先就是吉林马队的，后来当上了都统。刚开始时，赛冲阿随同一个叫倭楞泰的大将军东打西杀，屡立战功，倭楞泰直至年岁大了才告老还乡。二位将军皆善射，使百石弓，箭法高超，具有百步穿杨、一箭射二虎之能耐，且力气极大，单掌可将巨石击碎……"

冲霄五毒侠和云水轻身侠跟着吉林马队一直往北走，出了山海关进入辽东地界后，二人便停下脚步，冲霄五毒侠向钱永康揖手道："军爷，谢谢了，我们该告辞了。您率人马继续前行吧，本僧和师弟准备在此地云游，将来有机会一定去吉林拜望军爷，到时候或许还会搅扰您。"

钱永康忙翻身下马道："二位大师客气了，不必言谢，欢迎不日造访吉林，本将必恭候光临。敢问打算在什么地方落脚啊？本将或许能指点一下。”

冲霄五毒侠回道：“其实没什么固定的地儿，只是走着看，哪儿都能安顿下来，出家人以苦为乐，四海为家。”

钱永康提议道：“不如这样，依本将看，二位大师还是去范家堡子吧！那里地处松花江中下游的拉林河东段，森林稠密，水草丰茂，是个好地方。我的娘家姐姐多年前嫁给了范家堡子的庄主范蔼仁，为范家的大夫人，弟弟也在那儿。你们进了堡子先找我姐姐钱氏，只要提本将的大号，她会热情欢迎大师的，住多少天都行，啥说没有，巴不得有哪位大师光临呢，也好请求师父把高强的武功传授给堡子的团练。姐姐、姐夫可是菩萨心肠，不但信仰佛教，而且特别虔诚，并于府内设了佛堂。待二位大师离开后，他们定会终朝每日拜佛，诚心诚意供奉，以求佛祖保佑。”

师兄弟俩听罢，点了点头，口诵佛号，感谢军爷的热心指点。双方拜别后，钱永康一骗腿儿上了马，追赶骑兵奔吉林方向去了。冲霄五毒侠和云水轻身侠看着马队消失在前方的拐角儿处，回过头来开始在辽东大地上漫步，因为头一回来此地，对这里的山山水水、沟沟岔岔、一草一木皆感到特别新鲜，心情格外舒畅。从小便听说辽东乃满洲发祥之地，今天真就踏上了这片黑土地，能不为之兴奋么？到哪儿都不由得驻足而立，只想多看几眼，万分留恋，久久不愿挪步。他们逐一造访了千山万壑的古寺古庙，接着寻索到早已闻听的铁冠山古洞，遥望一线天。然后又亲临长白山下的青霄平云岭，拜望了几位长期于古刹中坐禅的知名僧侣，跟他们一起谈经论道。与此同时，游逛了名山、大川、群峰和许多不知名的地儿，绕了一大圈儿，也未得到半点儿大师兄的消息，自打于黄河边的山东界分手竟踪影全无。二人仔细商量一番，认为最好的办法就是按钱协领之提议去做，前往范家堡子见见他姐姐钱氏和范蔼仁庄主，不是称他们信仰佛教并很慈善么，索性在那儿待些日子，顺便可四下扫听扫听大师兄究竟在何处，然后再作下一步打算，或许能找到也未可知。于是各自重新起了法号，边走边问路，心里着急脚下生风，没几天便来到了范家堡子大庄主的府门前，抬手叩响大门后，高声儿报上钱协领的大号。

此刻，范蔼仁和大夫人刚刚用完午膳，正准备宽衣小歇时，忽听院外传来嘭嘭嘭的敲门声儿，随即起身出屋，见府门外站着两个和尚，说是从嵩山少林寺来的，按协领钱永康之引见至此。夫妇俩一听，高兴极了，不用问，二位一准是大师了，世外高人能光顾咱荒僻的范家堡子，这可是佛光普照、满寨生辉呀，哪辈子修来的福分哟！赶忙大开府门，笑脸儿相迎，将二位大师引进待客厅，并吩咐厨子赶紧备斋饭，让女仆收拾一下准备供其歇息的房间，让男仆端来温水请大师洗漱，府内上下一阵忙乱。此后，范家对二位大师尊为上宾，敬重有加，像佛爷一样供着，一天一小宴，三天一大宴地招待着，一连半个月没消停。师兄弟俩觉得很是过意不去，与施主只是萍水相逢，对咱却以礼相待，表现出极大的热情，能不让人感动么？不能无功受禄啊，总得帮着干点儿啥作为回报才是。二人商量一番后，来到范蔼仁和大夫人跟前，夺魂僧者说道："本僧和师弟搅扰贵庄了，感谢施主的盛情，请千万别费心了，继续下去会令我们很不安的。出家之人对衣食住行没什么要求，有个居处便可，蹲庙堂从不觉得苦，向用清淡之食，残羹剩饭也不挑，吃饱就行。每日必于肃静的佛堂中坐禅、诵经，修身养性，不喜欢热闹。请施主不要客气，如果有什么困难或堡子遇到不可解之事、庄主有啥燃眉之急皆可提出来，只要能帮上忙的，一定尽力而为。"

范蔼仁笑道："那敢情好，求之不得呀，我代表全堡子人先谢谢啦！说实在的，为了使堡内的老少爷儿们都能过上安生日子，财产不被土匪侵夺，范家堡子组建了以武力保护自己的团练。初衷是好的，虽经训练，但多数成员与匪徒对抗之能力欠佳，武功也不行，想必是不得要领、无名师指点所致。倘若二位大师能在闲暇之余向团练教授一些少林功夫，那可太好了，亦是我们最期盼的，想必大师不会拒绝吧？"说着撩衣便要施礼叩拜。

夺魂僧者、静空大师忙起身阻止道："施主不必如此，传授少林武功乃我们的本分，应下就是了。"

从此，师兄弟俩便在范府住下了，每天除了于府内的佛堂诵经、做佛事外，就是教授团练少林功夫，还时不时地出外走走，去附近一些地方访查，看看能否打听到大师兄的下落。他们常想，范家堡子这么大，方圆百里，大师兄化缘到此不是没有可能。日子在寻找和等待中一天天度过，平静如水，倒也安然。

富俊对范蔼仁的恶行及名下土地甚多早有耳闻，暗下决心必盘根究底，依法办事，绝不留情，因自己所司之职就是重新清查、丈量田亩，多占者须还地于民。若想圆满完成朝廷交办的这一重要差事，首先得制服拦路虎，即各个庄子的庄主，尤其是范家堡子的大庄主范蔼仁，不想碰也得碰，不想得罪也得得罪，躲是躲不过去的。明知范氏家族私占了不少田亩，拖欠了许多早应上缴的田租地税，一些租种土地者所缴纳的租税也被其吞为己有，不拔掉这颗虎牙就无法顺利清丈土地。棘手的是范蔼仁乃方圆百里的地头蛇，财大气粗，这回动到他的头上，难度肯定很大，富俊对此心里明镜似的。认为一开始最好尽量绕开他，先可那些势力小、名声不大、容易整治的下手，一个一个来，做到心中有数，早早晚晚得轮到范蔼仁，跑不了他。为了向朝廷负责，为了不辜负皇上的信任，为了黎民百姓的安宁，豁出去了，赴汤蹈火在所不辞，脑袋掉了碗大个疤，后人自会对忠良之臣给以公正的评说。

偏偏冤家路窄，是祸躲不过，富俊早就得罪了范氏家族。在盛京户部任职时，不是曾因发现范喜奎在参票上作弊并有贿赂高官之嫌，故而疏文上报朝廷并请予以明察么？范喜奎乃范蔼仁的叔伯兄弟，富俊敢在其至亲头上动土，范蔼仁能不知道么，气得不止一次愤愤地对身边人说："那个瘸老头儿不就是一品大员、当过吉林将军嘛，算不了啥，或许能吓唬住别人，却吓唬不了本庄主。我不怕，有能耐现在就来呀，啥时候到，啥时候奉陪！我家祖上受皇封，想要抄没家族世代已经占有的田产，没那么容易，做梦去吧，决不会拱手相让的。富俊手下除了一哨人马有什么呀？我范某人别的不讲，金银财宝有的是，腰缠万贯，有钱能使鬼推磨，只要把上头笼络住了，他就干没辙。京师及各府州县不少官员的亲属都租种范家的土地，必要时，可免收其租税，遇事他们自然会向着我。欲要搬动我，得先搬动那些官员，越不过高坎儿到不了范家堡子，谅他没那本事。从前他不识好歹，把范氏家族的喜奎大人得罪了，结果怎么样？没打着狐狸反惹一身臊，喜奎高官照做，他却被贬到双城堡清丈田亩来了，白天跟黄土打交道，晚上睡在茅草房里挨蚊虫叮咬，吃苦受累。现今还想来整我，真是吃一堑不长一智，没个记性，这回不同上次了，就看他怎么做了。倘若清查时下手轻些，讲点儿义气，睁一眼闭一眼，那咱们就井水不犯河水，他不碰我，我也不整他。如果敢骑在范某人脖颈子上拉屎，那就是活腻歪了，自己找死！轻者，让他身败名裂，告老还乡，抑郁而终；重者，让富氏家族的子孙后代连坐，从此在大清国没有立足之地！"

范蔼仁恨透了富俊，别看表面上显得很是豪横、硬气，实际上暗地里十分惧怕、惶恐，担心总有一天，清查田亩之大网罩在自己头上。他也不想与富俊正面冲突，认为能迂回到其侧面或后面方为上策，于是便派心腹四下打探富俊有啥嗜好及人品如何。心腹探后报曰："大庄主，据讲那个瘸老头儿为人耿直，清正廉洁，软硬不吃，不食人间烟火，难以用金钱收买。”

范蔼仁听后，心中不禁一惊，真是怕啥来啥，人都是这样，不怕横的，就怕不要命的，看来富俊非要跟我对着干不可了，这便如何是好？当日用罢晚膳，亲自请来了夺魂僧者和静空大师，就怎样应对富俊清查田亩、顺利躲过重新登记造册、像条鱼儿一样从水里溜走、让他抓不着、保住范氏家族所占有的土地不受任何损失进行一番商议，并恳请其出谋划策，帮着处理眼前这件棘手之事。

二位大师边喝茶边听范蔼仁介绍完情况，经仔细思忖后，夺魂僧者首先开口道：“施主，本僧认为您过虑了，富俊虽然手持令箭，但没有太岁头上动土的胆量。施主请想，这块儿乃范氏家族几代人的居住、经营之地，别说住户绝大多数都姓范，连周围的山山岭岭也是范家的。没错，富俊的确是朝廷派出的大员，率领一哨骑兵驻扎于此，不过却在大庄主的一亩三分地上清查，又是在您的眼皮子底下进行，所有的一切都在我们的视线之内，他敢轻举妄动吗？别忘了，咱有团练哪，倘若出手，他那一哨骑兵很难占便宜。从某种意义上讲，富俊及其属下乃外来人，对此地不熟悉，家家户户很少有认识这位朝廷派来之大员的，发话谁听啊？而范家堡子几乎皆为庄主的人，庄主说一不二，让他们咋干就咋干，听喝儿。天时、地利、人和全占了，优势在我方，咱能左右得了富俊，富俊却左右不了咱，何惧之有？此为一；二者，富俊有自己的难心事儿，老了老了竟担起了别人不愿干的差使，终朝每日东跑西颠地清丈土地，十分辛苦，那么大岁数了，容易吗？想必他也不愿意得罪人，只想尽一切努力圆满交差，以便风光的荣归故里。在告老还乡之前，为了给自己增光添彩，落个好名声，他想出一招儿，即在推行德政上下功夫，大张旗鼓地办起了学堂，学生就是那些东捡一个、西领一个聚集到一起无家可归的孤儿。尽管平日很忙，事儿又多，还总是抽出时间亲自担当课业老师，为其讲授名家之作，培养八旗子弟。乍看起来，算不上什么大事，不过办个学堂而已。然仔细想想，那可是给大清社稷的千秋伟业奠定基石、添砖加瓦，也为自己增加了积德的资本，在天子面前定能讨得治政之功，亦能受到朝廷和文武百官的一致称赞，何乐而不为呢？这个老头儿不可小觑，聪明得很，暗地里肯定思摸过，倘若清查土地受阻、收效甚微、处于下风怎么办？他有垫底的，即教育培养八旗子弟这方面占了上风，运气好了或许双赢呢，照样向皇上交差。因此，庄主决不能等闲视之，眼光是不是也同富俊一样，不妨放在治学上……”

范蔼仁听得云里雾里，不解其意，急不可待地插问道：“大师且慢，您的意思是……”

一旁的静空大师接过了话茬儿：“施主，这还不明白么，就是从治学上下手，中止富俊的积德之举，想法儿把孤儿营的孩子弄到范家堡子，迫使其学堂关门。这样一来，他那套美其名曰治学的把戏只能收手，再没啥可吹嘘的了，结果必然是鸡飞蛋打，前功尽弃。听说富俊不但为培养八旗子弟办起了学堂，而且将担起抚养之重任，宁肯和官兵们勒紧裤腰带，也要把粮食省下来给孩子们，为啥呢？因为行辕的官兵不是随便吃粮或用多少给多少，而是按人头定量配给，官兵们少吃点儿，孩子们就能多吃点儿，不能让没爹没娘的孤儿受屈。富俊还拿出自己的俸饷给他们扯布做衣裳、买靴子穿，节衣缩食为的是把孤儿养大，孩子们很是感激，亲切地称其为‘土地爷爷’。咱要是把那些孩子弄到范家堡子，等于挖走富俊的心头肉，必将打乱其阵脚，影响丈量、清查土地的进程，我们从中可得渔翁之利。”

范蔼仁眼珠儿转了转，寻思一会儿，仍然还是丈二和尚摸不着头脑，一脸茫然地问道：“那又能怎样？富俊划拉了一大帮孤儿养着，属下还得跟着遭罪，不是吃饱没事儿撑的吗？”

夺魂僧者说道：“施主这是怎么了，脑袋咋转不过弯儿了呢？你想啊，那些孩子到了我们这儿，首要的是需提供生活保障，得盖房子让他们住下吧？一年四季得有衣服穿吧？天天得吃三顿饭吧？光有钱不行啊，还有好几十张嘴等着呢，没有足够的粮食能填饱肚皮吗？那么粮食打哪儿出？不会从天上掉下来，而是播种后地里长出来的，没有土地，何谈收获粮食？土地不足，拿什么给孩子们糊口？朝廷若是得知庄主为了积德行善而收养了大批无依无靠的孤儿，给以衣食之力，使之安居乐业，即使查出庄主由于私占而超出了应得的田亩，也会看作是为满足孩子们的生活需求不得已而行之，为国分忧还会怪罪么？这在情理之中啊！因此，上策就是千方百计地破坏、瓦解富俊办学，既让他的治政之功泡汤、没有理由往脸上贴金了，也使庄主得到了实惠，可名正言顺地占有大量土地。富俊将束手无策，动不了你一根毫毛，这不是很好嘛！庄主意下如何？”

范蔼仁终于开窍了，觉得二位大师出的可以说是个损招儿，够富俊喝一壶的了，随即高兴地说：“成，太好了，就依大师之计行之。请问大师，咱们怎么做才能顺顺当当地把那几十个孤儿抢过来呢？千万不能弄得满城风雨呀！”

静空大师笑了笑道：“施主，你就把心放在肚子里吧，有啥不好办的，还用明抢吗？以物诱惑呀，那些孩子肯定得乖乖跑到咱这儿来，神不知鬼不觉！”

范蔼仁点了点头，暗自寻思道：“此事非同小可，我得听听枕头风，看看大夫人啥意思，让她拿个主意。”想至此，遂致谢道：“谢谢大师帮忙，麻烦二位了，时候不早了，请先回房歇着吧，咱们可以再议。”

夺魂僧者和静空大师起身告辞，出得门来，向自己的住处走去。范蔼仁则去了大夫人的卧房，见其正要吹灯歇息，便把两个和尚出的计谋原原本本地说了。钱氏思忖片刻，脸上露出了笑容，说道：“老爷，二位大师好厉害呀，出的乃高招儿哇，一举两得，可行！”

范蔼仁一听，赶忙上了炕，三下五除二脱掉衣服，钻进被窝儿与其商量开了：“夫人哪，要知道，富俊那清查田亩行辕有八旗兵严加看守，外人根本进不去，光天化日之下抢孩子，不是天方夜谭么？总得有个合适的办法才是。”

钱氏说：“办法是人想出来的，你是死脑瓜骨哇，不会动动脑筋嘛！”

范蔼仁紧接着又道：“夫人一向是个有主意的人，这回到裉劲儿的时候了，你说该怎么办？”

钱氏卖起了关子：“大师不是讲了么，以物诱惑，路子点得再明白不过了。”

范蔼仁哼了一声道：“说得容易，怎么个诱惑法儿？总不能手拿银子明晃晃送给那些穷孩子吧，行辕有兵丁守护着呢！”

钱氏伸出食指戳了一下丈夫的脑门儿道：“老爷，你真笨，招儿不是有的是么，绝不能被富俊及手下的官兵发觉，咱得悄悄儿做。”

范蔼仁有些不耐烦了：“没闲工夫跟你磨牙，唠了半天也未说到点子上，到底想出啥辙了，能不能干脆点儿？”

钱氏忙赔笑脸道：“老爷，急什么呀？你别忘了，我弟弟可是个鬼精灵啊！这样吧，此事就交给我们姐弟俩了，明儿个我跟他合计合计，定下后再告诉你。暂时先别言声，一旦传出去，不利于计谋的实施，不早了，睡吧！”说罢为其掖了掖被子，噗，一口气吹灭了灯。范蔼仁完全相信大老婆有这能耐，也不想再问了，打了个哈欠翻过身去，不一会儿便响起了鼾声。

大夫人提到的弟弟名叫钱如民，钱氏出嫁时，带其一块儿来到了辽东。此人遇事好琢磨，能说会道，机灵劲儿很像姐姐。然鬼心眼儿特别多，一肚子坏水儿，把姐夫哄得滴溜溜转，范蔼仁便把账房的大权交给他了，成为掌管田亩大账、核查银钱、货物出入及收支账目的总师爷。过了一段时间，范蔼仁觉得正如己所愿，小舅子管理得不错，井井有条，账目记载翔实，笔笔有宗，从未出过半点儿差错，对其很是满意。钱如民有个最大的嗜好，即喜欢耍钱，“钱”字儿总挂在嘴上，天天离不开赌桌，不是押宝就是推牌九。手气还不好，赢时候少，输时候多，眼瞅着自己的银子落入别人的腰包，心疼得又搓手又顿足，据此大伙儿给起了个绰号“钱如命”。手中没钱时，他照样赌，背着姐夫提银子走支出账，并能把账面平了，究竟拿多少谁也不知道。可钱氏心里明镜似的，私下里不止一次地告诫道：“如民，住手吧，别再赌了，也别偷提银子了，这不是给我惹乱子么？总有露馅儿的那一天。老爷要是发现了，姐受瓜连倒是小事儿，关键是不能继续用你了，甚至会撵出范家堡子，自己酌量着办吧！”

钱如民却满不在乎：“姐姐，不是我说呀，就姐夫那智商绝对找不出账目的毛病来，十个脑袋加一块儿也斗不过我一个，不会出事的，放心吧！”

钱如民不仅能在账面上做文章，有时还偷拿金银库中的金条、银锭，将其兑换成铜板作为赌资。每当到姐姐家时，钱氏首饰盒内的戒指呀、耳环哪、发鬓上别的金钗等，总不忘顺手捎上几只，一次两次发现不了，时间长了，多啥少啥心里能没数么，钱氏猜出这是弟弟干的。此后，只要钱如民一来家，钱氏准慌神儿，生怕再丢点儿啥，遂把首饰盒藏入柜中并叮嘱两个贴身丫鬟暗中看着总师爷。几双眼睛同时盯向一个人，钱如民很难继续干偷摸之事了，欠下的赌债也越来越多，成了无底洞。钱氏对此感到很是无奈，这个弟弟太让人操心了，实情又不能跟丈夫讲，毕竟是一奶同胞啊，怎能忍心将其赶走？只能提溜耳根子一而再，再而三地讲明利害。

话说简短，转天一早，钱氏去账房见弟弟，把打算整治富俊及二位大师支的招儿讲了一遍，然后又道：“如民，姐姐心里已经有辙了，不过还是想听听你怎么看，如何做才能把住在行辕旁边那趟平房的几十个孤儿引诱到咱范家堡子来。”

钱如民手摸后脑勺儿想了想，说道：“没啥难的，小事一桩，很好办。

可先打发人去珠宝店，买点儿仿制的金银、翡翠、琥珀、玛瑙等首饰和小物件，放入布袋子里。我装穷，办成讨饭的，把布袋子围在腰间，走到孤儿营大门口儿，手里拿着猪哈利巴，边打边唱十不全。那些孩子听到后，必然跑出来看热闹，守门的兵丁见是个乞丐，也不可能管，我便偷着给他们分发假手饰。碰到沙里甘居[1]，就送对儿耳环让她戴在耳朵上；碰到哈哈济，就送个镏子，让他戴在手指上。都是些穷孩子，以前恐怕没带过首饰，识别不出真假，能不高兴嘛，肯定得争先恐后地要。待送出二十几个后，没得到的岂能罢休？我就谎称今天没带那么多，家里还有，可随我去取，一个个肯定得乐呵呵连跑带颠地跟我走，这不就到范家堡子了嘛！咋样，姐姐，你弟弟的脑瓜儿不白给吧？"

钱氏听罢，实在忍不住了，双手捂着嘴咯咯直乐，边笑边道："难怪咱俩是一奶同胞，知姐者弟也，想到一块儿去了。成，就这么办了，啥时候实施听姐吩咐，你做好准备就是了。"

钱如民爽快地答应道："姐姐，看我的，你就睛好吧！"

钱氏转身出了账房，来到正厅，见用罢早膳的丈夫正疾首蹙额地坐在桌边喝茶，赶紧走到跟前刚要开口，范蔼仁却抢了先："夫人，那件事同如民商量好没，到底咋办哪？"

钱氏俯在他的耳边如此这般讲了一通儿，并表示此招儿准行，保证万无一失。范蔼仁赞同地点了点头，紧皱的眉头舒展了，一挥手道："就这么定了，依计而行，越快越好！"

当天头晌，钱氏亲自去珠宝店买了些仿制的首饰和小物件，拿回后全部交给了弟弟。钱如民穿上一套七窟窿八眼的破旧衣裤，把装着假首饰、小物件的布袋子往腰上一围，散开头发，用炕洞灰抹了两把脸，一笑露出一排里出外进的黄牙，鼻涕眼屎的埋汰得很，手拿两个猪哈拉巴，一看就是个要饭花子。准备停当，出了堡子，径直朝双城堡走去。大约两个时辰后，来到行辕旁边那趟儿平房的大门口儿，将两个哈拉巴举起啪啪啪对打着，边打边唱十不全：

叫老爷，
听我言，
今儿个没吃一口饭，
明儿个不知怎么办。

---

[1] 沙里甘居：满语，女孩。

叫老爷，
听我言，
能否赏给一碗饭，
感谢老爷肯施舍，
天天祝你长寿万万年。

连续唱了两遍，果然不出所料，把守行辕大门的兵丁只是往孤儿营这边瞅了瞅，以为不过是个乞讨的，也没在意。这时，平房学堂的门哐啷一声被推开了，呼呼啦啦跑出一大帮孩子，把“要饭的”围在中间。钱如民见此，随即高声儿开唱第三遍，一边唱一边不时地瞄向行辕那边的守门兵丁，并从腰间解下布袋子，取出首饰和小物件分发给孩子们。这些孤儿原本都是穷人家的，哪见过这么多值钱的饰品哪，什么金钗呀、银耳环哪、金镏子呀，还有什么玛瑙链儿呀、翡翠坠儿，等等，在金灿灿的阳光下闪闪发光，耀眼夺目，非常好看，谁不想要哇？不要是傻子，纷纷争抢着伸手讨要。

钱如民见火候儿到了，便将布袋子口儿冲下抖了抖，然后重新围在腰间，悄声儿鼓动道：“孩子们，看见了吧，口袋空了，今天没带那么多。不过不用着急，我家有的是，走哇，跟我回家取！”说着就往西边的那片树林子跑，孩子们则笑嘻嘻地跟在身后紧追不舍，林子里早有夺魂僧者和静空大师等在那儿接应了。就这样，只用一袋烟的工夫，钱如民轻而易举地把孩子们带出了行辕的孤儿营，如愿以偿地领进了范家堡子。

班布泰率骑兵出外巡逻一圈儿后，回到了行辕，水没顾得上喝便急匆匆去了学堂，推开门一看，屋里空无一人，心里很是纳闷儿：“咦，孩子们去哪儿了？”反身出来刚走到大门口儿，只见几个女孩儿从西边呼哧带喘地跑了过来，跑在最前面的是白面娘子，赶忙迎上前问道：“小白丫，你们那些小伙伴呢？”

白面娘子回道：“师哥，今儿个先生家中有急事，下晌提前回去了，让我们在学堂里背《三字经》。大伙儿正记诵呢，忽听门外有人边打哈利巴边唱十不全，除了我们几个之外，其他伙伴一窝蜂全跑出去了，我赶忙搁开窗户喊他们回来，可谁也不听。那个人浑身上下脏兮兮的，衣裳又旧又破，脸黑黑的，是个要饭花子。他唱着唱着就往伙伴们手里塞东西，好像是首饰和小玩意儿，不一会儿，他们便跟着往西边树林子那儿去了。我以为伙伴们随他疯跑一阵儿很快就会返回，可半个时辰过去了，一点儿动静没有。我们几个感到不妙，撒腿就去林子里找，踅摸了半天，连个人影儿都没有，这才赶紧跑了回来，正想告诉土地爷爷呢！”

班布泰听罢，啥也没说，疾步回到行辕向守门的兵丁询问，其回答同白面娘子讲得一样。他的心沉了下来，认为其中肯定有说道，立刻命骑兵重新上马，分东西南北四个方向仔细搜索，并向周边的百姓和行人打听孩子们的去向。据一位农夫讲，他干完地里的活儿往家走时，看见一大帮孩子随两个和尚和一个乞丐朝范家堡子那边去了。班布泰不禁大吃一惊，感到了事态的严重，非同小可，遂令骑兵拨马回返。当快赶到行辕时，远远看见出外丈量土地的爷爷已经回来了，正双手叉腰站在大门外抻脖儿向这边张望呢，身旁是白面娘子和那几个女孩儿。班布泰和骑兵们打马紧跑几步，来到富俊大人跟前，见其脸色阴沉，眉头紧锁，双目一眨不眨地盯向他们，看样子守门的兵丁已向其禀报孤儿丢失之事了。未等班布泰说明情况，富俊便劈头盖顶地大声儿训斥道：“班布泰，你是没长脑子还是无能啊，怎么带的兵，手下的门岗都是睁眼瞎呀？孩子们不是全交给你了吗，竟保护不住，好几十个大活人光天化日之下生生给丢了，该当何罪？”

班布泰和众骑兵低着头垂手而立，他们头一回看到上司发这么大火儿，谁也没敢解释。过了一会儿，富俊的态度稍有缓和，说道：“看起来，孩子丢失不是无缘无故的，也不是孤立的，肯定是个阴谋。查到没有，那个乞丐从哪儿来的，把孩子们领到什么地方去了？”

班布泰回道：“禀大人，经寻访，尚未获得更多的线索，只知孩子们在一个乞丐和两个和尚的引领下去了范家堡子。估计此事乃范蔼仁指使手下所为，采取的是以物引诱之法，其中定有不可告人之目的。”

富俊一听“范家堡子”四个字儿，心里顿时明白了，气得牙关咬得咯咯响，声色俱厉地说：“这帮无耻之徒，居然干出如此下流的勾当，亏他们想得出，真是可恶至极！很明显，范蔼仁此举乃醉翁之意不在酒，为了保住私占的田亩，有意拖延、破坏丈量、清查土地，妄图做漏网之鱼，溜之乎也。其目的不仅为打乱我们的阵脚，假借施恩于他人子弟向朝廷请功，还想把众孤儿抚养成人，为自己培植新生力量，成为维护其私利之鹰犬，与大清朝廷对立，用心之恶毒昭然若揭。咱绝不能让其阴谋得逞，必须将孩子们夺回来，一个都不能少。班布泰，这个差事就交给你了，先摸清范家堡子那边的情况，然后再行动，不可鲁莽从事，如有半点儿差错，严惩不贷！”说罢，气冲冲地推开大门回房去了。

班布泰当然知道爷爷的脾气、禀性，一向带兵甚严，说到做到，不讲情面，管你是谁呢，皆一视同仁。由于自己的失职、对手下兵丁训教不够而铸成大错，这是不可原谅的，尚未给以惩处已经很宽恕了，唯有让孩子们重新坐在行辕孤儿营的学堂内听先生授课，方能将功补过。他的内心深感愧疚，当天夜晚躺在炕上翻来覆去睡不着，这火可上大发了，心想："听说离此不远的范家堡子为自保组建了团练，还构筑起坚固的土围子，壁垒森严，外来者很难进入。范蔼仁身边有两位来自嵩山少林寺的大师身怀绝技，武艺高强，一般人进不了前。面对这种状况，怎样才能从土围子外大摇大摆地进入范家堡子、由谁去对付那两个和尚、用什么办法领回孩子们更稳妥呢？"绞尽脑汁地琢磨来琢磨去，忽然想起了一指禅师："师父啊，您云游到哪儿去了，与那两位师叔相聚了吗？三位大师若是能来行辕该有多好，可助我们一臂之力，遗憾的是要想找到你们谈何容易，如同大海捞针哪……"一直到四更的锣声敲过，这才翻了个身，似睡非睡地眯了一会儿。

东方露出鱼肚白时，班布泰起身穿衣下了地，去林子里打了几套拳后，来到孤儿营所住的那趟儿平房，推门进入空空的学堂里环顾四周，活蹦乱跳的孩子们不见了，读书声听不到了，只有一张张桌椅静静地摆在那儿。不由得心头一阵酸楚，返身退了出来，回到营房洗漱完毕，草草扒拉了几口饭，便派两位拨什库前往范家堡子附近扫听动静。接着又召集兵丁开动脑筋，献计献策，拿出抢回众孤儿的最佳方案来。你别说，大伙儿七嘴八舌、你一言我一语地还真提出了一些建议，可班布泰仔细一思摸，认为不甚妥当，只好全否了，心里既着急又无奈。

这一切，白面娘子皆看在眼里，半天一宿的工夫，最亲的师哥寝不安席，食不甘味，满嘴起燎泡，能不让人心疼吗，暗地里也在冥思苦索："我不能眼瞅着救命恩人着急上火却又束手无策，务必得帮他，咋办好呢？偷偷潜入范家堡子？不成，即使进去了，好几十个伙伴怎能出得了城门？到头来还是白费劲儿。硬闯进去？也不成，凭我仅有的这点儿武功难以对付两个和尚，无疑是个下策，如此看来只能智取。怎么个智取法呢？哎，有了，可以打着东坡杂艺班的旗号前去打场子，让老本行派上用场，此乃万全之策呀！"想至此，急忙出了屋，跑到行辕去见班布泰，大呼小叫地声称想出了一个合理进入范家堡子的高招儿。

班布泰正急得火上房，见小白丫没事儿跑来凑热闹，对她所说的话根本没往心里去，还很不耐烦地轰撵道："去去去，快回屋，该干啥干啥，一个小孩儿懂啥？别添乱了！"

白面娘子偏不走，不服气地说："师哥，太瞧不起人了吧，也不认真听我讲，怎知出的招儿不行？"

班布泰看了看小白丫，见其一本正经的样儿，小嘴噘得老高，双眼睁得大大的，觉得又好气又好笑，便换了一种口气道："好吧，好吧，别生气了，你说说看，本人洗耳恭听！"

白面娘子扑哧一声乐了，遂将自己的想法如此这般地讲了一遍，接着又道："我受东坡杂艺班新班主赛燕青师傅的亲传，学得一身少林武功，技艺虽说谈不上超群，但对付范家堡子那帮酒囊饭袋绰绰有余。请师哥放心，师妹保证能做好，关键是需要你们天衣无缝的配合，如果不出破绽，此举准成，十拿九稳！"

班布泰听后，思忖片刻，觉得不失为一个绝妙的好主意，不过一时又有点儿吃不准。去范家堡子可不同于逛集市，那是个是非之地，险情随时都可能发生，仅仅小心谨慎行事是不够的，难度极大。转念又一想，不入虎穴，焉得虎子，没有插入对手心脏的胆量，何谈成就大事？遂夸赞道："小白丫，行啊，真是人小鬼大，点子不错，待我仔细琢磨琢磨再做决定。"

白面娘子忙道："师哥，事不宜迟，不能犹豫了，小伙伴们不定怎么着急呢，只等咱们施救了，何况去之前得需要些时间好好儿准备准备呀！"

班布泰认为白面娘子言之有理，既要抓紧时间，又要做好充分准备，不打无把握之仗。范蔼仁刚刚得手，如愿以偿，正处在春风得意之时。人往往就是这样，高兴之时即是麻痹之时，趁这个节骨眼儿，给他来个鱼目混珠，使其辨不出真伪，极有可能上当，我们的夺人目的就达到了，于是说道："小白丫，走，咱俩一块儿去见大人，把高招儿详细讲一讲，听听他老人家怎么看。"

白面娘子边点头边蛮自信地说："好哇，师哥，等着瞧吧，土地爷爷定会同意按此计行之的！"二人随即出得门来，向富俊大人的书房走去。

此刻的富俊虽然发了一通儿火儿，但气并未撒出去，心一直不落体儿。据派出去扫听范家堡子动静的拨什库方才回来禀报，昨儿个后晌出现在行辕门前的乞丐是庄主的小舅子钱如民装扮的，在两个和尚的接应下，以送给仿制的金银首饰及小玩意儿为手段把众孤儿引走。到了范家堡子后，范蔼仁专门为其开办了学堂和武馆，由两位佛号分别为夺魂僧者、静空大师的僧侣传授武技，逢五停课。为啥呢？两位大师每月旧历初五、十五、二十五这三天必须去八十多里外的铜佛寺进香、朝拜、坐禅、诵经。铜佛寺坐落于拉林河东隅的高岗上，所占面积不小，方圆百米，松林环抱，寺观宽阔，寺藏颇多，除了供奉观音菩萨外，另有如来、韦陀、菩提法师、普贤法师等佛陀的铜像，还有释迦牟尼涅槃之时，众罗汉保护于四周的金身佛像。两位大师逢五去寺庙进香时，武馆的孩子们则在学堂记诵诗文，早晚练功。范蔼仁扬言，本庄主之所以把那些孤儿引诱到咱堡子，一来呢，等他们长成人了，可壮大范家堡子团练的力量，增强防守实力；二来呢，此举可干扰富俊丈量、清查土地、重新归档立册之进程，使其坐不安站不稳，给他个不大不小的眼罩戴。

富俊对如何惩治范蔼仁是有计划的，此前就向孙儿下了命令，务必带人去范家堡子秘密调查记载范氏家族所占田亩的土地大账存放于何处。两年来，班布泰多次带着亲随密探范家堡子，其间吃了不少辛苦，功夫总算没白下，终于从内部获悉了颇为可靠的信息。原来老奸巨猾的范蔼仁嗅觉十分灵敏，早已闻到了对己不利的气味，便背着家中上下人等把土地大账装入祖传的虎头铜匣内封存，然后派出贴身管家将其转移了，藏在一处自认为放心的地儿。办妥后，范蔼仁赏赐给贴身管家二百两白银、一房妻室和几个奴婢，让他到一个只有十几户的屯子颐养天年。此机密除了贴身管家，只有范蔼仁知道，连大夫人钱氏都未告诉。半个月后，贴身管家所住的屯子于一天夜半突然燃起了大火，风助火势，火借风威，噼啪作响，映红了半边天。工夫不大，便吞噬了整个屯子，所有的房屋全烧落了架，只跑出少数村民，大多数葬身火海，那个贴身管家及妻室、奴婢也未能幸免。范蔼仁听到信儿后，显得非常悲痛，放声大哭，还亲自前去吊孝，立碑祭祀。就这样，贴身管家稀里糊涂地命丧黄泉，成了范氏家族的忠烈之士，其后再无人提及。

过了约半年的时间，范蔼仁总觉得心不落体儿，便独自去那秘密之地把虎头铜匣取回，交给了自认为十分可靠的账房总师爷钱如民，让他将其藏在一个一般人想不到的地儿，绝不能被富俊得到。如今，虎头铜匣究竟在何人之手、藏于何处，谁也拿不准，唯钱如民能说得清。范蔼仁觉得这下牢靠了，不用担心了，即使是神仙，也发现不了土地大账在哪儿。正因如此，他越发肆无忌惮，不可一世，极其嚣张，公开与清查土地之举作对。富俊为寻找这本土地大账确实动了不少脑筋，想方设法暗查虎头铜匣的下落，因为账册内记载着范氏家族世世代代私占耕田之数目及买入卖出之详录。只有得到它，才能知晓范氏家族究竟有多少土地，其中哪些是非法占有的，哪些是强霸村民的，进而揭开其发家史。与此同时，还可将朝廷所有与范氏家族有干系的大小官员及一些兵将的亲属租种其土地之内情弄清楚，范家违反大清律的种种勾当也就随之浮出水面了。掌握了真凭实据，方可疏文上奏朝廷，否则范蔼仁那条老狐狸不仅不会轻易就范，而且暂时还碰不得，因其背后树大根深，又是子孙、亲朋得以荫蔽的靠山，牵一发而动全身。

班布泰和白面娘子急匆匆地走到书房门口儿时，见门开着，富俊大人正坐在桌案前低头翻阅着近些日子所清查住户的田亩大账，还一笔笔地记着什么。二人进屋后，白面娘子轻咳一声，富俊方抬起头来，班布泰禀道："爷爷，小白丫琢磨出一个大摇大摆进入范家堡子的招儿，斟酌之后觉得可行，不知您是否想听？"

富俊忙道："噢，好嘛，当然想听了。小白丫，快坐下，大胆地讲，是个什么招儿哇？"

白面娘子拉着班布泰并排坐在旁边的椅子上，犹如一位临战前的指挥官，胸有成竹地开口了，滔滔不绝，认为夺回小伙伴该这么办这么办。富俊听罢，不由得眉开眼笑，好像从未见过小白丫似的上上下下重新打量一番，寻思道："你别说，小丫头有两下子，鬼心眼儿挺多，竟能拿出连我这个乾隆朝进士、一品大员都想不出的妙招儿来，实在不简单！"想至此，便风趣地说："好吧，有你的，爷爷答应了，可以按此计行之。这台大戏就于下个月旧历十五那天，趁两个和尚前往铜佛寺进香之时去范家堡子唱，由班布泰主持，小白丫具体一一落实。我也参与其中，保证乖乖听命，让干啥就干啥，决不挑肥拣瘦！"

那么，小小的白面娘子到底琢磨出啥招儿使富俊大人如此高兴呢？我来告诉各位阿哥吧，就是由行辕的官兵装扮成原东坡杂艺班的人，以去范家堡子打场子卖艺之名进入土围子，在演出时趁机夺回众孤儿。如果顺手的话，可把管账的总师爷钱如民带回来，千方百计撬开他的嘴，以便查清范氏家族土地大账的下落。

前书讲过，嘉庆年间，东坡杂艺班名声在外，辽宁、吉林、黑龙江三地的住户没有不知道的。杂艺班在楚东坡老先生的带领下，辗转各地游走卖艺，成员演技高，各有绝活儿，到哪儿都闲不着，远接近送，很受欢迎。特别是逢年过节，各堡子纷纷争抢着东坡杂艺班能到他们那儿打场子演几天，一再表示要多少银子给多少银子，给以厚待，决不食言。东坡杂艺班也不是随叫随到，而是有选择的，哪个堡子名气大、场地好、出手阔绰就到哪儿去，那还轮不过来呢，有的堡子至今也未请动人家。前些日子，红红火火的东坡杂艺班散伙了，掌门主师楚东坡告老还乡了，新班主赛燕青被管事邵勤气死了，成员各回各家了。不过这些事儿暂未传扬出去，外人并不知道，一些男女老少闲来无事还总凑到一起念叨呢，这个说："哎呀，东坡杂艺班最近没来，一准是被哪个堡子请去了，也不知眼下在啥地儿打场子。他们的技艺太高超了，全是真功夫，过得硬叫得响，不是虚架子，看得非常过瘾！"那个接茬儿道："东坡杂艺班谁能比得了哇，人家可不是小打小闹，没有真本事能出那么大的名嘛，光白面娘子的走钢丝轻功就够让人开眼的了，掌门主师楚东坡绝对是凭少林功夫演遍大江南北的……"

正因为富俊也听说了各个堡子都愿意观看东坡杂艺班的表演，对他们念念不忘，所以才认可了白面娘子出的点子，即利用东坡杂艺班的声望进入范家堡子打场子卖艺，行夺回众孤儿之实。这下可好，承担清查田亩差事的行辕上至富俊、下至骑兵、马弁摇身一变，成了东坡杂艺班的成员，从即日起，开始学练杂耍儿技艺了。由于官兵们平时早晚必习武，皆有武功功底，故而练起来不感到很吃力，反倒觉得挺新鲜。这个所谓的东坡杂艺班也不含糊，既有班主，又有压台活儿，谁都不是吃素的。班布泰有一身少林功夫，那可是少林寺的高僧一指金刚侠亲自教出来的，武功了得，当年其金刚掌同师父一样遍传京师，蝎子倒爬墙更是做得轻松自如。白面娘子是原东坡杂艺班的顶门杠，乃新班主赛燕青的徒弟，除了走钢丝叫绝，滚圈儿、钻针环等亦很耐看，超群技艺闻名东三省。富俊将担任其中的一个重要角色，谁呢？即原东坡杂艺班的掌门主师楚东坡。从外形和长相看，他与楚老先生有很多相似之处，比如年龄不相上下，皆六十来岁；都长一张黑喳喳的长瓜脸，一字横眉，头发灰白，颏下五绺儿长须；身材瘦小，动作灵活，身子向上一蹿，噌噌噌儿下便可攀到柱顶，矫健如猿猴。再简单化化妆，脸上涂点儿脂粉，换套衣服。不披北方满洲人常穿的那种皮袍子，而是山西人的打扮，内着白汗衫，外套青衣，下身儿着黑缎裤，裤腿儿系上黑缎带，脚蹬皂鞋，不细瞧真辨不出那是冒牌儿的楚东坡，完全可以以假乱真。骑兵、马弁也都有一手儿，什么顶坛子呀，耍大刀哇，舞三节棍哪，爬竿儿呀，单臂托人哪，变魔术啊等五花八门。总之，大家凑到一起，各有各的能耐，各练各的绝活儿，正好演一场迷人大戏。富俊要求每个人必须认真对待，精心准备，不可敷衍了事。因为范家堡子把守甚严，盘查甚细，加之范蔼仁那个老滑头相当诡诈，倘若扮得不像或出了破绽而被发现，可就前功尽弃了。机会难得，只能成功，不能失败，一定要做到万无一失。

经过二十多天的习练，效果还不错，担任不同角色的骑兵们皆能把自己的能耐展示出来，动作亦做得像模像样，与那些跑江湖的杂耍儿艺人不相上下，轻易看不露。富俊天天去现场一个节目一个节目地审查，发现谁做得不合格或不到位，便要求其反复习练、模仿，直至满意为止。白面娘子对原东坡杂艺班深入各地以敲锣、打鼓、吆喝等方式打场子卖艺的整个过程回忆得很细，先演什么，后演什么，哪个节目压轴都在心里，打算按固有的排序照搬。不同的角色应穿什么样的衣服，每个角色的妆该如何化，她也了如指掌，并按此逐一给以指导，一个一个落实。演出所需的道具去哪儿弄呢？坛子、折扇、钢丝绳可到集市上买，大刀、扎枪、三节棍全是现成的，不用特意准备。在大家的共同努力下，一个由行辕的二十六位官兵充任的杂艺班很快组成了，跟原来的东坡杂艺班没啥两样儿，只是人数略少，可以说万事俱备，只欠东风了。

此前，班布泰已挑选出四个能说会道的骑兵，与自己一起装扮成小腿子，分头前往范家堡子及周围的村屯去联络了。何谓“小腿子”？此乃行话，即打前站的，如同饭馆儿里跑堂儿的或小打，各个杂艺班皆有专干小腿子营生的。演出前，他们得先行一步，到远近的堡子或庄子找说了算的庄头儿联系，把杂艺班里百姓公认的台柱子、啥时候出的名以及有哪些值得看的节目宣讲出去。人家若是认可了，表示同意来此打场子，立马签订文书合同，以确定在你这庄子演几天，应付多少银两。小腿子个个眼尖手溜，嘴巴利落，只要一开口，别人根本插不上话，既擅于推销，还能讲价钱。若遇上大堡子，家家户户生活富足，不缺吃不少穿，那就多要点儿银子。若碰上小庄子，又正赶当年因灾歉收，日子过得不咋富裕，那就把价钱落下一些，少要点儿。总之一句话，小腿子得有这两下子，只要出马，绝不空手回来，尽量使杂艺班有地儿打场子，能天天演出才好呢，以便多挣些银子。假如小腿子那张嘴笨得跟棉裤腰似的，到裉劲儿时不知该讲些啥，人家不仅不爱听，更不会与你签订文书合同。长此下去，杂艺班的成员也得养家糊口啊，挣不到银子吃啥呀？总不能喝西北风吧，那样杂艺班不就踖等着黄摊儿吗？

小腿子一般都是相貌堂堂，举止大方。无论去哪儿，必须做到礼让三分，先作揖后磕头，显得十分谦虚，并注意收敛自己的行为，不吃不喝，不贪不占。为什么非得这样呢？因为小腿子的长相及一言一行代表杂艺班的形象，那是聚集人气的招牌，牌子亮，人家才会买你的账。要是外表让人看着就烦，举手投足没个稳当样儿，让吃就吃，让喝就喝，看上啥就张嘴要，定会给人留下坏印象，认为这个班子的人欠修养，不可靠，信不过，演出合同随之便泡汤了。

小腿子不但长得一表人才，讲究文明礼貌，而且得有两手儿，必要时需当场表演一通儿。人家一看觉得还行，连小腿子的技艺都如此高超，这个班子更甭说了，肯定错不了，不被勾住才怪呢！何谓“勾住”？这也是行话，即小腿子的宣传被对方接受了，答应让你所在的杂艺班前来打场子了，此笔买卖做成了。要是勾不住，人家一般不直截了当拒绝，而是编出各种理由敷衍了事。或者强调赶时节，耕种忙，没空儿；或者称手头儿紧，得先顾正事儿，等宽绰些了再请不迟，小腿子自然是白跑了一趟。若碰上不顺了，趟趟儿勾不住，人家不请你前去打场子，杂艺班没进项，成员也就吃不上干的了，过一段时间可能连稀的都喝不上了，最终没招儿只能散伙。如此看来，作为一个杂艺班，小腿子不可或缺，他必须时刻约束自己的举止言行，对班子能否生存以至生意兴隆、名声大震是起很大作用的，功不可没。

班布泰和挑选出的那四个扮成小腿子的骑兵在行辕里练了好几天方被派出去，分散到各个村屯进行联络，到那儿该说些啥早已背得滚瓜烂熟。首先需将所谓的东坡杂艺班成员及名角不厌其烦地予以介绍，报上节目单，讲明压轴的是谁。人家若问什么，你务必得答对，千万不能说错，为啥呢？原东坡杂艺班名声在外，百姓没有不知道的，不少人不止一次地看过他们的演出，认识班子里的名角。你若讲错了，人家一听不是那么回事儿，根本对不上号儿，那可就糟了，肯定白忙活。故而出发之前，白面娘子已把东坡杂艺班的所有情况做了详细介绍，班布泰和四个骑兵一一记在心里，只要提起名角时，便能做到如数家珍，口若悬河，像真的小腿子一样，让人看不露。待在各个村屯宣讲得差不多了，他们重新聚到一起，一块儿前往范家堡子。到了土围子外，有边打竹板边唱莲花落的，有手敲跑堂锣的，这些皆为原东坡杂艺班准备在哪儿打场子时与对方联络的暗号儿。铜锣一响，先几下后几下，把莲花落那几句词儿一唱，以“莲花落，莲花落”一类的句子做衬腔或尾声，这就算打知会了，告诉你东坡杂艺班的小腿子到了。

单讲这日，范蔼仁正坐在客厅的茶儿边品香茗呢，忽见钱如民匆匆走了进来，说道：“姐夫，东坡杂艺班的小腿子来了，打算七月十五那天到咱这儿打场子，不知意下如何？”

范蔼仁听罢，一时犯了寻思，瞻前顾后，犹豫不决，为啥呢？这些日子原本心情特别好，洋洋得意，甚而幸灾乐祸：“好哇，未承想小舅子在富俊的行辕门前将猪哈利巴一打，口唱十不全，送出些假首饰和小玩意儿，在两位大师的配合下，便把孤儿营的孩子们轻而易举地骗到我范家堡子来了。这下他们的损失可大了，吃了个哑巴亏不说，还不得又憋气又窝火呀？如民真有能耐，干得好，干得漂亮，给富俊个不大不小的眼罩戴。等那瘸老头儿醒过腔儿来，即使怀疑到是我出的损招儿也没啥，让他尝尝范某人的厉害，妄想动我范氏家族的家业，没门儿！事实证明，谁笑到最后，谁笑得最好。在此场较量中，最终是我范某人胜了，赢他个稀里哗啦。”虽然心里乐开了花，但不知为什么，又总觉得不落体儿，没事儿时常常思摸：“我所激怒的可不是一般人，而是威名赫赫的一品大员富俊，他哪儿容得了别人骑在自己脖颈子拉屎呀，肯定火冒三丈，非报复不可。倘若一气之下，暂停清查土地之差务，率兵前来搜查范家堡子怎么办？”每每想到这些，心里犹如十五只吊桶打水，七上八下的。此刻听了钱如民的禀报，遂又琢磨开了：“按理说，趁大家高兴之时，请东坡杂艺班前来助兴未尝不可，这是好事儿嘛！不过很是不巧，偏偏赶上两位大师已提前离开范家堡子前往铜佛寺进香，主心骨儿不在，一旦遇上啥事儿跟谁商量？没个抓手儿，到时候连个出主意的都没有，不得成无头苍蝇啊，哪有心思看什么杂耍呀，还是算了吧！再说了，这也未免太奇怪了，东坡杂艺班怎么突然要来范家堡子打场子呢？以前倒是挺有名气的，声震塞北，无人不知，无人不晓。据传讲，两年前他们还在辽东一带卖艺呢，大家都眼巴巴地盼着能到辽东演几场，可一直没来。后来听说杂艺班的掌门人楚东坡告老还乡了，新班主得了重病一命呜呼了，成员各回各家了。现在看来并未解散哪，这不又要打场子吗，从哪儿刮起的那股儿风呢？”想至此，端起杯子呷了一口茶，然后把自己的顾虑向小舅子和盘托出，表示暂不接待杂艺班，以前又不是没看过，等稳定一段时间后再请他们来。

钱如民一听范蔼仁拒绝了，着急了，赶忙解释道：“姐夫，东坡杂艺班好好儿的，哪会儿黄了？人家是从黑龙江过来的。据小腿子讲，他们前一阵子落脚在呼兰，一个庄子一个堡子地连着打场子，应接不暇，早就想挪个地儿，可根本动弹不了。你所说的那些纯粹是捕风捉影，没有根据，都是大伙儿瞎传的，听蝲蝲蛄叫还不种庄稼了？这回来的可是原班人马，老班主楚东坡亲自带队，一场接一场地演，忙得脚打后脑勺儿，连喘口气的工夫都没有。肯定是有人暗地里胡扯造谣，或许是同行看着眼红，故意使坏也未可知，用不着听那套。”说着瞟了一眼范蔼仁，见其眉头紧锁，仍下不了决心，接着又道：“姐夫说得对，前些日子咱把富俊的鼻子几乎气歪了，孤儿丢了，脸上贴不了金了，眼下最难受的是他。就在这个节骨眼儿上，东坡杂艺班的小腿子登门造访，对我们而言，可谓喜上加喜呀，是前来祝贺咱呢，所以此台杂耍儿大戏花多少银子都得看。再者说了，看过一回不能顶百回呀，咱这两年也不是没请过东坡杂艺班，而是多次相请，可人家忙，分不开身，婉言谢绝了。这回好哇，不请自到，主动从那么远的呼兰来范家堡子献艺，多不易呀，总不能驳人家面子吧？何况此班子成员非比寻常，闯荡江湖几十年，个个有绝活儿，凡观看者皆啧啧称奇，赞叹不已。这千载难逢的机会不能错过，理应把他们请进来打场子，热情招待，让堡内的老少爷们儿都开开眼，乐和乐和。”

范蔼仁摇了摇头道：“无风不起浪，东坡杂艺班黄而复演，不能不让人犯疑，或许是冒名顶替呢，还是小心点儿好。”

钱如民笑了笑道：“姐夫，脑子出毛病了吧，胡诌八咧你也信？东坡杂艺班从关内演到关外，从未消停过，能说解散就解散么？人家的小腿子已经站在堡子门外打招呼了，那老班主楚东坡谁不认识呀，到时候一看不就知道真假了嘛！”

范蔼仁强调道：“如民，忘了是吧？你姐姐平时不是总提醒我要时刻提高警惕、不可大意么，越是高兴的时候越不能疏忽。”

钱如民有些不耐烦了：“你别听我姐的，天天疑神疑鬼的，她一掺和啥也办不成，非把好事儿搅黄了不可。人家小腿子讲得多明白呀，掌门主师亲自领班，还有必要怀疑吗？这年头儿真话听不到，假话可没少传，嚼舌的人太多了！”

钱如民为啥鬼迷心窍般高低得让东坡杂艺班来范家堡子打场子、大有庄主若不答应决不罢休的劲头儿呢？因为他终朝每日无所事事，闲饥难忍，一心巴火想凑个热闹打发时光。实际上，此前一大早，住在范家堡子的夺魂僧者和静空大师因去铜佛寺进香走得急，没来得及见范蔼仁，正巧在大门口儿遇上了钱如民，静空大师曾叮嘱他：“总师爷，请转告庄主，本僧与师兄准备于七月十五的前两天赶到铜佛寺，五日后返回，有什么事回来再说，这几天只能辛苦师爷了。家中上下请多关照一下，尽量不要与外界联系，小心从事，以防不测。”

钱如民听后，赶忙哼哈答应下来并深深鞠了一躬，满脸堆笑地感谢大师之提醒。待送别了夺魂僧者和静空大师，转过身来心里却想：“二位大师过虑了，用得着像个小脚女人似的大气不敢出、大步不敢迈么？范家堡子太平着呢，谁吃饱没事儿撑的非来这儿找麻烦，那不是睛等着拿鸡蛋往石头上碰么！”这么寻思着，二位大师嘱咐的话亦随之抛至脑后。所以在与姐夫商量是否请杂艺班来堡子演出时，早把那个茬儿忘了，尽管范蔼仁一再强调眼下不清楚东坡杂艺班到底是怎么个情况，一时又拿不准，还是防患未然，小心为上，千万别出啥差错。他却一句也听不进去，甚至急赤白脸地非让范蔼仁按自己的道走不可。再加之堡内的不少团练也嚷嚷着天天蹲在大荒片子里，满目全是草木和庄稼，既没可去的地儿，又没啥好玩儿的，很长时间没热闹看了，更谈不上消遣，个个憋得五脊六兽。东坡杂艺班主动上门献艺，此乃天大的好事儿，求之不得呀，于是纷纷央求钱如民。有的说：“总师爷，你在庄主面前多说几句好话吧，请其答应东坡杂艺班来打场子。那不是普普通通的班子，很多绝活儿百看不厌，尤其是掌门人楚东坡年岁大了，以后再想一饱眼福不易了。”

有的言道：“听说东坡杂艺班没啥大变化，只是由于新班主赛燕青不在世了，告老还乡的老班主不放心，这才又从山西运城回班子了，还增添了一些以前没有的新活儿，肯定大有看头儿。总师爷，咱可千万不能错失良机呀，过了这个村就没那个店了。”

有的为促成此事，竟给钱如民戴上了高帽儿：“总师爷，您说话一向有分量，庄主爷很愿意听。只要总师爷主张让杂艺班来，通常情况下，庄主爷是不会反对的，必将给足面子，您是他的高参哪！”

堡子里的各家各户更像开锅水一样翻花了，有好事者到处嚷嚷，奔走相告，生怕漏掉一个人，似乎马上就能敲锣开场了。一些作坊、商铺的大掌柜则举双手赞成，皆言好长时间没来杂艺班了，堡子里太过沉闷，早就应该向其大开城门了，并表示可以多出点儿银两，作为给人家的辛苦费，远道而来不容易。

范蔼仁的八房儿妻妾除大夫人外，也想凑这个热闹，都盼着能开开眼，且越早越好。于是来到客厅，又是哀求又是撒娇的，恳请老爷满足她们的心愿。坐在一旁的钱氏一直在思谋：“按说呢，富俊和东坡杂艺班所干的行当截然不同，他们之间不可能有什么联系，只不过演场杂耍儿而已，能出啥事儿？况且全堡子上下人等异口同声地要看演出，我非硬别着，太扫大家的兴了。唉，行啊，别管了，只此一回，下不为例。”这么想着，便没吱声儿。

范蔼仁坐在茶几边时不时瞟一眼大夫人，见其既不表示同意，也未表示反对，知道意为默许了，这才大声儿应允道：“好吧，就这么着了，可以答应他们。如民哪，你去跟小腿子讲明，不能在堡子里打场子，无论是哪个班子来，我们一向如此。可到堡子东门外那块较为平整的操练之地搭台，台面儿高好哇，看得清楚，若赶上晴空万里、风和日丽，岂不更加愉悦哉！”

钱如民忙点头称是，乐呵呵地起身出去了，向等在外头的小腿子们传话。领头儿的“小腿子”班布泰听后，笑着说：“再好不过了，庄主老爷想得太周到了，谢谢啦！说实在的，我们还不愿进堡子呢，里面到处是房子、马圈的，没有相对宽敞些的空地儿，折腾起来不方便。这下妥了，操练之地既大又平整，就在东门外打场子了。”双方商定，由范家堡子负责搭台子，后天，即七月十五晌午，东坡杂艺班准时到达。

小腿子们告辞离去，钱如民喊来团练，指挥他们开始搭台。四框所需的檩子不用去山里砍，都是现成的，只需运到东门外就行了。俗话讲，人少好吃饭，人多好干活儿，你扛一根、他绑绳子的，那还不快么？大伙儿七手八脚地只用半个时辰就把檩子全部立起来了，再用粗布将东西北三面一围，地面铺上木板，台子便搭好了。之后又在西侧搭了两座帐篷，里面放几把椅子，摆上茶几、茶壶、茶碗，作为艺人暂时歇息之所。万事俱备，只等后天时辰一到，东坡杂艺班前来为范家堡子献艺、大显身手了。

七月十五日一大早，富俊率领着扮成东坡杂艺班的二十六位骑兵赶着五辆马车离开了行辕，其中一辆是专门拉道具的，他们走林边小道往西南方向的范家堡子而去。将近晌午时分，行至距东门二百多米远的一片密林边，骑兵们跳下车，马弁把一辆车赶进林子，隐藏在枝繁叶茂的密林深处候着，大家则把道具分别装进余下的那四辆车上，步行来到东门外的搭台子处，卸下道具便敲起了铜锣。一开锣就显现出了东坡杂艺班的特点，敲出的点儿同其他班子不一样，独一无二。别的班子敲的开台锣点儿是咣咣咣——咣咣咣，节奏没什么变化，边敲边喊：“老少爷们儿、兄弟姐妹们，紧走两步啊，要开台了，快来看哪！”而东坡杂艺班的老班主楚东坡是山西运城人，敲起锣来必然带有老山西运城味儿，并将此开台锣称为“运城锣”。其敲出的点儿很特殊，即三三五七九六九，三三五七九六九，咋敲皆是这种杂花点儿：咣咣咣——咣咣咣——咣咣咣咣咣——咣咣咣咣咣咣——咣咣咣咣咣咣咣咣——咣咣咣咣咣咣——咣咣咣咣咣咣咣咣。锣点儿有轻音有重音，节奏有快有慢，如同当地的姑娘、小伙子放开喉咙唱歌一样，很是招人听，能将村屯的男女老少全吸引去。而那些健健康康的村民，即使年岁大了，宁肯不吃饭、不睡觉，也得到场观一观、瞧一瞧，你说怪不怪，这就是有名的山西运城锣之魅力。

“东坡杂艺班”的铜锣一敲，清脆的杂花点儿传入耳鼓，堡内的人都听过那熟悉的咣咣声，知道这是东坡杂艺班来了，纷纷跑出家门奔走相告：“快走哇，去东门外看杂耍儿呀，晚了就坐不到前边了！”

范家堡子的东西大门早已敞开，数不清的男女老少从堡子内涌出，有领着孩子的，有怀抱婴儿的，有搀着长辈的，有手拿小板凳的。早到的开始占地方，这是给我三叔的，那是给我二大爷的，这是给我四婶子的……所居之处离东门较近的一些老汉、老媪和孩子们早已等在台下前儿排了，他们席地盘腿而坐，不顾头顶太阳晒，眼巴巴地往台上瞅，盼着把式们赶紧上场。这还不算，范家堡子附近村屯的人也扶老携幼地从四面八方涌向东门外，有骑马的，有骑毛驴的，有赶牛车的，有坐轿车的，也有步行的。河岸边及林间小道到处是人，相互认识的边走边兴高采烈地打招呼：“哎哟，这不是关大哥嘛，嫂子来了吗？”

“噢，是孩儿他刘婶子呀，你嫂子在前边呢，好长时间没见了，家里一向可好啊？”

“承蒙挂念，好着呢！咱天天各忙各的，要不是去范家堡子看东坡杂艺班演出，哪有闲工夫出门呀，恐怕还碰不到呢，今儿个可一起一饱眼福了。”

有的后生边走边回头大声儿催促道：“三姨父、二大妈呀，快点儿走哇，去晚了看不着可别后悔哟！”

话音刚落，后面传来应答声儿：“放心吧，赶趟儿，落不下！”

人们都往一块儿凑，越聚越多，把范家堡子东门外的大片平坦之地围得水泄不通，里三层外三层的，像过大年似的热闹异常，带来了生气，充满了欢乐。场地四周飘舞着鲜艳的彩带，台子正中竖起两根直直的高杆子，两杆之间的钢丝绳已固定好，从这头儿拉到那头儿，远瞅犹如一条细细的线，看着都眼晕，别说穿着绣花鞋在细钢丝上折跟头、骑大轱辘车、行走如履平地了。人们边观瞧边在台下喳喳开了，一个年轻姑娘推了推身边的中年女子问道：“台上架起的钢丝干吗用的？”

中年女子笑着反问道：“你连这个都不知道？看来是头一回见这阵势了，难怪呀！等着瞧吧，人家一会儿或拿着长杆子、或手摇花扇在那钢丝上来回走呢，不带掉下来的。”

年轻姑娘大睁双目惊叹道：“哎哟，这可了不得，在那么细的钢丝上耍把式，不成神仙了嘛！”

坐在前面的后生回头接过了话茬儿：“没听说么，东坡杂艺班的班主和台柱子不比寻常，皆有少林功夫。少林寺位于河南嵩山，离咱这儿几千里呢，他们的一些技艺是从那儿学来的，等着开眼吧！”

尽管众人兴致勃勃，翘首企盼，恨不得马上就能一饱眼福，可庄主范蔼仁的心却到现在也未完全落地，始终提着。他从宅子出来时，十几个执刀仗剑的贴身随从于左右两侧护拥着，大老婆及小舅子紧随其后，二人的后头相跟着那七房妻妾儿女和奴婢、老妈子等。仆人中，有的给太太抱着孩子，很是小心翼翼；有的腕挎竹篮，里面装些糕点、干果；有的手提茶壶、端着茶碗，准备随时伺候主子。在场的人一看范庄主携家眷来了，知道这场杂耍儿大戏一准能看成了，就要开场了，一些站在台前两侧的哈哈济赶紧找好位置坐下。个别家道殷实、善于阿谀奉承的家主除了主动打招呼外，还稀稀拉拉地啪啪直拍巴掌，以示对庄主爷答应东坡杂艺班来此打场子表示感谢。范蔼仁则面带笑容向他们点头致意，不忘显露出大家见惯了的那种慈祥、宽仁的君子之风，迈着四方步走到台前坐在太师椅上，头靠在椅背上，摆出一副悠闲自得的架势。八房儿妻妾依次坐，紧挨身边的乃大夫人钱氏，小舅子钱如民及其老婆、孩子坐于左首位。身后笔直地站立一排护卫、随从，身前铺着金丝缎的长条木桌上放着瓷壶、瓷碗，飘散着香味儿的茗茶已沏好，冒着缕缕热气，等待主子受用。

这时，现场静下来了，开台锣再次响起。范蔼仁竖起双耳听着那咣咣的铜锣声，心里数着三三五七九六九的点儿，嗯，没错，正是颇为特殊的运城锣，清脆好听，是我所熟悉的。这才稍稍托了底，寻思道：“看来真让如民说中了，外头的谣传不可信，都是捕风捉影瞎哄哄。东坡杂艺班的确没散伙，掌门人楚东坡从山西老家回来了，一听这杂花点儿就知道是他们的‘运城锣’。有些人吃饱没事儿撑的，专爱无事生非，新班主赛燕青一死就开始落井下石，胡编一通儿，到处散布人家黄摊儿了，真是无聊至极。事实证明根本没那事儿，东坡杂艺班不但依然如故，而且毫发无损，生意火爆着呢！”

坐在左首的钱如民边喝茶边用眼瞟范蔼仁，见其情绪很快稳定下来了，不由得咧开大嘴笑了，也感到轻松了。方才还担心庄主指不定啥时候变卦呢，倘若到了现场，由于心不踏实而一甩袖子命道：“赶紧让他们散了，别演了，从哪儿来的回哪儿去！”只这一句，渴盼好几年观看东坡杂艺班高超技艺的愿望就泡汤了，老少爷们儿也跟着空欢喜一场。这下可以把心放在肚子里了，姐夫不仅乖乖来了，还坐在那儿直劲儿地摆谱儿，一准不会有变化了。

就在钱如民背地里偷着乐的时候，一群孩子叽叽嘎嘎地跑来了，由于个头儿小，手脚灵活，连扒拉带挤的，很快便钻入了人群，站在了靠前排的位置。他们是谁呢？正是被钱如民以赠送假首饰、小玩意儿为手段、从行辕属下之孤儿营里骗到范家堡子的那些孤儿。因其武师早已离开武馆去了习练场，所以孩子们没人管了，放羊了，也一窝蜂般出了武馆，撒丫子蹽到东门外观看杂耍儿来了。紧接着台子右侧响起了紧一阵儿慢一阵儿的锣鼓声，随之一位面貌清秀、身穿白缎服、腰系红绸带的半大姑娘踩着锣鼓点儿上得台来，走了个圆场后，双手抱拳揖了一礼。众人定睛一看，哎呀，认识，她就是东坡杂艺班的台柱子、已逝新班主赛燕青之亲传弟子、走钢丝高手儿白面娘子，技艺超群，任人难与为匹，人群中立即响起了热烈的掌声并高声儿呼喊着：“白面娘子！白面娘子……”喊声此起彼伏，声震四野。

小白丫向大家挥了挥手，台下立即鸦雀无声了，无数双眼睛紧盯着台子正中。只见她身子往上一蹿，双手把住高杆，噌噌噌儿下攀到了杆顶支出的小木板儿上，再向前迈两步，稳稳地站在钢丝上，双脚犹如被粘住一般，纹丝不动。然后从衣襟内取出一把花扇和一块彩帕，不只因为好看，主要是用这两样道具找平衡，不至于从钢丝上掉下来。她左手拿着抖开的花扇，右手拿着一尺见方的彩帕，一步步朝前走，两条胳膊有时上举，有时横向分开，有时单手背到身后，花扇和彩帕随着双脚的前移而忽上忽下、忽左忽右地摆动。走到钢丝尽头再转过身往回来，忽走忽停，忽蹲忽起，远瞅就像悬在半空中，根本看不见脚下的细钢丝，其麻利的动作、优美的姿态、技艺的精湛令现场的所有人惊呆了，陶醉了，销魂了！村民的心不约而同地收紧了，有的大睁双目，一眨不眨；有的张着嘴巴，半天合不拢；有的屏住呼吸，大气不出；有的紧握双拳，脑门儿沁出了汗珠儿，生怕钢丝上的人不小心掉下来。当白面娘子走至钢丝中间儿时，啪的一声折上花扇，右腿跪在钢丝上，左腿向后平伸，两腿成一直线，侧过头面向众人一抱拳，朗声儿八方道万福：“白面娘子向诸位父老乡亲问好了，祝大家平安吉祥，合家欢乐，万事如意！”

话音刚落，范蔼仁带头鼓起掌来，众人随之报以热烈的掌声。白面娘子刷地打开花扇，抖开彩帕，将做过的动作重复一次。当快要走到钢丝中间儿时，站在木杆下负责保护的英俊小伙子把手中的一朵红花儿举到与钢丝同等高度的位置，白面娘子向后下腰，如同柳叶般柔软，头部贴近后脚跟，将那朵红花儿轻轻叼起，随之像皮球滚动一样连续折了两个空翻，再直直地站在钢丝上，面不改色心不跳。在场的人全看傻了，静默片刻方缓过神儿来，那片平坦之地再次响起雷鸣般的掌声，撼天动地，经久不息。掌声过后，白面娘子一个翻身从钢丝上跃下，将手中的红花儿抛向人群，抱拳致谢后退下。

紧接着表演的是“顶坛子”“力折钢刀”“蹬技”“魔术”等，人们看得如醉如痴，边观瞧边议论，赞不绝口。有的无不兴奋地说：“好哇，这趟没白来，东坡杂艺班说到做到，名角全到场了，个个身手不凡、名不虚传哪！”

有的竖起大拇指品评道：“白面娘子不愧为东坡杂艺班的顶梁柱，名副其实，那独一无二的走钢丝太有看头儿了，真开眼哪！”

有的大声儿赞叹道：“东坡杂艺班可了不得，没一个滥竽充数的，皆有一手绝活儿，哪个班子也比不了，怪不得那么受欢迎并能长久存在呢！”

坐在前排的钱如民在听着村民议论的同时，脑袋却像拨浪鼓儿似的从右转到左，从左转到右，双眼也随之骨碌碌地扫来扫去，似乎在寻找什么人。他找谁呢？是想看看杂艺班的老班主楚东坡来了没有。尽管此前已向范蔼仁下了保证，一口咬定掌门主师亲自带队来，尽可放心。然杂耍儿早已开台了，还未见其人，心里不免有些犯嘀咕，生怕出一差二错。忽然间，他的目光停住了，发现位于台子右侧敲锣打鼓的人堆中，高大的鼓者身后端坐着一位瘦小的老者，怪不得刚才没看见呢，原来竟被其遮挡了。只见他头戴卷檐儿帽，身着青衣裤，脚登蹬皂鞋，腰间系一麻布围裙。肤色黑红，两眼炯炯有神，五绺儿长髯飘洒胸前。两腿间立一竹鼓架儿，上坐红色小梆子鼓，两手各拿一个木鼓槌儿，全神贯注地紧盯台上的表演者，适时敲击着小梆子鼓。一开始敲的是《寡妇上门》，接下来是《喜鹊闹春》，然后是《将军令》，有板有眼，清脆悦耳。钱如民往四下瞅了瞅，发现不少人的目光也和自己一样，投向了台边的那位老者，因为他是整台杂耍儿的总指挥。演出过程中，谁上场谁下场、表演多长时间、节目之间如何衔接、什么时候该换啥活儿了，全仗梆子鼓在那儿说话呢！再仔细听听，鼓点儿时快时慢、时急时缓，鼓声儿时大时小、时轻时重，没错，那不是东坡杂艺班执槌儿的老班主又是谁呢，唯有他才能敲出如此独特的鼓点儿，技巧熟练，激情满怀，动人心弦，闭着眼睛都能听出来，这可是积累了大半辈子的能耐呀，换个人根本敲不出来。再看那年岁、那做派、那打鼓的姿势，皆与老班主吻合，此乃楚东坡老先生无疑。为了东坡杂艺班的生计，为了使其重振雄风，东山再起，他果不然在新班主离世后从故地返回，亲自执槌儿。一些熟悉东坡杂艺班的人还曾为他们能否存在担心呢，看来大可不必，一切照旧，艺旗不倒，今天的打场子卖艺就是有力的证明。

在一阵紧锣密鼓声中，两个壮小伙儿跑到台上，立起一根高杆并用手把着，扮成小丑的骁骑校班布泰上场了。其上身儿着红底蓝花短袄，下身儿着绿缎子开裆裤，头顶扎着钻天锥，眼睛周围及鼻梁儿抹了一层白粉，脸颊涂了红胭脂，犹如圆圆的红苹果，未等表演呢，只这副模样儿早已将众人逗得哈哈大笑。他双手握住晃动的高杆试图爬上去，可几次都未成功，动作笨拙而滑稽，台下笑声不断。待费了九牛二虎之力终于攀到杆顶后，开始表演各种各样的动作，显得十分自如了，或者以右胳膊窝儿和右腿夹住长杆儿，左胳膊、左腿侧伸；或者双腿紧夹长杆儿，两只胳膊平伸；或者双手握杆儿倒立，两腿忽而伸直，忽而分开。就在大家屏气凝神、目不转睛地紧盯时，班布泰大头朝下顺杆儿急速滑下，眼看快到长杆儿底部突然停住，制造了一个脑袋马上就要触地之悬念，台下的人无不惊呼，现场气氛达到了高潮。班布泰落地后重新攀至杆顶，两腿夹杆儿，双手抱拳，大声儿说道："老爷、太太、大叔、大婶、兄弟姐妹们，本人乃东坡杂艺班的栾小小，在这里为父老乡亲献丑了。掌门主师楚东坡让我禀告诸位，今日承蒙范家堡子大庄主的厚爱，承蒙亲朋好友的赏识，方得以有机会拜望大家，我代表东坡杂艺班的全体师徒给各位作揖了，谢谢啦！顺祝国泰民安，洪福齐天，五谷丰登，六畜兴旺！祝范大庄主及其家眷福如东海，寿比南山，多子多孙，财源滚滚过三江！小的们将永世为大家祈祷上苍，早晚敬香，以求天神护佑一方。最后请允许我再献上一小技，以回报各位的赏脸，小技的名字叫作'仙子撒金银，天下福满门’，望老少爷们儿、兄弟姐妹佳运连连，看看谁能得到这象征福寿年丰的金银豆。耳听为虚，眼见为实，为了让各位辨别真假，下面由白面娘子拿出金银豆请朋友们过目，瞧瞧究竟是纯金纯银呢，还是只在这儿糊弄局。我栾小小不骗人，金银豆乃老班主赏赐，数量不多，就凭各位的运气了，看你是否有这个福分。好了，不啰唆了，有请白面娘子！”

“来啦！”双手端着白色方盘儿的小白丫边应声儿边走到众人面前，请大家鉴别一下盘内所装金银的真伪。有的拿起一个左观右瞧，有的摸了摸又掂了掂，有的则用牙咬咬，然后放回盘中，皆言此乃纯金纯银，一点儿没掺假。

在得到大家的认可后，白面娘子将盘子里的金银豆装入一个小布口袋内，反身来到台上的木杆儿前往上一扔，杆子上的班布泰伸出右手稳稳接住，从袋子里掏出六枚放在手心儿里，高声儿说道：“父老乡亲们，睁开眼睛看一看，瞧一瞧，我现在可要撒金银豆了，千载难逢的机会不能错过，请众位接好哇！”说着一扬手，抛向了台下坐在最前排的人群。

也真够准成的，只见范蔼仁的第六房儿妻和第八房儿妾各得一枚亮闪闪的金豆，乐得嘴都合不拢了，又蹦又跳的，异口同声地笑称：“哎哟，我的妈妈天呐，哪辈子修来的福啊，金豆正好落在我的怀里，真中了那句话了，福寿齐天哪！”

掌管范家堡子账房的总师爷钱如民只接到一枚银豆，与金豆相比还差一成呢，一心巴火地想再接一枚金豆。其余那三枚银豆被坐在范蔼仁身后的富户家主抢到了，个个欣喜万分，如同天上掉馅饼似的乐开了花，拿在手中反过来调过去地看，庆幸自己捡了个大便宜。就在这时，杂艺班的一位身着青衣裤、腰系黑缎带、脸涂油彩的壮汉来到钱如民身旁，神秘兮兮地朝高杆儿东侧一指小声儿道：“总师爷，快去那边等着，保准能接到几枚金银豆，我可只告诉你一个人，千万别声张啊！”

钱如民信以为真，忙起身乐颠颠地往东走，来到长杆儿侧面，乖乖地站在人群前候着。难怪呀，纯金纯银再小也吸引人哪，谁能不眼馋呢？皆想接一个两个的，得不到金豆得枚银豆也不错嘛！于是原本坐着的村民全站起来了，嗷嗷喊着一个劲儿地往前台挤，纷纷伸出双手不停地摇晃着，期待金银豆能落到自己跟前。范蔼仁的妻妾们同样坐不住了，刚刚站起身，椅子就被挤倒了，现场连个维持秩序的人都没有，根本无法控制，立马乱营了。范蔼仁气坏了，喊也不行，骂也没人听，预感到要出事儿，忙令妻妾及婢女、老妈子抱着孩子赶紧离开，一行数人慌慌张张地朝堡内退去，范蔼仁则留了下来。

那么，此刻范庄主身边的那些随从哪儿去了？在金银面前，他们早已把护卫主子的人身安全之任抛至九霄云外，同村民们一块儿拼命往前挤，注意力皆集中在栾小小身上了，看他是否继续抛撒金银豆，运气好便能抢到。转瞬间，人群乱成了一锅粥，吵嚷声、喊叫声震天，人挤人，人踩人，人摞人，压在底下的哎哟哎哟直叫唤。大家都往台上瞅，寻找小丑栾小小，指望能再一次抛撒金银豆。面对此情此景，范蔼仁无计可施，站在那儿干着急。就在这个当口儿，忽听啪嚓一声响，台上传出高杆儿倒地的声儿。大家一寻思，这下机会可来了，高杆儿一倒，栾小小肯定随之掉下，小布口袋里的金银豆还不得撒得满地都是呀，随即愈加发疯般往前拥。乘此混乱之时，杂艺班的成员在富俊大人带领下，赶着四辆马车悄悄儿撤离了现场，随之消失的还有那帮孤儿，行动迅速，神不知鬼不觉。而东门外那片平坦之地越发热闹了，有的跺着脚大吼："穷挤啥呀，没长眼睛啊，踩着我的脚啦！"

有的揉着脑袋不是好声儿地嚷嚷："哪个混蛋撞的？老子头上鼓起好几个大包，哎哟，好疼啊！"

有的挥拳捶打压在自己身上的人："快起来，快起来，喘不上气儿了，想憋死我呀！"

有个壮汉薅着年轻后生的脖领子骂道："你这个兔崽子，光顾往前挤了，急着去打灵幡儿呀？看看吧，把我裤子刮坏了，衣裳也扯破了，必须得赔，否则没完！"

一时间，难以入耳的谩骂声儿、时高时低的抱怨声儿、急赤白脸的吵嚷声儿、声嘶力竭的喊叫声儿混杂在一起，响彻范家堡子上空，尖厉而刺耳。老奸巨猾的范蔼仁早有警觉，发现东坡杂艺班的人忽然不见了，顿时感到不对头了，忙命团练立即搜寻追捕，一个不落地给我全部抓住。这下可难住了团练，你瞅瞅我，我看看你，一时不知如何是好。为啥呢？因为当时现场乱套了，有的四下张望，有的东窜西跑，有的呼儿唤女，有的寻找着同伴儿，穿的皆为百姓衣，即使东坡杂艺班混于其中，也分不清谁是杂艺班的成员，谁是堡内的住户。何况还有些人来自范家堡子周围的村屯，互相都不认识，逮谁呀，总不能胡子眉毛一把抓吧？你也别说，有些人还真看见白面娘子和小丑栾小小带领一帮孩子上了马车往西边去了，车赶得飞快。可他们不仅没告知去向，还幸灾乐祸，只因平时恨透了范蔼仁，当然不帮了，全在看他的笑话，并纷纷领着老婆、抱着孩子迅速离开了那是非之地，尽管范蔼仁呼号乱喊也无济于事。团练们东一头西一头地胡乱追了一通儿，别说杂艺班的人哪，连影儿都没见着。无奈之下，为达到震慑之目的，只好放起了土枪土炮，轰隆声儿、噼啪声儿此起彼伏，惊恐的村民四处逃散，各奔东西。

范蔼仁双手叉腰站在东门外，眉头紧锁，脸色铁青，直瞪瞪地看着眼前的一切。此处刚刚还人山人海，人声鼎沸，热闹非凡。这会儿却寂静无声，东坡杂艺班不翼而飞，民众散去，平坦的大空地儿一片狼藉。搭起的台子已经散架子了，木杆子、木板子横七竖八地倒了一地，钢丝、彩带、彩条亦随之落下，到处可见扔下的苇席垫儿、灰砖头儿、瓜子儿皮、随口吐出的黄痰，还有一摊摊的屎尿。这位一向注重体面、讲究排场、时时处处显示自己不凡的大庄主做梦想不到只过一个时辰，拉林河一带赫赫有名、不同寻常、干净整洁的范家堡子之一隅竟像遭到洗劫一样，变得如此不堪入目。他重重地叹了一口气，遂命团练打扫现场，清点堡内各户财物是否丢失，人畜是否受损。

大庄主一声令下，团练自然不敢耽搁，除留下二十几个人拆除台子、归拢收拾、使这片习武空地儿恢复原样外，其他人全部分散到各家各户一一检视、询问。经查，堡子里人畜无恙，未发现有丢失资财、物件的，一切依然如故，只是武馆中的那些孤儿不见了，还有一个举足轻重之人亦踪影皆无，那就是掌管范式家族账房的总师爷、大庄主的小舅子钱如民。

范蔼仁忽闻此信儿，不禁大惊失色，吓得魂飞魄散，浑身哆嗦成一个团儿，腿肚子转了筋，可以说这是他最担心、也是最要命的事儿，暗自思摸开了："此事实在太蹊跷、太玄乎了，让人百思不得其解呀，难道来的真个是冒名顶替的东坡杂艺班不成？不可能啊，眼瞅着掌门主师楚东坡坐在台侧执槌儿呢，敲出的鼓点儿二样不差呀！况且班子的成员个个展示了绝活儿，没一个白吃干饭的，咋会是假的呢？再者技艺又不是一年半载就能练成的，没个十年八载上不了台面，什么都不会，拿啥冒名顶替呀？而且还能把我这般城府很深的人唬得一愣一愣的，太没谱儿了。如果来的真是东坡杂艺班，他们与我往日无冤近日无仇，跟那些孤儿更瓜连不上，缘何这么干？讲不通啊！"琢磨来琢磨去，忽然眼前一亮："噢，知道了，恐怕是哪个土匪绺子所为，另雇几个会杂耍儿的为他们效力，怪不得眼疾手快、行动利落呢！别人没那能耐不说，也很有自知之明，轻易不会去惹坐地虎的，除非吃豹子胆了。唉，我现在可谓王八钻灶炕，既憋气又窝火，有苦说不出，还不能去官衙报案，左右为难。真要把如民被绑票之事抖搂出去，官府下来一查，范氏家族几代人贪占豪夺之罪孽便暴露无遗，那可得不偿失，因此决不能惊动衙门。眼下只能忍气吞声，暗中秘密调查，摸清究竟是哪个绺子跟我过不去。待弄准成了，再想办法出钱赎人，要多少金条都中，只要能把如民放回来就行，我范某人仍将万事大吉，一顺百顺。”想到这儿，嘴角儿咧了咧，挤出一丝苦笑，脚步沉重地进了东门。

前书已经交代了，正如范蔼仁所猜测的那样，这个“东坡杂艺班”确确实实不是楚东坡、赛燕青当年那个跑江湖的班子，而是白面娘子灵机一动想出个计谋后，得到富俊大人的准许临时装扮的。因为他们重任在肩，既要圆满完成皇上交办的清查土地之差务，又要保护无家可归的孤儿健康成长，为其创造一个学文习武的环境，长大后为大清国效力。这种情况下，怎能任孩子们落在恶霸范蔼仁手里而不前去施救呢？此次行动之所以那么顺当，干得那么漂亮，速战速决且不露痕迹，绝非偶然，与富俊大人平时办差认真细致、思虑周到严谨分不开。为了达到救回被骗孤儿之目的，他做了充分准备，分工明确，部署得当。同时要求参战的属下二十六位骑兵下苦功夫习练各自所要表演的杂耍儿技巧，必须在短时间内掌握之，以便做到天衣无缝，真假难辨，稳扎稳打，万无一失。借此机会好好儿教训一下范蔼仁，给坐地虎来个下马威，迫使其今后放老实点儿，不敢乱说乱动。骑兵们立即按富俊大人的命令行事，分头进入角色，每日天没亮就爬起来练功，不怕吃苦，不怕流汗，长进很快，只二十多天便可登台献艺了。

有人会问，富俊作为朝廷命官，由于聪敏睿智，赋性灵慧，经验丰富，带兵打仗有一套不奇怪，可怎能装啥像啥、将原东坡杂艺班的掌门主师楚东坡的神态、举止模仿得那么入木三分，谁也没发现是假扮的呢？您有所不知，富俊是个性情开朗、兴趣广泛、吹拉弹唱样样儿行的活泼老者，尤其昆曲唱得极为地道，平时没事儿就喊两嗓子。他还喜欢广交五行八作的朋友，认为无论从事哪个行当的人，皆有自己的优长，均可借鉴。东坡杂艺班为了生计，需常年辗转各地卖艺，有时也于富俊所在军营附近的村屯打场子。一来二去的，富俊便与掌门主师楚东坡老先生熟悉了，并成为好友。富俊的武功底子厚实，在军中也是出了名的，三五个人近不了前，学什么都快。闲暇之时，还蛮有兴致地随楚东坡一起练嗓子，走台步，撂地摊，并向其学过敲击小梆子鼓的技法，那独特的鼓点儿渐渐便滚瓜烂熟了，需要时可信手拈来。除此之外，他对老先生的脾气、禀性、嗜好、常穿啥衣裳、咋个坐派观察得一清二楚，其一言一行、一举一动皆深深刻在脑子里，扮起来焉能不像？加之当时村民们个个大睁双目全神贯注地盯着台上那几个人的表演，对执槌儿的富俊不可能观瞧得那么仔细，所搭之台子与下面的人群又有一定的距离，只能看个大概，不但发现不了有什么破绽，而且深信不疑。白面娘子乃原东坡杂艺班的顶门杠，所表演的走钢丝货真价实，无形中增强了信任度，增大了胜算的把握。骁骑校班布泰饰演与白面娘子搭档的丑角栾小小，其个头儿、胖瘦、脸型与真正的栾小小差不多，再通过化装弥补一下不足，你说谁能看得出此栾小小非彼栾小小？又正赶上洪灾过去不久，百姓的生活不那么安稳，一切都在恢复中，突然闻听再熟悉不过的东坡杂艺班主动到范家堡子打场子，高兴还来不及呢，怎会无端产生怀疑？他们唯一要做的就是无论路途多远，一定赶到东门外观赏艺人的表演，借此宽宽心，乐和乐和，尽快抚平水灾带来之精神上的创伤和忧虑。综上多种原因，使这场杂耍儿得以越演气氛越热烈，观众越看越爱看，如愿以偿地赢得了掌声和叫好儿声，当场就有往台上送鸡蛋递茶水的，以此聊表心意。

另外，去范家堡子东门外打场子前，富俊早已部署好了，再三叮嘱骑兵们务要切记，在上台展示自己的技艺时，不可出丝毫差错，绝不能让观众看出东坡杂艺班的成员有假。待节目演得差不多了，便进入压轴戏，即扮成小丑的班布泰上场，在高杆儿上抛撒金银豆。金银豆一出手，观众必然争抢，乘此混乱之机，咱得赶紧脱掉穿在外头的演出服，露出里面的平民百姓衣，擦去脸上涂的油彩，迅速钻入人群中。而站在杆子下为班布泰把杆儿的两位拨什库汪忠和盛平则以迅雷不及掩耳之势，用皮筒子将站在场子东侧长杆下等着接金银豆的钱如民脑袋套住，点穴带离现场，隐入西边的密林之中，塞进等在那里的马车。其他人赶紧把站在人群中的众孤儿招呼到一起，分别钻进四辆马车内，由此前早已候在旁边的马弁迅速赶离范家堡子的东门，先往西去，转而向南，朝行辕所在地疾驶。整个行动要稳妥，不可慌乱，给范蔼仁造成一种假象，以为这肯定是自己的哪个死对头或土匪绺子干的，看来是被人盯上了。也难怪，本家族家大业大，资财雄厚，土地甚多，名声在外，还弄来一大帮孤儿养着，不用愁后继无人。身边掌管账房的总师爷又是至亲小舅子，用起来得心应手，这一切能不让人眼红么？所以才制造了这起麻烦，不拿出重金休想赎回钱如民。那帮孤儿被抢，想必是顺手牵羊，土匪要孩子有啥用？他无论如何想不到是田亩清查行辕大营的骑兵所为，只能是云里雾里，或者蒙在鼓里。

富俊此行掀起的波澜非同小可，犹如一枚炸弹扔到了拉林河那片边远的山村，致使范家堡子一改往日的宁静，折腾得鸡飞狗跳翻了天，一连几日未消停。东坡杂艺班重新复出的消息不胫而走，堡外的一些好事者添枝加叶地到处传讲，说得有鼻子有眼。什么范蔼仁可能得罪阿布卡恩都力了，要不怎会在杂耍演得正来劲儿的时候，忽然刮起一股阴风，不仅艺人们消失了，一大帮孩子及其小舅子也不见了，这不太蹊跷了吗？什么老天爷睁着眼呢，你做的好事儿他能看到，你干的坏事儿同样躲不过，都在其注视之下，到头来是善有善报，恶有恶报……

堡内的人慑于范蔼仁的淫威，不敢公开议论，便仨一帮、俩一伙地凑到角落里或蹲在田间地头儿窃窃私语："要我说呀，脑子笨可以慢慢想，总能琢磨明白，就怕算计不到，这回可够大庄主喝一壶的了。钱如命不是一般人，名声在外呀，乃掌管范氏家族账房的总师爷。范家原有多少土地，现在有多少，私自霸占了多少，强取豪夺了多少，不仅全在大账上记着，也在他心里装着。他失踪了，范蔼仁的魂儿也跟着没了，为啥这么说呢？谁不知道大庄主对每亩每分土地视同自己的眼珠儿哇，少一亩等于要其老命啊！秃子脑袋虱子明摆着，无论什么人将其小舅子绑走的，目的只有一个，就是要钱。倘若大庄主不想出血，人家一怒之下将钱如命交到官府，那可后悔都来不及了，从此甭想睡一个安稳觉，官府即使挖地三尺，也得把土地大账翻出来。"

"嗯，言之有理，倘若真有那么一天，范大庄主可就没有回头路了，多占的土地被收回，他拿啥往外租种啊，哪有余钱放高利贷呀，不成了跟咱一样穷得叮当响、靠出卖力气打发日子的平头百姓了吗？等着瞧吧，哪个绺子也不会放过他，有热闹看啦！"

"这还不算，一大帮不知从哪儿弄来的孩子也没影儿了，扣在范蔼仁头上那顶主动为大清抚养无家可归的孤儿、象征济世安民的高帽儿随之被摘下了，看他为多占土地还能编出啥堂而皇之的理由蒙骗官府。会说的不如会听的，除非是昏官，否则就是说出大天来谁信哪……"

一时间，此事成了人们茶余饭后的谈资，有拍手叫好儿的，有幸灾乐祸的，有冷语笑骂的。大庄主范蔼仁咋样了呢？他是自己的梦自己圆不了，急得如同热锅上的蚂蚁团团转，早已六神无主了，觉得在我范家堡子的一亩三分地上能出这样的事儿，真是够丢人的，既倒霉又丧气。白天站不稳坐不安，蔫头耷脑，无精打采；晚间躺在炕头儿合不上眼，双目干涩，心里憋闷，好像有块大石头压得喘不过气来；到了深更半夜，有时会突然坐起来干号，嘶哑的声音如狼嗥，听起来很是瘆得慌，吓得男仆、女婢赶忙进屋好言抚慰，可磨破嘴皮仍无济于事。妻妾们闻听后，也急匆匆地聚拢过来，有的拍着范蔼仁的肩膀，不知轻重地劝道："老爷呀，大风大浪都挺过来了，何苦为这些小事儿伤脑筋呢？消消气，着急上火没用，气出好歹的犯不上，身子骨儿要紧。"范蔼仁听罢，心里骂道："哼！妇道人家懂个屁，总师爷被绑票若是小事儿，那啥是大事儿？"

有的上前用手摩挲他的前胸、后背，揉揉额头、太阳穴，使其放松放松。有的则靠近炕沿边垂手而立，一言不发，时不时地陪着掉眼泪。钱如民的老婆小翠花不知啥时候进来的，不仅不说点儿好话给姐夫宽宽心，还边哭边嚷嚷着冲其要自己的男人，不住声儿地埋怨道："为啥不赶紧派人去寻？要是找不回来，我们孤儿寡母谁管哪？今后可怎么活哟！"

范蔼仁皱着眉头瞅了瞅她，心情越发烦躁，翻过身去不予搭理。大夫人见状，忙走到小翠花跟前劝道："妹子，别哭了，能不救如民嘛，他不仅是你的丈夫，也是我们的亲人哪，总得容空儿不是？老爷比咱还着急，啥事儿得慢慢来，会有办法的。"

其他几房儿妻妾也随声附和，好话说尽，百般安慰，想使她尽快安静下来，生怕惹恼了老爷。可无论怎么劝，小翠花一句也听不进去，愈加鼻涕一把泪一把地大声号啕起来，如同家里刚刚死了人似的。侧躺着的范蔼仁脑袋如盆大，实在忍不住了，一骨碌爬了起来，指着小翠花的鼻尖儿骂道："你个扫帚星，号丧啥呀，没看我正烦着么？连火候儿都不会看，别在这儿添乱了，是不是没安好心想气死我呀？赶紧滚一边去！"

小翠花一听更来劲儿了，扑腾一声躺倒在地打起滚儿来，两只脚乱蹬蹬，崭新的粉缎子裤和红丝绢袄皆沾上土了，一双绣花鞋也蹬掉了，眼泪、鼻涕甩得可哪儿都是，那狼狈相真够十五个人看半拉儿月的了，众妻妾面面相觑，束手无策。

就在范府乱成一锅粥又无法收拾的时候，前去铜佛寺敬香的两位大师回返了，走在前面的是夺魂僧者，跟在后头的是静空大师，二人均披袈裟。他们老远就听见哭声了，估计是发生什么不可解的事儿了，便紧走几步匆匆进院儿，径直来到范蔼仁的住处。推开门定睛一看，大庄主和众妻妾都在，地上躺着钱如民的老婆，个个一脸惶惑之色，感到很是奇怪，夺魂僧者手打佛号道：“阿弥陀佛，施主，敢问家中出了什么事儿以至于如此？”

范蔼仁像盼回了大救星似的，一边起身下地，一边请二位大师客厅就座，众妻妾以及从地上爬起来的小翠花也随之跟了过去。女婢奉上香茗后，范蔼仁便急不可待地开口道：“哎哟，尊敬的大师呀，你们总算回来了，范家堡子出大事儿了。都怪我呀，不该一时头脑发热没了主意，竟答应东坡杂艺班到这儿打场子卖艺，结果上当受骗了。那所谓的东坡杂艺班是冒名顶替的，实际上是一伙不知从哪儿来的土匪，借演杂耍儿之名，行强抢之实，不仅将武馆的那帮孤儿掳走了，还把钱总师爷绑去了。此举非同小可，如果对小舅子动刑，逼问土地大账的藏匿之处并被土匪拿获，范氏家族百年家业恐怕得毁在我这个不肖子孙手里了，真是对不起列祖列宗啊！我有罪，我无能，老天哪，这可怎么办呐，请二位大师快快救救范家吧！”说着抽了抽鼻子，两行老泪顺脸滚下，看似很难过的样子。

众妻妾和钱如民的老婆见家主落泪了，也跟着呜呜地哭开了，边哭边七嘴八舌地诉说事情的经过，其中小翠花的嗓门儿最大。由于人多，又争抢着讲，根本分不出个数来，静空大师开口劝道：“各位施主，请别着急，小心哭坏了身子骨儿。冤有头，债有主，待静下来慢慢捋出头绪后，再从长计议，另想良策不迟。”

众妻妾听后，渐渐止住了哭声，掏出手帕擦拭着眼泪，范蔼仁冲她们挥了挥手道：“你们先回吧，大师走了那么远的路，想必早就累了，该歇息了。”

众妻妾又浮皮潦草地安慰范蔼仁几句，除了大夫人外，其余人这才扭扭搭搭地出了客厅，各回各屋了，小翠花也回自家了。

那么，夺魂僧者和静空大师究竟去了哪里？如果只是到铜佛寺进香，咋十多天方转回呢？原来二位大师来到范家堡子已一年多了，在此期间，堡内一直挺平静的，未曾出过什么事，他们觉得自己也算尽职尽责了，对得起施主范蔼仁的多方关照了。然而却始终放不下一块儿离开少林寺、中途分手的大师兄一指金刚侠，虽约好于京师碰面，但到今天也没见着，心里很是着急。咋办好呢？总不能在范家堡子继续傻等啊，事实证明此招儿行不通，啥也等不来。唯一的办法就是出去找一找，四处扫听扫听，或许能得到大师兄的消息。二人私下里合计开了，眼下范家堡子没啥要紧事儿，不妨乘七月十五去铜佛寺敬香之机，提前几日离开范家堡子走一圈儿，看看能否遇上前来寻找师弟的大师兄，早去早归。不过这个想法既未告诉任何人，也未向庄主讲，认为此乃师兄弟之间的事儿，没必要说出去。次日一早出发时，走到大门口儿恰好碰上钱如民了，向其打了招呼并对走后应注意些啥又叮嘱了一番，方告辞离去。

大家知道，夺魂僧者和静空大师身怀绝技，皆有超人之能，无论去哪儿，从不乘车、骑马，只凭一双铁脚板儿踏遍千山万水，而且行走如飞，像匹走马慢跑似的前行，丝毫没有疲劳之感。还边走边唠佛法，探讨经文深意，不时地向当地老乡打听何处有知名庙宇、深山古刹，以便前去烧香拜佛。师兄弟二人这次出来，经人指点，首先来到了林木苍翠的张广才岭。此乃通往东海边陲的必经之路，商贾来往频繁，沿途多有庙宇，他们心里思摸着："张广才岭赫赫有名，庙宇不乏敬香的善男信女，说不定大师兄也会到此造访呢！"这么一想，信心随之而来，除了游览美景，就是去古刹探访故友，顺便打听大师兄的下落。常常是饥时化斋，夜宿庙台，可是连住几个晚上，也未见到大师兄的影儿。随后又进入长白山及其余脉，群山环绕，林海茫茫，大自然的迷人风光使二人陶醉其中，久久不愿离去。到了七月十四日，师兄弟俩赶到了铜佛寺，当夜住宿于寺内。第二天一早，用罢斋饭，与同道一块儿敬香、朝佛、诵经。事毕，出得庙门西行，来到和龙境内，踏遍百座大山，观赏经年不化的皑皑白雪，与岭上之庙宇的住持谈经论道。告辞后继续西行，登上拉法铁冠山，拜望诸神洞，会见了以前结识的同道师友。遗憾的是各处云游十多天，逢人便打听，仍未有大师兄的消息。夺魂僧者未免有些着急了，遂对静空大师说："师弟，咱们出来将近半个月了，不能再往前走了，得赶紧回去。况且临行时只说去铜佛寺敬香，早去早归，可无论如何用不了这么多天。时间一长，范庄主心里没底，再出点儿啥闪失，还不得派人四下找咱们哪！"

静空大师仔细琢磨琢磨，觉得师兄所言可也是，终归吃住在范家堡子，暂时又离不开，只能如此，便点点头同意了。于是二人放开大脚片子抄小道儿紧走慢赶，晓行夜宿，五天后的头晌回到了范家堡子，见大庄主愁眉锁眼，果然出事了。师兄弟俩愣怔片刻，随即感到无比内疚，既痛心又后悔。唉！早不走晚不走，为啥非这个时候出去呢？施主对咱那么好，却在关键时刻没帮上忙，不仅有愧于他们的信任，也对不起钱永康协领。思前想后，又觉得非常郁闷，咋就赶得这么寸呢？到底是哪个土匪绺子全然无视两位大师的存在，竟敢于光天化日之下，在闻名漠北的范家堡子施威作乱，莫非吃了熊心豹子胆了？我们可是少林派的武功传人哪，此举纯粹是没瞧得起咱，公开向少林派示威呢！作为其中的一员，为保护少林弟子的尊严，岂能容你？躲得了初一，躲不过十五，必须抓获贼首，救出总师爷，替施主出这口窝囊气，以平定愤懑之情，安抚挂念之心。

二位大师喝了几口茶，询问了此事发生的详细经过，思索再三，夺魂僧者首先开口了，话说得挺大：“施主，本僧以为匪徒逃跑的一路上，必留下蛛丝马迹，何况还带有一帮孩子。不客气地讲，我与师弟武功高强，天下无敌，没有办不成的事儿。我俩明日就出发，四处扫听，再寻踪而至，逮住匪首，救出总师爷。”

静空大师显得冷静、稳重得多，坐在椅子上若有所思，没有马上表态。急性子的夺魂僧者侧过头看了看师弟，见其两眼直勾勾地盯着茶几上的杯子闷头不语，遂问道：“静空，说话呀，你是咋想的？”

静空大师这才收回目光，回道：“二师兄，匪首是要抓，但务必有的放矢，不打无准备之仗。范家堡子周围四通八达，有大路也有小道儿，得往哪个方向去呀？胡跑乱撞总不是办法。我认为此事不可操之过急，不可轻举妄动，行动前应暗中在堡子内外进行一番察访，或许就能发现点儿可利用的线索，之后再据此出外搜寻。凡事做得稳妥些，考虑得仔细些，肯定没亏吃。否则即使下了大力气，最终也是一无所获，白忙活。”

夺魂僧者听罢，刚要与其争辩，范蔼仁插嘴道：“二位高僧，我觉得静空大师言之有理，咱们是得冷静想一想，好好儿合计合计，为啥吃了个哑巴亏，让土匪绺子轻而易举占了便宜。咳，我当时也被弄糊涂了，打了那么多年鹰，临了却让鹰啄了眼。倘若传扬出去，太丢范家堡子面子了，人家还不得笑掉大牙呀！”

坐在旁边始终未吱声儿的钱氏由于胞弟的突然失踪，这些天来同样心急火燎，食不甘味，坐卧不宁，完全没了颐指气使的精神头儿。她听范蔼仁一口一个“绺子”、一口一个“土匪”的，心里越发来气，暗暗骂道：“还大庄主呢，纯粹是个蠢蛋，也不动脑想想，匪徒抢走一帮孤儿和如民有什么用？那不是自欺欺人嘛！”于是便没好气儿地接过了话茬儿：“老爷，倘若真是哪个绺子胆大妄为，骑在范家脖颈子拉屎，那可是穷得急红了眼，小命不想要了，咱决不能善罢甘休。恰好二位大师回来了，可助老爷一臂之力，尽早把那些土匪一个不落地全抓住，再施以各路的刑法，让他们尝尝鲜。看谁还敢来范家堡子闹腾！”

范蔼仁原本面对着自酿的苦酒无法下咽，正在气头儿上，一看大夫人一改往日的端庄举止，语言粗俗，驴唇不对马嘴，而且当着两位大师的面儿丢人现眼，愈加火冒三丈，瞪着眼睛吼道：“瞎吵吵啥呀，平时不是挺有主意的吗，这会儿那些能耐哪儿去了？竟说不着边际的话。实不相瞒，我认为怪不得旁人，罪魁祸首就是你们姐弟俩。倘若没有如民一个劲儿地撺掇，不看在你这个当姐姐的份儿上，我不可能答应让那个冒牌儿的东坡杂艺班来范家堡子打场子，也不至于闹出如此大的乱子。还总师爷呢，长个猪脑子都比他强，我真是看走了眼！”

钱氏见丈夫一推六二五，把怨气全撒到自己和胞弟身上了，哪能让呢，腾地站起身来大声儿嚷嚷道：“老爷，此事怎能瓜连上奴家呢，与我何干哪？如民咋了，是你让他管账房的，还封什么总师爷，又不是我封的，要是没那头衔能被绑走吗？再说了，东坡杂艺班来这儿打场子也是你同意的，我弟弟再撺掇，你不点头能成么？自己没主见，造成的后果只能自己担，凭啥冲奴家来，我和如民又不是你的出气筒儿！”

范蔼仁啪地一拍桌子，怒骂道：“给我闭上那张臭嘴，蹬鼻子上脸是吧？妇道人家懂个屁，不冲你说冲谁说，全是你们姐弟俩搅和的！”

钱氏毫不相让，据理反击，你说一句，我有十句等着，直吵得面红耳赤，气喘吁吁。大庄主和大夫人这一吵吵，在场的亲随、仆从全吓傻了，你看看我，我瞅瞅你，谁也不敢吱声儿，更不敢劝解，生怕哪句话说错了反而引火烧身。两位大师则显得很无奈，坐也不是，站也不是，最后还是静空大师发话了：“二位施主，请消消气，本僧知道你们的心情不好，可着急有何用？这种情况下，唯一要做的就是仔细合计合计，弄清冒名顶替的东坡杂艺班究竟何许人也，拿出一个救回总师爷的切实可行之办法。”

钱氏听罢，立马不出声儿了，噘着嘴重新坐在太师椅上。少顷，抬眼看了看范蔼仁，见其微闭双目唉声叹气的，一副失魂落魄的样儿，便换了一种口气把话拉了回来，缓缓言道：“今天二位大师都在，关起门来是一家人，咱不妨唠点儿实嗑儿，用不着掖着藏着，况且也没啥可隐瞒的。老爷，不是我说你，平日里趾高气扬的，咋一遇事儿就瘪茄子了？你可是范家堡子当家的，说一不二，大伙儿皆眼巴巴地瞅着你，无论发生什么事，总得把腰板儿挺直，让男女老少心中有底。瞧你现在这副霜打的样儿，妻妾们都跟着脸上无光。奴家方才所言格路刑法是逗老爷开心的，以便放松放松，别那么紧张。你却听不出来，还当真了，虎起脸跟我犯开浑了，结果吵个一塌糊涂。咋样啊，说你长个榆木脑袋还不服气，事实证明没委屈你吧？咱就事论事，不知老爷想过没有，打着东坡杂艺班旗号来范家堡子卖艺的那帮人不拿不偷不抢，偏偏把咱前些日子以小物件骗来的众孤儿带走了。与此同时，分管账房的总师爷也失踪了，这像是土匪因眼红范氏家族的资财雄厚而前来借机索银吗？哪个绺子吃饱没事儿撑的，非抢回一群孩子养着？谁也不愿做赔本生意，除非脑子有毛病、算不过账的傻子。经过几天来的冥思苦索，我以一品诰命夫人的名誉担保，千万不要去找什么土匪强盗了，此事绝对不是他们干的，而是与那群孤儿息息相关的人出于某种利益所采取的无奈之举。”

范蔼仁听罢，不以为然，反倒认为大夫人在两位大师跟前故意抬高自己，贬低他这位大庄主，丝毫不给留情面，还真将师父当成自家人了，顿时露出一脸的不悦，用鼻子哼了一声，反唇相讥道：“是吗，如此看来，谁也没夫人聪明了？夫人的脑袋是用金子灌的，高贵着呢！说说吧，到底是谁敢冒天下之大不韪，专跟我范某人过不去？朗朗乾坤，公开打劫，而且抢的是大活人，真乃嚣张至极，只差未掘范家的祖坟了！”

钱氏见丈夫的火气未消，也不计较，轻咳了一声又道：“老爷，请用心琢磨琢磨，不难找到答案。试想一下，谁能在短时间内将东坡杂艺班的每个角色扮演得如此逼真，惟妙惟肖？谁的行动能如此迅速，干净利落？绝不会是什么散兵游勇的土匪绺子所能办到的，他们没这两下子。那么何人所为呢？一准是些训练有素、身手不凡的武士经过充分准备，在一个非同寻常的统领指挥下实施的，也就是说，来人早有预谋。”

钱氏的此番话很有分量，一针见血，把症结一下子给叨出来了，听起来十分在理。两位大师当即表态了，认为此言可信，不得不服。这时，堆缩在太师椅上的范蔼仁坐直了身子，大睁双目急巴巴地问道：“夫人，别卖关子了，快说呀，他们何许人也？”

客厅内静静的，鸦雀无声，掉根针都能听见，在座的三人皆屏气凝神地等待下文。钱氏呷了一口茶，放下杯子后，胸有成竹地言道：“此事不难破解，人过留名，雁过留声，唱这台抢人大戏的非行辕大营的富俊莫属，除了他及手下的骑兵再无旁人。为啥这么说呢？首先，那些孩子原本就是行辕属下孤儿营的，丢了能不找吗？抢回去是必然的，那代表着富俊的政绩。其次，眼下行辕正在清查、丈量、重新登记各家各户的田亩，进展颇为顺利。富俊明知范氏家族所占田亩数额巨大，如民又是分管账房的总师爷，为急于弄清土地大账在何处并尽早掐在手中，绑走如民也就不奇怪了。我的推测不是无缘无故的，以前东坡杂艺班在三姓、呼兰一带打场子时，我曾带着丫鬟乘轿车前去观看他们的演出，也见过掌门主师楚东坡。前几天来咱这儿卖艺时，我坐在台下，咋瞅那个打小梆子鼓的咋不像老班主，虽然个头儿、身材、胖瘦差不多，但楚东坡似乎没那么年轻，颏下的五绺儿长须应是雪白的。而坐在侧台的那个楚东坡颏下胡子是黑白相间的，呈灰色，这就不对劲儿了，当时便产生了怀疑，很可能此老班主是假扮的。尽管心里这么想，却未马上声张，因为不敢肯定，寻思着观看一会儿再说。没承想演着演着，小丑撒开金银豆了，致使现场秩序突变，混乱不堪，村民们争先恐后地去抢金银豆，与此同时，那些孩子和如民就不见了。由此看来，富俊早已谋划好了，他亲自出马，率领手下骑兵以东坡杂艺班的招牌作掩护，来到咱们范家堡子公开叫板。遗憾的是他不太聪明，细节注意不够，结果露馅儿了，此场杂要儿演得并不成功。不过这可不是好兆头啊，富俊显然要冲咱范氏家族开刀了，小觑不得，必须认真对待。我很清楚，老爷最不愿提到的就是富俊，若说被他吓破了胆，那是言过其实了。让人担心的是富俊一旦撬开如民的口，他便死死地握住了范氏家族的把柄，使咱寸步难行，动弹不得。可话又说回来，怕有何用？到这节骨眼儿上，神人也挡不住哇，只能是赶紧想辙予以解决为上策。”

钱氏的一番话恰恰触到了范蔼仁的痛处，他的确恨透了富俊，恨到咬牙切齿的程度，也最怕听到这个名字。此前他早有预感，觉得这事可能与富俊有关，但又不愿往那儿想，尽量冲土匪绺子欲行劫财上使劲儿，用心思摸。然大夫人同他不一样，不仅不回避，还一下子把事儿给捅开了，话说得直截了当。此刻的范蔼仁紧皱眉头，一时不知如何是好，心里犯了寻思：“唉，看来失算了，小瞧那个瘸老头儿了。令我百思不得其解的倒是富俊哪来的胆量和能耐硬碰硬呢？明知道范氏家族几代受皇封，朝中又有人，范家堡子乃雍正王朝以来名噪一时的大庄子，却为啥偏偏跟我这个大庄主作对、不惜一切代价非折腾个底朝上不可呢？难道他不懂龙争虎斗、两败俱伤的道理吗？”

钱氏侧过头瞅了瞅范蔼仁，见其一脸的困惑，双眼直瞪瞪地盯着地面，心里不知琢磨些啥，估计是一时没了主意。不管咋的，自己总还是嫁到范家多年了，一日夫妻百日恩。目前丈夫处境窘迫，能不替其着急么，也很是心疼，遂轻声细语地劝慰道：“老爷，别太往心里去，其实这算不了什么，愁坏了身子骨儿犯不上。不是有那么句话嘛，车到山前必有路，活人不能让尿憋死。大家都动动脑子，说不定忽然有了好主意，柳暗花明又一村呢！依我看，当务之急是赶紧救回如民，那帮孩子可暂且放一放。若想抢回富俊手中的这张王牌难度很大，因为对于他而言，此举也是没有办法情况下的孤注一掷，绞尽脑汁要计谋才到口的肉岂肯轻易吐出来？何况咱们跟他顶牛已经顶到份儿了，可谓势不两立。尽管如此，从大局着眼，务必得这么做。倘若采取各种办法救如民仍事与愿违，真到那个时候，咱们再考虑下一步怎么办不迟。各位须清醒认识到的是能否救回总师爷事关重大，不单单关乎范氏家族几十年的基业能否继续留存，也关乎当今朝廷一些在任的一品、二品官能否保住脑袋和乌纱帽，还关乎吉林、盛京的一些官员能否跟着吃瓜落。他们可都是咱的人哪，倘若被牵连进来，咱能担待得起嘛！再者……”

范蔼仁听到这儿可气坏了，嘴唇直哆嗦，像被马蜂蜇了一般忽地跳起来高声儿断喝道：“住口！你这张乌鸦嘴，是说话呢，还是喷粪呢？让人听了浑身不自在，直起鸡皮疙瘩，两位大师都得见笑。啥事儿被你一说就严重了，谅富俊没那胆量，不敢上报朝廷。假如他没个记性，好了伤疤忘了疼，胳膊非要拧过大腿，那就对不起了，从此头上别想有一品顶戴了，我不仅让他声名扫地，还得让他绝后！”

其实，钱氏此刻并不在乎范蔼仁说什么，亦不在乎发多大的火儿。他们是多年的夫妻了，吃透了丈夫的脾气、秉性，对其一言一行、一举一动代表啥意思心知肚明。她知道丈夫每遇难解之事时，一向心虚嘴硬，要么瞎咋呼，要么穷逞能，没啥真本事。所担心的是两位大师不知底里，听大庄主这么一说，很可能闹出人命来，还不把人家吓跑了，那可就没有靠山了。她不愧是个很会办事、头脑冷静、用心细密之人，飞快地瞟了二位大师一眼后，随即语气平缓地说道：“老爷，别生气了，到了这个节骨眼儿上，讲那些解恨的话没用，顶多是痛快痛快嘴皮子，还是说点儿正经的。我琢磨着要想救出如民，得通过富俊的属下搭桥，不妨来个临时抱佛脚。记得清查田亩行辕大营有位职衔不高的哈番，噢，对了，是游击，姓秦，叫秦名远，长了两颗特别显眼并往外龇龇着的大门牙，背地里都叫他‘秦大门牙’。有一年冬月，他带领一哨骑兵途经范家堡子前往离咱不远的小哑巴屯办差，天傍黑儿才驻扎下来，伙夫忙着埋锅造饭。工夫不大，饭菜做好了，骑兵们开始用晚膳，谁也没觉得有什么异常，吃完便各自歇息了。未承想此前不知缘何有人曾往饭菜里投了毒，刚到一更天药性就发作了，骑兵们个个头昏脑涨，四肢麻木，腹内剧痛，在帐篷里翻过来滚过去地折腾开了。其中，秦名远中毒最深，脸色青灰，口吐白沫儿，气息奄奄。多亏所设的警戒哨中有个兵丁没中毒，因其姑姑也住在屯子里，晚饭是被叫回家吃的，所以躲过了一劫。他一见此情此景可吓坏了，撒腿就往姑姑家跑，待说明了来意，由姑父领着找到了穆昆达。穆昆达认为人命关天，施救要紧，当即叫醒全屯的住户，令大家四处寻求解毒良方，也到了咱范家堡子。老爷闻听后，忙让厨子把老黄瓜瓤儿、小黄米、绿豆等放入石锅里加水熬，熬到一定时候将米汤撇出，装进两个瓷罐内，命令家丁用扁担挑着随如民一路小跑前往小哑巴屯。到了那儿，径直去了骑兵驻扎处，把米汤倒进碗里，每人喝了一大碗。结果还挺灵验，只过了半袋烟的工夫，骑兵们全吐了，苦胆恨不得都吐出来了，食物中的毒素随之便解了。领兵的秦名远非常感激，办完差回返时，特意带着随从来咱家登门致谢，感谢救命之恩，称赞老爷乃菩萨心肠。辞别时，老爷拿出三十两白银奉上，说是让他日后去药铺买点儿补品，好好儿将养将养身子骨儿，秦将军大难不死，必有后福哇！秦名远双手接过，千恩万谢，并表示知恩不报非君子，大庄主将来有用得着我的地儿尽管吱声儿，本官定效犬马之劳。此事至今时隔四年，这回还真用着了，他应该知道那东坡杂艺班是不是行辕的兵丁假扮的，抢回众孤儿、绑走钱如民是不是富俊干的。咳，我弟弟要是在就好了，让他去找姓秦的，准保能帮这个忙。眼下没别的招儿，只能另派人走一趟了，就是说破嘴皮子，也得将其请来。当然了，此事非同小可，秦名远是否掌握实底儿、想不想告诉咱、愿不愿帮忙皆是个未知数。不过很多事实证明‘有钱能使鬼推磨’这句老话到啥时候都管用，咱可以给他银子，不能抠抠搜搜的，出手大方点儿，谁不见钱眼开呀，我就不信他不动心。”

范蔼仁听了钱氏这番点化，仔细思摸了一会儿，认为可行，气随之也消了。他知道大夫人很有心计，所出的点子是经过深思熟虑的，从不放空炮。可转念又一想，觉得有些不妥，遂晃了晃脑袋道：“此招儿中倒是中，但施行起来有难度，起码不会那么顺当。你想啊，行辕大营把守甚严，任何人不准靠近，骑兵又不停地巡逻，咱怎能进得了大门？更别说见到秦名远了。见不到本人，如何相请？到头来还不是竹篮子打水一场空。再者，咱现在哪有较为合适的人前去联络呀？富俊他们对我范府的上下人等差不多都认识，弄不好事儿没等办呢，先打草惊蛇了。”

钱氏刚要解释，夺魂僧者抢了先：“二位施主，大可不必为此焦虑，富俊何惧哉？本僧和师弟一同前往就是了。只要弄准行辕中确实有位被施主救过的秦明远，其他一切皆好办，我们会想法儿接近之，哪怕他是天上的神仙、地下的阴魂，照样能将其请来。”

平日里，范蔼仁对二位大师的武技和能耐可谓佩服得五体投地，信任有加，尊崇备至。此刻一听夺魂僧者表态了，非常高兴，脸上立马堆满了笑容，双手抱拳连连致谢道：“谢谢，谢谢，二位大师如能前往，那可太好了，此乃范家堡子之福哇，我们将永世不忘大师的恩德呀！”说着就要跪地下拜。

静空大师忙上前扶住道：“施主，快快请起，小事一桩，千万别客气，本僧和师兄不敢当。”

二位大师接下来详细询问了秦名远的长相、身高、胖瘦及口音，范蔼仁一一作答，夺魂僧者言道：“施主，这样吧，本僧和师弟出门多日刚刚回堡子，今晚就宽衣歇息了。明儿个一早，请准备两套百姓衣，我们需换装前往行辕。一切顺利的话，最晚亥时即可返回，当然同行的还有秦明远。施主需要做的就是告知夜哨，暂不关离府第最近的东门，回来时将从那儿进堡子。时候不早了，二位施主恐怕早就累了，赶紧歇着吧，安心睡个好觉，告辞了！”说罢，起身揖手作别，与静空大师一同退下。

范蔼仁目送二位大师走后，仍无睡意，端起水杯边喝茶边寻思：“大师说得倒蛮有把握，可哪儿那么容易呀，何况秦名远对当年被救之事记不记得尚不知晓。人都是这样，只有认账方肯帮忙，那还得是讲良心的。大师的用心是好的，或许为了安慰我，怕因此睡不着觉才把话说得很死，先给个宽心丸儿吃而已。他俩去的不是寺庙或集市，而是驻防八旗之行辕，还得顺利请回秦名远，当天返回似乎不太可能，天知道结果会怎样。”这么想着，也就没太在意夺魂僧者的嘱咐，对什么争取亥时返回呀，告诉夜哨暂不关东门等话只是这只耳朵听，那只耳朵冒了，早忘脑后去了。待茶喝得差不多了，焦躁不安的情绪方逐渐平定下来，留宿在大夫人的房里，二人洗漱完毕便歇息了，一夜无话。

转天清晨，夺魂僧者和静空大师听见雄鸡报晓就起床了，洗漱完毕，先到附近的柳林中站桩，接着练了一阵儿拳脚，然后径直去了范府的膳房。二人用罢厨子专门为其烹调的素食，回到自己的住处，见炕上叠放着两套粗布衣。脱下僧服，换上便装，静空大师将一布袋子围在腰间，里面装着七八个白面馒头和几块儿咸菜，作为途中饱腹之用。准备就绪，师兄弟俩未向任何人打招呼，悄悄儿出了大门，撂开铁脚板儿朝东而去。走了不到两个时辰，抬头看看日头，已近晌午，前面可见一片村庄，炊烟袅袅，离村庄不远的大院子便是行辕所在地。他们来到一条小溪边，蹲下身以双手掬水润润嗓子，又洗了把脸，然后并排坐在土坎儿上。静空大师解下系在腰间的布袋子，取出两个馒头和咸菜递给夺魂僧者，自己则手拿馒头掰下一块儿放进嘴里嚼着。正这时，远远望见一队骑兵从村子里闪出，拐向北面的林间小道儿，行进速度不快，看样子是在巡逻。夺魂僧者瞅了一会儿收回目光，侧过头道："师弟，这队巡逻兵里那个领头儿的，没准儿就是秦名远呢！"

静空大师笑道："那敢情好，咱省事了，不用进行辕找了，碰个正着。师兄，这队骑兵要真是在巡逻，得走一大圈儿呢，最少需两个时辰。咱俩一会儿就往屯子西南角儿的集市去，巡逻兵必途经那里，倘若其中恰好有秦名远，便可见机行事了，可谓得来全不费工夫啊！"

二人匆匆填饱肚子，站起来拍了拍身上的土，往西南方向奔去，只用了做顿饭的工夫便到了集市。四下瞧了瞧，见赶集的人不是很多，街面儿也不大，长约五十米，宽约十来米，卖啥的都有，日用品居首，吆喝声儿、讨价还价声儿、以物易物声儿清晰可闻。他们慢腾腾地从集市的南头儿溜达到北头儿，发现道边有处挂着幌子的茶馆儿，便掀开白布门帘儿走了进去，坐在靠窗的桌子旁，要了壶清茶悠闲地饮着。由于窗扇儿已用木棍儿支起，故而集市的一切可尽收眼底，二人边喝边不时地向外望望，或探出上半身往两边瞅瞅。

刚过半个时辰，忽听南头儿响起了节奏不整的马蹄声，由远而近。夺魂僧者伸出脑袋一看，果然一队骑兵缓缓地进入了集市，走在最前面的那位一看着装就是领头儿的，所骑坐骑是匹黄骠马。随即缩回头，叮嘱师弟继续坐在茶馆儿内，自己先出去看看，然后起身离桌，掀开布帘儿站于门外。骑兵们渐渐走近了，夺魂僧者双目始终盯着前面那个领头儿的，仔细一端详，此人三十七八岁，瘦高个儿，长瓜脸，鹰钩鼻，两道八字眉，一对儿鼠眼，两颗大门牙向外龇龇着，显得特别突出，嘴都闭不严，没错，正是秦名远！赶忙往前走几步，来到黄骠马旁，仰脖儿冲坐于马上的秦名远大声儿问道："军爷，小民是从河南来的，能否搅扰一下？想打听件事儿呢！"说罢还冲其使了个眼色。

秦名远低头一看，见上前搭话的男子头发剃得溜溜光，脑门儿锃亮，心想："这分明是个和尚啊，咋穿普通百姓的粗布衣呢？人家要向我打听件事儿，总得有个回应吧，不能不理呀！"于是冲后一挥手，意思是让兵丁继续巡逻，然后翻身下马，夺魂僧者凑到跟前揖了揖手小声儿道："军爷，失敬，失敬，范家堡子的大庄主范蔼仁让本僧代问军爷一向可好？"

秦名远一听"范蔼仁"三个字儿，赶忙警惕地四下瞅了瞅，回过头问道："师父，找本官何事？"

夺魂僧者故作神秘地说："大庄主思念军爷多日，很想见面聚一聚，并有要事相商，故而特遣本僧和师弟前来相请，师弟坐在茶馆内等着呢！当然了，我们师兄弟的这双脚不值钱，走惯了，范老爷可随时呼来唤去。而公务在身的军爷就不同了，腿脚金贵着呢，这一点大庄主的心里是有数的，也做好了迎接及酬谢的准备，不知能否赏光？"

夺魂僧者的这几句话，让鬼精鬼灵的秦名远立马猜到了眼前的这位僧侣乃范家堡子团练的总教头之一，此前早已听说那儿有两位高僧坐镇，而今看来果真如此。他也听出了对方的话外音，自己此番肯定不白跑，白花花的纹银是有诱惑力的，主动奉送哪有不要之理？何况还欠范蔼仁的一个人情呢！思忖片刻，便答应道："大师，我倒可以走一趟，不过现在不行，待巡逻完毕方能抽身。"

夺魂僧者忙道："不急，不急，只需军爷告知什么时辰、在哪儿恭候即可。"

秦名远凑近前去附耳道："天擦黑儿时，请大师于行辕西边的那片林子里静等，我一准到。"说罢，一骗腿儿上了坐骑，打马追赶前面的巡逻队去了。

夺魂僧者反身回到茶馆儿，与师弟耳语了几句，静空大师点点头。为了消磨时间，他们一边慢慢地品茶，一边闲聊着，连续喝了三壶，见太阳偏西方结账离去。二人悠然地走在乡间小道上，按原路返至行辕附近，避开哨兵的视线，钻入西边的林子中，坐在树墩子上等候。天刚擦黑儿，听见林子外传来嗒嗒的马蹄声儿，二位大师赶忙起身相迎，见秦名远已牵着马缰绳进了林子。三人碰面后，无须再说什么，秦名远骑马前行，夺魂僧者和静空大师紧随其后，急匆匆地向范家堡子奔去，很快消失在夜色里。

早在夜幕降临时，把守范家堡子东西南北四个城门的团练就近巡逻一圈儿后，见无异常，便将城门上了锁，各自回门楼儿里睡下，唯独更倌儿手拿梆子在城门内游走，每到一个更次便啷啷啷敲几下报时辰。刚进亥时，把守东门的团练睡得正香，忽然被一阵儿嘭嘭嘭的敲门声儿惊醒，心里这个气哟，其中一个中年团练大骂道：“这是哪个混账，属夜猫子的，大半夜了不在家歇着，跑这儿穷敲啥呀？就是想进围子，可以明儿个一早来，火燎腚了还是咋的，这不成心折腾人嘛！”骂够了，再不愿动也得爬起来，几个团练迷迷瞪瞪地取过灯笼，出得门楼儿从上往下照，见吊桥下站着三个人，正仰脖儿大声喊着快开城门呢！

团练们仔细一瞧，原来其中的两位乃范庄主最尊敬的总教头夺魂僧者和静空大师，还有一位身着游击官服的骑马人，便小声儿嘁喳开了：“哎呀，怎么把二位大师关在围子外了，这还了得！”

“他们这是去哪儿了？三更半夜才回来，行前咋不打声招呼呢，咱好留门哪！”

按理说，团练们赶紧把门打开，放三人进来不就结了嘛！可是不行，为啥呢？大庄主范蔼仁早就对团练下了死规诫，即堡子的四面城门关闭之后，不到开启的时候，任何人无权打开。有特殊情况需要开城门，务必向庄主禀报，得到允许了方可开。不管是谁，即使是老爹、老娘从外地来了，也得在城下等着，大庄主不点头，照样进不去。倘若哪个团练胆敢违反规诫，甚至置若罔闻，因随意开城门而出了纰漏，必严惩不贷。正因如此，这些年来，范家堡子的团练对四面城门把守得颇为精心，生怕出差错，堡内相对比较安全，很少发生匪盗搅扰之事。

此刻，站在门楼儿上的几个团练当然记得大庄主的规诫，你即便将门敲得山响，给我十个胆儿也不敢开呀，脑袋还要不要了？这时，那位中年团练手扶城墙探出身子冲下面高声儿喊道：“二位大师，别跟小的计较，你们是知道的，唯大庄主下话才敢开城门。请稍等，小的这就去回禀老爷，马上转来！”

夺魂僧者有些不耐烦了，寻思道：“临行前，本僧向范蔼仁交代得清清楚楚，一再嘱咐暂不要关东门，等我们回来。这可倒好，把我的话当成耳旁风了，四门紧闭，团练呼呼大睡，根本没把我们师兄弟放在眼里。”想到这儿，心中有一丝不快，气哼哼地嚷道：“还磨蹭啥呀，快去吧，就说我们带一贵客回来了！”说罢，朝秦名远摆了摆手，秦名远翻身下马，三人站在城门外一棵大树旁等候。

好在中年团练腿快，撒丫子就跑，没一会儿便来到钱氏的住处，让守门的丫鬟请示大庄主，两位团练总教头带一贵客正于东门外高声儿叫门，可否开启？丫鬟回身将卧室的门推开一条缝儿，轻声儿唤老爷，如此这般禀报一番。范蔼仁听后，一掀被坐了起来，后悔得直拍大腿：“哎哟，都怪我，忘了告知团练留门了，大师还真连夜回来了！”随手推醒大夫人，丫鬟忙进屋帮着主子穿好衣裳、蹬上鞋，四个男仆手提灯笼给照亮儿，范蔼仁拽着大夫人一溜儿小跑直奔东门而去。到了那儿，夫妇俩已是呼哧带喘、上气不接下气、顺脸淌汗了，二话没说，忙命团练赶紧放下吊桥，开启城门。夺魂僧者、静空大师以及秦名远入得城门后，范蔼仁连作揖带施礼，一个劲儿地赔不是：“罪过，罪过，让你们久等了，真是对不起！秦将军，辛苦了，几年不见，一向可好？”

秦名远一边答应：“好，好着呢！”一边上前一步，扑通一声跪在地上叩头道：“老爷、大太太，我也惦念你们哪，别来无恙啊？在下给恩人叩头了！”

范蔼仁的脸上堆满了笑容，腆着个大肚子伸出双手搀扶着秦名远道：“将军快请起，您太客气了，不必如此，本庄主受用不了哇！”说罢头前带路，一男仆上前接过秦名远手中的缰绳，一行人相跟着向南走去，前往大庄主的府第。到了府门前，范蔼仁躬身相请，直接去了装潢格调颇为高雅的待客之处，即挂着范蔼仁仿效孔圣人以正楷题写三个大字“范爱仲”的客厅。落座后，丫鬟们忙活开了，先把微热的洗脸水、漱口水送了进来，有的端着盆子，有的手捧毛巾，有的拿着水杯，有的提着瓷罐儿。两位大师和秦名远分别洗完脸，用毛巾擦了擦，又漱了漱口，再回身吐进丫鬟手中所提的瓷罐内。洗漱完毕，丫鬟一一退下，另有侍女奉上沏好的香茗，范蔼仁笑吟吟地请三位品茶。钱氏则亲自去厨房督办酒席宴，要求山珍海味缺一不可，烹饪之佳肴必须色香味俱全。厨子们立即做准备，改刀、切菜、剁骨头、剥鱼膛，忙得不亦乐乎。不大工夫，只听锅碗瓢盆一齐响，掌勺的师傅动手烹饪了，随之传出柴火点燃后的噼啪声儿，灶坑里的火苗儿红彤彤的，锅内的香气四处飘散。只用了半个时辰，晚宴便做好了，七碟八碗十六盘摆上桌，荤素皆有，好不丰盛。

范蔼仁引领三人来到膳房，自己首先入座主人之位，然后请秦名远坐于右首，二位大师坐于左首，相对应的桌面上摆满了素食，钱氏也走出厨房过来相陪。酒席宴开始了，考虑到僧侣不饮酒，范蔼仁站起身来，先为夺魂僧者和静空大师倒茶，再为秦名远斟酒，边斟边介绍道：“秦将军有所不知，此乃地地道道的高粱酒，范家堡子烧锅自酿的头品二锅头。其味道醇美，十里可闻其香，且饮后头不晕，很快便可进入梦乡，睡个舒舒服服的好觉，故而取名儿‘范家仙’。此酒名声在外，除了需运往京师大内，还要送至各州府县衙。大吏和官员们品尝后，皆竖大拇指夸其香气扑鼻，名副其实，嘉庆爷更是赞不绝口：‘好酒，好酒也！’”斟毕，也为自己和夫人倒了一杯，然后举起酒杯道：“今天不同往日，福星高照，本庄主既高兴又感慨万千哪！这第一杯乃致谢酒，说实在的，首先让我十分过意不去的是烦劳二位大师了，一大早起来就赶往行辕，跑了两个多时辰去面请秦将军，非常辛苦，我代表全家表示感谢！再一个就是今天可谓大喜之日，为啥这么讲呢？因为秦将军给本庄主一个好大的面子，爽快答应光临寒舍了。贵人驾到，让范氏家族蓬荜生辉，真是三生有幸啊，不胜感激之至。为了表示我们的诚意，略备薄酒，请各位不要见外，能够相聚就是缘分。来，把这杯酒干了！”说着一饮而尽，秦名远和钱氏随之，二位大师同样一口喝干杯中茶。

钱氏放下酒杯，把盏执壶为大家分别斟第二杯酒、倒第二杯茶，也为自己斟满一杯。范蔼仁举起酒杯接着说道：“这第二杯乃祝福酒，祝愿秦将军万事顺遂，步步高升，飞黄腾达。祝愿二位大师早成正果。来，干了！”话音刚落，五个人一仰脖儿，杯杯见底。

钱氏再次为每人斟满，随即举起酒杯道：“这第三杯乃友情酒，俗话讲得好，多个朋友多条路，你帮了我，我反过来必帮你，此乃人之常情。今日请秦将军来，实不相瞒，是有要事相求。相信您不会眼瞅着范氏家族被人欺而不管，一定会看在往日相知之面伸出援手，我代表范家堡子老老少少先谢了，并将永世不忘将军的大恩大德，来，干了！”真是位不同寻常的女流之辈，只听咕嘟一声，一杯酒全下了肚，其他四人的杯子也跟着空了。

范蔼仁放下酒杯，热情地招呼道：“别光饮酒喝茶呀，来来来，请各位动筷吧，品尝一下范家厨师的手艺。粗茶淡饭不成敬意，来日方长，以后有的是机会，咱们边吃边聊！”说着，同大夫人一起为每个人的盘子里夹菜。

大家皆知，坐在范蔼仁右首的秦名远哪儿是什么高官哪，范庄主和大夫人为极力讨好儿、奉承对方，才口口声声称其“秦将军”，竟叫得他美滋滋的，快找不着北了。可当听完钱氏的第三杯祝酒词时，心里顿时没了底，感到十分不安。缘何如此呢？他知道范蔼仁是个无利不起早、很能算计的人，来范家堡子的路上心里就琢磨，这大庄主要跟我商量什么呢？还特派两位大师、团练总教头亲自代请，估计此事绝非一般。刚才钱氏明点了，他才恍然大悟："噢，岂止是商量啊，而是有求于我，声称范氏家族被人欺负了。他们也不掂量掂量，我军衔不高，有多大能耐呀，帮得上帮不上还得两说着。唉，不管咋的，人家四年前曾救过我和弟兄们的命，知恩图报嘛，有多大劲儿使多大劲儿吧，何况又不白帮，少不了给银子。暂不去想它了，也不用急着问，先品尝一下美食、一饱口福是真的。"他盯着桌子上那一盘盘儿诱人的飘散着香味儿的佳肴直流口水，有的菜点根本叫不上名字，有的从未吃过，一时不知从哪儿下筷子好了。于是坐直身子，开始大筷头儿地夹菜往嘴里填，嘴巴塞得满满的，两侧腮帮子都鼓出来了，不停地咀嚼着，大口大口地喝酒，啥也顾不得了。人家唠嗑儿他不参言，倒不出嘴来，只是瞪着眼珠子频频点头应和着，看样子快噎住了。钱氏见此，执壶为其斟满杯子道："秦将军，不着急，慢慢喝，有的是时间。"

那么，秦名远为何如此下三烂、好像这辈子没吃过东西似的、丝毫不注意吃相而狼吞虎咽呢？各位阿哥有所不知，范家堡子的大庄主范蔼仁有两大嗜好，一个是喜欢女人，一个是喜欢品尝美味。范府大厨乃烹调佳肴之能手，远近闻名，尤其是辽东菜、龙江菜独具特色，百吃不厌。东北三地将军衙门的所有官员几乎都登过门，范蔼仁也以此吸引各方人士光顾范家堡子，同时借机炫耀所谓的范式菜系。由于家族成员的口味不同，有喜酸的，有喜甜的，有专品辣的，也有愿品苦的，光请的厨子就有上百人，想吃什么便能做什么，色香味保证不走样儿。其中数十个厨子需给团练准备膳食，当然了，做的皆为农家饭，他们没资格享用上等菜点。就拿今晚来说吧，范蔼仁为了招待好秦名远，使其乖乖替自己办事，除了极尽阿谀奉承之能事外，再就是使出看家本事，奉上一桌美味让他开开眼，品尝一下从未见识过的享誉东北三地之名菜大宴。不仅如此，还指派大夫人亲自督办、陪灶，给以指点。钱氏真就事无巨细，不时地提醒大厨这道菜缺鲜姜，那道菜应加点儿竹笋什么的。女主人在旁边看着，大厨们敢不卖力气吗？个个使出浑身解数，累得汗流浃背，总算达到了主子的苛刻要求。

今天看来，当时的范家堡子虽名声在外，不过是处大屯落，庄主范蔼仁占有的土地最多而已。尽管地位、名分在那儿，终归是个土包子，府上所操办的大宴多数为家常菜，什么韭菜炒鸡蛋哪，小鸡炖蘑菇啊，香薰兔肉哇，红烧大杆头，等等。别看摆了满满一桌子，其中只有八道菜比较特殊，哪八道呢？第一道是肥鸭炖子蘑，第二道是清蒸哈什蚂，第三道是油煎豆腐内夹飞龙肉，第四道是牛心鹿心拌獐肝，第五道是十蘸白肉血肠。“白肉血肠”乃辽东满洲故地之家常名菜，大多数人家是把五花肉、酸菜、粉条放在一块儿炖，待差不多了，再将已灌好煮熟的血肠放进锅里，稍炖即食。而范家的做法及吃法独辟蹊径，与各家各户有所不同，关键在“十蘸”上。“十蘸”中的“十”，不是指十样儿，而是“多”的意思。桌面儿正中间摆放两个大盘子，其中一盘儿装着切成薄片儿的五花肉，油亮亮的，香而不腻。另一盘儿装着血肠，用杀猪时接的血灌成，煮熟后切成一段段儿，呈暗红色。大盘儿四周摆放二十多个小瓷碟儿，里面分别装着调味品，有葱仁儿、麻仁儿、瓜子仁儿、松子仁儿、辣椒油、大蒜油、芥末等。吃的时候，夹起白肉或血肠蘸这些调味品入口，愿用哪种作料任选，故而称“十蘸白肉血肠”。此道菜是范蔼仁同厨子们一起琢磨出来的，在族中颇受欢迎，大伙儿又给取名儿“范家菜”。第六道是鹿鼻，称得上一流名菜。第七道是熏蒸乳猪，也是满洲人的传统菜，黑龙江以北不少地方的居民皆喜食之，只是烹饪的方法不尽相同。

第八道是清蒸百合仙子。一听菜名儿，都会以为原料取自百合花的根茎，如果那么想就大错特错了。其实这道菜并不新鲜，至少也有千八百年了，北方各个民族皆喜食。别的地儿饭馆、酒楼称其啥名儿不清楚，“清蒸百合仙子”之名儿是范蔼仁起的，而且逐渐在辽东、黑龙江一带叫开了。所用原料到底是啥呢？乃妇女生产时随之娩出的胎盘，又称衣胞或胎衣，也是一剂中药，曰紫河车。新鲜胎衣的保留不外乎两种，一个是干留，一个是放一段时间后再晒干收起。为防止腐烂变霉，务必存放好，否则不能食用。晾晒和收藏很有说道，有一套方法可循，在此就不多讲了。

“清蒸百合仙子”的烹饪过程并不复杂，若是原料为新鲜胎衣，先将其放进盆子里，倒入温水浸泡两三个时辰，干的则需更长时间。待泡透泡软了，取出来用水洗净，摊在木板上晾一会儿，便可烹调了。通常有两种做法，如果喜食口味重点儿的，就把衣胞放进装有奶汁儿、果汁儿的盆子里浸泡，然后入锅蒸熟，再浇上酱汁儿即可上席。如果喜食口味清淡点儿的，就把洗净的衣胞直接放进锅内蒸熟，然后切成片儿装入盘中，摆成芙蓉形或百合形，四周围一圈儿雕琢成各种花卉的蔬菜作为点缀。食用时，可以蘸着作料吃，也可啥都不蘸，专品那滑润柔软、嫩而不腻的爽口感。

范蠡仁为什么独出心裁、给这道菜起名儿叫“清蒸百合仙子”呢？实际上范氏家族大厨们的做法与其他地方一样，没什么区别，唯一不同的就是在此基础上增色添彩罢了。蒸熟的胎衣呈乳白色，从锅内取出也是切成片儿，放在大圆盘儿中间，摆成百合花形，再浇上奶汁儿，显得越发光亮洁白。

秦名远本是一介武夫，官职不高，所挣俸饷不多。平日里，不仅享受不起这等佳肴，也没机会赴这等盛宴，看着桌面儿上的清蒸百合仙子，不免有些大惊小怪。左瞅瞅，右瞧瞧，手中的筷子伸出去又缩回来，不知从哪儿下口。范蠡仁见此，很是得意扬扬，随后便口若悬河地夸耀开了：“秦将军，这可是好东西，趁热吃，凉了味道就不那么浓了。机会难得，别客气，多吃点儿，只要您高兴，本庄主就没白费心思。”

范蠡仁和大夫人一个装武，一个装文，夫唱妇随，将这台戏唱得挺圆满，让秦名远很是受用。在举杯同饮时，钱氏还时不时看似不经意地或拍一下秦名远的肩膀，或亲昵地侧过身子贴近之，使他顿感飘飘然，浑身麻酥酥的，骨头缝儿都舒坦，如同腾云驾雾一般。秦名远所活的这几十年，从未受到贵宾规格的款待，从未被人如此奉承过，一时竟也认为自己很了不起，任何人不敢小瞧，都得高看一眼。到了范家堡子就跟进了自家一样，想说啥就说啥，想干啥就干啥，谁也挡不住。

席间，范蠡仁和大夫人一直在察言观色，双眼没有离开过秦名远，并不忘频频斟酒、举杯。见其已喝得满脸通红，酒兴正浓，大话不离口：“别看本人官不大，能量不小，有啥事儿尽管吱声儿，就冲大庄主和大太太的为人，能帮上忙的一定帮，绝无二话！”酒过三巡，秦名远有了几分醉意，范蠡仁一看火候儿到了，便直截了当、详详细细地道出了前些天自家武馆的孤儿被抢、总师爷钱如民被劫之来龙去脉，恳请秦将军伸出援手，想办法救回小舅子。

若说起来，秦名远原本就不地道，加入军旅后，打仗时缩头缩脑，需要往前冲也总是躲在别人后头，不知内情的还以为他挺勇敢。可有一点其他护兵比不了，就是嘴巴甜，脑瓜儿转得快，上司想听啥就说啥，大有恭维、讨好儿之能事。正因善于阿谀奉承，而且分寸掌握得恰到好处，渐渐赢得了倭楞泰的好感，点名儿让他当了拨什库。倭楞泰是位武将，作战勇猛，敢打敢拼，然谋略稍欠。其时，属下有位佐领，现在已是朝廷重臣了，名儿叫赛冲阿，也是他一手提拔起来的。两军对阵时，赛冲阿不仅冲杀在前，以一当十，而且有勇有谋，是块带兵的好料，故而深得倭楞泰的信任。秦名远成为拨什库后，倭楞泰思忖再三，将其分派给了赛冲阿属下之马队。

转年，关内匪患不断，赛冲阿奉命率兵前去平叛。围剿时，秦名远与手下十几个弟兄乘混乱之机活擒了匪首，班师后不只因功受赏，还擢升为骁骑校。从此便不知天高地厚了，认为自己已是七品官了，又有倭楞泰作靠山，往后啥都不用在乎了。他渐渐像换了个人似的，啥事儿随心所欲，想怎么干就怎么干，有时甚至不听赛冲阿的指挥。当年初秋，倭楞泰率领大队人马出外追剿残余匪帮，马不停蹄地奔驰两天两夜，来到一个只有几十户人家的屯子附近，决定就地搭起帐篷，埋锅造饭。第二天一早，赛冲阿奉倭楞泰之命，带一哨人马先行前往距营地十五里外的一片山林巡查，看看是否有残匪的踪迹。搜寻了大半天，连个人影儿都没见着，只好原路返回。当走到离营地大约一里来地时，队伍中的秦名远看见有个相貌较好、体态匀称的农家女正在距大道较近的地里除草，心中顿生邪念，遂以口渴为由，跳下坐骑奔向田间向其讨水喝。年轻女子见是位八旗官员，忙从腰间解下装水的葫芦递上去，正赶上前头的骑兵刚刚拐入林间小道儿，有树林遮挡，秦名远便乘机拽过女子猥亵之。女子惊恐万状，一边挣扎一边高声呼救，恰好被走在队伍最前面的赛冲阿听到了。他回转身冲出小道儿扭头往大地里一瞅，见秦名远正死死抱住一年轻女子欲行不轨，当即气冲头顶，光天化日之下竟敢调戏妇女，太无法无天了，真乃十恶不赦，遂高声儿断喝道："快放开，你这个不顾廉耻的败类，把八旗官兵的脸都丢尽了，给我滚回来！"

佐领的一声吼，迫使秦名远不得不松手，极不情愿地踩着田埂走到林边。此刻，赛冲阿已气得脸色铁青，双眼冒火，怒不可遏，用马鞭指其鼻尖儿破口大骂，非要砍了他的脑袋不可！身边的随从及另两位骁骑校见状，忙跪在地上替秦名远说情，恳请上司饶过他一回，留着那条小命也好将功赎罪，兵丁们也悉数跪地求大人手下留情。赛冲阿强压怒火，令随从将其捆绑，然后举起马鞭啪啪啪一顿抡，抽得秦名远鬼哭狼嚎，皮开肉绽，心里恨透了赛冲阿。

到了营地后，秦名远就去倭楞泰跟前告状，反咬佐领诬陷自己，只不过向一女子讨水喝，却平白无故挨了一通儿鞭刑。倭楞泰和赛冲阿一起率军征战多年，彼此相助，情同手足，对他的处事和人品了如指掌，知其不会无端陷害谁，自然不予采信。可倭楞泰又颇为喜欢秦名远，认为此人聪明，有眼力见儿，时时处处维护上司的尊严，乃自己的左膀右臂，故而对其违犯军纪的做法也不想严加惩处。秦名远一看，在副都统面前很难告倒赛冲阿，于是做出一副很委屈的样子，哭跪在倭楞泰膝下，哀求道："大人，容小的直言，由于无意中得罪了顶头上司，将来必会给我小鞋穿，因而不能再在赛佐领手下当差了，也没法儿继续混下去了。大人有大量，请帮帮忙，让小的回到您身边吧，干啥都行，当牛做马也心甘情愿！"说罢，咣咣咣一连磕了好几个响头。

倭楞泰没吱声儿，倒背着双手来回踱步，感到十分为难，寻思道："我作为副都统，对于一个严重违犯军纪的人不仅不处治，还将其留在自己身边，这不是公开袒护下属、徇情枉法么？赛冲阿及官兵们嘴上不说，内心肯定不满。处治秦名远吧，又有些于心不忍，毕竟跟我好几年了，鞍前马后的算得上尽心，到底咋做好呢？"思摸再三，终于想出一个折中的办法，遂说道："秦名远，事已至此，说别的没用，回到我身边甚为不妥。不如这样，你去秀林大人那儿吧，换个地儿或许更好。此人是我的老友，胸怀坦荡，处事公正，待人诚恳。只要你好好干，就不会被埋没，该重用必重用，该升迁必升迁，关键在自己，好自为之吧！"

秦名远听后，转悲为喜，叩头谢恩，并表示将永世不忘此大恩大德，有朝一日定会报答之，随即起身退下。转天，秦名远怀揣倭楞泰的推荐信，前往秀林的驻扎处，到了那儿，自然是一切顺利，受到热情接待，秀林将其留在身边做亲随。三年后，秀林换防，秦名远去了喜明处，不管在哪儿，他从不忘自己的看家本事，即想方设法讨得上司的喜欢，极尽阿谀奉承之能事。后来，秀林、喜明曾分别就任吉林将军，也把秦名远安排在将军衙门，掌管属下的各个驿馆。嘉庆二十四年，秦名远被调至百里之外的双城堡清查田亩行辕大营，从此成为富俊的属下，在其带领下，共同担起清丈土地之重任。

富俊乃大清的忠臣，为人耿直，精明干练，眼尖心细。秦名远来了没多久，他就看出此人不踏实，处事、行为有些飘，且虚伪狡猾，是个奸诈之徒，便有了戒心，多方注意，并叮嘱班布泰对其要加以防范。而秦名远则是狗改不了吃屎，一有机会便在富俊跟前讨好儿，谄媚奉承，啥好听说啥，赔着笑脸小心翼翼从事。然富俊就像没听到、没看见似的，从不为其花言巧语所迷惑，很有主见，根本不买他的账。秦名远可鬼着呢，对这一切能看不出来么？知道自己在富俊眼皮底下不得烟抽，不被信任，并时不时有被监视的感觉。尽管暗地里恨得牙根儿痒痒的，却一点儿辙没有，满腹牢骚不敢发，大气不敢喘，还得一味顺从，唯唯诺诺，觉得几乎快憋疯了，一日如三秋啊！

那么，秦名远与班布泰的关系怎样呢？表面上对其十分亲密，实际上貌合神离，不仅一肚子怨气，还忌妒得要命。缘何呢？秦名远自打到了清查田亩行辕，第一眼看见白面娘子，就被那张俊俏的面孔迷住了，迈不动步了，随之歹心顿生："哎呀，这丫头长得真水灵，皮肤白白的，眼睛大大的，嘴巴甜甜的，太招人喜欢了，若是能亲一下得多过瘾哪！等着瞧吧，凭我秦某人的能耐，对付一个小姑娘应该绰绰有余，她跑不了，非把这看不够的小美人儿弄到手不可。"此后，他如同着魔一般，眼前总是晃动着白面娘子的身影，日思夜想，做梦都在喊小白丫。

没过多久，秦名远闻听白面娘子曾身处危境，关键时刻是班布泰将其救下并让随从带回行辕的，于是开始注意了。他发现白面娘子闲来无事时，常去班布泰那儿，要么帮着洗衣服，要么为其打扫房间，二人在一起有说有笑的，有唠不完的嗑儿。让秦名远没想到的是富俊也很疼爱小白丫，每当遇到时，那眼神儿特别慈祥，像瞅自己的孙女一样，喜欢得不得了。无论小白丫说些啥，富俊总是笑眯眯地听着，不时地点点头，从不打断，这才恍然大悟："噢，明白了，怪不得白面娘子在众孤儿中那么出风头呢，原来身后有两棵大树，能不好乘凉嘛！"

由于欲火中烧，秦名远并未因此而打退堂鼓，仍多次找机会亲近白面娘子，遗憾的是均未成功，缘于班布泰不离左右。他心里明镜似的："富俊的孙儿可不是好惹的，武功高强，骑术精良，没有不佩服的。自己虽是游击衔，但跟骁骑校班布泰比起来难与为匹，无论哪方面都差一截儿，根本斗不过人家。若是不服气叫真章儿比试比试，可就应了那句话了，蝼蚁撼大树自不量力，其结果必败其手，还得成为众官兵的笑柄。哼！我是谁呀，绝不能轻易服输，必须想办法除掉班布泰这个最大的障碍，夺走白面娘子，离开行辕，远走高飞，另投新主。"想得倒挺美，无奈难以成行，一直未能找到合适的机会实施之。加上无时无刻不感到富俊那冷峻、不信任的目光投向自己，如芒刺在背，如坐针毡，急得天天抓耳挠腮，心焦如焚，不知如何是好。

就拿眼面前儿这次行动来说吧，富俊采纳了白面娘子的提议，率领扮成东坡杂艺班的骑兵前往范家堡子，如愿抢回了被骗去的众孤儿，劫走了掌管范氏家族账房的总师爷钱如民。可是，因为富俊曾闻听秦名远及手下兵丁在一次去小哑巴屯办差时，误服有毒饮食，十分危险。范蔼仁不知出于什么目的，及时施以援手，熬了药粥派小舅子送到设在那里的营帐，官兵们方得以救治，转危为安，所以富俊对秦明远心存警惕，为防万一，保证此次行动的顺利进行，派秦名远率骑兵于行辕周边马不停蹄地巡逻，要求仔细查看，详悉所到之地的情况，防范匪寇搅扰，不得有丝毫疏漏，以此迫使其远离范家堡子，根本插不上手。

一切就绪后，富俊向参加此次行动的骑兵下了命令，对于究竟怎样进入范家堡子、如何抢回众孤儿及劫走钱如民要保守机密，不得向外透露半点儿口风，包括本行辕的人，违者严惩不贷！秦名远对这些并不感兴趣，置身局外，更不打听。他是怎么想的呢？四个字儿：幸灾乐祸！好嘛，富俊过于自信了吧，凭什么认为众孤儿被钱如民骗到范家堡子了，难道是范蔼仁闲饥难忍、非弄去一帮孩子养着不成？这也太不可信了，纯粹是胡乱猜疑。再说了，范家堡子把守甚严，你连人带车的一大溜儿，哪能顺顺当当地进去呀？即使放行了，想在人家眼皮底下抢回一帮孩子谈何容易？还是等着看瘸老头儿的笑话吧，看他有啥脸徒劳无功空手而归，咱拭目以待！然结果却给秦名远当头一棒，那帮孤儿真在范家堡子，富俊不仅把他们带回来了，听说还顺便劫来一个在堡子内算得上举足轻重的人物，到底干啥的不清楚，也一直未见其人。至于怎么抢回的孩子、掳来的那个人是关在行辕还是别处，因不是自己领兵干的，去的骑兵又守口如瓶，自然不得而知。况且甭管抓的是谁，与我何干哪？操那没用的心呢！可过了几天，秦名远却被两个和尚请到了范家堡子，这不，在迎宾宴上，范蔼仁还没等他细品佳肴的滋味呢，就单刀直入，务请帮忙，打听一下钱如民关在什么地方并尽快将其救出。

此刻，秦名远不听则已，听后不禁大吃一惊，原来富俊劫的竟是掌管范氏家族账房的钱总师爷！那可是我的救命恩人哪，而今求到头上了，此忙不帮说不过去呀，起码不能白端人家饭碗吧？转而仔细一思量，又犯起难了，后悔得直拍大腿，饭也吃不下去了，酒也喝不顺溜了，嗓子像被什么东西堵住了似的，说不出一句话：“咳，怎么办好呢？要估计到范蔼仁能问此事，前两天偷偷扫听一下不就结了。俗话讲，没有不透风的墙，你不说他不说，总有嘴巴没把门儿的，或许能问出个子午卯酉来，不管咋的，我还是位六品官嘛！若是清楚钱如民所关之地还用说啥了，为得点儿赏银也得告诉你大庄主，可我真不知道哇，不能胡编乱造骗你们吧？富俊和班布泰如同眼中钉、肉中刺，着实让人恼怒，祖孙俩合起手来与我作对。从范家堡子回到行辕后，除了把孩子们分到各个旗，其他啥也不讲，像没事儿人似的，显然只对我严加防范。那行啊，你不仁我也不义，都到这份儿上了，用不着遮遮掩掩的，干脆打开天窗说亮话来个痛快，让大庄主他们也别云里雾里了，还能给自己争争面子。再说了，范蔼仁非同寻常，资财雄厚，在范家堡子一跺脚，方圆几百里都抖三抖，谁能比得了？何不把他作为依靠，重打鼓另开张，借水行舟打造自己的天地，到那时，离出头之日也就不远了。”想至此，便将自己在行辕如何不得烟抽、怀才不遇、英雄无用武之地、得不到富俊的信任以及作为骁骑校的班布泰都可以冲自己指手画脚，范家堡子之行动有意没让参加等一股脑儿全端了出来，并表示早就恨透了他们，非找机会狠狠收拾一下不可，我秦某人决不能让个瘸老头儿踩在脚底下，总有翻身的那一天。

范蔼仁听罢，长出了一口气，脸上闪现出别人难以察觉的笑容，一直提着的心落体儿了。为啥是这样一种神情呢？刚开始谈到救钱如民这件事时，心里没底，因为秦名远毕竟身在军中，为朝廷效力，还是个六品官。虽然自己曾派小舅子救过他及手下兵丁的命，但不知是否知恩图报，更不知与顶头上司富俊关系如何。倘若这位游击是富俊的心腹，别说我一个人，八匹马都拉不过来，不仅不会出手相帮，还得就地翻车，回去必禀报之。可喜可贺呀，这番话道出了他不是其心腹，且结怨颇深，并准备伺机报复。此种状况真乃雪中送炭哪，正好利用他们之间的矛盾为我所用，既能救出钱如民，保住土地大账，打乱富俊的阵脚，使范氏家族的资财不受损失，也能让秦名远出口恶气，那颗本不安分的心越发倒向我们一边，成为暗藏于富俊身边的定时炸弹，致其永远没有安全感，一举两得。这么想着，不禁有些得意忘形，拍拍秦名远的肩膀笑道：“早就看出秦将军不是外人，讲义气，重友情，是我的好兄弟。一家人到啥时候都心连着心，大事面前共同应对，老哥信着你啦！”说罢，高兴得一口喝干了杯中酒。

秦名远忙起身为范蔼仁斟酒，又将自己的杯子倒满，然后端起酒杯说道：“范氏家族祖上受过皇封，名声在外，朝廷上下无人不知，无人不晓。四年前，我同手下兵丁遭遇一次偶发的食物中毒，关键时刻，有幸得到大庄主和钱总师爷的救治而转危为安，并因此结识，此乃前世修来的福分。四年后的今天，又能与大庄主称兄道弟，举杯共饮，实在是高攀了。背靠大树好乘凉，以后还需请老哥在朝臣面前多替小弟美言，相机提携，吾将感激不尽。滴水之恩当涌泉相报，眼下老哥有难，小弟岂能坐视不管？一家人不说两家话，大庄主的事儿就是我的事儿，理应伸出援手。来，为了兄弟的情谊，咱把这杯酒干了！”

范蔼仁端起酒杯起身道：“好，老哥谢谢了，干！”说完一仰脖儿，只听咕嘟、咕嘟两声，二人手中的杯子皆见了底。

秦名远打了个手势请范蔼仁就座，抹了抹嘴巴煞有介事地又道：“老哥，实不相瞒，想从富俊那儿救出钱总师爷是有些棘手，必须多动动脑，急不得。也用不着上火，该吃就吃，该喝就喝，咱们共同想辙就是了。仔细思摸，此事说难也难，说容易也容易，就看运气如何了。首先我要提醒大庄主，此次重新清丈各家各户所占田亩数额并逐一进行登记，不是富俊独出心裁，而是奉天子之命为之。无论是谁，哪怕皇上的二大爷也不能设置障碍或多方干预，那将被看作抗拒圣命，犯欺君之罪，轻者坐牢，重者杀头。范氏家族名下的土地数额，不用丈量心里皆有小九九，可谓秃子脑袋上的虱子明摆着，只是不十分清楚究竟采用什么手段强占了多少土地而已。因此请老哥切记，清查到头上时，不可招摇过市，更不能鲁莽从事，每走一步都要三思而后行。至于如何营救钱总师爷，前提须弄清其下落，然后方可实施之。依我看，富俊不会把他关在行辕内，为啥呢？因为行辕所在之处一马平川，一切尽收眼底，难于防守。一旦有人去劫狱，孤立无援，即使迅速派兵力也不赶趟儿。很可能转移至三姓阿拉楚喀，或者囚于吉林将军衙门，或者押解到宁古塔。这三处乃富俊最信任之地，而且吉林将军此前已向三地分别增派了五百兵，刀枪林立，把守甚严，连只鸟都飞不进去，何况往外救人了……”

范蔼仁听到这儿着急了，插言道：“老弟呀，那咋办，难道只能干受窝囊气、坐以待毙不成？范氏家族的土地大账一直在如民手里，富俊若是得到了，能饶过我们么？还不得往死里整啊！”

钱氏和两位大师一看，一家之主都束手无策了，当即坐不住了，又无能为力，只剩下搓手顿足的份儿了。几双眼睛皆一眨不眨地盯着秦名远，期盼他赶紧拿出个可行的点子，只要钱如民能顺顺当当回来，便可解决眼下的燃眉之急。秦名远见四人那急不可待的样子，故意卖起了关子，两手抱于胸前，身子往前一探，眼珠儿滴溜儿乱转，一字一板地说：“事已至此，一时也想不出更好的办法，只能到啥时候说啥话了。我倒有个馊主意，为顾全大局，万般不得已时，或许得付出点儿代价，不知大庄主和大太太是否认可这么做。”

范蔼仁和钱氏眼前一亮，立马有了精气神儿，往前凑了凑，异口同声地问道：“秦将军，啥都不用顾及，放心大胆地讲，是何主意？”

秦名远抬起头看看这个，瞅瞅那个，环视一圈儿后，压低声音道：“大庄主、大太太、二位大师，容我说句实在话，别看范家堡子有自己的团练，人数不少，可功夫不到家，差得远呢，不是八旗兵的对手。因此，要想救出总师爷，硬抢肯定不可行，只能智取。咱也别一条道跑到黑，不妨灵活点儿，分两步走。告诉你们个秘密，行辕有个半大姑娘，原先在孤儿营，别看是个女流之辈，然聪明绝顶，男人未必斗得过。每当富俊和班布泰闲下来合计个啥事儿时，她便不离左右，总能出个好点子，快成祖孙俩的谋士了，行辕的上下人等谁也不敢小瞧。这还不算，将来摇身一变，很可能成为富俊的孙媳妇。到那时，可就一步登天了，不仅身价涨了，名声恐怕得比你这位庄主还要大呢！”说来说去，就是不提此人姓甚名谁。

坐在旁边的钱氏按捺不住了，尽管心里急得不得了，表面却不动声色，以不屑一顾的口气问道：“秦将军，不是我眼高哇，孤儿营能有什么出众的女子，从未听说过，到底是哪位呀？”

范蔼仁赶忙扒拉一下大夫人道：“插哪门子嘴呀，你咋这么多话呢，听秦将军讲嘛！”

秦名远端起杯子喝了一口酒，夹起一筷头子菜放进嘴里，边嚼边道：“可别小觑孤儿营，鸡窝里还能飞出凤凰呢，她就是坊间风传堪比西施的奇女子——白面娘子。此人原是东坡杂艺班的台柱子，有一身绝活儿，其中走钢丝最为拿手。新班主赛燕青病重时，一天清晨，她遭班子内管事邵勤非礼，幸被路过的班布泰及时解救。赛燕青得知自己的心头肉被欺辱，怒火中烧，气冲头顶，竟一命归天了，杂艺班随之也解散了，班布泰令随从将白面娘子带回了行辕。前些天到范家堡子打场子的是冒牌儿东坡杂艺班，其成员全是行辕的骑兵，扮成掌门主师楚东坡让你们上当的那个老头儿是曾任过吉林将军的富俊。那么，以演杂耍儿之名、行抢回众孤儿、绑走钱总师爷之实这招儿何人出的呢？就是白面娘子。当时，她的提议得到富俊的大加赞赏，连呼此乃妙哉也！随后抽出二十六位骑兵苦练杂耍儿技艺，待掌握了技能便按此计行之，事实证明果然奏效，他们成功了。将那些孩子带回行辕后，富俊决定不让他们继续在孤儿营待下去了，而是除白面娘子外，全部分到了各个旗，由衣食不愁、条件稍好的人家收养。白面娘子则留在富俊身边，一边读书、习练武功，一边照顾其生活起居，还能常常见到班布泰。小弟以为要想救回总师爷，不妨先从白面娘子下手，偷偷把她抓来，便可掏空富俊祖孙俩的心。凭他们三人之间的亲密关系，肯定无话不说，白面娘子必知钱如民关在什么地方，只需想法儿撬开她的嘴巴就行了。”

钱氏坐直身子问道：“秦将军，若照你说，白面娘子很有心计，把富俊和班布泰看成自己的亲人。而她与我们素不相识，这种情况下，怎会轻易交底呢？”

秦名远点点头道：“嗯，所言极是，大太太的担心不无道理。据我观察，白面娘子年纪虽小，但办起事来俨然是个大人，头脑不简单，而且讲义气，有骨气，对班布泰的救命之恩始终牢记在心。基于此，她非常可能至死不讲钱师爷所关之处，那就只好走第二步棋了。这步棋有点儿损，可谓不近人情，大庄主和大太太恐怕难以接受，甚至会对小弟极其不满，弄不好还得挨顿骂呢！不过这是没有办法的办法，若想保住范氏家族几代积攒的家业，别无选择，只能如此。思来想去，这不是造孽么，老天都得折我的寿，真不愿开这个口哇！”说到这儿，故意停住了，显现出一脸的无奈、自责，看似很诚恳的样子。

在场的所有人正聚精会神听呢，忽然没了下文，你看看我，我瞅瞅你，重又大睁双目盯着秦名远。范蔼仁笑了笑道：“秦将军，大可不必顾虑重重，这是在帮我们拿主意，尽快走出困境，感谢还感谢不过来呢，怎么会不满或责骂呀，你想哪儿去了？”

一旁的钱氏接过了话茬儿：“老爷说得对，无论主意有多损，能保住土地大账就是高招儿！请秦将军把心放到肚子里，有话尽管讲，只要不是掘范氏家族的祖坟，其他全能接受，这总该可以了吧？”

秦名远似乎下了很大决心，打了个唉声道：“咳，话既然说到这个份儿上了，我就豁出去了，反正此招儿可不可用还需庄主和大太太定夺。如果不行，全当我放了个狗臭屁，别怒也别恼。这第二步棋就是在我们使尽浑身解数弄清总师爷被囚之处后，必须破釜沉舟，能救则救，能抢则抢。倘若皆行不通，则快刀斩乱麻，就地处置，决不能给富俊留下活口儿，这样方能保住土地大账。到那时候，以人质作为把柄落空了，富俊就算有天大的能耐，也无法向范氏家族下手，到头来还不是鸡飞蛋打？咱们却痛痛快快地报复了一把，出了口恶气，成了最后的赢家，那个朝中上下人等称为智多星的瘸老头儿只能夹起尾巴滚蛋！”说罢，用眼瞟了瞟范蔼仁和钱氏，又瞥了瞥两位大师，看有什么反应没有。

咱们先说钱氏。当她听到救或者抢皆无果的情况下则“就地处置”这四个字儿时，冷丁一激灵，双目瞪得溜圆，愣怔片刻，刚要发作，忽然又想起自己刚才的表态，随即脸一沉，强忍着没吭声儿，心里暗暗骂道："这个狗娘养的，一肚子坏水儿，真够毒的了，根本没把我大太太放在眼里，竟敢拿总师爷开刀，亏他想得出！"转念又一思量："如果不这么做，又能怎样？如民此次被抓凶多吉少，富俊即使得到范氏家族的土地大账，也不会将其放回，指不定关到猴年马月呢！与其扬汤止沸，不如釜底抽薪，已没得选择，谁让我这当姐姐的嫁到范家了呢，只能听天由命了。唉，我那可怜的弟弟哟，姐对不起你呀，这也是不得已而为之。不过啥事儿别总往坏处想，或许如民福大命大造化大，能被顺利救出，安然无恙返家也未可知……"

那么，范蔼仁听到那四个字儿时，又是怎么个表现呢？他当即倒抽了一口凉气，心一下提到了嗓子眼儿，双目发直，呆若木鸡。待缓过神儿来，偷偷瞟了一眼大夫人，见其板起脸盯着桌面沉思不语，没有流露出明显的怒气，既未表示同意，也未反对，知道这是默许了。因为作为丈夫，他太了解大老婆的脾气、秉性了，平时合计啥事儿时，向来快言快语，从不掖着藏着。倘若认为不可行，必极力阻拦，你就是说出大天来也没用，甭想办成。钱氏的这种态度让范蔼仁万万没有想到，亦是求之不得，提着的心瞬间落体儿了。

夺魂僧者和静空大师倒像局外人，正襟危坐，面无表情，目视前方，一言不发。此刻，膳房内静极了，掉根儿针都能听见，谁也不愿就秦名远的第二步棋先表态，咋说呀？同意吧，必然得罪大太太；反对吧，又没别的招儿，只能紧闭嘴巴。钱氏心里十分清楚，在座的人都在等着听自己怎么讲，不想说也得说呀，于是咬了咬牙开口道："我呢，嫁到范家几十年了。身为大夫人，也算是一家之主，凡事得为家族的长远利益考虑，生为范家的人，死为范家的鬼。如民被劫走这些天，我的心情和老爷一样，日日思，夜夜想，饭吃不下，觉睡不好，常常从噩梦中惊醒，生怕有个一差二错，恨不得他立马能回来，那再好不过了。可为了保住范氏家族几代积攒下的家业，真若救不出如民，只能孤注一掷，需要舍弃就得舍弃，谁让他是我的一奶同胞呢，怪就怪姐姐狠心吧！"说到这儿，已是泪流满面，泣不成声。

范蔼仁听了大夫人的这番话，顿觉释然了，轻轻呼出一口气，双眼看着秦名远和两位大师小心翼翼地夸赞道："三位恐怕不十分了解，我的大夫人不一般，明白事理，慷慨仗义，顾全大局，拿得起放得下，可谓女中豪杰。范氏家族能有如此非凡的女主人坐镇，出谋划策，乃前世修来的福。秦将军，我看就这么定下吧，分两步走。若是实在不可解非走最后一步棋，如民为保全土地大账尽忠了，范家世世代代将把这位立下盖世之功的大恩人铭刻在心间，为其修建贤良祠，春秋永祭，香火不断。他的子孙就是我的子孙，一视同仁，决不亏待，还要重金重银报答之。”

钱氏掏出手帕拭了拭泪，起身说道：“老爷，既然决定了，就不要再拖了。事不宜迟，夜长梦多，还是尽早吧，恐怕又得辛苦二位大师了。”说完转身离席，独自回房了。

夺魂僧者和静空大师起身目送钱氏离开后，手打佛号道：“阿弥陀佛，事已到了这个份儿上，只能如此了。女施主果然了得，与胞弟为范氏家族肝胆相照，在所不辞，本僧钦佩之至。”

秦名远不无感慨地说：“大太太的确不简单，大度、豪爽，没有半点儿小家子气，为范氏家族甚至情愿肝脑涂地，乃侠女呀！不仅在赫赫中首屈一指，哈哈也得甘拜下风，不能不让人佩服。”

范蔼仁起身双手抱拳道：“不敢当，承蒙秦将军和二位大师的夸奖，我在这儿替夫人谢谢了！咱们言归正传，一块儿商议一下吧，先看看这第一步棋该怎么走。”

四人重新坐回到椅子上，女婢早已端上香茗，他们边喝茶边小声儿合计着。大约过了半个时辰便有结果了，秦名远准备先行一步，夺魂僧者和静空大师则于转天酉时前赶到行辕。临走前秦名远说道：“二位大师，行辕乃要地，夜哨分班儿巡查警戒，为防露出马脚，原谅我不能接你们进去，只能自己想办法了。”

夺魂僧者笑道：“哎，小菜一碟，大可不必烦劳秦将军，别说一个小小的行辕，就是高高的城墙照样难不住我们。放心吧，我和师弟不会误事的，必准时到达。你把白面娘子控制住后，需发个不被人注意的暗号儿，哪怕咳嗽一声也行。我们将立即采取行动，速战速决，在行辕停留的时间越短越好。”

秦名远点点头，又与师兄弟俩商定了暗号儿，这才出了膳房，快步走到府门外，一骗腿儿上了马，很快消失在夜色里，天亮前赶到了行辕，神不知鬼不觉。

前书讲过，为清查田亩而搭建的行辕四周用高木杖围着，南面设门，有兵丁把守。院内是一排排的土坯房，连成一片，房顶苫一层厚厚的茅草。每排房子之间的距离较窄，分经路和纬路，中心道的东南西北各有小道儿。兵营的分配一目了然，比如富俊大人住哪儿，骁骑校住哪儿，拨什库及兵勇住哪儿，谁在前一排，谁在后一排，官兵们全知道，不用现打听。至于白面娘子居于何处就不那么准成了，一般住在最东头儿那处新盖的土坯房中，有时也住在与行辕一墙之隔的孤儿营或学堂里。她对后两处特别有感情，每当置身其中，便不由得想起了与自己共同生活一年多的那帮小伙伴，不知眼下过得怎样，内心很是惦念。平日里，除了照顾富俊的起居外，就是读读书，练练字，累了去外面或林子里散散步，晚上到班布泰那儿坐一坐，天南地北地聊上一阵儿，再回自己的住处歇息。

秦名远回到行辕的当日，整个一白天都在带兵巡逻，一直到太阳落山方返回营地。用罢晚膳，他出了营房，以巡逻之名来到东头儿的小道儿来回溜达，密切监视白面娘子的行踪。过了两袋烟的工夫，看见白面娘子从那处新盖的土坯房走了出来，双手抱着一套铠甲，径直奔班布泰所住的第二排靠西边的那间房去了。这种铠甲比较沉，官也好，兵也罢，每人都有两三套，为的是换着穿。铠甲的外面缀着薄金属片，层层叠压，如同鱼鳞。里子很厚，共七层，六层麻布中间夹一层树皮里子，用粗麻线像纳鞋底一样密密地缝在一起，既挡风雨，又结实耐磨，还可避刀砍箭射，枪刺根本扎不透，有护体作用。不过用麻线缝成的铠甲穿的时间一长就变硬，容易折，故而得经常补缀，不及时缝便裂开了。好不好看不重要，关键是遇有战事，即使身着铠甲，因其开裂而起不到保护作用岂不是白穿？白面娘子抱着的这套铠甲是班布泰的，已经穿好几年了，骑马时穿，巡逻时穿，打仗时穿，有的地方已经折了，外面缀着的那层金属片儿也翘起来了。姑娘是个有心人，一看铠甲需要补缀了，通常都是头天晚上拿回来，在油灯下细针密线地缝好，第二天一早再送回去，不影响穿。她进屋之后，把铠甲挂于北墙的铁钉上，顺手拿起一件开线的皮袍子坐在椅子上，边与班布泰闲聊边缝着。缝罢，又把一双磨破帮儿的毡靴补了补，抬头往外一看，见酉时已过，寻思着再唠一会儿就该回去了。

秦名远见班布泰屋内的灯光一直亮着，只好在一排排的土坯房之间绕来绕去的，还不能离那间房子太远，怕看不清楚，始终大睁双目盯着白面娘子什么时候出来，又得顾及周围，不能被人发现。他为啥不时地走而不能停下呢？很简单，容易露馅儿呀，既然是巡逻，哪有站在一个地方不动的？这么晚了不回房歇息，一个人站在外面干吗？肯定引起哨兵和更夫的注意，你的行动便在人家的视线之内，什么也干不了。再者说了，每当天一黑，更夫需点燃中心道两旁竖起之高杆上挂的灯笼，天亮再吹灭。灯笼的外罩是用红绸子做的，点上插在里面的圆柱形蜡烛后，近看通红通红的。虽然烛光较暗，照得不那么远，但在月夜里也显得挺亮堂。哨兵若发现灯光下立着一人影儿，必立马上前看个仔细，弄不好还得盘问一番，那不是自找麻烦吗？

将近亥时，秦名远绕到班布泰所住房子的西山墙，隐蔽在墙角后。刚蹲下来，只听大门吱嘎一声开了，探头往外一瞅，见白面娘子和班布泰一前一后出了房门，白面娘子回过身道："师哥请留步，别送了，赶紧歇着吧，明儿个还有差务要办呢！"

班布泰说："黑灯瞎火的，还是送送吧，要不不放心。"

白面娘子笑道："哎，有什么不放心的？师哥多虑了。行辕内营房一间挨着一间，不仅官兵之间相互熟悉，也都认识我，见面总打招呼。你看，那大红灯笼多亮啊，夜哨和更夫还不停地巡逻，能出啥事儿呀，快回吧！"

班布泰一寻思可也是，自建行辕以来，晚间一直很安全，从未发生什么不测，遂停下脚步叮嘱道："好吧，那就不送了，慢点儿走，道不很平，注意别摔跟头哇！"

白面娘子一边答应"知道了！"一边往前走，班布泰见其拐过东墙角才返身回屋。他无论如何想不到一切皆被躲在暗处的秦名远看得清清楚楚，并立即蹑手蹑脚地从西墙闪出，紧走几步隐身于白面娘子回返的必经之路上。

白面娘子不紧不慢地往东头儿最后一排房子走去，边走边左顾右盼，毕竟天不早了。快到地儿时，忽然发现前面不远的小道儿中间好像蹲个人，借灯光仔细一瞅，原来是秦名远，正面冲自己双手捂着肚子一声接一声地叫唤呢："哎呀，哎呀，疼死我也！"

白面娘子知道秦名远比班布泰的官衔高一级，常见其带兵巡逻、清丈土地、守护行辕，认为同样是可敬之人，别说他呀，就是兵丁病了也不能不管哪，忙跑到跟前关切地问道："秦大哥，怎么了？"

秦名远演戏倒挺有两下子，装出一副十分痛苦的样子，边擦额头上的汗边回道："我也不知咋了，肚子突然拧劲儿疼，又不像是吃啥东西不对劲儿那个疼法，是不是要得大病啊？哎哟！"

白面娘子寻思道："长这么大从未见一个大男人疼得直不起腰来，显然病得不轻，耽误不得。”想到这儿，说道：“秦大哥，不能蹲在路上，易受风寒，我扶你去找行辕的郎中，让他瞧瞧到底咋了。”说罢，弯下身子搀起秦名远，一步一步地慢慢朝郎中住的营房走去。

此时，天色越来越暗，红灯笼在夜幕的笼罩下显得不那么亮了，隐约可见远处那一排排营房之间巡逻的兵丁时隐时现。白面娘子搀扶着秦名远正往前走呢，两个夜哨看到他俩了，见秦名远手捂着肚子似乎很不舒服，以为是去找郎中瞧病的，也就没太在意，转身往别处去了。当他们走到第五排房子的拐角处时，秦名远四下瞅了瞅，见周围没人便咳嗽两声，突然一个黑布罩儿扣到了白面娘子头上，未等发出声音便倒在地上不省人事了。怎么的呢？原来按约定，腾身越过木障围墙的夺魂僧者和静空大师早已躲在第五排营房东墙边等待秦名远发出暗号儿。当听到两声轻咳后，知道白面娘子已被其掌控，立马从东墙边走出来至拐角无人处，夺魂僧者将手中的黑布罩儿套在白面娘子头上，随之在后肩胛骨处点了穴。二人未披袈裟，而是着黑色夜行衣，脑袋戴着黑布套儿，只露两只眼睛，这身儿打扮在深夜很有隐蔽性，不易被发现。

秦名远直起腰来，与静空大师一边一个架着白面娘子的胳膊往大门那儿走，不能走直道儿，需避开哨兵的视线。当绕过四排营房快到大门口儿时，见三个背对着他们的哨兵正在原地踱来踱去，手中有执刀的，有仗剑的。紧随其后的夺魂僧者犹如狸猫忽地蹿起，哨兵们感觉一股儿风吹来，回头一看，有个黑影儿一闪，不知何方人士到此。揉揉眼睛刚要仔细瞅，就听啪啪啪三声响，干张嘴说不出话了，身上也动不了了，像三根儿木棒似的立在那儿了。通常情况下，如果被点穴而不闭眼，醒转过来尚能回忆出一些情节。他们仨被点的是毒穴，虽然仍能站立，不碰不倒，但双目微闭，几乎没有意识，只有一点点知觉，醒转后什么情节都记不起来。

秦名远和静空大师架着白面娘子从哨兵的眼皮底下疾步出了大门，向通往范家堡子的小道儿奔去，左侧杨树林边早有一辆马车等候。车夫见人过来了，忙赶着车来到小道儿上，秦名远把白面娘子抱入车内，静空大师跳上车，四匹马拉的轿车很快消失在夜色里。此刻，夺魂僧者并未急于出大门，而是站在其中一个哨兵的身后，两眼警惕地四下踅摸，看行辕内有什么动静没有。当那辆轿车已驶离行辕挺远了，即使被发现也追不上了，方为哨兵们解了穴。为不留下蛛丝马迹，他没走大门，而是一纵身跃到顶端，以飞鹤脚轻轻踩着一个个红灯笼从围墙上空蹿出，撂开两只大脚板儿飞一般撵上了前面的轿车，按原路回返。

三位守门的哨兵被解穴后，醒转初始感到头有点儿晕，迷迷糊糊、懵懵懂懂的，很快便正常了。其中一位身材健壮的刘姓哨兵首先开口道："兄弟呀，我这是怎么了，刚才好好儿的，忽然干张嘴说不出话了，浑身紧巴酸痛，这会儿又不疼了，或许被阴风吹着了？不能啊，咱们所处之地空旷得很，我的身板儿蛮结实呀，咋会如此不禁折腾呢？"

年纪较轻的张姓哨兵伸伸胳膊撂撂腿后，接过了话茬儿："是呀，刘大哥，我跟你一样，本来没啥不舒服的。可不知咋了，冷不丁手脚不能动了，脑袋发胀，如同戴上了紧箍咒，工夫不大又觉得轻松了，就跟变戏法似的，真是奇了！"

年纪稍长的李姓哨兵摸了摸脑门儿，摇了摇头道："二位老弟，我总感到有点儿不对劲儿，三个大活人怎会在同一时间一下子全晕厥了，莫非那会儿中邪了或得啥怪病了？倒也不像，若真那样，不可能恢复得如此之快呀？"

总之，他们仨猜测了半天，就是没想到高人点穴所致，更不知此刻白面娘子已被劫并带出了行辕，还以为当夜同往日一样平安无事呢！正是从这一天起，原本屡遭不幸的小白丫又落入了魔掌，命运更加坎坷，竟改变了她的人生。

此刻，载着白面娘子的轿车尽管由四匹马拉着，可毕竟行进在乡间小道上，根本跑不起来，静空大师很是着急，暗自思摸道："这也太慢了，跟牛车差不多，如此下去怎么行？身后就是富俊的行辕，当守门的哨兵被解穴醒转过来，发现白面娘子不见了，警戒哨一吹，睡在营房的官兵定将立即冲出追赶，那还得了？好不容易把白面娘子弄到手，要是再给抢回去，可就前功尽弃了，回去没法儿向范庄主交代。看来得发挥本僧的神能了，利用轻功和飞行术背着她走，一个小姑娘能有多沉，如同一根儿草棍儿似的，别说四匹马，百匹马也抵不过我的两条腿快呀！"想到这儿，起身跳下车，秦名远忙问："大师，为啥下车呀？咱得快点儿赶路呢！"

静空大师说："没看见么，马不能跑，只能走，照这个速度，天亮也到不了范家堡子。不如本僧背着白面娘子走，比车行要快得多，赶紧把她交给大庄主，此乃当务之急。"

夺魂僧者亦随声附和道："是呀，这么个走法，三个时辰都未必能到，大庄主还不得急得火上房啊！"

秦名远一听，觉得此言在理，没再说什么，随即同夺魂僧者一块儿跳下车。静空大师把毫无意识的白面娘子背在后背上，大步流星地走在前面，秦名远和夺魂僧者紧紧跟随，四马轿车想快也快不了，走在后头，夺魂僧者边走边回过头冲车夫大声儿吩咐道：“喂，老板子，倘若行辕的官兵追来，就往岔道儿上赶，以迷惑他们，听清没？”

车夫答应道：“听清了，大师，放心吧！”

静空大师已出家多年，曾经历过不少事儿，也救过几个人，只是从未背过女人，此乃有生以来头一遭。白面娘子十五岁了，一个姑娘家，脸上自然要涂抹胭脂。由于她的头斜靠在静空大师的肩膀上，快步行走时，随着身子的一起一伏，头发、脸蛋儿常常碰到对方的脖颈儿和脸颊，一股好闻的香粉味儿扑鼻而来，犹如和煦温暖的春风拂面，顿觉浑身舒畅，透彻骨髓。静空大师赶紧口诵阿弥陀佛，摒除一切杂念，疾行在乡间小道儿上，脚步轻捷，一步顶常人两三步，丝毫感觉不到背负着八十多斤重的人，似乎有股神力推着他一直向前。这下可苦了秦名远了，别看轻手利脚的，速度却差远了，如同鸭子撵兔子，使尽全身力气一路小跑，仍被落下一大截儿不说，还累得上气不接下气、呼哧带喘的。后来实在跑不动了，不得不告饶了，冲前面喊道：“二位大师，慢点儿走，等等我，咱得一块儿回范家堡子呀！”

静空大师像未听见似的，依然大步前行，疾走如飞，根本没有停下的意思。紧随其后的夺魂僧者不乐意了，回头瞥了一眼秦名远，以不无讥讽的口气大声儿说道：“秦将军，忘记从哪儿出来了吧？本僧提醒你，小心行辕那死对头班布泰带着兵马追上来抢回白面娘子，还是快走为妙啊，多卖点儿力气吧！”

秦名远觉出话不中听了，不过没敢再吭声儿，只能使出吃奶的力气紧撵，累得顺脸淌汗，两条腿都跑直了，几乎瘫在地上了。

两个时辰后，秦名远一行终于到达范家堡子，静空大师背着白面娘子径直进入平时专供庄主和大夫人休息的那间屋。范蔼仁一看，真把白面娘子抢来了，心中大喜，嘿嘿干笑了两声，随即屏退左右，只留下两个丫鬟。钱氏吩咐丫鬟铺上被褥，放好绣花枕，再喷点儿香水。秦名远从静空大师的后背抱下白面娘子，头朝东脚冲西躺放在暄腾柔软、散发着香草味儿的锦缎褥子上，顺手把脚上穿的绣花鞋脱了下来。钱氏走到炕沿边儿，轻轻捋了捋白面娘子那散乱的头发，将发髻上插的簪子重新别好，把衣服抻了抻、拽了拽，然后盖上被子，端起炕柜上的獾油灯，仔仔细细地打量开了。灯光照在白面娘子的脸上，看得颇为真切，越瞅越喜欢，不住声儿地夸赞道：“哎哟，长得太美了，简直就是个天仙哪！想当年，东坡杂艺班到各地打场子卖艺时，别说青壮年了，老人、孩子都跑去观瞧，看杂耍儿是次要的，主要是看白面娘子那张俊俏的小脸蛋儿。而今呢，如此标致、漂亮的闺女竟终朝每日待在行辕里，谁也接触不上，待青春耗尽了，那不太可惜了吗？老爷呀，这丫头到咱范家堡子来，我得收她为义女，当棵摇钱树，没准儿将来进宫做皇妃呢！到那时，咱老两口儿可没比的了，你是太师，我就是太师夫人，等着尽享清福喽！”说着弯下身在白面娘子脸蛋儿上叭叭亲了两口。

站在旁边的范蔼仁初始比钱氏还高兴，眉开眼笑的，满脸褶皱似乎都舒展了。听大夫人这么一说，忽然板起面孔极不耐烦地数落道：“哪儿都少不了你，穷唠叨啥呀，正事儿不办，净扯些没边儿没沿儿的嗑儿。大师呀，快把她弄醒吧，我有话要问呢！”

夺魂僧者走到炕前，让钱氏把白面娘子的右身往起搁搁，然后冲右肩穴处啪地一拍，为其解了穴。也就过了几秒钟，只见白面娘子微微一动，睁开双眼，侧过头瞅了瞅，发现屋子里有五六张生面孔，有的靠墙站着，有的坐在椅子上，全在盯着自己。环视一下四周，装饰优雅，摆设讲究，有些东西从未见过，且满屋香喷喷的，心里犯了嘀咕：“咦？这是哪儿呀，我咋来的呢？”又往屋门那儿瞧了瞧，看到一个认识的人，即低着头站在门口儿的秦名远。于是掀开被子坐了起来，晃了晃脑袋，觉得不那么沉了，较前清爽些了。噢，对了，想起来了，从师哥那儿往回走时遇到了秦名远。当时他蹲在地上，捂着肚子哎哟、哎哟直叫唤，疼痛难忍。我寻思都是行辕的人，总不能不管哪，赶忙上前扶其去找郎中。没承想却恩将仇报，先是有人用布罩子把我的头套上了，然后乘夜带到这个陌生之地，看来秦名远不是什么好东西，和这帮家伙勾搭连环，肯定有不可告人的目的。由此又联想到了曾参与的一件事，就是前些天为土地爷爷出点子并得其允准，同师哥和二十几个兵丁假扮东坡杂艺班去范家堡子打场子，不仅借机带回了被他们抢去的小伙伴儿，还绑走了大骗子钱如民。想到这儿，马上反应过来了，原来所在之地正是范家堡子。

那么，白面娘子缘何一下子就猜中了呢？别看她年龄不大，却没少见世面，跟形形色色的人打过交道，聪明得很。况且自从到了清查田亩行辕属下的孤儿营之后，不仅能与班布泰朝夕相处，还能经常见到富俊大人，目睹其率领官兵没早没晚地清丈土地，田间地头儿留下了他们的足迹。师哥也是天天不得闲，征衣破了没工夫补，夜以继日地带兵四处巡逻，认真办差，一丝不苟。祖孙俩都是大清的好官，为朝廷效力，替黎民办事，实乃百姓的保护神。平日没事儿时常听土地爷爷讲，清查田亩之要务是当今天子下的旨，专冲抗拒圣命、私占耕田、鱼肉乡里、囤积居奇、吞噬国税的豪强、恶霸、地痞去的。把土地这块肥肉从富豪的嘴里掏出来，分给无田可耕的穷苦百姓和难民，他们能干吗？必拼死相争。因此，这不但是个得罪人的差使，而且十分危险，须格外小心才是，尤其对范家堡子的庄主范蔼仁要特别注意。白面娘子一想到这些，心里更有底了，没错，这儿是范家堡子无疑。哼！把我抓来能当得了啥？有能耐去对付土地爷爷和班布泰师哥。那是小女的大恩人，也是最值得尊敬的人，有他们作靠山，没啥可怕的，休想从我嘴里得到半点儿有用的东西。秦大门牙，你这个黑心白眼狼、无耻的八旗败类，脚上的泡是自己走的，只要造孽，就会受到报应，不会有好下场。越寻思越来气，既厌恶又憎恨，不由得怒火中烧，手指秦名远大声儿斥责道："姓秦的，你不是肚子疼吗？我好心相帮，你不去找郎中疗治，却把我弄到了范家堡子，居心何在？更有甚者，你竟敢助纣为虐，身在曹营心在汉，公然抗拒圣旨，真是狗胆包天，想不想活了？奉劝你别自讨没趣儿，快把我送回去，否则土地爷爷决不轻饶！"说着起身就要下地。

坐在炕沿边儿的钱氏眼疾手快，一把将白面娘子摁住了："姑娘啊，别动，炕没坐热乎呢，急的哪门子呀？实话告诉你吧，是我家老爷让秦将军把你接来的。既然到了范家堡子，那就是贵客，我们得尽地主之谊，还未款待怎能走呢？再说了，你也不小了，该懂事了，连个招呼都不打，就想拍屁股走人，像话么，还讲不讲点儿礼貌啊？你有所不知，范氏家族有个规矩，无论是谁，哪怕再邪乎，脾气再大，只要跨入范府的大门，能不能走得了自己说了不算，得看主人是否允准。不错，你是个美人坯子，东坡杂艺班的台柱子，有手儿走钢丝绝活儿，本人也曾一饱眼福，见一面就算认识了。白面娘子，你要明白，在行辕的富俊、班布泰那儿是显出你了，硬气得很。可到范家堡子就不同了，你不仁我也不义，没人惯着，更听不到软话，若是识相就放聪明点儿。我们并不是无缘无故地把富俊身边的大红人请来，只因有求于你，希望答应帮忙，咱好合好散。要不然想脱身可就不那么容易了，必有办法予以处置，何去何从，自己选择。"说这番话时，语速一会儿快，一会儿慢，语调一会儿高，一会儿低，一会儿轻，一会儿重，软硬兼施，像雨点儿一样抛向对方。

此刻，白面娘子已经冷静下来了，坐回到原处，抬眼看了看屋内的这几个人。钱氏仍坐在炕沿边儿，几乎是贴身挨着白面娘子，双眼直勾勾地盯着她。两个和尚站在东墙边，细细一打量，长得不是想象中出家人那样体壮腰圆、肥头大耳、眼小脸阔。其中一个中等身材，不胖不瘦，另一个个头儿较矮，清瘦清瘦的。二人目不斜视，表情严肃，漠然置之。秦名远站在西墙边，看上去似乎有些心虚，不敢抬头，双目死盯着地，偶尔瞟一下白面娘子。范蔼仁坐在放于地当间儿的太师椅上，手中拿着玉石杆儿铜锅儿长烟袋，目不转睛地看着白面娘子。两个丫鬟站在范蔼仁身后，目光未曾离开过白面娘子，生怕一眼照顾不到，这个正在气头儿上的疯丫头忽然蹦下地，蹿到老爷跟前连挠带踢，那可担待不起呀，务必得保护好主子。白面娘子明白了，自己尽管未被捆绑，却有七个人围着，已成笼中之鸟，根本无法脱身。既然逃不出去，索性昂昂着头，大眼圆瞪，紧闭双唇，两手抱于胸前，摆出一副随时准备跟他们拼命的架势，那股倔强劲儿一览无余。

范蔼仁一看白面娘子那样儿，不仅没生气，反倒扑哧一声乐了，慢条斯理地拉着长声儿道："自我介绍一下，敝人姓范，名蔼仁，字仁宽，乃范家堡子的庄主。早就闻听富俊身边有个谋士，不但模样漂亮，风头十足，而且聪明绝顶，鬼点子特别多。前些天，行辕的骑兵假扮东坡杂艺班来范家堡子以打场子卖艺为名，抢走我武馆的孤儿，绑走我范家的亲人，此招儿实在是高哇！今儿个有幸见到出谋划策之人，果然了得，名不虚传。人哪，都是不打不成交，之所以请谋士到堡子来，无非是想会会你，交个朋友，既然能帮富俊出主意，也请帮帮我这个庄主出出点子，那将感激不尽。白面娘子，我问你，富俊把钱如民绑到哪儿去了？而今是死是活？实不相瞒，钱如民是我小舅子，任范氏家族账房总师爷，一切听我指派，可又能知道多少事呢？范某人乃一庄之主，有什么要求跟我说呀，绑走他有啥用？这下倒好，把我坑苦了，钱如民被劫，庄主责无旁贷，他的老婆、孩子天天哭哭啼啼冲我要人，烦不烦哪？吃不下睡不香咱不讲，还得一顿不差地给钱家送饭送菜，小话儿得说着，赖话儿得听着，这火可上大发了。实在没辙了，无奈之下，才让秦将军把你请了来。丫头，你的身世本庄主略知一二，出生三个月丧母，幼年父亡，在水灾中与姐姐离散，吃了不少苦，受了不少罪，没过几天好日子，更别说享福了。谁不希望过衣来伸手、饭来张口、锦衣玉食、尽享荣华富贵的生活呀，连傻子都想，那才叫没白来世上走一回。不是我说你，终朝每日围着富俊祖孙俩转，能有什么出息？是能吃上山珍海味呀，还是能穿上绫罗绸缎哪？眼看就成大姑娘了，连座像样儿的居处都没有，只能住在土坯房里，到啥时候是个头儿哇？他们现在只是利用你，用完之后一脚踢开，你照样是个穷光蛋。将来咋办想过没？与其啥也混不上，不如跟着本庄主，肯定能沾光。范氏家族几代受皇封，有权有势，资财雄厚，土地数不胜数。如果你真想帮我们，那就想法儿解决眼下的当务之急，即摸准关押钱如民之地并将其救出，我范某人定会重金报答之，说到做到，决不食言！”说罢手一招，账房先生走了进来，将一红布包儿放在炕上并打开，里面装的全是金条、金元宝、银元宝，黄灿灿、白亮亮的，直晃眼。面对钱财，白面娘子瞅都没瞅，秦名远却惊呆了，两个眼珠子几乎快掉元宝堆里了，哎呀，活了四十多年，从未见过这么多金银哪，羡煞我也！

范蔼仁接着又道：“丫头，看仔细喽，这可是千两黄金、万两白银，一辈子也享用不完，只要肯帮忙，全给你！事成之后，想去哪儿就送你到哪儿，愿意留下更好，一切随你。”

白面娘子用鼻子哼了一声，脸上现出不屑的神情，撇了撇嘴道：“不用自我介绍也认识你，不就是范大庄主吗，脸上贴帖儿呢！说得没错，假冒东坡杂艺班的点子是我出的，敢做敢当，没啥可隐瞒的。也知道范庄主金银堆满屋，布包儿里的这点儿对你来说不过九牛一毛，算不了啥。可本姑娘不稀罕，饿不着冻不着便是福，哪怕腰兜儿只有一个铜板，只要是好道儿来的，夜里就能睡安稳，永远不会被魔鬼缠身。至于钱如民关在哪儿，一个平民百姓怎会知晓？又不是军中之人，大庄主高抬我了，确实不知道……”

钱氏见白面娘子咋说不进盐酱，梗着脖子奚落大庄主，一口一个不知道，还丝毫不服输，于是抽冷子插了几句：“丫头，你不讲我们也知道，钱如民不就关押在行辕的木牢里吗，那能藏得住人吗？范家堡子去几百号团练，打开牢房不是轻而易举的事儿嘛，富俊只能干瞪眼！”

范蔼仁接茬儿道：“对，用不着费唇舌了，召集团练，抢人去！”

实际上，钱氏是在试探白面娘子，看她怎么个反应。而白面娘子低估了钱氏，毕竟年龄小，社会经验少，没有经过反复打磨，不一定反应得那么快。她心中坚信一点，只要我不说，你们就不会知道钱如民关在哪儿，所以想都没想，顺嘴来了一句：“好哇，赶紧去呀，即使带着成千上万的团练，也是瞎子点灯白费蜡！”

钱氏听了这句似乎是赌气之言，立马明白了，弟弟并未关押在行辕大营，而且认为继续跟白面娘子耗下去没用，她不会说的，便冲丈夫使了个眼色。范蔼仁会意，命家丁把白面娘子拖出去，关进西院儿的下屋并严加看守。钱氏屏退了两个丫鬟，屋子里除了范蔼仁，只剩下秦名远、夺魂僧者和静空大师了，随即招呼道："来，都坐下，咱们合计合计。方才各位也听见了，别看白面娘子聪明，不过一个小丫头而已，能有多大道行？我使个小小的伎俩，她就露馅儿了。'瞎子点灯白费蜡'这句话，可谓一语道破天机，说明如民肯定没在行辕。那么到底关哪儿了呢？秦将军，解开此谜底的唯你也。请沉下心来，仔细回忆一下那天富俊和骑兵带着众孤儿从范家堡子返回行辕的前前后后，慢慢想，不用急，一着急容易忽略一些细枝末节，往往被忽略的恰恰是最重要的线索。"

秦名远听了钱氏的这番话，很受启发，认为言之有理，要不咋说姜还是老的辣呢，脑袋就是不白给。仔细一琢磨："对呀，那天一早，富俊带领骑兵前往范家堡子时，班布泰让我照常巡逻外围，即行辕大营四周和东西南北大道。行辕靠西头儿是有处小牢房，然始终空着，从未关过人，故而没有设岗。傍黑儿他们返回时，只看见富俊和骑兵们领着一帮孤儿进院儿了，没见另外押着什么人，也未见班布泰及两个亲随的影儿。直至月上中天了，大约两个多时辰后，班布泰一行三人才从北边飞马而归。怪不得小牢房这些天仍未派兵把手，原来钱如民被班布泰及其亲随关押到别处了，压根儿没打算带回行辕。那么，他们仨从范家堡子回返行辕时，半道儿又拐向何处了呢？待回到行辕，中间有两个多时辰的时间差。估计所去之地不会太远，既不是三姓，也不是宁古塔，更不是江城，那是哪里呢？"绞尽脑汁继续想，忽然拍了拍额头自言自语道："噢，知道了，知道了。"

钱氏一看有门儿，忙问："秦将军，知道什么了？快说呀！"

秦名远微微一笑道："真是天无绝人之路哇，多亏大太太提醒，知道总师爷关在哪儿了，就在行辕北边的霍龙沟，离范家堡子较近，只一个时辰的路程，距行辕远点儿，大约三十多里地。那里设处兵营，驻扎着一哨人马，院内挖有猎窖，不用时，作为专门关押人犯的牢房，估计钱师爷就关在窖内。"

范蔼仁和钱氏瞪大双目异口同声地问道："秦将军，你能肯定吗？"

秦名远胸有成竹地回道："当然能，别的地儿距行辕都远，唯霍龙沟最近，错不了！"

二人见秦名远一口咬定，兴奋得眼睛直放光，范蔼仁搓着手道：“好哇，秦将军，有你的！事不宜迟，夜长梦多，不能拖，今晚就动手，天亮务必返回。”

钱氏惊诧道：“什么？现在去救人，为啥呀？”

范蔼仁说：“你想啊，富俊睡得正香，不知秦将军离开了行辕，更不知白面娘子已失踪，自然不会有任何准备。咱得对得起他呀，天赐良机怎能错过？不妨夜闯霍龙沟，给他来个措手不及。如果等到明儿个行动，仍需拖至晚上，因为白天再小心也容易暴露。况且天大亮后，富俊便会发现异常，必引起各种猜测，立刻想到霍龙沟是否安全，遂将派兵前去查看，还得增加兵力把守，给我们晚间的行动带来困难。为防打草惊蛇，做到万无一失，夜间动手再合适不过了。”

钱氏听罢，笑着竖起大拇指赞同道：“行，就这么定了！”

五人经过一番商议，认为去的人越少越好，便于行动，决定仍由夺魂僧者和静空大师陪同秦名远前往霍龙沟。两位大师乃得道高僧，不仅有一身少林神功，而且沉稳干练，处变不惊，不管遇到什么突发情况，只要他们在，心里就有底，可起到谋士和护从的双重作用。秦名远乃富俊的属下，又是位游击，与派往霍龙沟的一哨官兵互相之间都认识，起码混个脸儿熟，即使被发现，也不会引起怀疑，以为他有公务在身。加之白面娘子失踪的时间较短，连行辕的官兵都不知道，何况霍龙沟了，谁也不会往那儿想。秦名远掌握内情，遇到不测可随机应变，轻松找到退路。钱如民跟他又有一面之交，在孤立无援的情况下，容易对其产生信任感，继而听其指挥，让怎么做就怎么做，不至于因不听喝儿而耽误时间。

再有就是三人到了霍龙沟之后，得先弄准钱如民究竟关在哪个猎窖里，因为院内不止一处，至少有五处。然后两位大师以释放毒气又不能致死对方之法困住把守地牢的兵丁，使其轻微中毒，动弹不得。秦名远随即进入地牢，一切顺利的话，钱如民的身体状况又允许，须尽快扶其离开地牢。倘若有重兵把守，释放毒气不可能迷倒所有的官兵，那么着眼点就放在为地牢专设的警戒哨身上。待他们吸入毒气而暂无意识时，秦名远乘虚而入，以让钱如民吃点儿东西也好有力气逃脱为由，把放了毒药的苏叶饽饽递上，等他吃下肚并确定已死方可离开。

合计完后，钱氏含着眼泪从夺魂僧者手中接过了断肠丸，为不让外人知道，没有唤醒厨子，而是自己悄悄去了厨房，生火、烧水、和面，做了四个苏叶饽饽，其中两个搀了毒药，一块儿放进铁锅内的笼屉上蒸。怎么识别呢？饽饽的顶端有三个红点儿的即有毒，没有红点儿的即无毒。过了两袋烟的工夫，饽饽蒸熟了，钱氏从锅内将四个苏叶饽饽取出，装入白布袋子里，交给了秦名远。准备停当，已近子时，秦名远、夺魂僧者和静空大师分别跨上马悄悄儿出发了，范蔼仁和大夫人目送他们离去。钱氏的心像揣只小兔子似的嘣嘣直跳，见三人朝北拐了，反身去佛堂上了三炷香，祈求天神保佑弟弟平安归来。

朱伯西在这里要插说几句。富俊自打接下了清查田亩的差使，首先建了与之相关的行辕，作为官兵们巡逻、防卫、保护一方平安的大本营。因不是什么常设机构，只是临时行营，所以一切从简，出入行辕无须令牌。属下官兵也不多，连个佐领都没有，只有三位军衔不高的小官能领多少兵啊，也就百十来人，包括骑兵、亲随和护从，这还因为富俊的官职高。富俊办差有个特点，不喜用兵海战术，而是按活儿设人。对多大的活儿用多少人，心里很是有数，认为所用之人只要踏实肯干，短小精悍最佳，便于组织和指挥。清查田亩不同于两军对阵，兵对兵，枪对枪，非得拼个你死我活不可。此差用不着那么多人手，行辕也没必要重兵把守，浪费兵力。真要遇到难解之围了，可随时提请吉林、盛京、黑龙江三地将军派兵增援，距离近，兵力强，完全可解燃眉之急。

霍龙沟原先是打牲乌拉的中转站，搭盖了八间土坯房，四周插上柳条作为围墙，算是有院子了，供守护在此的打牲丁居住。到了夏季，把晒好的各种鱼干儿、各样肉干儿放进猎窖，由于窖内温度适宜，故而不发霉，不变质，是个极好的储藏之地。

十几年后，吉林打牲乌拉又在其他地方建了中转站，霍龙沟这块儿就弃之不用了，人员也全部撤走了，只剩下八间土坯房和五处猎窖。围墙早已东倒西歪，房子又破又旧，有些窗框裂缝儿了，木门也裂成两半儿。从此没人在这儿住了，只有个别进山打猎的当晚回不了家，在此对付一宿两宿的。富俊领兵到这一带清丈土地时，在没有建成行辕之前，决定先驻扎霍龙沟，并命兵丁把房子的里里外外打扫打扫，门窗简单修一修，窗户挂块粗布或皮子以挡风寒。班布泰看不过眼了，说道："爷爷，这里有些年没人住了，又冷又潮，年轻人倒无所谓，您老的身子骨儿哪能受得了？还是借儿处民房吧，反正也用不了多长时间。"

富俊摇摇头道："不行，决不能因办差而给百姓添麻烦，世上没有吃不了的苦。让骑兵进山砍些干柴担回来，把炕烧得热热的，潮气便可驱

散，再多铺儿层皮子，钻进被窝儿就不冷了，不是挺好嘛！”

班布泰见说服不了爷爷，只好作罢，领兵于双城堡抓紧时间搭盖土坯房。行辕建成后，骑兵们大多数都搬过去了，霍龙沟这儿只临时放些生活储备，还有一本本儿卷宗、调查取证材料以及田亩登记档册等，留下一位骁骑校带领三十来个兵丁看守。前些天，富俊率骑兵以计谋抓来了范氏家族掌管账房的总师爷钱如民，打算通过他进一步查找范蔼仁的上缴粮税账、范家几代家主强占佃户土地之罪证以及与各地官员勾搭连环、称霸一方的情况。考虑到要是把钱如民关押在行辕内的牢房，人多嘴杂，消息容易传出去。何况此处又十分空旷，太过显眼，一旦歹徒前来劫牢，难于防范。不如暂时关在霍龙沟的猎窖内，然后与吉林将军打好招呼，再押至江城关进大牢。富俊此前曾三任吉林将军，跟江城一些身居要职的官员很熟，因其原先皆为自己的部下，相互之间信任有加，认为将钱如民送到吉林乃上策。想好后，便把这个打算告诉了班布泰，并叮嘱派往霍龙沟领兵的那位骁骑校，咱对外宣称这里派重兵把守，实际不上不过三十来人，故而一定要严加看管钱如民，提高警惕，多方注意，出现什么异常情况立即禀报。

话接前书。秦名远、夺魂僧者、静空大师一行三人为了节省时间，选择走大道，因为路较宽，马能跑起来。待距霍龙沟二里多地时，担心引人注意，便将坐骑牵入密林深处，拴在干木桩子上，然后抄小道儿徒步而行。到了那儿已经后半夜了，三人隐蔽好，六只眼睛死盯着前面的院子，隐约可见院外有人影儿晃动，手中拿着闪着寒光的兵器，自然是夜哨在巡逻。那八间土坯房中，有一间特别显眼，举架较高，似乎是采用干打垒筑墙之方法盖的，四周有兵丁把守。秦名远压低声音不无得意地说：“二位大师，看见了吧，别的房子门外一个人没有，唯独那座举架较高的房子四周设了警戒哨，这不是不打自招吗？据我所知，干打垒筑墙的房前挖了个深窖，顺着梯子下去，还得接着走下十几磴土台阶方能到窖底。窖口儿扣着用厚木板做的盖儿，比地面略高，平时上锁，他们肯定把总师爷关在这处深窖里了。”

静空大师赞同道：“嗯，所言不无道理，很有可能。窖内冬暖夏凉，人待在里面不会觉得有什么不舒服，不过时间长也受不了，咱们是不是该动手了？”

夺魂僧者随手折了一根儿马尾草高高举起，想测一测风向，草往哪边倒，就知道刮的什么风，是东风、西风啊，还是南风、北风。为什么需测风向呢？他身上带有迷魂药，即销魂丸，得顺风释放毒气，人吸入后可暂时失去意识。这么一试，见马尾草往西南方向倒，说明刮的是东北风，于是开始朝东北方向爬。不能立起身子走，因为他们所在的位置正处于哨兵的视线之内，当晚月朗星稀，只要有人影儿晃动，立即会被发现。静空大师见二师兄爬出十来米了，遂拍了一下秦名远的肩膀，示意其赶紧往前爬。为啥三人都得去东北方向呢？夺魂僧者到那儿得安放销魂丸，毒气顺风一刮，就会飘到现在的藏身之地，若是不离开，那不等着吸入毒气嘛，哪能受得了啊，又未服解毒药，所以他俩也得去夺魂僧者那个方向。夺魂僧者在前头，秦名远在中间，静空大师在后面，遇沟抬抬身，遇岗儿贴着地，像蛇一样匍匐前行，一点儿一点儿地往东挪。还不能一块儿爬，夜深人静，声音大了，容易引起哨兵的警觉，只能分头爬。

三人费了九牛二虎之力，两个胳膊肘儿几乎快磨破了，终于绕到距土坯房四十多米的东北方向。凑到一起后，又仔细观察了一会儿，见整个院子一片黢黑，七间土坯房内全熄灯了，唯独那间干打垒房前所立的高杆上挂了一盏红灯笼，灯花儿不大，忽明忽暗。院内站着五六个腰挎砍刀的哨兵，院外也有三四个持剑的夜哨来回走动，其他兵丁皆睡在土坯房内，看来是几个人一伙分班儿站岗、巡逻。这时，夺魂僧者把围在腰间的囊袋解下，取出一个用白麻布包着的方方正正的物件。解开白麻布，撕掉外面那层油亮亮的黄纸，露出个小木盒儿。掀起盒盖儿，里面装的是几个蜡封的药丸儿，即销魂丸，又叫追风夺命丸，销魂丸的炮制很简单，即把有黏合作用的白面和毒药拌在一起，再加水调匀成丸状便可。它在常温下经风一吹，很快就能挥发，变为气体向四周扩散，药丸儿亦越来越小，所有的毒气全部随风飘走了，那股儿风范围内的空气中便有了毒素。动物吸入后，跑不了多远必倒在地上，四腿儿抽搐而昏迷。天上的飞禽也躲不过，中毒后顶多扑棱几下翅膀，随即大头朝下跌落在地。人的反应没那么快，初始感到鼻子发痒，不住地打喷嚏，头晕眼花，腿脚发软，身子发懒，总想坐一坐、靠一靠。继而腹内胀痛，恶心呕吐，一趟趟儿往茅房跑。折腾几次后，便觉四肢无力，眼睛睁不开，不知不觉中昏睡过去，三个时辰才能醒来。

少林派确实有诸多绝活儿，乃地地道道的神功，不能不令人敬服，然关键是看用在哪儿。就拿夺魂僧者所掌握的五毒功来说吧，此功里包括这特制的追风夺命丸，其中的毒药成分是用哪几种药材配制的，始终是个谜，除了少林弟子外，无人能解惑。少林派各师传之间，同一种含毒性的药剂所用之配料并不完全一致，有的毒性轻一些，有的则重一些。少林派的宗旨前书已讲了，弟子要以珍爱生命为德，不是提倡杀生，而是戒杀生。既然如此，为什么还炮制伤害众生的毒丸儿呢？这不该是僧侣应干的事呀！实际上，以毒丸儿取人命之说乃妄语，专门用来吓唬人的，不得已所造的舆论而已。你若跟少林派弟子唠起关于毒丸儿的话题，他们会告知大可不必担心，不过一种心理战术，没有宣传的那么邪乎，药性也没那么强，只起到抑制神经的作用，使之短暂昏迷或人事不省。几个钟头后，症状便会自行消失，恢复正常。一般情况下，少林派弟子对人对事能容忍则容忍，能退让则退让，尽量不伤生。需要出手时，往往先以所练之功制服对方，然后再酌情施救。在必须以药物控制对方时，大多采用药性平和的销魂丸，让你短暂失去知觉，没有了反抗和伤人的能力，处于被动地位，达到制服之目的。这同样是一种绝技，选择何种药材、几种药材组成一个药方、剂量多少、药力大小、药性强弱等皆熟知于心，而且是几年、十几年甚至几十年的经验积累。当然了，也有极个别的僧侣修行不到家，背离佛法，草菅人命，最终必将受到惩戒或清除佛门。

夺魂僧者和静空大师都是少林寺的得道高僧，其师父皆为长眉长老，之所以让他们下山，是为济世安民的，不是为杀生的，二人牢记此训诫。夺魂僧者四下一瞅，见左前方是个小高岗儿，旁边有几棵胳膊粗的柞树，树身不高，枝叶繁密。抬头上望，仍满天星斗，估计已过丑时，必须得抓紧时间了，便面冲静空大师和秦名远伸出左手点了点地，意思是你俩待在这儿别动，然后往高岗那儿爬去。到了地儿，先从小木盒儿中取出三个白蜡丸儿，轻轻一捏，白蜡碎了，露出油光闪亮的毒丸儿。接着从囊袋中拿出事先备好的小托盘儿，盘底儿不是平的，有个圆形的凹槽，正好可把毒丸儿放进去。再将托盘儿卡在柞树杈子上，任风吹拂，托盘儿掉不下来，毒丸儿也滚不出去。做完这一切，又爬回秦名远和静空大师所待的地儿，三人趴在草棵子里静观其变。秦名远两眼盯着树上的托盘儿，过了一会儿说道："大师呀，毒丸儿所散发的毒气就算是随风飘过去了，可风不会停在半道儿，转瞬即逝，弥漫在空气中的毒素已经稀释。这种情况下，被前面院子里的夜哨们吸几口就能致其昏迷？如果真是如此，这小小的毒丸儿可太厉害了。"

夺魂僧者折一根草棍儿放进嘴里，边嚼边道："这便是为啥事先得把毒丸儿包了一层又一层，就是怕它释放出毒气，受害的首先是我呀！倘若毒丸儿不是放在一定的距离外，而放在院内的任何一个角落，所释放的毒气被巡逻或守门的哨兵闻到，有多少得倒下多少，永远还不了阳。那本僧的罪过可大了，违犯少林派戒杀之宗旨，不用等着被住持清除佛门，自己就乖乖滚下嵩山了。这还不算，静空师弟也得受牵连，须承担未加劝阻或纵容之责，同样要受惩戒的。”

秦名远听罢，感叹道：“不起眼儿的毒丸儿竟有如此大的威力，我要是会炮制，就把它用在战场上。在两军对阵的当口儿，还手执什么砍刀、弓箭、长矛哇，啥都不用，拿几粒毒丸儿足够了，可不费吹灰之力、不伤一兵一卒、轻而易举地击败敌方，使其只剩屁滚尿流、长睡不起的份儿了。个别未死的醒转过来，没得选择，只能缴械投降，还弄不懂何以至此。毒丸儿实在是太神奇了，乃大获全胜之法宝，不知大师能否将配方告知？”

静空大师以一种不容置疑的口气回道：“不能，行还有行规，何况少林派？天机不可泄露，此配方只能在弟子之间秘传。”

三人说话间，托盘儿里的毒丸儿变得越来越小，院内外的兵丁方才还来回走动呢，这会儿全东倒西歪了，继而又站起身来，晃晃荡荡地朝院子西边的角落跑，你来我往如穿梭，一准是去茅房连拉带吐了。过了约两袋烟工夫，看不见人影儿动了，院内外一片死寂，很显然，毒丸儿是在一点点儿发挥作用。而土坯房里却毫无动静，估计是毒丸儿所散发的毒气顺风飘至土坯房上空时，已经稀释了，加之有墙壁隔着，故而睡在屋内的兵丁没有受到波及。再者也赶巧了，这个时间段没一个去茅房解手的，房门未曾开过，所进毒气极少。此时辰担任巡逻、站岗的兵勇可躲不过去了，正像夺魂僧者所预料的那样，该出现的症状都出现了，最终横七竖八地躺倒在地，啥也不知道了。静空大师侧过头，以询问的目光瞅着夺魂僧者，意思是要不要再等一会儿，什么时候动手？夺魂僧者吐出已经嚼烂的草棍儿，为把握起见，重又爬回左前方十几米远高岗儿的柞树那儿，见卡在丫杈上的托盘儿里的毒丸儿已挥发殆尽，只剩下面粉了，立刻爬了回来，说道：“秦将军，不用再等了，是时候了，赶紧去吧，快去快回。”

秦名远虽有思想准备，但听夺魂僧者这么一说，仍吓得一激灵，遂问道：“大师，现在去有点儿早吧？毒气尚未散尽，我到那儿不等着中毒吗！”

夺魂僧者十分肯定地说："不早，本僧已在心中默念五十个数儿了，五十个数儿以内会中毒，超过五十个数儿就没事了，毒气已随风飘走了，更不会有丝毫的毒性反应。可放心大胆地去，如入无人之境，不过脚步需放轻，不能发出声响，一旦惊动了睡在屋里的兵丁，不仅你暴露了，还会给营救带来麻烦。"

秦名远点点头，从地上爬了起来，拍拍身上的土，摸摸怀中用白布袋子装着的四个饽饽在不在，又从衣兜儿掏出黑面罩儿戴上，只露口鼻和眼睛，转身刚要走，静空大师喊住了他："秦将军，记住，务必按照来前咱们商定的步骤行事。请放心，只要不被屋内的兵丁发现，就能把钱如民救出猎窖，有我和师兄保护你们，肯定能顺利离开霍龙沟。本僧想提醒的是要以慈悲为怀，多积阴德，勿杀生，不到万不得已不要给他那两个有毒的饽饽吃。咱也看见了，这里根本不是什么重兵把守，大可不必走最后一步棋，你以为呢？"

秦名远表示道："谢大师用心良苦，我必谨遵大师之言，会慎之又慎、酌情处理的。"说罢弓着身子，借助暗影儿的遮挡，快步向前面的院子靠近。

静空大师刚才为什么说了那么一番话呢？因为通过与秦名远的两次接触，对其有个大概的了解，印象说不上好，也说不上坏，总感到让人不太放心。况且范庄主和大太太都表态了，同意秦名远的提议，为顾全大局，实在救不出钱如民，可就地处置，不留活口。从秦名远的为人来看，很可能图省事而走捷径，一不做二不休，进了猎窖就把有毒的饽饽递上，置钱如民于死地，一下子办利索了，省得有后患。杀了也就杀了，庄主和大太太说不出什么来，只能暗地里憋气窝火。这样的结果是静空大师不愿意看到的，也是与普度众生背道而驰的，故而才对秦名远千叮咛万嘱咐，希望能将钱如民活着带回范家堡子。

秦名远一边往前走，一边四下张望，确实未见院外有一个仍能站立的夜哨，似乎皆已进院儿了。当蹑手蹑脚地到了院门口儿伸头往里一瞅时，顿时长出了一口气，现场果然与估计的相符，院内的十来个人有手握腰刀靠墙坐着的，有仰面朝天躺在地上的，有微睁双目看着院外的，有嚅动着嘴唇一句话也说不出来的，皆已失去了意识。他心中暗喜，三步并作两步地来到干打垒房前的深窖处，见窖门儿盖着，没上锁。赶忙弯下身掮起窖门儿，踩着竖起的木梯下去，又下了十几磴土台阶方到窖底。因台阶左侧灰砖砌的墙壁上凿有小洞，洞内放着獾油灯，所以还算亮堂。四下一踅摸，窖内呈长方形，两侧的墙上各挂一盏獾油灯，紧靠墙角儿处面冲里躺着一个人，身下铺层谷草，像头猪似的睡得挺沉，打着均匀的鼾声。走到跟前仔细一瞧，正是钱如民，可能是由于窖盖儿扣着才没有中毒。秦名远边推边压低声音唤道："总师爷，别睡了，醒醒，快醒醒！"

钱如民翻过身来，睁开惺忪睡眼，见面前站着个头戴面罩儿的人，心中十分诧异："咦？这是谁呀，深更半夜干什么来了？"

秦名远摘下面罩儿，说道："总师爷，大恩人哪，不认识了？范庄主和大太太特派我前来救你的！"

钱如民一翻身坐了起来，大睁双目上下一打量，噢，认识，此人外号儿"秦大门牙"，我曾救过他及手下兵丁的命，今儿个是来报恩的。原以为掉到富俊手里算完了，那能有好儿么？没个回去，一准得当替罪羊了，死定了。还是姐姐、姐夫想着我，大半夜派人来了，而且是富俊的属下亲自施救，天时地利人和，必万无一失。看来我钱某人福大命大造化大，只是虚惊一场，又可重见天日了，阿布卡恩都力真眷顾本师爷呀！此刻的钱如民尽管与秦名远并不太熟，只是一面之交，却像见到久别的亲人一样，激动得眼泪顺脸往下淌，嘴唇哆嗦着，拽着对方的手一句话也说不出来。

秦名远这小子可谓坏透腔儿了，其实此时扶钱如民出去一点儿危险没有，院内外的夜哨全中毒瘫那儿了，人事不省，四十来米开外有两位大师接应，再安全不过了。可他咋想的呢？我秦某人毕竟在八旗军中当差，又混上了六品官衔，今后也不可能投靠范蔼仁，一切应以保全自身为要。即使有一天在骑兵队干不下去了，可请求调往另地驻防，绝不能给富俊留下把柄。钱如民要是活着回去，没准儿哪天喝几盅酒自吹自擂，或者嘴没把门儿的泄了底，将来的事儿很难预料，万一宣扬出去，我不就完了吗，不砍头才怪呢！因此必须得杀人灭口，让其早点儿见阎王，大家都省心，一了百了。现在猎窖里只有我们俩，如果不让钱如民活，他怎么死的谁也弄不清，富俊不知，班布泰更不知，无论如何猜不到我与钱如民之死有什么关系。钱总师爷，对不住了，俗话讲得好，死生有命，富贵在天，先走一步吧！想至此，定了定神，假装关心地问道："总师爷，看你的气色不大好，虚弱得很，是不是饿了？"

钱如民摆摆手道："哎呀，别提了，他们根本不让我吃饱。这不，晚饭只喝了两碗稀粥，肠子肚子早打架了，连尿都没有。咱们赶紧离开这儿，到家就好了，想吃啥做啥，管够！”

秦名远立即从怀中拿出白布袋子，将那两个带红点儿的苏叶饽饽掏出递过去说：“总师爷，这是大太太亲自蒸的，没多带，吃点儿垫垫底，有劲儿方能上路。放心吧，不着急，看守你的兵丁已如同死狗，想起都起不来了，更别说站岗放哨了，两位大师在外面等着呢！”

钱如民一琢磨也是，浑身发软，两腿发颤，怎能跑得动？吃点儿东西才会有力气。他压根儿没想到秦名远会加害自己，而且平时在家也吃这种饽饽，又是姐姐亲手做的，心里充满了感激之情。加之肚子又饿，恨不得一口把两个饽饽吞下，遂毫无顾忌地接了过来，边吃心里边念叨：“姐姐、姐夫，谢谢你们，我钱如民下辈子做牛做马，也要全力为老范家效劳，以报救命之恩！”待狼吞虎咽地把两个苏叶饽饽吃完了，人便还阳了，抹了抹嘴巴不无得意地说：“秦将军，别看我没混上一官半职，脑袋可不白给。跟你说个事儿，富俊怎么样，还三任过吉林将军呢，这回算是白忙乎了，我早把范氏家族的土地大账藏起来了，且所藏之地极其隐秘，累死他也找不着。不过可以告诉你大账在哪儿，回去之后千万别同我姐夫说，只让姐姐知道就行，将来好能从姐夫手里多讨些银子，我也有得花了，到那时……”话没说完，突然双目圆瞪，口吐白沫儿，鼻子、耳朵往外淌血，右手哆哆嗦嗦地指着秦名远似乎想说什么，终未吐出半个字，随即扑通一声仰倒在地，两腿一蹬没气了。

秦名远低头看了看，知道这是药性发作了，钱如民已一命呜呼了。于是将装有无毒苏叶饽饽的白布包儿扔到他身旁，然后转身就往外走，登上土台阶，又攀梯而上，到了地窖口儿故意弄出较大的响动，惊醒了睡在屋内的兵丁，各个土坯房立马亮起了灯光。官兵们推门而出，一看夜哨皆已东倒西歪，人事不省，顿觉出事了！骁骑校赶紧命人去猎窖查看，又率领兵丁于院内外搜寻，一片忙乱。而秦名远则在夜色的掩护下，溜回东北方向，与两位大师会合。静空大师见秦名远一个人回来了，又往其身后瞅了瞅，方问道：“钱如民呢？是没关在这儿，还是被发现了？我和师兄看见从屋里跑出一大帮人，生怕出意外，真为你捏了把汗！”

秦名远打了个唉声道：“咳，钱总师爷的确关在干打垒房前的猎窖内，我顺利地进去了，也见到他了。可天不遂人愿，富俊那个瘸老头儿真不是东西，太损了，让属下故意饿着他，每天只给两碗粥喝，稀溜溜的，没几个米粒儿，别说饱腹哇，屎都拉不出来。你俩是没看见哪，那才真叫可怜呢，饿得前腔儿贴后腔儿，脸色蜡黄，浑身瘫软无力，跟个死人幌子似的。他见我内怀鼓囊囊的，想到了是吃食，上前一把就将装有四个饽饽的布袋子掏出来了。我赶忙告诉他，那两个带红点儿的有毒，专门给夜哨预备的，千万别吃！另两个没带红点儿的没毒，是给你的，可放心大胆地吃。话音刚落，忽听土坯房的门吱嘎一声响，好像有兵丁出来去茅厕。我寻思去窖口儿处听听动静，当跑上台阶、刚要登梯而上时，就听窖内扑通一声响，待返身下到窖底一瞅，总师爷竟七窍流血、倒地而亡了！再一看，两个带红点儿的饽饽没了，不带红点儿的还在，我顿时傻眼了。估计他当时既兴奋，又紧张，把我的话听拧了，结果将有毒的饽饽吃了，没毒的剩下了。正这时，窖外传来了杂沓的脚步声儿和大呼小叫声儿，自然是官兵们看到了院内那些昏迷过去的夜哨。我来不及多想，总不能死一个再搭上一个，便急匆匆地乘乱从猎窖中逃出。钱师爷曾救过本官及手下兵丁的命，我却没有带其出魔窟，落下个知恩不报的骂名不说，这辈子心都不安哪，以后可怎么做人呐！”说着，一屁股坐在地上，假惺惺地低声儿干号起来。

两位大师听后，无奈地叹了口气，夺魂僧者手打佛号道：“阿弥陀佛，有罪了，有罪了，本僧跟着范庄主作孽了！”然后弯下身扶起哭泣的秦名远又道：“事已至此，伤心没用，身子骨儿要紧。我和师弟也看见了，即使钱如民没有误服有毒的饽饽，院子里已全是八旗兵了，肯定救不出来也逃不出去，无须后悔了。此乃是非之地，钱如民死了，那些官兵岂肯罢休？一会儿必将搜寻到这儿。咱们得赶紧走，不能继续耽搁了，否则恐生枝节，那就更加违背来此的初衷了，待回去向范庄主和大太太通禀后再说吧！”

秦名远听罢，点点头，没再说什么。三人折身往回走，疾行了二里多地，钻进了道左拴着坐骑的那片密林，解开缰绳，先牵着马在林中穿行，等远离霍龙沟了才骗腿儿而上，飞马朝范家堡子驰去。

回头再说范家。为救钱如民，不单单秦名远及夺魂僧者、静空大师折腾了一宿，范蔼仁和大太太也是一夜无眠，心里一直惦着这件事儿，然而所思所想却南辕北辙。钱氏与钱如民是一奶同胞，有着骨肉亲情，在漫漫长夜里，她感到一种从未有过的煎熬。双眼盯着棚顶，心里思摸着弟弟怎么样了，营救是否顺利？期盼着快些回转，千万别走第二步棋。真要救不出，横尸霍龙沟，我这当姐姐的可太对不起弟弟了。他是钱家的人，没必要为范家卖命，又怎么向弟妹交代呀……

范蔼仁虽然心地狠毒，但也怕小舅子真蹬腿儿，到那时大夫人非借此狮子大开口、向自己索要重金和珍贵首饰不可。他十分清楚，钱氏是个有能耐又惹不起的女流之辈，自己哪点儿也赶不上，没招儿啊，只能听喝儿。而最担心的还是钱如民手中的土地大账是否安在，前些日子转没转移，是不是仍藏匿在原来的地方？无论怎样，保住土地大账乃重中之重，那是范氏家族的命根子，丝毫马虎不得。只要账本不丢，小舅子死了事小，不用太在乎，谁让他命不济了，损失点儿金银也得认。好在能当总师爷的人有的是，只要替我管好账房那些事儿就行，没有家贼倒也心安了……

天刚亮，钱氏就起炕了，吩咐丫鬟把尚在熟睡的管家唤醒，让他告诉后厨赶紧准备酒宴，为秦将军、二位大师和回返的总师爷接风洗尘，消灾祛邪。管家听命，胡乱披件衣裳下了地，推门出屋朝膳房走去。大约过了两袋烟的工夫，东边儿传来了马蹄踏地的嗒嗒声儿，由远而近。正在洗漱的范蔼仁和大夫人忙跑出屋门站在当院儿往东瞅，见三匹马疾驰而来，到了近前方认出正是秦名远和二位大师，钱如民没有随行，钱氏的心立马跳到了嗓子眼儿。

三人进屋后，未等坐下呢，钱氏便急不可待地打听如民怎么样了，是不是落在你们身后了，尚需晚到一会儿？夺魂僧者和静空大师并不回话，只是一个劲儿地唉声叹气。钱氏似乎明白了，没有再问，身子一晃跌坐在太师椅上。秦名远见此，干咳了一声，不得不开口了，除了把曾对两位大师所讲的营救经过重复一遍外，接着又道："大庄主、大太太，你们有所不知，大师炮制的断肠丸毒性太大了，总师爷把有毒的苏叶饽饽吃进肚子里顶多半分钟就咽气了，一点儿罪没遭，走得很安详。"

各位阿哥，听见了吧？要不咋说秦名远阴险狡诈呢，表面上轻描淡写，其实别有用心。言外之意即倘若范庄主和大太太对钱如民之死怪罪下来，不光是我，你夺魂僧者、静空大师同样脱不了干系，咱们仨是一根儿绳上拴的蚂蚱，谁也甭想一推六二五。

二位大师面面相觑，一声儿没吭，心里很不是滋味。剃度的僧侣竟跟俗家一起草菅人命，公然违背少林派之戒律，犯下了不可饶恕的罪过，还有什么可解释的？只能沉默以对。

当钱氏亲耳从秦名远的口中听到钱如民已死的噩耗时，犹如五雷轰顶，难过得不能自持。尽管此前有精神准备，可一想到弟弟为范氏家族效劳二十多年，最终年纪轻轻的，却白白搭上性命，不值呀，纯粹是冤大头哇！自己是嫁给了范家，生是范家的人，死是范家的鬼，可这与弟弟何干？真是有苦难言哪，不禁号啕恸哭，鼻涕一把泪一把的，在场的人只能百般劝慰。过了好一会儿，钱氏才止住了哭声，仍抽抽搭搭的，掏出手帕擦拭着满脸的泪水，一句话也没说。

范蔼仁听到这个结果后，并不感到意外，认为是在预料之中，故而反应不那么强烈，只是连连叹息，关切地抚慰大夫人不要过分悲伤，身子骨儿要紧，请节哀顺变。又吩咐管家去账房取出一千两银子，送给钱如民的妻儿，作为抚恤之资，以安顿全家老小之心。此事没有声张，就这么压了下来，不了了之，除了自家人，外人不知内情。

眼下，范蔼仁还有件棘手的事儿，即从行辕偷偷抢来的白面娘子该如何处置。她是富俊身边能出好点子的人之一，也是其孙儿班布泰的最爱，长期关在范家的西下屋哪儿行？可是杀又杀不得，放又放不得，关又关不得，成烫手山芋了，怎么办呢？冥思苦索了好几天也没个辙，觉得怎么都不中，非常为难。前书讲过，范蔼仁有两大嗜好，一个是懂点儿烹饪技巧，喜欢品尝美味。他为宅门请了不少掌灶的名师，烹调各种可口的特色菜，并独创了“范家菜”，自酿“范家仙”，可谓美酒佳肴。另一个是喜欢女人，除了钱氏之外，还有七房妻妾供其消闲解闷儿，仍觉不够尽兴。几天来，白面娘子如花的容貌、白嫩的皮肤、婀娜的体态令他那不安分的心蠢蠢欲动，眼馋得不得了，一心想将其留下，占为己有，再给改个名字，作为末房小妾，金屋藏娇。有锦衣玉食享之，有呼来唤去的下人奉之，谁不愿过神仙般的日子呢？人为财死，鸟为食亡，除非丫头不食人间烟火。不过也别把话说绝了，相信总有一天，我范某人会抱得美人儿归的，咱们走着瞧！

钱氏是怎么个态度呢？此人心眼儿多，还会玩儿权术，范蔼仁想到的，人家早思摸过了，而且比他想得多、想得细。这会儿，让钱氏感到不好交代的不是弟弟的死，而是抢来的白面娘子得咋办，正所谓请神容易送神难。把她放了吧，不行，等于放虎归山，不打自招，白面娘子被抢到范家堡子便成了公开的秘密了。富俊祖孙俩对此绝不会轻饶，范家堡子的麻烦可就大了，还不得被折腾得鸡犬不宁啊，甭想有太平日子过。就地灭口吧，也不行，白面娘子关在庄主家，堡子里不少人都知道，俗话讲，若想人不知，除非己莫为。如果把白面娘子弄死了，隔墙有耳，消息很快就会一阵风似的传出去，那还了得？富俊和班布泰不仅会兴师讨伐，而且必闹到朝廷去，一经追查，无疑犯下了砍头大罪。再者说了，一朵无辜的小花儿被掐死了，太伤天害理了，将来不得遭报应啊，这种亏心事儿干不得。如此看来，唯一可行的就是把她留下，认作自己的干闺女。然仔细一琢磨，觉得还是不妥，白面娘子聪明、机灵又美貌，谁见谁喜欢，老爷也不例外。整天跟个馋猫似的，闻到腥味儿必往跟前凑，放在嘴边的肥肉能不吃么？八房妻妾不够他受用的，现在又来一个，将来不得与我这家主争宠啊？眼珠儿一转一个道道儿，损招儿多的是，富俊都靠她出点子呢，我怎能斗得过？不定哪下将其惹翻了，大眼睛一立，还不得整死我呀！继而家宅的大权旁落，上上下下全是她说了算，范家从此不姓范了，而姓彤，到那时就覆水难收了。经过一番冥思苦索，权衡利弊，心眼儿、脑子一起动，定下了又否，否了再琢磨，最后想到了秦名远。尽管此人心狠手辣，要了如民的命，乃钱家的仇人，恨不能一刀砍了他，可还是得让其占把便宜，走这个桃花运，没招儿哇，除了他没第二个合适的人选。秦名远曾说过，早就看上白面娘子了，无奈有班布泰横在中间，姑娘的心是属于人家的，自己只剩嫉妒的份儿，暗地里咬牙往肚子里咽。倘若把白面娘子许给他，带到异地成亲，秦名远得了便宜却不敢卖乖，只能偷着乐，真要传扬出去，班布泰肯定得找他算账。富俊也怪不到老爷头上，因白面娘子是同秦名远一起消失的，首先要想尽办法查寻自己属下的踪迹。特别是白面娘子跟秦名远一走，曾被抢到范家堡子的传闻随之亦烟消云散了，就算是一场风波，也该平息了，一妥百妥，万事大吉。嗯，太好了，就这么办！

转天，钱氏背着范蔼仁把秦名远叫到自己的住处，清退了身边的女仆，请其坐在茶几旁边的太师椅上。这是个从南方购进的竹编长方形茶几，几面儿刻着一枝梅花，上放一尊白瓷壶和四只茶碗，香茗已沏好。钱氏亲自执壶为其斟茶，又给自己倒了一杯，放下壶端起小碗呷了一口茶，细细地品着，也不说话。仇人就在对面，早已恨得牙根儿痒痒的，表面却是一副若无其事的样子。秦名远忐忑不安地坐在椅子上，双眼偷偷瞄着钱氏，心里犯了寻思："大太太挺能摆份儿呀，唤我来还不言语，到底啥意思呢？唉，又能怎样，死活硬撑着吧！"这么想着，索性也不吱声儿，开始饶有兴致地品茶，自斟自饮。

过了一会儿，钱氏终于开口了："秦将军，噢，还是叫你一声名远吧，这样显得亲近些。你知道的，我只有一个弟弟，可惜已经离世了，家乡再没什么亲人了，静下来时觉得挺孤单的。如果不介意的话，从今以后，就认你为弟弟了，行吗？"

秦名远赶忙站起身来，双手抱拳道："哎呀，大太太，实在不敢当啊，这不折杀小的么!”

钱氏摆了摆手，请其坐下，又道：“名远弟，别客气，那么讲不外道了嘛！姐姐今儿个叫你来，是想商量件眼面前儿的事。不瞒弟弟说，我呢，一直在背地里细细观察，看得出你胆大心细，遇事不慌，将来必有出息。”此话一语双关，边说边看对方有什么反应，见秦名远脸上毫无表情，紧接着话锋一转：“如民在世的时候，曾救过你及手下兵丁的命，萍水相逢，说明咱们有缘。既然认弟弟了，婚姻大事就不能不管，姐姐打算保个媒，不知你想不想成家？”

秦名远听罢，又惊又喜，本来就不傻，心里能没个小九九么？他早已思摸过，这次是我帮了范蔼仁一把，不仅为其出谋划策，还将白面娘子抢到了范家堡子。虽然这丫头守口如瓶，啥也不说，但一句气话泄露了天机，方使我们得以顺利找到钱如民，送其魂归西天，保住了范氏家族的土地大账不被富俊查获。应该说我是立了大功的，就冲这一点，范蔼仁也应给我娶房媳妇，算是报答。范庄主和大太太知道我一直喜欢白面娘子，其人现今又恰恰关在范家，是个天赐的绝好占有机会。大太太还真开面儿，主动声称给我保媒，看来对方乃白面娘子无疑了。想当年我秦某人中毒后大难不死，必有后福哇，原来小美人儿等着我享用呢！想到这儿，内心一阵狂喜，眼睛直放光。转念又一思量：“不太可能吧？好事多磨，轻易得手，让人不可信。我曾多次发现范蔼仁那双色眯眯的眼睛总是盯着白面娘子，一个小姑娘很难逃出他的魔掌。这老东西要是决定非娶其为小妾不可，谁敢反对呀，大太太也奈何不了。到那时，自己不仅没得到白面娘子，还让一朵花儿插到牛粪上了，当初不如不帮范蔼仁办这件事了，也犯不上肠子都悔青了。大太太说是要给我找媳妇，不用猜了，一准是把白面娘子给范庄主了，为了答谢我，不定将堡子里哪家嫁不出去的丑女给我呢！”这么一想，心里也不狂喜了，眼睛也不放光了。可人家话都说了，不能不接茬儿呀，只好敷衍道：“大太太，老弟在这儿先谢了，没想到姐姐能把我的婚事放在心上，福气不小呢！”

钱氏笑道：“怎么没想到呢，老大不小了，尚未娶妻，当姐姐的不给弟弟保媒，还能轮到别人哪？放心吧，我帮你办，说话算数。”

秦名远问道：“姐姐，准备做媒的是哪家闺女呀？”

钱氏笑而不答，端起小碗连喝了几口茶，这才神秘兮兮地反问道：“名远弟，你猜是谁？”

秦名远多想说是不是白面娘子啊？又怕钱氏取笑：“真是癞蛤蟆想

吃天鹅肉，那个漂亮丫头还能到你嘴里？做梦去吧！”尤其是此话若传入范蔼仁耳朵里，还有我好儿哇，竟敢跟大庄主争妾，一气之下再把我轰出去，这张脸往哪儿搁呀？算了吧，别胡乱猜了，得给自己留点儿面子，于是回道：“姐姐，我又没钻进你肚子里看，怎能知道是谁？不过就凭我姐给自己弟弟保媒，肯定得紧着俊俏貌美的姑娘。倘若是丑女，别说我呀，姐姐那关都通不过，对吧？”

钱氏伸出手指戳了一下秦名远的额头道：“这个鬼小子，告诉你吧，姐姐保的媒就是咱们从行辕抢来的小美人儿白面娘子，不是期盼很久了吗？在富俊那儿你是得不到哇，还有其孙儿班布泰呢！在范家堡子就不同了，姐姐说了算，将她许给你了，要不要吧？”

此话一出，可把秦名远乐颠了，咧着大扁嘴直劲儿称谢：“你真是我的好姐姐，还问要不要？能不要么，要的就是她呀！不瞒你说，为了白面娘子，可谓朝思暮想啊，几乎快想疯了。可遗憾的是她心里除了班布泰，容不下任何人，更不会答应嫁给我。这件事就看姐姐的了，请帮弟弟拿个主意，得怎么做才能让她回心转意呢？如果姐姐真能说服她就范，最终成了我老婆，弟弟定将报答姐姐的赏赐之恩，这辈子做牛做马也心甘情愿！”说着扑通一声跪在地上，咣咣咣连磕了仨响头。

钱氏忙起身上前将其扶起，说道：“老弟呀，咱俩谁跟谁呀，用不着这样，此忙姐姐帮定了。白面娘子攥在咱手心儿里，想鲤鱼打挺儿都没机会，敢不听我的么？放心吧，多大个事儿呀，没啥难的，不过一点一通而已，今晚就成全你，赌好儿吧！”

秦名远越听越糊涂了，钱氏所谓“一点一通”啥意思呢？于是便故意装傻，问道：“我的好姐姐呀，俗话讲得好，强扭的瓜不甜，白面娘子心里想的啥，我明镜似的。她若横竖不跟我，还不得干瞅着，我可是真心哪，总不能硬来吧？”

钱氏笑道：“这不就说到点子上了吗，有啥不能硬来的？姑娘家个个顾及面子，甭管是自愿还是强迫，只要生米煮成熟饭，不敢把没保住贞操的事儿嚷嚷出去，除非不要脸皮了，这回通窍了吧？按姐说的办准保成！”

秦名远听罢，方恍然大悟，噢，这就是所谓的“一点一通”啊！接着又道：“姐姐，她要说啥不从，上来烈性劲儿大喊大叫的，再跟我撕扯起来，那就很难成就好事。”

钱氏啧啧两声道；“你可真笨，平时那么精明，这会儿咋成死脑瓜骨了？去求夺魂大师呀，给他磕个头，求丸儿药，趁白面娘子口渴时偷偷放入水杯里，喝下后很快便会昏睡过去。到那时候，烈马都会变得服服帖帖，何况人乎？肯定是咋摆弄咋是，想咋的就咋的，一切随你。”

秦名远高兴极了，在钱氏的挑动下，已是满脸通红，欲火中烧，恨不得天立马黑下来，盼着那一刻快点儿到来。转念又一思量，不免犯难了：“这致人昏睡的药如何索到手呢？几天来，自己与夺魂僧者拢共打过两次交道，人家从未有求于我，咋开这个口哇？佛门弟子不同于俗人，凡事必须严格遵循戒律，以慈悲为怀，广施法力，拯救众生，既能炮制祛除百病的灵丹，也能炮制麻醉神经的妙药。他们在云游四方时，遇到身有疾患者，必主动拿出所带灵丹为其疗治。然倘若向其索要麻醉神经的妙药时，轻易不会赠予，除非亲自前去实施之。为啥呢？因不知对方所用何处，剂量大小十分关键，如果掌握不好，容易致生灵毙命，此乃戒律所不允许的。可以想象，这种情况下，我前去索要，肯定不会给的，看来别无他法，只能求助大太太了，倘若她不答应呢？”想至此，眼珠儿一转，计上心来，说道；“姐姐呀，你提的这个办法好是好，我也可以去找大师寻求帮助，可人家要是问我索此药干什么用？自然得实情告知，总不能说谎吧？夺魂大师一听是打算弄昏白面娘子，想必横竖不会给，这口也就白张了，心里还得取笑我是个花货。”

钱氏听了是又好气又好笑，一扬手道：“秦名远哪，秦名远，你那脑子是生锈了，还是突然不转弯儿了，哪能实话实说呢？得活泛点儿，拿出编瞎话儿的本事，只需把药弄到手，就算达到目的了。”

秦名远摇摇头道：“不行啊，我这张嘴笨得跟棉裤腰似的，好话也给说孬了。哪有姐姐那两下子呀，眼疾手快，八面玲珑，还长了一张巧嘴，死人都能说活喽，在大师跟前又有面子，甭管啥事儿，只要一出马准成。别说范家堡子了，方圆几百里谁个不知、哪个不晓大太太一呼百应之威仪呀，我哪儿比得了哇！”

这一忽悠不要紧，钱氏随之就晕头转向、找不着北了，心里美滋滋的，面带微笑摆了摆手道：“行了，行了，别像喝了蜜似的，净拣好听的说，姐姐跑一趟就是了。我这个人哪，生来热心肠儿，帮人总是帮到底，从不半道儿撂挑子，何况是促成好事儿呢！”说罢，未待秦名远致谢，起身就出屋了。秦名远捂着嘴偷偷乐，暗暗庆幸此招儿太灵验了，竟使聪明绝顶的大太太俯首听命，真乃妙哉也！

钱氏来到夺魂僧者和静空大师的住处，推门刚要进屋，见二人正在打坐，赶忙退了出来，站在门外等候。这一举动被二位大师看在眼里，遂起身拉开门道："施主，别客气，快请进！"

钱氏进得屋来，二位大师让座又让茶，显得十分热情。钱氏端起杯子呷了一口茶，开门见山道："我是来麻烦二位的，有一事相求，不知能否如愿。大师也看到了，白面娘子可不一般，别看年纪不大，脾气倔得很，自打关进西下屋就没消停，又哭又闹又骂的，谁劝也不听。丫鬟送去饭食，根本不动筷，要么扔得可地都是，要么摔盘子摔碗，口口声声让赶紧放她走。看来把这丫头留在咱这儿不是个事儿，天天不吃不喝的，真要饿出好歹来，又觉得对不起人家，有多大的仇怨哪，眼瞅着她糟践身体于不顾？那可是一条小命啊！放回去吧，一切将真相大白，富俊和班布泰决不会饶了范家，秦将军也没好果子吃。人家帮了咱这么大的忙，又出点子又跑前跑后的，终于为范家堡子保住了土地大账，立下了汗马功劳，现在落难了，总不能用完了就不管吧？那也太不仗义了，不能如此对待大恩人，以后咱还怎么做人？这下可倒好，白面娘子成了手中的刺猬了，关不得放不得留不得，咋整呢？我琢磨着唯一的办法就是让秦将军带着她离开这儿，往远走，越远越好。白面娘子原本是个孤儿，身边没亲人，从家乡逃难到此，在哪儿求生路都一样。将来再嫁个好人家，不愁吃不愁穿的，有了安身立命之所，比跟班布泰强多了。秦将军身在八旗军中，换个地方驻防同样为朝廷效力，重打鼓另开张不一定是坏事，反正在富俊手下也不得烟抽。这样，既可掩人耳目，富俊也找不到他们，一时半会儿露不了馅儿，一举两得……"

静空大师听到这儿，插问道："他们二人突然失踪了，富俊和班布泰得怎么想呢？"

钱氏回道："会有多种猜测，但很难想到与我弟弟的死有什么关系，因白面娘子不认识如民，更谈不上有瓜葛。富俊知道几年前，如民曾救过秦将军及手下兵丁，被救之人反过来怎会去害救命恩人呢？在各种猜测都不成立的情况下，班布泰很可能认为秦名远相中白面娘子了，并以花言巧语蒙骗之。毕竟快成大姑娘了，或是顺从，或是被强迫，反正是离开他跟秦名远走了。再者说了，秦名远喜欢白面娘子，平时的言行举止不可能不露出马脚，一见到她两眼就发直，两条腿也迈不动步了，班布泰能看不出来吗？因此首先就得往这上想。既然走了，他也不一定非去找回白面娘子，心都不在了，要人有啥用？见不到白面娘子，真相隐瞒的时间便会更长一些，时过境迁了，大事化小，小事化无，最终也就不了了之了。关键是他二人怎样才能走得出去呢？白面娘子无论如何不会听从咱的摆布，不肯跟秦将军走，更别说让她上马了。当然了，可以用绳子将其双手双脚捆上，或用黑布蒙上眼睛、堵住嘴，再绑到马背上。不过这样会引起路人的注意，光天化日之下，一个丫头被捆绑马上，谁都得认为肯定是那个同行的男人强霸民女，必有上前过问者，造成不必要的麻烦。若是通报官府了，兵马来抓，岂不更糟？点穴行不行呢，显然不可取，因为秦名远不会解穴，时间长了会伤人的。那就只剩一招儿了，请大师给点儿精心炮制的小药，上路前让白面娘子服下，使其昏睡。等到了地儿，药劲儿一过，便可苏醒过来，一切如常。思来想去，我认为此乃万全之策，既伤不了身子骨儿，又能顺顺当当地离开这儿，不知二位大师意下如何？”

二人听后，皆未吭声儿，静空大师看了看二师兄，以眼神儿征询该怎么办？夺魂僧者寻思道：“钱氏所言不无道理，事到如今，进退两难。白面娘子想回回不去，秦名远想回不能回，留在范家堡子不是长久之计，远走他乡乃为上策。我与三师弟住在范府有一段时间了，等待或外出寻找大师兄，暂时还离不开。承蒙大庄主一家的多方关照，衣食住行不用自己操心，施主全想在头里，安排得妥妥帖帖，给他们添了不少麻烦。咱又帮不上什么大忙，除了教授团练武功，再就是跑跑腿学学舌，别的也干不了。今日钱氏特意前来请求帮忙，态度十分诚恳，不过求点儿小药而已。虽然佛家轻易不赠予这种致人昏睡的定神散，但施主头一回张嘴，况且还亏欠人家，怎好拒绝？反正此药没什么毒性，也不伤人，白面娘子又年轻，不会出啥事儿，给就给了吧，只此一次，下不为例。”想到这儿，起身走到炕边，拉开炕琴抽屉，从里面拿出一个白布袋子，内装治疗各种疑难杂症的丸、散、膏、丹等药。翻了翻，取出一小包儿黄药面儿，倒出一半儿用纸包好递给钱氏并交代道：“此乃定神散，拿去吧，这些足够了，以温水冲服，忌腥，忌辛辣。施主也是信佛之人，望以慈悲为怀，多做善事，修身养性。人生在世不易，白面娘子年龄不大，却屡遭不幸，既孤苦又可怜。此去路漫漫，但愿一切顺遂，投奔个好人家，多少能减轻点儿本僧的罪恶感，阿弥陀佛。”

钱氏手捧白纸包儿致谢道：“谢谢大师施药与我，所叮嘱的话也都记住了，放心吧，会照此去做的。”然后把白纸包儿放入内怀，起身告辞，二位大师送至门口。

此刻，秦名远正在钱氏的房间里等得心急火燎，忽听大门咣当一声响，抬头一看，大太太进院儿了，赶忙迎出门问道：“姐姐，你可回来了，急死我了，药到手了吗？”

钱氏并不回答，而是边往屋走边卖起了关子：“大兄弟呀，说实在的，这讨药之事本应你自己去，姐姐代劳算哪出儿哇？我这人哪，耳朵根子软，有求必应，尽给别人跑腿儿了，还不图啥好处，上哪儿找这样的傻姐姐去！”说着进了屋。

秦名远多会来事儿呀，忙上前扶着钱氏坐在靠背椅上，又斟上香茗，这才说道：“姐姐，倘若真成全了弟弟的好事儿，何止是报答呀，姐姐让老弟咋的，老弟就咋的，绝无二话，必效犬马之劳！我的亲姐姐，倒是快告诉老弟呀，办成没有？”

钱氏从内怀掏出白纸包儿往桌子上一拍道：“你个急猴子，火燎腚似的，看看这是啥？办成了，剩下全看你的了！”

秦名远一听，顿时心花怒放，高兴得在原地直转圈儿，咧开大嘴笑个不停，边笑边奉承道：“我就知道姐姐准行，老将出马，一个顶俩！”

钱氏又道：“可要给我记住喽，姐姐不要什么报答，你也别光耍嘴皮子，得来真格的，只要听喝儿就行。”

秦名远表示道：“姐姐，老弟记住了，一定来真格的，有什么吩咐尽管说。”

钱氏随即换了一种严肃的口气道：“我告诉你，今儿晚就跟白面娘子成婚，明儿个天亮前必须离开范家堡子！”

秦名远初始一愣，紧接着商量道：“好姐姐，急啥呀，非得这么快走么？过两天吧！”

钱氏脸一板道：“不行，按我说的做，多待一天也不中！我马上去安排，圈白面娘子那屋给你用了，作为洞房了。天傍黑儿时，我把定神散撒到水杯里，她不吃饭总得喝水儿吧？待药性发作后你就进去，明儿个趁二位大师未醒之前把白面娘子带走，去哪儿随你，当姐姐的就不管那么多了。如果不按我说的做，睡到晌午才起炕，那对不起，白面娘子可不是你的了。我会派人把她送走，卖到三姓的‘春花巷’，你休想再沾边儿，听明白没？”

秦名远见没有商量的余地，怕钱氏不高兴，尽管不愿走，也没敢再说别的，只好赔着笑脸答应道：“行行行，弟弟谨遵姐姐之命，明儿个卯时前，一准滚出范家堡子！”这小子鬼吧，专看别人脸色行事，此话一出，竟将刚刚还绷着脸的钱氏逗得扑哧一声乐了。

那么，秦名远为啥不想马上离开范家堡子呢？原来他有自己的小算盘。一是自打白面娘子失踪后，富俊和班布泰对此怎么个态度、是否追查过、是否怀疑钱如民之死与己有关等一无所知，心里没底，想听听风声；二是当晚白面娘子服药后能怎样，对所谓定神散是否真能起到麻醉神经的作用没有把握；三是从今往后在哪儿求生路、投靠谁较为稳妥尚未想好，观望些日子再做打算也不迟，故而暂时不想离开供吃供喝的范家。

到了傍晚，钱氏悄悄儿去了西下屋，将看守的家丁支走，站在门口听了听，里面一点儿动静没有。轻轻推门进去，见白面娘子微闭双目仰面躺在炕上，或许是哭累了，脸上还挂着泪痕。她听见有人进屋了，以为是侍女呢，翻过身去不予理睬。钱氏走到桌子跟前，摸摸茶壶，水是温的。于是从内怀掏出白纸包儿，打开后将药倒入杯中，再斟满水，扫了一眼白面娘子便转身出了屋，故意不把门关严，从门缝儿往里观瞧。过了一会儿，只听白面娘子又低声儿抽泣起来，边哭边自言自语：“土地爷爷呀、班布泰哥哥，你们在哪儿，为啥不来救我？秦大门牙是个狼心狗肺的东西，小女好心相帮，他却把我弄到了范家堡子，羊入虎口，无法逃脱，谁能帮帮我呀……”连哭带叨咕了好一阵子，感到口干舌燥的，遂起身下地走到桌边，端起水杯咕嘟咕嘟一口气全喝了，放下杯子回身上了炕，面冲里又躺下了。

可怜的白面娘子啊，心里难受得连条缝儿都没有，眼睛哭肿了，嗓子喊哑了，无论怎么嚷怎么叫，亲人听不见。更让她想不到的是喝了一杯水后，不大工夫便觉得头晕目眩，浑身无力，困意袭来，眼睛也睁不开了，迷迷糊糊地昏睡过去，什么都不知道了。

钱氏见白面娘子一动不动了，知道定神散发挥效力了，轻轻点了点头，脸上露出一丝不易察觉的笑容。随即把门关严，反身去唤秦名远，将情况告知后，回到自己房中歇息，很快进入了梦乡，没有丝毫的罪恶感，这是个多么阴险狠毒、具有蛇蝎心肠的女人哪！

秦名远乐颠颠地来到了西下屋，进屋后顺手把门一关，走到炕边瞅了瞅侧身躺着的白面娘子，那曲线优美的身材、白白净净的面庞、宛如天仙的花容月貌令他的心狂跳不已，于是急不可待地上了炕，可怜的姑娘在昏睡中惨遭蹂躏……

刚过寅时，由于夺魂僧者原本给的定神散就不多，白面娘子醒了。睁开眼睛一看，自己竟一丝不挂，当即啥都明白了。也顾不上穿衣服了，骑到秦名远身上抡起拳头连捶带打并高声儿大骂道：“秦大门牙，你这个不知耻的东西，畜生都不如，姑娘我今天跟你拼了！”紧接着使尽全身力气，两手狠狠掐住秦名远的脖子，指甲嵌进肉里，刮出一道道的血痕。别看年岁不大，毕竟练过功，气愤之下也挺有劲儿，怒目圆睁，恨不得一口咬死他。

秦名远喘不上气了，憋得脸如猪肝，遂伸出双手死死攥住白面娘子的手腕儿往外掰，身子随之一侧，右脚用力一蹬，将其踹到炕头儿，起身照着脸颊左右开弓抽了两个嘴巴，白面娘子的嘴角儿随之淌出了鲜血。秦名远穿上衣服，摸了摸隐隐作痛的脖子，指着白面娘子的鼻尖儿低声吼道：“小丫头片子，给我听着，放老实点儿，别蹬鼻子上脸瞎闹腾了。实话告诉你吧，昨晚咱俩就入洞房了，你已经是我的人了。事到如今，不认也得认，你是我的夫人，我是你的丈夫，此乃老天注定的缘分，谁也挡不了，那富俊照样干没辙。你就偷着乐吧，能被秦某人喜欢算是烧高香了，今后咱们就在一起过日子了，乖乖听喝儿，想跑没门儿！我知道你心里仍想着班布泰，已经到这步田地了，还有脸见他吗？别不知天高地厚了，以为自己容貌出众是吧？又能怎样啊，到了还不成了没人搭理的臭货！”

白面娘子拽过被子蜷缩在炕头儿，看着秦名远那张大扁嘴一开一合的，想到自己所受的屈辱，心像被人掏空一样，脑袋发胀，眼睛发直，耳朵嗡嗡响，什么也看不见，什么也听不见，似乎没有了知觉。秦名远见此，赶忙给她穿上衣服，系好带子，穿上绣花鞋，连拉带拽地下了炕。白面娘子好像突然变了一个人，既不反抗，也不吭声儿，任其摆布。她站在地当间儿，嘴巴紧闭，双目大睁着，眼珠儿一动不动，不知想些啥，冷丁一看就是个木头人儿。待秦名远洗了把脸，收拾完毕，刚把事先准备好的行囊背在背上，就听有人敲门，知道这是来催促快点儿上路的。因为钱氏有话，天亮之前，必须带着白面娘子离开范家堡子，不能被大庄主察觉，也不能让两位大师看见，否则就把她卖到三姓的春花巷。这时，门被推开了，身穿皂衣的老家丁走了进来，递给秦名远一个小布袋和一大包干粮，布袋里装着银两，说是大太太给的，让他们路上用。秦名远接过并请家丁转达谢意，回身拉着呆若木鸡的白面娘子出得门来，院外早有那匹黄骠马候着。他先将白面娘子扶上坐骑，然后也一骗腿儿上了马，坐在其身后，于晨曦中驱马匆匆离开范家堡子，朝西北方向而去。

到了辰时，太阳已经晒屁股了，对一切一无所知的范蔼仁才懒洋洋地爬起被窝儿，在女婢的扶持下穿衣、下地、洗漱。用罢早膳，果不其然张口便向大夫人询问关在西下屋的白面娘子之情况，并让将其带到侧厅。钱氏装出一副很生气的样子说："咳，别提了，还问白面娘子呢，天亮前已被秦名远带走了，两人同骑一匹马离开的，谁也不知去哪儿了，只知往西北走了。那小子早就看中这丫头了，昨天夜里趁大家不注意，用绳子把白面娘子捆上，嘴巴用布堵住，将其强行霸占了。管家和下人发现后，本想立即禀告老爷，但慑于秦名远的淫威，又怕搅扰了老爷的好梦，便没敢作声儿。秦大门牙太不是东西了，什么事儿都能干得出来，连人也敢偷，是个地地道道的贼呀！回过头想想，他前些日子给咱出的所谓高招儿够阴损的了，要了如民的命不说，为了占有白面娘子，还编出听上去让人信服的理由将其抢到范家堡子。现在看来，他是早有打算哪，得手后，一拍屁股走人了，拿咱当垫背的，真是坏透腔儿了。我说的句句是实，无半句假话，不信你问问管家是不是这么回事儿。"

范蔼仁听罢，似信非信，遂吩咐唤管家和知情的下人到侧厅，想仔细盘问之。正所谓当事者迷，旁观者清，这才是多此一举呢！因为此前，钱氏已估计到丈夫会来这一手儿，早就安排妥帖了，曾告诉管家和下人，老爷若问起白面娘子的事儿，要众口一词地这么说这么说，听起来得贴谱、可信，不能出丝毫纰漏。所以当听见大太太喊他们时，一个个赶紧相跟着来到侧厅，在范蔼仁的询问下，管家将大太太交代过的话鹦鹉学舌般重复了一遍，其他下人亦随声附和，皆言秦将军带着白面娘子确实离开了范家堡子。范蔼仁完全当真了，顿时有一种被愚弄的感觉，未等把小美人儿弄到手呢，却让姓秦的捷足先登了，这损失也太大了，气得七窍生烟，拍着桌子破口大骂道："秦大门牙，你这个龟孙子，吃了豹子胆了，竟敢骑在我范某人头上拉屎。走着瞧，有朝一日狭路相逢，非置你于死地不可，否则决不为人！"

钱氏一边为其摩挲胸口儿，一边轻声儿劝慰道："老爷，请息怒，多大个事儿呀，何必呢，为秦大门牙那个混账动这么大的气犯不上，小心伤了身子骨儿。"为了给丈夫解气，紧接着也是一顿狂吠，说出的话要多难听有多难听，八辈祖宗都连带上了，比范蔼仁骂得还狠。

秦名远抱紧白面娘子骑着黄骠马一口气跑出三十多里，一路颇为顺利，没有因白面娘子的举止异常而出现阻挡之人，心里不禁暗自庆幸：

“挺好，运气不错，多亏大太太的巧妙安排，让我如愿以偿。她之所以热情相助，还不因为范蔼仁是个老色鬼，雁过拔毛，见一个霸一个，祸害够了扔一边，再换新的，且乐此不疲，被其看上的女人未有躲过此劫的。钱氏出于忌妒，生怕丈夫将白面娘子留在身边，自己受到冷落，无奈之下，反倒帮了我秦某人的大忙，可谓正中下怀呀！范家堡子乃是非之地，三十六计走为上策，看来早早离开势在必行，若被老糟头子逮住没好儿，非鸡飞蛋打不可。说一千道一万，我就是那幸运儿，不费吹灰之力得到了做梦都想要的美人儿，眼下正搂在自己怀里，艳福不浅哪！班布泰呀，班布泰，可惜了的，白忙乎了，谁也不能怪，只怪上天没给你这福气，对不起了！”想至此，心里美滋滋的，脸上显露出得意的神情。侧过头看了看白面娘子，见其平日那对儿乌黑发亮的大眼睛茶呆呆的，迷离恍惚，面无表情，像个傻子一样，知道这肯定是由于事发突然、违背意愿、郁结在心头的愤懑不能及时排解所致，便假装关心地安慰道：“娘子呀，有啥不高兴的？你就认了吧！我还是那句话，咱俩今生有夫妻的缘分，此乃命中注定，天作之合，人不能跟命争，必须得随缘。你也不算小了，已到出嫁的年龄了，此前又和谁成了呢？我听说了，八九岁时就跟着师傅赛燕青，遗憾的是没等你长大成人呢，他却先去阎王爷那儿报到了，你差点儿没遭杂艺班管事师爷邵勤的祸害，所幸被八旗兵救下了。从此便到了行辕属下的孤儿营，与班布泰形影不离，心里惦着他、疼着他，可结果又怎样呢？竹篮子打水一场空，谁也没得着吧？不是有那么句话么，不是你的，争也争不去，最后还不是被秦某人搂着嘛！快点儿回心转意吧，我的好娘子，早该说句话了，说说咱今后的日子怎么过，准保全听你的，一定让心爱之人高兴，过上衣来伸手、饭来张口的富足生活，你看好不好？”

白面娘子像未听见似的，一点儿反应没有，不打也不闹，窝在秦名远的怀里，无神的双目望着远方，似看非看，嘴巴一开一合的，只动不出声儿，不知叨咕些啥。秦名远开始犯愁了，心想：“小丫头的气性够大的，能不能是中邪了？这样下去怎么行？还是抓紧时间赶路吧，到个合适的地儿请位郎中给瞧瞧，扎两针或许能过这个劲儿。总不能两手捧着热馒头，放又放不下，吃又吃不得，我可亏大发了。”

那么，秦名远准备去哪儿、心里有没有谱儿呢？说实在的，没谱儿，只是信马由缰地往前走。他很清楚，即使再没地方去，也绝对不能回到富俊的清查田亩行辕，班布泰正等着呢，那不自投罗网么？各地的亲朋好友倒是不少，做高官的亦大有人在，然投奔去不一定能顶事儿。我和白面娘子成了家，重打鼓另开张，首先得有个安身之处，去哪儿好呢？噢，对了，还是先到吉林将军衙门府拜见松林将军吧，他的夫人是我家亲戚，虽然不算近，但八竿子能打着，应称其姨娘。远房亲戚的光不沾白不沾，松林将军不看僧面总得看佛面，不冲别的，冲夫人也得拉外甥一把。到了江城，我先在姨夫和姨娘面前告富俊一刁状，就说他对下属不平等，任人唯亲，眼中只有其孙子，不仅予以重用，还处处袒护。我是六品官，班布泰是七品官，待遇却不如人家，好事儿轮不到我，时不时受挤兑，不被信任。眼下的处境太困难了，实在待不下去了，不得不带着夫人前来投靠亲属，看看能否在姨夫身边安排个差事，外甥将感激不尽。请姨夫、姨娘放心，不管所任何差，我一定好好儿干，干出个样儿来，决不会给姨夫丢脸。想到这儿，立刻来精神了，真是天无绝人之路哇，就这么定了，只有投靠大官才能步步高升，去江城！于是掉转马头，扬鞭向东驰去。

吉林将军松林，蒙古正蓝旗人，现年六十有五，原先在蒙古那边任职，过了几年调至黑龙江，后任吉林将军。他诚恳豁达，与人为善，是个和事佬，衙门的上下人等皆愿与其共事。由于长期征战，气候严寒，吃不好睡不安，坐下了咳血的病，通称肺痨。导致脸色发白，气喘吁吁，浑身没劲儿，瘦骨嶙峋。尽管多次请名医诊治，服了数不清的汤药，然收效甚微。其妻吕氏，年龄五十有二，为人很好，心地善良，娘家所住之地与秦名远家相隔不远。秦名远小时候是个鬼精灵，没事儿时便往这个远房姨娘家跑，在其身边绕来绕去的，显得很是亲近，故而得到姨娘家上下人等和亲朋的喜欢。长大后，两家搬离了，姨娘出嫁了，去的机会也不多了。松林偕夫人前往江城就任吉林将军后，秦名远从未去过府上，自然是很长时间没跟姨娘见面了。他认为不论远近，走动是否频繁，总还是亲戚，遇到难处不能不管。再者说了，找别人不一定那么可靠，很可能帮不上忙，稍有把握的就是去求见姨夫、姨娘了。

太阳刚落山，秦名远远远望见前面炊烟袅袅，不由得一阵兴奋，低下头笑嘻嘻地对白面娘子说：“小美人，你看，那就是江城，将是咱们今后的久居之地，你还得给我生儿育女呢！”见其仍不吭声儿，抬起头来自言自语道：“哼，终于离开富俊那个瘸老头儿了，到该伸腰的时候了，我得使出浑身解数混出名堂来，也好出出久憋于心的窝囊气！”

过了两袋烟的工夫，秦名远和白面娘子进入城里，经打听，很快找到了吉林将军府第，遂请门军通报，娘家外甥前来拜望。门军进去不大一会儿，府门便敞开了，吕氏笑呵呵地迎出门来，见外甥和一个姑娘站在门外，高兴地说："名远哪，今儿个一早我就看见喜鹊登枝头，原是有贵客来呀！你姨夫还在衙门忙着呢，得一会儿才能转回，我一个人代劳了。呦，这是外甥媳妇吧？好俊俏哇，鲜亮得犹如出水芙蓉，真可谓郎才女貌、天生的一对儿呀！"

秦名远赶忙扯了一下白面娘子的衣袖儿，跪地叩拜道："姨娘一向可好？真想您老人家呀，外甥这厢有礼了！"拜完侧头一看，白面娘子仍然站在那儿，既不叩拜，也不问候，心里这个急呀，又不便当着姨娘的面儿发作，一时不知如何是好。

吕氏早已看出点儿端倪，感觉外甥媳妇的精神似乎受了刺激，不仅不开口说话，也不观察周围事物，两眼直勾勾的，似乎一切与己无关，心里不免犯了嘀咕："好奇怪呀，看上去二人新婚不久，姑娘有点儿呆，名远那么聪明，咋娶个傻女呢？"刚想探询究竟，一琢磨还是别问了，等熟络之后再问也不迟。于是热情地将二人让进屋，吩咐管家张罗了一桌美味佳肴，算是为其接风了。

用罢晚膳，秦名远让白面娘子回屋歇息，然后单独跪叩姨娘，把自己眼下的处境及打算和盘托出，并请姨娘跟姨夫说说，最好能在将军衙门谋个差事做。吕氏没有过多打听，满口应承，只是叮嘱外甥尽早在附近买一处房子，也好与媳妇安顿下来。

入夜，忙了一天的松林正准备歇息，吕氏惦记着外甥的事儿，便乘机向丈夫吹枕头风，把秦名远的话重复了一遍。松林将军当然相信夫人所言，既然是远房亲戚，实在不愿在富俊手下干，能说不帮么？思忖片刻，答应明儿个一早，让属下的一位乔姓副都统予以安排，争取尽量满足外甥的要求。吕氏听了很高兴，替外甥谢了，噗，一口吹灭了燃着的油灯，一夜无话。

三天后，那位乔副都统向松林回禀，按将军之意，已将秦名远安置在吉林将军衙门当差，手续全办妥，不日即可到任。秦名远闻知此信儿后，乐得嘴都合不拢了，没想到离开行辕后，一切如此顺利，得来全不费功夫，暗暗庆幸自己的命好，还是老天眷顾我呀！

前书曾介绍过，秦名远心眼儿活泛，随机应变能力强，善于察言观色，阿谀奉承，能准确把握上司的脉搏。上司想啥他知道，乔副都统需要啥他也清楚，好像是别人肚子里的蛔虫，想溜须谁准没跑，能不得到青睐吗？上任后，他利用与现任吉林将军松林的远房亲戚关系，在其不明真相的情况下，使出浑身解数，四个月后便被提拔为五品官备御，过了半年晋升为佐领，乃四品官。只一年多的时间，他的名声渐渐大了，将军衙门上下人等没有不知道的。今年三月，在乔副都统的斡旋下，秦名远当上了吉林将军衙门府的总师爷，实际上就是大管家，既管衙门府的账房，还管兵马征调所需之钱粮，连衙门内每位属员的任黜升迁都由他初定，再呈报将军定夺，权势不小。官职也由佐领擢升为参领，成了三品官，得到了松林将军的信任，成为其心腹，可见这秦大门牙着实不简单。

秦名远平步青云，顺风顺水，可怜的白面娘子怎样了呢？自打秦名远将其带到江城并买了一套四合院儿住下后，她从不出门，更不与人交往，精神恍惚的症状越来越重，表现为神情凄迷，神志不清。有时还不知冷暖，不知痛痒，不记仇恨，不辨好坏，只知饿了要饭吃，渴了要水喝。当秦名远需要她时，像个木头人一样躺在炕上，任其发泄兽欲，不躲避，不反抗，事后啥都不知道，使得秦名远也感到索然无味。人就是这样，特别是一个女孩儿家，当心爱之人离她而去，或者她离开了心爱之人，一直期望的生活未能实现，精神上没有了依托，打击可想而知，肯定是异常沉重的。她会认为自己没活路了，精神亦随之崩溃，所有的记忆变成一种幻觉，时而清，时而浊，甚至失去了辨识能力。松林将军的夫人吕氏看在眼里，急在心头，曾不无关切地问外甥：“名远哪，你那媳妇的容貌倒是没比的，清秀美丽，百里挑一。不过够倒霉的了，咋得了那种病呢，是不是被狐仙迷住心窍了？这事儿宁可信其有，不可信其无，不妨带些供品去寺庙烧烧香、拜拜佛，恳求仙姑救救她，心诚则灵嘛！”

秦名远哪敢讲实话呀，只好敷衍道：“姨娘说得是，我也不知她咋了，或许被一股儿邪风吹着了，若果真如此，挺难治愈呢！”

吕氏打了个唉声道：“咳，我一看见白面娘子，就觉得怪可怜见儿的，让人心疼啊！咱不能眼瞅着呀，难治也得治不是？你也省得跟着遭罪。这样吧，姨娘帮你凑些银子，打发人把吉林城查问个遍，将知名郎中请上门，为白面娘子瞧病。只要按方抓药，每天坚持服，再配合针灸细心调治，病情总会好转的。”

秦名远赶忙致谢道：“还是姨娘心疼外甥，替白面娘子谢谢了，让您老费心了。姨娘想得太周到了，我到这儿的时间不长，人生地不熟，正犯愁不知到哪儿去请知名郎中登门呢！”

吕氏拍拍秦名远的肩膀道：“行了，不用你操心了，小事一桩，包在姨娘身上，疗疾不宜迟，明儿个就去办。”

转天一早，吕氏唤来管家，吩咐其多带几个家丁在城内四处打听，请出最好的郎中为外甥媳妇瞧病。这可是吉林将军的太太、一品夫人发话呀，别说被请的医术高超之郎中啊，那些没有请到的名医听说后，一个个也手托脉枕纷至沓来，主动上门施治，一时间，秦名远所住的四合院儿屋里屋外全是人。五六位在业界很有名望的郎中分别隔着绣帐为白面娘子把脉，号了左手号右手，再看看舌苔，观观面色、症候，然后凑到一块儿你一言我一语地商议一番。继而又听取了其他郎中的意见，方酌情开出医治良方，即以中药调剂，针灸辅之，以促使血液上冲，受过刺激的大脑趋于平缓，情绪稳定下来，病情得到控制并逐渐向好的方向发展。

数日后，经按医嘱疗治，果然效果显著，白面娘子不仅神志清醒了，能开口讲话了，明白事理了，而且曾发生的一些事儿也回忆起来了。虽然病基本好了，但精神活动却不同往常了，变得憎恨男人，讨厌男人，认为世上像善良、内敛的赛燕青那样的师傅，像耿正、慈祥的富俊那样的爷爷，像知疼知热的班布泰那样的哥哥太少了。她眼中的男人几乎都坏，尤其厌恶装出一副慈悲相的范蔼仁，鄙弃笑里藏刀的杂艺班管事邵勤，痛恨阴险狠毒的秦大门牙。别看人模狗样的秦名远在衙门里当差，穿着讲究，走起路来腆胸凸肚、一步三晃，亲随们一口一个总师爷地叫着，天天跟在后面吆五喝六的，似乎很了不起。实际上卑鄙无耻，畜生不如，坏事做尽，是不可饶恕的仇敌，恨不得将其撕碎，咬烂！他毁了我的一生，变得人不人、鬼不鬼，只能苟活人世间。我对不起离世的父母，对不起含恨而死的赛燕青师傅，也对不起土地爷爷和班布泰哥哥，宁可与野狼、野狗为伴，也不能跟秦大门牙住在一起，一看那张脸就让人恶心。白面娘子自此以后，只要秦名远在家，她便犯病了，披散着头发往外跑，明眼人一看就是个疯子。只要秦名远去衙门了，她便好好儿的，该吃就吃，该喝就喝，时不时地与仆人聊聊天。秦名远一回到家，她眼睛一立，要么暴跳如雷，得啥砸啥；要么手舞足蹈，呼号乱叫；要么手指秦名远的鼻尖儿破口大骂；要么疯疯癫癫地四处乱跑，谁也拉不住。一来二去的，把秦名远吓住了，一碰面就挨骂，又怕丢人现眼，不敢也不愿见她，于是吩咐下人将其锁在屋里严加看管。可时间一长，架不住欲火攻心。白面娘子毕竟是个赫赫，即使练过功，哪儿比得上正当年的哈哈力气大呀？挣脱不过，终遭暴力蹂躏，气得号啕大哭，苦不堪言，只求一死。

白面娘子所住的四合院儿三百米之外就是滚滚流淌的松花江，她时常趴在窗台往外看，见江水茫茫，帆樯林立，渔船穿梭，大小不等的货船你来我往，还有从上江漂来的木排。每到春夏之交，江岸花红柳绿，江面漂浮着很多木排，犹如轻快的小船从远处驶来，不时发出咚咚的撞击声儿。流筏的人备足柴米油盐，吃住全在木排上，一只挨着一只，江城成了木排的集散地。白面娘子边看边思摸："人世间多么美好，天蓝，树绿，水清，却没有我的容身之地，更没脸去见心爱的班布泰。既然如此，没啥可留恋的，不如去找爹娘和继母，在阴曹相见也是团聚，总比孤单苟活好上百倍。"这么想着，几次欲冲出家门自寻短见，无奈下人看得紧，终未成行。

一天下晌，秦名远在衙门办差尚未回返，看管白面娘子的仆佣由于困倦正在打瞌睡，她乘机悄悄儿打开门，踮着脚尖儿溜了出去。一口气跑到江边一看，两岸一片葱绿，古树参天，榆柳低垂，莺啼鸟鸣，清脆悦耳。岸上仨一帮、俩一伙遛弯儿的人挺多，除此有坐在树下观景的，有头戴斗笠、手拿长杆儿钓鱼的，有用棒槌洗衣裳的，也有下水洗澡的，悠然而宁静。她心里琢磨开了："看来寻短见得选个合适的地儿，不能在这儿，一蹦下去必然发出声响，不把人家吓一跳么？临死都不留个念想儿，这多不好。"想至此，不再停留，撒腿便往前跑。岸边闲来无事驻足的男女老少见她衣着不整、披头散发的，也没往心里去，谁吃饱没事儿撑的，搭理个疯子干啥？

白面娘子越跑人越少，到了较偏僻的地儿了，四周没人了，寂静无声。抬头一瞅，见岸边有棵斜向上方生长的古榆，枝叶繁茂，最粗的树干与水面儿平行，细枝下垂，树影儿与江水交相辉映，江面泛起层层涟漪，觉得这倒是该去的好地方。于是毫不犹豫地走上与水面平行的粗树干，望着滔滔江水，回首往事，不禁放声痛哭，边哭边道："阿玛、额娘、继母啊，小白丫想你们哪，今儿个上路找家来了，快接孩儿回去吧！"声音凄切，犹如寒蝉悲鸣，回响在半空中，很快就被江水拍岸的哗啦声儿淹没了，随即一头跳下江去。没承想这块儿是浅滩，水深没有人高，只到腰际。她便站起身蹚水往前走，到了深水处，一个猛子扎下去，只觉两耳鼓胀头发晕，双脚踩不着底儿，身子轻飘飘的。几分钟后，冥冥中感到越走越远了，如愿来到了没有烦恼、没有痛苦的阴间，一会儿便可见到那日思夜想的父母了……

不知过了多久，白面娘子从昏迷中醒来，睁眼一看，竟置身于一间陌生的屋内，躺在热炕上，身下铺着褥子，身上盖着被子。炕沿边儿坐着一位老者，身穿褐色长袍儿，外罩酱紫色坎肩儿，银发、银须、白眉毛，一条长辫子梳于脑后，面颊清瘦，肤色黝黑，目光炯炯，正慈祥地看着自己。白面娘子微微抬了抬上身，掀开被子瞅了瞅，外衣外裤已被脱下，身上只穿着潮乎乎的内衣内裤，心里不禁画了魂儿："这是哪儿呀，我不是去找爹娘、继母了吗？噢，对了，此乃地府啊，眼前的白胡子老头儿就是阎王爷，是特意来接我的。"想至此，心头无比酸楚，满腹的委屈无处诉，一腔的仇恨尚未报，刚刚成年便匆匆离开喧嚣的人世，来到清冷孤寂的阴司，不禁潸然泪下，轻声抽泣起来，边哭边说："阎王爷呀，我叫白面娘子，谢谢你的收留之恩。小女的命好苦哇，出生三个月时，母亲就扔下家人自己走了。八年后，故乡发大水，父亲和继母也来陪亲娘了，我与姐姐在逃难中离散，至今不知她在哪里。从此屡遭磨难，受尽凌辱，实在活不下去了，才来到这里寻觅亲人，请阎王爷快领我去见三位老人家吧！"

老者见姑娘苏醒了，这才长出了一口气，捋了捋长至胸前的白胡须道："丫头哇，省点儿眼泪吧，别哭了。听爷爷告诉你，你没死，因没到去阴曹地府的时候，所以阎王爷不收，仍活在阳间。我也不是什么阎王爷，而是世上一个七十多岁的老叟，大号赵西丹，见有人投江自尽才施救的。多亏早到一步看见了你，若是晚一点儿，那可真就去见阎王爷了，再怎么想人间也回不来了。孩子，世道虽不济，但百姓不都这么活着么，为啥非往绝路上走呢？爹娘把你带到世上不容易，一把屎一把尿地拉扯大，可下成人了，应多积德行善才对，怎能遇到个沟沟坎坎儿说不活就不活了，这么做对得起谁呀？你看爷爷，胡子一大把了，都觉得没活够，还想活过百年呢！平时闲来无事时，愿意去江边溜达，隔三岔五便能碰到像你这样寻短见的。救过来还好，救不活就接连几天吃不下饭、睡不着觉，心里特别难受，活生生的一条命眨眼间没了，多可惜了的。丫头，行了，擦干眼泪，来这儿就像在自己家一样，想吃啥吱声儿，爷爷伺候你，等身子骨儿将养好了就送你回家。记住，今后无论遇到什么不可解的事儿，尽管找爷爷，定会帮你，再也不许走那条没出息的路了。大难不死必有后福，人生在世免不了会遇到些不如意的事儿，只是暂时的，总有云开雾散的那一天，好好儿活着吧！”

白面娘子听了赵西丹的这番话，方知自己并未死成，而是被老人家救了。抱定必死决心的她不仅不感激，反倒十分懊恼，一骨碌爬了起来，腾地跳下地，蹬上绣花鞋就要往外跑，被赵西丹一把拽住了，生气地说：“这孩子，真够拗的，咋说不进盐酱，为啥非得如此？这么的吧，只要能摆出不想活的理由，我不拦你，家里有刀有剑任选，怎么个死法儿都行。倘若讲不清楚或理由不充分，甭想从这间屋子出去，哭爹喊娘也没用。不瞒你说，寻死觅活的人我见得多了，他们当时就觉得心里没缝儿、没活路了，偏钻那牛角尖儿，认为唯有到阴间才能解脱。不过听了我的劝告后，全都改变主意了，放弃了必死的想法，没一个咬着屎橛子不放的。哪天领你见见那些被我救过的人，一个个活得有滋有味的，有的早已成家立业、生儿育女了，小日子过得蛮红火。孩子，你可别小瞧爷爷，以为是个普普通通的老头儿哇？错了，身份不一般呢，还专爱打抱不平。有苦有难可以放心大胆地说，家里外头谁欺负你了讲出来，爷爷一定给你做主，豁出老命也要保护好。不用怕，天塌不下来，打算向多大的哈番申冤，爷爷领你去，状子递不上，爷爷替你递。不是吹呀，无论是吉林将军，还是京师各部大人，爷爷皆可见，就有这能耐，你信不信？”

赵西丹这通儿苦口婆心的劝慰、拍着胸脯的表白，终于将白面娘子那颗冰冷的心焐热了。她抬头看了看老者，嚅动着嘴唇，想要说什么，赵西丹忙道：“孩子，有话不用急着说，快上炕歇着，养足精气神儿，咱爷儿俩有的是工夫唠。你的衣裳全湿透了，外衣洗完在院子里晾着呢，内衣没给你换。家里有几件衣裳，都是别人家孩子穿过的，洗得很干净，你把内衣脱下换上。爷爷去厨房熬姜汤，一会儿就好，你躺在被窝儿里等爷爷，听话！”说着反身出屋走进后厨房，打柴火堆里抽出一把干柴填进灶坑，点着后，从水缸扤出一瓢清水往铁锅内一倒，放入鲜姜，扣上锅盖，凉水很快翻花了。

白面娘子掀开被子钻进被窝儿，脱下潮乎乎的内衣，换上干爽的粗布衣，顿时觉得舒服多了，身上也有热乎气儿了。这时，赵西丹端着一大碗滚烫的姜汤推门进来了，小心翼翼地放在炕桌上。又取来一个小木勺儿，外观粗糙，看样子不是从集市上买的，而是自己磨制的，放入碗中说道：“丫头，坐起来吧，把姜汤喝了，发发汗，活活血。江水凉啊，还呛了几口水，你这小身板儿哪能受得了哇？不及时生热驱寒容易得病，坐下病根儿可不是闹着玩儿的，那是一辈子的事儿，得认真对待，否则将来该遭罪了。姜汤很热，用小勺儿喝，小心别烫着。喝完睡一觉，待醒来爷爷给你号号脉，再去药铺抓儿服草药煎好服下，调理调理经络就没事儿了。”

白面娘子乖乖地坐了起来，挪到炕桌前，姜汤喝了一小口，吧嗒吧嗒嘴，觉得甜丝丝的，知道是放红糖了，不由得百感交集，泪水扑簌簌地往下掉，嘴唇哆嗦着，拿着木勺儿的手抖个不停。赵西丹赶忙劝道：“丫头，啥也别想，天无绝人之路，以后会好起来的。要相信世上还是好人多，坏人少，弱者虽处于劣势，但总会得到大家的帮助。人人皆须积德行善，远离邪恶，善有善报，恶有恶报，不是不报，时候未到，时候一到，一切全报，老天是公正的。”

是呀，老人家说得没错，七八年了，白面娘子未曾得到父爱和母爱，碰到了坏人，也遇到了很多好人，给予了真诚的呵护与无私的帮助，不是亲人胜似亲人。初始，白面娘子被赛燕青从滔滔洪水中救起，从此跟着东坡杂艺班东跑西颠。在赛燕青师傅得了重病、难以保护她时，却受到管事邵勤的凌辱，好在班布泰及手下兵丁及时施救，将其带到了八旗军营。其后在行辕属下的孤儿营里，和同自己一样的孩子们滚爬在一起，得到了土地爷爷富俊、骁骑校班布泰以及八旗官兵亲人般的关照。可意想不到的劫难发生了，八旗中的败类、猪狗不如的秦名远以卑劣的手段夺去了她少女的贞操，使其心灰意冷，没有了活下去的勇气，选择以死相抵。在这个节骨眼儿上，老八旗赵西丹出现了，将其救起并背回家中，像对自己亲孙女一样反复疏导、劝慰，并给洗衣服、熬姜汤。所有这一切，能不暖人心吗？能不让白面娘子为之热泪盈眶么？她放下木勺儿站起身，又扑通一声跪在炕上，咣咣咣连磕了三个响头，终于开口说话了：“赵爷爷，谢谢你老的救命之恩，小女今生今世永不忘！”

赵西丹忙俯身搀扶道：“丫头，起来，起来，千万别言谢，这算不了啥，谁能见死不救呢？快坐下趁热喝吧，肚子越空，心里越没着落，喝完会觉得好受些。”

白面娘子抬起胳膊用衣袖擦了擦满脸的泪水，重新坐于炕桌前，拿起木勺儿，开始是一小勺儿一小勺儿地喝，继而端起碗一口接一口地喝，喝得痛快，喝得酣畅，浑身冒汗，一大碗姜汤很快进了肚，抹了抹嘴巴后钻进被窝儿，没一会儿便睡着了。

诸位阿哥，对于赵西丹想必大家并不陌生，他就是尤成额夫妇被遣送到吉林北山拘缉营时，为其带路的那位热心肠儿老者。由于所住之处临街，距江边不远，故而没事儿常去岸边闲踱，曾多次从水中救起投江寻短见之人，有男有女，有老有少。每每把人救出，一般都是先将其背到家里，安顿在西屋，自己住东屋。屋子虽然不大，但收拾得很干净，物品摆放得井然有序，显得挺敞亮。每天除了给被救者洗衣、做饭，还去街里的药铺抓药，煎好后让其服下。待身子骨儿调理好些了，再把他们交给将军衙门，送到安抚营里。老人家慈祥可亲，心地善良，平时总做好事儿，使无数条生命得以延续，且不图报答。这不，今儿个又从水中救出了已被呛得奄奄一息的白面娘子，关爱有加，细心照护。救人一命胜造七级浮屠，赵西丹给予生者以极大的恩德，江城的大人、小孩儿皆知其义举，众口一词地夸赞不已。

白面娘子一觉睡到四更天，醒来一看，屋子里的油灯还亮着，赵爷爷仍侧身坐在炕边，两眼布满了血丝，似乎一宿没睡。炕梢儿堆着自己那已经晾干了的衣裳，身旁放条粗布手巾，看来是为梦中的姑娘擦去眼角儿的泪水而备的。白面娘子望着老人家的侧影儿，两颊消瘦，眉头紧锁，黑黑的脸庞上横横竖竖交错着一道道皱纹，留下了岁月的痕迹，一种沧桑之感油然而生。赵西丹一转头，见白面娘子正大睁双目打量着自己，便笑着问道：“丫头，醒了，睡得好吗？”

白面娘子回道;“赵爷爷，您瞧，我连续睡了好几个时辰，能不好嘛！”

赵西丹点点头道：“好是好，就是睡梦中时不时又喊又叫的，说些啥听不清，几次提到一个叫秦什么的害了你，他是谁？”

白面娘子没接茬儿，反问道：“赵爷爷，您为什么不睡？坐在这儿多累呀！”

赵西丹见其避而不答，也不急着问，遂说道：“爷爷年岁大了，觉少，看着你睡，爷爷就高兴。再说了，爷爷是大闲人一个，没事儿时想吃就吃，想喝就喝，想睡就睡，有的是时间，还差这一宿了？你看看，东方露出鱼肚白了，天要亮了，再躺一会儿吧，不用急着起来。爷爷去生火，熬点儿小米绿豆粥喝，可暖胃、清心、败火，你在被窝儿等着就行了。”说罢跳下地，出了西屋，去了厨房，很快便响起了柴火燃烧的噼啪声儿和锅碗瓢盆相碰的叮当声儿。

白面娘子实在躺不住了，于是起身换上了自己的衣裳，叠好被子下了炕，拿起放在门后的笤帚把屋里屋外的地扫了扫，又找块抹布将炕桌、地柜、窗台擦了擦，刚要去扫院子，赵西丹用托盘儿端着两碗小米绿豆粥、十个煮鸡蛋、一碟儿切成细丝儿的黄瓜小咸菜和六个玉米面饼子进了屋，放在炕桌上说：“孩子，快去洗脸，盆里的水还热乎呢，回头好吃饭！”

白面娘子答应一声放下笤帚，洗了洗脸，漱了漱口，回屋上了炕，与赵西丹面对面盘腿儿而坐。先是剥个鸡蛋送到赵爷爷嘴边，而后双手端起冒着热气的粥碗刚要喝，忽然一种久违了的亲情袭上心头，眼泪不听话地噼里啪啦往下掉，与其说心酸，不如说感动。她放下碗，再一次跪在炕上叩道：“赵爷爷，您是阿布卡恩都力遣来的大恩人，也是救苦救难的活菩萨，牵着小女走出了绝境。从今往后，小女愿听爷爷的话，把千般痛苦、万般愤懑藏于心底，尽量忘记过去，不让你老担心，您就是我的亲爷爷，我就是您的亲孙女，好吗？”

赵西丹笑着连连点头道：“好好好，凭空捡个大孙女还不好吗，这是哪辈子修来的福哟！孩子，俗话讲，人是铁，饭是钢，一顿不吃饿得慌。咱先吃饭，等把肚子填饱了，爷儿俩好好儿唠扯唠扯。委屈也好，愤懑也罢，不能藏于心底，而应一股脑儿全讲出来，把一肚子苦水倒出来，把怨恨发泄出来，打开心灵的窗子，排解胸中的积愤，你才会感到无比痛快。否则的话，所有的冤屈未解，所有的忧闷仍在，再遇到难处时，一时想不开又走老路，爷爷岂不白救你一场？肠子都得悔青了。爷爷最想知道的是你长这么大，心中的好人是谁？所憎恶的坏人是谁？曾遇到哪些让你痛不欲生的事儿？倘若不愿说，就是信不着爷爷，决不强求，啥时候想说再开口，爷爷洗耳恭听。好了，快吃饭吧，粥凉了不好喝。”

白面娘子不再说什么了，端起碗就着咸菜喝起小米绿豆粥来，又拿个玉米面饼子咬了一口，嚼了嚼道：“爷爷，咱这儿的小米、苞米就是香！”

赵西丹边剥着鸡蛋皮边道：“是嘛，香就多喝几碗、多吃几个，管够！”待一个个剥完后，装在大碗里，推到白面娘子跟前又道：“可别小瞧这煮鸡蛋，最补身子了，给我全吃喽！”

白面娘子拿起两个放入老人家的粥碗，撒娇儿道：“爷爷，怎么全给我了？想撑死孙女呀！”

赵西丹用筷子点着白面娘子的鼻尖儿哈哈大笑道：“这个鬼丫头，就不怕撑死爷爷呀！”

二人吃罢饭，白面娘子麻利地拾掇桌子，洗净碗筷，又烧了一壶水，沏上茶，端到炕桌上说：“爷爷，您累了，歇会儿吧，孙女沏的茶格外香，不信您品品！”说完出了房门，先把小院儿各处散放的东西、木梓子归拢归拢，然后操起扫帚将旮旮旯旯儿仔仔细细划拉一遍，扫得连根草棍儿都没有。一切停当，反身进了屋，脱鞋上炕坐在炕桌边。正在喝茶的赵西丹斟满一杯茶放在白面娘子跟前，只看着她，并不说话，似乎在等待着什么。

白面娘子初始沉默不语，因为实在不想回忆以往被污辱被践踏的那一幕，不愿再提起卑鄙龌龊的秦大门牙。可又不忍让善良的赵爷爷为自己的处境着急，为未来的命运担忧，内心矛盾得很。过了好一会儿，端起杯连喝了几口茶后，好像下了很大决心似的，抿了抿嘴唇，这才一五一十地把自己的身世、经历及不幸遭遇向老人家和盘托出，既讲了有幸遇到的几位好人给予自己以恩惠，一位是具有高超少林武功的东坡杂艺班新班主赛燕青，一位是刚直不阿、为大清朝廷鞠躬尽瘁的土地爷爷富俊，一位是年轻有为、勤勉办差的班布泰哥哥；也道出了禽兽不如的杂艺班管事邵勤之乘人之危，披着人皮的大庄主范蔼仁之凶狠残暴，笑里藏刀的大太太钱氏之阴险狡诈，蝇营狗苟的秦名远之厚颜无耻；还说了由于自己的失节，没脸回到行辕去见心上人，与其忍辱苟活，宁可一死了之，到阴曹地府与爹娘、继母团聚，守在他们身边再不分离，故而选择走上绝路。

赵西丹听了白面娘子的一番呜咽泣诉，可谓五味杂陈，同情、怜爱、憎恨、愤怒一齐涌上心头，慨叹当今世道如此黑暗、恐怖，是非不分，真假不辨，恶人堂而皇之地或独霸一方、横行乡里，或供职于八旗军营、州县府衙，坏事干尽，却活得自在。而一个无依无靠的小姑娘却贫无立锥之地，历经磨难，受尽欺侮，无处申冤。特别是那个混入吉林将军衙门府的秦名远，看上去人模狗样的，又是什么总师爷，人前笑颜常开，态度谦顺。背地里竟是条可恶的豺狼，为满足私欲，与范家堡子的庄主范蔼仁相互勾连，不择手段，强奸民女，实在太可恶了，岂能任这种人面兽心之八旗败类逍遥法外呢？得找个机会将其恶行禀告给将军大人，狠狠收拾他！想到这儿，喘了一口粗气说道："孩子，别着急，秦大门牙欠下的这笔债先记下，将来定让他偿还。此人不可小觑，之所以不打招呼就敢擅自离开田亩清查大营，并被安置在吉林将军衙门府，摇身一变成了总师爷，身后必有靠山，否则是办不到的。不过我相信恶有恶报，早晚不等，跑不了他，非治罪不可。丫头，现在需要想的是今后怎么办？这得仔细琢磨琢磨，自己定，爷爷随你。如果愿意留在这儿，爷爷养着你，咱祖孙俩一起过。打算到安抚营呢，爷爷送你去，将来可分至下边的某个旗。想回行辕更好，班布泰是个不怕吃苦、踏实肯干的好后生，会照顾你的。富俊大人的名声如雷贯耳，是位刚正耿直、疾恶如仇、为民做主的父母官，所作所为让人佩服，受人尊敬。别看爷爷无官无职，只是个不起眼儿的小人物，却常与富俊打交道，大人对我的情况了如指掌。必要的话，爷爷可以去见他，把你眼下的处境通禀之。他不会不管的，不但立即接你回去，与其孙儿重聚，保护在自己的羽翼下，而且会尽快惩治范蔼仁，撤查秦大门牙。这一切的前提是必须放弃愚蠢的自沉想法，昂首挺胸地活着，留得青山在，不怕没柴烧，牢牢把握生存的机会，会苦尽甘来的。”

白面娘子双眼盯着桌面沉思不语，话是全入心了，老人家的意思讲得也很明白，关键就看自己今后的路怎么走了。她认真思摸了好一会儿，方抬起头来，缓缓言道：“赵爷爷，您老说得对，一个人来到世上走一回不易，怎能随便放弃生命呢？不仅对不起生养我的双亲，也对不起一直关心我的长辈和兄弟。只要活着就有希望，多做好事多行善，才能成为像土地爷爷、班布泰哥哥那样顶天立地之人。冤有头，债有主，我要是死了，谁替小女报这个仇啊，岂不让秦大门牙白白占了便宜？范蔼仁、钱氏之流岂不继续横行霸道、为非作歹？今天害了我，明天还会害别人，因此决不能饶过这些吃人不吐骨头的害人精，必须把他们抓起来交给官府，关进大牢，绳之以法，为黎民除恶。至于下一步怎么办，我已经想好了，愿意告诉爷爷。一是我不能住在爷爷处，咱祖孙俩今生有缘，您既是我的救命恩人，也是我的亲人。而今爷爷年岁大了，已到小辈该尽孝的时候了，我不缺胳膊不少腿的，年纪轻轻的，怎能留在这儿靠爷爷养活？那不让人笑话么，自己也不忍心哪，必须自食其力才行。二是也不能去安抚营，因为那儿不是长住之处，总有一天会被拨到下边哪个旗的富裕人家，谁知那家的家主为人如何呀？结果怎样难以预测。三呢行辕同样不能回，我现在已不是从前那个纯洁、可爱的白面娘子了，有啥脸去见土地爷爷和班布泰哥哥？只能把爱深藏于心，躲在其视线之外，远离尘嚣。您老不可去行辕向富俊大人和班布泰哥哥通禀并将小女的不幸遭遇告知，他们知道了会心疼的，必派人寻找，我又不能露面，不定得多着急呢！再说了，谁知秦大门牙的后台是谁呀，我不仅帮不上忙，还给添乱，更对不起大恩人了。如果我从此没有音信了，他们一时半会儿不太容易弄清为啥小白丫和秦名远同一天夜里一块儿消失了，班布泰哥哥没准儿会以为是我自愿随其走的也未可知。唉，糊涂着也好，省得四处找我了。秦大门牙乃小女今生今世的仇人，他不让我好，我也不让他安生，干脆回去跟他斗，这回还斗到底了。别看年龄没他大，心眼儿不比他少，智力不比他差，我就不信斗不过他，非将其折腾个半死不可！”

赵西丹听了这番话，脑袋摇得如同拨浪鼓儿，连连道：“不妥，不妥，回到秦名远那儿实乃下策，目前尚未到那一步。你刚刚成人，虽然有些见识，但没有他那样的根基，何况一个女孩儿家跟男人斗，胜算不大。这样吧，爷爷去趟将军衙门府，找贴心的老伙计合计合计，听听他们咋说，看怎么办更好。回来时，顺便去药铺抓几服药，给你祛祛寒气。你老老实实在家等着，先别出门，爷爷去去就来。”说罢下了地，随手拿起一件袍子披在身上，推门出屋，急匆匆地朝将军衙门府而去。白面娘子站在门口儿，目送着赵爷爷越走越远，直到拐过墙角儿看不见了方转身回屋，充溢的泪水顺脸往下淌……

赵西丹很快到了衙门府，刚迈进院门，一眼看见老伙计马木斤正在院子里闲溜达。遂紧走几步来到跟前，将其拉到一边，如此这般地一说，老马头儿当即气得火冒三丈，不管不顾地嚷嚷开了：“我早就知道秦大门牙不是什么好东西，是狗改不了吃屎，竟能做出这种不齿之事，把吉林将军衙门府的脸面丢尽了！”

赵西丹忙将二拇指放于嘴边，意思是小点声儿，别让旁人听见。又四下瞅了瞅，并给马木斤使了个眼色，于是二人走到院子的西北角，站在拴马桩下悄声儿合计起来。半个时辰后，两位老人家才分开，马木斤上后院儿了。赵西丹则离开衙门往街里走，途经药铺抓了三服草药，付了银子后，手拎药包儿转回家。进了院儿高声唤孙女，却无人应答，心里不免有些奇怪，赶忙推开房门一看，屋内空空如也，哪儿还有白面娘子的踪影！当即怔住了，瞬间便寻思过味儿了：“噢，是了，这孩子一准回秦大门牙那儿了。纯粹一个小犟种啊，她要认定了，谁也劝不了，看来只能静观其变了。”想至此，无可奈何地叹了口气，把三服草药小心收起。

赵西丹估计得没错，白面娘子确实又回到四合院儿了，咋回事儿呢？昨儿个下晌，当仆人们发现白面娘子已不在房间时，全吓傻了，赶紧出外四下寻找，光江岸边就来回找了两三趟，终不见影儿。没招儿了，这事儿也瞒不住哇，得尽快通禀主子才是，只好去衙门将此情告知了秦总管。秦名远听罢，心里又气又急，还不好声张，二话没说，拔腿就往家走，一进门便冲仆人、家院大发雷霆："一个个白吃干饭的，连个大活人都看不住，还能干点儿啥？我可告诉你们，挖地三尺也得把白面娘子找回来，活要见人，死要见尸，否则没完！"

大伙儿你看看我，我瞅瞅你，吓得大气不敢出。秦名远紧接着又吼道："还愣着干什么？一帮酒囊饭袋，快去找哇！"

话音未落，仆人、家院已相跟着跑了出去，秦名远颓然坐在椅子上，两眼望着棚顶出神。过了一会儿，在一种侥幸心理的驱使下，自我安慰道："白面娘子或许是在家待腻歪了跑出去闲逛的，溜达够了就回来了，用不着大惊小怪的。"可一直到戌时仍不见影儿，仆人、家院陆续回转了，皆言各处寻遍了，也向周围的人打听了，毫无结果。他这才真着急了，站也站不稳，坐也坐不安，躺在炕上根本合不上眼。好不容易盼到天明，仆人们全起来了，早饭还没吃呢，秦名远便打发他们再去江边寻，自己也无心去衙门办差了，等在家中听信儿。到了晌午，将军衙门府内一个专干讨账差事的衙役，即秦名远的属下上门了，进屋后急不可待地禀报道："总师爷，小的刚才在府衙院子里看到了赵西丹和马木斤，看样子神神秘秘的，我刚好从旁边经过，就听老赵头儿说：'老哥呀，有件事儿得跟你商量一下，帮着拿个主意。昨儿个下晌我闲来无事去江边溜达，刚走到上游处，就看见一个姑娘跳入江中，年龄不大，也就十五六岁。多亏我及时赶到，救上来后人已昏迷，只好背回家中。待醒过来一问，方知她是从秦总管那儿跑出来的，此前被用人看管。'老马头问道：'她是谁家的，姓甚名谁？'老赵头儿回答：'她是彤家的孩子，没起过大号，艺名叫白面娘子，爹娘和继母早就死了，唯一的姐姐不知流落何方。'"

秦名远问道："你说的这些可是真的？"

衙役回道："千真万确，没半句假话，小的不敢胡编。"

秦名远又问："还听到什么了？"

衙役答曰："只听到这么几句，他们看我过来了，立马闭嘴了，走到院子的西北角儿嘀咕去了。小的一琢磨，此事非同小可，得尽快让总师爷知晓，这才赶紧跑来禀告的。"

秦名远的脸上掠过一丝笑容，掏出一锭银子递给衙役道："好，知道了，回去吧！"衙役双手捧着纹银谢过，退出门去，乐颠颠地回返府衙。本打算报个信儿讨好上司，没承想还得了赏银，能不乐吗！

衙役走后，秦名远犯了寻思："赵西丹仗着从军几十年，多次立过战功，又曾救过其上司倭楞泰大将军，名声在外，受到八旗官兵的尊敬，连吉林将军和衙门府的副都统及上下人等见了都主动打招呼。正因如此，他的脾气越来越大，谁也不敢惹。怎么办好呢？我犯不上得罪他，更用不着多费唇舌，夜长梦多，不如趁其仍在衙门逗留这个空当儿，赶紧去他家将白面娘子带回。那是我的女人，自家的事儿别人无权干涉，老赵头儿知道了也干瞪眼，说不出啥来，管天管地还管丈夫接回媳妇？”想到这儿，起身披上外袍，推门出屋。由于赵西丹平常须随时随地听候府衙总师爷的调遣，秦名远当然知道其住处，出了院门便疾步朝东而去。

过了约两袋烟的工夫，秦名远来到了赵西丹的居处，推开大门一看，白面娘子正站在小院儿里东瞧西望呢！秦名远假装全然不知地说道；“夫人哪，没啥事儿吧？一宿没回家，让我好找哇，怎么想起到赵老爷子这儿了，你是急死人不偿命还是咋的？差不多就行了，别耍了，该收收心了，跟我回家吧！”说着上前拽其胳膊就往外走。

白面娘子原本就没想反抗，故而显得很顺从，不过往前走了几步，便甩开秦名远的手说：“还是等等吧，总得跟赵爷爷说一声，事先又没打招呼，回家要是看不到我，不得着急呀？”

秦名远讪笑道：“有啥可着急的，还真把自己当盘儿菜了，又不是小孩子，还能丢了不成？老爷子回来见你不在，肯定认为是回自家了，找麻烦的人终于离开了，人家乐还来不及呢，快走吧！”

白面娘子看了看住过一宿的房子，想到赵爷爷对自己亲人般的照顾，马上要离开了，感到万般不舍，强忍眼泪出了院门往西走去，秦名远像条狗似的在后面跟着，回到了四合院儿。此后，白面娘子便不同以往了，不是整天郁郁寡欢、唉声叹气、以泪洗面了。而是一反常态，想吃什么就吩咐厨子做，想穿绫罗绸缎就打发仆人去集市买，没银子花就伸手冲秦大门牙要，一点儿不含糊。秦名远一看，哎哟，这丫头终于学乖了，不那么别劲了，巴不得她这样呢，暗地里这个乐呀，心想：“行啊，只要听话、不犯倔，比啥都强。我秦某人养着你，一切全满足你，腰兜儿有的是银子，可劲儿花，只要高兴就行。既然已把小美人儿紧紧攥在手心儿了，供我一个人享用，你就是再有能耐，又能折腾到哪儿去？到头来还不是去吃亏的角，女人要能掀起大浪，除非太阳从西边出来。”

秦名远真是小瞧白面娘子了，俗话讲得好，不经一事，不长一智。自打听了赵西丹的开导，白面娘子感到眼前呼啦一下闪过一束亮光，深藏心底的怒火被熊熊点燃，生发出一种强烈的仇恨和报复欲，决不逆来顺受，谁坏就跟谁过不去。对于秦大门牙这条恶狼尤其不能手软，坚决斗到底，要以女人特有的方式，即采取逼其远离的做法折磨他，惩治他，让他生不如死。这姑娘比以前更聪明了，虽然对秦名远恨之入骨，一看见就分外眼红，千仇万怨齐聚心头，恨不得一口将其咬死，但表面却让他看不出来，像没事儿人似的。在家中俨然一个主子的派头儿，对仆人颐指气使、呼来唤去，膳食要过问，迎来送往必到场，需添置的物品一样样儿列出清单后，或打发人去买，或亲自前往集市选购，看上去有操不够的心，一切打理得井井有条。你姓秦的不是专瞄女人的色狼么，那好，想看啥咱来啥，我天天打扮得漂漂亮亮的，涂脂抹粉，描眉打鬓，穿金戴银，馋得你直流哈喇子。到了晚上，咱井水不犯河水，你睡你的，我睡我的，决不许着身。你不是吉林将军衙门府的总师爷么，出来进去前呼后拥的，显得很有面子，美得不知自己姓啥了。这回得换换口味了，尝尝既憋气又窝火是个啥滋味，让你有苦说不出。姓秦的，放心吧，本姑娘饶不了你，咱俩骑毛驴看账本走着瞧，看谁能斗得过谁，不用别的，只两招儿就够你喝一壶的了。一招儿是继续装疯卖傻，以前得的疯病不是快治好了吗，这次跳江寻死受刺激又犯了，而且比上一次还重，你得离我远点儿。另一招儿是不择手段把你那些不是好道儿来的珠宝想法儿弄到我的手里，所贪占的金银揣进我的腰包，失去的全找回来！

果然不出所料，秦名远见白面娘子每天一睁眼就开始家里家外的张罗了，很有精神头儿，且不厌其烦；与其合计个啥事儿也蛮有兴致，有问必答，十分上心；索要金银财宝时，嘴巴挺甜，很会说话，并做出一脸媚笑的样子；还注重打扮了，一批批地购置衣服，不是绫罗就是绸缎，调样儿穿。他心甘情愿，乐不可支，恨不得把腰兜儿全掏空。看来小美人儿这是收心了，就范了，自己的功夫没白下呀！为啥一天三脱三换呢？还不是故意在我跟前展示苗条之身材、秀美之姿容，以便引起注意，目光盯向她，想方设法勾丈夫的魂儿嘛！她也是个女人，与同类没啥区别，女人离不开男人的关怀体贴，男人需要女人的温情柔意，这是相互的，除非她是铁石心肠。一想到这些，秦名远浑身的骨头都酥了，心中像有小虫爬似的，痒痒的。围着白面娘子身前身后转，无奈白面娘子似乎有很多事要做，一会儿分配这事儿、交代那事儿，一会儿招呼这个、喊来那个，忙得脚不沾地，秦名远根本靠不了前，可到了晚上，二人往炕上一躺，白面娘子却裹着被子面冲墙，给他一个大后背，整宿不带翻身的。秦名远实在憋不住了，掀开被子便钻进了白面娘子的被窝儿，扳过身子把嘴凑过去刚要亲，白面娘子的疯病立马就犯了，一骨碌爬了起来，脸色铁青，双目瞪得溜圆，两手薅着秦名远的头发连扯带拽、连喊带叫，声音尖厉刺耳，且没完没了。秦名远感到十分懊恼，又气又恨，百思不得其解："这咋回事儿呢？白天好好儿的，忙里忙外、有说有笑的，一点儿看不出有病。一到晚上就不是她了，像换了个人似的，只要想亲近就犯病，如同刺猬摸不得、碰不得。倘若不近其身，安静得很，能听到均匀的喘气声儿，一觉睡到大天亮。这病可是够怪的，是不是为躲避我装的呀？仔细观察又不像，似乎真有病，那显露出的惊恐眼神儿，那尖厉的喊叫声，那连蹦带跳、连抓带咬的疯癫样儿，精神正常之人是做不出来的，谁能装得那么像啊！噢，对了，之所以如此，或许是因我首次得手时，她不是自愿的，而是于昏睡中失的身，从此坐下病了。这就是疯病的诱因。唉，心急吃不了热豆腐，暂时得不到也没啥，过些日子再看吧，慢慢会好的，反正她这辈子甭想逃出我的手心儿。"

此刻的秦名远还真往疯病上想了，打消了认为白面娘子是装的念头儿，尽管犯起病来如同一个跳马猴子，五官都扭曲变形了，无丝毫可爱之处，却仍忘不了那张原本俊俏的脸蛋儿、纤细的腰肢、婀娜的体态，让他发狂，让他着迷。好饭不怕晚，得有耐心等。白面娘子曾发现，秦名远只要出去与哪个女人玩高兴了，回来身上的首饰或纹银肯定少了，一准赏给对方了，出手挺阔绰，便也伸手冲他要。秦名远为了讨好白面娘子，从不拒绝，要啥给啥，金银首饰大把大把地送。一段时间后，白面娘子正经有了不少积蓄，体己钱数目可观。她有个小木匣儿，里面装着不少首饰，金镯子、玉簪、珍珠、玛瑙、翡翠等，有的是秦名远主动给的，有的是张嘴要的，有的是背地里拿的。总之是见啥要啥，得啥拿啥，二人终朝每日住在一起，方便哪！眼见小木匣儿内的首饰与日俱增，甚至一些地税款、地契、钱票儿也不放过，来者不拒。白面娘子渐渐变得富有了，花起钱来大手大脚了，开始有社交圈子了，登门拜望的客人也逐日增多。秦名远对这一切有所察觉，由于占有不了白面娘子，时间一长便吃不住劲了，如此下去啥时候是个头儿哇？我凭什么三天两头儿白送首饰又给纹银的，不是地地道道的冤大头么！每每想到这些，心里就不痛快，还不能向别人说，家丑不可外扬，只能干憋气。

白面娘子所住的那套四合院坐落于西下坎子，乃松花江两岸最热闹之地，也是供人消遣之地。每天太阳刚一落山，秦名远用罢晚膳抹抹嘴便出门了，或去江边，或在岸上溜达溜达，以排解想拥有白面娘子而得不到的烦躁心情。因当年的水大，故而松花江的水面宽阔，白亮亮的，一望无际。两岸的榆柳密集，枝杈低垂，几乎搭至江岸了。树木越多越养水，如果哪块儿树少，那个地方的水肯定浅，久而久之便形成了沙滩。江岸的四周街面儿虽不宽，但商家无数，既有商行、客栈、宝局，也有店铺、酒肆、茶楼，船夫和放排的不用愁没歇脚的地儿。每处商家门前皆高挂着各种各样的红灯笼，有长龙灯、彩花灯、虎头灯、圆纱灯等，五花八门，一盏接着一盏，长长的一大溜，灯火辉煌，夜如白昼，甚是好看。置身其中，可闻人声鼎沸，嘻嘻哈哈的欢笑声、招揽宾客的呼唤声、开怀畅饮的碰杯声、"五匹马呀、六六六"的划拳声、乒乓乒乓的押宝声、"暴子、暴子"的掷色子声交织在一起，清晰而混沌，一宿都不停。这里可谓要吃有吃，要喝有喝，要玩儿有玩儿，想听书有说书馆，想看京韵大鼓有戏台子，想要钱有赌场，好不热闹。

除此之外，还有专供男人消遣的处所，即妓馆、野鸡营子。门前高悬打扮俏丽、风姿妖艳的旗妆、民妆美女图，意在媚人，娼妓业大致有高雅、低俗两类。高雅者称"文娼"，楼馆装潢豪华如宫阙，一州一府仅寥寥几座而已。登门惠顾的多为尊贵的达官、文人、雅士，阁内名妓谙熟琴棋书画、吹拉弹唱，互相间此唱彼和，赋诗行乐。低俗者称"土娼"，房屋简陋，没那么多规矩与讲究，其招幌多挂秀女彩像，不知者会误以为是什么画像馆，"土娼"遍布市井，颇有人气，三教九流、五行八作皆喜驻足此处。

西下坎子船坞那儿也挺热闹，清初时，这里是水师营战船停靠之地，仅吉林将军衙门属下的船坞就有好几处。何为"船坞"？即码头。凡是水深流急的地方，船只需要停泊或对破损的地方进行修补，只能在江岸建处码头，把船用缆绳系在岸边，即使水流再急，船也动不了了。准备驶离时，先将缆绳解开收起，船方可开走。船坞的东边有几座闻名江城的妓馆，装潢颇为讲究的当数坐落于西华门外天桥巷中的那座二层小楼，红漆木门上方悬挂着名家书写的金字牌匾"花仙楼"。青砖翠瓦，木栅围墙，长廊曲线伸展，房屋雕梁画栋，红绿相间，幽香四溢，如同仙阁一般。花仙楼的楼主姓花，名桂芝，又是鸨母，年龄四十有八。除了花仙楼，另外还在京师、盛京各开设一处，京师天桥巷的那处叫花月楼，盛京城东的那处叫花春楼，委托自己的两个姐姐照管，至于是亲姐妹还是叔伯的就不清楚了。这"花"字打头的三座楼皆为老花家开的妓馆，花桂芝坐镇吉林，遥控京师和盛京，顺风又顺水，生意十分红火。常住花仙楼的有二十来个模样不错的窑姐儿，老家不全是当地的，有的是花大价钱从江南买来的，有的是从辽东逃难过来的。老鸨将其当女儿一样养着，并给起了好听的名字，什么西施呀，貂蝉哪，莺莺啊，赛月呀，等等。她们的年龄不同，打扮各异，身价不等，各有各的房间，身边皆有侍女伺候。嫖客前去消费时，所需银两分好几个档次：如果只是欣赏姑娘儿的美貌，一块儿聊天、喝茶而不留宿，付些散碎银子便可；如果请姑娘儿一边弹奏，一边演唱，或加上伴舞，此前得交一定数量的包银；如果选的是楼内头牌窑姐儿，中途饿了随时招呼，妓馆备办各种酒菜，想吃啥点啥，做好了由茶房送过去，本人不用出屋，一个晚上则需不菲的纹银，腰兜儿钱不厚，一般不敢奢望。知名窑姐儿不是哪天想见便可以见的，因为点名儿让她们陪客的很多，事先得通报一声，需要排号儿，轮到你了方能接待，这银子可让花家挣老了。

秦名远原本是个色鬼，一见到美女就迈不动步，不仅没少往野鸡营子里扔钱，也是花仙楼的常客。有一天，他又去了野鸡营子，点了最漂亮的窑姐儿，一顿销魂之后，由于玩儿得尽兴，顺手掏出一锭银圆赏给人家了。回来的路上，一边哼着小调儿，忽然灵机一动，一个鬼点子闪过脑际："哎呀，何不开处妓馆，利用女人为我招财进宝，干无本万利的人肉生意？白面娘子乃最佳人选，以其俊俏的模样儿出面作招牌，窑姐儿们便可通过她招徕各方达官贵人、花花公子以及临时来此办差的高官大吏，不用我露面，躲在幕后就发财了。估计白面娘子不会反对，待坐上江城第一美女的交椅、名声大震之后，不仅高兴无比，还得感激我呢，由此回心转意也未可知。这招儿实在太妙了，既有钱赚，又能得白面娘子的欢心，一举两得呀！"转念又一想："开窑子首先得有个地儿，最好在来去方便的闹市区选座楼或买处大院套儿，明儿个可去打听打听，有租赁的也行。"越思摸越兴奋，好像白花花的银子已从天上噼里啪啦地掉下来了，脚步愈加轻快了。

转天一早，秦名远胡乱扒拉了两口饭便出了家门，骑着马转了大半个吉林城，也未找到一处适合开妓院的地儿。巧的是两个月后，花仙楼出了件大事，涉及人命官司，怎么的呢？不久前，鸨母花桂芝不知从哪儿买回一个丫头，年方二九一十八岁，姿色超群，貌美如花，且能歌善舞，人见人夸，皆称天上的仙女下凡降临到江城。花鸨娘为其取名儿小月姣，一跃成为头牌。后来，小月姣被一位常逛花仙楼的驻军副都统看中了，遂以重银将其包下，并告诉花鸨娘："从今儿起，谁也别想占月姣，亦不许接待任何人，只归我了，随叫随到。费用好说，要多少给多少，报个数儿就行。”

可天外有天，人外有人，有钱有势的人多了去了，有的职衔远在副都统之上，难得的美人儿凭啥让你独霸呀？不行，我也得算一个！副都统同样不好惹，哪能甘拜下风呢，为了面子也得当仁不让，争来抢去就打起来了，继而动起了刀枪。小月姣担心闹出事儿来，脸都吓白了，劝谁谁不听，一时无计可施。花鸨娘更是喋喋不休地埋怨，声称全是小月姣惹的祸，倘若出点啥事儿砸了花仙楼的牌子，老娘跟你没完！小月姣一听，当即傻眼了，两腿发软，双眼发直，回到屋内，含泪跪地冲南给父母磕了仨头，然后脑袋往绳套儿里一伸悬梁自尽了。这下那位副都统不答应了，一脚踹开花仙楼的大门，手指花桂芝的鼻尖儿大声责骂道：“你个老鸨，要钱不要命，竟敢把小月姣逼上绝路，胆子不小哇！本官将上告将军衙门，还要奏报京师，必让你一命抵一命。若想大事化小，小事化了，认可赔偿，那就拿出三千两白银，否则决不轻饶，小心把花仙楼踏平！”

花桂芝吓得浑身直哆嗦，彻底蒙圈了，哪能不怕呢？副都统职位高，权力大，打点不到还有好儿哇，砸你一下子真够呛啊！倘若一气之下告到官府则更糟，咱手里的窑姐儿不光死这一个，还有其他人命案子呢！想当初，以非法手段偷偷把她们买来，已经触犯大清律了。而今官府要是深究下去都翻腾出来，那是一连串的事儿，不但老花家自嘉庆以来所开设的三处“花巷”全完了，而且家中老小也得关进监狱，弄不好或许会被处死。一想到这些，她更害怕了，寝食难安，思摸着用啥法儿能消灾呢？当然是钱好使，拿银子把那位替小月姣打抱不平的副都统嘴巴堵上，千万不能任其这儿告那儿告的，消停点儿比啥都强。不过眼下钱不凑手，一时半会儿上哪儿弄那么多银子呀？唯一可行的就是别死守着花仙楼不放了，有出大价钱的赶紧兑出去，用卖楼的钱将此事摆平。只要能保住京师的花月楼、盛京的花春楼就不错了，咱可得罪不起那些有钱有势的高官。决定下来后，花桂芝担心夜长梦多，便把卖掉花仙楼的打算宣扬出去了，盼望着尽快有个买家。

消息不胫而走，秦名远闻听此信儿乐坏了，心中窃窃自喜：“看来我是个有福气之人，想啥来啥，正准备买楼呢，就有卖家，真乃老天照应啊，我不发财谁发财呀！”那么，他有经济实力购置一座楼吗？别忘了，秦名远可是吉林将军衙门府的总师爷，掌管账房的往来账目，亲手过付的银子多了去了。胆儿还大，曾几次私自动用银库的银两，由于未被察觉而越发肆无忌惮。这回又借管账的方便之机，短短几天内凑了一大笔钱，暗中还挪用了赈济灾民之资，然后带着亲随、挑着两担子金锞子、银元宝去见花鸨娘。到了那儿，说明来意，把价格压得极低，声称如果你诚心诚意卖，我就诚心诚意买，咱立马成交。花桂芝当时已焦头烂额，急于出手，好不容易遇上个买家，自然不想放过，咳，价格低就低点儿吧，一咬牙答应下来。草拟契约时，秦名远提出要求，不以本人的名义买楼，而用白面娘子的名字签押。这就怪了，无论是谁，哪怕买件普普通通的物品需要签押，为了保险起见，肯定都要写上自己的名字，何况一处不动产呢，连傻子都知道这个理儿。秦名远咋想的呢？他可鬼得很，本身在将军衙门干差，所挣俸饷是有数的，哪有那么多闲钱说买座楼就买座楼啊？明眼人一看便知，钱不是好道儿来的，或贪污受贿而得，或利用职务之便非法所得。这种事一经查实，不是蹲大狱，就是受大刑，甚至被砍头，当然得小心点儿了，于是决定搁在白面娘子身上。这样一来，任何人都会认为白面娘子是位富有的女子，别说买一座楼哇，一次购置十座也不奇怪，咱怎能知道人家到底有多少钱哪？不仅无关之人没兴趣打听，官府也不会过问，正好达到了掩人耳目之目的。可秦名远仍不放心，生怕事情败露，还威吓卖主道：“花鸨娘，你可得记住喽，严把自己的嘴巴，绝对不许将咱们之间交易的根底露出去。倘若做出不利于秦某人的举动，别怪我不客气，必到京师和盛京找你们姓花的算账，若活着，我把你宰了；若死了，我掘你祖坟！”

花桂芝赶忙赔着笑脸道：“哎哟，这话说哪儿去了？秦大人在关键时刻为我救急，去了一块心病，感谢还来不及，怎能口无遮拦呢，那是人干的事儿么？请放一百个心吧，本鸨娘定遵总师爷之命，守口如瓶，让它烂在肚子里。往后那些眼红的主儿即使扯出大天来，只要我一口咬定是白面娘子买的楼，谁都得干瞅着，您想咋经营就咋经营吧！”

秦名远听罢，认为已万无一失，这才签了契约，买下花仙楼，将所有的转让手续一一办妥，楼主改为白面娘子，花仙楼自此正式易主了。回家的路上，他格外高兴，低价买楼占了把大便宜能不乐么！走着走着，回头看了看挑着空担子的亲随，脸上的笑容消失了，心里犯了嘀咕：“楼是到手了，钱也花了，得赶紧钱生钱，还指望它财源滚滚来呢，可白面娘子能答应开妓院、当鸨母吗？倘若上来犟劲儿了，脑袋不得晃得如同拨浪鼓儿啊，十头牛甭想拉得动。不管咋的，先把自己的打算告诉她，看看是如何反应，遭到拒绝再想辙……”过了一袋烟的工夫，拐过街角儿便看见自家的房子了，遂紧走几步到了跟前，推开大门进了院儿，见白面娘子正微闭双目坐在放于窗下的靠背椅上晒太阳，于是笑吟吟地走上前说：“我的美娇娘，今儿个对咱家来讲是个大喜的日子，吉星高照哇！我办了件人人艳羡的大事儿，可谓老将出马，一个顶俩，顺利得很。”

白面娘子伸了个懒腰，睁开眼瞅了瞅他，爱答不理地问道：“啥事儿把你乐成那样？”

秦名远眉飞色舞地回道：“咱捡了个大便宜，花低价买下了花仙楼，楼主写的是你名儿。我已想好了，仍用这座楼开妓馆，那是无本万利的买卖，还可广交黑白两道儿的朋友，等着发财吧！考虑到我在将军衙门当差，不便公开出面，只能于背后掌舵，故而鸨母自然就是你了。今后咱俩更得享福了，吃香的喝辣的，要啥有啥，大把的金银管够花，侍女、仆从围在身前身后团团转，这日子神仙也比不了。我的鸨儿呀，怎么样，本师爷对这步棋思谋得不错吧，你看行不行啊？”

白面娘子初始没吭声儿，心里暗暗骂道：“这个畜生，经常逛窑子都不解渴，还要自己开妓院，把我也搭进去，真不干人事儿！”转念又一想：“哎？我要是当鸨母，就得天天在妓馆里迎来送往，照顾生意。这便有充足的理由不回家，可以名正言顺地与秦大门牙分开了，既能躲避没完没了的纠缠，也不用装疯了，反倒省心了。挣了钱他想要？现成的，凭啥呀？做梦去吧，全揣进自己的腰兜儿还觉亏得慌呢！”想至此，方缓缓言道：“行倒是行，但有个条件，你可不能没事儿总往花仙楼跑，一切都得我说了算，否则就不当这个鸨儿。”

秦名远没料到白面娘子答应得如此痛快，心里一块石头落了地，赶忙磕头作揖地表示道：“行行行，按你说的办，我不管就是了，落个清静！”

白面娘子抬了抬眼皮道：“花仙楼已经易主了，楼名儿随之应当改，原先的匾牌也得换。”

秦名远寻思了一会儿，说道：“自嘉庆朝以来，老花家三座楼的名号已打出去了，尤其花仙楼叫得响。各地的达官贵人、富商、豪绅只要一到吉林，皆点名儿前往牌子最亮的这处妓馆，一住好几天，且出手阔绰。如果把招牌改了，不姓花而姓白或姓秦，人家恐怕不一定买账，不到你这儿来了，上哪儿挣钱去？那损失可就大了，不如还是沿用原名儿为好。”

白面娘子听罢，懒得与其争辩，叫啥名儿关我屁事？只要能离开这个不拉人屎的东西，挂啥招牌都行。从此，白面娘子巧妙地摆脱了秦名远的纠缠，搬入了花仙楼，住进二楼一处颇为雅静的房间，摇身一变，成了妓馆出头露面的鸨母。秦名远则隐在背后，为其出谋划策，成了暗中的“大茶壶”。白面娘子的模样儿原本就很出众，再略加修饰，越发美艳超群，身价百倍，很快便名声在外，传遍了江城，嫖客们纷纷前往天桥巷，即风流巷的花仙楼，一睹鸨儿俊俏的容颜、动人的风采。白面娘子在接待来自各地的高官、权贵、富豪，包括黑道儿之头目的过程中，应酬及奉迎能力日渐增强，笑脸儿相迎，见啥人说啥话，信手拈来，游刃有余，广交朋友，比原楼主花桂芝更胜一筹。秦名远看在眼里，喜在心头，暗自高兴，认为白面娘子能与那些高官打得火热，自己或许能沾上光，对宦途的平步青云将大有裨益。然而当他发现白面娘子同这些人明里暗里交往不可计数，而且从不跟自己讲，便有些醋意，心想：“这样下去哪儿行啊，时间长了，小美人儿飞了咋办？”不过又无可奈何，因为未来的宦途是否顺利，还得靠她穿针引线、左右逢源。思来想去，觉得为便于控制白面娘子，得找个可靠的耳目，遂传信儿把住在乡下的小金佛叫到吉林。告诉他，表面上做鸨儿的保镖，护卫其安全，还要帮着照看妓馆。实际上监视白面娘子的一举一动，发现什么异常情况，必须随时通禀。

小金佛何许人也？乃秦名远远房叔叔之子，大号秦铁栓，家住城西极为偏僻的野猪沟，靠打猎为生。因其个头儿不高，长得白白胖胖，浑身滚圆，小团脸配一对儿大耳朵，看上去挺有福相，所以乡亲们送一绰号“小金佛”。野猪沟地处山区，人烟稀少，眼目所及除了一片片黑幽幽的森林，就是塔头甸子，虎啸狼嚎之声不绝于耳，且交通不便，进一次城需走半拉儿月。小金佛六岁时，父亲忽患怪病，上门诊治的郎中号完脉，摇头表示无能为力，十几天后便故去了，母亲独自一人将他拉扯大。在深山长大的孩子由于经常跟野狼、豹子、黑熊打交道，故而胆大心细，耳尖、眼明、手快，而且练就了一手好箭法，百发百中，火枪也使得利落。为了护屯，小金佛还学了点儿武艺，时不时与屯子里的后生比试刀枪棍棒，倒也不差。他和母亲虽然所住环境恶劣，但日子还能过得去，又种地又打猎，挣些银两以补贴家用。

当秦名远捎来口信儿、让他们娘儿俩去吉林城时，小金佛兴奋得一宿没睡着觉，心想：“进城多好啊，风吹不着雨淋不着，想吃啥吃啥，穿的也比山里人强，再不用遭三九天那寒冷受冻的罪了……”好不容易盼到了东方露出鱼肚白，一骨碌从北炕爬起来，跳下地将睡在南炕的母亲唤醒，让其赶紧生火做饭，自己则着手打点出门儿的行囊。天大亮时，母子俩已吃罢早饭，行囊亦收拾停当，屋里屋外又看了看，将院门一关便离家上路了。小金佛搀着老娘晓行夜宿，饿了就着咸菜吃馍馍或嚼几块儿肉干儿，渴了喝山泉水，千辛万苦赶到了江城的吉林将军衙门府，秦名远笑脸儿相迎，将其领到了事先找妥的住处，嘴像刚刚喝了蜜似的净拣好听的说："婶子，山道不好走，一路累够呛吧？侄子一直惦着呢！叔叔走后的这些年，你拉扯着弟弟在山里艰难度日，太不容易了，我这个当侄子的也没帮上啥忙，心有余力不足。现在行了，我一到将军衙门府就想到了你们娘儿俩，刚刚站稳脚跟便捎信儿让快点儿来，婶子早该享享清福了。弟弟呀，你嫂子在西华门外天桥巷开处妓馆，每天迎来送往的挺忙，事情也多，总得配个贴身随从。人倒有的是，选来挑去，觉得还是你最合适。不过要记住，得动点儿心计，学会眼观六路，耳听八方，她的一切皆在你的眼皮底下，做哥的耳目，听明白没？"

小金佛会意，笑着回道："大哥的意思我懂，放心吧，针鼻儿大的事儿也逃不出老弟的眼睛，包你满意！"

小金佛到花仙楼初始，对白面娘子的一举一动十分注意，观察经常与哪些人来往，有什么私密之交，隔三岔五便向大哥禀报一番，全是些鸡毛蒜皮的事儿，秦名远则有一搭无一搭地听着。时间一长，小金佛不仅未发现这位嫂子有什么破格之举，反而认为当鸨儿的都这样，更被其天生丽质、秀逸风姿、一颦一笑迷得神魂颠倒，不能自拔，天天围在身前身后转，总想找机会亲近亲近。

此时的白面娘子自打跨进了花仙楼，当上了做人肉生意的老板后，心里敞亮多了，只因每天不用面对秦大门牙那张让人生厌的脸了。凡是到花仙楼消遣的嫖客皆心知肚明，最漂亮的白面娘子只待客，不接客，就是说可以陪客人叙谈、品茶、喝酒，但不陪睡。尽管如此，登门的仍盈千累万，只为看一看她那美丽的容颜，动人的风采，以一饱眼福。天长日久，白面娘子渐渐起了不小的变化，从一个单纯善良、受尽凌辱的女孩儿变成了玩世不恭、金钱至上、成天周旋于各色人等之间，尤其在达官贵胄面前尽显风骚的老鸨。声称男人到妓馆来，不过为那点事儿，只要能搂来银子，咱百般挑逗也好，卖弄风骚也罢，耍些小手段未尝不可。由于经常与小金佛在一起，对方很会来事儿，出来进去总是护卫左右，长得又招人喜欢，年貌相当，白面娘子渐渐对其也动了春心。二人关系一经挑明，犹如干柴烈火，越烧越旺，想收都收不住。小金佛受宠若惊，唯命是从，心甘情愿地听白面娘子摆布，终朝每日屁颠屁颠地指东往东，指西往西，决无二话。早把大哥的交代忘得一干二净。自此，秦名远从这位弟弟的嘴里得不到关于白面娘子的任何信息了，反而一再替其吹嘘："别看嫂子是个女流之辈，但见风使舵、阿谀奉承、交际应酬之能耐男人都比不了，堪称女中豪杰，不能不让人佩服得五体投地。"秦名远听了这番话，不仅没啥说的，心也放到肚子里了。

大清朝那个时候和现在不一样，开妓馆是合法的，当正经生意来做，只要经营有道，日日都有不少进项。吉林城开有多家妓馆，花桂芝经营花仙楼时，收入与其他妓馆大体不相上下。可眼下不同了，谁也不如白面娘子做得好，那是风生水起，越来越红火，财源滚滚而来。自己的私房钱亦节节攀升，越攒越多，变得非常富有。其名声传遍东北三地，无人不知，无人不晓，当时有那么句嗑儿："吉林白面，沈阳小倩，三姓赛飞燕。"她并不因此而满足，两年后，又扩大经营，与人合伙儿开设了两处赌场，白面娘子之艺名儿成了大伙儿对这位老鸨的爱称。为了巴结吉林将军衙门属下小红楼迎宾驿馆的大管家杜宝，白面娘子使出浑身解数一趟趟往那儿跑，为啥呀？别看杜宝啥也不是，什么本事没有，可屎壳郎坐在金銮殿上了，位好啊！所在的小红楼迎宾驿馆只接待大清国各地来吉林的高官、要员、权贵、举子、豪绅等，皆为不寻常之人。倘若这些贵客能惠顾花仙楼，将对白面娘子的生意大有裨益，他们腰兜儿有的是银子，还愁没钱赚么？

杜宝是个什么态度呢？乐不得白面娘子常来常往驿馆，能受到花仙楼鸨母的青睐，自认为是癞蛤蟆上了天。故而只要白面娘子一到，立马迎上前去，嘘寒问暖，奉上香茗，亲自作陪，大献殷勤。二人一拍即合，暗中操作，使得住在小红楼迎宾驿馆的那些所谓贵客争相前往花仙楼消遣，银子大把大把地扔，白面娘子一一笑纳，杜宝自然也没白忙乎，分到了该得的那一份儿。白面娘子并不是对每个人都那么热情、下力气巴结，主要看其权势大小，腰兜儿银子多少，是否有利可图，能否为我所用，没用的眼皮都不挑。比如像江北拘缉营的乌三儿，她认为别看当营头儿，不过一个土包子，没见过世面，只能做秦大门牙的看家狗，没有可利用的价值，故而对其向来是不屑一顾的。再比如尤成额，从京师来到江城小红楼迎宾驿馆的当天，杜宝便告诉白面娘子了，说是来了位公子，举止文雅，风度翩翩，衣着阔气，一表人才，看上去似乎很有钱。实际上不过一个穷秀才，还不懂人情世故，不食人间烟火，更别说到妓馆消遣了。白面娘子一听，见没什么油水可捞，对其也就不打主意了。那么，为什么尤成额一行前脚儿刚到拘缉营，白面娘子和小金佛后脚儿也到了呢？说来话长。

尤公子此次赴吉林就任左翼官学教习之职，可谓没赶上好时候，跟秦名远所要安插的人撞车了。前书讲过，尤成额不是盲目来吉林找差事的，而是怀揣湖广总督桂良的亲笔荐函，且不是写给一般人的，收者乃吉林将军衙门府的副都统达禄大人。信中称，尤成额乃本官的外甥女婿，才华出众，品学兼优，堪为师表，拟到左翼官学任教习。达禄副都统当时正忙于治理水患，抽不开身亲迎公子，便委托总管秦名远接待并具体办理，对方满口应承。

而一个月前，秦名远也收到了一封举荐信，乃盛京将军衙门吏部侍郎卢涟的亲笔，称妻弟鲍昌要去吉林，打算谋个文职，最好能任吉林将军衙门属下的左翼官学教习。此事让总师爷费心了，务请在吉林将军面前尽量替鲍公子美言，帮忙安排为盼，必有重谢。事儿还未等着手办呢，卢涟的心腹到吉了，向秦名远奉上了厚重的酬金。卢涟大人为啥这么着急呢？原来小舅子鲍昌乃家中独子，自幼娇生惯养，不学无术，唯对习武情有独钟，始练刀剑棍棒和如意铜锤。长大成人后，除了坚持练功，就是喜欢于红粉中消磨时光，如今已进而立之年，仍未混出什么名堂来。两年前，二老因病相继离世，姐姐心疼他，将其接到家中。对胞弟的现状，卢涟夫人看在眼里，急在心里，父母已逝，弟弟无人管教，长此下去怎么得了？也没别的招儿哇，只好在夫君耳边吹吹枕头风：“鲍昌不小了，天天没个正经事儿做，混吃等死，我是他姐，不能眼瞅着不管。老爷呀，快点想法儿给找个差事做，也好分分心，咱不能养他一辈子，总得自己养活自己不是？”

卢涟觉得夫人言之有理，是得有个差事拴住小舅子，可干点儿啥好呢？寻思来寻思去，忽然想起听说吉林将军衙门属下之左翼官学教习缺额，正在物色人选，这倒是个好机会，不能错过。于是提笔书就一封举荐函，请吉林将军松林夫人的远房外甥、将军衙门府的总师爷秦名远帮忙安排，并派心腹送上酬金。

秦名远既然接受了卢涟的厚礼，就得为人家办事，还得尽心竭力地办成，方能交代下去。令其始料不及的是有职有权的达禄副都统却放出风来，说是左翼官学教习人选已定，乃湖广总督桂良大人的外甥女婿、博学多才的尤成额公子，不日将从京师起程赴吉。秦名远不听则已，一听脑袋都大了，当即怔住了："我的妈呀，达禄有话了，卢涟往哪儿摆呀，写给我的推荐函不成废纸一张了嘛！可是酬金都收了，也下了保证，话说得挺死，什么请大人把心放到肚子里吧，我会尽力而为的，定让鲍昌满意。哪承想半道儿杀出个程咬金来，将一切全搅乱了，倘若因尤成额挡道，致使鲍昌求职搁浅，怎能对得起卢涟大人哪？"一时急得火上房，饭也吃不下，觉也睡不香，不知如何是好。一天头晌，达禄副都统告诉他："尤公子很快就要到吉林了，我忙得很，不能亲自接待，只好请总师爷代劳了，望热情迎迓，妥善安置，不可拖延。"

秦名远表面上笑脸儿应承，心里却非常生气，眼看着好事儿泡汤了，卢涟大人的恳请已是一场南柯梦了，能不气急败坏么，暗暗骂道："尤成额呀，尤成额，你纯粹是个丧门星，早不来晚不来，偏赶刚收下酬金你才来，这不是吃饱没事儿撑的、故意搅局么？那么厚重的酬金我凭啥给人家退回去呀！你等着，不是不让秦某人成就好事么，我也不让你喘匀乎，憋个好歹的，咱们走着瞧，看谁更难受！"他知道达禄副都统这段时间不在衙门府，正忙于治理松花江的水患，每天从早到晚、夜以继日地往返于堤坝，连吃饭、睡觉都顾不过来，哪有闲工夫打听尤成额的安置情况啊，可能早忘脑后去了。我不妨先留着左翼官学教习的位置，把尤成额困在吉林，适当的时候想个什么招儿争取让松林将军应允，将鲍昌安插进官学，来个移花接木。待四脚落地后，再随便给尤成额找个什么差事糊弄，这不两全其美了吗？达禄大人就是知道了，既然尤成额已有事干了，能养家糊口了，也就不至于非兴师问罪不可。用个什么万全之策将其困于此地、进退两难，又不能闹得鸡犬不宁呢？他绞尽脑汁冥思苦索，眼珠滴溜儿乱转，忽地一拍桌子，有了！真是天无绝人之路哇，这下可够尤成额受的，你不是让我上好大的火么，行啊，咱俩该换换了，你也尝尝是什么滋味吧！

那么，秦名远到底琢磨出个啥鬼点子竟能如此幸灾乐祸呢？即常人所说的冷处理。尤公子到江城后，在接待时，可不给他好脸子，故意挑刺儿并索要纹银。如果遭到拒绝，则以不明事理、不懂礼节而呲之；以小红楼迎宾驿馆正赶上没有空客房、暂时安排不了而晒之；再由大管家杜宝出面，以一个恰当的理由将其送到江北拘缉营。为把此事办得周至、稳妥，使鲍昌顺利当上左翼官学教习，中间不出岔子，只能将尤成额久困拘缉营，不许离开那儿。若想做到这一点，就得自己的人出头了，且必须秘密行之，不能被外人知晓，一旦传扬出去无法收场。身边的人谁最合适呢？当然是白面娘子和小金佛，一个是自己的女人，一个是远房弟弟，肯定万无一失。

秦名远越寻思越得意，此计妙哉也，高兴得咧开大扁嘴嘿嘿阴笑着，随即唤来亲信杜宝，附耳如此这般交代一番，对方边听边应承着。待杜宝退下后，又差一随从前往花仙楼面见鸨母，言称秦总师爷让嫂子抽空儿回趟家，有要事相商。站在大厅迎来送往的白面娘子听罢，侧过头硬邦邦地甩出一句："哪有空儿啊，没看正忙着么？回去告诉你们师爷，今儿个客人多，抽不出身来，等松口气再说吧！"随从诺诺连声，转身出门，原路返回通禀去了。

秦名远有急事找白面娘子，为什么不直接去花仙楼与其面谈呢？因二人之间有约定，白面娘子如何打理妓馆的生意，作为暗地里的大茶壶秦名远不得插手，更不许有事儿没事儿地总往花仙楼跑。他曾违约去过几次，皆被骂了出来，碰了一鼻子灰。白面娘子一般不回家，除非秦名远打发随从来找，称有什么什么事儿，这才不得不回。到家之后，原本啥事儿没有的秦名远先是胡诌八咧一通儿，然后凑到跟前，使出浑身解数哄弄之，表白自己如何如何喜欢她，这些日子如何如何想她，好话说尽，只为得其身。白面娘子不再像以前那样又喊又叫、又踢又咬装疯了，而是采取了新招儿，比装疯还狠，立马脸子一撂道："姓秦的，赶紧离远点儿！我可告诉你，如果再想入非非、动手动脚的，别怪姑奶奶不伺候了，花仙楼的老鸨你另请高明吧！"

秦名远一听，白面娘子要是不当鸨母了，平日冲她去的那些嫖客肯定另选别家，客源一减量，花仙楼就得灭火，那不坑了自己的生意么？碰一碰她竟有如此大的损失，未免太不上算了，放着白花花的纹银不赚，傻子才会这么干。无奈之下，只能选择忍气吞声，连连摆手道："好了，好了，离远点儿，离远点儿，按你说的做还不行么？保证再不惹娘子生气了。"虽然嘴上这么说，但心里很不是滋味："咳，本以为她挣了钱，出了名，一高兴也就随自己了。哪知还不如原来呢，那时尽管疯疯癫癫的，可总能见上面、说几句话。现在倒好，脾气见长，说一不二，连住处都不回了。谁家的娘儿们像她呀，许看不许碰，在自己的爷儿们面前还立贞节牌坊，真是岂有此理！"

秦名远拿白面娘子一点儿辙没有，每天从衙门回到家无事可做，觉得百无聊赖的。于是吩咐厨子多做几样菜，再烫一壶酒，叫来几个狐朋狗友一块儿消愁解闷儿，一醉方休。这日，他又将杜宝哇、乌三儿呀，张三李四王二麻子全找来了，把大海碗往炕桌上一放，摆上十几盘儿菜，搬来酒坛子就开喝。三碗酒下肚，秦名远开始抱怨白面娘子，大倒苦水，将其说得一无是处。在座的人此话听得多了，已不觉得新鲜了，没一个接茬儿的。还是杜宝会来事儿，为秦名远斟满酒后，不厌其烦地劝慰道："干爹呀，男子汉大丈夫嘛，心要放宽些，小事儿用不着计较，更不必为此生气。女人撒娇儿使性跟小孩似的，你得哄着她，过些日子顺心眼子就好了。放心吧，干娘会回心转意的，飞不了。"

乌三儿接过了话茬儿："总师爷，恕小的直言，我就不明白了，你是拧了哪根筋了还是咋的，多大个事儿呀，犯得着为个女人借酒消愁吗？嫂子别看颐指气使、金贵得摸不得碰不得，离开男人照样玩儿不转，为此事伤了身子骨儿不值得！"

秦名远醉眼乜斜，似听非听，越愁越喝，越喝越愁，一碗又一碗，也不知灌了多少酒。就在这时，只听吱嘎一声响，白面娘子推门进屋了，在场的人一看，说曹操曹操就到，这可真是及时雨呀，赶忙起身跳下地，杜宝恭恭敬敬地问候道："干娘，很长时间未见了。一向可好？莫非干娘心有灵犀，回来得太是时候了，干爹和弟兄们正念叨您呢，快上炕歇歇吧！"

坐在炕头儿的秦名远大睁通红的双眼仔细一瞅，哎哟，原来是美人儿回来了，根本没想到哇！刚欲起身下地抱抱她，可腿一打摽，身子也不听使唤了，干挪不动地儿，嘴里喃喃道："我的美娇娘，你可回来了，回来了……"

白面娘子心里明镜似的，却板着脸道："怎么了，酒不管够啊，非得一次喝光不可？谁也没说不回来，这是我的家呀，花仙楼整天人来人往的，哪能抽得开身哪！"

乌三儿立马接茬儿道："我说嘛，嫂子一向顾家，何况还有要事相商呢！总师爷，你净瞎猜，嫂子多惦着你呀，往后再不许胡思乱想了。"

秦名远尽管喝得五迷三道，神智还算清醒，一看真应了杜宝所说的那句话了："女人撒娇儿使性跟小孩似的，你得哄着她，过些日子顺心眼子就好了。"心里一下亮堂了，嚷嚷道："小美人儿，还站在那儿干吗？快上炕啊！"

杜宝等人见状，忙推托有事先告辞，一个个跟着出去了，屋子里只剩下秦名远和白面娘子了，仆人皆躲得远远的。白面娘子脱鞋上了炕，瞟了一眼秦名远，假装关心地埋怨道：“没病没灾的，不去衙门办差，却把什么干儿子等人叫到家中陪你喝酒，要是传到将军耳朵里多不好，头上的乌纱想摘了是吧？”

秦名远头一次有种受宠若惊的感觉，此话让人听了不仅顺耳，而且高兴，看来以前想错了，白面娘子的心里还是有我呀，思虑得多周到哇，赶忙喜眉笑眼地解释道：“小美人儿呀，其实我不愿这样，兄弟们也劝我少喝酒。就因为你总不回家，谁的媳妇儿谁不想啊，可干想见不着。去花仙楼吧，还得被骂出来，心里既犯愁又憋闷，这才放量喝的，醉了好哇，啥都不用想了。”

白面娘子问道：“为啥犯愁？除了因为我，还有别的缘由吧？”

秦名远打了个唉声道：“咳，娘子聪明啊，猜对了，只为一件小事，已让我寝食难安了。”

白面娘子紧接着问道：“到底啥事儿呀？”

秦名远便将尤成额和鲍昌都想进左翼官学当教习的来龙去脉讲了一遍，然后说道：“你看啊，这两个人来头儿都不小，一位是盛京将军衙门的吏部侍郎卢涟之妻弟，咱接受了人家的厚礼。一位是驻京师行辕议事府的湖广总督桂良之外甥女婿，直接经办人为吉林将军衙门的达禄大人，副都统的面子谁敢驳呀？那是得罪不起的主儿，而且他还让我亲自给安排妥当。左翼官学教习只空缺一个名额，一下子来了俩，这不强人所难嘛！如果留下尤成额，卢涟大人那儿怎么交代？如果留下鲍昌，桂良大人那儿能消停么？达禄也不会答应。我恰恰在吉林将军衙门当差，副都统一发怒，给双小鞋穿，总师爷这碗饭还咋端哪，你说能不犯愁嘛！”

白面娘子又问：“尤成额来吉林了吗？”

秦名远回道：“来了，不光他，还带着夫人和仆从，今儿个刚到，我在小红楼迎宾驿馆给接的风。”

白面娘子再问：“他们住在那儿了吗？”

秦名远摇摇头道：“没有，我已派人将其送往江北拘缉营了，这会儿正在路上呢！”随后便把为啥采取冷处理如实相告。

白面娘子听罢，惊出了一身冷汗，说道：“这哪儿行啊，你的胆子也太大了，明知尤公子有背景，还敢撂到一边，竟送到了鱼龙混杂的江北拘缉营，倘若达禄副都统知道了，不得吃不了兜着走哇？这还是轻的呢，弄不好就得治罪，甚至搭上你那条老命，肯定玩儿完哪！”

秦名远很不耐烦地一摆手道：“行了，行了，别磨叨了，讲那些有啥用？现在赶紧合计出个办法来，无论如何得让鲍昌如愿以偿，阻止尤成额去官学赴任，使之长期困在拘缉营。我能不知道此乃下策么？可事情已经赶到这儿了，哪怕是火坑也得跳哇！”

白面娘子说：“秦名远，你别忘了，尤成额夫妇可是大活人哪，腿长在人家身上，想去哪儿就去哪儿，能困得住吗？”

秦名远一看火候儿到了，这才神神秘秘地把事先想好的损招儿端了出来：“娘子呀，我已琢磨出个道眼救急，但不便亲自出面，只看你的了。尤成额此次来吉带了满满一车东西，除了行囊、衣物、梳妆台外，还有十几箱子书。不仅日常用品是生活之必需，书籍也是不可少的，作为教习，授课时要用的。如果你把三匹马、两辆车连同所有的东西偷走并藏到一个地方，尤成额发现丢了，肯定得四下寻觅，一时半会儿找不到，怎会甘心空手离开拘缉营？这样一来，将其牵制住的目的就达到了，对他而言，来吉林可谓有进无出。此期间，鲍昌去官学任教习了，待尤成额弄明白始末了，几年时间已经过去了，黄瓜菜早凉了，哪儿还有精神头儿想干什么差事呀，西北风恐怕都喝不上溜儿了。京师的桂良总督即使是顺风耳，离此那么远，能知道个啥呀？眼下，只要把陷入江北拘缉营的尤成额一家搅得混混沌沌的，让他们弄不清摸不透，想走走不了，想留留不下，度日如年，咱们的气也就喘匀乎了。”

白面娘子听后，方恍然大悟，心里骂道：“秦大门牙，你可太不是东西了，一肚子坏水儿，为了一己之利，真是损到家了。”转念又一思摸：“让谁担任左翼官学教习是将军衙门的事儿，坏点子乃总师爷出的，尤公子命运怎样与我何干？只要不白出手，干一把挺值，反正偷走的东西咱也不用，更不破坏，到一定时候还给人家不就结了吗，算不了啥大事儿，况且后头还有秦大门牙顶着呢！”想至此，不无讥讽地说：“秦大总管，秦总师爷，行啊，手段高明，吃人不吐骨头，有两下子。这么说你躲在背后，把我豁出去了，充当那个偷鸡摸狗的盗贼角色是吧？”

秦名远干笑了两声道：“我的娘子呀，话别说得那么难听嘛，不过将一车东西挪个地儿，藏到乌三儿居处后面的地室内。为把握起见，你一个人不行，得跟小金佛一块儿去，今儿个半夜就下手。”

白面娘子答应道：“行倒是行，我俩可以跑一趟，给多少酬金哪？”

秦名远忙道：“哎呀，我的美娘子，就等你这句话了，还是心疼丈夫不是？谢谢娘子，谢谢啦！酬金好说，哪能让你俩白跑呢，三百两怎么样？现在就给！”说着回身拉开炕琴的门儿，拿出一个铁匣儿，打开锁掀开盖儿，取出如数的纹银递之。白面娘子接过，一刻没耽搁，赶紧回到花仙楼，唤来小金佛，二人耳语一番后，匆匆忙忙往江北拘缉营而去，丑时便发生了尤成额夫妇的行囊、物品、车马被盗之事。

此后不久，有一天，白面娘子刚刚接待一位很能纠缠的千总，好不容易才送走。由于被其搅扰，心情十分烦躁，便来到二楼，坐在放于长廊的椅子上闭目养神，婢女备茶侍奉在侧。这时，传来噔噔噔上楼的脚步声儿，白面娘子睁眼一看，原来是掌管账房及妓馆一应诸事的管家冯广发，左手托着块手指肚儿大小的薄金砖。此人早先就是原花仙楼管账房的，花桂芝卖楼时，所有的窑姐儿全留下了，只打算带走几个人，其中包括冯广发。秦名远一眼看好他了，遂极力予以挽留，许诺让其除掌管账房，还兼管家，从此便成为心腹了。冯广发年岁不小了，五十开外，头发灰白，脸上现出不少皱纹，故而大伙儿皆称其“冯大爹”，没人叫大号，乃妓馆的二茶壶。因为花仙楼不是普通的妓馆，接待之嫖客或是官位高的，或是有钱有势的，或是纨绔子弟，或是黑道儿老大，所以馆内的称呼也随之改变，一般不叫什么“大茶壶”“二茶壶”，认为又土又俗又难听，而称大管家、二管家。花仙楼的大茶壶，即大管家秦名远总是隐在背后，很少公开露面，很多嫖客并不认识他，更谈不上打交道。别看冯大爹只是二管家，嫖客却都捧着他、恭敬他，并偷偷往其怀里塞银子。本人从不推让，一一笑纳，有了外财，同样肥得流油。嫖客为啥溜须二管家呢？你想啊，他负责迎来送往，无论谁到妓馆，都想找个漂亮的窑姐。还有就是房间得背静，没一个喜欢周围环境嘈杂的，这得靠冯大爹给安排。私下递了银子的，我给你分派一处又干净又僻静的房间，再领来个模样儿俊俏、排在前几位的窑姐儿供其享受。没递银子的，随便指定个屋，然后领来个模样儿一般、岁数偏大、被人挑剩的窑姐儿，你要不要吧？倘若嫌这间屋不亮堂，周围环境过于吵闹，窑姐儿既老相又不俊，没看中，提出能否换一换？那好，对不起，没有了。屋就这间，人就这个，背静屋皆占着，年岁小的全排满了，不满意先回去，明儿个再登门，几句话便把你打发了。结果是高兴而来，扫兴而归，你说窝火不窝火？为了顺气、高兴，只好塞银子，二管家的腰兜儿也就随之鼓起来了。

此刻，冯大爹走到白面娘子跟前，先是轻咳了一声，然后说道：“馆主，楼下来了位少爷，打听鸨母是否有空儿？如果得闲的话，请求一定赏脸。”

白面娘子呷了一口茶道："不是定规矩了吗，事先没有约见的，一般不接待，何况一个小小的公子哥儿呢！"

冯大爹点头哈腰道："是呀，是呀，我也是这么解释的，一再婉言谢绝。可他就是不走，恳求我总得照顾一下特例嘛，大老远跑来了，最好能见上一面，哪怕只一会儿也成。这不，为了表示诚意，还送块儿金砖作为见面礼呢！"说着，将那块儿黄澄澄的小金砖放在椅子旁边的茶几上。

白面娘子一听，反倒来气了，眉头一皱，板起面孔道："怎么，难道想要挟不成？本鸨母偏不怕这手儿。传我的话，不见，没工夫伺候他！"

冯大爹见白面娘子变脸了，赶忙好言相劝："馆主啊，消消火儿，消消火儿，千万别动气，客人丝毫没有要挟之意，那可委屈人家了。要我看哪，这位少爷长得慈眉善目，举止温文尔雅，恭敬有礼貌，态度十分诚恳，跟那些不学无术、肚腹空空、到哪儿都浑身乱颤的无知之徒截然不同，让人不得不高看一眼。馆主不妨借机与其攀谈攀谈，认为能够结交更好，多个朋友多条路嘛！"

白面娘子像未听见似的，头往旁边一扭，眼睛看着别处，不再理睬。她本是开妓馆的，前来寻花问柳者越多，赚的钱也越多，为什么有客人求见却百般推脱呢？说来自打白面娘子坐镇花仙楼，那超人的美貌如同一道闪耀的金光，照得昔日的姑娘儿黯然失色，谁也没她漂亮，谁也没她名气大，所有登门的嫖客没有不想见见独占鳌头的鸨儿的。另外，她不是曾跟东坡杂艺班的师傅赛燕青学过少林功夫么，为了助兴，在接待所谓的贵客时，常常相机展示几通儿拳脚。从此一传十，十传百，所有光顾花仙楼的人皆想开开眼。一时间，庭院前车马盈门，一辆挨着一辆，排起了长龙。这些来客中，有的带着家奴，有的跟着小童，有的怀揣金元宝，有的手提纹银袋，只为一睹鸨儿的迷人风采。可白面娘子只有一个，客人来了也不是看一眼就走，而是需要一定时间的。通常情况下，每天最多能接待六位，头晌、下晌、晚上各两位，其他嫖客只能晾在那儿。即使这样，妓馆大堂东墙所贴红纸上列的名单按先后顺序已排出半月有余，今儿个是张姓都统，明儿个是王姓参领，后儿个是李姓总兵，大后儿个是赵姓进士，以此类推。

大堂的北墙钉有一溜儿钉子，上挂若干个小木牌儿，向外昭示某位姑娘儿何日何时接待哪位客人。光排上不行，冯大爹此前需一一告知她们，让其做好接待准备，本人一般没有选择权。除非是妓馆内数得上且列在前几位的窑姐儿，冯大爹事先得拿单子给她看，详细介绍客人从哪儿来、多大年岁、什么身份等。姑娘同意见，啥说没有，笑脸儿相迎，伺候得服服帖帖；姑娘不同意见，冯大爹则耐着性子劝说，进一步介绍此客待人如何好，出手如何大方，家中门槛儿如何高。倘若给多少银子都不成，坐蜡的是冯大爹，只能想办法向客人解释，一再说好话，语言要委婉，态度要诚恳，绝对不可得罪人家。倘若无论咋解释，客人就是不买账，继而与你又吵又闹，大动干戈，甚至把门窗给砸了，那损失可就大了，责任仍落在冯大爹身上。因此，管家必须具有巧言令色之本事，擅耍嘴皮子，净拣好听的说，多挑剔的人皆能应付，多难听的话皆能装，肚子如同泔水缸。

这且不算，还有最不好办最麻烦的，便是鸨母白面娘子。终朝每日等在庭院求见她的太多了，什么人都有，来路有远有近，官职有大有小，地位有高有低，家财有厚有薄，赏银有多有少，哪位都不能得罪，更不能惹其生气，那不砸妓馆的牌子么？然而花仙楼的上下人等即或长有三头六臂，也接待不过来呀！实在没辙了，白面娘子立下了规矩，只接待高朋、豪绅、要员以及有头有脸儿的地方官吏，无特殊情况，一般人不接待。未承想越是这样，求见的人越多，物以稀为贵嘛，被接待者也以受宠为荣，使得花仙楼并未因有选择的接待来客而影响生意的红火。当然了，只要客人一到，冯大爹就得赶紧迎上前，热情地将其让进大堂，又端茶又倒水又上果品的，里里外外招呼着，忙得脚不沾地，出一身臭汗，想歇一会儿都不中，根本闲不住。到了晚上，两条腿如同铅灌般沉，没处搁没处撂的，尽管老伴儿抱着腿连捶带捏的，恨不得折腾到半夜，也缓解不了多少，转天一早照样得爬起来前往花仙楼，累得这位二茶壶直喊娘。

话说回来，冯大爹见白面娘子不接茬儿了，心里有点儿着急，这可咋好？自己已经收下那位公子偷偷塞给的银圆并答应人家了，无论如何不能白得酬谢呀，于是又道："馆主，我自打给花桂芝掌管账房直至现在，接待的客人数不胜数，其中大多傲气十足，以为自己有钱有势，总是腆着胸脯扬着头，摆出一副不可一世的架势，拿咱们根本不当回事儿。可那位少爷不这样，不但讲究礼节，见面深鞠躬，一口一个先生地叫着，而且衣着朴素，所戴首饰不多，恰到好处，不粗野，不狂妄，不张扬，不摆阔，给人的印象不错。他一再表示对馆主仰慕已久，这次是专程远道而来，只请鸨儿能腾出一时半刻见上一面，别无奢求，唯如此才不虚此行。还称近两个月来食不甘味，夜不能寐，思绪不宁，究其原因，乃与心中敬佩之人无缘得见有关。希望馆主能恩施个机会，哪怕看上一眼也好，小生将不胜感激，死而无憾。其所言可谓情意切切，至真至诚，把我这个见过各色人等的老夫都感动了，实在不忍心拒绝，所以才斗胆向馆主回禀，极力替少爷说情，请赏个脸吧！”

冯大爹这番话终于产生作用了，引起了白面娘子的好奇，暗自寻思道：“我见过各种各样来妓馆鬼混的书生、举子、公子哥儿，个个衣着鲜亮，举止轻佻，住与行讲究舒适，挥金如土，乃地地道道的败家子儿。他们不务正业，不劳而获，躺在先辈打下的基业上尽享荣华富贵，不以为耻，反以为荣；他们或经常出入戏园、赌场，或整日在妓馆消遣，沉湎于酒色之中，把女人当花瓶，戏耍把玩，乐此不疲。浑浑噩噩，百无聊赖，无所事事，白来世间走一回。而这位少爷与其他嫖客不一样，用情至深又别无奢求，实乃怪得很，不妨一见，看看庐山真面目。”想至此，遂答应道：“好吧，冯大爹，看在你的面子上，将他领到第三阁，我在那儿候着。为了不破坏此前妓馆定下的规矩，接待小小公子哥儿之举就别声张了，最好不让任何人知道，听见没？”

冯大爹面露喜色，忙应声儿道：“听见了，听见了，先替少爷谢谢了！这下好了，馆主也为本管家卸下个大包袱，您不知道哇，他已缠得我一点辙没有了。”说罢，转身离去，乐颠颠地下楼了。

白面娘子所说的“第三阁”是处什么所在呢？即花仙楼内作为接待客人用的数个单间儿中的一间。妓馆的布局是这样的：一楼大堂是待客厅，客人来了之后，先在靠背椅上坐等，或喝茶或品尝干果，还可观赏靠墙摆放的各种盆花以及大瓷缸里悠闲游弋的鱼儿。与此同时，冯大爹需一个个进行登记，客人可根据北墙上那些窑姐儿的素描挂照任选其一。定下后，他便如同饭馆儿里跑堂的，一间屋一间屋地通知姑娘儿。首次登门的可提出要求，让众多的窑姐儿站成一排，经逐个上上下下仔细打量、一番比较后，挑出其中的一位，总之一切都得由着客人。一来二去的，渐渐成常客了，只要人家一到，伺候过他的姑娘儿就会主动下楼将其请上去，不用再挑了。

二楼全是单间儿，一间挨着一间，连成一排，每个单间儿皆分到了姑娘儿名下，用来接待客人。所谓的“阁”，即指排在前几位相貌较好、名下客人较多的姑娘儿待客之房间，每人不止一阁，有两阁的，有三阁的。因为每日接待几位客人及所用时间不等，有的一天，有的半晌，有的个把时辰。往往是客人到了，姑娘儿却正忙着呢，这就得坐在阁内喝茶静等，啥时候有工夫了，啥时候才能接待你，所以必须有备用的“阁”。

在花仙楼中，唯鸨儿、第一美女白面娘子一个人占有四阁，即四个单间儿，每个单间儿接待一位客人，按先后顺序排好等候。四个单间儿设施齐全，布置得各有特色，分别取了名字。第一阁叫“溪泉戏鱼”，屋子正中摆放一长方形的玻璃水族箱，里面有小溪、水车、喷泉、绿草、繁花，一尾尾的鱼儿在水中欢快畅游。第二阁叫“南国盆翠”，屋内靠墙一侧的地面陈放着从江南千里迢迢购置来的盆景儿，有的盆中栽种了小巧的花草，配以小树、小山，还有几座茅草房，精美耐看。有的盆中种植了松竹、花卉，一条小径通向山中，深处盖一小庙，参差错落的林木环绕其间，僻静迎风，令人遐想联翩，百观不厌。第三阁叫“百禽鸣喧”，又称“百鸟阁”，乃四阁中最富雅趣的一阁。南墙上并排悬挂着十几个鸟笼，笼子里有八哥儿呀、鹦鹉哇、画眉呀、黄鹂呀，等等，品种颇多，清脆悦耳的鸣叫声儿充盈屋内外，进入阁中，所有的愁闷都会在顷刻间一扫而光。第四阁叫“江城放舟”，一幅画作占满一面墙，横跨吉林城的松花江傍晚之美景被浓缩在画布内，江面扁舟叶叶，渔火点点，令人陶醉。

这四阁中，白面娘子最中意的乃第三阁“百禽鸣喧”，为什么呢？一个是她喜欢百鸟，尤其对八哥儿和鹦鹉已达到钟爱的程度。只因能陪其说话，为其解闷儿，渐渐的竟成了生活之必需，一天看不到就像缺点儿什么似的。再一个是长廊尽头紧挨第三阁的那个单间儿是白面娘子的绣房，正门开在长廊一侧，旁门开在第三阁的东墙。也就是说，推开东墙的旁门，经过只有十来步长的小走廊便可直接进入绣房，从外面看是两个独立的单间儿，里面却是两屋相通并带一小走廊的套间儿，进出十分方便，除了白面娘子，很少有人到这儿来。而其余三阁离绣房较远，不具备进出方便的优势，再隐逸的客人想到鸨母的绣房也得经过长廊，而且需由侍女引领，无秘密可言。

冯大爹走后，白面娘子放下茶杯，站起身来，简单整理一下衣衫，由两个侍女陪同去了从里往外倒数第二间的第三阁“百禽鸣喧”。推开门，前脚刚一迈进屋，笼子里的八哥儿见主人回来了，小脑瓜儿扬着，嘴巴一张一合地问候道：“鸨儿好，鸨儿好！”发音清晰，字咬得很准，听起来跟人说话没啥区别。白面娘子高兴极了，忙拿起放在窗台上的谷穗儿走到竹编的鸟笼前，从一根根竹竿儿的缝隙中伸进笼内，八哥儿便用那张尖利的嘴啄下谷粒儿咽进肚，还不停地蹦来蹦去。正这时，冯大爹领着一位公子走了进来，白面娘子并未回头，只用余光扫了一眼，仍专心致志地移动着手中的谷穗儿逗弄着八哥儿。然八哥儿却比冷漠的女主人热情多了，一声接一声地向来客问候："公子你好，公子你好！"那人则眯缝着双眼微笑着。

白面娘子曾接待过成百上千的公子哥儿，根本不在乎这一个，认为他们反正都一样，轻浮浪荡，不知天高地厚，全凭自己的老子有钱有势才任意挥霍。就算他举止文雅、讲礼貌又怎样？还不是来妓馆鬼混，大把大把地扔钱，比别的公子好不到哪儿去，本鸨母不稀罕。这么想着，方才的好奇心一扫而光，油然而生的是一种厌恶感。冯大爹见白面娘子不哼不哈的，还装作没看见，不免有些着急，生怕慢待了客人，遂走到跟前毕恭毕敬地小声儿说道："馆主，我把客人领来了，这位少爷可是慕名而至呀！"

白面娘子的双眼仍未从鸟笼前移开，头也不回地说："噢，少爷请坐！"然后吩咐侍女给客人献茶。

按照妓馆订立的规矩，专门负责迎来送往的人将嫖客领进姑娘儿的屋子后，立即退出，这儿就没你的事儿了。二茶壶冯大爹见公子撩起衣襟儿已坐定，茶也斟满了，便与两个侍女一块儿离去，屋内只剩下白面娘子和那位公子，除了八哥儿欢快的鸣叫声儿，还有移动谷穗儿摩擦竹竿儿发出的嚓嚓声儿。来客见鸨母既不看自己，也不说话，连个正脸都不给，并未因此而着急，只是大大方方地坐在椅子上边品茶边仔细打量着站于鸟笼前的白衣女子之背影儿。

白面娘子逗弄了一会儿小八哥儿，便将谷穗儿放回窗台，双手抱于胸前俨然而立，观赏起墙上的字画来，一会儿往上看，一会儿往下看，一会儿侧过头往左看，一会儿转过头往右看，那么专注，那么投入，仿佛屋内只有她一个人，完全不顾及客人的存在。而此刻那位所谓的公子从馆主的个头儿、身材、肤色、侧脸的轮廓等早已认出站在眼前的确确实实是几年未见、日思夜想的师妹，不由得百感交集，心底里呼唤道："心爱的小白丫呀，真的是你吗？我像大海捞针一样到处寻觅，从不放弃。功夫不负有心人，总算知道你的下落了，今天终于看到你了！"刚要大声儿呼唤师妹的名字，忽然记起临来前爷爷的再三叮嘱："进了江城，一定要小心行事，不可打草惊蛇，更不能惹出没必要的麻烦，以看望白面娘子为第一要务……"于是压低声音，轻声儿唤道："小白丫，师哥看你来了！"

你道这位来客是谁？就是坐镇清查田亩行辕大营的富俊之孙儿、已升任佐领的班布泰。怎么到的花仙楼呢？自从秦名远和白面娘子同时失踪后，行辕的上下人等急得火上房，又十分费解，不知缘何。富俊、班布泰更是焦虑不安，担心小白丫的安危，生怕出个一差二错，只要闲下来就出去转，四处打听，却毫无音讯。只知两个得道高僧来过行辕，采用点穴法致使守门哨兵暂时失去知觉，随后白面娘子和秦名远就不见了，没有留下任何蛛丝马迹。原先曾听说范家堡子庄主范蔼仁身边有两个大和尚，不仅为其出谋划策，而且教授团练武功。如果是这二人所为，那么秦名远和白面娘子定在范家堡子，班布泰立即带着随从前往。因秦名远和白面娘子只在那儿停留了一个晚上，转天一早就离开了，加之消息封锁很严，所以足足扫听了一年多都毫无收获。后来终于得到信儿了，言称秦名远已官至参领，在吉林将军衙门任总管、总师爷，手中的权力不小，有一定的威势。白面娘子失踪的那夜遭其玷污，曾投江寻死，结果被人救下，目前住在秦名远于西下坎子购置的一处四合院儿内。

谁给传的信儿呢？乃好心的八旗老兵赵西丹。他自打救下白面娘子，心里一直不踏实，唯恐再出什么意外。当确认白面娘子已回到秦名远身边时，老人家既难过，又无奈，那可是虎狼之地呀，一个姑娘怎能斗得过心狠手辣的无赖呢？思来想去，尽管白面娘子一再嘱咐不要把自己的现状告诉土地爷爷，他还是只身去双城堡面见了富俊大人和班布泰，将所知道的情况和盘托出，并请求赶紧救救可怜的小白丫，实在太不幸了。

班布泰听罢，肺儿乎气炸了，立马就要带兵前往吉林将军衙门找秦名远算账，当众揭穿其卑劣行径，却被爷爷制止了。富俊大人考虑到秦名远私自离开行辕并能顺利于吉林将军衙门府谋得差事，而且官职也高升了，后头肯定有为其遮风挡雨的大树。在没有弄清盘根错节之前，不可轻举妄动，只能继续静观之。两年后，白面娘子的大名在各地传开了，说是不仅买下了花仙楼，当上了妓馆的鸨母，还与人合伙儿开了两处赌场，生意异常红火。此消息自然也传进富俊和班布泰的耳朵里，二人无论如何坐不住了，白面娘子当年失踪了，我们有不可推卸的责任，已经很对不起她了。现今不知何因置身于烟花柳巷之中，这不单单是责任，而是罪过了。不管秦名远的背景怎样，靠的是哪棵大树，一切皆不重要，重要的是应让白面娘子离开那肮脏之地，过上正常人的生活。

富俊在把孙儿派出之前，一再交代要想法儿弄清事情的来龙去脉，白面娘子目前究竟是怎么个状况，秦名远都干了哪些不可告人的勾当，必须慎之又慎，不可鲁莽行事。由于班布泰要去的是妓馆，找的是以前曾经喜欢过的师妹，又与其身边的男人、吉林将军衙门总师爷秦名远熟识。为不至于引起猜测，故而不能暴露自己的身份，只好脱下武服，换上公子装，扮成寻花问柳的嫖客来到花仙楼，求见鸨母白面娘子。未料到在一楼便被二管家打了横，左一个馆主今儿个没空儿，右一个此前没有挂牌儿预约不能见，要不由别个姑娘儿伺候少爷咋样？班布泰一口回绝，声言非鸨母，不需其他姑娘儿伺候，并希望尽快见到。语调一会儿轻，一会儿重，一会儿低，一会儿高。趁其犹豫之时，从内怀掏出银圆偷偷塞进其手中，又拿出事先准备好的一块儿小金砖请其送给鸨母作为见面礼，冯大爹方答应上楼向馆主通禀，看看能否接待。班布泰坐在大堂的椅子上边喝茶边静等，看着进进出出一走三晃的各色人等，早已厌恶至极，恨不得立刻逃之夭夭。可是不行啊，自己是带着使命来的，今天务必得见到师妹，不知眼下怎么样了，她的身上还有从前我所喜欢的那个美丽、纯洁、善良小姑娘的影子吗？或是变成了大挣黑心钱、双眼只盯着嫖客腰兜儿的坏老鸨子了……正在胡思乱想之时，冯大爹下得楼来，笑吟吟地走到班布泰跟前，说道："少爷真有面子呀，馆主应允了，正在楼上候着呢，请吧！"然后反身头前带路，班布泰随其后，如愿以偿地来到了第三阁，这便是他出现于花仙楼的缘由。

白面娘子之所以不搭理前来求见的公子，逗弄完八哥儿又一遍遍地观字画，其实是在故意拖延时间，心里思摸着："待会儿找个托词，借口昨夜未休息好，身子骨儿不舒服，早早把他打发走算了。"正这时，一声轻轻的呼唤传入耳鼓，万没想到在花仙楼竟能听到一直期盼着的如此熟悉、如此亲切的声音。过去的日子里，唯班布泰与自己兄妹相称，天天没遍数地叫着小白丫，这两年早已听不到了，难道梦中的师哥真的来了吗？猛一回头，见眼前站着一位中等个头儿、体态匀称、长相俊朗、目光炯炯、身着米色长衫、棕色缎裤的年轻男子，正以关切的眼神儿望着自己。仔细一打量，那熟悉的面庞，那自若的神态，那眉宇间透着的一股英气，正是日思夜想的班布泰哥哥，只是脱下了一直穿在身上的戎装。白面娘子激动得热泪盈眶，欣喜、委屈、抱怨、苦楚一齐涌上心头，难以自制，张开双臂一头扑到班布泰怀里，颤声儿道："师哥，你去哪儿了，怎么才来呀？"忽然又觉得不妥，随之从其怀抱中挣脱出来，背过身去捂着脸嘤嘤地哭开了。

班布泰笑着劝慰道："小白丫，别哭哇，师哥苦苦寻觅了好长时间，终于知道你的下落并来看你了，应高兴才是呀！”说此话时，自己的眼眶儿也湿润了。

白面娘子转过身来，扑通一声跪在地上，边抽泣边道：“师哥，谢谢你还记着师妹，可这是啥地方啊，不该来呀，快回去吧，我给师哥磕头了！”说着咣咣咣连磕了三个响头。

班布泰赶忙上前将其扶起，动情地说：“小白丫，无论你身在哪里，都是我心爱的小妹，这辈子不能变，知道吗？”

白面娘子一把将班布泰推开道：“不，师哥，我再不是从前那个小白丫了，变成唯利是图、为金钱可以出卖灵魂、人所不齿的下三烂了。我的身子已不干净了，早被秦大门牙那条色狼糟蹋了，现在又是妓馆的老鸨，成了地地道道的坏女人。师妹知道，这么做不仅对不起喜爱我的师哥，也对不起疼我、关心我的土地爷爷，更对不起生养我的父母。师哥往日的救命之恩，小白丫今生今世不能忘，来生变成牛马也要报答之。”

班布泰掏出手帕为白面娘子拭去脸上的泪水，拉其坐在椅子上，真诚地说：“小白丫，不要想那么多，千错万错全是哥的错，是哥对不起你，没保护好你。一切都过去了，不许再提了，总得给哥一个改错儿的机会吧？我今天是奉爷爷之命来看你的，不知生活得怎么样？倘若不如意，甚或痛苦万分、度日如年，那就领你走，离开这儿，回到行辕……”

白面娘子未等班布泰讲完，便打断道：“师哥，别说了，也别劝了，没用的。实话告诉你，我不能回去，没脸见土地爷爷和骑兵哥哥们，怎么活都是一辈子，就让我自生自灭吧！”语气非常坚决，不容置疑。

班布泰一看劝不了，小白丫已认定自己是蹚过浑水的坏女人，即使说出大天来，也无法改变她的决定，心里不禁一阵难过。这时，稍稍平静下来的白面娘子掴开窗户往长廊两边望了望，放下后，接着又道：“师哥，谢谢你能来看我，如果没别的事，还是早点儿走吧！师哥有所不知，那个领你上楼的冯大爹乃妓馆的二茶壶，也是秦名远的心腹，估计很快就会上楼，不能让他察觉出什么。秦大门牙平时虽然不在妓馆，但偶尔也过来转转，要是发现你在这儿，不定整出什么事儿呢，很可能会到其远房姨夫、吉林将军跟前说三道四，那将对师哥不利。”

班布泰听罢，十分惊诧：“你说什么，松林大人是秦名远的远房姨夫？”

白面娘子点点头道：“是呀，秦大门牙亲口对我说的，不会错。他从行辕不辞而别，带着我到了范家堡子，转天一早离开时，初始不知该投奔何处，只是信马由缰地往前走。思来想去，忽然想到了多年未曾联系的远房姨娘，其丈夫眼下正坐镇吉林将军衙门，背靠大树好乘凉，便直奔那儿去了。果然如愿，三天后，松菻大人将他安排在吉林将军衙门府，只三年的时间，便从六品官升为三品官，现在是将军衙门府的总管、总师爷，天天横膀子晃，不知姓啥了。”

班布泰恍然大悟，噢，明白了，怪不得秦名远擅离职守，不仅未受到处置，反而步步高升，原来仰仗着身后的将军姨夫啊！他在来花仙楼的一路上，心里一直在思摸，自打白面娘子离开行辕，至今已三年多未见了。斗转星移，天下都在变，何况活在这个世上的人乎？做了妓馆老鸨的小白丫是否适应现在的生活环境，是朝好的方面变，还是朝坏的方面变，不得而知，到时候只能见机行事了。此刻，当从白面娘子的口中得知为秦名远遮风挡雨的是其远房姨夫松菻时，心里既为没有认清庐山真面目的将军着急，也为小白丫尚未泯灭人性长出了一口气，庆幸其判断是非善恶的本能还在，仍然可以信任，于是问道：“师妹，哥还有事儿想向你打听，这里说话不方便，能不能找个背静之处？”

白面娘子站起身，一边说：“跟我来”，一边推开东墙的旁门，经过一条小走廊进入散发着香气的绣房，随手将门关严，又把花布窗帘儿拉了拉。二人坐定后，班布泰开口道：“师妹，实不相瞒，方才我已经说了，是奉富俊大人之命而来，一个是看看你，必要的话接回行辕。你却表示坚决不回，哥不能强人所难，只好暂先放一放。再有就是告诉你个好消息，土地爷爷已受皇封，奉旨接替吉林将军之职，不日将赴任。爷爷的好友、皇宫大内的领侍卫内大臣赛冲阿将军过些天也要回到江城巡察，他是吉林人，曾在吉林马队服役，从家乡的这片黑土地上干起来的。真够巧的了，老哥儿俩有幸在江城聚首，可谓喜事一桩啊！赛冲阿将军闻听吉林将军衙门府内有个别官员行为不轨，欺上瞒下，行贿受贿等，准备借机予以追究。就拿秦名远来说吧，官至参领，乃衙门府的总管，能量不小，而且有通天的本事，不仅掌握府内官员之间明争暗斗、尔虞我诈的详情，自己也没少干营私舞弊之勾当。得意忘形时，就凭他那张扬的个性，言谈话语中肯定会向你透露一些有关方面的情况，以显示自己的能耐有多大。而这恰恰是我们所需要的，请仔细回忆一下，如果想帮忙，能提供一些最好了，不知师妹意下如何？”

白面娘子爽快地答应道：“成！别的做不了，这个忙肯定帮。师哥可能已从赵爷爷那儿知道我的遭遇和不幸了，自打被劫到范家堡子，误服定神散被秦大门牙所祸害，恨得牙根儿痒。他毁了我的一生，我也不能让他得好儿，发誓非报此仇不可，出出胸中的恶气，这也是留在其身边的目的。他想干什么，我偏不做；他想得到的，我偏不给。戏耍他，折磨他，让他大气喘不匀，憋闷又窝火。天长日久，好人也受不了，估计气数快尽了。”

班布泰觉得小白丫想得过于简单了，多少有些孩子气，又不便说什么，只是听着，并未插言。白面娘子继续说道：“师哥有所不知，秦大门牙为了让我高看他，显摆自认为的不凡身份，我没接管花仙楼时，一回家就兴致勃勃地白话衙门府内一些乌七八糟的事儿，什么谁跟谁钩心斗角了，谁背地里给谁下绊子了，还有什么谁巧取豪夺了，谁贿赂高官了，直讲得口干舌燥仍不停。我原本一看见他就来气，再白话起没完，对所讲的那些事儿根本不感兴趣，自然不愿听，只当耳旁风。早知师哥想掌握这些情况，我不光得认真听啊，还得仔细盘问呢！好在不管想听不想听，他一个劲儿地在身边嘚啵，耳朵都快起膙子了，总还是听进去一些。不过我得好好儿回忆回忆，一件一件捋出头绪来，力求做到准确无误，不能讲错了，那可就适得其反了。”

班布泰略一思忖，说道：“小白丫，天色不早了，耽搁时间过长，容易引起不必要的麻烦，今儿个就唠到这儿，我先回去。闲下来时，你仔细回忆一下秦名远都讲了些啥，涉及哪儿个人，干了什么违反大清律的事儿，在脑子里归拢一下，过两天我还会来，到那时再讲给师哥听好吗？”

白面娘子点点头道：“好吧，请师哥放心，我会尽力而为的。”

二人站起身来，班布泰拉着白面娘子的手叮嘱道：“师妹，一定切记，咱哥儿俩今天见面的事儿要守口如瓶，不能对任何人讲，尤其是秦名远。倘若无意间泄露出去，引起各种猜测事小，富俊大人再被牵扯进来，那就说不清、理还乱了。你要多保重，来往妓馆的什么人都有，必须谨慎从事，千方百计保护好自己，相信总有重见天日的那一天。”

分别在即，白面娘子感到万般不舍，眼泪汪汪地看着心上人，说道：“师哥，放心吧，你的话师妹都记住了，不会露出半个字儿。不用惦着我，一切皆能应付，代问土地爷爷好，路上多加小心。”

班布泰抱拳道：“小白丫，告辞了！”说罢拉开东墙的旁门，穿过百禽鸣喧，从外廊门走出，正巧看见二管家刚刚迈上两个台阶，想必是打算上楼一探。见班布泰出来了，转身又退了回去，只听随后跟出的白面娘子手把外廊栏杆冲他喊道:“冯大爹，麻烦替我送送少爷!”

二管家应声儿道:“知道了!”

这时，班布泰已经到了一楼，冯大爹赶忙掀开门帘儿，满脸堆笑地做了个“请”的动作，说道:“多谢少爷赏光，请慢走，欢迎下次再来。”班布泰眼皮没挑，大摇大摆地出得大堂，二管家点头哈腰地紧随其后，一直送到大门外。

三天之后，班布泰第二次来到花仙楼，面见师妹白面娘子。这回精心打扮了一番，换了身儿新置办的公子装，质地上乘，剪裁得体，颜色鲜亮，典雅大方。这里插说两句，清初时，公子的衣着十分讲究，颇为明显的特点是身穿长袍儿，外面罩着坎肩儿。清中后期，开始有了变化，大多沿袭明代的服饰，即身穿长衫儿，外面一般不罩坎肩儿。衣着虽不那么讲究了，比较自由、随意，但剪裁精当，做工很细，穿起来耐看。长衫儿基本上是丝绸印花质地，上有手工绣的花饰，什么大菊花呀、牡丹花呀、迎春花呀，等等，鲜艳好看。彩缎的颜色多种多样，有深蓝色、乳白色、浅红色、天青色、绛紫色、深棕色、银灰色、米黄色等，唯独没有纯黄色，为什么呢?因为黄颜色的衣服只限于皇宫大内的皇上及皇家人享用，其他人不可以穿，否则会被问罪的。公子所戴的头巾花饰也不一样，丰富多彩，有百鸟迎春、双鹤并立、浅底游鱼、蓝天白云，还有山岩、溪流、小径、松林等，有织上的，有用彩色丝线绣上的，亦庄亦谐，栩栩如生，别有情味。由于衣着是身份、地位的象征，可以据此判断出家门的经济状况，故而当时的上层社会还是比较重视服饰的。为了显示自己的富有和与众不同，甚至暗暗攀比、较劲儿，你穿绸的，我穿缎的，下次再穿丝的，总得超过你。

花仙楼不是普普通通的地儿，乃名声在外的妓馆，一般人不敢到这儿来，来了也进不去，看家护院的就把你挡住了。他们打眼一瞅，来者穿着寒酸，递不上牌子，报不出字号，就知道没啥身份，一顿拳打脚踢便把你踹跑了，根本到不了门口儿。一瞧你着装华丽、讲究，又递牌子又报字号的，就知道有身份，门前站立的两排导引者立马高声儿迎请:“李公子到!”“王举人到!”一层层传到大堂内，里头马上便有回应的:“李公子请!”“王举人请!”不只是现在，早在原楼主花桂芝经营时，各地的嫖客皆知，想去吉林的花仙楼消遣可得掂量掂量，有权、有钱、有势、有身份的人方能光顾，什么州官、大员哪，千总、都统啊，名门贵胄的子弟呀，等等。

花仙楼那些看家护院的厉害得很，个个如狼似虎，大多是黑道儿上的人。他们为啥给妓馆护院呢？原来花仙楼易主开张后，吉林一带黑道儿的头子过江龙以及手下雪中豹、窜山虎、云中燕、草上飞等时不时地到此光顾，每次都是小金佛迎来送往，白面娘子亲自接待。有美貌、热情的鸨母陪在身边，有小金佛小心翼翼地侍奉在侧，再天南海北地聊开去，他们觉得十分惬意，渐渐成了这里的常客，相互之间也越处越近乎了。过江龙为了向对方给予的盛情表示回报，主动提出如果馆主不嫌弃的话，手下的弟兄们可为花仙楼保驾。白面娘子非常感激，求之不得，欣然同意。她知道，生意能否红火有许多因素，其中很重要的一点便是嫖客到了妓馆，首先自身要有安全感，不惜挥金如土，故而设专人看场子是必不可少的。从此，白面娘子、小金佛与黑道儿的这些人常来常往，走动频繁，关系愈加密切。一段时间后，自己也入了伙儿，成为同道上的朋友，互相多有照应，倘若遇上不可解的事儿，只要吱一声准到。

单讲班布泰刚刚走到花仙楼的院门外，护场子的那些人抬眼一瞅，来者外着上印牡丹花的天青色长缎袍儿，内穿上绣群雀闹枝头的浅蓝纱绒绸衫，头戴银灰色公子巾，并特意将内衫紧扣，外袍儿散怀，举止大方，风度翩翩，不由得眼前一亮，嚄！又是一位富家子弟，遂异口同声地招呼道："少爷请！"

班布泰礼貌地点了点头，手摇花折扇、迈着四方步来到大门口儿，张口就唤冯大爹。二管家赶忙从大堂迎出，一看是三天前以小金砖作为见面礼求见鸨母的那位公子，不敢怠慢，满脸堆笑地掀开门帘儿请进大堂后，没像往日那样让其暂先喝茶静候，而是引领着直接上了二楼。为啥这回既不用掏金砖、也不用塞银圆却如此痛快呢？原来上次白面娘子送走班布泰回到第三阁后，感到不那么憋闷了，如同眼前开了扇门似的，突然从长期压抑的状态下走了出来，顿觉天地是那么广阔，心里是那么豁朗。虽然不能回到疼爱自己的哥哥身边，但已了却心愿了，知足了。尤其是终于有报复秦大门牙的机会了，要把他及身边的亲信所干过的坏事都抖搂出来，使那些具有蛇蝎心肠之人的暴戾恣睢大白于天下，无处可藏，朝廷必会治他们的罪。为能提供准确信息，我得回去跟秦名远唠唠，将其以前说过的、我当时没认真听的事儿都弄个明明白白，等师哥再来时好告诉他，这或许是土地爷爷需要掌握的重要信据，而且会转述给赛冲阿将军的。

转天一早，白面娘子便把妓馆有关接待之事提前做了安排，又唤来小金佛和冯大爹，说是有事需要回趟家，请二位多费心照应着点儿，每一位来客都要伺候好，不能因一时的疏忽或接待不周而砸了咱花仙楼的牌子。二人诺诺称是，表示请老鸨尽管放心，我们会照应得周周到到，保准让客人满意，不出丝毫纰漏。交代完毕，转身出了大门，急匆匆地往家走，距离不太远，没多大工夫就到了四合院儿。推门一进屋，正好与准备去衙门办差的秦名远撞了个满怀，对方一下子怔住了，感到十分诧异，说道："哎？今天刮的哪儿股风啊，还是太阳从西边出来了，美娇娘可是头一回不请自到哇！"

白面娘子做出一副蛮高兴的样子，甜甜地说："怎么，回家还得事先打招呼哇？这是咱俩的窝呀，想啥时候回，就啥时候回呗！"

秦名远难得一见白面娘子有了笑模样，以为回心转意了呢，赶忙反身拉过一把椅子，轻按白面娘子的肩膀道："快坐下歇歇，看你走了一头汗，急的哪门子呀？"又从内怀掏出手帕递了过去。

白面娘子接在手里，并未擦汗而是放到了桌子上，双眼笑吟吟地看着他。秦名远受宠若惊啊，乐得大扁嘴咧到了耳根，一面脱官服一面说："今儿个不去府衙了，在家歇一天，好好儿陪陪你，多日不见怪想的呢！"

这时，两个侍女推门走了进来，将沏好的香茗放于桌子上，并为主人各斟一杯，然后站在一旁听候吩咐。秦名远冲她们摆了摆手道："下去吧，该忙啥自管去，我来伺候娘子。"

侍女掩口而笑，转身退下，顺手把门带上。二人坐在桌旁边喝茶边聊了起来，开始时，白面娘子为了不让秦名远起疑心，唠的全是闲嗑儿，天南海北地东扯西拉，连张家长、李家短、街谈巷议也成了在聊之列。随后自然而然地唠到了花仙楼，秦名远最感兴趣的便是打听一下近来的生意如何，白面娘子只敷衍了一句："噢，还不错，来的大多是常客。"紧接着又就在妓馆所见所闻之趣事、各色人等之丑态、谁出手大方、谁是小气鬼、哪位窑姐儿的人气在逐渐攀升等眉飞色舞地说开去，连讲带比画的，谈资甚广，秦名远不时地插两句，显得气氛十分和谐。

半个时辰后，白面娘子觉得唠得差不多了，把话锋一转，关切地询问起秦名远在衙门里的办差情况了，诸如是否顺心哪，哪位上司对你高看一眼哪，上次说过的那位副都统收受了贿赂、最后给没给人家办事儿呀，你身边的亲信谁发大财了，等等。看似随便问问，却撩拨了秦名远的虚荣心，可下有表现自己的机会了，遂把以前回家说过的谁谁谁怎么样重复了一遍，又将眼下的衙门里发生的事儿抖搂个底朝上，还得意扬扬地将身边之亲信、吉林将军衙门属下小红楼迎宾驿馆的大管家杜宝以什么手段控制着钱财、私自安插了哪些人、自己如何与其沆瀣一气并得到了啥好处和盘托出，也没忘了介绍江北拘缉营有多少油水可捞、怎样盘剥去往那里各色人等的资财归为己有以及欺压无辜、草菅人命的细节。白面娘子见秦名远谈兴正浓，心里偷着乐，一句话不插，只是静静地坐在椅子上洗耳恭听，一桩一件地暗暗记在心里。聊到快晌午了，发现他再也谈不出什么新鲜东西了，忽然一拍脑门儿装作很着急似的说："哎呀，糟糕，今儿个下晌胡总兵要去花仙楼，早就打过招呼了。我脑子可真够浑的，咋把这么重要的贵客给忘了呢？不行，得赶紧回去，耽搁不得！"说罢起身就往外走。

秦名远随之站起，刚要挽留，想了想，话到嘴边又咽了回去，生怕说出来惹得人家不高兴，只好作罢。他眼瞅着白面娘子从自己眼皮底下消失了，又生气又无奈，重又一屁股坐在椅子上，长吁短叹，怅然若失。

白面娘子出得四合院儿，如释重负地长出了一口气，感到从未有过的痛快，心里这个乐呀："秦大门牙呀，秦大门牙，你不是鬼心眼儿多么，给个笑脸儿就不知东南西北了，蠢猪一头哇！哈哈，终于栽到姑奶奶手里了。咱也得对得起你那么卖力气呀，定把所听到的一切全部告诉班布泰师哥，看土地爷爷咋收拾你！"这么想着，脚步也加快了，没一会儿便到了花仙楼，一进大堂就把二茶壶唤至跟前，交代道："冯大爹，昨日来的那位少爷近两天还要登门，到时候将他直接领到第三阁就是了。"

二茶壶点点头道："知道了，放心吧，只要人一到，我亲自送过去。"

这不，班布泰刚刚来到大门口儿，眼尖的冯大爹立即迎上前并引领着上了二楼，恭恭敬敬地送到第三阁，很客气地请其稍候，馆主马上就到。然后出得门来，走到位于尽头的那间绣房跟前敲了敲，听见鸨母应了一声后便道："馆主，那位少爷来了，正在百禽鸣喧候着呢！"

白面娘子回道："知道了，冯大爹费心了，忙去吧！"

话音刚落，随之传来二茶壶离去的脚步声儿，咚咚咚下楼了。白面娘子起身拉开东墙的旁门而入，果不其然，见班布泰面朝外廊坐在椅子上东瞧瞧西望望的，显得很是悠闲，赶忙走到跟前小声儿说道："师哥，估摸你今天会来，正盼着呢！"

班布泰问道："两位贴身侍女怎么不在？"

白面娘子笑了笑道："为了咱说话方便，早就打发了，省得碍眼，并且下话了，没有我的吩咐，谁也别进来，该干啥干啥去。师哥，隔墙有耳，不得不防，小心无大错，咱们还是去绣房一叙吧！”说罢拉起班布泰从旁门走出，经过小走廊进入绣房，回身把门关好。

二人来到茶几边坐在靠背椅上，白面娘子端起壶斟上香茗，班布泰呷了一口茶后，放下杯子道：“师妹，上次分别回到行辕，我把你的情况向土地爷爷通禀了，老人家听了既高兴又气愤。高兴的是终于知道你的下落了，日子过得尚可，一直提着的心暂时放下了。气愤的是让人心疼的小白丫遭了不少罪，受了天大的委屈，而早该千刀万剐的秦名远却无人问罪，逍遥法外。爷爷让我告诉你，别着急，勿难过，快到出头之日了。冤有头，债有主，欠账者必还，决不饶恕歹人，他们将为自己的所作所为付出代价。”

白面娘子的眼圈儿红了，没承想自己身处烟花柳巷之中，又当上了老鸨，土地爷爷和班布泰哥哥不但不嫌弃，而且仍像以前那样关心我，疼爱我，信任我，他们是多么好的人哪，这辈子能有幸与其结识，死也值了。于是掏出手帕擦了擦顺脸滚下的泪珠儿，说道：“师哥，请替师妹谢谢土地爷爷，让老人家挂念了，我怎样算不了什么，还是抓紧时间谈正事儿吧！”

班布泰连连道：“好，好！”

白面娘子随即压低声音，把那天回家从秦名远口中听到的一切详详细细地复述一遍，听得班布泰时而诧愕不已，时而眉头紧皱，时而怒容满面，时而陷入沉思。末了，白面娘子又道：“噢，差点儿忘了，这些天秦大门牙正为一件棘手之事忙得焦头烂额。盛京将军衙门吏部侍郎卢涟的妻弟鲍昌打算在吉林谋个差事，听说吉林将军衙门属下的左翼官学教习空额，便想顶这个缺。其本人是位不学无术的公子，不懂诗词，不会做文章，只学了点儿武功。卢涟大人当然清楚小舅子有多大脓水，便求秦名远帮忙，请其在吉林将军面前多多美言，并早早奉上了酬金，他一口应承下来……”

班布泰插言道：“这哪儿行啊，让酒囊饭袋去顶教习之缺，连诗词都不懂，能讲出个啥呀？那不误人子弟嘛！所有的学位是经过科考的，特别是在官学任教习，唯品学兼优者方可，不能只凭一纸书函就录用。”

白面娘子点点头道：“说得是呀，别看就一个位子，那还俩人争呢，京师桂良大人的外甥女婿尤成额也拿一纸书函来见吉林将军衙门的副都统达绿。秦大门牙这下坐蜡了，接受酬金得给人家办事儿呀，思来想去，便派人将尤公子夫妇送到江北拘缉营了。为能长期困在那儿，当晚让我和小金佛把他们带来的一车物品偷走并藏到另外一个地方了，他好倒出空儿来安排鲍昌上任之事。”

班布泰听到这儿，不由得吃了一惊，问道：“师妹，偷东西的事儿你也干？”

白面娘子脸上现出不屑的神情，说道：“这有什么大不了的，我才不管鲍昌和尤成额谁当教习呢，反正都是凭私人关系来的，他俩没啥区别，有人给跑腿儿钱干吗不要哇？再说了，不过举手之劳而已，轻轻松松就办了。”

班布泰没说什么，心想：“小白丫在非正常的环境下生活，与各种各样的人打交道，不情愿也好，不痛快也罢，对客人总得笑脸儿相迎。天天思量的是对不同的人该如何周旋、应酬，尽量使人家满意，一个不把现实社会放在眼里的人做什么事岂能严肃认真？然可喜的是她善良的天性没有因此而泯灭，涉及个人的恩恩怨怨时，美与丑、爱与憎还是泾渭分明的，一个原本多么可爱的女孩儿呀，真希望她还能回到从前……”二人又聊了一会儿，班布泰准备告辞了，站起身来道：“师妹，又到分手的时候了，师哥代表土地爷爷谢谢你，为我们提供了很多重要的情况。待其接任吉林将军后，对贪赃枉法之徒坚决予以严惩。重阳节快到了，秋天正是大雁肥的季节，草甸子里、河滩旁还有不少雁蛋呢！吉林当地有一民俗，即每年的九月初九这天，亲朋好友成群结队地上山放鹰。为迎接新将军赴任，又正赶上京师皇宫大内的领侍卫内大臣赛冲阿莅临江城，现任吉林将军松森打算带领八旗官兵陪同二位大人去马尾山放鹰。土地爷爷还特意叮嘱我，到时候别忘了把小白丫接来，看看我那孙女长高长胖没？”

白面娘子听罢，高兴得像个孩子似的跳了起来，嚷嚷道：“太好了，太好了，又能见到土地爷爷和行辕的骑兵哥哥了，真想他们哪，我一定去！”

班布泰忙把食指放于唇边，意思是小点声儿，别让人听见。白面娘子吐了吐舌头，做了个鬼脸儿，然后拉开房门，亲自送师哥下楼离去。

茗兰、庞荣、庞庆、小满堂听了白面娘子这番讲述，才如梦方醒，心中的疑团解开了，真相大白了，不但不再怨恨她，而且对其凄凉的身世、不幸的遭遇深表同情，感叹一个可爱可亲的年轻女子饱经沧桑，无可依傍，不得不孤零零地面对世情冷暖，那种无奈令人哀怜。可白面娘子对此并不介意，认为生死有命，富贵在天，一切是生来注定的，人不能跟命争，何必叹息？尽管往事不堪回首，爹娘早亡，继母罹难，胞姐下落不明。接踵而来的是尊敬的师傅、班主赛燕青重病中被活活气死，从此失去了第一位救命恩人；几年后又遭秦名远的凌辱，由于失身，觉得对不起挚爱自己的第二位救命恩人班布泰而不得不远离，她是不幸的。然而在无处栖身时，却有幸结识了富俊大人，享受了同龄孩子应该得到的呵护与关爱，感知到了祖孙之间的亲情；绝望时，巧遇了第三位救命恩人，即为人耿直、仗义的老八旗赵西丹，并向其敞开心扉，倾诉一切，增强了活下去的勇气和信心；陷入迷途时，出现了温文尔雅的尤成额公子，美丽善良的茗兰夫人，武功超群的少林寺高僧庞氏兄弟，乖巧机灵、尽心竭力护主的小满堂，双方是不打不成交，并将所产生的隔阂、猜忌抛至脑后，真诚的心紧紧靠在一起，很快成为知己。由此看，她又是幸运的，更确切地说，乃不幸中之万幸，从此将不再浑噩麻木、碌碌无为，而是开始生命的新起点，敢于担当，做有意义的事。茗兰笑着说："妹子，咱们是好朋友了，那就是自家人，以后住在一起吧，再不分开了。多个人多把力，遇到困难互相帮助，大家拧成一股绳，没有办不成的事儿！"

小满堂接过了话茬儿："是呀，人多力量大，携手可断金嘛！少奶奶，既然已从白面娘子姐姐口中知道小金佛的身世了，那也是自家人，总不能把自家兄弟关在地室吧，是不是该放出来了？"

庞庆说道："妹子，乌三儿虽是杜宝手下的人，干了一些坏事，但咱丢东西与他关系不大，依我看，也应放出来。"

茗兰点点头道："嗯，言之有理。现在弄明白了，闹了半天所发生的一切，始作俑者竟是眼前的这位妹子呀，把我们折腾得东一头西一杠子的。"边说边笑嘻嘻地轻捶一下白面娘子的肩头。

白面娘子扑哧一声乐了，觉得挺不好意思的，脸红红的，遂抱拳致歉道："茗兰姐姐、庞家哥哥、满堂弟弟，对不起，千错万错都是我的错，把所有的委屈和怨恨全往我一个人身上撒吧，理当受罚。小金佛是被刮连的，倘若没有我的指使，他不会去江北拘缉营的。乌三儿的为人的确不咋样，天天跟在杜宝的屁股后转，好得像一个人似的，穿一条裤子都嫌肥，不干正经事儿。不过物品被盗这件事他真的没有参与，就是我跟小金佛干的，咱也别冤枉人。大人有大量，不跟小的一般见识，如果能将乌三儿和小金佛放了，白面娘子替他俩谢谢了，感谢宽恕之恩，我在这儿给各位叩头了！"说着扑通一声跪在地上刚要磕，茗兰忙俯身阻止道："使不得，使不得，一家人莫说两家话，磕哪门子头啊，快起来！"

这时，一直未吱声儿的庞荣开口道："乌三儿仰仗着杜宝在吉林将军衙门属下小红楼驿馆有那么个管家的职衔，这些年为虎作伥，恣意妄为，横行不法，干了不少见不得人的勾当。然欠债总是要还的，罪责难逃，待富俊大人上任后，定会依法予以惩处。咱可先放了乌三儿，为我所用，让他帮着找寻那些在拘缉营丢失的男男女女，给新任吉林将军治理吉林、驱除邪祟提供有力的人证。"

茗兰赞同道："说得好，想得也很周到，可按大哥所言行之。乌三儿着实可恨，学坏了不说，在老娘面前一句真话没有，且放纵不羁，忘了自己原先也是受苦人。他的母亲为人很好，诚恳实在，后悔这些年对儿子管教不严，被其骗了却一直蒙在鼓里，还以为乌三儿挺出息呢！我以为放了乌三儿乃上策，利大于弊，好处有三：其一，对他采取教育为主、以情感人之法，如果从此学好了，也是从杜宝那儿争取过来一个人嘛，秦大门牙亦会感到很舍手。其二，乌三儿原本没啥能耐，半点儿武功没有，根本不是荣哥、庆哥的对手，不用担心他跑掉，想逃都逃不了。其三，正如荣哥所言，不仅让他帮着把丢失的人一个个找回来，给以妥善安置，而且还要由他带路，将齐柳云、阎彩玉、冯秀清以及与她们同样境遇的姐妹送回故乡，跟自己的家人团聚。咱就当那青天大老爷，只有通过拯救无助之人，查清真相，掌握证据，方能在富俊大人继任吉林将军后，向秦名远、杜宝这号社会渣滓算总账。庞大哥，你现在就去地室，把乌三儿和小金佛带到这儿。"

庞荣应声儿道："好嘞！"然后转身出门直奔后院儿，不大一会儿便押着乌三儿和小金佛进了东屋。茗兰看了看二人，开口道："小金佛，我们已将一车物品被偷的来龙去脉查清了，虽然是你和白面娘子干的，但罪魁祸首乃吉林将军衙门府总管秦名远。不日将把此事上报衙门立案，秦名远是主犯，你俩是从犯，故此决定放了你，不予追究。"

小金佛听罢，一下子怔住了，正不知如何是好时，白面娘子忙提醒道："还愣着干什么？快快拜见少奶奶，她可是咱的贵人，赶紧叩头谢恩哪！"

小金佛见白面娘子发话了，扑通一声跪在地上，咣咣咣连磕了三个响头，边磕边道："大人不记小人过，少奶奶能原谅小的，真是感激不尽哪，谢谢不究之恩！"

白面娘子又让他分别给庞荣、庞庆、小满堂施礼致谢，感谢人家的宽宏大量，小金佛乖乖地一一拜过、谢过。茗兰接着又道：“乌三儿听着，经查，尽管丢失物品与你无关，可往日确实干了不少坏事，只要做过了，早晚会被追究的。你出生在穷苦人家，老娘是个本分人，盼望儿子将来能有出息。你却放着阳关大道不走，而走歪门邪道儿，为啥非往坏里学呢，对得起谁呀？我告诉你，俗话讲，近朱者赤，近墨者黑，跟着啥人学啥人。杜宝不是什么好东西，往后离他远点儿，别再给祖宗丢脸了，听见没？”

这时，乌大娘走了过来，指着儿子气冲冲地骂道：“乌三儿呀，乌三儿，纯粹是个孽障啊，要我看哪，把你关进大牢一点儿都不冤。自打进了吉林城就不是你了，不学好哇，背着老娘干了许多缺德带冒烟儿的事儿。要知道，上天是公平的，善有善报，恶有恶报，将来遭报应也是罪有应得呀，活该！我还是那句话，从今儿起，你若仍跟那几个人混，我就带着小甜丫回老屯去，从此不认你这个不孝之子！”

茗兰见状，赶忙好言劝慰老人家不要动怒，乌三儿老大不小了，已经做父亲了，又不是不懂事理的人，相信他会变好的，浪子回头金不换嘛！

乌三儿究竟干了哪些昧良心的事儿，自己最清楚，心里肯定有本账。当听到茗兰说把他也放了时，初始以为耳朵出了毛病，继而感激万分，除了跪地磕头谢恩外，还主动请求道：“少奶奶，拘缉营的居住条件原本就不好，你们住的那间则更差。不如这样，请各位先搬到我家，有的是地方，宽敞得很，条件和环境相对好多了。”

乌大娘一听儿子这么说，也一个劲儿地让，小甜丫还在一旁帮腔儿，庞氏兄弟和小满堂亦表示不反对。茗兰思摸再三，终于同意了，当晚尤公子一行全搬到了乌三儿家，住下后，确实觉得舒服多了。不过只住了两天，白面娘子就坐不住了，越寻思越不是滋味，第三天一早便叫上小金佛，来到乌三儿家，拉着茗兰的手说：“姐姐，妹子想跟你商量个事儿，看看意下如何。各位来到吉林后，受了不少委屈，吃了不少苦，全是由于我的荒唐之举造成的，感到十分过意不去。这两天晚上睡不着就琢磨，还是尽量不住在乌三儿家，这里虽称迎宾驿馆，但实际上是吉林将军衙门属下的拘缉营。乌三儿家居住条件再好，毕竟如同囚犯一样关着，既不自由，又不方便，不能久待。你们得回到城里，我有个现成的居处，独门独院儿，环境幽静，唯一不可心的是那块儿有点说道儿，不知各位敢不敢住？”

茗兰不以为然，笑道："妹子，真那么吓人么，到底有啥说道哇？"

庞氏兄弟倒蛮好奇的，从来没怕过天下发生所谓什么怪异荒诞之事，可下听见传闻了，必将亲自前去辨识一下真假。庞荣急不可待地说："白面娘子，别卖关子了，快详细讲讲那是个什么所在，我们很想去领教领教呢！"

那么，白面娘子所说的居处在哪儿呢？这个地儿小金佛和乌三儿皆知。原来自打秦名远把白面娘子弄到江城，不仅想占有她的身，还想俘获她的心。想吃啥给做啥，想穿啥给买啥，想干什么随她，一切无条件依从之，只要高兴就行。一天头晌，其亲信杜宝神神秘秘地告诉他，说是沙河沿儿南边有座小木楼颇有名气，依山傍水，风景宜人，何人设计并修造无可考。据传乾隆朝时，有一年春夏之交，乾隆爷御驾北行，来到吉林视察地形地貌。闲暇时，率亲随、侍卫沿江穿行于山间林中射猎，欲寻得江城名禽树鸡，即飞龙。没多会儿，果不然看见几只飞龙从头顶飞过，乾隆爷兴致勃勃，策马追赶，一直撵到温德河附近时，飞龙却不见了。此刻，君臣个个累得满头大汗，呼哧带喘，浑身燥热。乾隆爷侧头往左一瞅，见春水潾潾，波光闪闪，水中的鱼儿游来游去。离此不远的河岸边，有几个浣纱女手拿着棒槌，有说有笑地噼噼啪啪洗着衣裳。不禁龙心大悦，遂命人等全部下马，洗洗脸凉快凉快，然后下水摸鱼，带回去熬鲜鱼汤喝。亲随、侍卫跳下马来，手牵缰绳走到河边，让坐骑饮足了水，自己也以双手掬水喝个够，又洗洗脸、洗洗脚，感到很是舒爽痛快。

这时，跃跃欲试的乾隆爷已等不得了，弯下身把靴子一脱，裤腿儿一挽，蹚水进入河中开始摸鱼。水下凸凹不平，他的双手左划拉一下，右划拉一下，双脚试探着一步步往前挪。突然脚下一滑，身子一歪，一屁股坐进了水里。亲随、侍卫大惊，急忙跳入河中，欲快点儿扶起皇上。说时迟，那时快，岸边的几个浣纱女见一位身着猎装的官员跌倒在水中，根本不知此乃当今天子呀，纷纷起身跳入河中往乾隆爷身边奔，其中一对儿姐妹的行进速度比那些亲随、侍卫还快。到了皇上身边，二人将其扶起并抱到岸边，那个年龄较小的女子蹲下身来，将其已经湿透的外袍和裤腿儿拧了拧，然后与亲随、侍卫簇拥着皇上来到沙河沿儿南边一座农家的茅舍前。白发苍苍的陈老太太，即姐妹俩的老娘满脸带笑地迎出院门，热情地请客人进屋歇息并沏上了热茶，随即赶忙进厨房做饭去了。

乾隆爷在亲随的陪同下，先是去小暖阁换了套干爽的衣裳，然后回到东屋坐在热炕上，端起摆在炕桌上的杯子边喝茶边仔细打量那对儿姐妹。二位女子年龄不大，姐姐十五六岁，妹妹十三四岁，模样儿俊俏，鸭蛋形脸庞，一对儿大眼睛忽闪着，前额垂着刘海儿，显得愈加乖巧、秀气。乾隆爷越看越喜欢，便与姐妹俩攀谈起来，既问了家里的生活现状，也问了当地的田亩归属情况，二人一一作答，气氛特别和谐，乾隆爷始终未暴露自己的身份。过了两袋烟的工夫，陈老太太端来了一盆热气腾腾的鲫鱼汤、两大盘子苞米面饼子和几碟儿咸菜，说是农家没啥好待客的，只有粗茶淡饭，请不要见外。乾隆爷盘腿儿坐在炕桌边，手拿小木勺儿品尝着味道鲜美的鲫鱼汤，就着咸菜大口大口地嚼着黄灿灿、香喷喷的苞米面饼子，觉得比皇宫大内的山珍海味还好吃，并将苞米面饼子称为"黄金饼"。用罢膳临走时，考虑到姐妹俩救驾有功，亲赏三百两纹银，还下旨给领侍卫内大臣，在茅舍的旁边辟出一块地儿，修造一座二层迎驾木楼，赐予老太太一家三口儿居住，责令吉林将军衙门须对陈家格外关照。

此事一阵风地传开了，当地的住户奔走相告，羡慕异常，传来传去的，一段时间后，不但苞米面饼子有了"黄金饼"的美名，而且百姓把这座木楼叫成了"凤楼"，渐渐便名声在外了，成为吉林城的一大景观。据讲，到了乾隆末年，陈老太太早已病故，两个闺女先后嫁到了盛京，大女婿是副都统，小女婿是协领，凤楼没人住了，由吉林将军衙门代行管理。由于风吹日晒，加之遭遇荒年，连降暴雨，洪水泛滥，凤楼也不可避免地屡受侵蚀，又未能及时修缮，变得十分破旧，被吉林将军衙门卖掉，一位经营参茸的富商花重金买了去，从此就没了声息。还有一种传言，说是当时乾隆爷看中了那个年龄较小的妹妹，领其入宫并做了妃子。其后传成了乾隆爷让姐妹俩一块儿进了京城，在前门外的热闹巷里开了处门市，专卖"黄金饼"。多年过去了，凤楼又有了新的谈资，说是发生了蹊跷之事，开始闹鬼，每到半夜时分，常能听到从楼内传出鬼哭声儿。还讲什么在里面睡觉的人第二天一早醒来，却发现原本住在楼上，不知啥时候被抬到楼下了，或者从楼下抬到院子里，自己竟浑然不觉。总之越传越神，所言五花八门，没边儿没沿儿，使得凤楼没人敢住。到了嘉庆朝，凤楼始终空闲，院内蒿草丛生，一片荒凉。百姓风传没有福气之人还是离凤楼远点儿，修行不到的最好别尝试。

秦名远听罢杜宝云山雾罩的一番介绍，对凤楼产生了极大的兴趣，转天一早便亲自去沙河沿儿附近察看，果然得见一座又破又旧的小木楼立在那儿。登上二楼放眼一望可就大不一样了，既可俯瞰近处的春日桃花、岸边翠绿的柳林，也可远眺起伏的山峦、温德河流向松花江的入口处以及忙碌的船工、人声嘈杂的渡口。站在楼外的长廊上，可一览远处一座座的房屋、曲里拐弯儿的小路、热闹的街市，景色迷人，风光无限，是个蛮不错的地方，当即打心眼儿里喜欢上了。又仔仔细细看了一圈儿后，这才回到衙门府，径直去了姨夫松林将军处，言称沙河沿儿南边的那座凤楼多年以来一直闲置，越是没人住越破败不堪，早就该修一修了。空着也是空着，不如借给外甥暂住，修缮所产生的费用我可承担一部分。松林将军一琢磨，凤楼没人住，衙门还得代管，借给他反而省心了，啥时候需要收回，再让其倒出也不迟，便爽快地答应了。秦名远立马带着十几个衙役和执刀仗剑的随从去了凤楼，里里外外打扫一番后，晚间又接连住了几宿，啥事儿都没有，更未听到什么鬼哭声儿，悬着的心也就落体儿了。

秦名远这一折腾，衙门府的上下人等背地里开始窃窃私语，皆以为将军把凤楼赏给总管了。每当问起他时，还故作姿态，笑而不答，大家更确信不疑了，谁敢去向将军求证啊！时间一长，秦名远表面说是借用，实际上已占为己有了。他并不缺住的地儿，要了凤楼也派不上用场，为讨好白面娘子，便将凤楼的钥匙给了她。声称这座二层小楼乃江城唯一的木楼，位置、环境俱佳，颇有特色，今后就由你支配了。白面娘子啥也没说，伸手接过钥匙，去凤楼看了一次，然从未住过。

茗兰得知了凤楼的来龙去脉，感到颇为新奇，很想去那儿借住。可又一思摸，觉得不妥，与白面娘子只是刚刚相识，凭什么白住人家的房子呀？遂婉言谢绝了，表示将另择居处。白面娘子不答应了，故意把脸一绷道："茗兰姐姐，你是客气呀，还是没瞧得起我这个萍水相逢的妹子呀，拘缉营是人待的地儿么？反正凤楼我也用不上，你们一时又没有合适的居处，何必让它闲着呢？就这么定了，妹子一向说话算数，凤楼就归你们住了。倘若执意不肯，只能说明咱姐妹不是一家人，没想到一块儿，太客气就显得生分了，你酌量着办吧！"

茗兰见白面娘子生气了，忙笑着解释道："妹子，说哪里话，姐姐不是怕给你添麻烦吗！"

白面娘子摇摇头道："又外道了不是？有啥麻烦的，我也时不时地去住呢，大家在一起多热闹啊，天天能见面，高兴还高兴不过来呢！"

这时，半天未吱声儿的尤成额开了腔儿："非常感谢白面娘子的盛情，也从不相信世上有什么妖孽作祟，纯属谣传。想必不光我本人，在座的二位师父和小满堂皆认为拘缉营的居住条件太差，又脏又乱，令人作呕，希望早点儿离开，尽快回到城里。不过我琢磨着既然富俊大人不日将就任吉林将军，这么长时间都等了，也不差十天半月了，待富俊大人下话后再搬走不迟。”

白面娘子说：“尤公子，别忘了，那一车东西是我给偷藏到地室的，你们因此不能离开这儿，妹子的心能安吗？再说了，谁知土地爷爷十天半月能否就任吉林将军哪，如果一味拖下去，那得等到啥时候啊？咱们已作为好朋友相处了，说明各位原谅妹子以往的过错了，给你们换个环境不是顺理成章嘛！凤楼是处不错的居所，只是被大伙儿传得沸沸扬扬的，听起来挺吓人。要我看哪，纯属子虚乌有，秦大门牙及其随从在那儿连住好几晚也没咋的。就算真有说道儿，有武功高强的庞家哥哥时刻保护在侧，还用怕么？权当是专程去降妖捉怪了。小鬼一看二位大师这身板儿，哪个敢上前搪啊，还不得吓得屁滚尿流哇，三下五除二就给降服了，根本不费吹灰之力。各位如能答应去那儿住，也是帮了大忙了，我将感激不尽。为啥这么说呢？因为自打拿到钥匙，从未亲自在凤楼留宿过，无法证实传言是真是假，了却不了对那儿的好奇心。何况你们皆为贵人，亦是大命之人，我若能沾上喜气，那可求之不得，难道真那么吝啬，这点儿便宜都不让白面娘子占吗？”

站在一旁的小满堂显得有些犹豫，看了看二位主子，这才表态道：“依我看哪，白面娘子姐姐是真心请我们去凤楼，盛情难却，添点儿麻烦就添点儿麻烦吧，谁让大家是朋友了。再者说了，少爷和少奶奶在如同牢狱般的拘缉营继续待下去，等回到京城，小的没法儿向老爷交代，也担待不起。”

庞庆接茬儿道：“尤公子、茗兰妹子，别怪我多嘴，满堂言之有理，还是听白面娘子的吧，去凤楼。到了那儿，起码可以开开眼，看看传说中的妖魔鬼怪长得啥样儿，活了几十年从未见过呢！再验证一下发生在凤楼的奇闻趣事，体尝一下与阴曹地府的魂灵共宿一处是什么感觉，此千载难逢的机会不能错过，肯定非常过瘾。”

庞荣赞同道：“嗯，说得对，久住于此不是办法，去凤楼乃上策。乌大娘上年纪了，天天还得为咱们张罗这张罗那的，那才真叫添麻烦呢！我们哥儿俩向来不相信世上有什么妖魔鬼怪，不必把传言当回事儿，不过庸人自扰而已。”

茗兰听罢，抬头看了看丈夫，以眼神儿征求其意下如何？尤成额不置可否。她决定接受白面娘子的建议，转天一早离开拘缉营，搬出乌三儿家，前往凤楼，当晚大家分头睡下不提。

第二天东方露出鱼肚白时，和衣而卧的白面娘子睁开双眼便起身蹦下地忙活开了，先是把大伙儿喊了起来，然后让乌三儿和小金佛去拘缉营西头院外的一处马厩，再套上那两辆车一并赶回，自己则与齐柳云、阎彩玉、冯秀清一块儿进了厨房生火做饭。不大工夫，饭菜做好了，乌三儿和小金佛也回来了。尤成额夫妇出门一瞅，见三匹马膘肥体壮，毛色光亮，车辆没有丝毫损坏，知道此乃有专人饲养、照料所致。用罢早膳，乌三儿领着大家来到地室，把藏于此处的物品、行囊、书籍等小心翼翼地搬出，小满堂一件件过目后装上车，再用绳子捆绑好。

尤公子一家准备离开拘缉营的消息立马传开了，与其打过交道的男女老少纷纷从马架子里跑出，来到乌三儿家大门口儿给他们送行，齐柳云、阎彩玉、冯秀清也眼泪汪汪地站在人群中。茗兰抱拳感谢前来送行的各位父老、兄弟姐妹和曾经帮助过自己的好心人，希望大家互相帮衬，灾祸同担，共渡难关。接着又转向乌三儿叮嘱道：“乌三儿呀，务要牢牢记住这次教训，好自为之，跟杜宝他们一刀两断。拘缉营的管理太差了，打架斗殴时有发生，你必须改变目前混乱的状况，善待那些父老乡亲，多多给以方便。今后若有什么不可解的事儿，可直接找荣哥、庆哥商量，众人拾柴火焰高，大伙儿共同想办法。再有就是尽快把齐柳云、阎彩玉、冯秀清送回家乡，每人给一定数量的补偿，姐妹儿个都老大不小了，用这些钱重新谋生路，总不能回去喝西北风吧？”

乌三儿表示道：“少奶奶的话语重心长，小的记下了，再不学好就不是人了，既对不起老娘，也辜负了你们的一片心意。我明儿个就把她们仨送走，路上的盘缠以及谋生路的纹银已备好，到时一并交之。请放心，我会尽量摆脱杜宝等人的控制，加强对拘缉营的管理，争取能有所改观。”

茗兰强调道：“这一切有个先决条件，即首先从自身做起，收敛言行，改邪归正，这样别人才会听你的。”

乌三儿连连点头道：“是，是，所言没错，小的定按少奶奶说的去做就是了。”

茗兰交代完毕，再次向乌大娘和众人道别，然后与夫君、白面娘子坐上了来时的那辆轿车，小满堂、小金佛则钻进装载物品的车内，赶车的仍然是庞氏兄弟，扬起鞭子啪啪一甩，驱马向江城驶去。

诸位阿哥，吉林将军衙门现在正准备大开迎宾帐，不日将有贵客降临这片黑土地，上下人等欢欣鼓舞，然总管秦名远却焦躁万分，火燎屁股般坐不住板凳了。他缘何如此狼狈不堪？富俊以什么办法、是否获得了范蔼仁违犯大清律之罪证？请听我朱伯西继续讲唱下章乌勒本。